CHARLOTTE BRONTË

Jane Eyre

Roman

Aus dem Englischen übersetzt
von Andrea Ott

Nachwort
von Elfi Bettinger

MANESSE VERLAG
ZÜRICH

KAPITEL I

An einen Spaziergang war an diesem Tag nicht zu denken. Wir waren zwar vormittags eine Stunde zwischen den kahlen Sträuchern herumgewandert, aber nach dem Essen (wenn Mrs. Reed keine Gäste hatte, speiste sie früh) hatte der kalte Winterwind so finstere Wolken und durchdringenden Regen gebracht, daß ein Aufenthalt im Freien nicht mehr in Frage kam.

Ich war froh darüber, ich mochte keine langen Spaziergänge, schon gar nicht an eisigen Nachmittagen. Ich fand es furchtbar, im ungemütlichen Zwielicht heimzukommen, mit kältestarren Fingern und Zehen und einem Herzen, das vom Geschimpfe des Kindermädchens Bessie schwer war und gedemütigt durch das Bewußtsein meiner körperlichen Unterlegenheit gegenüber Eliza, John und Georgiana Reed.

Die drei, Eliza, John und Georgiana, saßen nun im Salon um ihre Mama geschart. Diese lag zurückgelehnt auf einem Sofa vor dem Kamin, umgeben von ihren Lieblingen, die im Augenblick weder stritten noch heulten, und wirkte vollkommen glücklich. Mich hatte sie von der Teilnahme an derartigen Zusammenkünften mit der Begründung befreit, es tue ihr leid, mich fernhalten zu müssen, aber solange sie nicht von Bessie höre und mit eigenen Augen sehe, daß ich mich ernsthaft um ein umgänglicheres und kindlicheres Wesen bemühe, um ein gewinnenderes, fröhlicheres Verhalten, ein leichteres, offeneres, natürlicheres sozusagen, müsse sie mir Vergünstigungen, die nur für zufriedene, glückliche Kinderchen gedacht seien, nun einmal vorenthalten.

«Was sagt Bessie? Was soll ich getan haben?» fragte ich.

«Jane, ich mag keine Nörgler und Fragesteller; außerdem ist es ausgesprochen widerwärtig, wenn ein Kind die Erwachsenen derart unterbricht. Setz dich irgendwohin und schweig still, solange du nicht höflich zu sein verstehst.»

Neben dem Salon lag ein kleines Frühstückszimmer, dort schlüpfte ich hinein. Aus dem Bücherschrank, der hier stand, griff ich mir sogleich einen Band, wobei ich darauf achtete, einen mit reichlich Bildern auszusuchen. Dann kletterte ich auf den Fenstersitz, zog die Füße hoch und hockte mich mit gekreuzten Beinen hin wie ein Türke, und da ich den schweren roten Wollvorhang fast ganz zugezogen hatte, war ich in meinem Schrein doppelt abgeschieden.

Nach rechts versperrten mir scharlachrote Stofffalten den Blick; links schützten mich die klaren Glasscheiben vor dem trostlosen Novembertag, verbargen ihn jedoch nicht vor mir. Hin und wieder, wenn ich umblätterte, versenkte ich mich in den Anblick dieses Winternachmittags. In der Ferne sah man ein bleiches Nichts aus Nebel und Wolken, in der Nähe eine Landschaft aus nassem Rasen, sturmgepeitschtem Gebüsch und endlosem, heftigem Regen, den lange, klagende Windstöße vor sich hertrieben.

Ich kehrte zu meinem Buch zurück: Bewicks

«Geschichte der britischen Vögel»[1]. Der Text kümmerte mich im allgemeinen wenig, doch gab es Einführungsseiten, die ich, so kindlich ich war, nicht überschlagen konnte. Da war von den Brutstätten der Seevögel die Rede, von den «einsamen Felsen und Vorgebirgen», die allein sie bewohnten, und von der norwegischen Küste, die vom äußersten Süden, von Lindesnes oder Naze bis zum Nordkap mit Inseln gesprenkelt war.

«Wo das Nordmeer in wüsten Wirbeln
Um die nackten, schwermütigen Inseln
Des fernen Thule kocht und des Atlantiks Wogen
Sich zwischen die stürmischen Hebriden werfen.»

Nicht ungelesen lassen konnte ich auch die Hinweise auf die öden Küsten von Lappland, Sibirien, Spitzbergen, Nowaja Semlja, Island und Grönland, mit ihren «endlosen arktischen Weiten und jenen verlassenen Landstrichen aus trostlos leerem Raum – jenes Reservoir aus Frost und Schnee, wo dicke Eisplatten, in Hunderten von Wintern gläsern zu alpiner Höhe angewachsen, den Pol umgeben und die geballte Gewalt äußerster Kälte in sich vereinigen». Von diesen tödlich weißen Gegenden machte ich mir mein eigenes Bild, schemenhaft wie alle nur halb verstandenen Begriffe, die undeutlich durch kindliche Gehirne ziehen, aber doch seltsam eindringlich. Die Worte dieser Einleitung verbanden sich mit den anschließenden Vignetten und verliehen dem Felsen, der einsam aus einem Meer von Wogen und Gischt ragte, dem zerschellten, an einer verlassenen Küste gestrandeten Boot und dem kalten, totenbleichen Mond, der durch Wolkenstreifen auf ein sinkendes Wrack blickte, tiefere Bedeutung.

Unbeschreiblich, welches Gefühl dem verlassenen Friedhof mit dem beschrifteten Grabstein, dem Tor und den beiden Bäumen unter dem tiefhängenden, von einer bröckligen Mauer eingegrenzten Himmel und dem soeben aufgegangenen Halbmond innewohnte, der auf eine späte Abendstunde deutete.

Die beiden Schiffe, die unbeweglich auf träger See lagen, hielt ich für Meeresungeheuer.

Den Unhold, der sich seine Diebesbeute auf den Rücken band, überblätterte ich rasch, es war ein Schreckensbild.

Ebenso das schwarze, gekrümmte Etwas, das hoch oben auf einem Felsen saß und auf eine ferne, um einen Galgen gescharte Menschenmenge blickte.

Jedes Bild erzählte eine Geschichte, oft geheimnisvoll für meinen noch nicht entwickelten Verstand und meine unreifen Gefühle, doch immer äußerst fesselnd – so fesselnd wie die Märchen, die Bessie manchmal an Winterabenden erzählte, wenn sie gerade guter Laune war und uns, wenn sie ihr Bügelbrett vor dem Kamin im Kinderzimmer aufstellte, erlaubte, uns daneben zu setzen, um dann, während sie Mrs. Reeds Spitzenmanschetten bügelte und die Rüschen ihrer Nachthauben fältelte, unsere Neugier und Aufmerksamkeit mit Berichten von Liebe und Abenteuer wachzuhalten, die sie alten Märchen und noch älteren Balladen entnahm oder, wie ich später entdeckte, aus «Pamela»[2] und «Henry, Graf von Moreland»[3].

Im Augenblick war ich mit dem Bewick auf den

Knien glücklich, zumindest auf meine Weise. Ich fürchtete einzig, gestört zu werden, und dazu kam es nur zu bald. Die Tür ging auf.

«Huh! Madame Griesgram!» ertönte die Stimme von John Reed; dann stockte er. Das Zimmer schien leer zu sein.

«Wo zum Teufel ist sie?» schrie er weiter. «Lizzy! Georgy!» rief er seine Schwestern. «Jane ist nicht da; sagt Mama, daß sie in den Regen hinausgelaufen ist, das Biest!»

«Gut, daß ich den Vorhang zugezogen habe», dachte ich und wünschte sehnlichst, er möge mein Versteck nicht entdecken. John Reed allein wäre auch nicht darauf gekommen, er erkannte und begriff nicht besonders schnell, aber als Eliza den Kopf durch die Tür steckte, sagte sie sofort: «Sie hockt bestimmt auf dem Fenstersitz, Jack.»

Ich kam augenblicklich hervor, denn ich zitterte bei der Vorstellung, von Jack herausgezerrt zu werden.

«Was wollen Sie?» fragte ich unbeholfen und schüchtern.

«Sag: ‹Was wünschen Sie, Master Reed?›» gab er zur Antwort. «Ich will, daß du herkommst.» Er setzte sich in einen Lehnstuhl und deutete mit einer Handbewegung an, ich solle näher kommen und vor ihn hintreten.

John Reed war ein Schuljunge von vierzehn Jahren, vier Jahre älter als ich, denn ich war erst zehn. Er war groß und stämmig für sein Alter, hatte eine unreine, ungesunde Haut, grobe Züge in einem großflächigen Gesicht, ungeschlachte Gliedmaßen und große Hände und Füße. Bei Tisch stopfte er sich immer randvoll, wovon er gallsüchtig wurde und trübe Triefaugen und Hängebacken bekam. Zur Zeit hätte er eigentlich in der Schule sein müssen, aber seine Mama hatte ihn «wegen seiner anfälligen Konstitution» für ein, zwei Monate nach Hause geholt. Sein Lehrer, Mr. Miles, vertrat die Ansicht, er könnte kerngesund sein, wenn er von zu Hause weniger Kuchen und Zuckerwerk geschickt bekäme, doch vor einem so rüden Gedanken schreckte das Mutterherz zurück und neigte eher zur vornehmeren Interpretation, Johns Blässe sei seinem übermäßigen Fleiß und womöglich dem Heimweh zuzuschreiben.

John empfand nicht viel Zuneigung zu seiner Mutter und seinen Schwestern, und ich war ihm zuwider. Er tyrannisierte und maßregelte mich, nicht zwei- oder dreimal in der Woche, auch nicht ein- oder zweimal am Tag, sondern ständig. Jeder Nerv an mir fürchtete ihn, jede Muskelfaser auf meinen Knochen zog sich zusammen, wenn er sich näherte. Manchmal verwirrte mich der Schrecken, den er verbreitete, denn ich besaß keinerlei Handhabe gegen seine Drohungen und Tätlichkeiten; die Dienstboten mochten ihren jungen Herrn nicht beleidigen, indem sie für mich Partei ergriffen, und Mrs. Reed war bei diesem Thema blind und taub. Nie sah sie, wie er mich schlug, nie hörte sie, wie er mich beschimpfte, obwohl er beides mitunter auch in ihrer Gegenwart tat, häufiger jedoch hinter ihrem Rücken.

Wie immer gehorchte ich John und trat vor seinen Stuhl. Minutenlang streckte er mir die Zunge raus, so weit er konnte, ohne sie sich auszureißen. Ich wußte, gleich würde er mich schlagen, und während ich voller Angst seinen Hieb erwartete, sann ich gleichzeitig darüber nach, wie unappetitlich und häßlich der Mensch aussah, der ihn mir versetzen würde. Ich frage mich, ob er diesen Gedanken in meinem Gesicht las, denn plötzlich schlug er zu, wortlos, unangekündigt und fest. Ich taumelte, fand mein Gleichgewicht wieder und zog mich ein paar Schritte von seinem Stuhl zurück.

«Das ist für deine unverschämte Antwort an Mama vorher», sagte er, «für dein heimtückisches Verstecken hinter den Vorhängen und für deinen Blick in den letzten zwei Minuten, du Ratte!»

Gewohnt an John Reeds Schmähungen, kam ich gar nicht auf den Gedanken, ihm zu antworten; meine Sorge galt dem Schlag, der dieser Beleidigung gewiß folgen würde.

«Was hast du hinter dem Vorhang gemacht?» fragte er.

«Ich habe gelesen.»

«Zeig mir das Buch!»

Ich ging zum Fenster und holte es.

«Es steht dir nicht zu, unsere Bücher zu nehmen. Du bist nur eine arme Verwandte, sagt Mama, du hast kein Geld, dein Vater hat dir keins hinterlassen, du solltest betteln gehen und nicht hier mit Kindern von Gentlemen zusammenleben, die gleichen Mahlzeiten essen wie wir und dich auf Mamas Kosten kleiden. Ich will dich lehren, meine Bücherregale zu durchwühlen, sie gehören *mir,* das ganze Haus gehört mir, auf jeden Fall in ein paar Jahren. Geh und stell dich an die Tür, weg von den Spiegeln und Fenstern.»

Ich ging und verstand anfangs nicht, was er vorhatte. Aber als ich sah, wie er das Buch hob und hochhielt, um es nach mir zu werfen, sprang ich mit einem Schreckensschrei instinktiv zur Seite, allerdings nicht schnell genug. Der Band kam geflogen und traf mich, ich fiel hin, schlug mit dem Kopf gegen die Tür und verletzte mich. Die Wunde blutete und schmerzte heftig; mein Entsetzen hatte den Höhepunkt überschritten; jetzt folgten andere Gefühle.

«Du grausamer Bösewicht», sagte ich. «Du bist wie ein Mörder – wie ein Sklaventreiber – wie die römischen Kaiser!»

Ich hatte Goldsmiths «Geschichte Roms»[4] gelesen und mir von Nero, Caligula und anderen ein eigenes Bild gemacht. Auch hatte ich insgeheim Parallelen gezogen, jedoch nie daran gedacht, sie laut auszusprechen.

«Was? Was?» schrie er. «So was sagt die zu mir? Habt ihr das gehört, Eliza und Georgiana? Das muß ich Mama erzählen! Aber erst ...»

Er rannte wie wild auf mich zu; ich spürte, wie er mich an Haar und Schulter packte. Doch er hatte sich mit einem verzweifelten Wesen eingelassen. Ich sah buchstäblich einen Tyrannen in ihm, einen Mörder. Ich fühlte ein paar Blutstropfen vom Kopf in den Nacken rinnen und spürte einen stechenden Schmerz: Einen Augenblick lang überwogen diese Empfindungen meine Furcht, und ich empfing ihn wie rasend. Ich weiß nicht mehr genau, was ich mit meinen Händen tat, aber er schrie «Du Ratte, du Ratte!» und brüllte laut auf. Sofort kam Hilfe. Eliza und Georgiana waren zu Mrs. Reed in den ersten Stock gelaufen, nun erschien sie auf der Bildfläche, gefolgt von Bessie und ihrer Zofe Abbot. Wir wurden getrennt. Ich hörte die Worte «Mein

Liebchen, mein Liebchen!» und «Was für eine Furie, so über Master John herzufallen!»

«Hat man jemals einen solchen Jähzorn erlebt!»

Und Mrs. Reed schloß: «Bringt sie ins Rote Zimmer und sperrt sie dort ein.» Auf der Stelle griffen vier Hände nach mir, und ich wurde nach oben getragen.

KAPITEL 2

Ich sträubte mich die ganze Zeit, etwas Neues für mich und ein Umstand, der die schlechte Meinung von mir, zu der Bessie und Miss Abbot neigten, sehr festigte. Tatsache ist, daß ich ein wenig die Fassung verloren hatte oder eher *hors de moi* war, außer mir, wie die Franzosen sagen. Ich war mir bewußt, daß mich schon die Meuterei für die Dauer eines Augenblicks außergewöhnlichen Strafen aussetzen würde, und wie jeder andere rebellierende Sklave war ich in meiner Verzweiflung entschlossen, aufs Ganze zu gehen.

«Halten Sie ihr die Arme fest, Miss Abbot, sie führt sich auf wie eine tobsüchtige Katze.»

«Pfui! Schämen Sie sich!» rief die Zofe. «Was für ein haarsträubendes Benehmen, Miss Eyre, einen jungen Gentleman zu schlagen, den Sohn Ihrer Wohltäterin! Ihren jungen Herrn!»

«Herrn! Wieso ist er mein Herr? Bin ich eine Dienstmagd?»

«Nein, Sie sind weniger als eine Dienstmagd, denn Sie arbeiten nicht für Ihren Lebensunterhalt. Da, setzen Sie sich, und denken Sie über Ihre Niedertracht nach.»

Sie hatten mich inzwischen in den von Mrs. Reed genannten Raum gebracht und dort auf einen Hocker gestoßen. Mein erster Impuls war, wie eine Feder wieder aufzuspringen, aber die zwei Händepaare drückten mich augenblicklich nieder.

«Wenn Sie nicht still sitzen bleiben, müssen wir Sie festbinden», sagte Bessie. «Miss Abbot, leihen Sie mir Ihre Strumpfbänder, meine würde sie gleich zerreißen.»

Miss Abbot drehte sich um und enthüllte ein stämmiges Bein mit dem benötigten Band. Diese Vorbereitung zu meiner Fesselung und die damit verknüpfte Schande dämpften meine Erregung ein wenig.

«Ziehen Sie sie nicht aus», weinte ich, «ich rühr' mich nicht vom Fleck.»

Zum Beweis klammerte ich mich mit den Händen an meinen Sitz.

«Wehe!» warnte Bessie, und als sie sich vergewissert hatte, daß ich tatsächlich in mich zusammensank, lockerte sie ihren Griff. Nun standen sie und Miss Abbot mit verschränkten Armen da und blickten mir finster und skeptisch ins Gesicht, als zweifelten sie an meiner geistigen Gesundheit.

«So was hat sie noch nie getan», sagte Bessie schließlich zu der Kammerzofe.

«Aber es hat immer in ihr gesteckt», kam die Antwort. «Ich habe der Missis oft gesagt, was ich von dem Kind halte, und sie war ganz meiner Meinung. Sie ist ein verschlagenes kleines Ding; ich habe noch nie ein Mädchen in ihrem Alter erlebt, das so heimtückisch war.»

Bessie antwortete nicht, aber kurz darauf sagte sie zu mir: «Sie sollten sich klarmachen, Miss, daß

Sie in Mrs. Reeds Schuld stehen; sie versorgt Sie. Wenn sie Sie rauswirft, müssen Sie ins Armenhaus gehen.»

Auf diese Worte wußte ich nichts zu sagen. Sie waren mir nicht neu; schon in meinen frühesten Erinnerungen kamen ähnliche Hinweise vor. Der Vorwurf meiner Abhängigkeit war in meinen Ohren zu einem verschwommenen Geleier geworden, das mich zutiefst schmerzte und bedrückte, obwohl ich es nicht recht verstand. «Und glauben Sie ja nicht», fiel Miss Abbot ein, «daß Sie mit den Misses Reed und mit Master Reed auf einer Stufe stehen, nur weil die Herrin freundlicherweise zuläßt, daß Sie gemeinsam aufgezogen werden. Die anderen werden eines Tages sehr viel Geld besitzen, Sie dagegen werden nichts haben. Für Sie ziemen sich Bescheidenheit und Liebenswürdigkeit.»

«Wir meinen es gut mit Ihnen», fügte Bessie hinzu, und ihre Stimme klang nicht hart. «Sie sollten versuchen, sich nützlich und angenehm zu machen, dann finden Sie hier vielleicht ein Zuhause, aber wenn Sie ungestüm und grob werden, schickt die Herrin Sie bestimmt fort.»

«Außerdem», sagte Miss Abbot, «wird Gott sie strafen. Sie könnte mitten in einem Wutanfall tot umfallen, und wo kommt sie dann hin? Los, Bessie, wir lassen sie allein. Nicht um alles in der Welt möchte ich ihr Herz haben. Beten Sie, Miss Eyre, wenn Sie jetzt allein sind, denn wenn Sie nicht bereuen, kommt womöglich etwas Böses durch den Kamin herunter und holt Sie.»

Sie gingen, schlossen die Tür und sperrten hinter sich zu.

Das Rote Zimmer war ein Gästezimmer, in dem

sehr selten geschlafen wurde, ja eigentlich nie, wenn es nicht gerade ein Besucherstrom erforderte, alle Schlafgelegenheiten zu nutzen, die Gateshead Hall bot. Dabei war es einer der größten und prächtigsten Räume des Herrenhauses. In der Mitte stand wie ein Tabernakel ein Bett mit wuchtigen Mahagonipfosten, verhängt mit tiefroten Damastvorhängen; die beiden großen Fenster mit den stets herabgelassenen Jalousien waren halb verhüllt von Draperien und dekorativen Faltenwürfen aus dem gleichen Stoff, der Teppich war rot, und über dem Tisch am Fußende des Betts lag ein karmesinrotes Tuch. Die Wände hatten einen hellbeigen Farbton mit einem Hauch Rosa; Kleiderschrank, Toilettentisch und Stühle waren aus dunkel poliertem, altem Mahagoni. Von dieser schummerigen Umgebung hoben sich hoch aufgetürmt und hell schimmernd die Matratzen und Kissen im Bett und die darüber gebreitete schneeweiße Pikee-Steppdecke ab. Kaum weniger auffallend war ein breiter, gepolsterter Lehnstuhl am Kopfende des Betts, ebenfalls weiß, mit einem Fußschemel davor. Er sah aus wie ein weißer Thron.[5]

Der Raum war eiskalt, weil dort selten geheizt wurde; er war still, weil er weit weg lag vom Kinderzimmer und von den Küchen, und feierlich, weil ihn selten jemand betrat. Nur das Zimmermädchen kam an den Samstagen hierher, um von Spiegeln und Möbeln den stillen Staub einer Woche abzuwischen, und in großen Abständen suchte ihn Mrs. Reed selbst auf, um den Inhalt einer bestimmten Geheimschublade im Kleiderschrank zu kontrollieren, wo verschiedene Urkunden, ihre Schmuckschatulle und eine Miniatur ihres verstorbenen Mannes aufbewahrt wurden. Und damit rühre ich schon an das Geheimnis des Roten Zimmers – den Bann, der es trotz seiner Großartigkeit so abgeschieden sein ließ.

Mr. Reed war seit neun Jahren tot. In diesem Zimmer hatte er seinen letzten Atemzug getan, hier hatte er aufgebahrt gelegen, von hier war sein Sarg von den Trägern des Leichenbestatters hinausgetragen worden, und seit jenem Tag bewahrte eine Aura düsterer Weihe das Zimmer vor häufigen Besuchen.

Der Sitz, auf dem mich Bessie und die strenge Miss Abbot wie festgenagelt allein gelassen hatten, war ein niederer Polsterschemel neben dem Marmorkamin. Vor mir erhob sich das Bett, zu meiner Rechten stand der hohe, finstere Kleiderschrank, auf dem matte, gedämpfte Lichtreflexe die Politur der Türfüllungen immer wieder anders aussehen ließen; zu meiner Linken befanden sich die verhüllten Fenster, zwischen denen ein riesiger Spiegel die leere Herrlichkeit von Bett und Raum wiederholte. Ich wußte nicht genau, ob sie die Tür versperrt hatten, und als ich mich wieder zu rühren wagte, stand ich auf und sah nach. Aber ach, kein Gefängnis war sicherer. Auf dem Rückweg mußte ich am Spiegel vorbeigehen, und aus dem Augenwinkel erforschte mein Blick unfreiwillig, aber fasziniert die Tiefe, die er enthüllte. In dieser geisterhaften Höhle sah alles noch kälter und finsterer aus als in Wirklichkeit, und die seltsame kleine Gestalt mit dem weißen Gesicht und den weißen Armen wie Lichtflecken in der Düsternis, deren glitzernde, angstvolle Augen mich von dort anstarrten und sich bewegten, wo alles andere still stand, wirkte auf mich wie ein echtes Gespenst. Für mich glich sie den winzigen Geistern, halb Feen, halb Kobolde, die laut Bessies abendlichen Erzählungen aus einsamen, farnüberwucherten Moortälern kamen und vor den Augen verspäteter Reisender auftauchten. Ich kehrte zu meinem Hocker zurück.

Geisterglaube beschlich mich in diesem Augenblick, aber noch hatte er nicht vollständig Gewalt über mich. Noch war mein Blut warm, noch stärkte mich die Wut des rebellischen Sklaven mit ihrer bitteren Kraft; erst mußte ich die reißenden Fluten der Erinnerung eindämmen, ehe ich angesichts der elenden Gegenwart verzagte.

Die gewalttätige Willkür von John Reed, die stolze Gleichgültigkeit seiner Schwestern, die Abneigung seiner Mutter, die parteiische Haltung der Dienstboten, all das stieg in meinem verstörten Geist auf wie dunkler Bodensatz in einem aufgewühlten Brunnen. Warum mußte ich immer leiden, wurde ich immer eingeschüchtert, immer angeklagt, ewig verurteilt? Warum konnte ich es niemandem recht machen? Warum war der Versuch, das Wohlwollen anderer zu gewinnen, zwecklos? Die eigensinnige und selbstsüchtige Eliza wurde respektiert. Mit der verwöhnten, bissigen und boshaften, kritteligen und frechen Georgiana hatte man ewig Nachsehen. Mit ihrer Schönheit, ihren rosigen Wangen und goldenen Locken schien sie alle zu entzücken und bei jedem Vergehen Straflosigkeit zu erwirken. Gegen John erhob nie jemand Einwände, noch viel weniger wurde er bestraft, obwohl er den Tauben den Hals umdrehte, die jungen Pfauen tötete, die Hunde auf die Schafe hetzte, im Treibhaus die Trauben von den

Stielen streifte und im Wintergarten die Knospen der erlesensten Pflanzen abbrach. Außerdem nannte er seine Mutter «altes Mädchen», hielt ihr den dunklen Teint vor, den er ja selbst hatte, widersetzte sich rüde ihren Wünschen, zerriß und befleckte nicht selten ihre seidenen Kleider – und blieb dabei unverändert ihr «Allerliebster». Ich hingegen wagte keinen Fehler zu begehen, bemühte mich, alle Pflichten zu erfüllen, und wurde als nichtsnutzig und lästig, als dumm und heimtückisch beschimpft, von morgens bis mittags und von mittags bis abends.

Noch immer schmerzte und blutete mein Kopf vom erhaltenen Hieb und vom Sturz. Niemand hatte John wegen seines ungerechtfertigten Schlags getadelt, doch als ich mich gegen ihn gewandt hatte, um weitere sinnlose Gewalt zu verhindern, war ich von allen Seiten beschimpft worden.

«Ungerecht! Ungerecht!» sagte mir mein Verstand, der durch den heftigen Schmerz zu frühreifer, wenn auch kurzlebiger Kraft gekommen war, und eine nicht minder aufgewiegelte Entschlossenheit verfiel auf seltsame Auswege, wie ich der unerträglichen Unterdrückung entfliehen könnte: weglaufen oder, falls dies nicht zu bewerkstelligen war, niemals mehr essen und trinken und damit freiwillig sterben.

Wie verstört war meine Seele an diesem trostlosen Nachmittag! Wie aufgewühlt mein Kopf und wie empört mein Herz! Und doch, in welcher Dunkelheit, welch tiefer Ahnungslosigkeit wurde dieser geistige Kampf ausgetragen! Die unaufhörliche Frage in meinem Inneren, *warum* ich so litt, konnte ich nicht beantworten. Heute, mit – ich will nicht sagen, wie vielen – Jahren Abstand, sehe ich klarer.

Ich war ein Fremdkörper in Gateshead Hall, ich war anders als alle anderen. Nichts an mir paßte zu Mrs. Reed, ihren Kindern und ihren auserwählten Vasallen. Wenn sie mich nicht liebten, nun, ich liebte sie ebensowenig. Sie waren nicht verpflichtet, einer Kreatur Zuneigung entgegenzubringen, die keinem von ihnen wesensverwandt war, einem völlig andersgearteten Geschöpf, das ihnen in Temperament, geistigen Fähigkeiten und Neigungen zuwiderlief, einem nutzlosen Ding, das weder ihren Interessen dienlich noch ihrem Vergnügen zuträglich sein konnte, einer gefährlichen Person, die in sich den Keim der Empörung gegen ihre Behandlung trug und sich um ihr Urteil nicht scherte. Ich weiß, daß Mrs. Reed, wäre ich ein lebhaftes, witziges, leichtsinniges, forderndes, hübsches und wildes Kind gewesen – dabei genauso abhängig und ohne Freunde –, meine Anwesenheit williger hingenommen hätte, daß ihre Kinder mir etwas mehr herzliche Kameradschaft entgegengebracht und die Dienstboten weniger dazu geneigt hätten, aus mir den Sündenbock des Kinderzimmers zu machen.

Das Tageslicht begann aus dem Roten Zimmer zu schwinden, es war vier Uhr vorbei, und der wolkenverhangene Nachmittag versank in trübem Zwielicht. Noch immer hörte ich den Regen beharrlich gegen das Fenster im Treppenhaus schlagen und den Wind im Wäldchen hinter dem Herrenhaus heulen; allmählich wurde ich kalt wie ein Stein, und mein Mut sank. Meine übliche Gemütsverfassung aus Erniedrigung, Selbstzweifel und hoffnungsloser Schwermut senkte sich klamm auf die letzte Glut meines erlöschenden Zorns. Alle sagten, ich sei böse, und vielleicht war ich es wirklich: Was für einen Gedanken hatte ich da eben gefaßt, mich zu Tode zu hungern! Das war doch gewiß ein Verbrechen, und war ich etwa auf den Tod vorbereitet? War die Gruft unter der Kanzel von Gateshead Church etwa ein einladender Zufluchtsort? In dieser Gruft, so hatte man mir erzählt, lag Mr. Reed begraben. Dieser Gedanke brachte mir sein Bild in Erinnerung, und trotz wachsender Furcht kam ich nicht davon los. Ich konnte mich nicht an ihn erinnern, wußte aber, daß er mein Onkel war, der Bruder meiner Mutter, der mich als Waise in sein Haus geholt hatte. In seiner letzten Stunde hatte er Mrs. Reed das Versprechen abgenommen, mich aufzuziehen und zu behandeln wie ein eigenes Kind. Vermutlich fand Mrs. Reed, daß sie ihr Versprechen hielt, und sie tat es wohl auch, soweit ihre Natur dies zuließ; aber wie konnte sie einen Eindringling, der nicht von ihrem Schlag und ihr nach dem Tod des Ehemannes durch nichts mehr verbunden war, wirklich gern haben? Es muß ihr sehr lästig gewesen sein, sich durch ein hart abgerungenes Gelöbnis verpflichtet zu fühlen, Mutterstelle bei einem fremden Kind zu vertreten, das sie nicht lieben konnte, und mit ansehen zu müssen, wie sich ein nicht geistesverwandter Fremdling ständig in ihre Familie drängte.

Ein seltsamer Gedanke stieg in mir auf. Ich zweifelte nicht – und hatte nie daran gezweifelt –, daß Mr. Reed mich, wenn er noch lebte, freundlich behandelt hätte; und als ich jetzt so dasaß und auf das weiße Bett und die im Schatten liegenden Wände schaute und mitunter auch einen hypnotisierten Blick in den düster schimmernden Spiegel warf, fiel mir ein, was ich von Verstorbenen gehört hatte, die sich im Grab umdrehten, weil ihre letzten Wünsche nicht erfüllt wurden, und wieder auf die Erde kamen, um die Wortbrüchigen zu strafen und die Unterdrückten zu rächen. Und ich dachte, Mr. Reeds Geist könnte, gequält vom Unrecht am Kind seiner Schwester, seine Bleibe verlassen – ob im Kirchengewölbe oder in der unbekannten Welt der Abgeschiedenen – und mir in diesem Schlafzimmer erscheinen. Ich wischte mir die Tränen ab und unterdrückte mein Schluchzen, denn ich fürchtete, jedes Anzeichen tiefen Kummers könnte eine übernatürliche Stimme wecken, die mich trösten wollte, oder dem Dunkel ein Gesicht mit einem Heiligenschein entlocken, das sich in ungewohntem Mitleid über mich beugte. Diese theoretisch trostreiche Vorstellung hätte ich, wäre sie Wirklichkeit geworden, grauenerregend gefunden. Mit aller Kraft bemühte ich mich, sie zu unterdrücken und standhaft zu bleiben. Ich schüttelte mir das Haar aus den Augen, hob den Kopf und versuchte, unerschrocken im dunklen Zimmer herumzuschauen; da schimmerte plötzlich ein Licht auf der Wand. War es ein Mondstrahl, der durch einen Schlitz in der Jalousie fiel? Nein, Mondlicht war ruhig, und dies hier bewegte sich; während ich hinstarrte, glitt es zur Decke empor und zitterte über meinem Kopf. Heute gehe ich natürlich davon aus, daß dieser Lichtstrahl von einer Laterne herrührte, die jemand über den Rasen trug; aber damals war mein Gemüt so sehr auf Schrecken eingestellt, waren meine Nerven von der Erregung so aufgepeitscht, daß ich den flinken Lichtstrahl für den Vorboten einer Erscheinung aus einer anderen Welt hielt. Mein Herz klopfte, mein Kopf wurde heiß, in meinen Ohren sauste es wie Flügelrauschen, etwas schien in meiner Nähe zu sein, überwältigte mich, nahm mir den Atem, meine Standhaftigkeit brach zusammen, und ich rannte zur Tür und rüttelte mit verzweifelter Kraft am Schloß. Draußen im Flur kam jemand mit raschen Schritten angelaufen, der Schlüssel drehte sich, und Bessie und Abbot traten ein.

«Fehlt Ihnen etwas, Miss Eyre?» fragte Bessie.

«Was für ein schrecklicher Lärm! Der geht einem ja durch und durch!» rief Abbot.

«Lassen Sie mich raus! Lassen Sie mich ins Kinderzimmer!» schrie ich.

«Wieso? Sind Sie verletzt? Haben Sie etwas gesehen?» fragte Bessie wieder.

«Oh! Ich hab' ein Licht gesehen und gedacht, ein Geist kommt!» Ich hatte Bessies Hand ergriffen, und sie entzog sie mir nicht.

«Sie hat absichtlich so laut geschrien!» erklärte Abbot leicht angewidert. «Und was für ein Schrei! Wenn sie Schmerzen hätte, könnte man es ja noch entschuldigen, aber sie wollte uns nur alle zusammenrufen, ich kenne ihre üblen Schliche.»

«Was ist denn hier los?» erkundigte sich herrisch eine andere Stimme, und mit wehender Haube und stürmisch raschelndem Kleid kam Mrs. Reed den Gang entlang. «Abbot und Bessie, ich dachte, ich hätte befohlen, daß Jane Eyre im Roten Zimmer bleiben soll, bis ich selbst komme.»

«Miss Jane hat so laut geschrien, Ma'am», verteidigte sich Bessie.

«Das braucht euch nicht zu kümmern», antwortete sie nur. «Laß Bessies Hand los, Kind. Mit solchen Methoden kommst du hier nicht raus, das kann ich dir sagen. Ich verabscheue List und Tücke, besonders bei Kindern. Es ist meine Pflicht, dir zu zeigen, daß Winkelzüge zu nichts führen. Du wirst jetzt noch eine Stunde länger hier bleiben, und auch dann lasse ich dich nur unter der Bedingung frei, daß du ganz gehorsam und ruhig warst.»

«Oh, Tante, hab Mitleid! Vergib mir! Ich halte das nicht aus – bestrafe mich anders! Ich muß sterben, wenn ...»

«Ruhe! Dies Ungestüm ist ja geradezu widerwärtig.» Und zweifelsohne empfand sie es wirklich so. In ihren Augen war ich eine frühreife Schauspielerin, sie hielt mich allen Ernstes für ein Sammelsurium aus bösen Leidenschaften, niederer Gesinnung und gefährlicher Doppelzüngigkeit.

Bessie und Abbot hatten sich zurückgezogen, und Mrs. Reed, ungehalten über meine nun rasende Angst und mein hemmungsloses Schluchzen, stieß mich hastig von sich und sperrte mich ohne weitere Verhandlung ein. Ich hörte sie davonrauschen, und kurz nachdem sie gegangen war, muß ich wohl eine Art Ohnmacht erlitten haben: Bewußtlosigkeit ließ den Vorhang fallen.

KAPITEL 3

Ich weiß nur noch, daß ich mit einem Gefühl aufwachte, als hätte ich einen entsetzlichen Alptraum gehabt. Vor mir sah ich ein grausiges, glutrotes Licht hinter dicken, schwarzen Gitterstäben. Ich hörte auch dumpfe, wie von Wind- oder Wasserrauschen gedämpfte Stimmen. Aufregung, Ungewißheit und ein alles überlagerndes Gefühl der Angst verwirrten mir die Sinne. Doch bald wurde ich mir bewußt, daß sich jemand an mir zu schaffen machte; er oder sie hob mich hoch und brachte mich zum Sitzen, und zwar zartfühlender, als ich jemals aufgerichtet und gestützt worden war. Mein Kopf ruhte auf einem Kissen oder Arm, und mir war wohl zumute.

Nach einigen Minuten löste sich die Wolke der Verwirrung auf; ich wußte nun, daß ich in meinem Bett im Kinderzimmer lag und daß das grellrote Licht vom Kaminfeuer herrührte. Es war Nacht, eine Kerze brannte auf dem Tisch, Bessie stand mit einer Schale in der Hand am Fußende des Betts, und auf einem Stuhl neben meinem Kissen saß ein Herr und beugte sich über mich.

Ich empfand unbeschreibliche Erleichterung und die beruhigende Gewißheit, sicher und geborgen zu sein, als ich merkte, daß ein Fremder im Zimmer war, ein Mensch, der nicht nach Gateshead gehörte und nicht mit Mrs. Reed verwandt war. Ich wandte meinen Blick von Bessie ab (obwohl ich ihre Anwesenheit viel weniger bedrohlich fand als beispielsweise die von Abbot) und besah mir den Herrn genauer. Ich erkannte ihn, es war Mr. Lloyd, ein Apotheker, den Mrs. Reed mitunter kommen ließ, wenn Dienstboten krank wurden. Für sich selbst und die Kinder holte sie einen Arzt.

«Na, wer bin ich?» fragte er.

Ich nannte seinen Namen und gab ihm die Hand; er ergriff sie, lächelte und sagte: «Mit der Zeit wird es uns schon wieder besser gehen.» Dann bettete er mich zurück, rief Bessie und hieß sie dafür sorgen, daß ich während der Nacht keinesfalls gestört wurde. Nach weiteren Anweisungen und der Ankündigung, morgen werde er wiederkommen, ging er zu meinem Kummer fort. Ich fühlte mich beschützt und umhegt, solange er auf dem Stuhl neben meinem Kopfkissen saß, und als er nun die Tür hinter sich zuzog, verdunkelte sich das ganze Zimmer, und das Herz wurde mir schwer von unaussprechlicher Traurigkeit.

«Sollten Sie nicht schlafen, Miss?» fragte Bessie fast sanft.

Ich wagte kaum zu antworten aus Furcht, ihr nächster Satz könnte barsch ausfallen. «Ich werde es versuchen.»

«Wollen Sie etwas trinken oder essen?»

«Nein danke, Bessie.»

«Dann geh' ich jetzt mal ins Bett; es ist ja schon zwölf Uhr vorbei. Aber Sie können mich rufen, wenn Sie nachts etwas brauchen.»

Welch wundersame Höflichkeit! Sie ermutigte mich zu einer Frage.

«Bessie, was fehlt mir? Bin ich krank?»

«Ihnen ist vermutlich vor lauter Weinen im Roten Zimmer schlecht geworden. Bestimmt geht es Ihnen bald besser.»

Bessie ging in die Kammer des Zimmermädchens nebenan. Ich hörte, wie sie sagte: «Sarah, komm und schlaf bei mir im Kinderzimmer. Ich möchte heute nacht nicht um alles in der Welt mit dem armen Kind allein sein; womöglich stirbt sie. Wie seltsam, daß sie diesen Anfall hatte, vielleicht hat sie irgendwas gesehen? Die Herrin war wirklich zu streng.»

Sie kehrte mit Sarah zurück; die beiden gingen

ins Bett und flüsterten noch eine halbe Stunde miteinander, ehe sie einschliefen. Ich erhaschte Bruchstücke ihrer Unterhaltung, aus denen ich nur zu deutlich auf das Hauptthema schließen konnte.

«Irgendwas ist an ihr vorbeigegangen, ganz in Weiß, und wieder verschwunden ...» – «... und dahinter ein riesiger schwarzer Hund ...» – «... drei laute Schläge gegen die Zimmertür ...» – «... ein Licht im Friedhof, genau über seinem Grab ...» – und so weiter.

Endlich schliefen beide. Feuer und Kerze verlöschten. Für mich vergingen die Stunden dieser langen Nacht in schauriger Schlaflosigkeit; Ohren, Augen und Verstand waren gleichermaßen angespannt vor Angst, einer Angst, wie sie nur Kinder empfinden können.

Der Zwischenfall im Roten Zimmer hatte keine ernsthafte, langwierige körperliche Krankheit zur Folge, doch meine Nerven hatten einen Schock erlitten, dessen Auswirkungen ich bis auf den heutigen Tag verspüre. Ja, Mrs. Reed, Ihnen verdanke ich Zeiten furchtbaren seelischen Leidens. Aber ich sollte Ihnen vergeben, denn Sie wußten nicht, was Sie taten.[6] Während Sie mir das Herz zerrissen, dachten Sie nur, mir schlechte Angewohnheiten auszutreiben.

Anderntags gegen Mittag saß ich angezogen und in einen Schal gehüllt vor dem Kamin im Kinderzimmer. Ich fühlte mich körperlich schwach und erschöpft, aber schlimmer quälte mich ein unsägliches seelisches Elend, ein Elend, das mir fortwährend lautlose Tränen entlockte. Kaum hatte ich mir einen salzigen Tropfen von der Wange gewischt, rann schon der nächste hinunter. Dabei hätte ich zufrieden sein sollen, denn von den Reeds war niemand da, sie waren alle mit ihrer Mama in der Kutsche ausgefahren; auch Abbot nähte in einem anderen Zimmer, und Bessie, die hin- und herging, Spielzeug verstaute und Schubladen aufräumte, sprach hie und da ein paar ungewohnt freundliche Worte mit mir. Dieser Stand der Dinge hätte mir paradiesisch friedlich vorkommen müssen, da ich doch an ein Leben mit ständigem Genörgel und übel verlohnter Plackerei gewohnt war. Aber meine gemarterten Nerven waren in einem Zustand, da keine Stille sie beruhigen und keine Freude sie angenehm stimulieren konnte.

Bessie war unten in der Küche gewesen und brachte mir nun einen Obstkuchen auf eben jenem mit einem bunten Paradiesvogel in einem Kranz von Winden und Rosenknospen bemalten Porzellanteller, der schon lange meine Begeisterung und Bewunderung erregt hatte. Immer wieder hatte ich darum gebeten, den Teller in die Hand nehmen zu dürfen, um ihn genauer anschauen zu können, aber bisher war ich einer solchen Vergünstigung stets als unwürdig erachtet worden. Dieses kostbare Geschirr bekam ich nun auf den Schoß gestellt, und ich war herzlich eingeladen, das daraufliegende Törtchen zu essen. Eine vergeblich gewährte Gunst! Sie kam, wie die meisten lang vertagten und oft ersehnten Gunstbezeigungen, zu spät! Ich konnte den Kuchen nicht essen, und das Federkleid des Vogels und die Farben der Blumen schienen mir seltsam verblaßt. Ich schob Teller und Kuchen beiseite. Bessie fragte, ob ich ein Buch haben wolle. Das Wort *Buch* übte einen flüchtigen Reiz auf mich aus, und ich bat sie, mir «Gullivers Reisen» aus der Bibliothek zu holen. Dieses Buch hatte ich mehrmals mit großem Entzücken durchgelesen. Ich hielt es für einen Tatsachenbericht, tiefgründiger und fesselnder als die Märchen. Was nämlich die Elfen betraf, die ich vergebens unter Fingerhutblättern und -glöckchen, unter Pilzen und den Efeuranken alter Gemäuer gesucht hatte, so war ich längst zu der traurigen Erkenntnis gekommen, daß sie alle aus England fortgewandert waren, in ein weniger zivilisiertes Land, wo die Wälder noch wilder und dichter waren und die Bevölkerung spärlicher. Liliput und Brobdingnag hingegen hielt ich für wirkliche Bestandteile der Erdoberfläche, und ich zweifelte nicht daran, daß ich eines Tages eine lange Reise machen und mit eigenen Augen die kleinen Felder, Häuser und Bäume sehen würde, die zwergenhaften Menschen, winzigen Kühe, Schafe und Vögel des einen Reichs und die Ährenwälder, riesigen Bulldoggen, kolossalen Katzen und turmhohen Männer und Frauen des anderen. Doch als mir nun der geliebte Band in die Hand gelegt wurde, als ich darin blätterte und in den wunderbaren Bildern den Zauber suchte, den ich bis jetzt immer gefunden hatte, da war alles nur grausig und düster. Die Riesen waren dürre Gespenster, die Pygmäen boshafte und furchterregende Teufelchen und Gulliver ein gottverlassener Wanderer durch grauenerregende, gefährliche Welten. Ich wagte nicht länger in dem Buch zu blättern, klappte es zu und legte es auf den Tisch neben die unberührte Torte.

Bessie war inzwischen mit Abstauben und Aufräumen fertig und hatte sich die Hände gewaschen. Nun zog sie eine kleine Schublade mit herrlichen

Stoffresten aus Seide und Satin auf und begann eine neue Haube für Georgianas Puppe zu nähen. Dabei sang sie ein Lied vor sich hin:

«Als einst wir durch die Lande zogen,
Lang, lang ist's her ...»[7]

Ich hatte es schon oft gehört, und jedesmal war ich entzückt gewesen, denn Bessie besaß eine schöne Stimme – so fand ich zumindest. Jetzt aber hörte ich aus dieser Melodie eine unbeschreibliche Traurigkeit heraus, obwohl Bessies Stimme immer noch schön war. Manchmal sang sie, in die Arbeit versunken, den Refrain sehr leise, sehr zögerlich; das «Lang, lang ist's her ...» klang wie die tieftraurigen Schlußtakte eines Grabgesangs. Dann ging sie zu einer anderen Ballade über, einer wirklich traurigen:

«Die Füße sind wund, und die Glieder sind müde,
Lang ist der Weg, und die Berge sind wild,
Bald senkt sich die Dämmerung mondlos und
öde,
Nieder auf mich armes Waisenkind.

Was schickt man mich fort, gar so weit und so
einsam,
Hoch in die Moore, den Fels und den Stein?
Die Menschen sind hart, nur die freundlichen
Engel
Geleiten das Waisenkind, das so allein.

Doch sanft weht der Nachtwind ganz leise und
ferne,
Am Himmel, da schimmern die Sterne so lind,

Der gnädige, mächtige Gott gewährt Hoffnung,
Tröstet und schützet das Waisenkind.

Und stürz' ich auch ab, weil so morsch ist der
Steg,
Verlauf' mich im Moor, vom Irrlicht genarrt,
Mein Vater im Himmel, der weist mir den Weg,
Holt zu sich das Waisenkind, das seiner harrt.

In einem Gedanken, da finde ich Hoffnung,
Wenn Heim und Familie verwehret mir sind:
Im Himmel ist mir ein Zuhause bereitet,
Gott sorgt wie ein Freund für das Waisenkind.»[8]

«Na na, Miss Jane, nicht weinen», sagte Bessie, als sie geendet hatte. Genausogut hätte sie dem Feuer gebieten können, nicht zu brennen. Doch wie sollte sie ahnen, welch quälender Überempfindlichkeit ich ausgeliefert war?

Am späten Vormittag erschien Mr. Lloyd wieder.

«Was, schon auf?» fragte er, als er ins Kinderzimmer trat. «Na, Bessie, wie geht es ihr?»

Bessie antwortete, es gehe mir sehr gut.

«Dann müßte sie aber fröhlicher dreinschauen. Kommen Sie einmal her, Miss Jane. Sie heißen doch Jane?»

«Ja, Sir, Jane Eyre.»

«Gut. Sie haben geweint, Miss Jane Eyre, wollen Sie mir erzählen, warum? Haben Sie Schmerzen?»

«Nein, Sir.»

«Ach, sie weint bestimmt, weil sie nicht mit der Herrin in der Kutsche ausfahren durfte», warf Bessie ein.

«Bestimmt nicht! Für solche Bockigkeit ist sie doch schon zu groß.»

Dieser Meinung war ich auch. Und da ich eine solche Unterstellung entwürdigend fand, antwortete ich rasch: «Wegen so etwas habe ich noch nie im Leben geweint. Ich hasse Kutschfahrten. Ich weine, weil ich unglücklich bin.»

«Oh, pfui, Miss!» rief Bessie.

Der gute Apotheker schien ein wenig verwirrt. Ich stand vor ihm, und er blickte mich unverwandt an. Seine Augen waren klein und grau, nicht gerade strahlend; heute würde ich sie wohl als klug bezeichnen. Er hatte ein unschönes, aber gutmütiges Gesicht. Nachdem er mich in Ruhe betrachtet hatte, fragte er: «Weshalb wurden Sie gestern krank?»

«Sie ist hingefallen», mischte sich Bessie wieder ein.

«Hingefallen! Sie ist doch kein Baby mehr! Kann sie in ihrem Alter nicht gehen? Sie muß doch acht oder neun Jahre alt sein.»

«Ich wurde zu Boden geschlagen», stieß mein schmerzhaft gekränkter Stolz als unverblümte Erklärung hervor. «Aber nicht das hat mich krank gemacht», fügte ich hinzu, während Mr. Lloyd eine Prise Schnupftabak nahm.

Als er die Dose wieder in die Westentasche steckte, klingelte es laut zum Mittagessen für das Personal. Er wußte, was dieses Läuten bedeutete. «Das betrifft Sie, Bessie», sagte er. «Sie können nach unten gehen; ich werde Miss Jane eine Strafpredigt halten, bis Sie wiederkommen.»

Bessie wäre lieber geblieben, aber sie war verpflichtet zu gehen, denn auf Gateshead Hall wurde strengste Pünktlichkeit bei den Mahlzeiten verlangt.

«Der Sturz hat Sie also nicht krank gemacht; was dann?» fragte Mr. Lloyd weiter, als Bessie fort war.

«Ich wurde in ein Zimmer gesperrt, wo es nach dem Dunkelwerden geistert.»

Ich sah Mr. Lloyd lächeln und gleichzeitig die Stirn runzeln. «Geistert! Sie sind also doch noch ein Baby! Sie haben Angst vor Geistern?»

«Vor Mr. Reeds Geist schon. Er starb in diesem Zimmer und wurde dort aufgebahrt. Weder Bessie noch jemand anderes würde nachts dort reingehen, wenn es sich vermeiden läßt, und es war grausam, mich dort allein und ohne Kerze einzusperren – so grausam, daß ich es nie vergessen werde.»

«Unsinn! Und deswegen sind Sie so unglücklich? Fürchten Sie sich jetzt bei Tageslicht immer noch?»

«Nein, aber bald wird es wieder Nacht. Außerdem bin ich noch aus anderen Gründen traurig, sehr traurig.»

«Aus welchen denn? Können Sie mir einige nennen?»

Wie gern hätte ich auf diese Frage umfassend geantwortet, doch wie schwer fiel es mir, mich auszudrücken! Kinder können zwar fühlen, ihren Gefühlen aber nicht auf den Grund gehen, und selbst wenn ihnen in Gedanken eine beschränkte Erklärung glückt, können sie das Ergebnis nicht in Worte fassen. Weil ich diese erste und einzige Gelegenheit, meinen Kummer durch eine Aussprache zu lindern, nicht verpassen wollte, brachte ich nach einer verwirrten Pause endlich eine zwar dürftige, jedoch wahrheitsgemäße Antwort zustande.

«Erstens habe ich keine Eltern und Geschwister.»

«Sie haben eine gütige Tante, einen Vetter und Cousinen.»

Wieder schwieg ich. Dann erklärte ich stockend: «Aber John Reed hat mich zu Boden geschlagen, und meine Tante hat mich im Roten Zimmer eingesperrt.»

Wieder zog Mr. Lloyd seine Schnupftabaksdose hervor.

«Finden Sie Gateshead Hall nicht sehr schön?» fragte er. «Sind Sie nicht dankbar, daß Sie in einem so vornehmen Haus wohnen dürfen?»

«Es ist nicht mein Haus, Sir, und Abbot sagt, ich hätte weniger Recht, hier zu leben, als ein Dienstmädchen.»

«Pah! Sie werden doch nicht so dumm sein und ein so herrliches Haus verlassen wollen?»

«Das würde ich mit Freuden tun, wenn ich woanders hingehen könnte. Aber ich kann erst aus Gateshead fort, wenn ich erwachsen bin.»

«Na, wer weiß. Haben Sie außer Mrs. Reed noch andere Verwandte?»

«Ich glaube nicht, Sir.»

«Keine Angehörigen Ihres Vaters?»

«Ich weiß es nicht. Einmal habe ich Tante Reed gefragt, und sie meinte, möglicherweise hätte ich arme Verwandte niederer Herkunft namens Eyre, sie wisse allerdings nichts davon.»

«Wenn Sie solche hätten, würden Sie zu ihnen ziehen wollen?»

Ich überlegte. Armut ist hart für Erwachsene, noch härter aber für Kinder. Sie haben keine Vorstellung von fleißiger, arbeitsamer und ehrbarer Armut; sie verbinden das Wort nur mit zerfetzter Kleidung, kargen Mahlzeiten, kalten Feuerstellen, groben Manieren und entwürdigenden Lastern. Für mich war Armut gleichbedeutend mit Schande.

«Nein, zu armen Leuten möchte ich nicht gehören», antwortete ich.

«Auch nicht, wenn sie gut zu Ihnen wären?»

Ich schüttelte den Kopf. Ich sah nicht, wie arme Menschen hätten gut sein können. Und dann würde ich mit der Zeit sprechen wie sie, mich benehmen wie sie, bekäme keine Erziehung und wüchse zu einer von diesen armen Frauen heran, wie ich sie manchmal im Dorf Gateshead sah, wenn sie die Kinder stillten oder vor den Hüttentüren Wäsche wuschen; nein, ich war nicht heldenhaft genug, mir die Freiheit um den Preis meiner gesellschaftlichen Stellung zu erkaufen.

«Aber sind Ihre Verwandten denn so arm? Müssen sie arbeiten?»

«Das weiß ich nicht. Tante Reed sagt, wenn ich welche habe, muß es Bettlerpack sein, und betteln will ich nicht.»

«Würden Sie gern zur Schule gehen?»

Wieder überlegte ich. Ich wußte kaum, was eine Schule war. Bessie schilderte sie manchmal als eine Einrichtung, in der junge Damen im Block sitzen, Geradehalter tragen und sich überaus vornehm und korrekt benehmen müssen. John Reed haßte die Schule und schimpfte über seinen Lehrer, aber John Reeds Geschmack war für mich kein Maßstab, und wenn Bessies Berichte über die Schuldisziplin (den jungen Damen eines Hauses abgelauscht, in dem sie gedient hatte, ehe sie nach Gateshead kam) auch ein wenig furchteinflößend waren, so gefiel mir doch ihre Beschreibung gewisser Fertigkeiten und Kenntnisse, die jene jungen Damen erworben hatten. Sie rühmte ihre schönen Landschafts- und Blumenbilder, die Lieder und Theaterstücke, die Geldbörsen in Filetarbeit und die französischen Bücher, die sie übersetzten, bis ich es ihnen gern gleichgetan hätte. Außerdem würde Schule eine durchgreifende Veränderung bedeuten. Auf jeden Fall war eine lange Reise damit verbunden, die vollständige Trennung von Gateshead und der Eintritt in ein neues Leben.

«Ja, ich würde gern zur Schule gehen», lautete die hörbare Zusammenfassung meiner Überlegungen.

«Na gut, wer weiß, was alles geschieht?» sagte Mr. Lloyd und erhob sich. «Das Kind braucht Luftveränderung und eine andere Umgebung», fügte er bei sich hinzu. «Die Nerven sind angegriffen.»

Nun kehrte Bessie zurück, und im selben Augenblick hörte man auf dem Kiesweg die Kutsche anrollen.

«Ist das Ihre Herrin, Bessie?» fragte Mr. Lloyd. «Bevor ich gehe, würde ich Sie gern sprechen.»

Bessie führte ihn ins Frühstückszimmer. Aus den späteren Ereignissen schließe ich, daß der Apotheker Mrs. Reed im anschließenden Gespräch nahezulegen wagte, sie möge mich auf eine Schule schicken, und ohne Frage wurde seine Empfehlung bereitwillig angenommen. Denn als Abbot eines Abends im Kinderzimmer beim Nähen das Thema mit Bessie erörterte – ich lag schon im Bett, und sie glaubten, ich schliefe –, da sagte sie, die Herrin wäre wohl recht froh, ein so lästiges, boshaftes Kind loszuwerden, das immer aussehe, als würde es alle beobachten und hinterrücks Ränke schmieden. Abbot traute mir offenbar zu, eine Art kindlicher Guy Fawkes zu sein.

Bei diesem Gespräch zwischen Miss Abbot und Bessie erfuhr ich auch zum ersten Mal, daß mein Vater ein mittelloser Geistlicher gewesen war; meine Mutter hatte ihn gegen den Willen ihrer Angehörigen geheiratet, die diese Eheschließung für nicht standesgemäß hielten, und mein Großvater Reed war über ihren Ungehorsam so erzürnt gewesen, daß er ihr keinen roten Heller hinterließ. Nach einem Jahr Ehe hatte sich mein Vater bei einem Besuch im Armenviertel der großen Industriestadt, in der er Hilfspfarrer war, den damals dort grassierenden Typhus geholt; meine Mutter steckte sich bei ihm an, und beide starben innerhalb eines Monats.

Als Bessie dies hörte, seufzte sie und sagte: «Die arme Miss Jane kann einem aber auch leid tun, Abbot.»

«Ja,» erwiderte Abbot, «wenn sie ein nettes, niedliches Mädchen wäre, hätte man Mitleid mit ihrer Einsamkeit, doch für solch ein kleines Ekel kann man wirklich nichts empfinden.»

«Nein, nicht viel», stimmte Bessie zu. «Eine Schönheit wie Miss Georgiana würde einen in dieser Lage jedenfalls mehr rühren.»

«Ja, in Miss Georgiana bin ich vernarrt!» rief die feurige Abbot. «Die Süße! Mit ihren langen Locken, den blauen Augen und der zarten Haut! – Wie gemalt! Und jetzt, Bessie, könnte ich mir ein überbackenes Käsebrot zum Abendessen vorstellen!»

«Ich auch, und zwar mit gerösteten Zwiebeln. Kommen Sie, wir gehen hinunter.» Und sie gingen.

KAPITEL 4

Aus dem Gespräch mit Mr. Lloyd und der oben geschilderten Unterhaltung zwischen Bessie und Abbot schöpfte ich genug Hoffnung, um wieder gesund werden zu wollen. Eine Veränderung schien nahe – ich hoffte und wartete schweigend darauf. Doch es zog sich hin; Tage und Wochen vergingen, ich hatte meinen normalen Gesundheitszustand wiedererlangt, und mit keinem Wort wurde auf das Thema angespielt, um das meine Gedanken kreisten. Manchmal musterte mich Mrs. Reed strengen Blicks, sprach mich aber selten an. Seit meiner Krankheit zog sie die Trennungslinie zwischen mir und ihren Kindern deutlicher denn je. Sie wies mir eine kleine Kammer zu, in der ich allein schlafen mußte, und verurteilte mich dazu, die Mahlzeiten allein einzunehmen und all meine Zeit im Kinderzimmer zu verbringen, während ihre Kinder ständig im Salon waren. Doch mit keinem Wörtchen deutete sie jemals an, daß sie mich zur Schule schikken wolle. Trotzdem war ich instinktiv überzeugt, daß sie es nicht mehr lange mit mir unter demselben Dach aushalten würde, denn wenn ihr Blick sich mir zuwandte, drückte er mehr denn je unüberwindliche, tiefwurzelnde Abneigung aus.

Eliza und Georgiana sprachen, offenbar auf Anweisung, sowenig wie möglich mit mir. John hänselte mich, wann immer er mich sah, und versuchte mich einmal zu schlagen; aber da ich sofort auf ihn losging, vom gleichen hellen Zorn und verzweifelten Widerstand beseelt, die schon einmal alle schlechten Eigenschaften in mir nach oben gespült hatten, hörte er lieber auf und rannte davon, verwünschte mich und behauptete steif und fest, ich hätte ihm die Nase gebrochen. In der Tat hatte ich ihm mit aller Kraft, die ich in meine Knöchel legen konnte, einen Schlag auf diesen vorspringenden Gesichtsteil versetzt, und als ich merkte, daß entweder dies oder mein Blick ihn einschüchterte, verspürte ich die größte Lust, meinen Vorteil zu nutzen; aber da hockte er schon bei seiner Mama. Ich hörte, wie er flennend das Märchen von der «gräßlichen Jane Eyre» zu erzählen begann, die ihn wie eine tollwütige Katze angefallen habe, doch er wurde ziemlich barsch unterbrochen.

«Von der will ich nichts hören, John. Ich habe dir verboten, dich in ihre Nähe zu begeben; sie ist es nicht wert, daß man ihr Beachtung schenkt. Ich wünsche nicht, daß du und deine Schwestern mit ihr verkehren.»

Da lehnte ich mich über das Treppengeländer und schrie plötzlich und ohne meine Worte abzuwägen: «Sie sind es gar nicht wert, mit mir zu verkehren!»

Mrs. Reed war eine ziemlich stämmige Frau, aber als sie diese seltsame, tollkühne Erklärung hörte, lief sie behend die Treppe hinauf, fegte mich wie ein Wirbelwind ins Kinderzimmer, stieß mich nieder auf die Kante meines Bettchens und warnte mich eindringlich davor, mich für den Rest des Tages von der Stelle zu rühren oder noch eine Silbe zu äußern.

«Was würde Onkel Reed sagen, wenn er noch am Leben wäre?» fragte ich fast unwillkürlich. Ich sage, fast unwillkürlich, weil meine Zunge ohne meine Einwilligung zu reden schien: Etwas sprach aus mir, das ich nicht unter Kontrolle hatte.

«Was?» flüsterte Mrs. Reed. Ihr für gewöhnlich kaltes, gefaßtes graues Auge blickte beunruhigt, als fürchte sie sich. Sie zog die Hand von meinem Arm und starrte mich an, als wisse sie wirklich nicht mehr, ob ich ein Kind sei oder ein böser Geist. Jetzt konnte ich nicht mehr zurück.

«Onkel Reed ist im Himmel und sieht alles, was Sie tun und denken – und Papa und Mama auch. Sie wissen, daß Sie mich den ganzen Tag einsperren und wünschten, ich wäre tot.»

Mrs. Reed faßte sich gleich wieder; sie schüttelte mich tüchtig durch, ohrfeigte mich und verließ mich ohne ein Wort. Diese Lücke füllte Bessie mit einer einstündigen Moralpredigt, in welcher sie unzweifelhaft nachwies, daß ich das sündhafteste und verworfenste Kind sei, das je unter einem Dach aufgezogen worden sei. Fast glaubte ich ihr, denn in meiner Brust tobten tatsächlich nur böse Gefühle.

November, Dezember und der halbe Januar verstrichen. In Gateshead waren Weihnachten und Neujahr mit der üblichen Festesfreude gefeiert worden. Man hatte Geschenke ausgetauscht, Festessen und Abendgesellschaften veranstaltet. Natürlich war ich von allen Vergnügungen ausgeschlossen; mein Anteil an der Fröhlichkeit bestand darin, daß ich täglich zusehen durfte, wie Eliza und Georgiana angezogen wurden und in feinen Musselinkleidern mit scharlachroten Schärpen und mit kunstvoll gekräuseltem Haar in den Salon hinunterschritten; später lauschte ich auf die Klänge des Pianos oder der Harfe, die unten gespielt wurden, auf das Hin- und Hergehen des Butlers und des Kammerdieners, auf das Klirren der Gläser und des Porzellans, wenn Erfrischungen gereicht wurden, und auf das immer wieder unterbrochene Gemurmel, wenn sich die Salontüren öffneten und schlossen. War ich dieser Beschäftigung überdrüssig, zog ich mich vom Treppenabsatz in das abgelegene, stille Kinderzimmer zurück; dort war ich zwar ein wenig traurig, aber nicht unglücklich. Offen gestanden verspürte ich nicht den leisesten Wunsch nach Gesellschaft, denn die Gäste kümmerten sich kaum um mich; und wenn Bessie nur freundlich und gesellig gewesen wäre, hätte ich es als große Gunst empfunden, die Abende in Ruhe mit ihr zu verbringen statt unter dem furchteinflößenden Blick von Mrs. Reed in einem Raum voller Damen und Herren. Bessie jedoch begab sich, sobald sie ihre Fräuleins angekleidet hatte, in belebtere Gefilde, in die Küche oder das Zimmer der Haushälterin, und die Kerze nahm sie gewöhnlich mit. Dann saß ich mit meiner Puppe auf den Knien da, bis das Feuer niederbrannte, und blickte mich von Zeit zu Zeit um, als wollte ich mich vergewissern, daß sich nichts Schlimmeres als ich in dem dunklen Zimmer aufhielt. Wenn die letzte Glut zu mattem Rot zusammensank, zog ich mich rasch aus, wobei ich nach Kräften an Knoten und Bändern zerrte, und suchte in meinem Bett Schutz vor Kälte und Dunkelheit. Die Puppe nahm ich immer mit. Der Mensch muß etwas lieben können, und mangels eines wertvolleren Objekts suchte ich mein Glück darin, ein vergilbtes Abbild, schäbig wie eine Miniaturvogelscheuche, zu hätscheln und zu tätscheln. Heute denke ich mit Staunen daran zurück, wie aberwitzig ernsthaft ich in dieses kleine Spielzeug vernarrt war; fast wähnte ich es lebendig und zu Gefühlen fähig. Ich konnte nicht schlafen, solange es nicht in mein Nachthemd gewickelt war, und wenn es dort sicher und warm lag, war ich vergleichsweise glücklich und glaubte es ebenso glücklich.

Lang schienen mir die Stunden, in denen ich auf den Aufbruch der Gäste wartete und auf Bessies Schritte auf der Treppe horchte. Manchmal kam sie zwischendrin hoch, um Fingerhut oder Schere zu suchen oder um mir etwas zum Abendessen zu bringen – ein Brötchen oder einen Käsekuchen. Dann saß sie, während ich aß, eine Weile bei mir am Bett; sobald ich fertig war, steckte sie die Decke ringsum fest, und zweimal küßte sie mich und sagte: «Gute Nacht, Miss Jane!» Wenn sie so lieb war, erschien mir Bessie als das beste, schönste und freundlichste Wesen auf Erden, und ich wünschte mir von Herzen, sie wäre immer so entgegenkommend und liebenswürdig und würde mich nie herumstoßen oder schelten oder mir unvernünftig viel aufbürden wie so oft. Bessie Lee war gewiß ein Mädchen mit guten Eigenschaften; sie handelte stets klug und hatte ein bemerkenswertes Talent zum Erzählen. Zumindest machten ihre Kindermärchen diesen Eindruck auf mich. Außerdem war sie hübsch, wenn ich mich recht an ihr Gesicht und ihre Gestalt entsinne. Ich habe sie als schlanke junge Frau mit schwarzem Haar, dunklen Augen, gefälligen Gesichtszügen und schönem, klarem Teint in Erinnerung, aber sie war launisch und vorschnell und gleichgültig gegenüber Grundsätzen oder Gerechtigkeit. Dennoch mochte ich sie so, wie sie war, immer noch lieber als alle anderen auf Gateshead Hall.

Es kam der 15. Januar; es war gegen neun Uhr

morgens. Bessie war zum Frühstück nach unten gegangen, der Vetter und die Cousinen waren noch nicht zu ihrer Mama gerufen worden. Eliza zog ihre Haube und den warmen Gartenmantel an, um das Geflügel zu füttern, eine ihrer Lieblingsbeschäftigungen, nicht zuletzt, weil sie die Eier an die Haushälterin verkaufte und das Geld hortete. Sie hatte einen Hang zum Handeln und eine ausgeprägte Neigung zum Sparen. Dies zeigte sich nicht nur beim Verkauf von Eiern und Hühnern, sondern auch bei ihren rücksichtlosen Geschäftsverhandlungen mit dem Gärtner in Sachen Blumenzwiebeln, Saatgut und Ablegern. Dieser Angestellte hatte Anweisung von Mrs. Reed, seiner jungen Herrin alle Erzeugnisse ihres Blumenbeets abzunehmen, die diese verkaufen wollte. Und Eliza hätte das Haar von ihrem Kopf verkauft, wenn sie damit einen ordentlichen Gewinn erzielt hätte. Das Geld verbarg sie anfangs in entlegenen Winkeln, in Lumpen oder altes Lockenpapier gewickelt, aber das Zimmermädchen hatte einige dieser Verstecke entdeckt, und aus Angst, ihren kostbaren Schatz eines Tages zu verlieren, beschloß Eliza, ihn ihrer Mutter anzuvertrauen – zu einem Wucherzins von fünfzig oder sechzig Prozent. Diesen Zins trieb sie vierteljährlich ein und führte in einem kleinen Heft peinlich genau darüber Buch.

Georgiana saß auf einem hohen Hocker, kämmte sich vor einem Spiegel und flocht in ihre Locken künstliche Blumen und verblaßte Federn, die sie auf dem Dachboden in einer Schublade gefunden hatte. Ich machte mein Bett, denn Bessie hatte mir streng befohlen, es in Ordnung zu bringen, bis sie zurückkam. (Bessie beschäftigte mich mittlerweile häufig als eine Art Kinderzimmer-Magd; ich mußte aufräumen, Stühle abstauben und dergleichen.) Ich hatte die Steppdecke glattgestrichen und mein Nachthemd zusammengelegt und ging nun zum Fenstersitz, um ein paar Bilderbücher und Puppenmöbel aufzuräumen, die dort herumlagen. Georgianas unvermittelter Befehl, ihre Spielsachen in Ruhe zu lassen (denn die kleinen Stühle und Spiegel, die hübschen Teller und Tassen gehörten ihr), ließ mich innehalten. Und weil ich nichts anderes mehr zu tun hatte, verfiel ich darauf, die Eisblumen anzuhauchen, die das Fenster verzierten, und eine freie Stelle auf der Scheibe zu schaffen, durch die ich in den Garten hinausschauen konnte, wo alles still und versteinert unter dem beißenden Frost lag.

Von diesem Fenster aus sah man das Pförtnerhaus und den Fahrweg, und als ich gerade so viel vom silberweißen Pflanzenschleier auf der Scheibe aufgelöst hatte, daß ich hindurchblicken konnte, sah ich, daß das Tor geöffnet wurde und eine Kutsche hindurchrollte. Gleichgültig schaute ich zu, wie sie die Auffahrt hochfuhr. Es kamen oft Kutschen nach Gateshead, aber keine brachte Besucher, an denen mir lag. Sie hielt vor dem Haus, die Klingel schellte laut, und der Ankömmling wurde eingelassen. Da dies alles für mich nichts bedeutete und ich immer noch müßig dasaß, wurde meine Aufmerksamkeit bald auf ein lebhafteres, reizvolleres Schauspiel gelenkt: auf ein hungriges Rotkehlchen, das zwitschernd auf die Zweige des kahlen Kirschspaliers an der Hauswand neben dem Fenster geflogen kam. Auf dem Tisch standen Brot und Milch von meinem Frühstück. Ich zerkrümelte den Rest eines Brötchens und zerrte gerade am Fensterrahmen, um die Krümel draußen aufs Sims zu streuen, als Bessie die Treppe hoch ins Kinderzimmer gelaufen kam.

«Miss Jane, ziehen Sie die Schürze aus, was machen Sie da? Haben Sie sich heute früh Hände und Gesicht gewaschen?» Ich zerrte noch einmal, bevor ich antwortete, denn ich wollte, daß der Vogel sein Brot bekam; der Rahmen gab nach, und ich streute die Krümel hinaus, ein paar auf das steinerne Gesims, ein paar auf den Kirschbaumast, dann schob ich das Fenster zu und erwiderte: «Nein, Bessie, ich bin eben erst mit Abstauben fertig geworden.»

«Was für ein schwieriges, unordentliches Kind! Und jetzt? Sie sind ja ganz rot angelaufen, als wollten Sie gerade irgendwas anstellen. Wieso haben Sie das Fenster aufgemacht?»

Die Mühe einer Antwort wurde mir erspart, denn Bessie schien es zu eilig zu haben, um Erklärungen anzuhören. Sie schleppte mich zum Waschtisch, schrubbte mir gnadenlos, wenngleich glücklicherweise nur kurz Gesicht und Hände mit Seife, Wasser und einem rauhen Handtuch; dann bändigte sie mein Haupthaar mit einer stachligen Bürste, zog mir die Schürze aus, jagte mich hinaus auf den Treppenabsatz und gebot mir, sofort wie befohlen ins Frühstückszimmer hinunterzugehen.

Ich wollte noch fragen, wer nach mir verlangte, wollte fragen, ob Mrs. Reed auch da sein würde, aber Bessie war schon fort und hatte die Kinderzimmertür geschlossen. Langsam stieg ich hinunter. Drei Monate lang hatte mich Mrs. Reed fast nie rufen lassen. Ich war schon so lange ins Kinderzimmer verbannt, daß Frühstückszimmer, Eßzimmer und Salon für mich inzwischen zu Orten des

Schreckens geworden waren, in die ich nicht einzutreten wagte.

Nun stand ich in der leeren Halle, vor mir lag die Tür zum Frühstückszimmer, und ich hielt verängstigt und zitternd inne. Was für einen armseligen kleinen Hasenfuß hatte die durch ungerechte Strafen geweckte Angst aus mir gemacht! Ich fürchtete mich, ins Kinderzimmer zurückzukehren, fürchtete mich aber auch, ins Empfangszimmer weiterzugehen; minutenlang stand ich aufgeregt und zögernd da, bis mich das heftige Klingeln aus dem Frühstückszimmer zu einem Entschluß zwang: ich *mußte* hineingehen.

«Wer kann nach mir verlangen?» fragte ich mich, während ich mit beiden Händen an dem strengen Türknauf drehte, der sich ein, zwei Sekunden meinen Bemühungen widersetzte. «Wen werde ich außer Tante Reed im Zimmer noch antreffen? Einen Mann oder eine Frau?» Der Knauf gab nach, die Tür ging auf, ich trat hindurch und blickte nach einem tiefen Knicks hoch zu – einer schwarzen Säule! So zumindest wirkte die aufrechte, schmale Gestalt in Schwarz auf den ersten Blick auf mich, die kerzengerade auf dem Kaminvorleger stand. Das grimmige Gesicht am oberen Ende sah aus wie eine gemeißelte Maske, die als Kapitell auf einen Säulenschaft gesetzt worden war.

Mrs. Reed saß wie immer in ihrem Sessel neben dem Kamin. Sie bedeutete mir, näher zu kommen. Ich gehorchte, worauf sie mich dem steinernen Fremden mit den Worten vorstellte: «Dies ist das kleine Mädchen, dessentwegen ich mich an Sie gewandt habe.»

Er, denn es war ein Mann, drehte den Kopf langsam in meine Richtung, musterte mich mit neugierigen grauen Augen unter buschigen Brauen und sagte mit feierlicher Baßstimme: «Sie ist klein. Wie alt ist sie?»

«Zehn Jahre.»

«Wirklich?» kam die zweifelnde Antwort, und er verlängerte seine Prüfung um einige Minuten. Dann sprach er mich an.

«Wie heißt du, kleines Mädchen?»

«Jane Eyre, Sir.»

Bei diesen Worten sah ich auf; der Herr kam mir hochgewachsen vor, aber ich war damals auch sehr klein. Sein Gesicht war großflächig, alle Züge, seine ganze Gestalt wirkten gleichzeitig grob und steif.

«Na, Jane Eyre, bist du ein braves Kind?»

Unmöglich, diese Frage zu bejahen, meine kleine Welt war gegenteiliger Meinung, und so schwieg ich. Mrs. Reed antwortete für mich mit ausdrucksvollem Kopfschütteln und fügte sogleich hinzu: «Je weniger man darüber sagt, desto besser, Mr. Brocklehurst.»

«Das hör' ich aber gar nicht gern. Da werde ich mich mal mit ihr unterhalten müssen.» Der lange Mann knickte in der Mitte ab und ließ sich im Lehnstuhl gegenüber von Mrs. Reed nieder. «Komm her», befahl er.

Ich ging über den Teppich, und er rückte mich zurecht, bis ich kerzengerade vor ihm stand. Was für ein Gesicht er hatte, nun, da es mit dem meinen fast auf gleicher Höhe war, was für eine riesige Nase, was für einen Mund, was für große, vorstehende Zähne!

«Kein Anblick ist so traurig wie der eines ungezogenen Kindes», begann er, «besonders der eines ungezogenen kleinen Mädchens. Weißt du, wo die bösen Menschen nach dem Tod hinkommen?»

«Sie kommen in die Hölle», antwortete ich unverzüglich und katechismusgerecht.

«Und was ist die Hölle? Kannst du mir das sagen?»

«Eine Feuergrube.»

«Und möchtest du in diese Grube fallen und dort für alle Zeit brennen?»

«Nein, Sir.»

«Was mußt du tun, um das zu vermeiden?»

Ich überlegte einen Augenblick; als meine Antwort schließlich kam, war sie nicht einwandfrei: «Ich muß gesund bleiben und darf nicht sterben.»

«Aber wie willst du gesund bleiben? Täglich sterben kleinere Kinder als du. Erst vor wenigen Tagen habe ich ein fünf Jahre altes Kindlein beerdigt – ein gutes Kindlein, dessen Seele jetzt im Himmel ist. Es steht zu befürchten, daß sich das von dir nicht sagen ließe, wenn du jetzt abberufen würdest.»

Ich sah mich außerstande, seine Zweifel zu zerstreuen, und so senkte ich nur den Blick auf die zwei großen Füße, die vor mir fest auf dem Teppich standen, seufzte und wünschte mich weit weg.

«Ich hoffe, dieser Seufzer kommt aus dem Herzen und du bereust alles, womit du deiner trefflichen Wohltäterin jemals Kummer bereitet hast.»

«Wohltäterin! Wohltäterin!» dachte ich bei mir. «Alle nennen Mrs. Reed meine Wohltäterin. Wenn das stimmt, dann sind Wohltäterinnen eine unangenehme Sache.»

«Sprichst du morgens und abends deine Gebete?» fuhr er mit seinem Verhör fort.

«Ja, Sir.»

«Liest du in der Bibel?»

«Manchmal.»

«Mit Vergnügen? Tust du es gern?»

«Mir gefallen die Offenbarung und das Buch Daniel, die Genesis und Samuel, ein bißchen was von Exodus und einige Stellen aus dem Buch der Könige, aus den Chronika, aus Hiob und Jonas.»

«Und die Psalmen? Die liest du hoffentlich auch gern.»

«Nein, Sir.»

«Nein? Wie schrecklich! Ich habe einen kleinen Sohn, jünger als du, der sechs Psalmen auswendig kann, und wenn man ihn fragt, was er lieber tut, eine Pfeffernuß essen oder einen Psalmvers auswendig lernen, dann sagt er: ‹Oh, den Psalmvers lernen! Die Engel singen Psalmen›, sagt er, ‹und ich möchte ein Engelchen da oben sein.› Und dann bekommt er zur Belohnung für seine kindliche Frömmigkeit zwei Nüsse.»

«Die Psalmen sind langweilig», stellte ich fest.

«Das zeigt, daß du ein sündiges Herz hast. Du mußt Gott bitten, daß er dir ein neues und reines gibt, daß er dein altes Herz aus Stein wegnimmt und dir ein Herz aus Fleisch schenkt.»

Schon lag mir die Frage auf der Zunge, wie diese Herzaustauschoperation durchgeführt werden sollte, da schaltete Mrs. Reed sich ein und befahl mir, mich zu setzen. Nun führte sie die Unterhaltung weiter.

«Mr. Brocklehurst, in meinem Brief vor drei Wochen habe ich wohl schon angedeutet, daß dieses kleine Mädchen nicht ganz den Charakter und die Veranlagung hat, wie sie wünschenswert wären.

Sollten Sie sie in die Schule von Lowood aufnehmen, so wäre ich froh, wenn Sie die Schulleiterin und die Lehrerinnen bäten, ein scharfes Auge auf sie zu haben und sich vor allem gegen ihren schlimmsten Fehler zu wappnen, eine Neigung zur Lüge. Ich erwähne das in deinem Beisein, Jane, damit du nicht versuchst, Mr. Brocklehurst etwas vorzumachen.»

Wie sollte ich Mrs. Reed nicht fürchten, wie sollte ich sie nicht hassen! Es lag in ihrer Natur, mich grausam zu verletzen. Nie konnte ich in ihrer Gegenwart glücklich werden, so beflissen ich auch gehorchte, so sehr ich mich bemühte, ihr zu gefallen; meine Anstrengungen wurden immer zurückgewiesen und mir mit Sätzen wie diesem gelohnt. Diese Beschuldigung, geäußert vor einem Fremden, tat mir in der Seele weh; dunkel erkannte ich, daß Mrs. Reed mir schon jetzt jegliche Hoffnung auf den neuen Lebensabschnitt raubte, den sie für mich vorsah. Ich spürte, auch wenn ich dies nicht hätte ausdrücken können, daß sie Abneigung und Lieblosigkeit auf meinen zukünftigen Weg säte. Ich merkte, wie ich mich unter Mr. Brocklehursts Augen in ein verschlagenes, unartiges Kind verwandelte, aber was hätte ich gegen diese Ungerechtigkeit unternehmen können?

«Nichts, gar nichts», dachte ich, kämpfte gegen ein Schluchzen an und wischte mir hastig ein paar Tränen weg, die ohnmächtigen Zeugnisse meiner Pein.

«Lügen ist ein schlimmer Fehler bei einem Kind», sagte Mr. Brocklehurst. «Es ist der Arglist verwandt, und in jenem See aus Feuer und Schwefel wird alle Lügner ihr Geschick ereilen. Man wird das Mädchen im Auge behalten, Mrs. Reed. Ich werde mit Miss Temple und den Lehrerinnen sprechen.»

«Ich möchte, daß sie so erzogen wird, wie es ihren Aussichten entspricht», fuhr meine Wohltäterin fort, «sie soll tüchtig werden und dabei demütig bleiben und auch während der Ferien mit Ihrer Einwilligung immer in Lowood bleiben.»

«Ihre Entscheidungen sind äußerst vernünftig, Madam», erwiderte Mr. Brocklehurst. «Demut ist eine christliche Tugend und namentlich für die Schülerinnen von Lowood angebracht. Daher lege ich auf ihre Pflege auch besonderen Wert. Ich habe mich eingehend damit befaßt, wie man das weltliche Gefühl des Stolzes am ehesten in ihnen abtötet, und erst kürzlich erhielt ich einen erfreulichen Beweis meines Erfolgs. Meine zweite Tochter Augusta hatte mit ihrer Mama die Schule besucht, und auf dem Heimweg rief sie aus: ‹Ach, Papa, wie unscheinbar und gewöhnlich die Mädchen in Lowood aussehen! Das Haar hinter die Ohren gekämmt, die langen Schürzen und die kleinen Leinwandtaschen über den Kleidern – wie Armeleutekinder!› sagte sie. ‹Und mein Kleid und das von Mama haben sie angeschaut, als hätten sie noch nie ein Seidenkleid gesehen!›»

«So etwas lob' ich mir», erwiderte Mrs. Reed. «Selbst wenn ich ganz England abgesucht hätte, wäre mir wohl kaum eine Erziehungsmethode untergekommen, die besser für ein Kind wie Jane Eyre paßt. Konsequenz, Mr. Brocklehurst, ich bin für Konsequenz in jeder Beziehung.»

«Konsequenz, Madam, ist die oberste christliche Tugend, und sie bestimmt alle Maßnahmen im Internat von Lowood. Einfache Kost, schlichte Kleidung, nüchterne Unterkünfte, Abhärtung und Fleiß, so lautet der Tagesbefehl für Haus und Bewohnerinnen.»

«Völlig richtig, Sir. Ich kann also damit rechnen, daß dieses Kind als Schülerin in Lowood aufgenommen und dort gemäß seiner Stellung und seinen Aussichten erzogen wird?»

«Jawohl, Madam. Sie soll in dieses Treibhaus ausgewählter Pflanzen versetzt werden – und ich erwarte zuversichtlich, daß sie die unschätzbare Gunst dankbar anerkennen wird.»

«Ich werde sie sobald wie möglich hinschicken, Mr. Brocklehurst; denn ich versichere Ihnen, mir liegt sehr viel daran, mich einer Verantwortung zu entledigen, die mir nur zu lästig geworden ist.»

«Gewiß, gewiß, Madam. Und nun darf ich Ihnen guten Tag wünschen. Ich werde in ein, zwei Wochen nach Brocklehurst Hall zurückkehren; früher will mich mein guter Freund, der Erzdiakon, nicht fortlassen. Ich werde Miss Temple benachrichtigen, daß sie ein neues Mädchen zu erwarten hat, so daß sich bei ihrem Empfang keine Schwierigkeiten ergeben. Leben Sie wohl.»

«Auf Wiedersehen, Mr. Brocklehurst, empfehlen Sie mich Mrs. und Miss Brocklehurst, Augusta und Theodore sowie Master Broughton Brocklehurst.»

«Gern. Kleines Mädchen, hier ist ein Buch mit dem Titel ‹Leitfaden für Kinder›; lies es mit Andacht, besonders den ‹Bericht über den erschröcklich jähen Tod von Martha G., einem mißratenen Kind, welches der Tücke und Lüge anheimgefallen›.»

Mit diesen Worten reichte mir Mr. Brocklehurst eine dünne, broschierte Abhandlung; dann läutete er nach seiner Kutsche und ging hinaus.

Mrs. Reed und ich blieben allein. Einige Minuten verstrichen in Schweigen, sie nähte, ich sah ihr zu. Mrs. Reed mochte damals etwa sechs- oder siebenunddreißig Jahre alt gewesen sein. Sie war eine kräftig gebaute Frau mit breiten Schultern und festen Armen, nicht groß, gedrungen, aber nicht fettleibig. Sie hatte ein ziemlich breites Gesicht mit einem ausgeprägten, energischen Unterkiefer, einer niedrigen Stirn und einem großen, vorspringenden Kinn; Mund und Nase wirkten leidlich regelmäßig, und unter ihren hellen Brauen glitzerten Augen ohne jedes Mitleid. Ihre Haut war dunkel und glanzlos und das Haar fast flachsblond. Sie war kerngesund und kannte keine Krankheiten. Als gewissenhafte, kluge Wirtschafterin hatte sie ihren Haushalt und die Pächterschaft vollständig unter Kontrolle, nur die Kinder widersetzten sich manchmal ihrer Autorität und spotteten darüber. Sie kleidete sich sorgfältig, und ihr Auftreten und Benehmen zielte darauf ab, ihre schönen Kleider zur Geltung zu bringen.

Ich saß auf einem niedrigen Hocker, ein paar Ellen von ihrem Lehnstuhl entfernt, sah prüfend auf ihre Gestalt und las in ihren Zügen. In der Hand hielt ich das warnende Traktat über den plötzlichen Tod der Lügnerin, auf das man mich aus gebotenem Grund aufmerksam gemacht hatte. Was soeben geschehen war, was Mrs. Reed über mich zu Mr. Brocklehurst gesagt hatte, der ganze Inhalt des Gesprächs brannte noch frisch und wund in meinem Herzen, jedes Wort hatte ich ebenso ätzend gespürt wie deutlich gehört, und jetzt gärte leidenschaftlicher Haß in mir.

Mrs. Reed sah von ihrer Arbeit auf, unsere Augen trafen sich, und ihre Finger unterbrachen ihre behenden Bewegungen.

«Geh raus. Geh wieder ins Kinderzimmer», befahl sie. Mein Blick oder etwas anderes mußte ihr unverschämt vorgekommen sein, denn sie sprach mit mühsam verhaltenem Zorn. Ich stand auf und ging zur Tür. Dann kam ich wieder zurück, trat zum Fenster und schritt schließlich quer durch den Raum, bis ich vor ihr stand.

Ich *mußte* sprechen. Ich war zutiefst gedemütigt worden und *mußte* mich wehren, aber wie? Hatte ich die Kraft, mich an meiner Gegnerin zu rächen? Ich nahm allen Mut zusammen und schleuderte ihr die folgenden unverblümten Sätze ins Gesicht: «Ich bin keine Lügnerin! Wenn ich es wäre, würde ich behaupten, ich liebte Sie, aber ich erkläre ausdrücklich, daß ich Sie nicht liebe, ich hasse Sie mehr als alle Menschen auf Erden außer John Reed, und dieses Buch über eine Lügnerin können Sie Ihrer Tochter Georgiana geben, denn die lügt, nicht ich.»

Mrs. Reeds Hand lag noch immer unbeweglich auf ihrer Arbeit, ihr eisiges Auge ruhte unverwandt und frostig auf mir.

«Sonst noch etwas?» fragte sie in einem Ton, in dem man einen erwachsenen Gegner anspricht, nicht ein Kind.

Dieses Auge, diese Stimme wühlten allen Abscheu in mir auf. Ich zitterte von Kopf bis Fuß, schaudernd vor unbezwingbarer Erregung, und fuhr fort: «Ich bin froh, daß Sie nicht blutsverwandt mit mir sind. Ich werde Sie nie mehr Tante nennen, solange ich lebe. Ich werde Sie nie mehr besuchen, wenn ich erwachsen bin, und wenn mich jemand fragt, ob ich Sie gern gehabt habe und wie Sie mich behandelt haben, so werde ich sagen, daß mir schon der Gedanke an Sie Übelkeit verursacht und daß Sie furchtbar grausam zu mir waren.»

«Wie wagst du so etwas zu behaupten, Jane Eyre?»

«Wie ich das wage, Mrs. Reed? Wie ich es wage? Weil es die Wahrheit ist. Sie meinen, ich hätte keine Gefühle und käme ohne ein Fünkchen Liebe und Freundlichkeit aus, aber so kann ich nicht leben. Und Sie kennen kein Mitleid. Bis zu meiner Todesstunde werde ich mich daran erinnern, wie Sie mich verstoßen haben, grob und gewaltsam ins Rote Zimmer verstoßen und mich dort eingesperrt haben. Obwohl ich furchtbare Angst hatte, obwohl ich laut schrie und vor Entsetzen fast erstickte. ‹Gnade, Gnade, Tante Reed!› Und diese Strafe haben Sie mir auferlegt, weil Ihr niederträchtiger Sohn mich verprügelt und grundlos niedergeschlagen hat. Allen, die mich fragen, werde ich diese wahre Geschichte erzählen. Die Leute halten Sie für eine gute Frau, aber Sie sind böse und hartherzig. – Die Lügnerin sind *Sie!*»

Noch ehe ich geendet hatte, begann sich mein Herz zu weiten und mit einem seltsamen, nie gekannten Gefühl von Freiheit und Triumph zu jubeln. Mir war, als sei eine unsichtbare Fessel zerborsten und als hätte ich mich in eine unverhoffte Freiheit hinausgekämpft. Dieses Gefühl kam nicht von ungefähr. Mrs. Reed sah eingeschüchtert aus, die Handarbeit war ihr vom Schoß geglitten, sie hatte die Hände erhoben, wiegte sich vor und zurück und verzog sogar das Gesicht, als würde sie gleich losweinen.

«Jane, du irrst dich. Was ist los mit dir? Warum zitterst du so heftig? Möchtest du etwas Wasser?»

«Nein, Mrs. Reed.»

«Hast du sonst irgendeinen Wunsch, Jane? Ich versichere dir, ich will deine Freundin sein.»

«Nein, Mrs. Reed. Sie haben Mr. Brocklehurst erzählt, ich hätte einen schlechten Charakter, eine Veranlagung zum Lügen, und ich werde alle in Lowood wissen lassen, was Sie sind und was Sie getan haben.»

«Jane, das verstehst du nicht, Kindern müssen ihre Fehler ausgetrieben werden.»

«Lügen gehört nicht zu meinen Fehlern», rief ich mit wütender, hoher Stimme.

«Aber du bist hitzig, Jane, das mußt du zugeben. Und jetzt geh ins Kinderzimmer hinauf – sei ein liebes Kind und leg dich dort ein wenig hin.»

«Ich bin nicht Ihr liebes Kind, ich kann mich nicht hinlegen! Schicken Sie mich bald zur Schule, Mrs. Reed, denn das Leben hier ist grauenhaft.»

«Das werde ich allerdings», murmelte Mrs. Reed mit unterdrückter Stimme, hob ihre Arbeit auf und verließ rasch das Zimmer.

Ich blieb allein zurück – als Siegerin. Es war meine schwerste Schlacht und mein erster Sieg. Ich stand eine Weile auf dem Kaminvorleger, wo Mr. Brocklehurst gestanden hatte, und genoß die Einsamkeit des Eroberers. Anfangs lächelte ich glücklich erregt in mich hinein. Aber diese grimmige Freude flaute so rasch ab, wie sich mein beschleunigter Puls beruhigte. Kein Kind kann mit Erwachsenen streiten, wie ich es getan hatte, kein Kind kann seiner Wut freien Lauf lassen, ohne nachher quälende Reue und kalte Angst vor der Vergeltung zu verspüren. Ein Bergrücken voller Heidekraut, das im Abendlicht leuchtet, lebendig, strahlend, brennend – das wäre eine angemessene Metapher für meinen geistigen Zustand gewesen, als ich Mrs. Reed angriff und bedrohte. Derselbe Höhenzug, schwarz und versengt, nachdem die Flammen verloschen sind, hätte nicht weniger passend meine nachfolgende Verfassung beschrieben, als mir eine halbe Stunde Stille und Nachdenken vor Augen führte, wie verrückt ich mich benommen hatte und wie trostlos meine verhaßte und haßerfüllte Lage war.

Zum ersten Mal hatte ich von der Rache gekostet; sie schmeckte beim ersten Schluck wie würziger Wein, warm und feurig, doch der metallische, ätzende Nachgeschmack gab mir das Gefühl, als sei er vergiftet gewesen. Nur zu gern hätte ich nun Mrs. Reed um Verzeihung gebeten, aber ich wußte teils aus Erfahrung, teils instinktiv, daß sie mich daraufhin nur noch mehr hassen und verachten und dadurch meine aufrührerischen Neigungen aufs neue wecken würde.

Ich hätte gern bessere Anlagen in mir gepflegt als die, in Wut auszubrechen, hätte gern ein weniger feindseliges Gefühl als das finsterer Empörung geschürt. Schließlich holte ich mir ein Buch – es waren «Geschichten aus Tausendundeiner Nacht» –, setzte mich und versuchte zu lesen. Aber der Inhalt blieb mir unverständlich; ständig schwammen meine eigenen Gedanken zwischen mir und den Seiten, die mich sonst so gefesselt hatten. Ich öffnete die Terrassentür des Frühstückszimmers. Die Sträucher standen reglos; der strenge, trockene Frost, ungebrochen von Sonne oder Wind, beherrschte den ganzen Park. Ich schlug mir den Überrock meines Kleids über Kopf und Arme und begab mich in einen abgelegenen Gartenteil. Aber ich konnte mich nicht freuen an den stillen Bäumen, den heruntergefallenen Kiefernzapfen und den vereisten Überresten des Herbstes, den rotbraunen, von früheren Windstößen zu Haufen gewehten und nun zusammengefrorenen Blättern. Ich lehnte mich gegen ein Tor und schaute auf eine leere Wiese, auf der nun keine Schafe mehr weideten und das kurze Gras starr und bleich geworden war. Es war ein sehr grauer Tag mit einem dunklen, verhangenen Himmel, «dräuend mit Schnee»[9]; nur gelegentlich fielen ein paar Flocken, die sich auf den festgefrorenen Weg und die weiße Flur legten, aber nicht schmolzen. Da stand ich nun, ich armes Kind, und flüsterte immer wieder vor mich hin: «Was soll ich bloß tun? Was soll ich bloß tun?»

Plötzlich hörte ich eine helle Stimme rufen: «Miss Jane! Wo sind Sie? Kommen Sie zum Lunch!»

Es war Bessie, das wußte ich sehr wohl, aber ich rührte mich nicht. Sie kam leichten Schritts den Weg heruntergetrippelt.

«Sie ungezogenes kleines Ding!» sagte sie. «Warum kommen Sie nicht, wenn man Sie ruft?»

Verglichen mit meinen schwarzen Gedanken, erschien mir Bessies Auftauchen erfreulich, obwohl sie wie immer nörgelte. Allerdings neigte ich nach meinem siegreichen Streit mit Mrs. Reed nicht dazu, den flüchtigen Ärger des Kindermädchens allzu ernst zu nehmen; der Sinn stand mir eher danach, mich an der jugendlichen Heiterkeit ihres

Herzens aufzuwärmen. So legte ich einfach meine Arme um sie und sagte: «Komm, Bessie, schimpf nicht.»

Diese Geste war freimütiger und furchtloser, als ich sie mir je erlaubt hatte, und aus irgendeinem Grund gefiel sie ihr.

«Sie sind ein seltsames Kind, Miss Jane», sagte sie und blickte auf mich nieder, «ein wankelmütiges, einsiedlerisches Ding. Und jetzt gehen Sie also zur Schule?»

Ich nickte.

«Tut es Ihnen nicht leid, die arme Bessie zu verlassen?»

«Was macht die sich schon daraus? Sie schimpft ja immer nur.»

«Weil Sie so ein sonderbares, ängstliches, schüchternes kleines Ding sind. Sie sollten beherzter sein.»

«Was! Damit ich noch mehr Schläge bekomme?»

«Unsinn! Allerdings wird Ihnen schon ziemlich viel zugemutet, das stimmt. Als meine Mutter mich letzte Woche besuchte, sagte sie, sie würde sich keins ihrer Kinder an Ihre Stelle wünschen. Doch jetzt kommen Sie rein, ich habe gute Nachrichten für Sie.»

«Das glaub' ich nicht, Bessie.»

«Aber Kind! Was soll das heißen? Was sehen Sie mich gar so besorgt an? Na gut. Die Missis, die jungen Damen und Master John gehen heute nachmittag aus, und Sie dürfen mit mir Tee trinken. Ich werde die Köchin bitten, einen kleinen Kuchen zu backen, und dann helfen Sie mir, Ihre Schubladen durchzusehen, denn ich muß gleich Ihren Koffer packen. Die Herrin will, daß Sie Gateshead in wenigen Tagen verlassen, und Sie sollen sich aussuchen, welche Spielsachen Sie mitnehmen.»

«Bessie, du mußt mir versprechen, mich nicht mehr auszuschimpfen, bis ich gehe.»

«Na gut. Aber dann müssen Sie ein ganz braves Mädchen sein und dürfen sich nicht vor mir fürchten. Erschrecken Sie nicht, wenn ich mal ein bißchen heftiger werde, das reizt mich nämlich!»

«Ich werde mich nie mehr vor dir fürchten, Bessie, an dich bin ich gewöhnt, und bald muß ich vor anderen Menschen Angst haben.»

«Wenn Sie vor ihnen Angst haben, werden sie Sie nicht mögen.»

«Wie du, Bessie?»

«Aber nein, Miss, ich glaube, Sie habe ich lieber als alle anderen.»

«Das zeigst du aber nicht.»

«Sie schlaues kleines Ding! Sie reden ja auf einmal ganz anders. Seit wann sind Sie so verwegen und unerschrocken?»

«Na ja, bald bin ich weg von dir, und außerdem ...» Ich wollte schon von dem Vorfall zwischen Mrs. Reed und mir erzählen, aber wenn ich es recht bedachte, schwieg ich wohl besser.

«Und Sind Sie froh, wenn Sie von mir wegkommen?»

«Überhaupt nicht, Bessie. Gerade jetzt tut es mir beinahe leid.»

«Gerade jetzt! Und beinahe leid! Wie kühl meine kleine Dame das sagt! Wenn ich Sie jetzt um einen Kuß bäte, würden Sie ihn mir bestimmt verweigern. Sie würden sagen ‹Lieber nicht›.»

«Aber ich gebe dir gern einen Kuß. Beug' dich

herunter.» Bessie bückte sich, wir umarmten einander, und ich folgte ihr ganz getröstet ins Haus. Der Nachmittag verstrich in Frieden und Harmonie, und abends erzählte sie mir ihre spannendsten Geschichten und sang mir ihre lieblichsten Lieder vor. Selbst für mich hatte das Leben ein paar Sonnenstrahlen.

KAPITEL 5

Am Morgen des 19. Januar hatte es kaum fünf Uhr geschlagen, als Bessie mit einer Kerze in meine Kammer kam und mich schon wach und fast angezogen antraf. Ich war eine halbe Stunde vorher aufgestanden, hatte mir das Gesicht gewaschen und mich im Licht des eben untergehenden Halbmonds, der durch das schmale Fenster neben meinem Bett schien, angekleidet. Heute sollte ich Gateshead verlassen, mit einer Kutsche, die um sechs Uhr morgens am Parktor vorbeifuhr. Bessie war als einzige schon aufgestanden; sie hatte im Kinderzimmer Feuer gemacht und bereitete nun mein Frühstück zu. Kinder mit Reisefieber können selten essen, und das war bei mir nicht anders. Bessie hatte mich vergeblich genötigt, ein paar Löffel heiße Milch mit Brot zu mir zu nehmen, und wickelte mir daraufhin ein paar Kekse in Papier und steckte sie mir in die Tasche. Dann half sie mir in meinen Umhang, setzte mir die Haube auf, hüllte sich selbst in einen Schal und verließ mit mir das Kinderzimmer. Als wir an Mrs. Reeds Schlafzimmer vorbeikamen, fragte sie: «Wollen Sie hineingehen und sich von der Missis verabschieden?»

«Nein, Bessie. Sie kam gestern abend, als du beim Essen warst, zu mir ans Bett. Sie sagte, ich bräuchte sie, den Vetter und die Cousinen am Morgen nicht zu stören, und ich sollte immer daran denken, daß sie stets meine beste Freundin gewesen sei, und dementsprechend von ihr reden und ihr dankbar sein.»

«Und was haben Sie geantwortet, Miss?»

«Nichts. Ich zog mir die Decke über den Kopf und drehte mich zur Wand.»

«Das war unrecht, Miss Jane.»

«Das war vollkommen richtig, Bessie. Deine Herrin war nicht meine Freundin, sondern meine Feindin.»

«Oh, Miss Jane! Das dürfen Sie nicht sagen!»

«Leb wohl, Gateshead», rief ich, als wir durch die Halle gingen und aus der Haustür traten.

Der Mond war untergegangen, und es war sehr dunkel. Bessie trug eine Laterne, deren Licht auf den weißen Stufen und dem taufeuchten Kiesweg glitzerte. Unwirtlich und kalt war der Wintermorgen, und meine Zähne klapperten, als ich den Fahrweg entlangeilte. Im Pförtnerhaus brannte schon Licht; als wir ankamen, schürte die Pförtnersfrau gerade das Feuer, und mein Koffer, der am Abend zuvor hierhergebracht worden war, stand verschnürt an der Tür. Es fehlten nur noch wenige Minuten bis sechs Uhr, und kurz nach den Glokkenschlägen kündigte fernes Räderrollen die nahende Kutsche an. Ich ging zur Tür und sah zu, wie die Lampen durch die Dunkelheit schnell näher kamen.

«Fährt sie allein?» fragte die Pförtnerin.

«Ja.»

«Und wie weit ist es?»

«Fünfzig Meilen.»

«So weit! Daß Mrs. Reed keine Angst hat, sie allein so weit reisen zu lassen!»

Die Kutsche hielt. Da stand sie nun vor dem Tor mit ihren vier Pferden, das Verdeck voller Passagiere, und der Postillon mahnte mich laut zur Eile und hievte meinen Koffer nach oben. Dann löste er mich von Bessie, an deren Hals ich mich liebkosend klammerte.

«Passen Sie bloß gut auf sie auf!» rief sie dem Postillon zu, während er mich hineinhob.

«Ja, ja», gab er zur Antwort, dann wurde die Tür zugeschlagen, eine Stimme rief «Alles in Ordnung!», und wir fuhren los. So wurde ich von Bessie und Gateshead getrennt, fortgeweht in unbekannte und, wie ich damals glaubte, ferne und geheimnisvolle Gefilde.

Ich erinnere mich kaum an diese Reise. Ich weiß nur noch, daß mir der Tag übernatürlich lang vorkam und daß ich den Eindruck hatte, als führen wir mindestens hundert Meilen. Wir kamen durch mehrere Marktflecken, und in einem sehr großen hielt die Kutsche. Die Pferde wurden ausgespannt, und die Fahrgäste stiegen aus, um zu Mittag zu essen. Ich wurde in ein Gasthaus gebracht, und der Postillon wollte, daß ich etwas aß, aber da ich keinen Appetit hatte, führte er mich in einen riesigen Raum mit einem Kamin an beiden Schmalseiten, einem Kronleuchter an der Decke und einer kleinen roten Galerie hoch oben an der Wand, auf der lauter Musikinstrumente standen, und ließ mich dort allein. Lange ging ich hier auf und ab, mir war höchst seltsam zumute, und ich hatte tödliche

Angst, daß mich jemand entführen könnte. Ich witterte nämlich überall Entführer, da ihre Untaten in Bessies Kamingeschichten eine große Rolle gespielt hatten. Endlich kam der Postillon zurück, ich wurde wieder in der Kutsche verstaut, mein Beschützer erklomm den Bock, blies in sein hohltönendes Horn, und schon ratterten wir über die «steinige Straße» von L.*** davon.[10]

Feucht und etwas neblig zog der Nachmittag herauf; als er verblaßte und die Dämmerung nahte, beschlich mich das Gefühl, schon sehr weit von Gateshead entfernt zu sein. Wir kamen durch keine Marktflecken mehr, und die Landschaft veränderte sich; am Horizont ragten gewaltige, graue Berge empor. Während es immer schummeriger wurde, fuhren wir in ein walddunkles Tal hinunter, und als schon lange jeder Ausblick in der Schwärze der Nacht verschwunden war, hörte ich einen wilden Wind durch die Bäume brausen.

Von diesem Geräusch eingelullt, schlief ich endlich ein. Ich hatte noch nicht lange geschlummert, als die gleichmäßige Bewegung plötzlich aufhörte und ich erwachte. Der Schlag war offen, und draußen stand jemand, wohl eine Dienstmagd; ich sah ihr Gesicht und Kleid im Lampenschein.

«Gibt es hier ein kleines Mädchen namens Jane Eyre?» fragte sie. Ich antwortete «Ja» und wurde hinausgehoben; jemand reichte meinen Koffer herab, und die Kutsche fuhr weiter.

Steif vom langen Sitzen und betäubt vom Lärm und vom Rütteln der Kutsche, nahm ich all meine Sinne zusammen und blickte mich um. Regen, Wind und Dunkelheit erfüllten die Luft, dennoch erkannte ich vor mir undeutlich eine Mauer und darin eine offenstehende Tür. Hier hindurch folgte ich meiner neuen Geleiterin, die die Pforte hinter sich schloß und verriegelte. Nun erblickte ich ein Haus oder vielleicht auch mehrere Häuser – denn das Gebäude schien weitläufig – mit vielen Fenstern, in denen teilweise Licht brannte; wir gingen einen breiten Kiesweg voller Pfützen hinauf, wurden eingelassen, und die Dienstmagd führte mich über den Flur in ein Zimmer, in dem ein Feuer brannte, und ließ mich allein.

Ich wärmte mir die erstarrten Finger über der Flamme, dann sah ich mich um. Es gab keine Kerze, aber das flackernde Licht aus dem Kamin zeigte mir bald tapezierte Wände, bald einen Teppich, Vorhänge oder polierte Mahagonimöbel; es war ein Wohnzimmer, nicht so geräumig und glanzvoll wie der Salon auf Gateshead, doch recht behaglich. Ich bemühte mich, das Thema eines Bildes an der Wand zu erkennen, da ging die Tür auf, eine Person mit einem Licht trat ein, und gleich hinter ihr folgte eine zweite.

Die erste, eine hochgewachsene Dame mit dunklem Haar, dunklen Augen und einer blassen, breiten Stirn, hatte einen Schal umgelegt; sie blickte ernst und hielt sich gerade.

«Das Kind ist noch sehr jung für eine Reise ohne Begleitung», bemerkte sie und stellte die Kerze auf den Tisch. Sie betrachtete mich eine Weile aufmerksam, dann fuhr sie fort: «Sie soll lieber bald ins Bett, sie sieht müde aus. Bist du müde?» fragte sie und legte mir die Hand auf die Schulter.

«Ein bißchen, Ma'am.»

«Und sicher auch hungrig. Sie soll etwas zu essen bekommen, ehe sie zu Bett geht, Miss Miller.

Bist du zum ersten Mal von deinen Eltern fortgefahren, um in die Schule zu gehen, meine Kleine?»

Ich erklärte ihr, daß ich keine Eltern hatte. Sie fragte, wie lange sie schon tot seien, dann, wie alt ich sei, wie ich hieße, ob ich lesen, schreiben und ein wenig nähen könne, dann strich sie mir sanft mit dem Zeigefinger über die Wange, sagte, sie hoffe, ich werde ein liebes Kind sein, und schickte mich mit Miss Miller fort.

Die Dame, die ich zurückgelassen hatte, mochte Ende zwanzig, die, mit der ich nun ging, einige Jahre jünger sein; die erstere hatte mich durch Stimme, Blick und Auftreten beeindruckt, Miss Miller hingegen wirkte eher gewöhnlich, sie hatte ein rotes, wenn auch verhärmtes Gesicht, bewegte sich hastig wie jemand, der immer viel zu erledigen hat, und sah aus wie eine Hilfslehrerin – was sie auch tatsächlich war, wie ich später feststellte. Unter ihrer Führung wanderte ich von Zimmer zu Zimmer, von Flur zu Flur durch ein weitläufiges, unregelmäßiges Gebäude, in vollkommener, ein wenig trostloser Stille, bis wir mit einem Mal das Gemurmel vieler Stimmen hörten und gleich darauf einen großen, langgezogenen Raum betraten. An beiden Enden standen mächtige rohe Holztische, auf denen jeweils zwei Kerzen brannten, und drumherum saßen auf Bänken Mädchen jeden Alters etwa zwischen neun und zwanzig Jahren. Im schwachen Kerzenlicht erschienen es mir unzählige, obwohl es in Wirklichkeit nicht mehr als achtzig waren. Sie trugen alle das gleiche braune, altmodisch geschnittene Wollkleid und eine lange Leinenschürze. Es war gerade Studierzeit; sie machten Hausaufgaben, und das Murmeln, das ich gehört hatte, kam vom allseitigen Auswendiglernen im Flüsterton.

Miss Miller bedeutete mir, mich auf eine Bank neben der Tür zu setzen, dann ging sie ans obere Ende des langen Raums und rief: «Klassenordnerinnen, Lehrbücher einsammeln und wegräumen!»

An den Tischen erhoben sich vier große Mädchen, sammelten rundum die Bücher ein und verstauten sie. Dann befahl Miss Miller: «Ordnerinnen, Eßtabletts holen!»

Die großen Mädchen gingen hinaus und kehrten gleich darauf mit Tabletts zurück, auf denen etwas zu essen stand und in der Mitte jeweils ein Wasserkrug und ein Becher. Die Teller wurden herumgereicht, wer wollte, nahm einen Schluck Wasser, wobei der Becher für alle gedacht war. Auch ich trank, als ich an die Reihe kam, denn ich hatte Durst, aber das Essen rührte ich nicht an; ich war zu aufgeregt und zu müde dazu. Immerhin sah ich nun, daß es sich um dünnen, zerbröckelten Haferkuchen handelte.

Nach dem Essen las Miss Miller die Abendandacht, und dann marschierten die Klassen in Zweierreihen die Treppe hinauf. Von Müdigkeit überwältigt, nahm ich kaum wahr, wie der Schlafsaal aussah, nur daß er wie das Schulzimmer sehr lang war. Heute nacht sollte ich bei Miss Miller im Bett schlafen; sie half mir beim Ausziehen, und als ich lag, sah ich aus dem Augenwinkel die langen Reihen mit Betten, die sich rasch mit jeweils zwei Mädchen füllten. Nach zehn Minuten wurde die einzige Kerze gelöscht, und in Stille und völliger Dunkelheit schlief ich ein.

Die Nacht verging rasch, ich war selbst zum

Träumen zu müde. Das einzige Mal, als ich aufwachte, hörte ich den Wind in wütenden Böen heulen und den Regen in Sturzbächen herunterkommen und merkte, daß Miss Miller ihren Platz neben mir eingenommen hatte. Als ich das nächste Mal die Augen aufschlug, läutete die Schulglocke. Die Mädchen waren schon aufgestanden und zogen sich an; es dämmerte noch nicht einmal, und im Zimmer brannten nur ein oder zwei Binsenlichter. Auch ich erhob mich widerwillig. Es war bitter kalt, ich zog mich an, so gut ich dies vor Zittern zuwege brachte, und wusch mich, sobald eine Waschschüssel frei wurde – was nicht so rasch der Fall war, da es an den Waschständern in der Saalmitte nur eine Schüssel für jeweils sechs Mädchen gab. Wieder läutete es; alle stellten sich in Zweierreihen auf und gingen in dieser Anordnung die Treppe hinunter in das kalte, fast unbeleuchtete Schulzimmer. Hier las Miss Miller die Morgenandacht und rief anschließend: «Klassen bilden!»

Daraufhin erhob sich ein minutenlanger Tumult, in den hinein Miss Miller immer wieder «Ruhe!» und «Ordnung!» schrie. Als sich die Aufregung gelegt hatte, sah ich, daß sich vier Halbkreise um vier Stühle an den vier Tischen gebildet hatten. Jedes Mädchen hielt ein Buch in den Händen, und auf jedem Tisch lag vor dem leeren Stuhl ein großes Buch, vermutlich eine Bibel. Es folgte eine kleine Pause, in der nur ein vielfältiges, undeutliches Gemurmel zu hören war. Miss Miller ging von Klasse zu Klasse und dämpfte dieses leise Summen.

In der Ferne bimmelte ein Glöckchen. Gleich darauf betraten drei Damen das Zimmer, gingen zu einem Tisch und nahmen Platz. Miss Miller setzte sich, der Tür am nächsten, auf den vierten freien Stuhl, um den sich die Jüngsten versammelt hatten. Zu dieser letzten Klasse wurde ich gerufen und mußte mich am unteren Ende einreihen.

Nun ging es an die Arbeit. Nach dem Aufsagen des Tagesgebets und bestimmter Stellen aus der Heiligen Schrift folgte eine einstündige Bibellesung. Nach deren Ende war es heller Tag geworden. Die unermüdliche Glocke erklang zum vierten Mal. Die Klassen stellten sich auf und marschierten in einen anderen Raum zum Frühstücken. Wie freute ich mich auf etwas zu essen! Mir war mittlerweile fast übel vor Entkräftung, da ich gestern so wenig zu mir genommen hatte.

Der Speisesaal war ein riesiger, düsterer Raum mit einer niedrigen Decke. Auf zwei langen Tischen standen Schüsseln mit etwas dampfend Heißem, das jedoch zu meinem Entsetzen einen alles andere als einladenden Geruch verströmte. Allerseits zeigte sich Unmut, als der Duft der Mahlzeit denen in die Nase stieg, die sie verzehren sollten. Aus der Vorhut unserer Prozession, bei den großen Mädchen der ersten Klasse, erhob sich Geflüster:

«Ekelhaft! Das Porridge ist schon wieder angebrannt!»

«Ruhe!» befahl eine Stimme. Es sprach nicht Miss Miller, sondern eine Oberlehrerin, eine kleine, dunkle Person, die geschmackvoll gekleidet war, aber ziemlich griesgrämig aussah und sich nun am oberen Ende des einen Tischs niederließ, während eine etwas drallere Dame den Vorsitz am anderen führte. Vergeblich sah ich mich nach jener um, der ich gestern abend als erster begegnet war, ich sah sie nirgends. Miss Miller nahm am unteren Ende des Tischs Platz, an dem ich saß, und eine fremdartige, ausländisch wirkende ältere Dame, die Französischlehrerin, wie ich später erfuhr, saß auf dem entsprechenden Platz an der anderen Tafel. Nach einem langen Tischgebet und einem Lied brachte eine Bedienstete Tee für die Lehrerinnen, und die Mahlzeit begann.

Ausgehungert und schon ganz schwach verschlang ich ein oder zwei Löffel, ohne auf den Geschmack zu achten, aber kaum war der erste quälende Hunger gestillt, merkte ich, was für ein widerliches Gericht vor mir stand. Angebrannter Haferbrei ist fast so schlimm wie verfaulte Kartoffeln. Davor ekelt sich selbst ein Verhungernder. Die Löffel bewegten sich nur zögerlich. Ich sah, wie die Mädchen vom Essen kosteten und es hinunterzuschlucken versuchten, doch die meisten gaben bald auf. Das Frühstück war vorüber, und niemand hatte gefrühstückt. Wir bedankten uns für etwas, das wir nicht bekommen hatten, sangen wieder ein frommes Lied und verließen den Speisesaal Richtung Schulzimmer. Ich ging als eine der letzten hinaus, und als ich an den Tischen vorbeikam, sah ich, wie eine Lehrerin eine Schale Porridge nahm und davon kostete. Sie warf den anderen einen Blick zu, auf allen Gesichtern zeichnete sich Ärger ab, und die Stämmige flüsterte: «Widerliches Zeug. So eine Schande!»

Uns blieb noch eine Viertelstunde bis zum Unterrichtsbeginn, und in dieser Zeit herrschte im Schulzimmer ein prächtiges Durcheinander. Jetzt durfte man offenbar lauter und unbefangener sprechen, und alle machten von diesem Recht Gebrauch. Sämtliche Gespräche drehten sich um das

Frühstück, über das alle ohne Ausnahme rückhaltlos schimpften. Die Armen! Es war ihr einziger Trost. Von den Lehrerinnen befand sich jetzt nur Miss Miller im Saal. Eine Gruppe größerer Mädchen umringte sie und sprach ernsthaft und ärgerlich gestikulierend auf sie ein. Von manchen Lippen fiel der Name «Mr. Brocklehurst», bei dem Miss Miller mißbilligend den Kopf schüttelte, aber sie strengte sich nicht besonders an, den allgemeinen Zorn zu beschwichtigen. Zweifellos teilte sie ihn.

Eine Uhr im Schulzimmer schlug neun. Miss Miller verließ den Kreis, stellte sich mitten ins Zimmer und rief: «Ruhe! Auf eure Plätze!»

Nun kehrten wieder geregelte Zustände ein; nach kurzer Zeit war der wirre Haufen geordnet, das babylonische Sprachengewirr verebbte, und es wurde verhältnismäßig ruhig. Die Oberlehrerinnen nahmen pünktlich ihre Plätze ein, aber immer noch schienen alle auf etwas zu warten. Regungslos und aufrecht saßen die achtzig Mädchen auf Bänken aufgereiht zu beiden Seiten des Saals. Es war eine wunderliche Schar mit ihren glattgestrichenen, aus dem Gesicht gekämmten Locken ohne jeden Kringel, den braunen, hochgeschlossenen Kleidern, dem schmalen Halstuch und den kleinen, am Kleid befestigten Leinentaschen (ähnlich den Beuteln der Schotten), die als Handarbeitssäckchen dienten. Dazu trugen alle Wollstrümpfe und plumpe Schuhe mit Messingschnallen. Mehr als zwanzig der so verkleideten Mädchen waren schon erwachsen und eigentlich junge Frauen; das Gewand stand ihnen nicht und ließ selbst die hübschesten kauzig aussehen.

Ich betrachtete sie noch immer und warf von

Zeit zu Zeit auch einen Blick auf die Lehrerinnen, von denen mir keine wirklich gefiel – die Dralle war ein wenig derb, die Dunkelhaarige wirkte ziemlich grimmig, die Ausländerin schroff und wunderlich, und Miss Miller, das arme Ding, sah feuerrot, zerfurcht und überarbeitet aus –, und während meine Augen von Gesicht zu Gesicht wanderten, erhob sich mit einem Mal die ganze Schule gleichzeitig, wie von einer einzigen Sprungfeder bewegt.

Was war geschehen? Ich hatte keinen Befehl gehört und war verdutzt. Noch ehe ich begriff, saßen die Klassen schon wieder, und da sich nun aller Augen auf einen Punkt richteten, folgten ihnen die meinen und trafen auf die Dame von gestern abend. Sie stand am unteren Saalende vor dem Kamin. (Der Saal wurde an beiden Schmalseiten beheizt.) Schweigend und ernst blickte sie auf die zwei Reihen Mädchen. Miss Miller trat zu ihr und schien sie etwas zu fragen; dann ging sie auf ihren Platz zurück und rief laut: «Ordnerinnen der ersten Klasse, die Globen holen!»

Während Miss Millers Befehl befolgt wurde, kam die Dame langsam den Saal hoch. Mein Sinn für Verehrung muß stark entwickelt sein, denn ich erinnere mich noch heute der ehrfürchtig bewundernden Blicke, mit denen ich ihren Schritten folgte. Nun, bei Tageslicht, sah sie groß, schön und wohlgestaltet aus. Braune, gütig schimmernde Augen mit feingezeichneten, langen Wimpern milderten das Weiß ihrer breiten Stirn; das dunkelbraune Haar war an den Schläfen ganz nach der damaligen Mode zu Schnecken gedreht, als man weder glatte Haarschleifen noch Ringellöckchen kannte; ihr Kleid war ebenfalls nach der herrschenden Mode aus purpurrotem Tuch geschnitten, von dem sich eine Art spanischer Besatz aus schwarzem Samt abhob. An ihrem Gürtel schimmerte eine goldene Uhr. (Damals waren Uhren noch nicht so verbreitet wie heute.) Zur Vervollständigung des Bildes denke sich der Leser feingeschnittene Züge, eine reine, wenn auch blasse Haut und eine vornehme Ausstrahlung und Haltung hinzu, und er hat, zumindest soweit Worte dies vermitteln können, ein genaues Bild der äußeren Erscheinung von Miss Temple – Maria Temple, wie ich später in einem Gebetbuch las, das ich in die Kirche tragen durfte.

Die Schulleiterin von Lowood (denn das war die Dame) nahm schließlich an einem Tisch vor einem Erd- und einem Himmelsglobus Platz, sammelte die erste Klasse um sich und begann mit einer Geographiestunde. Die Lehrerinnen riefen die unteren Klassen zu sich und fragten Geschichte und Grammatik ab. Dann folgten Schreiben und Rechnen, und Miss Temple erteilte einigen älteren Mädchen Musikunterricht. Die Lektionen wurden genau nach der Uhr bemessen, bis es schließlich zwölf schlug. Die Schulleiterin erhob sich.

«Ich habe den Schülerinnen etwas zu sagen», erklärte sie.

Schon kam, wie immer bei Unterrichtsschluß, Unruhe auf, doch beim Klang ihrer Stimme legte sie sich wieder. Miss Temple fuhr fort: «Ihr habt an diesem Morgen ein Frühstück bekommen, das man nicht essen konnte. Ihr seid sicher hungrig. Ich habe angeordnet, daß alle als Imbiß Brot und Käse erhalten.»

Die Lehrerinnen sahen sie überrascht an.

«Es geschieht auf meine Verantwortung», erklärte sie und ging hinaus.

Gleich darauf wurden Brot und Käse gebracht und zur Freude und Stärkung der ganzen Schule verteilt. Dann hieß es «In den Garten!». Die Mädchen setzten einen grobgeflochtenen Strohhut mit bunten Kattunbändern auf und zogen einen grauen Friesmantel an. Auch ich wurde so ausgestattet und folgte den anderen ins Freie.

Der Garten war ein weiträumiges, abgeschlossenes Areal, umgeben von hohen Mauern, die jeden Blick nach draußen verhinderten. Auf einer Seite zog sich eine geschlossene Veranda hin, und in der Mitte umrahmten breite Wege eine Fläche, die in viermal zwanzig kleine Beete unterteilt war. Dieser Garten war den Schülerinnen zum Anpflanzen zugeteilt, und jedes Beet hatte eine Besitzerin. In voller Blüte sahen sie gewiß hübsch aus, aber jetzt, Ende Januar, war alles winterlich verdorrt, braun und welk. Ich schauderte, als ich mich umblickte. Es war ein ungemütlicher Tag für einen Aufenthalt im Freien; zwar regnete es nicht richtig, aber ein niesliger gelber Nebel verdunkelte den Himmel, und der Boden war noch durchweicht vom gestrigen Regen. Die kräftigeren Mädchen liefen umher und spielten lebhaft, ein paar blasse, dünne drängten sich jedoch in der Veranda schutz- und wärmesuchend aneinander; der dichte Nebel drang bis zu ihren zitternden Gestalten vor, und öfter hörte ich ein hohles Husten von dorther.

Noch hatte ich mit niemandem gesprochen, und niemand schien von mir Notiz zu nehmen; ich stand ein wenig verlassen da, aber ich war an solche Einsamkeit gewöhnt, und sie bedrückte mich nicht allzusehr. Ich lehnte mich gegen einen Pfosten der Veranda, wickelte mich fest in den grauen Mantel, versuchte, die beißende Kälte draußen und den nagenden Hunger drinnen zu vergessen, und überließ mich dem Betrachten und Nachdenken. Meine Überlegungen waren zu verschwommen und bruchstückhaft, als daß sie eine Aufzeichnung verdienten. Ich wußte noch immer nicht recht, wo ich war; Gateshead und mein früheres Leben schienen in unermeßliche Fernen entrückt, die Gegenwart war ungewiß und fremd, und über die Zukunft konnte ich keine Vermutungen anstellen. Ich sah mich in dem klösterlichen Garten um und blickte dann zum Haus hinüber, einem großen Gebäude, das zur einen Hälfte grau und alt und zur anderen ganz neu aussah. Im neuen Teil lagen das Schulzimmer und der Schlafsaal; Licht erhielt es durch vergitterte Fenster mit Mittelpfosten, wodurch es aussah wie eine Kirche. Eine Steintafel über der Tür trug die Inschrift: «Stiftung Lowood. Dieser Abschnitt wurde A. D.*** von Naomi Brocklehurst zu Brocklehurst Hall in dieser Grafschaft neu errichtet. ‹Also lasset euer Licht leuchten vor den Leuten, daß sie eure guten Werke sehen und euren Vater im Himmel preisen.› Mt. 5,6.»

Wieder und wieder las ich diese Worte. Ich spürte, daß sie eine Erklärung enthielten, und konnte doch ihre Bedeutung nicht erfassen. Ich grübelte noch über dem Wort «Stiftung» und bemühte mich, eine Verbindung zwischen dem ersten Teil und dem Bibelzitat herzustellen, als ich ein Husten hinter mir hörte und den Kopf wandte. Auf einer nahen Steinbank saß ein Mädchen[11] über ein Buch gebeugt und las aufmerksam. Von meinem Platz aus konnte ich den Titel sehen, «Rasselas»[12], ein Name, der mir fremd und folglich reizvoll erschien. Als sie umblätterte, blickte sie zufällig auf, und ich sprach sie an: «Ist das Buch spannend?» Schon war ich entschlossen, sie zu fragen, ob sie es mir eines Tages leihen würde.

«Mir gefällt es», antwortete sie, nachdem sie mich kurz gemustert hatte.

«Wovon handelt es?» fuhr ich fort. Ich weiß nicht, woher ich die Kühnheit zu solcher Unterhaltung mit einer Fremden nahm, dieser Schritt war ganz gegen meine Natur und meine Gewohnheiten. Aber ihre Beschäftigung berührte wohl eine seelenverwandte Saite in mir, denn auch ich las gern, wenn auch oberflächlich und kindisch. Ernstes und Wesentliches konnte ich weder verstehen noch verarbeiten.

«Du kannst es gern anschauen», antwortete das Mädchen und hielt mir das Buch hin.

Ich blätterte es kurz durch und stellte fest, daß der Inhalt weniger fesselnd war als der Titel. «Rasselas» sah für meinen verspielten Geschmack langweilig aus; da stand nichts über Feen oder Geister, und auf den engbedruckten Seiten fand sich keinerlei bunte Abwechslung. Ich gab es ihr zurück, sie nahm es ruhig entgegen und wollte sich ohne ein weiteres Wort wieder hineinvertiefen, da wagte ich sie ein weiteres Mal zu stören: «Kannst du mir sagen, was die Inschrift auf dem Stein über der Tür bedeutet? Was heißt ‹Stiftung Lowood›?»

«Das ist dieses Haus, in dem du von jetzt an leben wirst.»

«Und warum heißt es Stiftung? Ist es anders als andere Schulen?»

«Es ist gewissermaßen eine Armenschule. Du und ich und alle anderen sind Freischülerinnen. Du bist sicher auch Waise – ist nicht dein Vater oder deine Mutter tot?»

«Beide starben, bevor ich denken konnte.»

«Ja, alle Mädchen hier haben entweder einen oder beide Elternteile verloren, und dies hier nennt sich eine Stiftung zur Erziehung von Waisen.»

«Zahlen wir gar nichts? Nehmen sie uns ganz umsonst?»

«Wir oder unsere Gönner zahlen fünfzehn Pfund im Jahr.»

«Und warum heißen wir dann Freischülerinnen?»

«Weil fünfzehn Pfund nicht für Unterhalt und Unterricht reichen und der Rest von Mitgliederspenden bezahlt wird.»

«Wer spendet da?»

«Wohltätige Damen und Herren aus der Umgebung und aus London.»

«Wer war Naomi Brocklehurst?»

«Die Dame, die den Neubau errichten ließ, wie es auf der Tafel heißt. Ihr Sohn beaufsichtigt und leitet hier alles.»

«Wieso?»

«Weil er Schatzmeister und Direktor dieser Einrichtung ist.»

«Dann gehört das Haus nicht der großen Dame mit der Uhr, die uns Brot und Käse hat bringen lassen?»

«Miss Temple? O nein! Ich wollte, es wäre so. Aber sie muß alles, was sie tut, vor Mr. Brocklehurst verantworten. Mr. Brocklehurst kauft Essen und Kleidung für uns alle ein.»

«Lebt er auch hier?»

«Nein, zwei Meilen entfernt in einem großen Herrenhaus.»

«Ist er ein guter Mensch?»

«Er ist Geistlicher und soll viel Gutes tun.»

«Sagtest du, die große Dame heißt Miss Temple?»

«Ja.»

«Und wie heißen die anderen Lehrerinnen?»

«Die mit den roten Backen ist Miss Smith, sie kümmert sich um die Handarbeiten und schneidet zu – denn wir nähen unsere Garderobe selber, Kleider und Mäntel und alles. Die kleine mit dem schwarzen Haar ist Miss Scatcherd, sie unterrichtet Geschichte und Grammatik und hört die zweite Klasse ab, und die mit dem Schal, die sich mit einem gelben Band ein Taschentuch an die Seite gebunden hat, ist Madame Pierrot, sie kommt aus Lille in Frankreich und unterrichtet Französisch.»

«Magst du die Lehrerinnen?»

«Ja, schon.»

«Magst du auch die kleine dunkle und Madame ... Ich kann den Namen nicht so aussprechen wie du.»

«Miss Scatcherd ist ungeduldig, man muß aufpassen, daß man sie nicht verstimmt; Madame Pierrot ist gar nicht so schlimm.»

«Aber Miss Temple ist die beste, nicht wahr?»

«Miss Temple ist sehr gut und sehr klug. Sie steht über den anderen, denn sie weiß viel mehr.»

«Bist du schon lange hier?

«Zwei Jahre.»

«Bist du Waise?»

«Meine Mutter ist gestorben.»

«Bist du glücklich hier?»

«Du fragst ziemlich viel. Für diesmal habe ich dir genug geantwortet, ich möchte jetzt wieder lesen.»

Aber in diesem Augenblick läutete es zum Mittagessen, und alle gingen ins Haus zurück. Der Geruch, der jetzt den Speisesaal erfüllte, war nicht viel appetitlicher als der, welcher unsere Nasen beim Frühstück umschmeichelt hatte. Das Mittagessen wurde in zwei riesigen Zinnschüsseln serviert, aus denen ein kräftiger, nach ranzigem Fett riechender Dampf aufstieg. Das Gericht war ein Eintopf aus faden Kartoffeln und befremdlichen Fleischfetzen, von dem jede Schülerin eine einigermaßen reichliche Portion bekam. Ich aß, soviel ich konnte, und fragte mich, ob das Essen wohl alle Tage so schmeckte wie heute.

Nach dem Mittagessen begaben wir uns sofort wieder ins Schulzimmer zum Unterricht, der bis fünf Uhr dauerte.

An diesem Nachmittag gab es nur ein herausragendes Ereignis: Das Mädchen, mit dem ich in der Veranda gesprochen hatte, fiel in einer Geschichtsstunde bei Miss Scatcherd in Ungnade und mußte sich mitten ins große Schulzimmer stellen. Diese Strafe erschien mir höchst schimpflich, besonders für ein so großes Mädchen – sie sah aus wie dreizehn oder noch älter. Ich wartete auf Anzeichen von Qual oder Scham, doch zu meiner Verblüffung weinte sie weder, noch errötete sie. Ernst, aber gefaßt stand sie vor aller Augen da. «Wie kann sie das so gelassen und tapfer ertragen?» fragte ich mich. «Ich an ihrer Stelle würde mir wünschen, die Erde möge sich auftun und mich verschlingen. Sie sieht aus, als denke sie an etwas weit Entferntes, das mit ihrer Strafe und ihrer Lage nichts zu tun hat und auch nicht um sie ist oder vor ihr liegt. Man spricht von Tagträumen – träumt sie jetzt so etwas? Sie schaut auf den Boden, aber ich bin sicher, daß sie ihn gar nicht wahrnimmt, ihr Blick ist nach innen gewandt, ins eigene Herz. Sie denkt wahrscheinlich an etwas Zurückliegendes, nicht an das wirklich Gegenwärtige. Was ist sie wohl für ein Mädchen – brav oder ungezogen?»

Kurz nach fünf Uhr gab es wieder etwas zu essen, diesmal einen kleinen Becher Kaffee und eine halbe Scheibe Schwarzbrot. Genußvoll verschlang ich Brot und Kaffee und hätte gern doppelt soviel gehabt – ich war immer noch hungrig. Es folgte eine halbe Stunde Pause, dann die Studierzeit, danach kamen das Glas Wasser und das Haferkuchenstück, die Abendandacht und das Bett. So verlief mein erster Tag in Lowood.

KAPITEL 6

Der nächste Tag begann wie der vorige mit Aufstehen und Anziehen bei Binsenlicht, aber an diesem Morgen mußten wir die Waschzeremonie ausfallen lassen; das Wasser in den Krügen war gefroren. Am Abend zuvor war das Wetter umgeschlagen, und ein scharfer Nordostwind, der durch die Ritzen der Schlafzimmerfenster pfiff, hatte uns in unseren Betten zum Zittern gebracht und den Inhalt der Wasserkrüge zu Eis gefroren.

Schon vor Ende der langen, eineinhalbstündigen Andacht und Bibellesung hatte ich das Gefühl, vor

Kälte umzukommen. Endlich wurde es Zeit zum Frühstück, und heute morgen war das Porridge nicht angebrannt. Es war genießbar, aber kärglich wenig. Wie klein meine Portion aussah! Ich wünschte, es wäre doppelt soviel gewesen.

Im Lauf des Tages wurde ich in die vierte Klasse aufgenommen und erhielt regelmäßige Pflichten und Beschäftigungen zugewiesen. Bisher war ich in Lowood nur Zuschauerin gewesen, jetzt wurde ich zur Mitwirkenden. An Auswendiglernen nicht gewöhnt, erschienen mir die Unterrichtsstunden lang und schwierig, auch verwirrten mich die häufig wechselnden Pflichten, und ich war froh, als mir gegen drei Uhr nachmittags Miss Smith eine zwei Ellen lange Musselinborte sowie Nadel, Fingerhut und Faden in die Hand drückte und mich in eine stille Ecke schickte, wo ich sie einsäumen sollte. Um diese Zeit saßen auch die meisten anderen über einer Handarbeit, nur eine Klasse stand noch um Miss Scatcherds Stuhl und las, und da alles ruhig war, hörte man, was sie vorlasen, wie die einzelnen Mädchen ihre Sache machten sowie Miss Scatcherds Lob oder Tadel nach dem Vortrag. Thema war die englische Geschichte, und unter den Leserinnen sah ich meine neue Bekannte aus der Veranda. Zu Beginn der Stunde hatte sie an der Spitze der Klasse gestanden, aber wegen irgendwelcher Aussprachefehler oder weil sie einen Punkt übersehen hatte, wurde sie unvermittelt nach ganz hinten geschickt. Doch selbst auf dem letzten Platz blieb sie für Miss Scatcherd ein Gegenstand ständiger Aufmerksamkeit. Immer wieder wies die Lehrerin sie zurecht: «Burns» (so hieß sie wohl, die Mädchen wurden hier alle mit Nachnamen angesprochen wie anderswo die Jungen), «Burns, du kippelst mit den Schuhen, stell deine Füße gerade.» – «Burns, du reckst dein Kinn so häßlich vor, zieh es ein.» – «Burns, ich bestehe darauf, daß du den Kopf hochhältst, in dieser Haltung will ich dich nicht vor mir sehen.» – und so weiter.

Nach zweimaligem Durchlesen des Kapitels wurden die Bücher zugeklappt und die Mädchen abgehört. Unterrichtsstoff war die Regierungszeit von Charles I, und so gab es allerlei Fragen über Zollgebühren auf Wein und Handelswaren und über Schiffsgeld, wozu die meisten nichts zu sagen wußten. Kam jedoch die Reihe an Burns, wurde jedes kleine Problem sofort gelöst. Sie schien die ganze Stunde im Gedächtnis behalten zu haben und konnte alles beantworten. Ich erwartete, daß Miss Scatcherd sie für ihre Aufmerksamkeit lobte, aber statt dessen rief sie plötzlich: «Du schmutziges, abscheuliches Wesen! Du hast dir heute früh die Nägel nicht gesäubert!»

Burns gab keine Antwort. Ich wunderte mich über ihr Schweigen. «Warum erklärt sie nicht», dachte ich, «daß sie sich Hände und Gesicht nicht waschen konnte, weil das Wasser gefroren war?»

Dann wurde meine Aufmerksamkeit von Miss Smith beansprucht, die mich bat, ihr einen Garnstrang zu halten. Beim Aufwickeln fragte sie mich, ob ich schon einmal auf einer Schule gewesen sei und ob ich sticken, nähen und stricken könne, und bis sie mich entließ, konnte ich Miss Scatcherds Tun nicht mehr verfolgen. Als ich auf meinen Platz zurückkehrte, erteilte sie gerade einen mir unverständlichen Befehl; Burns verließ daraufhin sofort ihre Klasse, ging in den kleinen Nebenraum, wo die

Bücher aufbewahrt wurden, und kam kurz darauf mit einem Rutenbündel zurück. Sie überreichte Miss Scatcherd das unheilverkündende Werkzeug mit einem ehrerbietigen Knicks, dann band sie ruhig und ungeheißen ihre Schürze los, und die Lehrerin hieb mit der Rute ein dutzendmal kräftig auf ihren Nacken ein. Keine Träne stieg Burns in die Augen, und während ich mein Nähen unterbrechen mußte, weil meine Finger bei diesem Anblick vor vergeblicher, ohnmächtiger Wut zitterten, verzog sich in ihrem nachdenklichen Gesicht keine Miene.

«Du störrisches Ding!» rief Miss Scatcherd. «Mit nichts kann man dir deine schlampigen Angewohnheiten austreiben. Räum die Rute weg.»

Burns gehorchte. Ich schaute sie genau an, als sie wieder aus der Bücherkammer herauskam: Sie schob gerade ihr Taschentuch in die Tasche zurück, und auf ihrer mageren Wange glitzerte eine Tränenspur.

Die abendliche Spielstunde empfand ich als den angenehmsten Tagesabschnitt in Lowood. Das Stückchen Brot und der Schluck Kaffee um fünf Uhr stillten zwar nicht den Hunger, weckten aber unsere Lebensgeister; nach einem langen Tag lokkerte sich die strenge Zucht, und im Schulzimmer war es wärmer als am Vormittag, da die beiden Kaminfeuer ein wenig heller brennen durften, um bis zu einem gewissen Grad die nicht vorhandenen Kerzen zu ersetzen. Das rötliche Halbdunkel, der zugelassene Lärm und das Stimmengewirr vermittelten ein angenehmes Gefühl von Freiheit.

Am Abend des Tages, an dem Miss Scatcherd ihre Schülerin Burns gezüchtigt hatte, schlenderte ich wie bisher ohne Gefährtin zwischen den Tischen und Bänken und lachenden Gruppen umher, fühlte mich aber nicht einsam. Wenn ich an den Fenstern vorbeikam, hob ich manchmal den Vorhang und schaute hinaus. Es schneite heftig, an den unteren Scheiben bildeten sich bereits Schneewehen. Wenn ich mein Ohr ans Fenster legte, hörte ich trotz des fröhlichen Tumults drinnen das untröstliche Stöhnen des Windes draußen.

Hätte ich vor wenigen Tagen ein freundliches Zuhause und liebevolle Eltern verlassen, wäre mir die Trennung in dieser Stunde wahrscheinlich sehr nahegegangen. Dann hätte mir der Wind das Herz schwer gemacht und das düstere Chaos mich um meinen Frieden gebracht; so aber erregte mich beides seltsam, und leichtsinnig und aufgeregt wünschte ich mir, der Wind möge noch wilder heulen, die Dunkelheit noch finsterer werden und das Stimmengewirr zum Getöse anwachsen.

Ich sprang über Bänke und kroch unter Tischen hindurch, um mir einen Weg zu einem der beiden Kamine zu bahnen. Dort fand ich Burns vor dem hohen Schutzgitter knien, still, allem entrückt, versunken in ein Buch, das sie im schwachen Licht des schwelenden Feuers las.

«Immer noch ‹Rasselas›?» fragte ich und trat hinter sie.

«Ja», erwiderte sie, «ich bin gleich fertig.»

Wenige Minuten später schlug sie das Buch zu. Ich freute mich. «Jetzt kann ich sie vielleicht zum Reden bringen», dachte ich und setzte mich neben sie auf den Boden.

«Wie heißt du noch, außer Burns?»

«Helen.»

«Kommst du von weit her?»

«Aus einem Ort im Norden, direkt an der schottischen Grenze.»

«Möchtest du wieder dorthin zurück?»

«Ich hoffe doch! Aber wer weiß, was die Zukunft bringt.»

«Du würdest Lowood bestimmt gern verlassen?»

«Nein, warum? Ich wurde nach Lowood geschickt, um eine Ausbildung zu bekommen, und es wäre unsinnig, wegzugehen, bevor ich dieses Ziel erreicht habe.»

«Aber diese Lehrerin, Miss Scatcherd, ist doch so grausam zu dir!»

«Grausam? Überhaupt nicht. Sie ist streng, ihr mißfallen meine Fehler.»

«Und mir an deiner Stelle würde *sie* mißfallen, ich würde mich gegen sie auflehnen. Sollte sie mich je mit dieser Rute schlagen, würde ich sie ihr aus der Hand reißen und vor der Nase zerbrechen.»

«Vermutlich würdest du nichts dergleichen tun. Und wenn doch, würde Mr. Brocklehurst dich von der Schule jagen, und das würde deine Verwandten sehr betrüben. Lieber geduldig einen Schmerz ertragen, den außer dir niemand fühlt, als vorschnell etwas tun, dessen üble Auswirkungen alle Angehörigen zu spüren bekommen; außerdem lehrt uns die Bibel, Böses mit Gutem zu vergelten.»

«Aber es ist doch entwürdigend, geprügelt zu werden und sich mitten in ein Zimmer voller Menschen stellen zu müssen! Dabei bist du schon so groß. Ich bin viel jünger als du und würde es nicht aushalten.»

«Und doch müßtest du es aushalten, wenn du es nicht verhindern kannst. Es ist schwach und dumm, zu sagen, man *kann nicht ertragen,* was das Schicksal einem auferlegt.»

Ich hörte ihr staunend zu. Ich verstand diese Lehre von der Duldsamkeit nicht, und noch viel weniger konnte ich die Nachsicht mit ihrer Peinigerin begreifen oder nachvollziehen. Immerhin spürte ich, daß Helen Burns die Dinge in einem für meine Augen unsichtbaren Licht betrachtete. Ich argwöhnte, sie könnte recht haben und ich unrecht, doch ich wollte der Sache nicht tiefer auf den Grund gehen. Wie Felix[13] verschob ich dies auf einen günstigeren Zeitpunkt.

«Du sagst, du hast Fehler, Helen, aber welche denn? Mir scheinst du ein sehr guter Mensch zu sein.»

«Dann lerne an meinem Beispiel, daß man nicht nach dem äußeren Schein urteilen darf. Ich bin, wie Miss Scatcherd sagt, schlampig. Ich räume selten auf, halte nie Ordnung, ich bin nachlässig, vergesse Regeln, lese, wenn ich lernen sollte, kann nicht planmäßig arbeiten und behaupte manchmal wie du, ich *ertrüge* es nicht, mich systematischen Anordnungen zu unterwerfen. Dies alles reizt Miss Scatcherd, die von Natur aus ordentlich, pünktlich und peinlich genau ist.»

«Und griesgrämig und grausam», fügte ich hinzu, aber Helen Burns wollte mir nicht beipflichten. Sie schwieg.

«Ist Miss Temple auch so streng mit dir wie Miss Scatcherd?»

Bei Miss Temples Namen huschte ein leises Lächeln über ihr ernstes Gesicht.

«Miss Temple ist sehr gütig. Strenge widerstrebt ihr, selbst bei den schlimmsten Schülerinnen; sie sieht meine Fehler und weist mich behutsam darauf hin, und wenn ich einmal Lob verdiene, spendet sie es großzügig. Es ist ein deutlicher Beweis für meinen abscheulichen, minderwertigen Charakter, daß nicht einmal ihre freundlichen, vernünftigen Vorhaltungen die Kraft haben, mich von meinen Fehlern zu heilen, und auch ihr Lob, so hoch ich es schätze, verführt mich nicht zu anhaltender Sorgfalt und Umsicht.»

«Das ist merkwürdig», sagte ich, «es ist doch so einfach, ordentlich zu sein.»

«Für dich zweifellos. Ich habe dich heute morgen in deiner Klasse beobachtet und gesehen, wie genau du aufgepaßt hast. Deine Gedanken schienen nie abzuschweifen, wenn Miss Miller den Stoff erklärte und dich etwas fragte. Meine hingegen begeben sich ständig auf Wanderschaft. Wenn ich Miss Scatcherd zuhören und mir ihre Worte merken sollte, höre ich oft ihre Stimme gar nicht mehr und versinke in einer Art Traum. Dann wähne ich mich in Northumberland, und die Geräusche ringsumher werden zum Gluckern des Bachs, der hinter unserem Haus durch Deepden fließt. Wenn ich dann drankomme, muß ich erst wachgerüttelt werden, und da ich nicht mitbekommen habe, was vorgelesen wurde, weil ich dem erträumten Bach zugehört habe, weiß ich keine Antwort.»

«Aber heute nachmittag hast du doch immer richtig geantwortet!»

«Das war reiner Zufall. Das Thema hat mich interessiert. Anstatt von Deepden zu träumen, habe ich überlegt, wie sich ein Mann mit redlichen Absichten wie Charles I[14] so ungerecht und unklug verhalten konnte. Schade, daß er bei seiner Anständigkeit und Gewissenhaftigkeit nicht mehr im Auge hatte als die Vorrechte der Krone. Bei etwas mehr Weitblick hätte er erkennen können, wohin sich der sogenannte Zeitgeist bewegte. Dennoch mag ich Charles I, ich verehre und bemitleide ihn, den armen, ermordeten König! Ja, er hatte schlimme Feinde; sie haben Blut vergossen, das zu vergießen sie kein Recht hatten. Wie konnten sie es wagen, ihn hinzurichten!»

Helen sprach jetzt mit sich selbst; sie hatte vergessen, daß ich ihr nicht folgen konnte und von diesem Thema keine oder fast keine Ahnung hatte. Ich zog sie wieder auf meine Ebene herunter. «Und wandern deine Gedanken auch dann fort, wenn Miss Temple unterrichtet?»

«Nein, natürlich fast nie. Denn Miss Temple hat immer etwas zu sagen, das ungewöhnlicher ist als meine eigenen Gedanken. Ich empfinde ihre Redeweise als besonders angenehm, und oft spricht sie gerade über das, was ich wissen will.»

«Bei Miss Temple bist du also gut?»

«Ja, auf eine passive Weise. Ich strenge mich nicht an. Ich folge meiner Neigung. In solcher Güte liegt kein Verdienst.»

«Aber ja! Du bist gut zu denen, die gut sind zu dir. Mehr wünsche ich mir gar nicht. Wenn man zu den grausamen, ungerechten Menschen immer freundlich und gehorsam wäre, könnten die Bösen ständig ihren Kopf durchsetzen. Sie würden nichts fürchten und sich folglich nie ändern, sondern nur schlimmer werden. Wenn wir grundlos gezüchtigt werden, müssen wir hart zurückschlagen, ganz bestimmt – und zwar so, daß die Person, die uns geschlagen hat, dies nie wieder tut.»

«Du wirst deine Meinung hoffentlich ändern, wenn du älter wirst. Jetzt bist du noch ein kleines, dummes Mädchen.»

«Aber, Helen, Menschen, die mich unbeirrt hassen, auch wenn ich mich noch so sehr bemühe, es ihnen recht zu machen, muß ich hassen. Ich muß mich auflehnen, wenn ich ungerecht bestraft werde. Das ist ebenso natürlich, wie wenn ich jene liebe, die mir Zuneigung entgegenbringen, oder wie wenn ich mich einer verdienten Strafe unterwerfe.»

«So denken Heiden und Wilde. Christen und zivilisierte Völker lehnen dies ab.»

«Wieso? Das verstehe ich nicht.»

«Haß läßt sich nicht mit Gewalt besiegen, und Ungerechtigkeit wird nicht durch Rache wiedergutgemacht.»

«Wie dann?»

«Lies das Neue Testament und achte darauf, was Christus sagt und tut. Mach sein Wort zu deiner Regel und sein Verhalten zu deinem Vorbild.»

«Und was sagt er?»

«Liebet eure Feinde, segnet, die euch fluchen, tuet Gutes denen, die euch hassen und beleidigen.»[15]

«Dann müßte ich Mrs. Reed lieben, was ich nicht fertigbringe, und ihren Sohn John segnen, was mir unmöglich ist.»

Diesmal bat Helen Burns *mich* um eine Erklärung, und auf der Stelle sprudelte ich meine Haß- und Leidensgeschichte hervor, auf meine Weise. Vor Erregung verbittert und gnadenlos, sprach ich, wie mir zumute war, ohne jede Zurückhaltung oder Beschönigung.

Helen hörte mir bis zum Schluß geduldig zu. Ich erwartete eine Bemerkung, doch sie schwieg.

«Also», fragte ich ungeduldig, «ist Mrs. Reed nicht eine hartherzige, böse Frau?»

«Sie war sicher unfreundlich zu dir; doch schau, sie verträgt deine Wesensart nicht, genau wie Miss Scatcherd meine nicht mag. Wie genau du dich an alles erinnerst, was sie dir zugefügt und gesagt hat! Welch ungewöhnlich tiefen Eindruck ihre Ungerechtigkeit in deinem Herzen hinterlassen hat! Mir hat sich keine Mißhandlung jemals so tief eingeprägt. Wärst du nicht glücklicher, wenn du ihre Härte und damit auch deine leidenschaftlichen Gefühle zu vergessen versuchtest? Das Leben scheint mir zu kurz, um Haß zu hegen oder Unrecht im Gedächtnis zu bewahren. In dieser Welt sind wir notgedrungen alle ausnahmslos mit Fehlern behaftet; aber bald kommt die Zeit, in der wir sie, davon bin ich überzeugt, mit unserer sterblichen Hülle ablegen, dann nämlich, wenn mit dem plumpen Fleisch auch Schlechtigkeit und Sünde von uns abfallen und nur der Geistesfunke übrigbleibt, das unfaßbare Prinzip von Leben und Denken, rein, wie es vom Schöpfer ausging, um das Geschöpf zu beleben. Es wird dorthin zurückkehren, wo es herkam, vielleicht, um sich mit einem höheren Wesen zu vereinigen, vielleicht, um die Stufen der Verklärung von der farblosen Menschenseele bis zum leuchtenden Seraph zu durchlaufen. Doch zum Teufel wird es nicht werden müssen. Nein, das glaube ich nicht. Mein Credo lautet anders. Niemand hat es mir beigebracht, und ich rede nur selten darüber, aber es macht mich glücklich, und ich stehe dazu, denn es verspricht Hoffnung für alle. Es macht die Ewigkeit zu einer Ruhestätte, einem allumfassenden Zuhause, nicht zu einem Schrecken und höllischen Abgrund. Außerdem hilft mir dieser Glaube, deutlich zwischen dem Verbrecher und seiner Tat zu unterscheiden. So kann ich ersterem aufrichtig verzeihen und letztere verabscheuen. Mit diesem Glauben als Hintergrund quälen mein Herz keine Rachegedanken, empört mich Erniedrigung nicht allzusehr, kann Ungerechtigkeit mich nicht wirklich treffen. Ich lebe in Ruhe, mit Blick auf das Ende.»

Am Schluß dieses Satzes sank Helens stets geneigter Kopf noch ein wenig tiefer. Ich sah ihr an, daß sie nicht länger mit mir reden, sondern lieber ihren eigenen Gedanken nachhängen wollte, doch blieb ihr nicht viel Zeit zum Grübeln, denn eine Klassenordnerin, ein großes, derbes Mädchen, trat bald darauf zu ihr und rief in starkem Cumberland-Dialekt: «Helen Burns, wenn du jetzt nicht augenblicklich deine Schublade aufräumst und deine Handarbeit zusammenlegst, sag' ich es Miss Scatcherd!»

Helen seufzte, als ihre Träumerei entschwand; sie stand auf und gehorchte ohne Antwort und Verzug.

KAPITEL 7

Mein erstes Vierteljahr in Lowood kam mir endlos lang vor – wie ein ganzes Zeitalter und nicht eben als das Goldene. Es kostete mich manchen Kampf, mich an die neuen Regeln und ungewohnten Aufgaben zu gewöhnen. Die Furcht zu versagen quälte mich ärger als das körperliche Ungemach, wiewohl auch dies keine Kleinigkeit war.

Im Januar, Februar und teils noch im März hinderten uns heftige Schneefälle und nach der Schneeschmelze die fast unpassierbaren Straßen daran, uns außerhalb der Gartenmauern aufzuhalten – abgesehen vom Kirchgang. Aber innerhalb dieser Grenzen mußten wir täglich eine Stunde an der frischen Luft verbringen. Unsere Kleidung reichte nicht aus, um uns vor der strengen Kälte zu schützen; wir besaßen keine Stiefel, so daß der Schnee uns in die Schuhe geriet und dort schmolz; und da wir keine Handschuhe hatten, wurden unsere Hände starr und bekamen Frostbeulen, ebenso die Füße. Ich erinnere mich nur zu gut an das allabendliche schmerzhafte Kribbeln, wenn die Füße sich erwärmten, und an die Qual, wenn ich morgens meine geschwollenen, wunden, steifen Zehen in die Schuhe zwängte. Schrecklich war auch die karge Kost. Was wir als heranwachsende Kinder mit unserem kräftigen Appetit bekamen, hätte kaum ausgereicht, schwache Kranke am Leben zu erhalten. Der Nahrungsmangel führte zu einer Unsitte, unter der die jüngeren Schülerinnen arg zu leiden hatten: Bei jeder Gelegenheit schwatzten die hungrigen großen Mädchen den kleineren schmeichelnd oder drohend ihre Portion ab. Viele Male habe ich das kostbare Stück Schwarzbrot, das zur Teezeit ausgeteilt wurde, zwei Schülerinnen ausgehändigt, die es für sich beanspruchten, und nachdem ich einer dritten die Hälfte meines Kaffees überlassen hatte, den Rest unter heimlichen Tränen getrunken, die mir der nackte Hunger abpreßte.

Die Sonntage waren trostlos zu dieser Winterszeit. Die Kirche von Brocklebridge, wo unser Wohltäter den Gottesdienst hielt, lag zwei Meilen entfernt. Wir brachen frierend auf, trafen noch kälter in der Kirche ein und erstarrten fast im Verlauf des Vormittagsgottesdienstes. Es war zu weit, um zum Mittagessen zurückzugehen, und so wurde zwischen den Gottesdiensten eine Ration kaltes Fleisch und Brot ausgeteilt, ebenso knauserig bemessen wie unsere sonstigen Mahlzeiten.

Nach dem Nachmittagsgottesdienst kehrten wir auf einer kahlen Straße über die Hügel zurück, und der bitterkalte Winterwind von der verschneiten Bergkette im Norden schälte uns fast die Haut vom Gesicht.

Ich sehe noch vor mir, wie Miss Temple leichtfüßig und flink an unserer erschöpften Reihe entlanglief, den im eisigen Wind flatternden karierten Umhang fest um sich geschlungen, und uns durch Wort und Vorbild aufmunterte, wir sollten den Kopf nicht hängen lassen, sondern «stramm wie Soldaten» weitermarschieren. Die anderen Lehrerinnen, die armen Geschöpfe, waren meist selbst zu mitgenommen, als daß sie andere hätten aufrichten können.

Wie sehnten wir uns nach der Helligkeit und Wärme eines prasselnden Feuers bei unserer Rückkehr! Allein das wurde uns verwehrt, zumindest den Kleinen. Beide Kamine im Schulzimmer waren sofort von einer Doppelreihe größerer Mädchen umlagert, und hinter ihnen kauerten sich die kleineren in Gruppen zusammen und wickelten ihre erstarrten Arme in die Schürzen.

Einen kleinen Trost gab es zur Teezeit in Form einer doppelten Brotration – einer ganzen Scheibe statt einer halben – mit der köstlichen Dreingabe dünn aufgekratzter Butter. Es war der wöchentliche Festschmaus, auf den wir uns alle von Sonntag zu Sonntag freuten. Meist gelang es mir, die Hälfte dieses üppigen Mahls für mich zu behalten; den Rest mußte ich unweigerlich abgeben.

Den Sonntagabend verbrachten wir mit Aufsagen des Katechismus und der Kapitel fünf, sechs und sieben aus dem Matthäus-Evangelium[16] sowie dem Anhören einer langen Predigt, vorgelesen von Miss Miller, deren nicht zu unterdrückendes Gähnen verriet, wie müde sie war. Für häufige Zwischenspiele bei diesen Veranstaltungen sorgte eine Handvoll kleiner Mädchen in der Rolle des Eutychus[17], die immer wieder vom Schlaf übermannt umkippten, und zwar nicht aus dem dritten Stock, aber doch von den Bänken der vierten Klasse fielen und halb tot aufgehoben werden mußten. Um sie zu kurieren, stieß man sie in die Mitte des Schulzimmers und befahl ihnen dort stehen zu bleiben, bis die Predigt zu Ende war. Manchmal gaben die Beine unter ihnen nach, und sie sanken zu einem Häufchen zusammen; dann wurden sie mit den hochbeinigen Hockern der Klassenordnerinnen abgestützt.

Ich habe noch nichts von Mr. Brocklehursts Visiten erzählt. Tatsächlich war dieser Herr fast den ganzen ersten Monat nach meiner Ankunft nicht zu Hause; vielleicht zog sich der Besuch bei seinem Freund, dem Erzdiakon, in die Länge. Daß er fortblieb, erleichterte mich. Unnötig zu sagen, daß ich meine Gründe hatte, sein Kommen zu fürchten. Aber schließlich kam er doch.

Eines Nachmittags (ich war seit drei Wochen in Lowood), als ich mit einer Schiefertafel in der Hand über einem ungekürzten Bruch grübelte, den Blick geistesabwesend aufs Fenster gerichtet, sah ich draußen eine Gestalt vorbeigehen. Fast instinktiv erkannte ich die hagere Silhouette, und als sich zwei Minuten später die ganze Schule, auch die Lehrerinnen, gemeinsam erhob, mußte ich nicht mehr aufschauen, um zu wissen, welchen Gast sie so begrüßten. Lange Schritte durchmaßen das Schulzimmer, dann stand neben Miss Temple, die ebenfalls aufgestanden war, die gleiche schwarze Säule, die mich damals vor dem Kamin in Gateshead so stirnrunzelnd und unheilverkündend angeblickt hatte. Nun schielte ich aus dem Augenwinkel auf dieses Stück Architektur. Ja, ich hatte recht, es war Mr. Brocklehurst, bis zum Hals in einen Überzieher geknöpft, länger, enger und strenger denn je.

Nicht ohne Grund ängstigte mich diese Erscheinung. Nur zu gut erinnerte ich mich an Mrs. Reeds verräterische Andeutungen über meinen Charakter und an Mr. Brocklehursts Versprechen, Miss Temple und die Lehrerinnen über mein tükkisches Wesen aufzuklären. Die ganze Zeit hatte ich gefürchtet, er werde sein Versprechen wahr machen, täglich rechnete ich mit der «Wiederkehr des Weltenrichters», dessen Berichte über mein früheres Leben und Betragen mich für alle Zeiten als schlimmes Kind brandmarken würden. Jetzt war er da. Er stand neben Miss Temple und flüsterte ihr etwas zu. Zweifellos enthüllte er ihr meine Niederträchtigkeit; voll Schmerz und Angst beobachtete ich ihre dunklen Augen und erwartete jeden Moment, daß sich ihr Blick angewidert und verächtlich auf mich richtete. Ich lauschte angestrengt, und da ich zufällig ganz vorn saß, verstand ich fast alles, was er sagte; seine Worte enthoben mich fürs erste meiner Befürchtung.

«Das Garn, das ich in Lowton gekauft habe, ist durchaus brauchbar, Miss Temple. Für die Kattunhemden ist es gerade richtig, und ich habe auch gleich die passenden Nadeln ausgesucht. Richten Sie Miss Smith aus, daß ich vergaß, Stopfnadeln auf meinen Besorgungszettel zu schreiben, aber nächste Woche bekommt sie ein paar Heftchen zugeschickt. Und sie soll auf keinen Fall mehr als eine Nadel pro Schülerin ausgeben. Wenn sie mehr haben, passen sie womöglich nicht auf und verlieren sie. Und, Madam! Ich lege Wert darauf, daß man pfleglicher mit den Wollsocken umgeht! Bei meinem letzten Besuch ging ich in den Küchengarten und besah mir die Wäsche auf der Leine; da hingen jede Menge schwarze Strümpfe in äußerst schlechtem Zustand. Nach der Größe der Löcher zu schließen, wurden sie nicht regelmäßig ordentlich gestopft.»

Er machte eine Pause.

«Man wird Ihren Anweisungen Folge leisten, Sir», antwortete Miss Temple.

«Und, Madam», fuhr er fort, «die Waschfrau meldet mir, einige Mädchen hätten zweimal pro Woche ein frisches Halstuch bekommen. Das ist zuviel, die Vorschriften gestatten nur eins.»

«Das kann ich erklären, Sir. Agnes und Catherine Johnstone waren letzten Donnerstag bei Freunden in Lowton zum Tee geladen, und ich erlaubte ihnen, zu diesem Anlaß frische Halstücher anzulegen.»

Mr. Brocklehurst nickte.

«Gut, für einmal mag das durchgehen; aber derlei darf nicht zu oft vorkommen. Und noch etwas ist mir aufgefallen: Als ich mit der Wirtschafterin abrechnete, entdeckte ich, daß während der letzten vierzehn Tage zweimal ein Imbiß mit Brot und Käse an die Mädchen ausgegeben wurde. Wie das? Ich schlage in der Schulordnung nach, dort findet sich kein Wort von einer Mahlzeit namens Imbiß. Wer hat diese Neuerung eingeführt und mit welchem Recht?»

«Dafür bin ich verantwortlich, Sir», antwortete Miss Temple. «Das Frühstück war so schlecht, daß die Schülerinnen es unmöglich essen konnten. Und ich konnte nicht riskieren, sie bis zum Mittagessen hungern zu lassen.»

«Augenblick, Madam! Sie wissen, daß ich bei der Erziehung dieser Mädchen beabsichtige, sie nicht an Luxus und Wohlleben zu gewöhnen, sondern an Abhärtung, Langmut und Selbstverleugnung. Sollte ihr Appetit einmal ein wenig enttäuscht werden, zum Beispiel durch eine verdorbene Mahlzeit oder ein fades oder überwürztes Gericht, darf der Vorfall nicht überspielt werden, indem man den entgangenen Genuß durch etwas Schmackhafteres ersetzt; das führt nur zu Verweichlichung und arbeitet dem Ziel dieser Anstalt entgegen. Vielmehr sollte er für die geistige Bildung der Schülerinnen genutzt werden, indem man sie ermutigt, bei vorübergehenden Entbehrungen Stärke zu beweisen. Hier wäre eine kurze Ansprache nicht fehl am Platz, wobei ein kluger Erzieher die Gelegenheit nützte, über die Leiden der Urchristen, die Qualen der Märtyrer und die Weisungen unseres Herrn zu sprechen, der seine Jünger aufrief, ihr Kreuz zu nehmen und ihm zu folgen; über seine Mahnung, daß der Mensch nicht vom Brot allein lebt, sondern von jedem Wort, das aus dem Munde Gottes kommt; über die himmlische Tröstung ‹Selig seid ihr, die ihr hungert und dürstet um meinetwillen›.[18] O Madam, wenn Sie diesen Kindern Brot und Käse statt angebrannten Haferbrei in den Mund schieben, ernähren Sie zwar ihre elenden Körper, bedenken aber nicht, daß Sie ihre unsterblichen Seelen hungern lassen!»

Wieder legte Mr. Brocklehurst – vielleicht von seinen Gefühlen überwältigt – eine Pause ein. Miss Temple hatte zu Beginn seiner Rede zu Boden geschaut, jetzt blickte sie starr vor sich hin, und ihr Gesicht, von Natur aus bleich wie Marmor, schien nun auch die Kälte und Härte dieses Materials anzunehmen. Ihr Mund war so fest verschlossen, als könne ihn nur der Meißel eines Bildhauers öffnen, und ihre Stirn war zu steinerner Strenge erstarrt.

Unterdessen stand Mr. Brocklehurst am Kamin, die Hände auf dem Rücken, und ließ den Blick hoheitsvoll über die Klassen schweifen. Plötzlich blitzte sein Auge auf, als sei es geblendet oder verletzt. Er drehte sich um und sprach hastiger als bisher: «Miss Temple, Miss Temple – was ist das für ein Mädchen mit den Locken? Rotes Haar, Madam, mit Locken – über und über voller Locken?» Er zeigte mit seinem Stock auf den ekelerregenden Gegenstand, und seine Hand zitterte.

«Das ist Julia Severn», erwiderte Miss Temple ruhig.

«Julia Severn! Und warum hat sie oder wer auch immer Locken? Warum folgt sie, entgegen allen Vorschriften und Richtlinien dieses Hauses, so unverhohlen weltlichen Gebräuchen – hier, in einem Hort des Evangeliums und der Wohltätigkeit! – und trägt das Haar über und über gelockt?»

«Julias Haar lockt sich von Natur aus», erwiderte Miss Temple noch ruhiger.

«Von Natur aus! Ja, aber wir dürfen der Natur doch nicht nachgeben! Ich will, daß diese Mädchen Kinder der Gnade sind; was soll da dieser Überschwang? Wiederholt habe ich zu verstehen gegeben, daß ich das Haar straff, sittsam und schlicht frisiert wünsche. Miss Temple, diesem Mädchen muß das Haar ganz abgeschnitten werden; ich schicke morgen einen Barbier. Und ich sehe noch andere, die es viel zu lang haben wuchern lassen. Das große Mädchen da – sie soll sich umdrehen. Sagen Sie der ganzen ersten Klasse, sie soll aufstehen und sich mit dem Gesicht zur Wand stellen.»

Miss Temple fuhr sich mit dem Taschentuch über den Mund, wie um das unwillkürliche Lächeln, das ihre Lippen kräuselte, wegzuwischen, gab jedoch den Befehl an die erste Klasse weiter, und diese gehorchte nach kurzem Stutzen. Ich lehnte mich ein wenig in meiner Bank zurück, um die Blicke und Grimassen zu sehen, mit denen die Mädchen diese Maßnahme begleiteten. Schade, daß nicht auch Mr. Brocklehurst sie sehen konnte; vielleicht hätte er gemerkt, daß er trotz aller Mühe um die äußere Schale weniger Einfluß auf den Kern hatte, als er ahnte.

Geraume Zeit musterte er die Rückseiten dieser lebenden Medaillen, dann fällte er das Urteil. Die Worte ertönten wie die Posaunen des Jüngsten Gerichts. «Alle Knoten müssen abgeschnitten werden.»

Miss Temple wollte widersprechen.

«Madam», fuhr er fort, «ich diene einem Herrn, dessen Reich nicht von dieser Welt ist. Meine Sendung besteht darin, in diesen Mädchen die Fleischeslust abzutöten, sie zu lehren, sich sittsam und schlicht zu kleiden und sich nicht mit geflochtetem Haar und teuren Gewändern zu schmücken. Aber diese jungen Menschen hier haben Zöpfe, wie sie die Eitelkeit selbst nicht besser flechten könnte! Ich wiederhole, sie müssen abgeschnitten werden. Denken Sie an die Zeitverschwendung, an …»

Hier wurde Mr. Brocklehurst unterbrochen. Es erschienen drei weitere Gäste, drei Damen. Sie hätten ein wenig früher eintreffen sollen, um von der Putz- und Kleiderpredigt noch etwas mitzubekommen, denn sie waren prächtig in Samt, Seide und Pelze gewandet. Die beiden jüngeren (hübsche Mädchen von sechzehn und siebzehn Jahren) trugen graue, mit Straußenfedern geschmückte Biberhüte, wie sie damals modern waren, und unter den Krempen dieser anmutigen Kopfbedeckungen quoll eine Fülle blonder, kunstvoll gekräuselter Locken hervor. Die ältere Dame war in eine kostbare, hermelinbesetzte Samtstola gehüllt und trug falsche französische Stirnlocken.

Die Damen wurden von Miss Temple respektvoll mit Mrs. und Misses Brocklehurst begrüßt und zu Ehrenplätzen ganz vorn geführt. Anscheinend waren sie mit ihrem hochwürdigen Gemahl und Vater in der Kutsche gekommen und hatten in den oberen Räumen herumgeschnüffelt, während er mit der Wirtschafterin verhandelte, die Waschfrau verhörte und die Schulleiterin zurechtwies. Jetzt kritisierten und tadelten sie Miss Smith, der die Sorge um die Wäsche und die Aufsicht über die Schlafräume oblagen. Aber ich hatte keine Zeit zum Zuhören; anderes lenkte mich ab und fesselte meine Aufmerksamkeit.

Während des Gesprächs zwischen Mr. Brocklehurst und Miss Temple hatte ich meine eigene gefährliche Lage nicht vergessen und wohlweislich Vorsichtsmaßnahmen ergriffen. Ich wähnte mich sicher, wenn nur niemand auf mich aufmerksam wurde. Also hatte ich mich in meiner Bank schön weit nach hinten gesetzt und, scheinbar mit Rechnen beschäftigt, die Tafel so gehalten, daß sie mein Gesicht verdeckte. Vielleicht hätte mich auch wirklich niemand beachtet, wenn mir die heimtückische Tafel nicht irgendwie aus der Hand gerutscht und mit lautem Krachen zu Boden gefallen wäre. Aller Augen richteten sich auf mich. Ich wußte, jetzt war alles aus, und als ich mich bückte, um die Scherben aufzuheben, machte ich mich auf das Schlimmste gefaßt. Es kam.

«Was für ein unvorsichtiges Mädchen!» sagte Mr. Brocklehurst – und gleich darauf: «Das ist ja die neue Schülerin!» Und bevor ich Luft holen konnte: «Zu ihr habe ich noch etwas anzumerken, was ich keinesfalls vergessen darf.» Dann befahl er laut – und wie laut! –: «Das Kind, das die Tafel zerbrochen hat, soll nach vorn kommen!»

Aus eigener Kraft hätte ich mich nicht rühren können, ich war wie gelähmt. Aber die beiden großen Mädchen neben mir stellten mich auf die Füße und schoben mich auf den furchtbaren Richter zu. Miss Temple geleitete mich liebevoll, bis ich unmittelbar vor ihm stand, und flüsterte mir zu: «Keine Angst, Jane, ich kann bezeugen, daß es ein Versehen war, du wirst nicht bestraft.»

Das freundliche Flüstern fuhr mir ins Herz wie

ein Dolch. «Noch eine Minute, und sie wird mich als Heuchlerin verachten», dachte ich, und bei diesem Gedanken wallte jähe Wut gegen Reed, Brocklehurst und Konsorten in meinen Adern auf. Ich war keine Helen Burns.

«Bringt mir diesen Hocker», befahl Mr. Brocklehurst und zeigte auf einen besonders hohen, von dem eben eine Klassenordnerin aufgestanden war. Er wurde gebracht.

«Stellt das Kind drauf.»

Und ich wurde hinaufgehoben, ich weiß nicht, von wem; ich war unfähig, Einzelheiten wahrzunehmen. Ich merkte nur, daß sie mich auf gleiche Höhe mit Mr. Brocklehursts Nase gehievt hatten, daß er höchstens eine Elle von mir entfernt stand und daß sich unter mir schillernd orangefarbene und purpurne Seidenmäntel ausbreiteten und eine silberne Federwolke wogte.

Mr. Brocklehurst räusperte sich.

«Meine Damen», sagte er, an seine Familie gewandt, «Miss Temple, liebe Lehrerinnen und Schülerinnen, ihr alle seht dieses Mädchen?»

Natürlich sahen sie mich, ich spürte ja ihre Blikke wie Brenngläser auf meine verbrannte Haut gerichtet.

«Sie ist noch jung, sie sieht aus wie ein normales Kind, Gott hat ihr gnädig die Gestalt verliehen, die er uns allen gab, keine warnende Mißbildung weist sie als Gezeichnete aus. Wer dächte, daß der Böse in ihr bereits eine Dienerin und Sendbotin gefunden hat? Und doch muß ich zu meinem Kummer sagen: so ist es.»

Eine Pause trat ein, während der die Erstarrung allmählich von mir wich. Ich begriff, daß der Rubikon überschritten war und ich meinen Prozeß, dem ich nun nicht mehr ausweichen konnte, tapfer durchstehen mußte.

«Meine lieben Kinder», fuhr der schwarze, marmorne Kirchenmann pathetisch fort, «was für ein trauriger, betrüblicher Anlaß! Es ist meine Pflicht, euch warnend darauf hinzuweisen, daß dieses Mädchen, das ein Lamm Gottes sein könnte, ein schwarzes Schaf ist, kein Mitglied der rechten Herde, sondern ganz offenbar ein Eindringling und Fremdling. Seid auf der Hut vor ihr, folgt nicht ihrem Beispiel. Meidet notfalls ihre Gesellschaft, und schließt sie von euren Spielen und Gesprächen aus. Lehrerinnen! Passen Sie gut auf sie auf, behalten Sie ihr Tun und Treiben im Auge, wägen Sie ihre Worte wohl ab, prüfen Sie kritisch ihre Taten, strafen Sie den Körper, um die Seele zu retten – wenn eine Rettung noch möglich ist; denn (meine Zunge sträubt sich bei diesen Worten) dieses Mädchen, dieses Kind, Abkömmling eines christlichen Landes und dabei schlimmer als manches Heidenkind, das zu Brahma betet und vor Jagganath[19] kniet, dieses Mädchen – lügt!»

Nun folgte eine längere Pause, und mittlerweile meiner Sinne wieder mächtig, sah ich, wie die weiblichen Brocklehursts ihre Taschentücher hervorzogen und an die Augen führten; dabei wiegte sich die ältere Dame vor und zurück, und die beiden jüngeren flüsterten: «Wie entsetzlich!»

Mr. Brocklehurst nahm seine Rede wieder auf.

«Dies erfuhr ich von ihrer Wohltäterin, der frommen und barmherzigen Dame, die die Waise an Kindes Statt annahm und wie ihre eigene Tochter aufzog und deren Güte und Großzügigkeit das unselige Kind mit derart böser, gräßlicher Undankbarkeit vergalt, daß die treffliche Gönnerin am Ende gezwungen war, sie von den eigenen Kindern zu trennen, aus Angst, das ruchlose Beispiel könnte deren Reinheit besudeln. Sie hat sie hierher gesandt, auf daß sie geheilt werde, wie die Juden in alter Zeit ihre Kranken an den aufgewühlten Teich von Bethesda[20] brachten. Lehrerinnen und Schulleiterin, lassen Sie die Wasser um sie nicht stillestehen!»

Mit diesen hehren Worten knöpfte Mr. Brocklehurst den obersten Knopf seines Überziehers zu, flüsterte mit seiner Familie, die daraufhin aufstand, und verabschiedete sich mit einer Verneigung von Miss Temple, und schließlich segelten die Herrschaften würdevoll aus dem Zimmer. An der Tür drehte sich mein Richter noch einmal um und sagte: «Sie soll noch eine halbe Stunde auf dem Hokker stehen bleiben, und für den Rest des Tages darf niemand mit ihr sprechen.»

Da stand ich nun, hoch oben. Ich, die behauptet hatte, ich ertrüge die Schande nicht, auf eigenen Füßen mitten im Zimmer zu stehen, war nun vor aller Augen ausgestellt auf einem Schandpfahl. Meine Empfindungen sind nicht mit Worten zu beschreiben. Aber gerade als sie übermächtig wurden, mir den Atem nahmen und die Kehle zuschnürten, ging ein Mädchen an mir vorbei nach vorn; auf meiner Höhe hob sie die Augen. Was für ein wundersames Licht beseelte sie! Welch sonderbare Empfindung durchfuhr mich bei diesem Glanz, und wie richtete mich dieses neue Gefühl auf! Es war, als wäre ein Märtyrer, ein Held an einem Sklaven oder Opfertier vorübergegangen und hätte ihm von seiner Kraft abgegeben. Ich unterdrückte die aufsteigende Panik, hob den Kopf und nahm eine feste Haltung auf dem Hocker ein. Helen Burns fragte Miss Smith etwas Unwichtiges wegen ihrer Arbeit, wurde ob der Belanglosigkeit der Frage gescholten, kehrte an ihren Platz zurück und lächelte mich im Vorübergehen an. Was für ein Lächeln! Ich erinnere mich noch heute daran, und ich weiß, daß es große Klugheit und wahren Mut ausstrahlte. Es erhellte die verhärmten Züge, das magere Gesicht, die tiefliegenden grauen Augen des Mädchens wie der Abglanz einer Himmelserscheinung. Dabei mußte Helen Burns zur Zeit gerade das «Schlamper-Abzeichen» am Ärmel tragen. Vor einer knappen Stunde hatte ich gehört, wie Miss Scatcherd sie für morgen mittag zu Wasser und Brot verurteilt hatte, weil sie eine Schreibarbeit mit Tinte bekleckst hatte. So unvollkommen ist der Mensch! Flecken finden sich auch auf der Oberfläche des hellsten Planeten, und Augen wie die von Miss Scatcherd sehen nur diese winzigen Mängel und sind blind für den vollen Glanz des Gestirns.

KAPITEL 8

Noch ehe die halbe Stunde vorüber war, schlug es fünf Uhr; der Unterricht war beendet, und alle gingen zur Teestunde in den Speisesaal. Nun wagte ich mich von meinem Hocker herunter. Es dunkelte, ich verzog mich in eine Ecke und setzte mich auf den Fußboden. Der Zauber, der mich bisher aufrecht gehalten hatte, begann nachzulassen; nun wurde mir das Geschehene bewußt, und mich packte ein so überwältigender Kummer, daß ich mit dem Gesicht voran zu Boden sank. Endlich weinte ich. Helen Burns war nicht da, nichts gab mir Halt; mir selbst überlassen, ließ ich mich fallen, und meine Tränen tropften auf die Dielen. Ich hatte so gut sein, so viel tun wollen in Lowood, hatte mir viele Freunde schaffen, Anerkennung verdienen und Zuneigung gewinnen wollen. Und ich hatte bereits sichtbare Erfolge erzielt: Erst heute morgen war ich an die Spitze meiner Klasse gerückt, Miss Miller hatte mich freundlich gelobt und Miss Temple mir beifällig zugelächelt; sie versprach, mich im Zeichnen zu unterrichten und mich Französisch lernen zu lassen, wenn ich in den nächsten zwei Monaten weiterhin solche Fortschritte machte. Von meinen Mitschülerinnen wurde ich gut aufgenommen, von den Gleichaltrigen als ebenbürtig behandelt und von niemandem belästigt. Und nun lag ich wieder da, vernichtet und mit Füßen getreten; konnte ich mich jemals wieder erheben?

«Niemals», dachte ich und wünschte mir inbrünstig den Tod. Während ich diesen Wunsch unter Schluchzen hervorstieß, hörte ich jemanden kommen. Ich schreckte hoch, es war Helen Burns. Im letzten Licht des verlöschenden Kaminfeuers sah ich, wie sie mir quer durch den langen, leeren Raum Kaffee und Brot brachte.

«Komm, iß etwas», sagte sie, aber ich schob beides von mir, denn ich glaubte in meiner derzeitigen Verfassung schon an einem Tropfen oder Krümel ersticken zu müssen. Helen sah mich an, wahrscheinlich überrascht. Ich konnte meine Erregung noch nicht unterdrücken, sosehr ich es versuchte, und weinte immer noch laut. Sie setzte sich neben mich auf den Boden, schlang die Arme um die Knie, legte ihren Kopf drauf und blieb in dieser Haltung reglos hocken wie eine Indianerin. Ich sprach als erste.

«Helen, warum bleibst du bei einem Mädchen, das alle für eine Lügnerin halten?»

«Alle, Jane? Schau, nur achtzig Menschen haben gehört, daß man dich so bezeichnet hat, und auf der Erde leben Hunderte von Millionen.»

«Was kümmern mich Millionen? Die achtzig, die ich kenne, verachten mich.»

«Du irrst dich, Jane, wahrscheinlich verachtet oder verabscheut dich nicht eine in der Schule. Ich bin sicher, viele haben Mitleid mit dir.»

«Wie können sie nach Mr. Brocklehursts Worten Mitleid mit mir haben?»

«Mr. Brocklehurst ist kein Gott. Nicht einmal ein bedeutender und geschätzter Mensch. Er ist hier nicht besonders beliebt und tut auch nichts, um sich beliebt zu machen. Hätte er dich als besonderen Günstling behandelt, wärst du ringsum auf Feindschaft gestoßen, auf offene und versteckte; so aber würden dir die meisten ihr Mitgefühl zeigen, wenn sie es nur wagten. Vielleicht begegnen dir die Lehrerinnen und Schülerinnen einige Tage lang mit Zurückhaltung, doch insgeheim hegen sie wohlwollende Gefühle für dich, und wenn du dich weiter so gut machst, werden sich diese Gefühle, gerade weil sie zeitweise unterdrückt wurden, bald um so deutlicher zeigen. Außerdem, Jane …» Sie hielt inne.

«Was, Helen?» fragte ich und schob meine Hand in die ihre; sanft rieb sie meine Finger, um sie zu wärmen, und fuhr fort: «Selbst wenn dich die ganze Welt hassen und für böse halten würde, obwohl dir dein eigenes Gewissen recht gibt und dich freispricht von Schuld, wärst du nicht ohne Freunde.»

«Nein. Ich weiß, daß ich gut von mir denken sollte, aber das reicht mir nicht. Wenn niemand mich liebt, sterbe ich lieber, Einsamkeit und Haß ertrage ich nicht, Helen. Schau, um von dir oder Miss Temple oder jemand anderem, den ich wirklich mag, echte Zuneigung zu erlangen, würde ich mir bereitwillig den Arm brechen, mich von einem Stier in die Luft schleudern lassen oder mich hinter ein ausschlagendes Pferd stellen, das mir seinen Huf gegen die Brust schmettert ...»

«Schsch, Jane! Du mißt menschlicher Liebe zuviel Bedeutung bei. Du bist zu leicht erregbar, zu ungestüm. Die Hand des Allerhöchsten, die diese Hülle erschaffen und ihr Leben eingehaucht hat, hat dir noch andere Hilfsquellen zur Verfügung gestellt als dein schwaches Ich und Geschöpfe, die ebenso schwach sind wie du. Neben dieser Erde, neben dem Menschengeschlecht gibt es noch eine unsichtbare Welt und ein Geisterreich; diese Welt umgibt uns, denn sie ist überall, und die Geister wachen über uns, denn sie haben den Auftrag, uns zu beschützen; und wenn wir in Schmerz und Schmach sterben, wenn uns von allen Seiten Verachtung trifft und Haß uns niederschmettert, sehen Engel unsere Qualen und erkennen unsere Unschuld – wenn wir denn unschuldig sind. Und daß du den Vorwurf nicht verdienst, den Mr. Brocklehurst Mrs. Reed charakterlos und schwülstig nachgeplappert hat, weiß ich, denn an deinen glühenden Augen und deiner klaren Stirn erkenne ich eine aufrechte Wesensart. Gott wartet nur auf die Trennung von Geist und Körper, um uns mit dem höchsten Preis zu belohnen. Warum sollen wir uns da vom Leid überwältigen lassen, wenn das Leben so bald vorüber ist und der Tod so gewiß den Eintritt in Glück und Herrlichkeit bedeutet?»

Ich schwieg. Helen hatte mich beruhigt, aber die Gelassenheit, die sie ausstrahlte, hatte einen Beigeschmack unendlicher Traurigkeit. Es tat mir weh, als sie so sprach, wenn ich auch nicht wußte, warum, und als sie nach ihrer Rede ein wenig rascher atmete und kurz hustete, vergaß ich für einen Augenblick meinen eigenen Kummer, denn ich empfand eine unbestimmte Sorge um sie.

Ich legte meinen Kopf an Helens Schulter und umarmte sie; sie zog mich an sich, und wir ruhten uns schweigend aus. Wir saßen noch nicht lange so, als jemand hereinkam. Ein aufkommender Wind hatte die schweren Wolken vom Himmel gefegt und den Mond enthüllt, und in seinem vollen Licht, das durch ein nahes Fenster auf uns und die sich nähernde Gestalt fiel, erkannten wir sofort Miss Temple.

«Ich habe dich gesucht, Jane Eyre», sagte sie. «Begleite mich bitte in mein Zimmer, und da Helen Burns bei dir ist, kann sie gleich mitkommen.»

Wir folgten ihr; die Schulleiterin führte uns durch gewundene Flure und über eine Treppe in ihr Zimmer. Dort brannte ein lebhaftes Feuer, und es sah einladend aus. Miss Temple bot Helen Burns einen niederen Armstuhl neben dem Kamin an, setzte sich selbst in einen zweiten und rief mich zu sich.

«Ist alles wieder gut?» fragte sie und schaute mir

ins Gesicht. «Hast du dir deinen Kummer von der Seele geweint?»

«Das wird mir wohl nie gelingen.»

«Warum?»

«Weil ich zu Unrecht angeklagt worden bin und weil Sie, Ma'am, und alle anderen mich jetzt für böse halten.»

«Wir halten dich für das, als was du dich erweist, mein Kind. Sei weiterhin ein braves Mädchen, und ich bin mit dir zufrieden.»

«Wirklich, Miss Temple?»

«Ja», sagte sie und legte den Arm um mich. «Und jetzt erzähl mir einmal, wer die Dame ist, die Mr. Brocklehurst als deine Wohltäterin bezeichnet hat.»

«Mrs. Reed, die Frau meines Onkels. Als mein Onkel starb, hat er mich ihrer Obhut anvertraut.»

«Dann hat sie dich also nicht freiwillig an Kindes Statt angenommen?»

«Nein, Ma'am, sie hat es nicht gern getan, aber wie mir die Dienstboten erzählten, hat mein Onkel ihr vor seinem Tod das Versprechen abgenommen, mich zu versorgen.»

«Jane, du weißt (und wenn nicht, sage ich es dir hiermit), daß, wer angeklagt wird, sich immer auch verteidigen darf. Du bist der Lüge bezichtigt worden, nun verteidige dich, so gut du kannst. Erzähle mir alles, was dir in der Erinnerung als wahr erscheint, füge jedoch nichts hinzu und übertreibe nichts.»

Ich nahm mir von ganzem Herzen vor, mich zu mäßigen und gewissenhaft zu berichten, und nachdem ich eine Weile nachgedacht hatte, um zu ordnen, was ich sagen wollte, erzählte ich ihr die ganze Geschichte meiner traurigen Kindheit. Erschöpft von der Aufregung, sprach ich gedämpfter als sonst über dieses betrübliche Thema; und Helens Warnung eingedenk, mich nicht vom Groll mitreißen zu lassen, tränkte ich meinen Bericht mit weniger Galle und Wermut als gewöhnlich. So zurückgenommen und vereinfacht, klang alles viel überzeugender, und mit der Zeit spürte ich, daß Miss Temple mir rückhaltlos Glauben schenkte.

Ich hatte in meinem Bericht auch Mr. Lloyd erwähnt, der mich nach meinem Zusammenbruch untersucht hatte, denn die entsetzliche Episode im Roten Zimmer konnte ich nicht vergessen. Als ich sie näher beschrieb, überschritt meine Erregung sicher die Grenzen des Schicklichen, denn die Todesangst, die mein Herz gepackt hatte, als Mrs. Reed meine leidenschaftliche Bitte um Vergebung verächtlich zurückgewiesen und mich ein zweites Mal in das finstere Geisterzimmer gesperrt hatte, konnte auch in der Erinnerung nichts schwächen.

Ich war fertig. Miss Temple betrachtete mich eine Weile schweigend, dann sagte sie: «Ich kenne Mr. Lloyd, ich werde ihm schreiben. Wenn seine Antwort mit deinen Aussagen übereinstimmt, sollst du öffentlich von jeder Anschuldigung freigesprochen werden. Für mich bist du es jetzt schon, Jane.»

Sie küßte mich und behielt mich an ihrer Seite, und ich blieb gern dort stehen, denn es bereitete mir kindliche Freude, ihr Gesicht anzuschauen, ihr Kleid, die wenigen Schmuckstücke, die weiße Stirn, die an den Schläfen gebauschten glänzenden Lokken und die strahlenden dunklen Augen. Sie wandte sich unterdessen an Helen Burns.

«Wie geht es dir, Helen? Hast du heute viel husten müssen?»

«Nicht ganz soviel, Ma'am.»

«Und die Schmerzen in der Brust?»

«Sind ein bißchen besser.»

Miss Temple stand auf, nahm Helens Hand und fühlte ihr den Puls, dann kehrte sie auf ihren Platz zurück. Als sie sich setzte, hörte ich sie leise seufzen. Eine Weile sann sie vor sich hin, dann raffte sie sich auf und sagte fröhlich: «Aber heute abend seid ihr meine Gäste. Und da muß ich euch doch entsprechend bewirten.» Sie läutete.

«Barbara», sagte sie zu dem eintretenden Dienstmädchen, «ich habe noch nicht Tee getrunken; bring mir das Tablett und dazu Tassen für diese beiden jungen Damen.»

Sogleich wurde serviert. Wie hübsch erschienen mir die Porzellantassen und die glänzende Teekanne auf dem kleinen runden Tisch neben dem Kamin! Wie duftete das dampfende Getränk, wie gut roch der Toast, von dem ich jedoch zu meinem Entsetzen (denn ich wurde allmählich hungrig) nur eine winzig kleine Portion sah. Das fiel auch Miss Temple auf.

«Barbara», bemerkte sie, «kannst du nicht ein bißchen mehr Brot und Butter bringen? Das reicht nicht für drei.»

Barbara ging hinaus und kehrte bald zurück. «Madam, Mrs. Harden sagt, sie hätte die übliche Menge heraufgeschickt.»

Mrs. Harden, das sei hier angemerkt, war die Haushälterin, eine Frau ganz nach Mr. Brocklehursts Herzen, die zu gleichen Teilen aus Fischbein und Eisen bestand.

«Aha, na gut», erwiderte Miss Temple, «dann müssen wir uns wohl damit zufriedengeben, Barbara.» Und als das Mädchen verschwunden war, fuhr sie lächelnd fort: «Zum Glück steht es in meiner Macht, dem Mangel für diesmal abzuhelfen.»

Sie bat Helen und mich an den Tisch und schob uns eine Tasse Tee und eine köstliche, wenn auch dünne Scheibe Toast hin, dann stand sie auf, sperrte eine Schublade auf, entnahm ihr ein in Papier gewickeltes Päckchen und enthüllte vor unseren Augen einen stattlichen Gewürzkuchen.

«Ich wollte euch eigentlich später etwas davon mitgeben», erklärte sie, «aber da wir so wenig Toast haben, müßt ihr den Kuchen jetzt essen», und sie schnitt ihn großzügig auf.

Wir schwelgten an diesem Abend wie in Nektar und Ambrosia, und nicht die geringste Freude bereitete uns das zufriedene Lächeln unserer Gastgeberin, als wir unseren Wolfshunger an dem köstlichen, gutbemessenen Mahl stillten. Als abserviert war, rief sie uns wieder zu sich ans Feuer; wir saßen links und rechts von ihr, und nun folgte ein Gespräch zwischen ihr und Helen, dem zuhören zu dürfen ich als Privileg empfand.

Miss Temple strahlte stets eine heitere Ruhe aus; dies, ihre würdevolle Haltung und die feine, schickliche Sprache verhinderten jedes Abgleiten ins Hitzige, Aufgeregte und Zornige. Die Begeisterung derer, die sie sahen und hörten, wurde durch ein Gefühl der Ehrfurcht gezügelt, und auch ich empfand jetzt so. Was aber Helen Burns betraf, erstarrte ich vor Staunen.

Das stärkende Mahl, das flackernde Feuer, die Nähe und Freundlichkeit ihrer geliebten Lehrerin und vielleicht mehr noch etwas, das in ihrem außergewöhnlichen Wesen selbst beheimatet war, hatten alle Kräfte in ihr wachgerufen. Sie regten sich, fingen Feuer, glühten erst als zartes Rot auf ihren Wangen, die ich nur blaß und blutleer kannte, und leuchteten dann im feuchten Glanz ihrer Augen, die mit einem Mal eine Schönheit besaßen, noch ungewöhnlicher als die von Miss Temple, eine Schönheit, die nicht auf zarten Farben, langen Wimpern oder feingezeichneten Brauen beruhte, sondern auf Aussagekraft, Lebendigkeit und Ausstrahlung. Dann drängte sich ihr die Seele auf die Lippen, und die Worte flossen aus einer mir unbekannten Quelle. Kann das Herz eines vierzehnjährigen Mädchens so groß und stark sein, daß ihm reine, klangvolle, glühende Beredsamkeit entspringt? Und das Eigentümliche an Helens Worten an diesem für mich so denkwürdigen Abend: Ihr Geist schien in aller Eile in einer sehr kurzen Zeitspanne ebensoviel durchleben zu wollen wie andere in einem langen Dasein.

Sie sprachen von nie Gehörtem, von ausgestorbenen Völkern und längst vergangenen Zeiten, von fernen Ländern und entdeckten oder noch zu enträtselnden Naturgeheimnissen. Sie redeten über Bücher – wie viele hatten sie gelesen! Über welchen Wissensschatz verfügten sie! Französische Namen und Autoren schienen ihnen ganz geläufig; aber mein Staunen erreichte den Höhepunkt, als Miss Temple Helen fragte, ob sie manchmal ein wenig Zeit finde, das Latein zu rekapitulieren, das ihr Vater ihr beigebracht hatte. Sie nahm ein Buch aus dem Regal und bat sie, eine Seite Vergil vorzulesen und mündlich zu übersetzen; Helen gehorchte, und meine Bewunderung wuchs mit jeder Zeile. Kaum war sie fertig, verkündete die Glocke, daß es Zeit zum Schlafengehen sei. Das duldete keinen Aufschub; Miss Temple umarmte uns beide und zog uns an ihr Herz. «Gott segne euch, Kinder!»

Helen hielt sie ein wenig länger fest als mich, ließ sie widerstrebender gehen; Helen folgten ihre Augen bis zur Tür, um ihretwillen seufzte sie noch einmal betrübt und wischte sich eine Träne von der Wange.

Als wir in den Schlafsaal kamen, hörten wir Miss Scatcherds Stimme. Sie überprüfte die Schubladen und hatte soeben die von Helen Burns aufgezogen, und als wir eintraten, wurde Helen mit dem scharfen Verweis empfangen, morgen würden ihr ein paar der nachlässig zusammengelegten Wäschestükke an die Schulter geheftet.

«Ich hatte wirklich eine schreckliche Unordnung in meinen Sachen», raunte Helen mir zu, «ich wollte noch aufräumen, aber dann habe ich es vergessen.»

Am nächsten Morgen schrieb Miss Scatcherd deutlich lesbar das Wort «Schlampe» auf ein Stück Pappe und band es wie einen Gebetsriemen um Helens hohe, freundliche, kluge und gütige Stirn. Geduldig und gleichmütig trug sie es bis zum Abend und betrachtete es als verdiente Strafe. Kaum hatte Miss Scatcherd sich nach dem Nachmittagsunterricht zurückgezogen, rannte ich zu Helen, riß ihr die Pappe von der Stirn und warf sie ins Feuer. Die Wut, zu der sie nicht fähig war, hatte in meiner Seele den ganzen Tag gebrannt, und ständig waren mir dicke, heiße Tränen über die Wangen gelaufen, denn der Anblick ihrer traurigen Resignation schmerzte mich unerträglich.

Etwa eine Woche nach den oben beschriebenen

Ereignissen erhielt Miss Temple Antwort von Mr. Lloyd. Anscheinend bestätigten seine Worte meinen Bericht. Miss Temple rief die ganze Schule zusammen und verkündete, sie habe bezüglich der Vorwürfe gegen Jane Eyre Erkundigungen eingezogen und schätze sich nun glücklich, sie von jeder Schuld freisprechen zu können. Daraufhin gaben die Lehrerinnen mir die Hand und küßten mich, und durch die Reihen meiner Kameradinnen lief ein freudiges Murmeln.

Von einer schweren Last befreit, machte ich mich erneut ans Werk, fest entschlossen, mir durch alle Schwierigkeiten meinen Weg zu bahnen. Ich arbeitete fleißig, und der Erfolg entsprach meinem Bemühen. Mein Gedächtnis, wiewohl von Natur aus nicht besonders leistungsfähig, verbesserte sich durch das ständige Lernen, die Übungen schulten mein Denkvermögen, nach wenigen Wochen wurde ich in eine höhere Klasse versetzt, und nach knapp zwei Monaten durfte ich mit Französisch und Zeichnen beginnen. An ein und demselben Tag lernte ich die ersten beiden Zeiten des Verbums *être* und zeichnete mein erstes Cottage (dessen Mauern, nebenbei bemerkt, was ihre Neigung betraf, dem schiefen Turm von Pisa in nichts nachstanden). Als ich an diesem Abend zu Bett ging, vergaß ich sogar, mir in meiner Phantasie das Barmakidenmahl[21] aus Bratkartoffeln oder Weißbrot mit Milch auszumalen, mit dem ich sonst immer das Verlangen in meinen Eingeweiden stillte. Statt dessen schwelgte ich im Anblick vollendeter Zeichnungen, die ich im Dunkeln vor mir sah, alles eigene Werke, freihändig gezeichnete Häuser und Bäume, malerische Felsen und Ruinen, Viehherden in der Manier von Cuyp[22], entzückende Gemälde von Schmetterlingen, die über noch nicht aufgeblühten Rosen schwebten, von Vögeln, die an reifen Kirschen pickten, und von Zaunkönignestern mit perlgroßen Eiern, umkränzt von jungen Efeuranken. Ich überlegte, ob ich eines Tages in der Lage sein würde, das französische Geschichtenbuch, das mir Madame Pierrot heute gezeigt hatte, fließend zu übersetzen, und hatte diese Frage noch nicht zufriedenstellend geklärt, als ich schon süß entschlummerte.

Wie sagt Salomon: «Es ist besser ein Gericht Kraut mit Liebe denn ein gemästeter Ochse mit Haß.»[23]

Jetzt hätte ich Lowood mit all seinen Entbehrungen nicht mehr gegen Gateshead und seinen täglichen Luxus eingetauscht.

KAPITEL 9

Und die Entbehrungen oder vielmehr Härten in Lowood ließen nach. Der Frühling nahte, ja, er war schon da, die Winterfröste hatten aufgehört, der Schnee war geschmolzen und der schneidende Wind linder geworden. Meine durch die beißende Januarkälte erbärmlich zugerichteten, aufgedunsenen, fast lahmen Füße begannen in der lauen Aprilluft zu heilen und abzuschwellen; die Nächte und Tagesanbrüche ließen uns nicht mehr durch arktische Temperaturen das Blut in den Adern gefrieren; die Spielstunde im Garten war mittlerweile gut auszuhalten und an sonnigen Tagen sogar angenehm warm. Über die braunen Beete zog sich ein grüner Hauch, der von Tag zu Tag frischer wurde und einem vorgaukelte, die Hoffnung selbst wandere nachts darüber und hinterlasse eine mit jedem Morgen heller werdende Spur. Blumen lugten zwischen dem Laub hervor, Schneeglöckchen, Krokusse, purpurrote Primeln und goldäugige Stiefmütterchen. An den freien Donnerstagnachmittagen unternahmen wir nun Wanderungen und fanden am Wegesrand unter den Hecken noch hübschere Blumen.

Auch entdeckte ich einen Quell besonderer Freude, ein Glück, das nur vom Horizont begrenzt wurde und alles umfaßte, was außerhalb der hohen, eisenspitzenbewehrten Mauern unseres Gartens lag: der Rundblick auf prächtige Gipfel, die eine weite, üppig bewachsene und schattige Senke umrahmten, mit einem Wildbach voll dunkler Steine und glitzernder Strudel. Wie anders hatte diese Landschaft ausgesehen, als ich sie unter dem eisengrauen Winterhimmel liegen sah, steif vor Frost und schneebedeckt, als die Ostwinde über diese purpurnen Bergspitzen eiskalten Sprühregen vor sich herbliesen, der über die Feuchtwiesen herunterkam und sich schließlich mit den eisigen Nebelschwaden über dem Bach zusammentat! Dieser war damals ein Sturzbach gewesen, aufgewühlt und hemmungslos; weithin tobend und lärmend hatte er Holz in Stücke gerissen und sich oft mit wildem Regen oder wirbelnden Graupeln vermischt. Und in dem Wald an seinen Ufern hatten reihenweise nur Skelette gestanden.

Der April ging in den Mai über, in einen hellen, heiteren Mai; blauer Himmel, milder Sonnenschein und laue Brisen aus Westen oder Süden erfüllten all seine Tage. Nun brach die Pflanzenwelt mit aller

Kraft hervor, Lowood löste seine Flechten, überall grünte und blühte es, die mächtigen Skelette der Ulmen, Eschen und Eichen erwachten zu königlichem Leben, Waldblumen sprossen überreich in verborgenen Winkeln, unzählige Moosarten füllten die Senken, und die reich blühenden Schlüsselblumen leuchteten wie eine seltsame Bodensonne. Wie Splitter himmlischen Glanzes fand ich an schattigen Stellen ihren blaßgoldenen Schimmer. All dies genoß ich oft und in vollen Zügen, frei, unbeaufsichtigt und fast allein. Doch für diese ungewohnte Freiheit und Freude gab es einen Grund, von dem ich nun berichten muß.

Habe ich nicht eine liebliche Wohnstätte geschildert, eingebettet in Hügel und Wälder, am Ufer eines Bächleins? Gewiß, lieblich schon, ob sie indes gesund war, ist eine andere Frage.

Die Waldsenke von Lowood war ein Nebelloch und die Wiege einer feuchtigkeitsliebenden Seuche, die sich nun mit fortschreitendem Frühling ausbreitete, ins Waisenhaus gekrochen kam und Schulzimmer und Schlafsaal mit Typhus verpestete. Anfang Mai hatte sich die Schule in ein Krankenhaus verwandelt.

Unterernährung und verschleppte Erkältungen machten die meisten Schülerinnen für Infektionen überaus anfällig. Fünfundvierzig der achtzig Mädchen lagen gleichzeitig krank darnieder. Die Unterrichtsstunden wurden ausgesetzt, die Regeln gelockert. Die wenigen Gesunden genossen fast unbeschränkte Freiheit, denn der Arzt riet zu häufiger Bewegung im Freien, wenn sie gesund bleiben wollten. Ohnehin hatte niemand Zeit, sie zu beaufsichtigen oder in Schach zu halten. Miss

Temples ganze Aufmerksamkeit galt den Kranken; sie lebte im Krankenzimmer und verließ es nur nachts, um ein paar Stunden zu schlafen. Die Lehrerinnen waren vollauf mit Kofferpacken und ähnlichen Vorbereitungen für die Abreise jener glücklichen Mädchen beschäftigt, deren Freunde oder Verwandte willens und in der Lage waren, sie aus diesem Seuchenloch herauszuholen. Viele bereits Erkrankte fuhren nur noch zum Sterben heim, manche starben in der Schule und wurden eilends und in aller Stille begraben. Die Natur dieser Epidemie erlaubte keine Verzögerung.

Während so die Krankheit in Lowood Einzug hielt und der Tod zu einem häufigen Besucher wurde, während Schwermut und Furcht in seinen Mauern wohnten, Zimmer und Flure nach Krankenhaus rochen und Medikamente und Räucherkerzen einen hoffnungslosen Kampf gegen die Ausdünstungen der Sterblichkeit ausfochten, strahlte draußen vor der Tür der helle Mai wolkenlos über den hohen Bergen und schönen Wäldern. Auch im Garten leuchteten die Blumen. Die Stockrosen wuchsen baumhoch, die Lilien öffneten sich, Tulpen und Rosen erblühten, rosa Grasnelken und karmesinrote Tausendschönchen färbten die Beeteinfassungen bunt, und die Zaunrosen verströmten morgens und abends ihren würzigen Apfelduft; doch all diese wohlriechenden Schätze halfen den meisten Bewohnerinnen von Lowood nichts, außer daß hie und da eine Handvoll Kräuter und Blumen in einen Sarg gelegt wurden.

Wir Gesunden aber genossen die Schönheiten der Landschaft und der Jahreszeit in vollen Zügen. Wie die Zigeuner zogen wir von früh bis spät durch die Wälder, taten, wonach uns der Sinn stand, und gingen, wohin wir wollten. Unser Leben war leichter und besser geworden. Mr. Brocklehurst und seine Familie kamen nicht mehr nach Lowood, um den Haushalt zu überprüfen, die gräßliche Wirtschafterin war aus Angst vor Anstekkung verschwunden, und ihre Nachfolgerin, ehedem Verwalterin der Krankenfürsorge von Lowton, war mit den Gebräuchen ihrer neuen Bleibe nicht vertraut und versorgte uns verhältnismäßig großzügig. Es mußten ja auch nicht mehr so viele gefüttert werden, und die Kranken aßen nur wenig. Unsere Frühstücksteller waren voller; und wenn für die Zubereitung eines richtigen Mittagsmahls wie so oft keine Zeit blieb, gab sie uns ein großes Stück kalte Pastete oder eine dicke Scheibe Brot mit Käse, die wir dann mit in den Wald nahmen, wo wir unsere Lieblingsplätze aufsuchten und üppig speisten.

Ich bevorzugte einen glatten, breitflächigen Stein im Bach, zu dem man nur durch Waten gelangte, ein Kunststück, das ich barfuß meisterte. Der Stein bot eben genug Platz für mich und ein zweites Mädchen, das damals meine liebste Gefährtin war, eine gewisse Mary Ann Wilson. Sie war klug und aufmerksam, und ich fand Gefallen an ihrer Gesellschaft, teils weil sie geistreich und eigenständig war, teils weil ich in ihrer Gegenwart alle Befangenheit verlor. Sie war einige Jahre älter als ich, wußte schon mehr von der Welt und konnte mir viel erzählen; bei ihr wurde meine Neugier gestillt, sie sah mir meine Fehler großzügig nach und legte mir keinen Maulkorb an. Sie hatte einen Hang zum Erzählen, ich zum Zergliedern, sie erteilte gern

Auskunft, ich stellte gern Fragen, und so vertrugen wir uns gut und schöpften aus unserem Zusammensein viel Vergnügen, wenn es auch kaum zu unserer Vervollkommnung beitrug.

Und wo war unterdessen Helen Burns? Warum verbrachte ich diese Tage süßer Freiheit nicht mit ihr? Hatte ich sie vergessen, oder war ich so nichtswürdig, daß ich ihrer reinen Nähe überdrüssig geworden war? Mary Ann Wilson war meiner ersten Freundin eindeutig unterlegen, sie konnte nur unterhaltsame Geschichten erzählen und reißerischen, prickelnden Klatsch weitergeben, den ich mir gerne anhörte; Helen hingegen besaß, wenn ich sie richtig geschildert habe, die Fähigkeit, denen, die in den Genuß eines Gesprächs mit ihr kamen, einen Vorgeschmack weit höherer Dinge zu vermitteln.

Wahrhaftig; und ich wußte und fühlte das auch: Bei aller Unvollkommenheit, bei all meinen Fehlern und wenigen Tugenden wurde ich Helen Burns' nie überdrüssig und liebte sie unbeirrt so innig, zärtlich und ehrerbietig wie nur je einen Menschen. Wie sollte ich nicht, wo mir doch Helen zu allen Zeiten und unter allen Umständen eine stille, treue Freundschaft entgegenbrachte, die keine schlechte Laune je störte, kein Zorn je trübte. Aber nun war Helen krank, schon vor Wochen hatte man sie meinen Blicken entzogen und einen Stock höher in wer weiß welches Zimmer verlegt. Sie lag nicht bei den Fiebernden in der Krankenabteilung, denn sie litt an Schwindsucht, nicht an Typhus. Und ich Ahnungslose hielt die Schwindsucht für etwas Harmloses, das Zeit und Pflege gewiß heilen würden.

In dieser Vorstellung bestätigte mich die Tatsache, daß Helen an sehr warmen, sonnigen Nachmittagen ein paarmal die Treppe herunterkam und von Miss Temple in den Garten geführt wurde. Doch ich durfte bei diesen Anlässen weder zu ihr gehen noch mit ihr sprechen. Ich sah sie nur aus dem Fenster des Schulzimmers und auch dann nicht deutlich, denn sie war bis obenhin eingewikkelt und saß weit weg in der Veranda.

Eines Abends Anfang Juni war ich sehr lange mit Mary Ann im Wald gewesen; wir hatten uns wie immer von den anderen getrennt und weit entfernt, so weit, daß wir uns verirrten und bei einem einsamen Häuschen ein Paar, das eine Herde halbwilder Schweine bei der Mast im Wald hütete, nach dem Weg fragen mußten. Als wir heimkamen, war bereits der Mond aufgegangen. Am Gartentor stand ein Pony, das, wie wir wußten, dem Arzt gehörte. Mary Ann meinte, da müsse jemand sehr krank sein, wenn noch so spät am Abend nach Mr. Bates geschickt worden sei. Sie ging ins Haus, aber ich blieb noch eine Weile draußen und pflanzte ein paar Schösslinge in mein Beet, die ich im Wald ausgegraben hatte und die sonst bis morgen vielleicht verdorrten. Auch danach ließ ich mir noch ein wenig Zeit; die Blumen dufteten so süß im fallenden Tau, es war ein angenehmer Abend, heiter und warm, der rotglühende Westen versprach einen weiteren schönen Tag, und im fahlen Osten erhob sich majestätisch der Mond. Ich bemerkte und genoß diese Dinge, wie ein Kind es eben kann, da fuhr es mir mit einem Mal wie nie zuvor durch den Sinn: «Wie traurig, jetzt auf einem Krankenbett liegen und vielleicht sterben zu müssen! Die Welt ist schön – wie trostlos wäre es, wer weiß wohin fortgerufen zu werden!»

Und im Geist bemühte ich mich zum ersten Mal zu verstehen, was man mir über Himmel und Hölle eingetrichert hatte, und schreckte zum ersten Mal verwirrt zurück. Ich blickte zum ersten Mal nach allen Seiten und sah überall bodenlosen Abgrund. Ich spürte zwar den Punkt, an dem ich stand – die Gegenwart –, aber alles andere war formloses Gewölk und leere Tiefe, und beim Gedanken, ich könnte schwanken und in dieses Chaos stürzen, schauderte mich. Während ich diesen ungewohnten Gedanken nachhing, hörte ich, wie die Haustür aufging. Mr. Bates kam heraus und mit ihm eine Krankenschwester. Sie begleitete ihn zu seinem Pferd, verabschiedete ihn und wollte die Tür schon wieder schließen, da lief ich rasch zu ihr.

«Wie geht es Helen Burns?»

«Sehr schlecht», lautete die Antwort.

«Ist Mr. Bates ihretwegen gekommen?»

«Ja.»

«Und was sagt er?»

«Er meint, sie wird nicht mehr lange bei uns bleiben.»

Noch gestern hätte dieser Satz in mir nur die Vorstellung geweckt, daß sie wohl nach Hause, nach Northumberland, gebracht werde, und niemals hätte ich vermutet, daß damit ihr Tod gemeint sein könnte, aber jetzt verstand ich sofort. Ich begriff, daß Helen Burns' Tage auf dieser Welt gezählt waren und sie binnen kurzem ins Reich der Geister aufgenommen werden würde, wenn es denn ein solches gab. Mich durchfuhr jähes Entsetzen, dann überwältigender Kummer und danach Sehnsucht –

ich wollte sie unbedingt sehen und fragte, in welchem Zimmer sie liege.

«Bei Miss Temple», antwortete die Schwester.

«Darf ich hinaufgehen und mit ihr sprechen?»

«O nein, Kind, das geht nicht. Und jetzt komm rein. Du holst dir noch das Fieber, wenn du beim Abendtau draußen bleibst.»

Die Schwester sperrte die Vordertür zu, und ich betrat durch den Seiteneingang das Schulzimmer. Ich kam gerade rechtzeitig; es war neun, und Miss Miller rief die Schülerinnen zu Bett.

Vielleicht zwei Stunden später, etwa gegen elf Uhr – ich hatte nicht einschlafen können und schloß aus der völligen Stille im Schlafsaal, daß meine Mitschülerinnen alle in tiefem Schlummer lagen – stand ich auf, zog mir das Kleid übers Nachthemd, schlüpfte ohne Schuhe aus dem Raum und begab mich auf die Suche nach Miss Temples Zimmer. Es lag am anderen Ende des Hauses, aber ich kannte den Weg, und das Licht des wolkenlosen Sommermonds, das hie und da durch die Flurfenster fiel, half mir, ihn ohne Schwierigkeiten zu finden. Der Geruch nach Kampfer und heißem Essig kündigte warnend das Zimmer mit den Typhuskranken an, und damit mich die Nachtschwester ja nicht hörte, ging ich rasch an der Tür vorbei. Wie furchtbar, wenn man mich entdeckt und zurückgeschickt hätte; ich *mußte* Helen sehen, mußte sie umarmen, bevor sie starb, mußte ihr einen letzten Kuß geben, ein letztes Wort mit ihr wechseln.

Ich war eine Treppe hinuntergeschlichen, hatte einen Teil des Erdgeschosses durchquert, erfolgreich und geräuschlos zwei Türen geöffnet und geschlossen und kam nun zu einer weiteren Treppe; die stieg ich hinauf und befand mich genau vor Miss Temples Zimmer. Licht schimmerte durch das Schlüsselloch und die Türritzen. Alles ringsum lag in tiefer Stille. Ich trat näher und entdeckte, daß die Tür ein klein wenig offenstand, wahrscheinlich, um frische Luft in das enge Krankenzimmer zu lassen. Von Natur aus nicht zögerlich, getrieben von Ungeduld, Seele und Sinne zitternd vor schneidendem Weh, schob ich die Tür auf und blickte hinein. Meine Augen suchten Helen und fürchteten, den Tod zu finden.

Gleich neben Miss Temples Bett, halb verdeckt von dessen weißen Vorhängen, stand ein Kinderbett. Unter der Decke zeichnete sich eine Gestalt ab, doch das Gesicht war hinter dem Behang verborgen. Die Schwester, mit der ich im Garten gesprochen hatte, saß schlafend in einem Lehnstuhl, und eine ungeschneuzte Kerze auf dem Tisch verbreitete ein schwaches Licht. Miss Temple war nicht zu sehen. Später erfuhr ich, daß sie zu einer phantasierenden Kranken ins Typhuszimmer gerufen worden war. Ich ging weiter bis zum Kinderbett. Meine Hand lag schon auf dem Vorhang, aber ich wollte etwas sagen, bevor ich ihn zurückschob. Ich erzitterte bei dem Gedanken, eine Leiche zu erblicken.

«Helen!» flüsterte ich leise. «Bist du wach?»

Sie bewegte sich, zog den Vorhang selbst zurück, und ich sah ihr Gesicht, blaß, abgezehrt, aber ganz gefaßt. Sie sah so wenig verändert aus, daß sich meine Furcht sogleich in nichts auflöste.

«Bist du es, Jane?» fragte sie mit ihrer sanften Stimme.

«Ach», dachte ich, «sie wird nicht sterben, die anderen haben sich geirrt. Sonst spräche sie nicht so und sähe nicht so gelassen aus.»

Ich beugte mich über das Bett und küßte sie. Ihre Stirn fühlte sich kalt an, auch Wangen, Hände und Gelenke waren kalt und mager, aber sie lächelte wie früher.

«Warum kommst du, Jane? Es ist elf Uhr vorbei, ich habe es vor ein paar Minuten schlagen hören.»

«Ich wollte dich besuchen, Helen. Ich habe gehört, daß du schwer krank bist, und ich konnte nicht einschlafen, bevor ich nicht mit dir gesprochen habe.»

«Du wolltest dich verabschieden? Wahrscheinlich kommst du gerade rechtzeitig.»

«Gehst du weg, Helen? Gehst du heim?»

«Ja, in mein immerwährendes, letztes Zuhause.»

«Nein, Helen, nein!» Ich schwieg verstört. Während ich versuchte, meine Tränen hinunterzuschlucken, wurde Helen von einem Hustenanfall ergriffen, der jedoch die Schwester nicht weckte. Danach lag sie eine Weile erschöpft da und flüsterte schließlich: «Jane, du bist barfuß, leg dich zu mir unter die Decke.»

Ich kroch zu ihr, sie legte den Arm um mich, und ich kuschelte mich eng an sie. Nach langem Schweigen fing sie wieder an, immer noch flüsternd: «Ich bin sehr glücklich, Jane, und wenn du erfährst, daß ich gestorben bin, darfst du nicht traurig sein. Es gibt keinen Grund zum Kummer. Wir müssen alle eines Tages sterben, und die Krankheit, die mich wegrafft, tut nicht weh, sie ist sanft und schreitet langsam voran. Mir ist ganz friedlich zumute. Ich hinterlasse niemanden, der sehr um mich trauert; ich habe nur einen Vater, und der hat vor kurzem geheiratet und wird mich nicht vermissen. Wenn ich jung sterbe, bleibt mir viel Leid erspart. Ich habe keine Fähigkeiten oder Talente, mit denen ich besonders gut durch die Welt gekommen wäre. Ich hätte ständig alles verkehrt gemacht.»

«Aber wohin gehst du, Helen? Siehst du es? Weißt du es?»

«Ich glaube zuversichtlich, daß ich zu Gott gehe.»

«Und wo ist Gott? Was ist Gott?»

«Mein und dein Schöpfer, der nicht zerstören wird, was er geschaffen hat. Ich verlasse mich bedenkenlos auf seine Kraft und vertraue voll und ganz auf seine Güte. Ich zähle die Stunden bis zu jener ereignisreichen, die mich zu ihm zurückbringt und ihn mir enthüllt.»

«Du bist also sicher, Helen, daß es etwas wie einen Himmel gibt und unsere Seelen nach dem Tod vielleicht dorthin kommen?»

«Es gibt bestimmt ein Leben nach dem Tod. Ich glaube an die Güte Gottes und vertraue ihm meine unsterbliche Seele rückhaltlos an. Gott ist mein Vater, mein Freund, ich liebe ihn und glaube, daß auch er mich liebt.»

«Werde ich dich wiedersehen, wenn ich sterbe, Helen?»

«Du kommst in dieselben seligen Gefilde, wirst ohne Zweifel von demselben mächtigen Allvater empfangen, liebe Jane.»

Wieder fragte ich, aber diesmal nur in Gedanken: «Wo sind diese Gefilde? Gibt es sie wirklich?» Ich schlang meine Arme fester um Helen. Sie schien mir teurer als je zuvor, mir war, als könnte ich sie niemals ziehen lassen, und ich barg mein Gesicht an ihrem Hals. Zärtlich sagte sie:

«Ich fühle mich so wohl! Dieser Hustenanfall hat mich ein wenig erschöpft, ich glaube, ich kann jetzt schlafen, aber geh nicht weg, Jane, ich mag es, wenn du bei mir bist.»

«Ich bleibe bei dir, liebste Helen, niemand wird mich hier wegholen.»

«Ist dir auch warm genug, mein Schatz?»

«Ja.»

«Gute Nacht, Jane.»

«Gute Nacht, Helen.» Sie küßte mich, ich küßte sie, und bald darauf waren wir eingeschlummert.

Als ich wach wurde, war es schon Tag. Eine ungewohnte Bewegung hatte mich geweckt; ich blickte um mich, ich lag in jemandes Armen; die Schwester trug mich durch den Flur zurück in den Schlafsaal. Niemand schimpfte, weil ich mein Bett verlassen hatte. Die Leute hatten an anderes zu denken, deshalb erhielt ich auch keine Antworten auf meine vielen Fragen; aber ein paar Tage später erfuhr ich, daß Miss Temple mich bei ihrer Rückkehr im Morgengrauen in dem kleinen Bett in ihrem Zimmer gefunden hatte, das Gesicht gegen Helen Burns' Schulter gedrückt, die Arme um ihren Hals geschlungen. Ich schlief, und Helen war – tot.

Ihr Grab befindet sich auf dem Friedhof von Brocklebridge. Nach ihrem Tod wuchs fünfzehn Jahre lang nur Gras über den Hügel; jetzt bezeichnet die Stelle eine graue Marmortafel mit ihrem Namen und dem Wort «Resurgam»[24].

KAPITEL 10

Bisher habe ich die Ereignisse meines unbedeutenden Daseins recht eingehend geschildert; den ersten zehn Jahren meines Lebens sind fast zehn Kapitel gewidmet. Aber dies soll keine regelrechte Autobiographie werden. Ich will die Erinnerung nur da beschwören, wo ich weiß, daß ihr Echo ein gewisses Interesse wecken wird. Deshalb überspringe ich nun fast kommentarlos einen Zeitraum von acht Jahren; wenige Zeilen genügen, um den Zusammenhang herzustellen.

Als der Typhus seine mörderische Mission in Lowood erfüllt hatte, zog er sich allmählich zurück, allerdings erst, als seine Ansteckungskraft und die Zahl seiner Opfer bereits die öffentliche Aufmerksamkeit auf die Schule gelenkt hatten. Man suchte die Ursachen für diese Geißel zu ergründen, und mit der Zeit kamen Tatsachen ans Licht, die die Öffentlichkeit in hohem Grade empörten. Die ungesunde Lage, das spärliche, schlechte Essen für die Kinder, das stinkende Brackwasser, das zum Kochen verwendet wurde, die armselige Kleidung und Unterkunft der Schülerinnen, all dies wurde aufgedeckt, und die Entdeckung hatte demütigende Folgen für Mr. Brocklehurst und erfreuliche für die Anstalt.

Mehrere reiche Wohltäter in der Grafschaft spendeten großzügig für die Errichtung eines praktischeren Gebäudes in besserer Lage, neue Regeln wurden aufgestellt, Verbesserungen bei Kost und Kleidung eingeführt und die Stiftungsgelder der Obhut eines Komitees anvertraut. Mr. Brocklehurst, den man wegen seines Reichtums und seiner familiären Verbindungen nicht übergehen konnte, behielt das Amt des Schatzmeisters, wurde aber bei der Ausübung seiner Pflichten von großherzigeren, mitfühlenderen Herren unterstützt. Auch die Überprüfung der Haushaltsführung mußte er mit Inspektoren teilen, die Strenge mit Vernunft, Sparsamkeit mit Behaglichkeit und Redlichkeit mit Einfühlungsvermögen zu verbinden wußten. Dank dieser Verbesserungen entwikkelte sich die Schule im Lauf der Zeit zu einer wirklich brauchbaren, vortrefflichen Einrichtung. Nach den Reformen blieb ich acht Jahre in ihren Mauern, sechs als Schülerin und zwei als Lehrerin, und in beiden Eigenschaften kann ich ihren Wert und Rang bezeugen.

In diesen acht Jahren verlief mein Leben gleichförmig, aber nicht unglücklich, denn ich war ständig beschäftigt. Mir standen Mittel und Wege zu einer hervorragenden Ausbildung zur Verfügung; in einigen Fächern wurde ich von natürlichen Neigungen angespornt, in allen von dem Wunsch, mich auszuzeichnen, und außerdem wollte ich meinen Lehrerinnen Freude machen, besonders denen, die ich gern hatte. Ich wußte die gebotenen Vorteile in vollem Umfang zu nutzen. Mit der Zeit rückte ich auf den ersten Platz der ersten Klasse vor, dann wurde ich als Lehrerin eingesetzt und übte dieses Amt zwei Jahre lang hingebungsvoll aus. Doch dann veränderte ich mich.

Durch allen Wandel hindurch hatte bisher Miss Temple die Schule geleitet; ihrem Unterricht verdankte ich den größten Teil meines Wissens, ihre Freundschaft und Nähe war mir ein ständiger Trost gewesen, und sie hatte die Stelle der Mutter, Erzieherin und schließlich Gefährtin bei mir eingenommen. Nun heiratete sie und zog mit ihrem Ehemann, einem Geistlichen und vorbildlichen Menschen, der einer solchen Frau fast würdig war, in eine ferne Grafschaft und war somit für mich verloren.

Vom Tag ihres Abschieds an war ich nicht mehr die gleiche; mit ihr war alle Gemütsruhe verschwunden, aller Umgang, der Lowood zu einer Art Zuhause gemacht hatte. Ich hatte manches von ihrem Wesen und vieles von ihrem Verhalten angenommen, in meinem Herzen wohnten ausgeglichene Gedanken und scheinbar geordnete Gefühle. Ich hatte mich an Pflicht und Ordnung gewöhnt, war ruhig, hielt mich für zufrieden und wirkte in den Augen der anderen und meist sogar in meinen eigenen diszipliniert und gezähmt.

Aber das Schicksal drängte sich in Gestalt von Reverend Mr. Nasmyth zwischen mich und Miss Temple. Ich sah sie in ihrem Reisekleid kurz nach der Trauungszeremonie in eine Postkutsche steigen, die dann den Berg hinauffuhr und über der Kuppe verschwand, und ich zog mich für den restlichen, aus Anlaß der Feierlichkeit freien Tag auf mein Zimmer zurück.

Lange lief ich dort auf und ab. Ich bildete mir ein, nur meinen Verlust zu beklagen und darüber nachzugrübeln, wie er wettzumachen sei; als ich aber am Ende meiner Überlegungen aufblickte und sah, daß der Nachmittag vorüber und der Abend weit fortgeschritten war, dämmerte mir eine weitere Erkenntnis, daß ich nämlich in den vergangenen Stunden eine Veränderung durchgemacht hatte. Meine Seele hatte alles von Miss Temple Entliehene abgeworfen – oder vielmehr hatte Miss Temple die heitere Luft, die ich in ihrer Nähe geatmet hatte, mit sich fortgenommen –, und ich blieb nun in meinem mir angestammten Element zurück und merkte schon, wie sich die alten Gefühle regten. Es war nicht, als sei mir eine Stütze entzogen worden, sondern als sei ein Beweggrund verschwunden. Ich hatte nicht die Fähigkeit zur Gelassenheit verloren, sondern ich hatte keinen Grund mehr dazu. Seit Jahren war Lowood meine ganze Welt, ich kannte nur seine Regeln und Ordnungen, und nun fiel mir ein, daß die Welt groß war und ein weites Feld aus Hoffnungen und Ängsten, Gefühlen und Erregungen auf jene wartete, die den Mut aufbrachten, in diese Weite hinauszugehen, um das wirkliche Leben mit all seinen Gefahren kennenzulernen.

Ich ging zum Fenster, öffnete es und schaute hinaus. Da standen die beiden Gebäudeflügel, da lag der Garten, dort waren die Umfassungsmauern von Lowood und dahinter der bergige Horizont. Mein Auge glitt über all dies hinweg und blieb auf dem Fernsten liegen, den blauen Gipfeln. Wie gern hätte ich sie überstiegen; alles innerhalb dieser Grenzen aus Fels und Heide schien mir Gefängnisgrund, Verbannungsland. Mit den Blicken folgte ich der weißen Straße, die sich um einen Bergfuß wand und dann in einer Schlucht verschwand. Wie sehnte ich mich danach, auf ihr weiterzuwandern! Mir fiel ein, wie ich vor langer Zeit in einer Kutsche eben diese Straße dahergefahren und in der Abenddämmerung jenen Berg heruntergekommen war. Eine Ewigkeit schien seit jenem Tag vergangen, als ich in Lowood eingetroffen war. Seither hatte ich den Ort nie verlassen. In den Ferien mußte ich stets in der Schule bleiben, Mrs. Reed ließ mich nie nach Gateshead kommen, und weder sie noch ein anderes Familienmitglied besuchte mich jemals. Ich hatte keinerlei briefliche oder sonstige Verbindung mit der Welt da draußen. Schulische Regeln, Pflichten, Bräuche und Begriffe, Stimmen und Gesichter, Sätze und Kleider, Vorlieben und Abneigungen – nur das kannte ich vom Leben. Und jetzt spürte ich, daß das nicht genügte. An einem einzigen Nachmittag wurde ich der Routine von acht Jahren überdrüssig. Ich sehnte mich nach Freiheit, lechzte nach Freiheit, betete um Freiheit, doch sie schien unerreichbar, verweht mit dem schwachen Wind, der da draußen blies. So gab ich sie auf und legte mir einen demütigeren Wunsch zurecht: den nach Abwechslung und Anregung. Aber auch diese Bitte schien ins Leere zu fallen. «Dann», weinte ich verzweifelt, «gönn mir wenigstens einen anderen Dienst!»

In diesem Augenblick rief mich eine Glocke hinunter zum Abendbrot.

Erst zur Schlafenszeit konnte ich die unterbrochenen Überlegungen wiederaufnehmen, und auch da hinderte mich die Lehrerin, die bei mir im Zimmer schlief, durch ihr endloses Geschwätz daran, auf mein Thema zurückzukommen. Wie sehr wünschte ich, der Schlaf würde sie zum Schweigen bringen! Könnte ich mich nur erst einmal mit dem Gedanken befassen, der mir vorher am Fenster zuletzt durch den Kopf geschossen war, dann käme mir gewiß ein rettender Einfall.

Endlich schnarchte Miss Gryce. Sie war eine schwergewichtige Waliserin, und bis jetzt hatte ich ihre lautstarken Schlafgewohnheiten stets nur als lästig empfunden, doch heute abend begrüßte ich die ersten tiefen Töne mit Erleichterung. Endlich war die Störung beseitigt, und mein halb verwischter Gedanke nahm sofort wieder Gestalt an.

«Ein anderer Dienst! Vielleicht ist es das?» sagte ich mir – natürlich nur im Geiste, ich sprach nicht laut. «Bestimmt ist es das, denn es klingt nicht übermäßig verlockend; es ist kein Wort wie Freiheit, Anregung oder Genuß, die freilich hinreißend klingen, für mich aber nur hohle, flüchtige Worte bleiben, so daß es reine Zeitverschwendung wäre, auf sie zu hören. Aber ein Dienst! Das ist etwas Handfestes. Dienen kann jeder. Ich habe acht Jahre hier gedient und wünsche mir jetzt nichts Aufregenderes, als woanders Dienst zu tun. Warum soll mir nicht wenigstens dieser Wunsch erfüllt werden? Ist er nicht durchführbar? Doch, ja, das ist gar kein so kompliziertes Ziel. Ich brauche bloß einen wachen Verstand, um herauszufinden, wie man dabei vorgeht.»

Ich setzte mich im Bett auf, um besagten Verstand anzuspornen. Die Nacht war kalt; ich legte mir einen Schal um die Schultern und dachte mit aller Macht nach.

«Was will ich? Eine neue Stelle in einem neuen Haus, neue Gesichter, neue Verhältnisse. Das wünsche ich mir, weil es zwecklos ist, sich Besseres zu wünschen. Was tut man, um eine neue Stelle zu bekommen? Man wendet sich vermutlich an Freunde. Ich habe keine Freunde. Aber es gibt auch andere Menschen ohne Freunde, die für sich selbst sorgen und sich selbst helfen müssen. Zu welchen Mitteln greifen sie?»

Ich wußte es nicht, ich erhielt keine Antwort. Daraufhin befahl ich meinem Gehirn, eine Lösung zu finden, und zwar schnell. Es legte sich mächtig ins Zeug. Es pochte in Kopf und Schläfen, fast eine Stunde lang arbeitete es kraus und fahrig und kam trotz aller Anstrengungen zu keinem Ergebnis. Erregt von meinen vergeblichen Bemühungen, stand ich auf und lief durchs Zimmer. Ich zog den Vorhang auf, erblickte ein paar Sterne, schauderte vor Kälte und kroch wieder ins Bett.

Da hatte wohl in meiner Abwesenheit eine freundliche Fee den ersehnten Vorschlag auf mein Kopfkissen gelegt, denn als ich mich hinlegte, fuhr es mir leise und wie von selbst durch den Kopf: «Wer eine Stellung sucht, gibt eine Anzeige auf. Man muß im ‹***shire Herald› annoncieren. – Aber wie? Ich kenn' mich nicht aus mit Anzeigen.»

Jetzt kamen die Antworten reibungslos und rasch: «Text und Geld für die Anzeige steckst du in einen Umschlag, adressierst ihn an den Herausgeber des ‹Herald› und bringst ihn bei der ersten Gelegenheit nach Lowton zur Post. Antworten sind postlagernd an J. E. zu richten. Etwa eine Woche später kannst du nachfragen, ob etwas gekommen ist, und entsprechend handeln.»

Diesen Plan überarbeitete ich mehrmals, dann war er richtig durchdacht. Er hatte eine klare, handfeste Form angenommen, und ich schlief zufrieden ein.

Anderntags stand ich ganz früh auf. Noch ehe die Glocke die Schule weckte, hatte ich meine Anzeige verfaßt, in den Umschlag gesteckt und adressiert. Sie lautete folgendermaßen:

«Junge Dame, unterrichtserfahren» (war ich nicht seit zwei Jahren Lehrerin?), «sucht Stellung als Hauslehrerin für Kinder unter vierzehn.» (Da ich gerade achtzehn geworden war, fand ich es nicht ratsam, Schülerinnen zu unterrichten, die nur wenig jünger waren als ich.) «Sie beherrscht die üblichen Fächer einer guten englischen Erziehung, dazu Französisch, Zeichnen und Musik.» (In jenen Zeiten, lieber Leser, erachtete man diese magere Liste von Fertigkeiten für durchaus umfassend.) «Angebote an J. E., Postamt Lowton, ***shire.»

Dieser Brief lag den ganzen Tag fest verschlossen in meiner Schublade. Nach dem Tee bat ich die neue Schulleiterin um die Erlaubnis, nach Lowton zu gehen und für mich und meine Kolleginnen ein paar Besorgungen zu machen. Sie wurde mir bereitwillig erteilt, und ich zog los. Es war ein Weg von zwei Meilen, es regnete, aber noch waren die Tage lang. Ich ging in ein oder zwei Läden, ließ beim Postamt den Brief unauffällig in den Schlitz gleiten und wanderte bei strömendem Regen zurück, klatschnaß, jedoch erleichtert.

Die folgende Woche kam mir sehr lang vor, aber schließlich nahm sie doch ein Ende, wie alle Dinge unter der Sonne, und ich machte mich eines schönen Herbstabends erneut auf den Weg nach Lowton. Es war übrigens eine malerische Strecke, sie zog sich durch das lieblich gewundene Tal am Bach entlang, doch ich dachte an diesem Tag weniger an den Zauber von Aue und Fluß als an die Briefe, die mich in dem vor mir liegenden Städtchen erwarteten – oder eben nicht.

Mein offizielles Anliegen war diesmal ein Paar neue Schuhe, das ich mir anmessen lassen wollte.

So erledigte ich erst einmal dies Geschäft und ging danach über die saubere kleine Straße vom Schuhmacher zum Postamt. Es wurde von einer alten Dame mit schwarzen Fäustlingen und einer Hornbrille auf der Nase betrieben.

«Sind Briefe für J. E. gekommen?» fragte ich.

Sie guckte mich über ihre Brille hinweg an, zog eine Schublade auf und tastete lange darin herum, so lange, daß meine Hoffnungen schon schwanden. Endlich hielt sie sich geraume Zeit ein Dokument vor die Brille, schob es dann über die Theke und begleitete diese Bewegung mit einem weiteren inquisitorischen, mißtrauischen Blick. Ja, es war für J. E.

«Nur einer?» fragte ich.

«Mehr sind nicht da», erklärte sie; ich steckte den Brief in die Tasche und wandte mich heimwärts. Im Moment konnte ich ihn nicht öffnen, denn die Vorschriften verpflichteten mich, um acht Uhr zurückzusein, und es war schon halb sieben.

Bei meiner Ankunft erwarteten mich verschiedene Pflichten. Während der Studierzeit mußte ich bei den Mädchen sitzen, und heute war die Reihe an mir, die Gebete vorzulesen und das Zubettgehen zu überwachen. Danach aß ich mit den anderen Lehrerinnen zu Abend. Als wir uns endlich für die Nacht zurückzogen, war immer noch die unvermeidliche Miss Gryce bei mir. In unserem Kerzenleuchter steckte nur ein kleiner Stummel, und ich fürchtete, sie würde reden, bis dieser heruntergebrannt war. Doch zum Glück hatte das schwere Abendessen eine einschläfernde Wirkung. Sie schnarchte schon, als ich noch nicht einmal fertig ausgezogen war. Mir blieb noch ein Zoll Kerze.

Jetzt zog ich meinen Brief heraus. Als Siegel diente die Initiale F. Ich brach es auf. Der Inhalt lautete kurz und bündig:

«Wenn J. E., die letzten Donnerstag im ‹***shire Herald› eine Anzeige aufgegeben hat, die erwähnten Fertigkeiten besitzt und in der Lage ist, zufriedenstellende Empfehlungen bezüglich ihres Charakters und ihrer Kenntnisse beizubringen, wird ihr hiermit eine Stelle bei einer Einzelschülerin, einem kleinen Mädchen unter zehn Jahren, angeboten. Das Gehalt beträgt dreißig Pfund pro Jahr. J. E. wird gebeten, Empfehlungen, Name, Anschrift und alle Einzelheiten an folgende Adresse zu senden: ‹Mrs. Fairfax, Thornfield bei Millcote, ***shire›.»

Ich schaute mir den Brief lange und genau an. Die Schrift wirkte altmodisch und ein wenig zittrig, wie von einer älteren Dame. Dieser Umstand beruhigte mich, denn ich hatte insgeheim befürchtet, ich könnte womöglich in eine mißliche Lage geraten, wenn ich mein Anliegen so auf eigene Faust verfolgte. Vor allem anderen wünschte ich mir das Ergebnis meiner Bemühungen ehrbar, anständig und *en règle.* Und bei der vor mir liegenden Aufgabe war eine ältere Dame gewiß keine schlechte Grundvoraussetzung. Mrs. Fairfax! Ich sah sie vor mir, in einem schwarzen Kleid, mit Witwenhaube, kühl vielleicht, aber nicht unhöflich, ein Musterbeispiel ältlicher englischer Ehrbarkeit. Thornfield! So hieß vermutlich ihr Wohnsitz, bestimmt ein reinliches, wohlgeordnetes Haus – wenngleich ich es trotz aller Anstrengungen nicht schaffte, mir von Gebäude und Grundstück ein klares Bild zu machen. Millcote, ***shire: Ich suchte all mein Wissen über die Karte von England zusammen, ja, ich sah sie vor mir, die Grafschaft und die Stadt. ***shire lag siebzig Meilen näher an London als der entlegene Landstrich, in dem ich jetzt lebte. Das empfand ich als Empfehlung. Ich sehnte mich nach Leben und Bewegung. Millcote, eine große Industriestadt, lag am Ufer des A***, bestimmt ein ziemlich umtriebiger Ort. Um so besser, das bedeutete wenigstens eine völlige Veränderung. Meine Phantasie fühlte sich zwar von hohen Schornsteinen und Rußwolken nicht allzusehr angezogen, «aber», überlegte ich, «Thornfield wird wahrscheinlich ein gutes Stück außerhalb liegen».

In diesem Augenblick sank das Kerzenstümpfchen in sich zusammen, und der Docht erlosch.

Am nächsten Tag mußte ich weitere Schritte unternehmen. Ich konnte meine Pläne nicht länger für mich behalten, wenn ich sie erfolgreich zu Ende bringen wollte. In der Mittagspause bat ich die Schulleiterin um ein Gespräch, berichtete ihr, ich hätte eine neue Stelle in Aussicht, bei der das Gehalt doppelt so hoch wäre wie jetzt (in Lowood bekam ich nur fünfzehn Pfund jährlich), und bat sie, die Angelegenheit Mr. Brocklehurst oder einem anderen Mitglied des Komitees zu unterbreiten und zu fragen, ob ich sie als Empfehlung anführen dürfe. Sie erklärte sich gern bereit, als Vermittlerin tätig zu sein. Am nächsten Tag legte sie mein Anliegen Mr. Brocklehurst vor, und dieser meinte, man müsse an Mrs. Reed als meinen eigentlichen Vormund schreiben. Diese Dame erhielt also einen kurzen Brief und antwortete, ich solle tun, was ich wolle, sie habe schon lange alle Einmischung in meine Angelegenheiten aufgegeben. Dieser Brief durchlief das Komitee, und endlich, nach einer für mich unerträglichen Verzögerung, bekam ich die offizielle Erlaubnis, meine Lage zu verbessern, wenn ich könne. Da ich mich als Lehrerin wie schon als Schülerin in Lowood immer gut benommen hatte, versprach man, mir umgehend eine von den Schulinspektoren unterschriebene Beurteilung meines Charakters und meiner Fähigkeiten zukommen zu lassen.

Als ich dieses Zeugnis nach etwa einer Woche erhielt, schickte ich eine Abschrift an Mrs. Fairfax und bekam zur Antwort, sie sei damit zufrieden, ich könne meine Stelle als Gouvernante in ihrem Haus heute in vierzehn Tagen antreten.

Nun machte ich mich an die Vorbereitungen. Die vierzehn Tage verstrichen rasch. Ich hatte keine sehr umfangreiche Garderobe, wiewohl sie für meine Bedürfnisse reichte, und der letzte Tag genügte, um meinen Koffer zu packen – den nämlichen, den ich vor acht Jahren aus Gateshead mitgebracht hatte.

Der Koffer wurde verschnürt, das Adreßschild draufgenagelt. In einer halben Stunde sollte der Fuhrmann ihn abholen und nach Lowton bringen, wo ich morgen in aller Frühe in die Postkutsche steigen würde. Ich hatte mein schwarzwollenes Reisekleid ausgebürstet, Haube, Handschuhe und Muff zurechtgelegt und in alle Schubladen geguckt, damit ich nur ja nichts vergaß. Jetzt, wo nichts mehr zu tun war, setzte ich mich hin und versuchte mich auszuruhen. Aber ich konnte nicht. Obwohl ich den ganzen Tag auf den Beinen gewesen war, fand ich keine Minute Ruhe, ich war zu aufgeregt. Heute abend ging ein Lebensabschnitt zu Ende, und morgen begann ein neuer. Unmöglich, in der Zwischenzeit zu schlafen. Ich mußte fieberhaft zusehen, wie sich dieser Wandel vollzog.

«Miss», meldete mir ein Dienstmädchen im Korridor, wo ich wie ein aufgescheuchter Geist auf und ab ging, «unten möchte sie jemand sprechen.»

«Wahrscheinlich der Fuhrmann», dachte ich und lief, ohne zu fragen, die Treppe hinunter. Auf dem Weg zur Küche kam ich am hinteren Wohnzimmer vorbei, dem Aufenthaltsraum der Lehrerinnen, dessen Tür halb offenstand. In diesem Augenblick kam von dort jemand herausgestürzt. «Das ist sie, bestimmt! Ich hätte sie überall erkannt!» rief die Person, die mich aufhielt, und ergriff meine Hand.

Ich schaute sie an: Vor mir stand eine Frau, gekleidet wie eine bessere Bedienstete, würdig, aber noch jung, sehr hübsch, mit schwarzen Haaren und Augen und frischer Gesichtsfarbe.

«Na, wer ist das?» fragte sie mit einer Stimme und einem Lächeln, die ich schon fast erkannte. «Sie haben mich doch nicht ganz vergessen, Miss Jane?»

Im nächsten Augenblick umarmte und küßte ich sie stürmisch: «Bessie! Bessie! Bessie!» war alles, was ich herausbrachte, während sie halb lachte, halb weinte und wir beide ins Wohnzimmer gingen. Dort stand am Kamin ein kleiner Bursche von drei Jahren in buntkariertem Kittel und ebensolchen Hosen.

«Das ist mein kleiner Junge», erklärte Bessie.

«Dann bist du ja verheiratet, Bessie?»

«Ja, schon fast fünf Jahre, mit Robert Leaven, dem Postkutscher, und außer Bobby habe ich noch ein kleines Mädchen, das ich Jane getauft habe.»

«Und du lebst nicht mehr in Gateshead?»

«Ich wohne im Pförtnerhaus; der alte Pförtner ist ausgezogen.»

«Aha; und wie geht es ihnen? Erzähl mir alles genau, Bessie, aber setz dich erst einmal – und du, Bobby, komm und setz dich auf meinen Schoß, ja?» Aber Bobby stahl sich lieber zu seiner Mutter hinüber.

«Sehr groß sind Sie nicht geworden, Miss Jane, und auch nicht sehr stämmig», fuhr Mrs. Leaven fort. «Allzugut hat man Sie in der Schule wohl nicht gefüttert. Miss Reed ist zwei Kopf größer und Miss Georgiana doppelt so breit wie Sie.»

«Georgiana ist sicher hübsch, Bessie?»

«Sehr hübsch. Letzten Winter ging sie mit ihrer Mama nach London und wurde dort von allen bewundert; ein junger Lord hat sich in sie verliebt, aber seine Verwandten waren gegen die Heirat, und was glauben Sie, er und Miss Georgiana trafen schon Vorkehrungen, um miteinander durchzubrennen, doch sie wurden entdeckt und aufgehalten. Miss Reed hat sie aufgestöbert, sie war wohl eifersüchtig, und jetzt leben die Schwestern wie Hund und Katze; ständig streiten sie.»

«Und John Reed?»

«Ach, der macht sich nicht so gut, wie seine Mama wohl wünscht. Auf der Universität ist er – ‹durchgerasselt›, so sagt man wohl. Seine Onkel wollten, daß er Anwalt wird und Jura studiert. Aber er ist ein sehr liederlicher junger Mann, aus dem wird wahrscheinlich nie was Rechtes.»

«Wie sieht er aus?»

«Sehr groß; manche halten ihn für gutaussehend, bloß hat er so dicke Lippen.»

«Und Mrs. Reed?»

«Die Missis ist beleibt und sieht immer noch ganz hübsch aus, aber ich glaube, sie macht sich schon Sorgen. Mr. Johns Lebensweise paßt ihr gar nicht – er braucht ziemlich viel Geld.»

«Hat sie dich hergeschickt, Bessie?»

«O nein! Ich wollte Sie schon lange besuchen, und als ich hörte, daß ein Brief von Ihnen gekommen ist und Sie weit wegziehen, da dachte ich: ‹Jetzt fahr' ich einfach los und schau' Sie mir noch mal an, bevor Sie ganz verschwinden.›»

«Ich fürchte, du bist enttäuscht von mir, Bessie», lachte ich, denn Bessies Blick drückte zwar Achtung, aber keineswegs Bewunderung aus.

«Nein, Miss Jane, das stimmt nicht, Sie wirken ganz schön vornehm; Sie sehen aus wie eine Dame, und mehr habe ich nie von Ihnen erwartet. Sie waren als Kind keine Schönheit.»

Ich lächelte über Bessies freimütige Antwort. Sie hatte zwar recht, doch ich gestehe, daß ihre Aussage mich nicht ganz gleichgültig ließ. Mit achtzehn wollen die meisten Menschen gefallen, und die Gewißheit, daß ihr Aussehen diesen Wunsch nicht gerade unterstützt, ist alles andere als erfreulich.

«Dafür sind Sie gescheit», fuhr Bessie fort, um mich zu trösten. «Was können Sie alles? Klavierspielen?»

«Ein bißchen.»

Es stand ein Piano im Zimmer; Bessie öffnete es und bat mich, ihr etwas vorzuspielen. Ich klimperte ein paar Walzer, und sie war entzückt.

«Die Miss Reeds könnten das nicht so gut», sagte sie begeistert. «Ich habe immer gewußt, daß Sie sie im Lernen übertreffen würden. Können Sie zeichnen?»

«Über dem Kaminsims hängt ein Bild von mir.» Es war ein Landschaftsaquarell, das ich der Schulleiterin zum Dank für ihre freundliche Vermittlung beim Komitee geschenkt hatte und das sie hatte rahmen und verglasen lassen.

«Das ist aber schön, Miss Jane! Besser könnte es der Zeichenlehrer von Miss Reed auch nicht, ganz zu schweigen von den jungen Damen selbst, die so etwas nicht annähernd zuwege brächten. Können Sie auch Französisch?

«Ja, Bessie, lesen und sprechen.»

«Und Handarbeiten mit Musselin und Leinen?»

«Ja.»

«Dann sind Sie ja eine richtige Dame, Miss Jane! Ich wußte es doch. Sie schaffen es, ob Ihre Verwandten sich um Sie kümmern oder nicht. Etwas wollte ich Sie noch fragen: Haben Sie mal von den Angehörigen Ihres Vaters gehört, den Eyres?»

«Nein, nie.»

«Also, Sie wissen ja, die Missis behauptete immer, das wären arme, minderwertige Leute, und arm mögen sie durchaus sein, aber ich glaube, sie gehören nicht weniger zum Landadel als die Reeds, denn eines Tages vor fast sieben Jahren kam ein Mr. Eyre nach Gateshead und wollte Sie besuchen. Die Missis sagte, Sie wären in der Schule, fünfzig Meilen weit weg; da war er sehr enttäuscht, denn er konnte nicht bleiben, weil er in ein fernes Land reisen mußte, und das Schiff sollte wenige Tage später in London ablegen. Er sah ganz wie ein Gentleman aus; vielleicht war er der Bruder Ihres Vaters.»

«In welches Land fuhr er denn, Bessie?»

«Eine Insel, tausend Meilen weit weg, wo man Wein herstellt … der Butler hat es mir gesagt …»

«Madeira?» schlug ich vor.

«Ja, genau … genau so hieß es.»

«Er ging also wieder fort?»

«Ja, er blieb nicht lange, die Missis behandelte ihn sehr von oben herab und nannte ihn nachher einen ‹nichtswürdigen Krämer›. Mein Robert meint, er wäre Weinhändler gewesen.»

«Gut möglich», bestätigte ich, «oder vielleicht der Angestellte oder Agent eines Weinhändlers.»

Bessie und ich unterhielten uns noch eine Stunde lang über alte Zeiten, dann mußte sie mich verlassen. Am nächsten Morgen sah ich sie noch einmal ein paar Minuten in Lowton, während ich auf die Kutsche wartete. Wir trennten uns schließlich an der Tür der «Brocklehurst Arms», und jede ging ihrer Wege: sie brach auf, um unterm Steilhang von Lowood Fell auf den Wagen zu warten, der sie nach Gateshead zurückfuhr, und ich stieg in das Gefährt, das mich zu neuen Pflichten und einem neuen Leben bringen sollte, irgendwo in der Nähe von Millcote.

KAPITEL II

Ein neues Kapitel in einem Roman ist so etwas wie eine neue Szene in einem Drama. Wenn sich diesmal der Vorhang hebt, lieber Leser, mußt du dir einen Raum im «George Inn» in Millcote vorstellen, mit den für Gasthöfe typischen großgemusterten Tapeten, Teppichen, Möbeln, Nippesfigürchen auf dem Kaminsims und Drucken an der Wand, darunter Porträts von George III und dem Prinzen von Wales, außerdem eine Darstellung des Todes von General Wolfe[25]. All dies siehst du im Licht einer Öllampe, die von der Decke hängt, und eines hellen Feuers, vor dem ich in Haube und Umhang sitze. Muff und Regenschirm liegen auf dem Tisch, und ich versuche, die Starre und Kälte nach einem sechzehn Stunden langen, naßkalten Oktobertag aufzutauen. Ich habe Lowton um vier Uhr morgens verlassen, und soeben schlägt die Rathausuhr von Millcote achtmal.

Es sieht zwar so aus, als sei ich bequem untergebracht, lieber Leser, aber besonders gelassen bin ich nicht. Als die Kutsche hier hielt, war ich darauf eingestellt, daß mich jemand abholte; als ich das Holztreppchen hinunterstieg, das mir der Hausknecht fürsorglich herangeschoben hatte, blickte ich mich zaghaft um, denn ich erwartete, meinen Namen zu hören und etwas wie eine Kutsche auszumachen, die mich nach Thornfield bringen sollte. Doch es war nichts dergleichen zu entdecken, und als ich einen Diener fragte, ob jemand nach Miss Eyre gefragt habe, erhielt ich eine abschlägige Antwort. So blieb mir nichts übrig, als um ein Zimmer zu bitten, und hier sitze ich nun und warte, von allerhand Zweifeln und Befürchtungen heimgesucht.

Es ist ein äußerst merkwürdiges Gefühl für einen unerfahrenen jungen Menschen, wenn er auf einmal ganz allein in der Welt steht. Alle Verbindungen sind abgeschnitten, er weiß nicht, ob er den angestrebten Hafen je erreichen wird, und allerlei Hindernisse machen es ihm unmöglich, in seinen Heimathafen zurückzukehren. Der Reiz des Abenteuers versüßt dieses Gefühl, und glühender Stolz wärmt es, aber ängstliches Herzklopfen beeinträchtigt es, und als eine halbe Stunde verstrichen und ich immer noch allein war, wurde die Angst in mir übermächtig. Ich beschloß zu klingeln.

«Gibt es hier in der Gegend ein Anwesen namens Thornfield?» fragte ich den Hausdiener, der auf mein Klingeln erschien.

«Thornfield? Weiß ich nicht, Ma'am; ich frag' mal am Ausschank.» Er verschwand, kam jedoch gleich wieder. «Heißen Sie Eyre, Miss?»

«Ja.»

«Da wartet jemand auf Sie.»

Ich sprang auf, nahm Muff und Schirm und eilte in den Flur des Gasthauses. Dort stand ein Mann neben der offenen Tür, und auf der von Laternen erhellten Straße sah ich undeutlich einen Einspänner stehen.

«Das ist wohl Ihr Gepäck?» fragte der Mann ziemlich kurz angebunden, als er mich sah, und zeigte auf meinen Koffer im Flur.

«Ja.» Er hob ihn auf das Gefährt, einen zweirädrigen, geschlossenen Wagen, und ich stieg ein. Bevor er die Tür zuschlug, fragte ich, wie weit es nach Thornfield sei.

«Sechs Meilen.»

«Wie lange brauchen wir bis dahin?»

«Ungefähr eineinhalb Stunden.»

Er verriegelte den Schlag und kletterte auf den Bock, dann fuhren wir los. Wir bewegten uns recht gemächlich voran, und mir blieb reichlich Zeit zum Nachdenken. Ich war froh, endlich so nah am Ziel zu sein, lehnte mich in dem bequemen, wenn auch nicht eleganten Fahrzeug zurück und überließ mich in aller Ruhe meinen Gedanken.

«Nach dem einfältigen Dienstboten und der schlichten Kutsche zu urteilen, ist Mrs. Fairfax wohl keine besonders elegante Frau – na, um so besser. Ich habe erst einmal bei vornehmen Leuten gewohnt und mich dort hundeelend gefühlt. Ob sie wohl mit dem kleinen Mädchen allein lebt? Wenn ja und wenn sie einigermaßen liebenswürdig ist, komme ich gewiß gut mit ihr zurecht. Ich werde mein Bestes tun. Leider reicht das nicht immer. In Lowood habe ich es mir vorgenommen, es durchgehalten und tatsächlich Anklang gefunden; aber bei Mrs. Reed wurden meine Bemühungen immer verächtlich zurückgewiesen. Ich bete zu Gott, daß Mrs. Fairfax sich nicht als zweite Mrs. Reed entpuppt; aber wenn doch, muß ich ja nicht bei ihr bleiben. Schlimmstenfalls kann ich eine neue Anzeige aufgeben. Wie weit wir wohl schon sind?»

Ich ließ das Fenster herunter und schaute hinaus. Millcote lag hinter uns; nach den zahlreichen Lichtern zu schließen, schien es ein recht großer Ort zu sein, viel größer als Lowton. Soweit ich sehen konnte, überquerten wir gerade Gemeindeland, aber es lagen überall auch einzelne Häuser verstreut; die Gegend war ganz anders als die von Lowood, dichter besiedelt und weniger malerisch, viel belebter und weniger romantisch.

Die Straßen waren aufgeweicht, und die Nacht war neblig; mein Führer ließ das Pferd die ganze Zeit im Schritt gehen, und aus den anderthalb Stunden wurden gewiß zwei. Endlich drehte sich der Mann auf seinem Platz um und sagte: «Jetzt is es nimmer weit nach Thornfield.»

Wieder schaute ich hinaus. Wir kamen gerade an einer Kirche vorbei; der niedrige, gedrungene

Turm hob sich gegen den Himmel ab, und die Glocke schlug eine Viertelstunde. An einem Abhang sah ich eine schmale Milchstraße aus Lichtern, die auf ein Dorf oder einen Weiler hindeuteten. Etwa zehn Minuten später stieg der Kutscher ab und öffnete ein Tor, wir fuhren hindurch, und die Flügel schlossen sich hinter uns. Wir zockelten eine Auffahrt hinauf bis vor die Front eines langgestreckten Hauses. Durch die Vorhänge eines Erkerfensters schimmerte Kerzenlicht, alles andere lag im Dunkeln. Der Wagen hielt vor der Haustür; ein Dienstmädchen öffnete, ich stieg aus und ging hinein.

«Bitte hier entlang, Ma'am», sagte das Mädchen, und ich folgte ihr durch eine quadratische Halle mit hohen Türen ringsum. Sie führte mich in ein Zimmer, und nach der Dunkelheit, an die sich meine Augen in den letzten zwei Stunden gewöhnt hatten, war ich wie geblendet von der zwiefachen Beleuchtung aus Kaminfeuer und Kerzenlicht. Doch als ich wieder sehen konnte, bot sich meinen Blicken ein behagliches, angenehmes Bild.

Ein gemütliches kleines Zimmer, ein runder Tisch vor einem munteren Feuer und ein altmodischer Lehnstuhl mit hohem Rücken, in dem eine kleine, musterhaft adrette ältere Dame saß, in Witwenhaube, schwarzem Seidenkleid und schneeweißer Musselinschürze, genau wie ich mir Mrs. Fairfax vorgestellt hatte, nur sanftmütiger und weniger stattlich. Sie strickte, und zu ihren Füßen saß gelassen eine große Katze – kurz, es fehlte nichts zum schönen Idealbild häuslichen Behagens. Ein beruhigenderer erster Eindruck auf eine neue Gouvernante ließ sich kaum denken: keine überwältigende Vornehmheit, keine einschüchternde Pracht, und als ich eintrat, erhob sich die alte Dame und kam freundlich geradewegs auf mich zu.

«Guten Abend, meine Liebe. Ich fürchte, das war eine ermüdende Reise; John fährt immer so langsam. Sie frieren bestimmt, kommen Sie ans Feuer.»

«Sie sind Mrs. Fairfax?» fragte ich.

«Ja, genau. Setzen Sie sich doch.»

Sie führte mich zu ihrem Sessel und wollte mir den Umhang abnehmen und die Haubenbänder aufknoten. Ich bat sie, sich nicht zu bemühen.

«Aber das ist doch keine Mühe. Ihre Hände sind bestimmt steif vor Kälte. Leah, bring ein wenig Glühwein und ein paar Brote, hier ist der Schlüssel zur Speisekammer.»

Sie zog einen höchst hausfraulichen Schlüsselbund aus der Tasche und übergab ihn dem Dienstmädchen.

«So, jetzt rücken Sie näher ans Feuer, meine Liebe», fuhr sie fort. «Sie haben Ihr Gepäck bestimmt schon mitgebracht?»

«Ja, Ma'am.»

«Dann kümmere ich mich darum, daß es auf Ihr Zimmer gebracht wird», sagte sie und eilte geschäftig hinaus.

«Sie behandelt mich wie einen Gast», dachte ich. «Solch einen Empfang habe ich nicht erwartet, ich rechnete eher mit Kälte und Gezwungenheit. Das paßt nicht zu dem, was ich über die Behandlung von Gouvernanten gehört habe. Aber ich darf nicht zu früh frohlocken.»

Sie kam zurück, räumte eigenhändig ihr Strickzeug und ein paar Bücher vom Tisch, um Platz zu schaffen für das Tablett mit dem Imbiß, den Leah brachte, und bediente mich. Es verwirrte mich, daß ich hier Ziel einer Aufmerksamkeit war, wie ich sie noch nie erfahren hatte, und das auch noch von seiten meiner Dienstherrin und Vorgesetzten; aber sie selbst schien nicht der Ansicht, als handle sie außergewöhnlich, und so war es wohl besser, wenn ich mir ihre Höflichkeiten ruhig gefallen ließ.

«Werde ich das Vergnügen haben, Miss Fairfax heute abend noch zu sehen?» fragte ich, als ich von allem Angebotenen genommen hatte.

«Wie meinen Sie, meine Liebe? Ich bin ein wenig schwerhörig», erwiderte die gute Dame und brachte ihr Ohr näher an meinen Mund.

Ich wiederholte die Frage deutlicher.

«Miss Fairfax? Ach, Sie meinen Miss Varens! Ihre zukünftige Schülerin heißt Varens.»

«Ach so! Sie ist also nicht Ihre Tochter?»

«Nein, ich habe keine Familie.»

Ich hätte meine erste Frage gern wiederholt und mich auch erkundigt, in welcher Verbindung Miss Varens zu ihr stand, aber ich hielt mir vor Augen, daß es nicht höflich war, so viele Fragen zu stellen; außerdem würde ich alles rechtzeitig erfahren.

«Ich bin so froh», fuhr sie fort, als sie sich mir gegenübersetzte und die Katze auf den Schoß nahm, «ich bin so froh, daß Sie gekommen sind; mit einer Gefährtin wird das Leben hier sehr angenehm sein. Es ist natürlich immer angenehm, denn Thornfield ist ein schönes altes Herrenhaus, vielleicht in den letzten Jahren etwas vernachlässigt, doch immer noch ansehnlich. Aber wenn man im Winter ganz allein ist, wird man auch in der besten Unterkunft trübsinnig. Ich sage allein – freilich ist Leah ein nettes Mädchen, und auch John und seine Frau sind sehr anständige Leute, nur sind es eben Dienstboten; man kann sich mit ihnen nicht wie mit seinesgleichen unterhalten, sondern muß einen gewissen Abstand wahren, sonst verlieren sie die Achtung vor einem. Im letzten Winter (der sehr streng war, wie Sie sich bestimmt erinnern; wenn es nicht schneite, regnete und stürmte es) kam von November bis Februar kein Geschöpf außer dem Metzger und dem Briefträger ins Haus, und ich wurde wirklich ganz schwermütig, als ich hier Abend für Abend allein saß. Manchmal holte ich mir Leah zum Vorlesen, aber das arme Mädchen übernahm diese Aufgabe nicht gern, sie fühlte sich eingesperrt. Im Frühling und Sommer wurde es besser, der Sonnenschein und die langen Tage sind doch etwas ganz anderes; und dann kam, genau zu Herbstanfang, die kleine Adela Varens mit ihrem Kindermädchen. Ein Kind bringt sofort Leben ins Haus. Und jetzt, wo Sie hier sind, werde ich richtig aufleben.»

Mir wurde ganz warm ums Herz, als ich die würdige Dame so reden hörte; ich rückte meinen Sessel näher und bekundete meinen aufrichtigen Wunsch, sie möge meine Gesellschaft so angenehm finden wie erwartet.

«Ich will Sie heute so spät in der Nacht nicht noch aufhalten», sagte sie, «es ist Punkt zwölf, und Sie waren den ganzen Tag unterwegs; Sie müssen müde sein. Wenn Sie jetzt richtig warme Füße haben, zeige ich Ihnen Ihre Schlafkammer. Ich habe das Zimmer neben dem meinen für Sie herrichten lassen; es ist nur klein, aber ich dachte, Sie mögen es lieber als die großen Räume nach vorne hinaus. Die sind zwar vornehmer eingerichtet, aber so trostlos und einsam; ich schlafe nie dort.»

Ich bedankte mich für ihre aufmerksame Entscheidung, und da ich tatsächlich von der langen Reise müde war, sagte ich, daß ich mich gern zurückziehen würde. Sie nahm die Kerze, und ich folgte ihr aus dem Zimmer. Erst überprüfte sie, ob die Haustür verschlossen war, und nachdem sie den Schlüssel aus dem Schloß gezogen hatte, ging sie die Treppe hinauf voran. Stufen und Geländer waren aus Eiche, das Treppenhausfenster hoch und vergittert. Dieses Fenster und der lange Korridor, auf den sich die Schlafzimmertüren öffneten, schienen eher zu einer Kirche zu gehören als zu einem Wohnhaus. Eine eiskalte Luft wie aus einer Gruft wehte durch Treppenhaus und Flur und weckte freudlose Vorstellungen von Leere und Einsamkeit, und ich war froh, als ich endlich in mein Zimmer geführt wurde und feststellte, daß es klein und modern möbliert war.

Als Mrs. Fairfax mir freundlich gute Nacht gewünscht hatte, als ich die Tür versperrt, mich in aller Ruhe umgesehen und den düsteren Eindruck der weiten Halle, des finsteren, geräumigen Treppenhauses und des langen, kalten Korridors durch das freundlichere Bild meines Stübchens einigermaßen ausgelöscht hatte, wurde mir bewußt, daß ich nach einem körperlich anstrengenden und seelisch beklemmend ungewissen Tag jetzt endlich im sicheren Hafen war. Jähe Dankbarkeit weitete mir das Herz, ich kniete neben dem Bett nieder, dankte, wo ich Dank schuldete, und vergaß auch nicht, bevor ich mich erhob, um Hilfe für meinen weiteren Weg zu bitten und um die Kraft, mich der Freundlichkeit würdig zu erweisen, die mir schon, ehe ich sie verdient hatte, so freimütig entgegengebracht worden war. In dieser Nacht hatte mein Lager keine Dornen, und das einsame Zimmer machte mir keine Angst. Müde und zufrieden schlief ich sofort tief ein. Als ich erwachte, war es heller Tag.

Das kleine Zimmer wirkte so hell mit dem Sonnenlicht, das durch die fröhlichen blauen Chintzvorhänge auf tapezierte Wände und einen Teppich auf dem Fußboden schien – so anders als die nackten Dielen und der fleckige Putz in Lowood –, daß ich gleich guter Laune war. Junge Menschen lassen sich von äußeren Umständen leicht beeinflussen. Ich war überzeugt, daß mir eine glücklichere Zeit bevorstand, vielleicht nicht ohne Mühen und Dornen, doch immerhin auch mit Freuden und Blüten. Angesichts der veränderten Umgebung und der verheißungsvollen neuen Arbeit regten sich meine Kräfte und wurden hellwach. Was sie genau erwarteten, kann ich nicht beschreiben, aber es war etwas Erfreuliches. Vielleicht nicht gerade für diesen Tag oder diesen Monat, jedoch irgendwann in der Zukunft.

Ich stand auf und zog mich sorgfältig an. Zu Schlichtheit gezwungen – denn ich besaß kein einziges Kleidungsstück, das nicht äußerst einfach gewesen wäre –, legte ich dennoch von Natur aus Wert darauf, mich adrett zu kleiden. Es war nicht etwa meine Art, mein Äußeres oder meinen Eindruck auf andere zu vernachlässigen; im Gegenteil, ich wollte stets so gut aussehen wie möglich und so sehr gefallen, wie mein Mangel an Schönheit dies zuließ. Manchmal bedauerte ich, daß ich nicht hübscher war. Manchmal wünschte ich, ich hätte rosige Wangen, eine gerade Nase und einen kleinen

Kirschmund; ich wäre zu gerne groß und stattlich gewesen, mit einer gutentwickelten Figur. Ich empfand es als Unglück, daß ich so klein und blaß war und so unregelmäßige, ausgeprägte Züge hatte. Und warum diese Sehnsucht und dieses Bedauern? Schwer zu sagen. Damals konnte ich es mir selbst nicht erklären, und dennoch gab es einen Grund, einen logischen und natürlichen obendrein. Ich glättete mein Haar, zog mein schwarzes Kleid an, das zwar puritanisch aussah, mir aber wenigstens genau paßte, steckte mir ein sauberes weißes Halstuch an und fand nun, ich sähe immerhin so anständig aus, daß ich vor Mrs. Fairfax erscheinen konnte und meine neue Schülerin nicht vor Abneigung kehrtmachen würde. Nachdem ich das Fenster geöffnet und überprüft hatte, ob all meine Sachen ordentlich und sauber auf dem Toilettentisch lagen, wagte ich mich hinaus.

Ich durchquerte den langen, mit Teppichen ausgelegten Korridor, stieg die glattgebohnerten Treppenstufen hinunter und kam in die Halle. Dort blieb ich eine Weile stehen und betrachtete die Gemälde an den Wänden (ich erinnere mich an einen grimmigen Herrn im Harnisch und eine Dame mit gepudertem Haar und einer Perlenkette), einen von der Decke hängenden Bronzeleuchter und eine große Uhr mit einem seltsam geschnitzten, von der Zeit und vom Polieren ebenholzschwarzen Eichenkasten. Alles wirkte sehr vornehm und eindrucksvoll auf mich, aber ich war ja auch nicht an Pracht gewöhnt. Die halb verglaste Haustür stand offen; ich trat über die Schwelle. Es war ein schöner Herbstmorgen, die frühe Sonne schien heiter auf die braun verfärbten Waldstücke und die noch grünen Felder. Ich ging bis zum Rasen vor, blickte hoch und betrachtete das Herrenhaus vor mir. Es hatte drei Geschosse, war nicht allzu groß, aber doch ansehnlich, das Gutshaus eines Gentleman, nicht der Landsitz eines Adligen. Eine Brustwehr mit Zinnen verlieh ihm ein malerisches Aussehen. Die graue Mauer hob sich deutlich vom Krähenhorst im Hintergrund ab, dessen krächzende Bewohner gerade unterwegs waren. Sie flogen über den Rasen und die Gartenanlagen und ließen sich auf einer großen Wiese nieder, die vom Park durch einen Zaungraben getrennt war und wo eine Reihe riesiger alter Weißdornbäume, kräftig, knorrig und ausladend wie Eichen, eine Erklärung für den Namen des Hauses lieferten. Weiter hinten erhoben sich Berge, nicht so hoch wie die von Lowood, auch nicht so schroff und wie eine Barriere zur lebendigen Welt außerhalb, aber dennoch still und einsam; sie schienen Thornfield in einer Abgeschiedenheit umfangen zu halten, die ich so nahe des betriebsamen Millcote nicht erwartet hätte. Über einen dieser Berghänge zog sich ein kleiner Weiler, dessen Dächer fast mit den Bäumen eins wurden. Die Kirche des Sprengels lag näher an Thornfield, die alte Turmspitze lugte über eine Hügelkuppe zwischen Haus und Parktor.

Ich genoß die friedliche Aussicht und die wohltuende, frische Luft, hörte erfreut den krächzenden Krähen zu, ließ den Blick über die breite, altersgraue Hausfassade gleiten und überlegte, daß es doch recht groß sei für eine einzelne kleine Dame wie Mrs. Fairfax – als ebendiese Dame in der Tür erschien.

«Was, Sie sind schon draußen?» rief sie. «Sie sind

also eine Frühaufsteherin.» Ich ging zu ihr und wurde mit einem leutseligen Kuß und einem Händedruck begrüßt.

«Wie gefällt Ihnen Thornfield?» fragte sie. Es gefalle mir sehr gut, erwiderte ich.

«Ja», sagte sie, «es ist ein hübsches Haus. Aber ich fürchte, es wird verkommen, wenn Mr. Rochester sich nicht eines Tages entschließt, dauernd hier zu leben oder zumindest öfter vorbeizuschauen. Große Häuser und schöne Gärten brauchen die Anwesenheit des Eigentümers.»

«Mr. Rochester!» rief ich. «Wer ist das?»

«Der Besitzer von Thornfield», erwiderte sie ruhig. «Wußten Sie nicht, daß er Rochester heißt?»

Natürlich nicht, ich hatte ja noch nie von ihm gehört, aber die alte Dame schien zu glauben, sein Dasein sei eine allgemein bekannte Tatsache, die jeder von Natur aus wissen müsse.

«Ich dachte», fuhr ich fort, «Thornfield gehöre Ihnen.»

«Mir? Du meine Güte! Was für ein Gedanke! Mir? Ich bin nur die Haushälterin, die Verwalterin. Ich bin zwar entfernt mit den Rochesters verwandt, das heißt, mein Mann war es. Er war Geistlicher, Pfründeninhaber von Hay, dem kleinen Dorf da drüben am Hang, und die Kirche vorm Tor war seine. Die Mutter des derzeitigen Mr. Rochester war eine Fairfax und eine Cousine zweiten Grades von meinem Mann, aber ich habe nie auf die Verwandtschaft gepocht, sie bedeutet mir nichts. Ich betrachte mich als ganz gewöhnliche Haushälterin, mein Arbeitgeber ist immer höflich, und was will man mehr.»

«Und das kleine Mädchen, meine Schülerin?»

«Die ist Mr. Rochesters Mündel. Er hat mich beauftragt, eine Gouvernante für sie zu suchen. Er will wohl, daß sie in ***shire aufwächst. Da kommt sie ja mit ihrer *bonne,* wie sie das Kindermädchen nennt.» Das Rätsel war also gelöst, die leutselige, freundliche Witwe war keine große Dame, sondern eine Angestellte wie ich. Ich hatte sie darum nicht weniger gern, im Gegenteil, mir war wohler als vorher. Wir waren demnach wirklich ebenbürtig, und nicht nur weil sie sich zu mir herabließ. Um so besser, das machte mich unabhängiger.

Während ich über diese Entdeckung nachsann, kam ein kleines Mädchen mit ihrer Begleiterin im Schlepptau über den Rasen gelaufen. Meine Schülerin, die mich anfangs gar nicht wahrnahm, war noch ein Kind, vielleicht sieben oder acht Jahre alt, schmächtig, mit einem blassen, feingeschnittenen Gesicht und üppigen Locken, die ihr bis zur Taille reichten.

«Guten Morgen, Miss Adela», sagte Mrs. Fairfax. «Kommen Sie, sagen Sie der Dame guten Tag, die Sie unterrichten wird, damit Sie einmal eine kluge Frau werden.» Sie kam näher.

«C'est là ma gouvernante?» fragte sie und zeigte auf mich.

Das Kindermädchen antwortete: «Mais oui, certainement.»

«Sind es Ausländerinnen?» fragte ich, über das Französisch verwundert.

«Das Kindermädchen ist Französin. Adela wurde auf dem Kontinent geboren und hat ihn, glaube ich, erst vor sechs Monaten zum ersten Mal verlassen. Als sie hierherkam, sprach sie kein Wort Englisch, jetzt schlägt sie sich schon ein wenig durch.

Ich kann sie nicht verstehen, sie vermischt es mit Französisch, aber Sie werden schon klug aus ihr werden.»

Zum Glück hatte ich Französisch bei einer Französin gelernt, und da ich stets Wert darauf gelegt hatte, mich so oft wie möglich mit Madame Pierrot zu unterhalten, außerdem in den letzten sieben Jahren täglich französische Textstellen auswendig gelernt und dabei meinen Akzent nach Kräften ausgemerzt und möglichst genau die Aussprache meiner Lehrerin nachgeahmt hatte, war ich in dieser Sprache einigermaßen gewandt und sicher und würde mit Mademoiselle Adela wahrscheinlich keine Verständigungsschwierigkeiten haben. Als sie hörte, ich sei ihre Gouvernante, kam sie zu mir und reichte mir die Hand, und als ich sie zum Frühstück ins Haus führte, sagte ich ein paar Sätze in ihrer Sprache. Anfangs antwortete sie nur kurz angebunden, aber als wir am Tisch saßen und sie mich eine Weile mit ihren großen, haselnußbraunen Augen gemustert hatte, begann sie plötzlich wie ein Wasserfall zu plappern.

«Ach», rief sie auf französisch, «Sie sprechen meine Sprache genausogut wie Mr. Rochester, mit Ihnen kann ich so reden wie mit ihm und Sophie auch. Die wird sich freuen! Hier versteht sie nämlich niemand. Madame Fairfax ist eben Engländerin. Sophie ist mein Kindermädchen, sie kam mit mir übers Meer in einem riesigen Schiff mit einem rauchenden Kamin – und wie der geraucht hat! –, und ich war seekrank und Sophie auch und Mr. Rochester auch. Mr. Rochester lag auf einem Sofa in einem hübschen Raum, dem Salon, und Sophie und ich hatten kleine Betten woanders. Ich bin aus meinem fast rausgefallen, es war wie ein Regalbrett. Und, Mademoiselle … wie heißen Sie?»

«Eyre, Jane Eyre.»

«Aire? Huch, das kann ich nicht aussprechen. Na ja, am Morgen, noch bevor es ganz hell war, hielt unser Schiff in einer großen Stadt, einer riesigen Stadt mit ganz finsteren Häusern und Qualm überall, ganz anders als die hübsche, saubere Stadt, aus der ich kam, und Mr. Rochester trug mich auf den Armen über eine Planke an Land, Sophie kam hinterher, und wir stiegen alle in eine Kutsche, die uns zu einem schönen, großen Haus brachte, größer als dies hier und vornehmer, ein Hotel hieß das. Wir blieben fast eine Woche. Sophie und ich spazierten jeden Tag zu einem großen grünen Platz mit Bäumen, dem ‹Park›; da gab es viele andere Kinder und einen Teich mit schönen Vögeln, die ich mit Krümeln gefüttert habe.»

«Können Sie ihr folgen, wenn sie so schnell spricht?» fragte Mrs. Fairfax.

Ich verstand sie sehr gut, ich war ja an die schnelle Sprechweise von Madame Pierrot gewöhnt.

«Könnten Sie sie nicht einmal nach ihren Eltern fragen?» bat mich die gute Dame weiter. «Ob sie sich an sie erinnert?»

«Adèle», fragte ich, «bei wem hast du in der hübschen, sauberen Stadt, von der du erzählt hast, gewohnt?»

«Früher habe ich bei Mama gewohnt, aber sie ist zur Heiligen Jungfrau gegangen. Mama hat mir Tanzen und Singen und Gedichteaufsagen beigebracht. Sie hatte viele Damen und Herren zu Besuch, und da habe ich immer vorgetanzt oder bin auf ihrem Schoß gesessen und habe ihnen vorgesungen. Das war schön. Soll ich Ihnen was vorsingen?»

Sie war mit dem Frühstück fertig, und so erlaubte ich ihr, eine Kostprobe ihres Könnens zu geben. Sie kletterte vom Stuhl, setzte sich mir auf den Schoß, faltete ernst die Hände, warf die Locken zurück und begann mit dem Blick zur Zimmerdecke eine Opernarie zu singen. Sie handelte von einer verlassenen Frau, die die Treulosigkeit ihres Liebsten beklagt, sich dann aber auf ihren Stolz besinnt, ihrer Zofe befiehlt, sie mit den funkelndsten Juwelen und reichsten Kleidern zu schmükken, und beschließt, dem Abtrünnigen abends auf dem Ball gegenüberzutreten und ihm durch ihr munteres Gebaren zu zeigen, wie wenig sein Verrat sie kümmert.

Ein seltsames Thema für eine kindliche Sängerin; der Hauptreiz der Darbietung sollte wohl darin liegen, daß Weisen von Liebe und Eifersucht mit kindlichem Lispeln geträllert wurden, und dies war zumindest für mein Empfinden ziemlich geschmacklos.

Adèle sang die Weise recht melodiös und mit der ganzen Unbefangenheit ihres Alters. Danach hüpfte sie von meinem Schoß und sagte: «So, Mademoiselle, jetzt sag' ich ein Gedicht auf.»

Sie warf sich in Pose und begann: «La Ligue des Rats, fable de La Fontaine.» Sie deklamierte das Stückchen mit großem Feingefühl für Interpunktion und Betonung und einer für ihr Alter ungewöhnlich ausdrucksfähigen Stimme und angemessenen Gestik. Man sah, daß jemand sehr sorgfältig mit ihr geprobt hatte.

«Hast du diese Fabel bei deiner Mama gelernt?» fragte ich.

«Ja, sie hat sie immer so aufgesagt: ‹Qu'avez-vous donc? lui dit un de ces rats: parlez!› Sie ließ mich die Hand heben – so –, um mich daran zu erinnern, daß ich bei der Frage mit der Stimme hochgehen muß. Soll ich jetzt was vortanzen?»

«Nein, es ist genug. Aber als deine Mama zur Heiligen Jungfrau gegangen war, wie du sagst, bei wem hast du dann gewohnt?»

«Bei Madame Frédéric und ihrem Mann; sie haben sich um mich gekümmert, aber sie ist nicht mit mir verwandt. Sie ist wahrscheinlich arm, sie hatte kein so schönes Haus wie Mama. Ich war nicht lange dort; Mr. Rochester hat mich gefragt, ob ich mit ihm nach England gehen und bei ihm wohnen wolle, und ich habe ja gesagt, denn ich kannte Mr. Rochester schon vor Madame Frédéric, und er war immer nett zu mir und hat mir schöne Kleider und Spielsachen geschenkt. Aber Sie sehen ja, er hat nicht Wort gehalten: Er hat mich nach England gebracht, und jetzt ist er wieder allein zurückgefahren, und ich werde ihn nie mehr sehen.»

Nach dem Frühstück zog ich mich mit Adèle in die Bibliothek zurück. Diesen Raum hatte Mr. Rochester offenbar als Schulzimmer vorgesehen. Die meisten Bücher standen verschlossen hinter Glas, aber ein Schrank war offen; er enthielt alles, was man für den Elementarunterricht brauchte, sowie einige Bände leichter Literatur – Gedichte, Biographien, Reiseberichte und ein paar Romane. Er fand wohl, mehr brauche eine Gouvernante nicht für ihre Privatlektüre, und in der Tat war ich fürs erste äußerst zufrieden. Verglichen mit den spärlichen Krümeln, auf die ich in Lowood hie und da einen Blick hatte werfen können, versprach mir dies hier eine überreiche Ernte an Unterhaltung und Wissen. Auch ein nagelneues Pianino mit wunderschönem Klang stand im Zimmer, dazu eine Staffelei und zwei Globen.

Meine Schülerin erwies sich als recht fügsam, strengte sich aber nicht gern an. Sie war regelmäßige Beschäftigung nicht gewöhnt. Es wäre unklug gewesen, sie am Anfang allzusehr einzusperren, deshalb erlaubte ich ihr gegen zwölf Uhr, nachdem ich ihr eine Menge erzählt und sie ein wenig gelernt hatte, zu ihrer Kinderfrau zurückzukehren. Ich nahm mir vor, bis zum Essen ein paar kleine Zeichnungen für sie anzufertigen.

Als ich nach oben ging, um Mappe und Stifte zu holen, rief Mrs. Fairfax aus einem Raum mit offenen Flügeltüren: «Sind Sie mit dem Vormittagsunterricht fertig?» Ich ging hinein. Es war ein großes, vornehmes Zimmer mit Nußbaumtäfelung, purpurroten Stühlen und Vorhängen, einem Orientteppich, einem großen, reich mit Buntglas geschmückten Fenster und einer hohen, vornehmen Stuckdecke. Mrs. Fairfax staubte violette Kristallvasen ab, die auf einer Anrichte standen.

«Was für ein schönes Zimmer!» rief ich und sah mich um. Noch nie hatte ich etwas annähernd Beeindruckendes gesehen.

«Ja, das ist das Speisezimmer. Ich habe gerade das Fenster aufgemacht, um ein wenig Luft und Sonne hereinzulassen; in selten bewohnten Räumen wird immer alles so klamm. Im Salon drüben fühlt man sich wie in einer Gruft.»

Sie zeigte auf einen breiten Türbogen gegenüber

dem Fenster, der wie dieses mit purpurnem, jetzt gerafftem Stoff verhängt war. Ich stieg die zwei breiten Stufen hinauf, lugte hindurch und glaubte, einen Blick in ein Feenreich zu werfen, so strahlend wirkte das Bild dahinter auf meine jungfräulichen Augen. Dabei war es nur ein sehr hübscher Salon und ein Boudoir, beide mit weißen Teppichen ausgelegt, auf denen Blumengirlanden schimmerten, mit schneeigen Stuckdecken voll weißer Trauben und Weinblätter und darunter, in deutlichem Kontrast, karmesinroten Sofas und Ottomanen. Auf dem hellen Kaminsims aus parischem Marmor stand rubinrot funkelndes böhmisches Glas, und in den großen Spiegeln zwischen den Fenstern wiederholte sich dieses Zusammenspiel aus Schnee und Feuer.

«Wie sauber und ordentlich Sie die Räume halten, Mrs. Fairfax!» sagte ich. «Keine Leinwandhüllen über den Möbeln und trotzdem kein Stäubchen! Wenn es nicht so kalt wäre, könnte man meinen, die Räume wären ständig bewohnt.»

«Ach, wissen Sie, Miss Eyre, Mr. Rochester kommt zwar selten zu Besuch, aber immer plötzlich und unerwartet. Ich habe festgestellt, daß es ihn stört, wenn alles eingepackt ist und bei seiner Ankunft der Haushalt auf den Kopf gestellt wird, und so finde ich es besser, die Räume immer bereitzuhalten.»

«Ist Mr. Rochester denn ein strenger, anspruchsvoller Mann?»

«Nicht besonders, aber er hat eben die Vorlieben und Gewohnheiten eines Gentleman und erwartet, daß alles dementsprechend geregelt wird.»

«Mögen Sie ihn? Ist er beliebt?»

«O ja, die Familie ist seit je hoch geachtet. Fast alles Land hier in der Gegend, so weit das Auge reicht, gehört seit undenklichen Zeiten den Rochesters.»

«Gut, aber abgesehen vom Land – haben Sie ihn gern? Mag man ihn um seiner selbst willen?»

«Ich habe keinen Grund, ihn nicht zu mögen, und ich glaube, seine Pächter schätzen ihn als gerechten und großzügigen Pachtherrn. Doch er wohnt ja nie lange hier.»

«Hat er keine Eigenheiten? Wie ist er denn charakterlich?»

«Ach, gewiß untadelig! Vielleicht ein wenig absonderlich; er hat weite Reisen gemacht und viel von der Welt gesehen. Er ist bestimmt klug; ich habe mich allerdings selten mit ihm unterhalten.»

«Inwiefern absonderlich?»

«Ich weiß nicht ... Das ist nicht leicht zu erklären, nichts Auffallendes, doch man merkt es, wenn er mit einem spricht. Man weiß nie genau, ob er scherzt oder es ernst meint, ob er sich freut oder nicht, kurzum, man versteht ihn nicht so ganz – ich jedenfalls nicht. Aber das hat nichts zu sagen, er ist ein sehr guter Herr.»

Das war alles, was ich von Mrs. Fairfax über ihren und meinen Brotherrn erfuhr. Es gibt Menschen, die keine Ahnung haben, wie man Wesenszüge skizziert oder hervorstechende Merkmale an Personen oder Sachen erkennt und beschreibt. Die gute Frau gehörte ganz augenscheinlich zu dieser Gattung. Meine Fragen verwirrten sie, entlockten ihr aber nichts. In ihren Augen war Mr. Rochester eben Mr. Rochester, ein Gentleman und Gutsbesitzer, mehr nicht, sie fragte und forschte nicht weiter und wunderte sich merklich über meinen Wunsch, ein genaueres Bild von seiner Persönlichkeit zu gewinnen.

Als wir das Speisezimmer verließen, schlug sie vor, mir auch den Rest des Hauses zu zeigen, und ich folgte ihr treppauf, treppab voll Bewunderung, denn alles war wohlgeordnet und schön. Die großen, nach vorn liegenden Räume fand ich besonders eindrucksvoll, und manche Zimmer im dritten Stock waren zwar dunkel und niedrig, aber faszinierend wegen ihrer altertümlichen Atmosphäre. Möbel, die früher einmal nach unten gepaßt hatten, waren entsprechend den sich wandelnden Moden mit der Zeit hier heraufgeschafft worden; durch die schmalen Fenster fiel das spärliche Licht auf hundertjährige Bettgestelle, auf Eichen- und Nußbaumtruhen, deren seltsame Schnitzereien wie Palmzweige und Engelsköpfe an die Symbole der israelitischen Bundeslade erinnerten, auf Reihen ehrwürdiger hochlehniger, aber schmaler Stühle und auf noch ältere Hocker mit Spuren halb verblaßter Stickereien auf den gepolsterten Sitzflächen, verfertigt von Fingern, die schon seit zwei Generationen zu Staub zerfallen waren. Diese Überbleibsel machten den dritten Stock von Thornfield Hall zu einem Hort der Vergangenheit, einem Reliquienschrein der Erinnerung. Bei Tag gefiel mir das Stille, Düstere, Malerische dieser Schlupfwinkel; aber keinesfalls gelüstete es mich danach, eine Nacht in diesen breiten, schweren Betten zu schlafen, von denen manche mit Eichentüren verschlossen, andere mit altenglischen Vorhängen verdunkelt waren, dicht bestickt mit seltsamen Blumen, noch seltsameren Vögeln und den allerseltsamsten Menschenwesen. Und im bleichen Mondlicht hätte all dies erst recht seltsam ausgesehen.

«Schlafen hier die Dienstboten?» fragte ich.

«Nein, die haben kleinere Kammern nach hinten hinaus; hier schläft nie jemand. Man könnte fast sagen, wenn es in Thornfield Hall ein Gespenst gäbe, würde es hier spuken.»

«Dann haben Sie also kein Gespenst?»

«Keins, von dem ich wüßte», erwiderte Mrs. Fairfax lächelnd.

«Auch keine Überlieferung? Keine Sagen oder Geistergeschichten?»

«Ich glaube nicht. Allerdings sollen die Rochesters eine eher gewalttätige als friedfertige Familie gewesen sein. Aber vielleicht ist dies der Grund, weshalb sie jetzt so ruhig in ihren Gräbern liegen.»

«Ja – ‹sanft schlafen nach des Lebens Fieberschauern›[26]», murmelte ich. «Wohin jetzt, Mrs. Fairfax?» Denn sie wollte weitergehen.

«Aufs Dach. Wollen Sie nicht den Ausblick von dort sehen?» Ich folgte ihr schweigend über eine sehr schmale Treppe auf den Dachboden und von da über eine Leiter und durch eine Falltür auf das flache Dach des Gutshauses. Nun befand ich mich auf gleicher Höhe mit dem Krähenhorst und konnte in die Nester schauen. Ich lehnte mich über die Brüstung, schaute weit hinunter und sah den Grund und Boden wie eine Landkarte ausgebreitet: der helle, samtene Rasen, der das graue Fundament des Hauses eng umschloß; das Ackerland, weit wie ein Park und gesprenkelt mit altem Nutzholzbestand; der Wald, schwarzbraun und welk, geteilt von einem sichtlich überwucherten Weg, der vom

Moos grüner war als die Bäume vom Laub; die Kirche vor dem Tor, die Straße, die stillen, in der Herbstsonne ruhenden Hügel und der Horizont, den ein gnädiger, blau und perlweiß marmorierter Himmel begrenzte. Nichts an dieser Landschaft war außergewöhnlich, aber sie besaß einen wohltuenden Liebreiz. Als ich mich abwandte und wieder durch die Falltür stieg, sah ich kaum meinen Weg die Leiter hinunter, der Dachboden wirkte finster wie ein Grab, verglichen mit dem blauen Himmelsgewölbe, zu dem ich soeben aufgeschaut hatte, und der sonnenbeschienenen Landschaft aus Hainen, Weideland und grünen Höhen rings um das Gutshaus, über die ich entzückt meinen Blick hatte schweifen lassen.

Mrs. Fairfax blieb einen Augenblick zurück, um die Falltür zu schließen; ich tastete mich zum Ausgang des Dachbodens und stieg die schmale Speichertreppe hinunter. Sie führte auf einen langen Flur zwischen den Vorder- und Hinterzimmern des dritten Stocks; dort wartete ich ein wenig. Der Flur war eng, niedrig und düster, hatte nur ein einziges Fensterchen ganz hinten und wirkte mit seinen zwei Reihen kleiner, schwarzer Türen, die alle geschlossen waren, wie ein Korridor in Blaubarts Schloß.

Während ich leise weiterschritt, drang ein Laut, ein Lachen, an mein Ohr, wie ich es in einer so stillen Umgebung zu allerletzt erwartet hätte. Es war ein seltsames Lachen, abgehackt, steif und freudlos. Ich blieb stehen. Das Geräusch verstummte, aber nur für einen Augenblick, dann begann es wieder, lauter als vorher. Anfangs war es zwar deutlich, doch sehr leise gewesen. Dann endete es in einem Klageschrei, der in jedem leeren Zimmer ein Echo zu wecken schien, auch wenn es nur in einem einzigen entstanden war. Ich hätte auf die Tür zeigen können, aus der die Töne kamen.

«Mrs. Fairfax!» rief ich, denn ich hörte sie die enge Treppe herunterkommen. «Haben Sie dieses Lachen gehört? Wer ist das?»

«Wahrscheinlich jemand von den Dienstboten», antwortete sie, «vielleicht Grace Poole.»

«Haben Sie es gehört?» fragte ich noch einmal.

«Ja, deutlich. Ich höre sie oft, sie näht in einem dieser Zimmer. Manchmal ist Leah bei ihr, sie machen oft recht viel Lärm.»

Das Lachen wiederholte sich, diesmal wieder leise und abgehackt, und endete in merkwürdigem Gemurmel.

«Grace!» rief Mrs. Fairfax.

Ich rechnete keineswegs mit der Antwort irgendeiner Grace, denn das Lachen hatte denkbar unheilvoll und übernatürlich geklungen, und wenn nicht heller Tag gewesen wäre, wenn mir das seltsame, wiehernde Gelächter unter gespenstischen Umständen und auf einem angsteinflößenden Schauplatz, zu einer unheimlichen Jahreszeit zu Ohren gekommen wäre, hätte ich eine abergläubische Furcht empfunden. Doch was folgte, zeigte, daß es närrisch gewesen war, sich auch nur zu wundern.

Die Tür direkt neben mir öffnete sich, und eine Dienerin trat heraus, eine Frau zwischen dreißig und vierzig, gedrungen und vierschrötig, mit rotem Haar und einem harten, unansehnlichen Gesicht. Eine weniger romantische oder geisterhafte Erscheinung ließ sich kaum denken.

«Zu laut, Grace», sagte Mrs. Fairfax. «Denk an die Anweisungen!» Grace knickste schweigend und ging hinein.

«Wir haben sie zum Nähen und als Haushaltshilfe für Leah», erläuterte die Witwe, «sie ist in mancher Hinsicht nicht ganz einwandfrei, aber einigermaßen tüchtig. Wie sind Sie übrigens heute morgen mit Ihrer neuen Schülerin zurechtgekommen?»

Damit wandte sich das Gespräch Adèle zu, bis wir unten hellere, freundlichere Regionen erreichten. Adèle kam uns in der Halle entgegengelaufen und rief: «Mesdames, vous êtes servies!» und: «J'ai bien faim, moi!»

Das Essen war fertig und wartete in Mrs. Fairfax' Zimmer auf uns.

KAPITEL 12

Die ruhige, leichte Arbeit, die mir meine friedliche Einführung in Thornfield Hall in Aussicht gestellt hatte, erwies sich auch nach längerer Bekanntschaft mit dem Haus und seinen Bewohnerinnen nicht als leeres Versprechen. Mrs. Fairfax entpuppte sich wie erwartet als sanftmütige, freundliche Frau, einigermaßen gebildet und durchschnittlich intelligent. Meine Schülerin war ein lebhaftes Kind, verwöhnt und verzärtelt und deshalb etwas launisch, aber da sie meiner alleinigen Obhut anvertraut war und sich niemand anderes unklug einmischte und meine Erziehungspläne durchkreuzte, vergaß sie ihre kleinen Grillen bald und wurde gehorsam und gelehrig. Sie war nicht besonders begabt, hatte keine ausgeprägten Eigenschaften und entwickelte keine außerordentlichen Gefühle oder Vorlieben, die sie auch nur einen Zoll über andere Kinder erhoben hätten, allerdings auch keine Schwächen oder Fehler, aufgrund deren sie unter das übliche Niveau gesunken wäre. Sie machte vernünftige Fortschritte, brachte mir eine lebhafte, wenn auch nicht gerade tiefe Zuneigung entgegen und weckte mit ihrem schlichten Gemüt, ihrem fröhlichen Geplapper und ihrem Bemühen, mir zu gefallen, wiederum eine Neigung in mir, die groß genug war, daß wir uns beide miteinander wohl fühlten.

Das mag, nebenbei gesagt, in den Ohren von Menschen, die einer hehren Lehrmeinung von der engelhaften kindlichen Natur und der Pflicht ihrer Erzieher zu deren Vergötterung anhängen, unbeteiligt klingen; aber ich schreibe nicht, um elterlichem Egoismus zu schmeicheln, scheinheiliges Gerede nachzubeten oder Unsinn zu unterstützen, ich sage nur die Wahrheit. Ich kümmerte mich gewissenhaft um Adèles Wohlergehen und Entwicklung und hatte die kleine Person auf eine stille Art gern, so wie ich auch Mrs. Fairfax für ihre Freundlichkeit dankbar war und mich an ihrer Gesellschaft freute, entsprechend der ruhigen Wertschätzung, die sie mir entgegenbrachte, sowie ihrem bescheidenen Geist und Naturell.

Wer will, mag mich tadeln, weil ich hie und da, wenn ich allein durch den Park spazierte, zum Tor hinunterging und die Straße entlangschaute oder, während Adèle mit dem Kindermädchen spielte und Mrs. Fairfax in der Vorratskammer Gelee kochte, die drei Treppen zur Bodentür hochstieg und dann vom Flachdach weit hinausblickte über einsame Felder und Berge bis zum undeutlichen Horizont – weil ich mich dann nach einem Gesichtssinn sehnte, der diese Grenze übersteigen konnte und bis in die betriebsame Welt reichte, zu den Städten und Gegenden voller Leben, von denen ich gehört, die ich aber nie gesehen hatte, und weil ich mir dann mehr praktische Erfahrung wünschte, als ich besaß, mehr Austausch mit meinesgleichen, mehr und vielseitigere Bekanntschaften, als sie mir hier zur Verfügung standen. Ich wußte das Gute an Mrs. Fairfax und Adèle zu schätzen, doch ich glaubte an das Vorhandensein anderer, lebhafterer Qualitäten, und woran ich glaubte, das wollte ich auch sehen.

Wer tadelt mich? Sicher viele, und manch einer wird mich unzufrieden nennen. Ich konnte es indes nicht ändern: die Ruhelosigkeit lag in meiner Natur, und manchmal quälte sie mich. Dann fand ich nur Erleichterung, wenn ich den Korridor im dritten Stock auf- und abging, sicher aufgehoben in der Stille und Einsamkeit dieses Winkels, und meinem geistigen Auge erlaubte, bei allen vor ihm auftauchenden strahlenden Visionen zu verweilen – und es gab deren viele und glühende –, wenn ich meinem Herzen gestattete, sich von der jauchzenden Erregung emportragen zu lassen, in der es zwar vor Unruhe schwoll, sich aber auch lebendig weitete; und wenn ich – das war das Beste – mein inneres Ohr einer nicht enden wollenden Geschichte öffnete, einem Märchen, das meine Phantasie schuf und unaufhörlich weitererzählte, erfüllt von all dem Leben, Feuer und Gefühl, nach dem ich mich sehnte und das ich in meinem gegenwärtigen Dasein nicht besaß.

Es ist zwecklos, von den Menschen zu fordern, sie sollten sich mit einem beschaulichen Dasein zufriedengeben. Sie brauchen Tätigkeit und Veränderung, und wer sie nicht hat, verschafft sie sich. Millionen sind zu einem stilleren Los verurteilt als ich, und Millionen lehnen sich insgeheim gegen ihr Schicksal auf. Niemand weiß, wie viele Rebellen – abgesehen von den politischen – in den Menschenmassen gären, die die Erde bevölkern. Es heißt, Frauen seien im allgemeinen still und friedlich, aber Frauen empfinden genauso wie Männer, sie wollen genauso wie ihre Brüder ihre Talente anwenden und sich bewähren; sie leiden unter allzu strenger Einengung, unter völligem Stillstand genauso, wie die Männer leiden würden, und es ist engstirnig, wenn ihre bevorrechteten Mitmenschen fordern, sie sollten sich damit begnügen, Pudding zu kochen und Strümpfe zu stricken, Klavier zu spielen und Taschen zu besticken. Es ist gedankenlos, sie zu verurteilen oder auszulachen, wenn sie mehr tun oder lernen wollen, als Sitten und Gebräuche für ihr Geschlecht vorsehen.

Wenn ich so allein war, hörte ich nicht selten das Lachen von Grace Poole, das gleiche gellende Gelächter, aber auch das gleiche leise, langsame «Ha-ha», das mich beim ersten Mal so erschreckt hatte. Auch ihr wunderliches Murmeln vernahm ich, das noch merkwürdiger war als ihr Lachen. An manchen Tagen blieb sie ganz still, dann wieder konnte ich mir die Geräusche, die sie machte, nicht erklären. Manchmal sah ich sie auch; dann trat sie mit einer Schüssel, einem Teller oder einem Tablett in der Hand aus dem Zimmer, ging hinunter in die Küche und kam gleich darauf wieder, zumeist (verzeih mir, romantischer Leser, die nackte Wahrheit!) mit einem Krug Porter in der Hand. Und stets dämpfte ihr Äußeres die Neugier, die ihre merkwürdigen Laute geweckt hatten. Unansehnlich und gesetzt, hatte sie nichts an sich, woran sich die Sensationslust hätte festbeißen können. Ich versuchte ein paarmal, sie in ein Gespräch zu verwickeln, aber sie schien wortkarg und schnitt jeden derartigen Versuch mit einer einsilbigen Antwort ab.

Die anderen Hausbewohner, nämlich John und seine Frau, das Hausmädchen Leah und das französische Kindermädchen Sophie, waren anständige Leute, wenn auch in keiner Weise bemerkenswert. Mit Sophie sprach ich französisch und fragte sie manchmal über ihre Heimat aus, aber das Beschreiben und Erzählen war nicht ihre Stärke, und sie antwortete meist so wirr und verschwommen, daß mir die Lust an weiteren Fragen verging.

Oktober, November, Dezember verstrichen. An einem Januarnachmittag bat Mrs. Fairfax um Urlaub für Adèle, da sie erkältet sei, und als Adèle sich dieser Bitte inbrünstig anschloß, fiel mir wieder ein, wie kostbar für mich als Kind gelegentliche freie Tage gewesen waren, und ich willigte ein. Ich hielt es für richtig, in diesem Punkt nachzugeben. Es war ein schöner, ruhiger, wenn auch sehr kalter Tag, und ich war es müde, still in der Bibliothek zu sitzen wie schon den ganzen Vormittag. Mrs. Fairfax hatte gerade einen Brief geschrieben, der zur Post gebracht werden sollte, und so setzte ich meine Haube auf, zog den Mantel an und erbot mich, ihn nach Hay zu bringen – die zwei Meilen dorthin waren ein schöner Spaziergang für einen Winternachmittag. Ich sorgte dafür, daß Adèle gemütlich auf ihrem kleinen Stuhl am Kamin in Mrs. Fairfax' Wohnzimmer saß, gab ihr zum Spielen ihre schönste Wachspuppe (die ich in Silberpapier gewickelt in einer Schublade aufhob) und zur Abwechslung ein Märchenbuch, antwortete auf ihr «Revenez bientôt ma bonne amie, ma chère Mademoiselle Jeannette» mit einem Kuß und brach auf.

Der Boden war hart, die Luft still, die Straße einsam. Ich ging rasch, bis ich warm geworden war, und dann langsamer, um die Freuden zu ergründen und zu genießen, die diese Stunde und Situation für mich bereithielt. Es war drei Uhr; die Kirchenglocke schlug, als ich am Turm vorbeiging. Die Stunde verdankte ihren Zauber der nahenden Dämmerung, der immer tiefer sinkenden, blassen Sonne. Ich befand mich eine Meile von Thornfield entfernt auf einer Straße, die im Sommer für ihre wilden Rosen und im Herbst für ihre Nüsse und Brombeeren bekannt war und selbst jetzt noch ein paar korallenrote Schätze wie Hagebutten und Mehlbeeren aufwies. Der größte winterliche Reiz lag jedoch in ihrer tiefen Einsamkeit und kahlen Stille. Wenn sich ein Windhauch regte, verursachte er hier kein Geräusch, denn es gab weder Steineichen noch immergrüne Pflanzen, die hätten rascheln können, und die kahlen Weißdorn- und Haselnußsträucher verharrten so reglos wie die weißen, abgetretenen Pflastersteine in der Straßenmitte. Zu beiden Seiten lagen weit und breit nur Felder und Wiesen, auf denen jetzt kein Vieh mehr weidete, und die braunen Vögelchen, die sich manchmal in der Hecke rührten, sahen aus wie rostrote Blätter, die vergessen hatten abzufallen.

Die Straße stieg nach Hay sacht an, und als ich

die Hälfte hinter mir hatte, setzte ich mich auf einen Zauntritt, der auf ein Feld führte. Fest in meinen Mantel gewickelt, die Hände im Muff geborgen, fühlte ich die Kälte nicht, obwohl scharfer Frost herrschte, wie man an einer Eisplatte mitten auf dem Weg sah. Hier war vor ein paar Tagen nach jäh einsetzendem Tauwetter ein kleines Rinnsal geflossen. Von meinen Platz aus konnte ich auf Thornfield hinabschauen. Das graue Herrenhaus mit der Brustwehr beherrschte das Tal unter mir, seine Wälder und der finstere Krähenhorst ragten in den Abendhimmel. Ich blieb sitzen, bis die Sonne zwischen die Bäume glitt und tiefrot und scharf umrissen dahinter versank. Dann blickte ich nach Osten.

Auf dem Bergrücken vor mir saß der aufgehende Mond, noch blaß wie eine Wolke, aber mit jedem Augenblick leuchtender. Er schaute auf das zwischen den Bäumen fast verborgene Hay nieder, das aus seinen wenigen Kaminen blauen Rauch schickte; es lag noch eine Meile entfernt, doch in der völligen Stille hörte ich deutlich das leise Gemurmel des Lebens. Auch das Rauschen von Bächen aus wer weiß welchen Tälern und Tiefen drang an mein Ohr, es gab ja viele Berge hinter Hay und zweifellos viele Wildbäche, die sich dort hinunterschlängelten. In der Abendstille war das Glucksen nahe gelegener Wässerchen ebenso zu hören wie das Rieseln der fernsten.

Da störte mit einem Mal ein grobes, so fernes wie klares Geräusch das feine Geplätscher und Geflüster – ein selbstsicheres Trapp-Trapp, ein metallisches Klappern, das die leisen Wellenbewegungen übertönte, wie ein im Vordergrund kräftig und dunkel gezeichneter wuchtiger Fels oder knorriger

Eichenstamm auf einem Gemälde die luftige Ferne vergessen macht, in der die blauen Berge, der sonnige Horizont und die Schleierwolken miteinander verschmelzen.

Der Lärm kam von der Straße; noch versteckt durch die Kurven, näherte sich ein Pferd. Ich hatte soeben von meinem Zauntritt aufstehen wollen, aber da der Weg eng war, blieb ich sitzen, um es vorbeizulassen. Damals war ich jung, und allerlei Phantasien, heitere wie finstere, bevölkerten meinen Geist. Neben anderem Unsinn gab es Erinnerungen an die Kindermärchen, und wenn sie wieder hochkamen, schmückte ich sie, reifer geworden, mit einer Kraft und Lebendigkeit aus, die ich als Kind nicht aufgebracht hatte. Während nun dieses Pferd näher kam und ich darauf wartete, daß es in der Dämmerung auftauchte, fiel mir ein Märchen von Bessie ein, in dem ein nordenglischer Geist namens «Gytrash» eine Rolle gespielt hatte, der sich in Gestalt eines Pferdes, Maultiers oder großen Hundes auf einsamen Wegen herumtrieb und manchmal verspätete Reisende überfiel, so wie dieses Pferd jetzt mich.

Es war ganz nah, doch noch immer nicht in Sicht, als ich zusätzlich zu dem Trapp-Trapp ein Rascheln unter der Hecke hörte und unter den Haselnußsträuchern ein großer Hund hervorglitt, der sich mit seiner schwarzweißen Färbung deutlich vor den Bäumen abzeichnete. Das war genau eine der möglichen Verkörperungen von Bessies Gytrash, ein löwenähnliches Geschöpf mit langem Haar und riesigem Kopf. Es trabte jedoch ruhig an mir vorüber und blieb nicht stehen, um mir mit merkwürdig unhündischen Augen ins Gesicht zu blicken, wie ich fast erwartet hatte. Nun folgte das Pferd, eine große Stute, und auf ihrem Rücken ein Reiter. Und mit dem Mann, dem Menschenwesen, war der Zauber sofort gebrochen. Auf einem Gytrash ritt niemand, er war immer allein, und Kobolde konnten zwar meines Wissens in stummen Tierkörpern hausen, aber nicht in gewöhnlicher Menschengestalt Unterschlupf suchen. Das war kein Gytrash, nur ein Reisender, der die Abkürzung nach Millcote nahm. Er ritt vorüber, und ich wanderte weiter. Nach ein paar Schritten drehte ich mich um, neugierig gemacht durch ein Geräusch, als rutsche und stürze etwas mit Gepolter, und durch den Ausruf: «Zum Teufel, was jetzt?» Mann und Pferd lagen am Boden; sie waren auf der spiegelnden Eisfläche ausgerutscht. Der Hund kam zurückgesprungen, und als er seinen Herrn in einer so mißlichen Lage sah und das Pferd stöhnen hörte, bellte er seiner Größe entsprechend so laut, daß die abendlichen Berge ein tiefes, volltönendes Echo zurückwarfen. Er schnüffelte um die auf dem Boden Liegenden herum und rannte dann zu mir hoch; was sollte er sonst tun, andere Hilfe war nicht verfügbar. Ich gehorchte und ging zu dem Reiter hinunter, der sich gerade unter seinem Pferd hervorkämpfte. Er strengte sich sehr an, konnte also nicht schwer verletzt sein, aber ich fragte dennoch: «Sind Sie verletzt, Sir?»

Ich glaube, er fluchte, bin mir jedoch nicht sicher. Auf jeden Fall stieß er einen Satz hervor, der ihn daran hinderte, mir unmittelbar zu antworten.

«Kann ich etwas tun?» fragte ich wieder.

«Gehen Sie zur Seite», antwortete er und rappelte sich hoch, erst auf die Knie, dann auf die Füße.

Ich trat beiseite, und nun begann ein Keuchen und Stampfen und Trampeln, begleitet von einem Kläffen und Bellen, das mich ein paar Ellen zurückscheuchte. Doch ich wollte mich nicht ganz vertreiben lassen, ohne zu sehen, wie die Sache ausging. Zu guter Letzt stand das Pferd wieder, und der Hund wurde mit einem «Platz, Pilot!» beruhigt. Der Reisende bückte sich und befühlte prüfend Fuß und Bein; augenscheinlich schmerzte ihn etwas, denn er hinkte zum Zauntritt, von dem ich mich soeben erhoben hatte, und setzte sich.

Ich wollte mich nützlich machen oder zumindest gefällig erweisen und trat wieder zu ihm.

«Wenn Sie verletzt sind und Hilfe brauchen, Sir, kann ich aus Thornfield Hall oder Hay jemanden holen.»

«Danke. Es geht schon, ich habe mir nichts gebrochen, nur den Knöchel verstaucht»; und wieder stand er auf und versuchte seinen Fuß zu belasten, aber das Ergebnis entwand ihm ein unfreiwilliges «Ahh!».

Im letzten Tageslicht und im zunehmend helleren Mondschein konnte ich ihn deutlich sehen. Er war in einen Reitmantel mit Pelzkragen und Stahlschließen gehüllt; Einzelheiten erkannte ich nicht, aber immerhin eine mittelgroße Statur mit kräftiger Brust. Er hatte ein dunkles Gesicht mit strengen Zügen und einer breiten Stirn; die Augen unter den gerunzelten Brauen blickten zornig und verstört. Er war über die erste Jugend hinaus, hatte jedoch das mittlere Lebensalter noch nicht erreicht; er mochte fünfunddreißig sein. Ich fürchtete mich nicht vor ihm und war kaum befangen. Wäre er ein gutaussehender Gentleman vom Typ des jugendlichen Helden gewesen, hätte ich nicht gewagt, so vor ihn zu treten, ihn gegen seinen Willen auszufragen und ihm ungebeten meine Hilfe anzudienen. Ich hatte erst selten einen hübschen jungen Mann gesehen und noch nie im Leben mit einem gesprochen. Theoretisch bewunderte und verehrte ich Schönheit, Eleganz, Höflichkeit und Charme, doch wäre ich bei einem Mann auf diese Eigenschaften gestoßen, hätte ich instinktiv angenommen, daß sie in mir keinerlei Entsprechung finden würden oder finden könnten, und wäre davor zurückgeschreckt wie vor Feuer oder Blitz oder etwas ähnlich Strahlendem, aber Unzuträglichem.

Hätte dieser Fremde gut gelaunt gelächelt, als ich ihn ansprach, und mein Hilfsangebot freundlich dankend abgelehnt, wäre ich meiner Wege gegangen, ohne Drang, meine Fragen zu wiederholen, aber das Stirnrunzeln und die Grobheit des Reisenden machten mich unbefangen; ich blieb, obwohl er mich fortwinkte, und erklärte: «Ich kann Sie zu so später Stunde auf dieser einsamen Straße unmöglich allein lassen, Sir, solange Sie nicht in der Lage sind, Ihr Pferd zu besteigen.»

Er sah mich an. Bisher hatte er kaum in meine Richtung geblickt.

«Meines Erachtens gehören Sie selber nach Hause», sagte er, «wenn Sie hier in der Gegend wohnen. Woher kommen Sie?»

«Von da unten. Bei Mondlicht fürchte ich mich draußen nicht. Ich laufe gern für Sie nach Hay hinüber, wenn Sie wollen; ich gehe sowieso dorthin, um einen Brief einzuwerfen.»

«Sie wohnen gleich da unten – heißt das, in dem Haus mit den Zinnen?» Er zeigte auf Thornfield

Hall, worüber der Mond einen silbergrauen Schimmer warf, so daß es sich deutlich und bleich vor dem Wald abzeichnete, der nun gegen den Abendhimmel als dunkle Masse erschien.

«Ja, Sir.»

«Wem gehört das Haus?»

«Mr. Rochester.»

«Kennen Sie Mr. Rochester?»

«Nein, ich habe ihn nie gesehen.»

«Er wohnt also nicht dort?»

«Nein.»

«Wissen Sie, wo er ist?»

«Nein.»

«Aber Sie sind doch kein Dienstmädchen? Sie sind ...»

Er hielt inne und ließ den Blick über meine wie immer sehr schlichte Kleidung schweifen: ein Mantel aus schwarzer Merinowolle, ein schwarzer Biberhut, nichts davon elegant genug für eine Zofe. Er schien zu rätseln, was ich war. Ich half ihm.

«Ich bin die Gouvernante.»

«Ah, die Gouvernante!» wiederholte er. «Hol's der Teufel, das hab' ich vergessen, die Gouvernante!» Und wieder musterte er meine Kleidung. Nach einer Weile erhob er sich vom Zauntritt. Sein Gesicht verzog sich vor Schmerzen, wenn er sich zu bewegen versuchte.

«Ich kann Sie nicht um Hilfe schicken», sagte er, «aber Sie selbst könnten mir ein wenig helfen, wenn Sie so freundlich wären.»

«Ja, Sir.»

«Sie haben nicht vielleicht einen Schirm, den ich als Stock benützen kann?»

«Nein.»

«Versuchen Sie, mein Pferd am Zaum zu nehmen und zu mir zu führen. Haben Sie Angst?»

Allein hätte ich kein Pferd angerührt, doch wenn man mir etwas auftrug, pflegte ich zu gehorchen. Ich legte meinen Muff auf den Zauntritt und ging auf das große Pferd zu. Ich versuchte, den Zügel zu ergreifen, aber es war ein feuriges Tier und wollte mich nicht an seinen Kopf lassen; ich bemühte mich ein ums andere Mal, jedoch vergebens. Dabei empfand ich die ganze Zeit tödliche Angst vor seinen trampelnden Hufen. Der Fremdling wartete und beobachtete mich eine Weile, schließlich lachte er.

«Ich seh' schon», meinte er, «der Berg wird nicht zum Propheten gebracht, also müssen Sie dem Propheten zum Berg helfen. Bitte, kommen Sie her.»

Ich ging zu ihm hin. «Entschuldigen Sie», fuhr er fort, «die Not zwingt mich, Sie zu benützen.» Er legte mir eine schwere Hand auf die Schulter, stützte sich mit einigem Gewicht auf mich und humpelte zu seinem Pferd. Kaum hatte er es am Zaumzeug gefaßt, wurde es ganz gefügig, und er sprang in den Sattel. Da sich bei dieser Anstrengung sein verstauchter Knöchel verdrehte, zog er wilde Gesichter und biß sich auf die Lippen.

«So», sagte er, als sein Mund sich wieder entspannte, «geben Sie mir noch die Peitsche, sie liegt unter der Hecke.»

Ich suchte und fand sie.

Eine Berührung mit den Sporen ließ das Pferd aufschrecken und steigen, dann sprang es fort, der Hund hinterher, und alle drei verschwanden …

«… wie Heide, die auf ödem Feld
Ein wilder Wind fortweht.»[27]

Ich nahm meinen Muff und ging weiter. Der Zwischenfall war für mich vorüber. Er war bedeutungslos, unromantisch, eigentlich uninteressant und hatte doch für eine Stunde Abwechslung in ein gleichförmiges Leben gebracht. Meine Hilfe war benötigt und erbeten worden, ich hatte sie gewährt; ich freute mich, daß ich etwas getan hatte. Bei aller Belanglosigkeit und Vergänglichkeit war die Tat doch etwas Aktives, und ich hatte mein gänzlich passives Dasein satt. Auch das neue Gesicht war wie ein neues Bild in der Galerie der Erinnerung, und es sah anders aus als all die anderen, die dort hingen. Erstens war es das eines Mannes und zweitens dunkel, energisch und streng. Ich hatte es noch vor Augen, als ich nach Hay kam und den Brief einwarf, und ich sah es vor mir, als ich bergab nach Hause lief. Am Zauntritt blieb ich kurz stehen, blickte mich um und lauschte; mir war, als müßte wieder ein Hufschlag auf dem Pflaster erklingen, wieder ein Reiter im Mantel und ein Gytrash von Neufundländer erscheinen, aber ich sah nur die Hecke und eine Kopfweide vor mir, die ihre Äste reglos und steif den Mondstrahlen entgegenreckte, hörte nur ein schwaches Wehen, das von Zeit zu Zeit durch die Bäume um Thornfield zog, eine Meile weit weg, und als ich in Richtung dieses Geflüsters hinunterschaute und mein Blick über die Fassade glitt, blieb er an einem Fenster hängen, hinter dem ein Licht aufleuchtete. Das erinnerte mich an die späte Stunde, und ich eilte weiter.

In Thornfield angekommen, wollte ich nicht

ins Haus gehen. Die Schwelle zu übertreten hieß, mich wieder der Ereignislosigkeit auszusetzen, die stille Halle zu durchqueren, die dunkle Treppe hinaufzusteigen, mein einsames Stübchen aufzusuchen, mich schließlich zur bedächtigen Mrs. Fairfax zu gesellen und den langen Winterabend mit ihr und nur mit ihr zu verbringen, hieß, die gelinde Erregung, die der Spaziergang in mir geweckt hatte, zu vergessen und über meine natürlichen Anlagen aufs neue die unsichtbaren Fesseln eines gleichförmigen, allzu beschaulichen Lebens zu streifen, eines Lebens, dessen Vorteile wie Sicherheit und Bequemlichkeit ich allmählich nicht mehr zu schätzen wußte. Wie gut hätte es mir damals getan, in einen stürmischen, ungewissen Lebenskampf geworfen zu werden und durch harsche, bittere Erfahrungen zu lernen, mich nach der Ruhe zu sehnen, über die ich jetzt murrte! Ja, genau wie einem Mann, der es satt hat, in einem allzu bequemen Sessel zu sitzen, ein langer Spaziergang guttut. Und der Wunsch nach Bewegung war in meiner Lage nicht weniger natürlich als in seiner.

Ich blieb erst eine Weile am Tor stehen, dann auf dem Rasen und schritt schließlich auf dem Pflaster vor dem Haus auf und ab; die Läden der Glastür waren geschlossen, ich konnte nicht hineinsehen, und Augen und Geist ließen sich von dem für mich düsteren Haus, von der grauen Höhle mit ihren finsteren Kammern ablenken zum Himmel hinauf, der sich über mir wölbte, einer blauen, von allen Wolkenflecken gereinigten See, und zum Mond, der ihn in feierlichem Bogen erklomm. Sein Rund schien nach oben zu blicken, als er die Hügelkämme, hinter denen er hervorgekommen war, immer tiefer unter sich zurückließ und dem mitternachtsdunklen, unergründlich tiefen und unermeßlich fernen Zenit zustrebte; und der Anblick der flakkernden Sterne, die ihm im Lauf folgten, brachten auch mein Herz zum Flackern und mein Blut zum Sieden. Doch schon die kleinsten Dinge rufen uns auf die Erde zurück: In der Halle schlug die Uhr, das genügte. Ich wandte mich vom Mond und den Sternen ab und betrat durch einen Seiteneingang das Haus.

In der Halle war es nicht dunkel, doch das Licht kam nicht nur vom Bronzekandelaber an der Dekke. Der ganze Raum und die unteren Stufen der Eichentreppe waren in warme Glut getaucht. Der rötliche Schein fiel aus dem großen Speisezimmer, dessen zweiflügelige Tür offenstand, so daß man im Kamin ein freundliches Feuer brennen sah, das auf Marmorverkleidung und Messingbesteck funkelte und die purpurnen Stoffbehänge und polierten Möbel im schönsten Licht zeigte. Auch eine Gruppe Menschen stand vor dem Kaminsims, aber kaum hatte ich sie gesehen und das fröhliche Stimmengewirr wahrgenommen, in dem ich Adèles Stimme zu erkennen glaubte, schloß sich die Tür.

Ich eilte in Mrs. Fairfax' Zimmer, wo es ebenfalls ein Feuer gab, jedoch weder eine Kerze noch Mrs. Fairfax. Statt dessen fand ich, ganz allein auf dem Teppich sitzend und ernsthaft in die Flammen blickend, einen riesigen schwarzweißen Hund mit langem Haar, genau wie den Gytrash von der Landstraße. Er glich ihm so sehr, daß ich auf ihn zutrat und «Pilot!» sagte, worauf sich das Geschöpf erhob, auf mich zukam und mich beschnupperte. Ich streichelte ihn, und er wedelte mit seinem buschigen Schwanz, aber er schien mir doch etwas zu unheimlich, um mit ihm allein zu bleiben; ich wußte ja nicht, wo er herkam. Ich läutete, denn ich wollte eine Kerze und eine Erklärung für diesen Gast. Leah kam herein.

«Was ist das für ein Hund?»

«Er ist mit seinem Herrn gekommen.»

«Mit wem?»

«Mit dem Herrn, mit Mr. Rochester, er ist gerade angekommen.»

«Ach ... Ist Mrs. Fairfax bei ihm?»

«Ja, und Miss Adela auch, sie sind im Eßzimmer, und John holt einen Arzt, denn der Herr hat einen Unfall gehabt. Sein Pferd ist gestürzt, und er hat sich den Knöchel verstaucht.»

«Ist das Pferd auf der Straße nach Hay gestürzt?»

«Ja, als es bergab ging. Es ist auf Eis ausgerutscht.»

«Aha. Bringst du mir bitte eine Kerze, Leah?»

Leah brachte sie, gefolgt von Mrs. Fairfax, die die Neuigkeit wiederholte und hinzufügte, Mr. Carter, der Arzt, sei gekommen und kümmere sich um Mr. Rochester. Dann eilte sie hinaus, um Anweisungen für den Tee zu geben, und ich begab mich nach oben, um Hut und Mantel abzulegen.

KAPITEL 13

Anscheinend auf Anweisung des Arztes ging Mr. Rochester an diesem Abend bald zu Bett. Er stand am nächsten Morgen auch nicht früh auf. Als er schließlich herunterkam, gab es Geschäftliches zu erledigen. Der Verwalter und mehrere Pächter waren gekommen und wollten ihn sprechen.

Adèle und ich mußten die Bibliothek räumen, da sie nun ständig als Empfangsraum gebraucht wurde. So heizte man ein Zimmer im Obergeschoß, ich trug unsere Bücher hinauf und richtete es als Schulzimmer her. Im Lauf des Vormittags erlebte ich Thornfield Hall völlig verändert, nicht mehr still wie eine Kirche. Jede Stunde hallte ein Klopfen oder Klingeln durchs ganze Haus, Schritte durchquerten die Halle, und wir hörten von unten fremde Stimmen in den verschiedensten Tonhöhen. Ein Rinnsal aus der Welt draußen floß durch das Haus, es hatte einen Herrn, und mir gefiel es besser so.

Adèle war an jenem Tag nicht leicht zu unterrichten, sie konnte sich nicht konzentrieren. Immer wieder lief sie zur Tür und schaute über das Geländer hinunter, um vielleicht Mr. Rochesters ansichtig zu werden; dann erfand sie Gründe, warum sie nach unten gehen müsse, dabei wollte sie – das war leicht zu durchschauen – nur in die Bibliothek, wo man sie natürlich nicht brauchen konnte. Als ich ein wenig ärgerlich wurde und ihr befahl, ruhig sitzen zu bleiben, sprach sie ständig von ihrem «ami Monsieur Edouard Fairfax *de* Rochester», wie sie ihn betitelte (seine Vornamen hatte ich noch nie gehört), und rätselte, welche Geschenke er ihr wohl mitgebracht habe. Anscheinend hatte er am Abend zuvor angedeutet, mit seinem Gepäck aus Millcote käme auch eine kleine Schachtel, an deren Inhalt sie wohl Gefallen finden würde.

«Et cela doit signifier», sagte sie, «qu'il y aura là dedans un cadeau pour moi, et peut-être pour vous aussi, Mademoiselle. Monsieur a parlé de vous: il m'a demandé le nom de ma gouvernante, et si elle n'était pas une petite personne, assez mince et un peu pâle. J'ai dit qu'oui: car c'est vrai, n'est-ce pas, Mademoiselle?»[28]

Meine Schülerin und ich aßen mittags wie immer in Mrs. Fairfax' Wohnzimmer; am Nachmittag herrschte wildes Schneetreiben, und wir blieben im Schulzimmer. Als es dunkelte, erlaubte ich Adèle, Bücher und Handarbeitszeug wegzuräumen und hinunterzulaufen, denn da es nun unten vergleichsweise still war und die Hausglocke nicht mehr klingelte, nahm ich an, daß Mr. Rochester Zeit hatte. Als ich allein war, trat ich ans Fenster, doch draußen war nichts zu sehen. Zwielicht und Schneeflocken trübten die Sicht und verbargen sogar die Büsche auf dem Rasen. Ich ließ den Vorhang herunter und ging wieder zum Kamin.

In der hellen Glut glaubte ich einen Umriß zu erkennen, meiner Erinnerung nach nicht unähnlich dem Heidelberger Schloß am Rhein[29], als Mrs. Fairfax hereinkam. Sie zerstörte mit ihrem Erscheinen mein feuriges Mosaik und zerstreute auch einige schwermütige, unangenehme Gedanken, die mich in meiner Einsamkeit bedrängt hatten.

«Mr. Rochester bittet Sie und Ihre Schülerin heute abend in den Salon zum Tee», sagte sie, «er hat den ganzen Tag so viel zu tun gehabt, daß er Sie bisher nicht aufsuchen konnte.»

«Wann trinkt er Tee?» erkundigte ich mich.

«Oh, etwa um sechs Uhr. Auf dem Land speist er immer früh. Am besten kleiden Sie sich jetzt um, ich gehe mit und helfe Ihnen. Hier ist eine Kerze.»

«Muß ich mich wirklich umziehen?»

«Ja, es ist besser. Ich ziehe mich abends immer um, wenn Mr. Rochester da ist.»

Diese zusätzliche Förmlichkeit erschien mir etwas pompös, doch ich begab mich in mein Zimmer und tauschte mit Mrs. Fairfax' Hilfe mein schwarzes Wollkleid gegen ein schwarzseidenes aus, das beste und einzige andere, das ich noch hatte – außer einem hellgrauen, nach den Maßstäben von Lowood so eleganten, daß ich glaubte, es nur bei Anlässen erster Klasse tragen zu dürfen.

«Sie brauchen eine Brosche», befand Mrs. Fairfax. Ich besaß nur einen kleinen Perlenschmuck, den Miss Temple mir beim Abschied zur Erinnerung geschenkt hatte; ich legte ihn an, und dann gingen wir hinunter. Den Umgang mit fremden Menschen nicht gewohnt, war mir sehr mulmig zumute, als ich so förmlich zu Mr. Rochester gerufen wurde. Ich ließ Mrs. Fairfax den Vortritt und hielt mich in ihrem Schatten, als wir das Eßzimmer durchquerten und durch den Bogen, dessen Vorhang jetzt herabhing, das elegante Refugium dahinter betraten.

Zwei brennende Wachskerzen standen auf dem Tisch und zwei auf dem Kaminsims, Pilot wärmte sich vor dem hellen, prächtigen Feuer, und Adèle kniete neben ihm. Auf einem Sofa lehnte Mr. Rochester, den Fuß durch ein Kissen gestützt, und betrachtete Adèle und den Hund. Das Feuer erhellte sein Gesicht. Ich erkannte meinen Reisenden mit den buschigen kohlschwarzen Augenbrauen und der breiten Stirn, die durch das zur Seite gekämmte schwarze Haar noch breiter wirkte. Ich erkannte seine markante Nase, eher charaktervoll als schön, die vollen Nüstern, die meines

Wissens auf eine cholerische Veranlagung hinwiesen, und den grimmigen Zug um Mund, Kinn und Kiefer – ja, die wirkten fraglos alle drei recht grimmig. Seine Gestalt, nun ohne Mantel, paßte zu seinem Gesichtsschnitt, ein nach athletischen Begriffen gutgebauter Körper mit einer breiten Brust und schmalen Hüften, allerdings weder groß noch gefällig.

Mr. Rochester mußte bemerkt haben, daß Mrs. Fairfax und ich eingetreten waren, schien jedoch nicht gesonnen, von uns Notiz zu nehmen, denn er hob nicht einmal den Kopf, als wir näher traten.

«Das ist Miss Eyre, Sir», erklärte Mrs. Fairfax gelassen wie immer. Er verbeugte sich, hob aber den Blick nicht von Hund und Kind.

«Bieten Sie Miss Eyre einen Platz an», bemerkte er, und in der gezwungenen, steifen Verbeugung, dem ungeduldigen und doch förmlichen Tonfall lag etwas, das auszudrücken schien: «Was schert es mich, ob Miss Eyre da ist oder nicht? Ich habe jetzt keine Lust, sie zu begrüßen.»

Ich setzte mich, alle Verlegenheit war von mir abgefallen. Ein ausgesucht höflicher Empfang hätte mich wahrscheinlich verwirrt, ich hätte ihn nicht erwidern, nicht anmutig oder elegant beantworten können, aber launische Grobheit verpflichtete mich zu nichts, im Gegenteil, ein schickliches Schweigen angesichts seiner schlechten Laune verschaffte mir nur Vorteile. Außerdem fand ich seine Wunderlichkeit aufregend, ich war neugierig, wie er sich weiter verhielt.

Er verhielt sich wie eine Statue, das heißt, er sprach kein Wort und rührte sich nicht. Mrs. Fairfax fand, daß wenigstens einer höflich sein müsse, und begann zu reden. Freundlich wie immer und wie immer etwas platt, bemitleidete sie ihn, weil er den ganzen Tag so viel zu erledigen hatte und die schmerzhafte Verstauchung ihm solchen Verdruß bereite; und dann lobte sie seine Geduld und Ausdauer.

«Ich hätte gern den Tee, Madam», erhielt sie als einzige Antwort. Sie läutete eilends, und als das Tablett kam, ordnete sie übereifrig Tassen, Löffel und sonstiges Zubehör. Adèle und ich gingen zum Tisch, doch der Hausherr verließ sein Ruhesofa nicht.

«Würden Sie Mr. Rochester seine Tasse bringen?» fragte mich Mrs. Fairfax. «Adela verschüttet sie womöglich.»

Ich tat wie gebeten. Als er die Tasse aus meiner Hand entgegennahm, rief Adèle, die den Augenblick für günstig hielt, eine Bitte zu meinen Gunsten zu äußern: «N'est-ce pas, Monsieur, qu'il y a un cadeau pour Mademoiselle Eyre, dans votre petit coffre?»

«Wer spricht von *cadeaux?*» fragte er barsch. «Erwarten Sie ein Geschenk, Miss Eyre? Mögen Sie Geschenke?» Und mit tiefdunklen, zornigen Augen suchte er durchdringend mein Gesicht.

«Das weiß ich nicht so recht, Sir, ich habe wenig Erfahrung damit. Im allgemeinen hält man sie für etwas Erfreuliches.»

«Im allgemeinen! Aber was halten *Sie* davon?»

«Ich bräuchte einige Zeit, Sir, ehe ich Ihnen angemessen antworten könnte. Ein Geschenk hat viele Gesichter, nicht wahr? Und man muß es von allen Seiten betrachten, ehe man sich dazu äußert.»

«Miss Eyre, Sie sind nicht so unverblümt wie

Adèle. Die fordert lauthals ein *cadeau,* sobald sie mich sieht, Sie aber gehen wie die Katze um den heißen Brei herum.»

«Weil ich weniger als Adèle darauf vertrauen kann, daß ich es verdiene. Sie kann eine alte Bekanntschaft geltend machen und dazu das Recht der Gewohnheit, denn sie erzählt, Sie hätten ihr immer Spielsachen mitgebracht. Doch wenn ich triftige Gründe vorlegen sollte, wäre ich ratlos, da ich ja eine Fremde bin und nichts getan habe, um eine Anerkennung zu verdienen.»

«Oh, nur nicht so bescheiden! Ich habe Adèle ausgefragt und festgestellt, daß Sie sich sehr viel Mühe mit ihr gegeben haben. Sie ist weder übermäßig klug noch besonders begabt, und doch hat sie in kurzer Zeit große Fortschritte gemacht.»

«Jetzt haben Sie mir mein *cadeau* schon gegeben, Sir, ich danke Ihnen. Das ist die schönste Belohnung für einen Lehrer, wenn die Schüler für ihre Fortschritte gelobt werden.»

«Mhm», brummte Mr. Rochester und trank schweigend seinen Tee.

«Kommen Sie ans Feuer», befahl er, als abserviert worden war und Mrs. Fairfax es sich mit ihrem Strickzeug in einer Ecke bequem gemacht hatte. Adèle führte mich soeben an der Hand durchs Zimmer und zeigte mir die schönen Bücher und Kunstgegenstände auf den Konsolen und Regalschränken. Wir gehorchten pflichtschuldig. Adèle wollte sich mir auf den Schoß setzen, aber sie wurde angewiesen, mit Pilot zu spielen.

«Sie wohnen seit drei Monaten in meinem Haus?»

«Ja, Sir.»

«Und Sie kommen aus …?»

«Aus der Schule von Lowood in ***shire.»

«Aha, eine wohltätige Einrichtung. Wie lange waren Sie dort?»

«Acht Jahre.»

«Acht Jahre! Da müssen Sie einen zähen Lebenswillen haben. Man sollte meinen, daß die Hälfte der Zeit genügte, um jemanden gesundheitlich zu ruinieren. Kein Wunder, daß Sie aussehen, als kämen Sie aus einer anderen Welt. Ich habe mich schon gefragt, woher Sie so ein Gesicht haben. Als Sie gestern abend auf der Straße nach Hay auf mich zutraten, dachte ich unwillkürlich an Märchen und wollte schon fragen, ob Sie mein Pferd verhext hätten. Ich bin mir noch immer nicht sicher. Wer sind Ihre Eltern?»

«Ich habe keine.»

«Und haben nie welche gehabt, nehme ich an. Erinnern Sie sich an sie?»

«Nein.»

«Dacht' ich's mir doch. Und so haben Sie auf Ihre Verwandten gewartet, als Sie auf diesem Zauntritt saßen?»

«Auf wen, Sir?»

«Auf die grünen Männlein; es war genau die richtige Mondnacht für sie. Haben Sie mir das verdammte Eis auf den Weg gehext, weil ich Ihren Bannkreis durchbrochen habe?»

Ich schüttelte den Kopf. «Die grünen Männlein haben England schon vor hundert Jahren verlassen», sagte ich genauso ernst wie er. «Und nicht einmal auf der Straße nach Hay oder auf den Feldern ringsum finden Sie eine Spur von ihnen. Nie mehr, weder im Sommer noch im Herbst oder

Winter, wird der Mond auf ihre Lustbarkeiten scheinen.»

Mrs. Fairfax ließ das Strickzeug sinken, riß die Augen auf und wunderte sich über diese Unterhaltung.

«Nun gut», begann Mr. Rochester wieder, «wenn Sie schon keine Eltern haben, dann doch irgendwelche Verwandten, Onkel oder Tanten?»

«Nein, keine, die ich je gesehen hätte.»

«Und Ihr Zuhause?»

«Ich hab' keins.»

«Wo leben denn Ihre Geschwister?»

«Ich habe keine.»

«Wer hat Sie hierher empfohlen?»

«Ich habe eine Anzeige aufgegeben, und Mrs. Fairfax hat darauf geantwortet.»

«Ja», sagte die gute Frau, die nun wieder Boden unter den Füßen spürte, «und täglich danke ich der Vorsehung, daß sie mir diese Entscheidung eingegeben hat. Miss Eyre ist mir eine unschätzbare Gefährtin und Adela eine freundliche und gewissenhafte Lehrerin.»

«Sie brauchen ihr kein gutes Zeugnis auszustellen», erwiderte Mr. Rochester, «Lobreden beeinflussen mich nicht, ich bilde mir mein Urteil selbst. Zunächst mal hat sie mein Pferd zu Fall gebracht.»

«Sir?» fragte Mrs. Fairfax.

«Ihr verdanke ich diese Verstauchung.»

Die Witwe machte ein verblüfftes Gesicht.

«Haben Sie jemals in einer Stadt gewohnt, Miss Eyre?»

«Nein, Sir.»

«Sind Sie viel in Gesellschaft gewesen?»

«Ich war nur mit den Schülerinnen und Lehrerinnen von Lowood zusammen und jetzt mit den Leuten von Thornfield.»

«Haben Sie viel gelesen?»

«Nur Bücher, die mir zufällig in die Hände fielen, und die waren weder zahlreich noch sehr gelehrt.»

«Sie haben wie eine Nonne gelebt; sicher hat man Ihnen alles über fromme Bräuche eingetrichtert. Brocklehurst, der Leiter von Lowood, ist doch Pfarrer?»

«Ja, Sir.»

«Und ihr Mädchen habt ihn wahrscheinlich angebetet wie ein Nonnenkloster seinen Geistlichen.»

«O nein.»

«Sie sind ja ganz schön kalt! Nicht? So was! Eine Novizin, die ihren Seelsorger nicht verehrt? Das klingt nach Blasphemie.»

«Ich habe Mr. Brocklehurst gehaßt und war mit diesem Gefühl nicht allein. Er ist ein herzloser Mensch und gleichzeitig wichtigtuerisch und besserwisserisch. Er ließ uns die Haare abschneiden und hat aus Sparsamkeit schlechte Nadeln gekauft und Garn, mit dem wir kaum nähen konnten.»

«Das heißt am falschen Platz sparen», bemerkte Mrs. Fairfax, die dem Gespräch wieder folgen konnte.

«Und das war der Tatbestand und Umfang seiner Schuld?»[30] fragte Mr. Rochester.

«Als er für die Versorgung noch allein zuständig war – ehe der Ausschuß gebildet wurde –, hat er uns hungern lassen, und einmal in der Woche langweilte er uns mit endlosen Predigten und Abendandachten aus selbstgeschriebenen Büchern über plötzliche Todesfälle und göttliche Strafen, so daß wir Angst bekamen, ins Bett zu gehen.»

«Wie alt waren Sie, als Sie nach Lowood kamen?»

«Etwa zehn.»

«Sie sind dort acht Jahre gewesen – dann sind Sie jetzt achtzehn?»

Ich nickte.

«Sie sehen, wie nützlich die Mathematik ist. Ohne ihre Hilfe hätte ich Ihr Alter kaum erraten. In einem Fall wie dem Ihren, wo sich Gesichtsschnitt und Ausdruck so sehr widersprechen, ist das schwer zu bestimmen. Und was haben Sie nun in Lowood gelernt? Können Sie Klavier spielen?»

«Ein bißchen.»

«Natürlich, das ist die übliche Antwort. Gehen Sie in die Bibliothek – ich meine, wenn Sie wollen. Entschuldigen Sie meinen Befehlston, ich bin gewohnt zu sagen ‹Tu das›, und es wird getan[31]. Nur wegen einer neuen Hausgenossin kann ich meine Gewohnheiten nicht ändern. Gehen Sie also in die Bibliothek; nehmen Sie eine Kerze mit; lassen Sie die Tür offen, setzen Sie sich ans Klavier, und spielen Sie etwas.»

Folgsam ging ich hinaus.

«Das reicht!» rief er nach ein paar Minuten. «Ich merke schon, Sie spielen ein *bißchen*, wie jedes englische Schulmädchen, vielleicht etwas besser als manche, aber nicht gut.»

Ich klappte den Klavierdeckel zu und kam zurück. Mr. Rochester fuhr fort: «Adèle hat mir heute morgen Zeichnungen gezeigt, die angeblich von Ihnen stammen. Ich weiß nicht, ob Sie ganz von

Ihrer Hand sind, vielleicht hat Ihnen eine Lehrerin geholfen?»

«Nein, auf keinen Fall», widersprach ich vehement.

«Aha, verletzter Stolz. Na gut, holen Sie Ihre Mappe, wenn Sie dafür garantieren können, daß sie Originale enthält, aber geben Sie mir Ihr Wort nur, wenn Sie sicher sind. Ich erkenne Flickwerk.»

«Dann werde ich nichts sagen, und Sie sollen selbst urteilen, Sir.»

Ich holte die Zeichenmappe aus der Bibliothek.

«Schieben Sie den Tisch hierher», sagte er. Ich rollte ihn vor sein Sofa. Adèle und Mrs. Fairfax traten näher, um die Bilder sehen zu können.

«Kein Gedränge!» sagte Mr. Rochester. «Ich reiche Ihnen die Zeichnungen, wenn ich fertig bin, aber ich will nicht, daß wir hier die Köpfe zusammenstecken.»

Er betrachtete jede Skizze, jedes Aquarell gründlich. Drei legte er beiseite, die anderen schob er, als er sie geprüft hatte, von sich.

«Legen Sie sie auf den Tisch da drüben, Mrs. Fairfax», sagte er, «und schauen Sie sie mit Adèle an. – Sie», dabei warf er mir einen Blick zu, «setzen sich wieder auf Ihren Platz und beantworten meine Fragen. Diese Bilder wurden von einer einzigen Hand gefertigt, das erkenne ich. War das Ihre Hand?»

«Ja.»

«Und wann haben Sie dafür Zeit gehabt? Die Bilder haben viel Zeit und einiges Nachdenken gekostet.»

«Ich habe sie in den letzten Ferien in Lowood gemalt, als ich nichts anderes zu tun hatte.»

«Nach welchen Vorlagen?»
«Nach denen in meinem Kopf.»
«Dem Kopf, den ich hier auf Ihren Schultern sehe?»
«Ja, Sir.»
«Steckt da noch mehr solches Material drin?»
«Kann sein – oder vielmehr: ich hoffe es.»
Er breitete die Bilder vor sich aus und schaute sie noch einmal abwechselnd an.

Während er damit beschäftigt ist, will ich dir, lieber Leser, beschreiben, wie sie aussahen. Ich muß vorausschicken, daß sie keineswegs wunderbar waren. Die Themen stammten tatsächlich aus meiner lebhaften Phantasie. Solange ich sie vor meinem geistigen Auge sah, ehe ich ihnen eine konkrete Form zu geben versuchte, wirkten sie eindrucksvoll, aber dann hatte meine Hand der Phantasie den Dienst verweigert und in allen drei Fällen nur einen matten Abklatsch der Bilder in meinem Kopf zuwege gebracht.

Es waren Aquarelle. Auf dem ersten wälzten sich tiefhängende bleigraue Wolken über eine aufgewühlte See, die Ferne verschwand im Nichts, ebenso der Vordergrund oder vielmehr die vordersten Wogen, denn festes Land gab es nicht. Ein einziger Lichtstrahl akzentuierte einen halb versunkenen Mast, auf dem dunkel und groß, mit schaumbedeckten Flügeln, ein Kormoran saß. Er hielt im Schnabel einen goldenen, mit Edelsteinen besetzten Armreif, dem ich die strahlendsten Farben meiner Palette aufgetupft und mit meinem Stift nach Kräften funkelnde Deutlichkeit verliehen hatte. Unter dem Vogel und dem Mast, schimmernd im grünlichen Wasser, sank ein Ertrunkener in die Tiefe; als einziger Körperteil war ein wohlgeformter Arm zu erkennen, von dem der Armreif heruntergespült oder abgezogen worden war.

Das zweite Bild zeigte im Vordergrund nur einen düsteren Gipfel mit Gras und ein paar belaubten Zweigen, die sich wie in einer Brise neigten. Dahinter und darüber dehnte sich ein dämmerig dunkelblauer Himmel, aus dem die Büste einer Frau wuchs, die ich in möglichst trüben, weichen Farben komponiert hatte. Ein Stern krönte die umschattete Stirn, die Züge darunter waren nur durch einen Dunstschleier zu sehen, die Augen glänzten finster und wild, und das schwarze Haar flatterte wie eine glanzlose Wolke, zerrissen vom Sturm oder von elektrischen Entladungen. Auf ihrem Nacken lag ein blasser Schimmer wie Mondlicht, und derselbe bleiche Glanz überzog den dünnen Wolkenschweif, aus dem dieses Traumbild des Abendsterns hervorwuchs und sich zur Erde neigte.

Das dritte zeigte die Spitze eines Eisbergs, der sich in einen polaren Winterhimmel bohrte. Am Horizont reckte ein dichtgereihtes Aufgebot von Nordlichtern seine blassen Lanzen. Sie wurden von einem Kopf im Vordergrund zurückgedrängt, einem Riesenhaupt, das sich dem Eisberg zuneigte und an ihn lehnte. Zwei schlanke Hände, stützend unter der Stirn gefaltet, hielten vor die untere Gesichtshälfte einen schwarzen Schleier, so daß nur noch eine blutleere, knöchern weiße Stirn zu sehen war und ein leeres, starres Auge, in dem kein Ausdruck mehr lag als glasige Verzweiflung. Über den Schläfen, zwischen gewundenen Turbanfalten aus schwarzem Stoff, undeutlich und nebelhaft wie

Wolken, schimmerte ein Ring aus weißglühendem Feuer, geschmückt mit Funken von noch fahlerer Farbe. Dieser bleiche Halbmond war «Das Abbild einer Königskrone» und krönte «die Gestalt, die der Gestalt ermangelt»[32].

«Waren Sie glücklich, als Sie diese Bilder gemalt haben?» fragte Mr. Rochester nun.

«Ich war versunken, Sir, ja, und glücklich. Als ich sie malte, empfand ich eine so tiefe Freude wie selten in meinem Leben.»

«Das will nicht viel heißen. Nach eigener Aussage haben Sie nur wenig Erfreuliches erlebt. Aber Sie befanden sich wohl in einer Art künstlerischem Traumland, während Sie diese seltsamen Farben mischten und auftrugen. Haben Sie viele Stunden darauf verwendet?»

«Ich hatte sonst nichts zu tun, es waren ja Ferien. Ich saß von morgens bis mittags daran und von mittags bis abends. Die langen Hochsommertage kamen meiner Freude an dieser Beschäftigung entgegen.»

«Und Sie waren zufrieden mit dem Ergebnis Ihrer eifrigen Bemühungen?»

«Keineswegs. Mich plagte der Unterschied zwischen dem inneren Bild und meinem Werk. In allen drei Fällen hatte ich mir etwas ausgedacht, zu dessen Verwirklichung meine Fähigkeiten nicht ausreichten.»

«Nicht ganz. Im Ansatz haben Sie Ihre Gedanken sehr wohl abgebildet, aber wahrscheinlich nicht mehr. Sie verfügen über zu wenig künstlerisches Können und Wissen, um sie wirklich zum Leben zu erwecken. Und doch sind die Zeichnungen für ein Schulmädchen außergewöhnlich. Die

Einfälle sind gespenstisch. Diese Augen des Abendsterns haben Sie gewiß geträumt. Wie konnten Sie den Blick so klar und dabei überhaupt nicht strahlend malen? Denn der Stern da oben löscht alles Leuchten aus. Und was bedeutet ihre feierliche Tiefe? Wer hat Ihnen beigebracht, den Wind zu malen? Durch diesen Himmel, über diesen Gipfel fegt ein wilder Sturm. Wo haben Sie Latmos[33] gesehen? Denn das *ist* Latmos. So – und jetzt räumen Sie die Bilder weg.»

Ich hatte kaum die Bänder meiner Mappe zugeknotet, als er auf die Uhr sah und unvermittelt verkündete: «Es ist neun Uhr. Was denken Sie sich eigentlich, Miss Eyre, Adèle so lange aufbleiben zu lassen? Bringen Sie sie ins Bett.»

Adèle gab ihm einen Kuß, ehe sie aus dem Zimmer ging. Er ließ sich die Liebkosung gefallen, schien sie aber kaum mehr zu genießen, als Pilot das getan hätte, ja nicht einmal so sehr.

«Nun gute Nacht allerseits», sagt er und deutete mit einer Handbewegung Richtung Tür an, daß er unserer Gesellschaft überdrüssig war und uns entließ. Mrs. Fairfax legte ihr Strickzeug zusammen, ich nahm meine Mappe, wir verabschiedeten uns mit einem Knicks, erhielten als Antwort ein gleichgültiges Nicken und zogen uns zurück.

«Sie haben behauptet, Mr. Rochester sei nicht besonders eigenartig, Mrs. Fairfax», sagte ich, als ich zu ihr ins Zimmer trat, nachdem ich Adèle zu Bett gebracht hatte.

«Wieso, finden Sie, er ist es doch?»

«Ja; er ist äußerst sprunghaft und schroff.»

«Das stimmt. Auf einen Fremden wirkt er bestimmt so, aber ich bin an sein Verhalten gewöhnt und denke gar nicht mehr darüber nach. Und wenn er Eigenheiten hat, muß man sie ihm nachsehen.»

«Warum?»

«Weil er erstens so veranlagt ist – und keiner von uns kann gegen seine Natur an – und zweitens von quälenden Gedanken heimgesucht wird, die ihn aus dem Gleichgewicht bringen.»

«Weswegen?»

«Zum Beispiel wegen familiärer Sorgen.»

«Er hat doch gar keine Familie.»

«Jetzt nicht mehr, aber er hatte eine oder zumindest Verwandte. Vor einigen Jahren hat er seinen älteren Bruder verloren.»

«Seinen *älteren* Bruder?»

«Ja. Der jetzige Mr. Rochester ist noch nicht lange Herr des Familienbesitzes, erst seit neun Jahren.»

«Aber neun Jahre ist doch eine ziemlich lange Zeit. Hat er seinen Bruder so sehr geliebt, daß er über seinen Verlust nicht hinwegkommt?»

«Nein, eher nicht. Es gab Mißverständnisse zwischen ihnen. Mr. Rowland Rochester verhielt sich nicht ganz gerecht gegenüber Mr. Edward, und womöglich hat er seinen Vater gegen ihn eingenommen. Der alte Herr war ins Geld vernarrt und ängstlich bestrebt, den Familienbesitz zusammenzuhalten. Er wollte das Vermögen nicht durch Teilung verkleinern, doch Mr. Edward sollte trotzdem über ein Vermögen verfügen, um die Fortdauer des Namens zu sichern, und kaum war er mündig, wurden Schritte unternommen, die nicht ganz redlich waren und viel Leid verursachten. Der alte Mr. Rochester und Mr. Rowland verbündeten sich und brachten Mr. Edward in eine – wie er es empfand – unselige Lage, um ihm ein Vermögen zu verschaffen. Ich habe nie so recht erfahren, worin das Elend dieser Lage bestand, aber er hat sie seelisch nicht ertragen. Er kann nicht gut verzeihen; er hat mit seiner Familie gebrochen und führt seit vielen Jahren ein ruheloses Leben. Er hat bestimmt nie länger als zwei Wochen zusammenhängend in Thornfield gewohnt, seit ihn der Tod seines Bruders, der ohne Testament starb, zum Herrn des Besitztums machte. Und es ist kein Wunder, daß er das alte Haus meidet.»

«Wieso?»

«Wahrscheinlich findet er es düster.»

Die Antwort war ausweichend – ich hätte sie mir deutlicher gewünscht, aber Mrs. Fairfax konnte oder wollte mir über Ursprung und Natur von Mr. Rochesters Nöten nicht genauer Auskunft geben. Sie behauptete, sie seien auch für sie ein Geheimnis, und was sie wisse, beruhe hauptsächlich auf Vermutungen. Dabei war offensichtlich, daß sie wünschte, ich ließe das Thema fallen, und so tat ich es denn auch.

KAPITEL 14

Mehrere Tage nacheinander sah ich wenig von Mr. Rochester. Vormittags gab es offenbar viel Geschäftliches zu erledigen, und nachmittags kamen Herren aus Millcote oder der Umgebung zu Besuch und blieben manchmal zum Essen. Als die Verstauchung so weit abgeklungen war, daß er sich zu Pferd Bewegung verschaffen konnte, ritt er viel aus, wahrscheinlich, um diese Besuche zu erwidern, denn meist kehrte er erst spätabends heim.

In dieser Zeit ließ er auch Adèle nur selten zu sich rufen, und mein Umgang mit ihm beschränkte sich auf gelegentliche Begegnungen in der Halle, auf der Treppe oder im Korridor, wo er manchmal hochmütig und kalt an mir vorbeiging und meine Anwesenheit nur durch ein reserviertes Nicken oder einen kühlen Blick bestätigte, sich ein andermal aber wie ein Gentleman verbeugte und leutselig lächelte. Ich fühlte mich durch seine Launen nicht beleidigt, denn ich merkte, daß sie nichts mit mir zu tun hatten. Ebbe und Flut hingen von Ursachen ab, die in keiner Beziehung zu mir standen.

Eines Tages hatte er Gäste zum Dinner gehabt und sich meine Mappe kommen lassen, zweifellos, um ihren Inhalt vorzuführen. Die Herren brachen früh auf; wie ich von Mrs. Fairfax erfuhr, wollten sie zu einer Versammlung nach Millcote, aber da es eine regnerische, unfreundliche Nacht war, begleitete Mr. Rochester sie nicht. Kaum waren sie fort, läutete er, und ich erhielt Bescheid, daß Adèle und ich hinunterkommen sollten. Ich bürstete Adèle das Haar und richtete sie hübsch her, stellte fest, daß es an meiner üblichen Puritanertracht nichts zu verbessern gab – alles, selbst die Litzenverschlüsse, war zu enganliegend und schlicht, um in Unordnung geraten zu können –, und wir gingen hinunter. Adèle überlegte, ob der *petit coffre* wohl endlich eingetroffen sei, denn aufgrund eines Irrtums hatte sich seine Ankunft verzögert. Sie wurde zufriedengestellt: Als wir ins Eßzimmer traten, stand auf dem Tisch ein kleiner Karton. Sie schien ihn instinktiv zu erkennen.

«Ma boîte! ma boîte!» rief sie und lief darauf zu.

«Ja, da ist endlich deine *boîte;* setz dich damit in

eine Ecke, du echte kleine Pariserin, und amüsier dich beim Ausweiden», erklang die tiefe, etwas spöttische Stimme Mr. Rochesters aus den Tiefen eines gewaltigen Lehnstuhls am Kamin. «Und stör mich nicht mit Einzelheiten bezüglich der Anatomie oder mit Bemerkungen über den Zustand der Eingeweide. Nimm deine Operation schweigend vor – tiens-toi tranquille, enfant, comprends-tu?»

Adèle schien dieser Ermahnung kaum zu bedürfen, sie hatte sich mit ihrem Schatz schon auf ein Sofa zurückgezogen und bemühte sich, die Kordel über dem Deckel aufzuknoten. Als sie dieses Hindernis beseitigt und ein paar silberne Seidenpapiere angehoben hatte, rief sie nur noch: «Oh ciel! Que c'est beau!» und versank in ekstatische Betrachtung.

«Ist Miss Eyre da?» fragte der Hausherr nun und richtete sich in seinem Sessel auf, um zur Tür zu schauen, neben der ich noch immer stand.

«Ah, gut. Kommen Sie, setzen Sie sich hierher.» Er zog einen Stuhl neben den seinen. «Ich mag Kindergeplapper nicht», fuhr er fort, «als alter Junggeselle verbinde ich keine angenehmen Erinnerungen mit ihrem Gefasel. Es wäre mir unerträglich, einen ganzen Abend *tête à tête* mit solch einem Gör zu verbringen. Ziehen Sie den Stuhl nicht weg, Miss Eyre, setzen Sie sich genau da hin, wo ich ihn hingestellt habe – das heißt, wenn es Ihnen recht ist. Zum Henker mit diesen Höflichkeiten! Ich vergesse sie immer. Außerdem schätze ich auch einfältige ältere Damen nicht besonders. Übrigens muß ich die meine hereinbitten, ich darf sie nicht vernachlässigen, sie ist immerhin eine Fairfax oder hat einen Fairfax geheiratet; und Blut soll ja dicker sein als Wasser.»

Er läutete und ließ Mrs. Fairfax eine Einladung zukommen, und sie erschien auch sogleich, den Strickkorb in der Hand.

«Guten Abend, Madam, ich habe Sie für einen wohltätigen Zweck kommen lassen. Ich habe Adèle verboten, mit mir über ihre Geschenke zu reden, und jetzt platzt sie fast. Seien Sie so gut, und spielen Sie die Zuhörerin und Gesprächspartnerin. Damit verrichten Sie ein ausnehmend gutes Werk.»

Und wirklich, kaum hatte Adèle Mrs. Fairfax gesehen, rief sie sie zu sich aufs Sofa, legte ihr in den Schoß, was die *boîte* an Schätzen aus Porzellan, Elfenbein und Wachs enthielt, und überschüttete sie mit Erklärungen und Freudenausbrüchen, so gut ihr gebrochenes Englisch dies zuließ.

«Jetzt habe ich den guten Gastgeber gespielt», fuhr Mr. Rochester fort, «und meinen Gästen gezeigt, wie sie sich miteinander unterhalten können; nun müßte ich eigentlich Zeit haben, meinem eigenen Vergnügen nachzugehen. Miss Eyre, rücken Sie Ihren Stuhl ein bißchen näher, Sie sitzen immer noch zu weit hinten. Ich kann Sie nur sehen, wenn ich meine Haltung ändere, und das habe ich in diesem bequemen Sessel nicht vor.»

Ich tat wie geheißen, obwohl ich lieber etwas im Schatten geblieben wäre. Aber Mr. Rochester erteilte seine Befehle derart bestimmt, daß es selbstverständlich schien, ihm sofort zu gehorchen.

Wir saßen wie erwähnt im Speisezimmer. Der zum Essen angezündete Lüster erhellte den Raum festlich hell. Das kräftige Feuer brannte lichterloh, die Purpurvorhänge hingen dicht und üppig vor dem hohen Fenster und dem noch höheren Türbogen. Alles war still bis auf Adèles leises Geplapper (sie wagte nicht, laut zu sprechen) und, in den Pausen dazwischen, den Winterregen, der gegen die Fensterscheiben schlug.

Wie Mr. Rochester so in seinem damastbezogenen Sessel lehnte, sah er anders aus, als ich ihn bisher erlebt hatte, nicht ganz so streng, viel weniger finster. Auf seinen Lippen lag ein Lächeln, und seine Augen funkelten, ob vom Wein, kann ich nicht sagen, ich halte es aber für wahrscheinlich. Kurzum, er war in Nachtischlaune, offener, freundlicher und nachlässiger als in der steifen, strengen Morgenstimmung. Dennoch sah er ganz schön grimmig aus, wie er so den massigen Kopf gegen die gepolsterte Sessellehne bettete und der Feuerschein auf seine wie aus Granit gehauenen Züge und in seine großen dunklen Augen fiel – denn er hatte große dunkle Augen, sehr schöne Augen, in deren Tiefe sich manchmal etwas veränderte, was vielleicht nicht gerade Sanftheit verriet, aber doch an dieses Gefühl erinnerte.

Er hatte minutenlang ins Feuer geblickt, und ich hatte ihn die ganze Zeit angeschaut. Nun drehte er sich abrupt um und fing meinen Blick auf, der unverwandt auf seinem Gesicht ruhte.

«Sie schauen mich so prüfend an, Miss Eyre», sagte er, «finden Sie, daß ich gut aussehe?»

Bei einiger Besonnenheit hätte ich auf diese Frage konventionell unverbindlich und höflich geantwortet, aber irgendwie schlüpfte mir unversehens von der Zunge: «Nein, Sir.»

«Ach! Auf mein Wort, Sie sind wirklich ungewöhnlich!» sagte er. «Wenn Sie so dasitzen, die

Hände im Schoß und die Augen meist auf den Teppich niedergeschlagen (außer wenn Sie mir ab und zu ins Gesicht starren, wie zum Beispiel eben jetzt), sehen Sie aus wie ein Nönnchen, putzig, still, ernst und bescheiden, doch kaum fragt man Sie etwas oder macht eine Bemerkung, die eine Stellungnahme erfordert, stoßen Sie eine unverblümte Antwort hervor, die, wenn nicht gerade grob, so doch zumindest schroff ist. Was meinen Sie damit?»

«Sir, ich war zu deutlich, ich bitte um Verzeihung. Ich hätte antworten sollen, daß es nicht leicht sei, auf Fragen nach dem Aussehen aus dem Stegreif zu antworten, daß der Geschmack verschieden und Schönheit bedeutungslos ist oder so was.»

«Nichts dergleichen hätten Sie antworten sollen! Schönheit bedeutungslos, na, so was! Jetzt versetzen Sie mir unter dem Vorwand, Ihre eben verübte Freveltat zu entschärfen und mich milde zu stimmen, einen Dolchstoß. Weiter bitte! Welche Fehler finden Sie an mir? Habe ich nicht Gliedmaßen und Gesichtszüge wie jeder andere Mann?»

«Mr. Rochester, erlauben Sie mir, meine Äußerung zurückzunehmen. Ich wollte keine spitze Antwort geben, es war nur ein Versehen.»

«Genau, das finde ich auch. Nun müssen Sie aber dazu stehen. Kritisieren Sie mich: Gefällt Ihnen meine Stirn nicht?»

Er strich die zur Seite gekämmten schwarzen Locken nach hinten und enthüllte eine ausgeprägte Stirn, die auf stattliche Verstandesgaben schließen ließ; das sympathische Anzeichen für Gutmütigkeit fehlte allerdings völlig.

«Nun, Ma'am, sehe ich aus wie ein Schwachsinniger?»

«Natürlich nicht, Sir. Finden Sie es unhöflich, wenn ich nun meinerseits frage, ob Sie ein Philanthrop sind?»

«Schon wieder! Noch ein Dolchstoß unter dem Vorwand, mir über den Kopf zu streicheln, und das nur, weil ich sagte, ich mag die Gesellschaft von Kindern und (pst, leise!) alten Frauen nicht. Nein, junge Dame, ich bin im allgemeinen kein Menschenfreund, aber ich habe ein Gewissen», und er zeigte auf die Wölbungen, die auf diese Anlage hinweisen sollen und zu seinem Glück deutlich ins Auge fielen, ja den Oberkopf sogar auffällig verbreiterten. «Außerdem besaß ich früher eine gewisse rauhe Herzlichkeit. Als ich so alt war wie Sie, war ich ein ziemlich empfindsamer Bursche mit einer Vorliebe für die Unerfahrenen, Unbehüteten und Unglücklichen, aber das Schicksal hat mich umhergestoßen und durchgeknetet, und nun schmeichle ich mir, daß ich hart und zäh bin wie ein Gummiball, wenn auch mit ein paar durchlässigen Rissen und einem feinfühligen Kern in der Mitte. Besteht also noch Hoffnung für mich?»

«Hoffnung worauf, Sir?»

«Auf eine spätere Umwandlung von Gummi zu Fleisch?»

«Er hat eindeutig zuviel Wein getrunken», dachte ich und wußte nicht, was ich auf seine seltsame Frage antworten sollte. Woher sollte ich wissen, ob er sich noch einmal wandeln konnte?

«Sie schauen verwirrt drein, Miss Eyre, und obwohl Sie auch nicht hübscher sind als ich, steht Ihnen eine verwirrte Miene gut. Außerdem kommt sie mir zupaß, denn sie hält Ihren forschenden Blick von meinem Gesicht fern und beschäftigt ihn mit den Wollblumen auf dem Teppich. Also wundern Sie sich nur weiter. Heute abend ist mir nach Geselligkeit und Austausch zumute, junge Dame.»

Mit dieser Ankündigung erhob er sich aus seinem Stuhl, stellte sich vor den marmornen Kaminsims und stützte einen Arm darauf. In dieser Haltung war seine Gestalt ebensogut zu sehen wie sein Gesicht – seine ungewöhnlich breite Brust, die in keinem Verhältnis zu seinen eher kurzen Beinen stand. Ich bin mir sicher, daß die meisten Menschen ihn als häßlich bezeichnet hätten; doch lag so viel unbewußter Stolz in seiner Haltung, so viel Unbefangenheit in seinem Benehmen, erzeigte er so viel Gleichgültigkeit gegenüber seinem Äußeren, so viel hochmütigen Verlaß auf andere Qualitäten, ererbte oder erworbene, die den Mangel an rein körperlicher Anziehungskraft wettmachten, daß man bei seinem Anblick diese Gleichgültigkeit unweigerlich teilte und sich seinem Selbstvertrauen gewissermaßen blind und unbedacht anschloß.

«Mir ist heute nach Geselligkeit und Austausch zumute», wiederholte er, «und deshalb habe ich nach Ihnen geschickt. Das Feuer und der Lüster waren mir nicht genug Gesellschaft, auch Pilot nicht, denn alle drei können nicht reden. Adèle ist eine Spur besser, aber immer noch ungenügend, und Mrs. Fairfax ebenso. Sie dagegen können meine Erwartungen bestimmt erfüllen, wenn Sie nur wollen; Sie haben mich schon am ersten Abend, als ich Sie zu mir bat, in Erstaunen versetzt. In der Zwischenzeit habe ich Sie fast vergessen, andere Bilder haben das Ihre aus meinem Kopf verdrängt, aber heute abend will ich es mir gutgehen lassen, will aus meinen Gedanken verbannen, was mir lästig ist, und nur an das denken, was mir gefällt. Jetzt eben würde es mir gefallen, Sie zum Reden zu bringen, mehr von Ihnen zu erfahren. Also, reden Sie!»

Anstatt zu reden, lächelte ich, und zwar nicht gerade willfährig oder unterwürfig.

«Reden Sie», drängte er.

«Worüber, Sir?»

«Worüber Sie wollen. Die Wahl des Themas und wie Sie es behandeln, überlasse ich ganz Ihnen.»

Folglich saß ich da und sagte gar nichts. «Wenn er glaubt, daß ich nur um des Redens willen rede und um mich aufzuspielen, hat er sich die Falsche ausgesucht», dachte ich.

«Sie bleiben stumm, Miss Eyre.»

Ich schwieg weiter. Er neigte den Kopf ein wenig zu mir und schien mit einem einzigen raschen Blick tief in meine Augen einzutauchen.

«Störrisch und eingeschnappt?» fragte er. «Nun ja, das ist nur logisch. Ich habe meine Bitte albern, fast unverschämt vorgetragen. Ich bitte um Verzeihung, Miss Eyre. Ein für allemal: Ich möchte Sie nicht behandeln, als seien Sie mir unterlegen – das heißt», verbesserte er sich, «ich beanspruche nur die Überlegenheit, die mir meine zwanzig Jahre mehr Leben und meine hundert Jahre mehr Erfahrung verschaffen. Das ist berechtigt, *et j'y tiens,* wie Adèle sagen würde. Aufgrund dieser Überlegenheit, und nur dieser, wünschte ich mir, Sie hätten die Güte, jetzt ein wenig mit mir zu plaudern und mich von den Gedanken abzulenken, die quälend immer um einen Punkt kreisen, der sie zerfrißt wie ein rostiger Nagel.»

Er hatte sich zu einer Erklärung, fast einer Entschuldigung herabgelassen; dafür war ich nicht unempfänglich und wollte auch nicht so wirken.

«Ich will Sie gern unterhalten, wenn ich kann, Sir, sehr gern. Aber ich kann kein Thema vorschlagen, denn woher soll ich wissen, was Sie interessiert? Fragen Sie mich etwas, und ich will Ihnen nach besten Kräften antworten.»

«Gut, erstens: Billigen Sie mir das Recht zu, aus den genannten Gründen ein wenig herrisch und schroff, manchmal vielleicht auch anspruchsvoll aufzutreten, weil ich nämlich alt genug bin, Ihr Vater zu sein, mich durch die unterschiedlichsten Erfahrungen mit vielen Menschen aus vielen Ländern gekämpft habe und um den halben Erdball gewandert bin, während Sie friedlich mit einer einzigen Gruppe von Menschen in einem einzigen Haus gelebt haben?»

«Ganz wie Sie wünschen, Sir.»

«Das ist keine Antwort – oder vielmehr eine sehr aufreizende, weil ausweichende. Äußern Sie sich eindeutig.»

«Ich glaube nicht, Sir, daß Sie ein Recht haben, mir Befehle zu erteilen, nur weil Sie älter sind oder mehr von der Welt gesehen haben als ich. Ihr Recht auf Überlegenheit hängt davon ab, wie Sie diese Zeit und Erfahrung genutzt haben.»

«Hmmh! Schlagfertig. Doch ich lasse es nicht gelten, weil es meine Sache nicht fördert. Ich habe beides nur mäßig, um nicht zu sagen schlecht genutzt. Lassen wir also die Überlegenheit beiseite. Aber Sie werden doch bereit sein, hin und wieder Anordnungen von mir entgegenzunehmen, ohne sich über den Befehlston zu ärgern oder deswegen beleidigt zu sein – einverstanden?»

Ich lächelte und dachte bei mir: «Mr. Rochester ist doch seltsam, er vergißt anscheinend, daß er mir dreißig Pfund im Jahr zahlt, damit ich seine Befehle entgegennehme.»

«Lächeln ist gut und schön», sagte er, denn er hatte das flüchtige Mienenspiel sofort wahrgenommen, «aber sagen Sie auch was!»

«Ich dachte gerade, Sir, daß nur wenige Brotherren sich Gedanken machen würden, ob ihre bezahlten Angestellten sich wegen ihrer Befehle ärgern oder verletzt fühlen.»

«Bezahlte Angestellte! Sie sind also meine bezahlte Angestellte? Ach ja, ich habe das Gehalt vergessen. Also gut, wollen Sie mich auf dieser kaufmännischen Grundlage ein wenig herumkommandieren lassen?»

«Nein, Sir, auf dieser nicht. Aber vor dem Hintergrund, daß Sie das vergessen haben und sich sorgen, ob eine Untergebene sich in ihrer Abhängigkeit wohl fühlt, willige ich von Herzen ein.»

«Und Sie verzichten auf alle möglichen Förmlichkeiten und Phrasen und glauben nicht, daß ich sie aus Unverschämtheit unterlasse?»

«Sir, ich werde bestimmt niemals Ungezwungenheit mit Unverschämtheit verwechseln. Die eine mag ich, die andere würde sich kein frei geborener Mensch jemals gefallen lassen, nicht einmal für ein Gehalt.»

«Unsinn. Die meisten frei geborenen Geschöpfe lassen sich für ein Gehalt alles gefallen. Sprechen Sie nur von sich, und wagen Sie sich nicht an Verallgemeinerungen, von denen Sie keine Ahnung haben. Dennoch drücke ich Ihnen im Geist die Hand für diese Antwort, auch wenn sie unhaltbar ist, und zwar für den Ton nicht weniger als für den Inhalt Ihrer Worte. Sie sprachen offen und aufrichtig, so etwas findet man nicht oft. Im Gegenteil, meist wird Freimütigkeit mit Heuchelei, Kälte oder dummer, plumper Mißdeutung belohnt. Von dreitausend unerfahrenen Erzieherinnen hätten mir keine drei so geantwortet wie Sie. Aber ich will Ihnen nicht schmeicheln. Wenn Sie aus anderem Holz geschnitzt sind als die Mehrheit, ist das nicht Ihr Verdienst, sondern das der Natur. Aber im Grunde ziehe ich voreilige Schlüsse, denn was weiß ich schon, vielleicht sind Sie nicht besser als die übrigen. Sie können unerträgliche Fehler haben, die Ihre wenigen guten Eigenschaften aufheben.»

«Sie aber auch», dachte ich. Während mir dies durch den Kopf schoß, trafen sich unsere Blicke; er schien in meinen Augen lesen zu können und beantwortete den Gedanken, als hätte ich ihn ausgesprochen.

«Ja, ja, Sie haben recht. Ich habe selbst viele Fehler, das weiß ich und will es bestimmt nicht beschönigen. Ich brauche weiß Gott anderen gegenüber nicht streng zu sein; ich habe eine Vergangenheit, Taten und ein Leben hinter mir, die mich zum Nachdenken bringen und meine Spötteleien und Vorwürfe sehr wohl von meinen Nächsten auf mich selbst umlenken müßten. Mit einundzwanzig habe ich angefangen, oder vielmehr wurde ich – denn wie andere Pflichtvergessene schiebe ich die Schuld zur Hälfte gern auf mein Pech und die widrigen Umstände – auf die schiefe Bahn gestoßen und habe seither nicht mehr zum rechten Weg zurückgefunden. Vielleicht wäre ich ganz anders geworden, vielleicht so gut wie Sie – gescheiter und fast ebenso untadelig. Ich beneide Sie um Ihren Seelenfrieden, Ihr reines Gewissen, Ihre unbefleckte Erinnerung, junges Mädchen. Eine Vergangenheit ohne Makel oder Schmutz muß ein reicher Schatz sein, ein unerschöpflicher Quell reiner Erquickung, nicht wahr?»

«Wie waren denn Ihre Erinnerungen, als Sie achtzehn waren, Sir?»

«Damals waren sie unversehrt, klar und gesund. Da hatte sie noch kein Schwall Leckwasser in eine stinkende Pfütze verwandelt. Mit achtzehn war ich genau wie Sie. Die Natur hatte mich im großen ganzen als guten Menschen geplant, Miss Eyre, als einen von der besseren Sorte, aber Sie sehen, ich bin nicht so geworden. Sie wollen sagen, das sehen Sie nicht, zumindest schmeichle ich mir, das in Ihren Augen zu lesen. (Übrigens: Bedenken Sie wohl, was Sie damit ausdrücken, ich lerne ihre Sprache schnell.) Doch mein Wort darauf: Ich bin kein Schurke, das dürfen Sie nicht glauben, solch ‹bösen Rang›[34] dürfen Sie mir nicht zuerkennen. Ich bin vielmehr – aufgrund von Umständen, wie ich ehrlich glaube, und nicht so sehr infolge meiner Veranlagung – ein ganz alltäglicher, mittelmäßiger Sünder, gewöhnt an die armseligen, kleinen Zerstreuungen, mit denen die reichen Taugenichtse ihr Leben auszuschmücken versuchen. Wundern Sie sich, daß ich Ihnen das gestehe? Ach, Sie werden sich im Lauf Ihres Lebens noch oft als unfreiwillige Vertraute Ihrer Freunde wiederfinden; genau wie ich werden die Leute instinktiv merken, daß Ihre Stärke nicht darin liegt, von sich zu reden, sondern zuzuhören, wenn andere sich mitteilen; sie werden spüren, daß Sie sich ihre Geheimnisse nicht arglistig und verächtlich anhören, sondern mit einer Art angeborenem Mitgefühl, das darum nicht weniger trostreich und ermutigend ist, weil es sich unaufdringlich äußert.»

«Woher wissen Sie das? Wie kommen Sie darauf, Sir?»

«Ich erkenne es, deshalb spreche ich auch so freimütig, als schriebe ich meine Gedanken in ein Tagebuch. Sie wollen sagen, ich hätte die Umstände bezwingen müssen; ja, ja, das stimmt, aber Sie sehen, ich habe es nicht getan. Als mich das Schicksal betrog, besaß ich nicht die Weisheit, gelassen zu bleiben, erst verzweifelte ich, dann verkam ich. Wenn mich heute ein liederlicher Hohlkopf mit seinen erbärmlichen Zoten anwidert, kann ich mir nicht schmeicheln, besser zu sein als er, sondern muß zugeben, daß wir uns auf derselben Ebene befinden. Ich wollte, ich wäre stark geblieben, weiß Gott! Fürchten Sie die Gewissensbisse, wenn Sie in Versuchung geraten, Miss Eyre, Gewissensbisse sind das Gift des Lebens.»

«Es heißt, Reue sei die beste Medizin dagegen, Sir.»

«Nein, Reue kann nicht heilen. Vielleicht, wenn man sein Leben ändert – und ich könnte mich bessern, noch hätte ich die Kraft dazu, wenn ... Aber was hat es für einen Sinn, darüber nachzudenken, behindert, belastet, verflucht, wie ich bin? Und wenn mir schon das Glück unwiderruflich verweigert wird, dann habe ich doch ein Recht auf die sinnlichen Genüsse des Lebens! Und ich will sie haben, koste es, was es wolle.»

«Dann werden Sie noch tiefer sinken, Sir.»

«Mag sein. Aber warum sollte ich, wenn ich an

süße, frische Genüsse komme? Und ich bekomme sie, so süß und frisch wie der wilde Honig, den die Biene im Moor sammelt.»

«Er wird scharf und bitter schmecken, Sir.»

«Woher wollen Sie das wissen? Sie haben ihn nie gekostet. Wie todernst und feierlich Sie dreinschauen! Sie haben von diesem Thema sowenig Ahnung wie diese Gemme hier.» Er nahm einen geschnitzten Kopf vom Kaminsims. «Sie haben kein Recht, mir Predigten zu halten, Sie Anfängerin, die Sie das Tor zum Leben nicht durchschritten haben und mit seinen Geheimnissen so gänzlich unvertraut sind.»

«Ich erinnere Sie nur an Ihre eigenen Worte, Sir. Sie sagten, Vergehen führten zu Gewissensqualen, und Sie nannten die Gewissensqualen das Gift des Lebens.»

«Wer redet denn jetzt von Vergehen? Ich glaube kaum, daß der Gedanke, der mir soeben durch den Kopf fuhr, ein Vergehen war. Ich halte ihn eher für eine Eingebung als eine Versuchung, er war sehr wohltuend, sehr beruhigend, ich kenne das. Da kommt er schon wieder! Er ist gewiß kein Teufel, und wenn doch, trägt er das Gewand eines Engels des Lichts. Wenn ein so schöner Gast Einlaß in mein Herz begehrt, muß ich ihn doch hereinbitten.»

«Mißtrauen Sie ihm, Sir, er ist kein wahrer Engel.»

«Noch einmal – woher wollen Sie das wissen? Was befähigt Sie, zwischen einem gefallenen Seraph der Hölle und einem Boten vom Thron des Ewigen, zwischen einem Führer und einem Verführer zu unterscheiden?»

«Ihr Gesicht, Sir, Ihr beunruhigter Blick, als Sie sagten, die Einflüsterung sei wiedergekommen. Ich bin überzeugt, daß Ihnen noch mehr Leid bevorsteht, wenn Sie darauf eingehen.»

«Aber nein – es ist die lieblichste Botschaft der Welt. Außerdem sind Sie ja nicht die Hüterin meines Gewissens, machen Sie sich also keine Sorgen. Komm nur herein, mein schöner Wanderer!»

Er sprach wie mit einer nur für ihn sichtbaren Erscheinung, dann schlug er die Arme, die er halb ausgebreitet hatte, über der Brust zusammen und schien das unsichtbare Wesen zu umarmen.

«So», fuhr er, wieder an mich gewandt, fort, «ich habe den Pilger empfangen, eine verkleidete Gottheit, wie ich fest glaube. Sie hat mir schon gutgetan, mein Herz war ein Leichenhaus, nun ist es ein Heiligtum.»

«Offen gestanden verstehe ich überhaupt nichts mehr, Sir. Ich kann das Gespräch nicht fortsetzen, weil es über mein Begriffsvermögen geht. Ich weiß nur eines: Sie sagten, Sie seien nicht so gut, wie Sie sein sollten, und bedauerten Ihre Unzulänglichkeit – dem kann ich folgen. Sie haben angedeutet, eine besudelte Erinnerung sei eine ständige Qual. Mir scheint, wenn Sie sich wirklich Mühe gäben, würden Sie mit der Zeit merken, daß Sie sich in einen Menschen verwandeln, den Sie gutheißen können, und wenn Sie sich von heute an entschlossen in Ihrem Denken und Tun bessern, besitzen Sie in ein paar Jahren einen neuen, makellosen Vorrat an Erinnerungen, auf den Sie mit Freude zurückblicken werden.»

«Richtig gedacht, richtig gesagt, Miss Eyre, und in diesem Augenblick pflastere ich voller Schwung den Weg zur Hölle.»

«Sir?»

«Ich belege ihn mit guten Vorsätzen, unverwüstlich wie Flintstein. Meine Gefährten und meine Taten sollen sich ändern.»

«Und besser werden?»

«Und besser werden – um so viel besser, wie pures Gold besser ist als stinkende Schlacke. Sie trauen mir nicht? Ich traue mir selbst nicht. Ich weiß um mein Ziel und um meine Beweggründe und erkläre hiermit per Gesetz, unabänderlich wie das der Meder und Perser, daß beide im Recht sind.»

«Das kann nicht sein, Sir, wenn sie ein neues Gesetz dafür brauchen.»

«Doch, Miss Eyre, auch wenn sie unbedingt ein neues Gesetz brauchen. Unerhörte Umstände erfordern unerhörte Regeln.»

«Das ist ein gefährlicher Grundsatz, Sir; man sieht sofort, wie leicht er mißbraucht werden kann.»

«Wie weise! Das stimmt, doch ich schwöre bei meinen Hausgöttern, daß ich es nicht mißbrauche.»

«Sie sind ein Mensch und deshalb fehlbar.»

«Das bin ich, Sie aber auch – was nun?»

«Der fehlbare Mensch sollte sich nicht eine Macht anmaßen, die nur bei der göttlichen Vollkommenheit in guten Händen ist.»

«Welche Macht?»

«Daß man von jedem ungewöhnlichen, ungesetzlichen Tun sagen darf: ‹Es soll rechtens sein.›»

«‹Es soll rechtens sein›, das sind die richtigen Worte. Sie haben sie eben ausgesprochen.»

«Es *kann* rechtens sein», sagte ich und stand auf. Ich hielt es für unsinnig, ein mir vollkommen unverständliches Gespräch fortzusetzen; außerdem spürte ich, daß ich den Wesenskern meines Gesprächspartners nicht zu ergründen vermochte, zumindest war er mir bisher unbegreiflich, und ich empfand die Unsicherheit und die dumpfe Gefährdung, die mit dem Wissen um die eigene Ahnungslosigkeit einhergehen.

«Wohin gehen Sie?»

«Adèle ins Bett bringen. Es ist höchste Zeit.»

«Sie haben Angst vor mir, weil ich wie eine Sphinx rede.»

«Ihre Sprache ist rätselhaft, Sir, aber wenn ich auch verwirrt bin, so habe ich doch keine Angst.»

«Doch. Ihre Eigenliebe fürchtet sich, einen Fehler zu begehen.»

«In dieser Hinsicht bin ich tatsächlich besorgt – ich will keinen Unsinn reden.»

«Und wenn, dann würden Sie ihn dermaßen ernst und gesetzt äußern, daß ich ihn als Sinn mißdeuten würde. Lachen Sie nie, Miss Eyre? Bemühen Sie sich nicht um eine Antwort, ich sehe schon, Sie lachen selten. Aber Sie können sehr fröhlich lachen; glauben Sie mir, Sie sind nicht von Natur aus ernst, genausowenig wie ich von Natur aus lasterhaft bin. Noch immer haftet Ihnen etwas vom Zwang von Lowood an; das kontrolliert Ihre Mimik, dämpft Ihre Stimme und fesselt Ihre Bewegungen, und Sie haben Angst, in Gegenwart eines Mannes und Bruders – oder Vaters oder Herrn oder was Sie wollen – allzu heiter zu lächeln, zu frei zu sprechen oder sich zu rasch zu bewegen. Doch im Lauf der Zeit werden Sie lernen, sich in meiner Gegenwart ungezwungen zu benehmen, so wie auch ich zu Ihnen nicht förmlich sein kann; und dann werden Ihre Blicke und Gesten lebendiger, mannigfaltiger und mutiger werden als jetzt. Hin und wieder erspähe ich zwischen den engen Käfigstäben einen merkwürdigen Vogel, einen lebhaften, unruhigen, beherzten Gefangenen, der, wenn er frei wäre, bis zu den Wolken flöge. Sie wollen immer noch gehen?»

«Es hat neun Uhr geschlagen, Sir.»

«Sei's drum, warten Sie noch eine Minute. Adèle ist noch nicht soweit. Aus meiner Position, mit dem Rücken zum Feuer und dem Gesicht zum Zimmer, kann man sehr gut beobachten. Während ich mit Ihnen sprach, habe ich ab und zu einen Blick auf Adèle geworfen. (Ich habe meine Gründe, sie für ein interessantes Studienobjekt zu halten, Gründe, die ich Ihnen vielleicht, nein, sicher eines Tages mitteilen werde.) Sie hat vor etwa zehn Minuten ein rosa Seidenkleidchen aus ihrer Schachtel gezogen; ihr Gesicht leuchtete auf vor Entzücken, als sie es ausbreitete. Die Eitelkeit liegt ihr im Blut, verdreht ihr den Kopf und prägt sie bis ins Mark. ‹Il faut que je l'essaie!› rief sie, ‹et à l'instant même!›, und lief aus dem Zimmer. Jetzt ist sie bei Sophie und kleidet sich um. Bald wird sie wieder hereinkommen, und ich weiß, was ich dann sehe: eine Miniaturausgabe von Céline Varens auf der Bühne, wenn sich der Vorhang hob – aber lassen wir das. Ich werde jetzt gleich an meiner empfindlichsten Stelle getroffen, ich ahne es schon. Bleiben Sie noch ein wenig, um zu sehen, ob ich recht hatte.»

Kurz darauf hörte man Adèles Füßchen durch die Halle trippeln. Sie kam herein, verwandelt, wie ihr Vormund vorhergesagt hatte. Ein rosa Satinkleid, sehr kurz und im Rock so üppig, daß es gerafft werden konnte, war an die Stelle des braunen Wollkleids getreten; ein Kranz aus Rosenknospen wand sich um ihre Stirn, und die Füße steckten in Seidenstrümpfen und Kreuzbandschuhen aus weißem Satin.

«Est-ce que ma robe va bien?» rief sie und sprang uns entgegen, «et mes souliers? et mes bas? Tenez, je crois que je vais danser!»

Sie breitete ihr Kleid aus und tanzte durchs Zimmer bis zu Mr. Rochester; dort drehte sie sich behende vor ihm auf den Zehenspitzen, sank zu seinen Füßen auf ein Knie und rief: «Monsieur, je vous remercie mille fois de votre bonté», dann erhob sie sich und fragte: «C'est comme cela que maman faisait, n'est-ce pas, Monsieur?»

«Ge–nau!» gab er zur Antwort, «und *comme cela* hat sie mir mein englisches Gold aus meinen britischen Hosentaschen gezaubert. Auch ich war grün und unerfahren, Miss Eyre, ja, grasgrün. Sie sind heute nicht frühlingshafter gefärbt als ich damals. Nur ist mein Frühling jetzt vorbei. Aber er hat mir dieses französische Blümchen hinterlassen, das ich manchmal, je nach Laune, gern los wäre. Die Wurzel, aus der es stammt, bedeutet mir heute nichts mehr. Seit ich gemerkt habe, daß sie zu der Sorte gehört, die nur Goldstaub düngen kann, gefällt mir die Blüte nur noch halb so gut, besonders wenn sie so künstlich aussieht wie jetzt. Doch ich behalte sie und ziehe sie nach dem römisch-katholischen Grundsatz auf, daß man durch ein einziges gutes Werk viele Sünden abbüßt, große und kleine. Eines Tages werde ich Ihnen das alles erklären. Gute Nacht.»

KAPITEL 15

Und Mr. Rochester hat es mir bei späterer Gelegenheit tatsächlich erklärt.

Eines Nachmittags begegnete er Adèle und mir zufällig im Park; während sie mit Pilot und ihrem Federball spielte, bat er mich, mit ihm in Sichtweite des Kindes in einer Buchenallee auf und ab zu spazieren.

Dann erzählte er, sie sei die Tochter einer französischen Operntänzerin namens Céline Varens, für die er einst eine *grande passion* gehegt habe. Diese Leidenschaft habe Céline angeblich noch glühender erwidert. Bei all seiner Häßlichkeit habe er sich für ihren Abgott gehalten und geglaubt, sie zöge seine *taille d'athlète* der Schönheit des Apoll von Belvedere vor.

«Und ich fühlte mich so geschmeichelt, Miss Eyre, weil die gallische Sylphe den britischen Gnom erwählt hatte, daß ich sie in einem *hôtel* unterbrachte und ihr einen vollständigen Haushalt einrichtete mit Bediensteten, einer Kutsche, Kaschmirschals, Diamanten, Spitzen und dergleichen mehr. Kurzum, ich betrieb meinen Ruin in allgemein anerkannter Weise wie jeder andere verliebte Narr. Mir fehlte anscheinend der Einfallsreichtum, mir eine neue Straße in Schande und Untergang zu suchen, und so trabte ich dumm und treudoof den alten Weg entlang und wich keinen Zoll von der ausgetretenen Mitte ab. Ich erlitt – verdientermaßen – das Schicksal aller anderen verliebten Narren. Eines Abends kam ich zufällig zu Besuch, als Céline mich nicht erwartete. Sie war ausgegangen. Die Nacht war warm, und müde von meinen Spaziergängen durch Paris setzte ich mich in ihr Boudoir und atmete beglückt die Luft, die sie noch vor kurzem durch ihre Anwesenheit geweiht hatte. Halt, ich übertreibe; etwas Weihevolles hatte ich an ihr nie gefunden. Es war wohl eher eine Art Räucherkerzenparfüm, ein Geruch nach Moschus und Amber, kein heiliger Wohlgeruch, was sie hinterlassen hatte. Die schweren Düfte der Gewächshausblumen und versprühten Essenzen nahmen mir allmählich den Atem, und ich verfiel darauf, die Balkontür zu öffnen und hinauszutreten. Der Mond schien, die Gaslaternen brannten, und es war ganz still und heiter. Auf dem Balkon standen ein paar Stühle, ich setzte mich und nahm mir eine Zigarre – so wie jetzt, wenn Sie gestatten.»

Es folgte eine Pause, in der er eine Zigarre hervorzog und anzündete. Nachdem er sie an die Lippen geführt und eine nach Havanna duftende Rauchfahne in die eisige, sonnenlose Luft geblasen hatte, fuhr er fort.

«Ich mochte damals auch Bonbons, Miss Eyre, und so knabberte ich abwechselnd Schokoladenkonfekt, rauchte (bitte sehen Sie über diese Barbarei hinweg) und schaute zu, wie die Equipagen durch die mondäne Straße zur nahen Oper fuhren; da erkannte ich in einer eleganten geschlossenen Kutsche mit zwei schönen englischen Pferden in der strahlend hellen städtischen Nacht deutlich die *voiture,* die ich Céline geschenkt hatte. Sie kam gerade nach Hause; natürlich pochte mein Herz vor Ungeduld gegen die eiserne Brüstung, an die ich mich lehnte. Die Kutsche hielt wie erwartet vor der Tür des *hôtel*[35], meine Flamme (genau das richtige Wort für eine Mätresse von der Oper) stieg aus, und obwohl sie in einen Umhang gehüllt war – übrigens eine unnötige Last an einem so warmen Juniabend –, erkannte ich sie sofort an ihrem zarten Fuß, der unter dem Rocksaum hervorlugte, als sie vom Trittbrett hüpfte. Ich beugte mich über den Balkon und wollte schon ‹Mon ange!› flüstern, natürlich in einer Lautstärke, die nur für das liebende Ohr bestimmt war – als nach ihr eine weitere Gestalt aus der Kutsche sprang, genauso vermummt; aber diesmal klirrten Absätze mit Sporen auf das Pflaster, und unter der gewölbten *porte cochère* des Hauses verschwand ein Kopf mit Hut.

Sie waren noch nie eifersüchtig, nicht wahr, Miss Eyre? Natürlich nicht, ich brauche nicht zu fragen, Sie haben ja noch nie geliebt. Sie haben beide Empfindungen noch vor sich, Ihre Seele schläft noch, der Schlag, der sie erweckt, muß ihr erst noch versetzt werden. Sie glauben, das Dasein fließe immer so ruhig weiter wie in Ihrer Jugend. Sie gleiten mit geschlossenen Augen und verstopften Ohren dahin und sehen weder die vielen Felsen, die in einiger Entfernung aus dem Flußbett ragen, noch hören Sie die Strudel, die zu ihren Füßen kochen. Aber ich sage Ihnen – und denken Sie an meine Worte! –, eines Tages geraten Sie an einen felsigen Engpaß, wo sich der Lebensstrom in Wirbel und Aufruhr, Schaum und Lärm auflöst; dann zerschellen Sie entweder an den schroffen Klippen in tausend Stücke, oder Sie werden von einer herrlichen Woge hochgehoben und in ruhigeres Fahrwasser getragen, so wie ich jetzt in einem solchen bin.

Ein schöner Tag heute, ich mag diesen stahlgrauen Himmel, die Strenge und Stille der Welt bei solchem Frost. Ich mag Thornfield, seine Altertümlichkeit und Abgeschiedenheit, die alten Krähenbäume und Weißdorne, die graue Fassade und die dunklen Fensterreihen, die das metallische Firmament widerspiegeln. Wie lange habe ich allein den Gedanken daran gehaßt, es gescheut wie ein gewaltiges Siechenhaus! Ich hasse es ja immer noch …»

Er knirschte mit den Zähnen und schwieg, blieb stehen und stieß mit dem Stiefel gegen den hartgefrorenen Boden. Ein verhaßter Gedanke schien von ihm Besitz ergriffen zu haben und ihn so fest zu umklammern, daß er nicht mehr weiter konnte.

Wir waren gerade die Allee hinaufgegangen, als er so plötzlich innegehalten hatte. Vor uns lag das Haus. Er hob die Augen zu den Zinnen und warf einen so wilden Blick darüber hin, wie ich vorher und nachher nie einen gesehen. Schmerz, Scham und Zorn, Ungeduld, Ekel und Abscheu schienen in den großen Pupillen, die sich unter den ebenholzschwarzen Brauen weiteten, einen kurzen, bebenden Kampf auszutragen, ein wildes Ringen um den ersten Platz; doch dann erhob sich triumphierend ein anderes Gefühl, hart und spöttisch, eigensinnig und entschlossen; seine Leidenschaft kühlte ab, und seine Miene erstarrte. Er sprach weiter.

«Als ich soeben verstummte, Miss Eyre, mußte ich eine strittige Frage mit der Schicksalsgöttin klären. Sie stand da neben dem Buchenstrunk, eine jener Hexen, die Macbeth auf der Heide von Forres erschienen. ‹Du liebst Thornfield?› sagte sie, hob den Finger und schrieb eine Mahnung in die Luft, die in gespenstischen Hieroglyphen über die ganze Vorderfront des Hauses lief, zwischen der oberen und unteren Fensterreihe. ‹Liebe es, wenn du kannst, liebe es, wenn du es wagst!› – ‹Ich will es lieben›, antwortete ich. ‹Ich wage es.› Und», fügte er finster hinzu, «ich will mein Wort halten. Was immer mir den Weg zu Glück und Güte verwehrt – ja, Güte, ich will ein besserer Mensch werden –, das werde ich zerschmettern, wie Hiobs Leviathan Spieß, Geschoß und Panzer zerschmetterte. Hindernisse, die andere als Eisen und Erz ansehen, werde ich nur achten wie Stroh und morsches Holz.[36]»

Adèle kam mit ihrem Federball angerannt. «Weg da!» rief er barsch. «Bleib mir vom Leib, Kind, oder geh rein zu Sophie!» Als er den Spaziergang schweigend fortsetzte, wagte ich ihn an die Stelle zu erinnern, an der er plötzlich abgeschweift war.

«Haben Sie den Balkon verlassen, Sir, als Mademoiselle Varens hereinkam?» fragte ich.

Ich erwartete eigentlich nach dieser nicht gerade zur rechten Zeit vorgebrachten Frage eine Abfuhr, doch er erwachte im Gegenteil aus seiner stirnrunzelnden Geistesabwesenheit und warf mir einen Blick zu, und der Schatten schien von seiner Stirn zu verschwinden.

«Ach ja, Céline, die hatte ich ganz vergessen! Gut, weiter. Als ich meine Geliebte so von einem Kavalier begleitet heimkommen sah, war es mir, als hörte ich ein Zischen, und auf dem mondbeschienenen Balkon erhob sich schlängelnd die grüne Schlange Eifersucht, glitt unter meine Weste und fraß sich in Sekundenschnelle bis zu meinem Herzen durch. Seltsam!» rief er aus und wechselte plötzlich wieder das Thema. «Seltsam, daß ich bei alledem Sie ins Vertrauen ziehe, mein Fräulein. Sehr seltsam, daß Sie mir ruhig zuhören, als wäre es die gewöhnlichste Sache der Welt, wenn ein Mann wie ich einem wunderlichen, unerfahrenen Mädchen wie Ihnen Geschichten über seine Mätresse von der Oper erzählt! Aber die zweite Merkwürdigkeit erklärt die erste, wie ich schon einmal andeutete. Mit Ihrem Ernst, Ihrer Besonnenheit und Vorsicht sind Sie wie geschaffen dafür, Geheimnisse anzuhören. Außerdem weiß ich, mit welcher Art Seele ich mich da austausche: mit einer, die sich nicht leicht anstecken läßt, einer eigenartigen, einzigartigen Seele. Zum Glück will ich ihr nicht weh tun, und wenn ich es täte, würde mein Leid davon nicht weniger. Je mehr wir uns miteinander unterhalten, desto besser. Ich kann Sie nicht verderben, Sie hingegen wirken auf mich belebend.» Nach dieser Abschweifung fuhr er fort.

«Ich blieb auf dem Balkon. ‹Sie kommen bestimmt ins Boudoir›, dachte ich, ‹ich will ihnen einen Hinterhalt legen.› Ich streckte also meine Hand durch die offene Fenstertür, zog den Vorhang so weit zu, daß ich gerade noch hindurchschauen konnte, und schloß die Fensterflügel bis auf einen Spalt, eben weit genug, um das ‹Geflüster zweier Liebender›[37] hindurchzulassen. Dann schlich ich mich auf meinen Stuhl zurück, und als ich mich gerade setzte, kam das Paar herein. Sofort hielt ich mein Auge an die Öffnung. Célines Zimmermädchen trat herein, zündete eine Lampe an, stellte sie auf den Tisch und zog sich zurück. Nun konnte ich das Paar deutlich sehen. Beide legten ihre Mäntel ab, und da stand ‹die Varens›, schimmernd in Satin und Juwelen – meine Geschenke natürlich –, und dort ihr Begleiter in der Uniform eines Offiziers; ich erkannte einen adligen Wüstling – einen geistlosen, lasterhaften jungen Mann, dem ich schon mehrmals in Gesellschaft begegnet war und nie einen feindseligen Gedanken geschenkt hatte, so sehr verachtete ich ihn. Als ich ihn erkannte, zerbrach der Giftzahn der Schlange Eifersucht auf der Stelle, denn im selben Augenblick erstarb meine Liebe für Céline wie unter einem Löschhütchen. Eine Frau, die mich mit einem solchen Rivalen betrügen konnte, war keinen Kampf wert. Sie verdiente nur Verachtung, allerdings nicht soviel wie ich selbst, der von ihr Betrogene.

Sie begannen sich zu unterhalten, und ihr Gespräch beruhigte mich vollends; es war leichtfertig, geldgierig, herzlos und dumm und eher dazu angetan, einen Lauscher zu ermüden als in Wut zu versetzen. Auf dem Tisch lag eine Karte von mir, bei deren Anblick sie anfingen, über mich zu reden. Weder sie noch er besaß genug Feuer oder Verstand, um mich ernsthaft zu verletzen, aber sie beleidigten mich mit der Plumpheit kleiner Geister, besonders Céline, die geradezu über sich hinauswuchs, als sie meine körperlichen Schwächen als Abartigkeiten bezeichnete. Dabei war sie angesichts meiner angeblichen *beauté mâle* immer in glühende Bewunderung ausgebrochen – im Gegensatz zu Ihnen, die Sie mir schon bei unserem zweiten Gespräch unverhohlen erklärten, Sie hielten mich nicht für schön. Dieser Unterschied ist mir schon damals aufgefallen, und ...»

In diesem Augenblick kam Adèle wieder angerannt.

«Monsieur, John war gerade da und hat gesagt, Ihr Verwalter ist gekommen und will Sie sprechen.»

«Aha, dann will ich mich kurz fassen. Ich öffnete die Tür und ging hinein. Ich befreite Céline von meiner Gönnerschaft, befahl ihr, das *hôtel* zu räumen, gab ihr eine Börse für die dringendsten Bedürfnisse, achtete weder auf Kreischen und hysterische Anfälle noch auf flehende Bitten, Proteste und Krämpfe und verabredete mich mit dem Vicomte im Bois de Boulogne. Am nächsten Morgen hatte ich das Vergnügen, mich mit ihm zu duellieren, hinterließ eine Kugel in einem seiner mickrigen Arme, so schwach wie die Flügel eines pipskranken Hühnchens, und dachte, ich wäre die ganze Gesellschaft ein für allemal los. Aber leider hatte mir die Varens sechs Monate zuvor dieses kleine Mädchen, Adèle, geschenkt, von der sie behauptete, sie sei meine Tochter. Und vielleicht ist sie es auch, wenngleich ich in ihrem Gesicht keine Beweise für eine so finstere Vaterschaft finde. Pilot gleicht mir mehr als sie. Jahre nachdem ich mit der Mutter gebrochen hatte, verließ diese ihr Kind und brannte mit einem Musiker oder Sänger nach Italien durch. Ich habe nie einen natürlichen Anspruch von seiten Adèles anerkannt und erkenne ihn noch immer nicht an, denn ich bin nicht ihr Vater. Aber als ich hörte, daß sie ganz mittellos dastand, holte ich das arme Ding aus dem Pariser Sumpf und Morast heraus und verpflanzte es hierher, damit es auf dem gesunden Boden eines ländlichen englischen Gartens aufwächst. Mrs. Fairfax hat Sie ausfindig gemacht, damit Sie es erziehen, aber jetzt, wo Sie wissen, daß es sich um den illegitimen Sproß einer französischen Balletteuse handelt, werden Sie von Ihrer Stellung und Ihrem Schützling vielleicht anders denken; Sie werden eines Tages zu mir kommen, mir mitteilen, Sie hätten eine andere Stelle gefunden, und mich bitten, eine neue Erzieherin zu suchen und so weiter – hm?»

«Nein, Adèle ist weder für die Fehler ihrer Mutter verantwortlich noch für die Ihren. Ich habe sie gern, und jetzt, wo ich weiß, daß sie gewissermaßen keine Eltern hat, da sie von ihrer Mutter verlassen wurde und von Ihnen, Sir, nicht anerkannt wird, hänge ich noch mehr an ihr. Soll ich etwa das verwöhnte Hätschelkind einer reichen Familie, das seine Gouvernante als Quälgeist empfindet und verabscheut, einer einsamen kleinen Waise vorziehen, die mich als Freundin betrachtet?»

«Aha, Sie sehen es also in diesem Licht. Nun, ich muß jetzt hineingehen und Sie auch. Es wird dunkel.»

Aber ich blieb noch ein paar Minuten mit Adèle und Pilot draußen, lief mit ihr um die Wette und spielte eine Partie Federball. Dann gingen wir ins Haus, ich half ihr aus Haube und Mantel und nahm sie auf den Schoß. Eine Stunde lang durfte sie dort sitzen bleiben und nach Herzenslust schwatzen, und ich tadelte sie auch nicht für die kleinen Freiheiten und Gemeinplätze, in die sie verfiel, wenn man ihr Beachtung schenkte, und die einen oberflächlichen Charakter verrieten – vermutlich ein Erbteil ihrer Mutter, das zu einem englischen Gemüt wenig paßte. Aber sie hatte auch ihre Vorzüge, und ich war willens, alles Gute an ihr nach Möglichkeit zu würdigen. Ich suchte in ihrem Gesicht nach einer Ähnlichkeit mit Mr. Rochester, fand aber keine. Kein Zug, kein Ausdruck sprach von Verwandtschaft. Das war schade, denn wenn sie ihm ähnlich gewesen wäre, hätte er mehr von ihr gehalten.

Erst als ich mich abends in mein Zimmer zurückgezogen hatte, ließ ich Mr. Rochesters Erzählung noch einmal in aller Ruhe vor meinem geistigen Auge ablaufen. Wie er selbst sagte, war am Inhalt der Geschichte wirklich nichts Außergewöhnliches. Die Leidenschaft eines reichen Engländers für eine französische Tänzerin und ihr Verrat an ihm waren in der gehobenen Gesellschaft zweifelsohne ein recht alltägliches Thema. Etwas entschieden Seltsames aber lag in der krampfhaften Erregung, die ihn gepackt hatte, als er seiner augenblicklichen Zufriedenheit und neuerwachten Freude an dem alten Gutshaus und seiner Umgebung Ausdruck gab. Ich sann verwundert über diesen Zwischenfall nach, schob diese Frage jedoch nach einer Weile beiseite, da ich zur Zeit keine Erklärung dafür fand, und begann über das Benehmen meines Dienstherrn mir gegenüber nachzudenken. Das Vertrauen, das er mir entgegenbrachte, erschien mir als Dank für meine Verschwiegenheit; so empfand ich es, und so konnte ich es annehmen. Anders als in den ersten Tagen verhielt er sich mir gegenüber nun schon seit Wochen gleich. Ich war ihm offenbar nie im Weg, er bekam keine Anfälle eisigen Hochmuts mehr, und wenn er mich unerwartet traf, schien ihm die Begegnung willkommen. Er hatte immer ein Wort und manchmal auch ein Lächeln für mich übrig, und wenn ich in aller Form zu ihm eingeladen wurde, empfing er mich so herzlich, daß ich den Eindruck gewann, ich besäße tatsächlich die Fähigkeit, ihn zu unterhalten, und er veranstalte diese abendlichen Treffen nicht nur mir zuliebe, sondern auch zu seiner eigenen Kurzweil.

Ich sprach verhältnismäßig wenig, hörte ihm aber mit Vergnügen zu. Er war von Natur aus mitteilsam; es gefiel ihm, einem Wesen, das die Welt nicht kannte, Blicke auf diese Bühne und die Geschehnisse dort werfen zu lassen (ich meine damit nicht die Bühne des Lasters und ihr verruchtes Tun und Treiben, sondern all das, was einen fesselt, weil es ein so weites Gebiet umfaßt und einem auf so fremde, neue Art vorgeführt wird). Mit Freuden griff ich die neuen Gedanken auf, die er mir nahebrachte, stellte mir die ungewohnten Bilder vor, die er entwarf, folgte ihm in Gedanken durch die unbekannten Gefilde, die er mir erschloß, und wurde niemals durch häßliche Anspielungen erschreckt oder beunruhigt.

Seine Ungezwungenheit nahm mir die quälende Schüchternheit; die ebenso untadelige wie herzliche Offenheit, die er mir entgegenbrachte, zog mich an. Manchmal hatte ich das Gefühl, er sei eher ein Verwandter als mein Dienstherr. Mitunter gab er sich noch immer herrisch, aber das bekümmerte mich nicht, es lag eben in seiner Wesensart. So glücklich und dankbar machte mich diese Bereicherung meines Lebens, daß ich mich gar nicht mehr nach einer Familie sehnte. Die schmale Sichel meines Glücks schien zuzunehmen; mein finsteres Dasein wurde aufgehellt, mein Gesundheitszustand besserte sich, ich nahm zu und wurde kräftiger.

War Mr. Rochester in meinen Augen nun häßlich? Nein, Leser, Dankbarkeit und angenehme, freundliche Erinnerungen machten mir sein Gesicht zu einem höchst willkommenen Anblick; seine Gegenwart wärmte jedes Zimmer mehr als das hellste Feuer. Dennoch hatte ich seine Fehler nicht vergessen; das konnte ich nicht, er führte sie mir ja häufig genug vor. Wenn ihm jemand unterlegen war, gleichgültig worin, verhielt er sich stolz, zynisch und barsch; im Innersten wußte ich, daß seine große Freundlichkeit mir gegenüber durch ungerechte Strenge gegenüber vielen anderen wettgemacht wurde. Er war auch schwermütig, und zwar ohne erkennbaren Grund. Wenn er mich holen ließ, damit ich ihm vorlas, fand ich ihn mehr als einmal allein in der Bibliothek sitzen, den Kopf auf die verschränkten Arme gelegt, und wenn er dann aufsah, verfinsterte eine mürrische, geradezu böse Grimasse sein Gesicht. Aber ich schrieb seine Launen, seine Schroffheit und seine früheren Schandtaten (ich sage *früher,* denn nun hatte er sich anscheinend gebessert) einem grausamen, widrigen Schicksal zu. Ich glaubte, daß ihm die Natur bessere Anlagen, edlere Grundsätze und reinere Neigungen mitgegeben hatte als nur die, welche die Verhältnisse zur Reife gebracht, die Erziehung ihm eingeflößt und das Schicksal begünstigt hatten. Ich war der Meinung, daß hervorragender Rohstoff in ihm steckte, auch wenn dieser zur Zeit eher unbrauchbar und ungeordnet herumlag. Ich kann nicht leugnen, daß sein Kummer, woraus er auch bestehen mochte, mir ebenfalls Kummer bereitete und daß ich viel darum gegeben hätte, ihn zu lindern.

Obwohl ich mittlerweile meine Kerze gelöscht hatte und im Bett lag, konnte ich nicht schlafen; immerzu mußte ich an den Blick denken, als er in der Allee stehengeblieben war und erzählt hatte, wie sein Schicksal ihm erschienen war und ihn gewarnt hatte, in Thornfield glücklich zu werden.

«Warum?» fragte ich mich. «Was macht ihm das

Haus so fremd? Wird er bald wieder abreisen? Mrs. Fairfax hat gemeint, er bliebe selten länger als vierzehn Tage, und nun wohnt er schon acht Wochen hier. Was für ein schmerzlicher Einschnitt wäre das, wenn er fortginge! Angenommen, er wäre Frühling, Sommer und Herbst nicht da – wie traurig würden dann die schönen Sonnentage!»

Ich weiß nicht, ob ich nach diesen Grübeleien geschlafen habe oder nicht; auf jeden Fall schreckte ich hoch, hellwach von einem dumpfen, seltsam klagenden Gemurmel, das, wie mir schien, unmittelbar über mir erklungen war. Ich wünschte mir, ich hätte die Kerze brennen lassen; die Nacht war trostlos und bedrückend finster. Ich setzte mich im Bett auf und lauschte. Das Geräusch war verstummt.

Ich versuchte weiterzuschlafen, aber mein Herz pochte ängstlich, und meine innere Ruhe war dahin. Weit weg, unten in der Halle, schlug die Uhr zweimal. In diesem Augenblick schien jemand meine Zimmertür zu berühren, es war, als strichen Finger über die Türfüllung, um sich in der dunklen Galerie draußen vorwärts zu tasten. Ich fragte: «Wer ist da?» Nichts gab Antwort. Mir war eiskalt vor Angst.

Plötzlich fiel mir ein, es könne Pilot sein. Wenn die Küchentür zufällig offenstand, schlich er sich oft bis zur Schwelle von Mr. Rochesters Schlafzimmer. Ich hatte ihn selbst schon morgens dort liegen sehen. Der Gedanke beruhigte mich etwas, und ich legte mich wieder hin. Ruhe besänftigt die Nerven, und da nun im ganzen Haus ungestörte Stille herrschte, umfing mich allmählich wieder der Schlummer. Aber das Schicksal wollte nicht, daß ich in dieser Nacht schlief. Ein Traum, der mir eben durchs Ohr in den Kopf kriechen wollte, floh entsetzt, eingeschüchtert von einem grauenerregenden Laut.

Es war ein teuflisches Lachen, leise, unterdrückt, tief und, wie mir schien, genau am Schlüsselloch meiner Schlafzimmertür. Mein Bett stand mit dem Kopfende neben der Tür, und ich dachte zuerst, der gespenstische Lacher stehe direkt neben meinem Bett oder habe sich neben mein Kissen gekauert. Aber als ich mich aufrichtete und um mich blickte, sah ich nichts; doch noch während ich ins Dunkel starrte, wiederholte sich der unnatürliche Laut, und da merkte ich, daß er hinter dem Türblatt hervorkam. Der ersten Eingebung folgend, sprang ich auf und schob den Riegel vor, dann rief ich unwillkürlich ein zweites Mal: «Wer ist da?»

Irgend etwas gurgelte und stöhnte. Kurz darauf entfernten sich Schritte durch den Korridor Richtung Treppe in den dritten Stock. Dort war vor kurzem eine Tür angebracht worden, damit man das Treppenhaus verschließen konnte. Ich hörte nun, wie diese sich öffnete und wieder schloß, dann war alles still.

«War das Grace Poole? Ist sie vom Teufel besessen?» überlegte ich. Unmöglich, jetzt länger allein zu bleiben, ich mußte zu Mrs. Fairfax gehen. Eilig warf ich mir mein Kleid und einen Schal über, zog den Riegel zurück und öffnete die Tür mit zitternder Hand. Direkt davor, auf dem Läufer im Flur, hatte jemand eine brennende Kerze stehenlassen. Ich wunderte mich, aber noch mehr bestürzte mich, daß die Luft ganz verhangen war, wie raucherfüllt. Und während ich noch nach rechts und links blickte, um herauszufinden, woher die blauen Schwaden stammten, nahm ich starken Brandgeruch wahr.

Irgend etwas knarrte. Es war eine offene Tür, es war die von Mr. Rochester, und der Rauch drang in Wolken daraus hervor. Ich dachte nicht mehr an Mrs. Fairfax, auch nicht mehr an Grace Poole oder das Gelächter; im Nu stand ich in seinem Zimmer. Rings um das Bett schossen züngelnde Flammen empor, die Vorhänge standen in Flammen. Inmitten des Loderns und Qualmens lag Mr. Rochester regungslos und schlief tief.

«Aufwachen, aufwachen!» schrie ich und schüttelte ihn, aber er grummelte nur und drehte sich um; der Rauch hatte ihn betäubt. Ich durfte keine Sekunde verlieren, schon fing das Bettzeug Feuer. Ich rannte zum Waschtisch; zum Glück war die Schüssel groß und der Krug tief und beide voll Wasser. Ich stemmte sie hoch und setzte das Bett und seinen Besitzer unter Wasser, dann rannte ich zurück in mein Zimmer, holte auch meinen Krug und taufte das Bett noch einmal, und so gelang es mir mit Gottes Hilfe, die Flammen zu löschen, die es schon zu verzehren begannen.

Das Zischen des erstickten Elements, das Zerbrechen eines Kruges, den ich, als er leer war, weggeworfen hatte, und vor allem der Wasserguß, den ich ihm großzügig verpaßt hatte, weckten Mr. Rochester endlich auf. Obwohl es noch immer dunkel war, merkte ich, daß er wach war, denn ich hörte ihn wettern und seltsame Verwünschungen ausstoßen, als er sich in einer Pfütze liegen fand.

«Haben wir Hochwasser?» rief er.

«Nein, Sir», antwortete ich, «aber es hat gebrannt,

stehen Sie auf, schnell, Sie sind ganz naß, ich hol' Ihnen eine Kerze.»

«Bei allen Kobolden der Christenheit, ist das Jane Eyre?» fragte er. «Was haben Sie mit mir angestellt, Sie Hexe und Zauberin? Wer ist noch hier im Zimmer? Haben Sie vorgehabt, mich zu ertränken?»

«Ich hole Ihnen eine Kerze, Sir, und stehen Sie um Gottes willen auf! Jemand hat tatsächlich etwas vorgehabt, und Sie können nicht schnell genug herausfinden, wer und was es war.»

«Ja, ja, ich bin schon auf. Aber wenn Ihnen Ihr Leben lieb ist, holen Sie jetzt noch keine Kerze; warten Sie kurz, bis ich etwas Trockenes angezogen habe – falls es noch etwas gibt. Ja, da ist mein Morgenmantel, jetzt laufen Sie.»

Ich lief und brachte die Kerze, die noch immer im Korridor stand. Er nahm sie mir aus der Hand, hielt sie hoch und besah sich das Bett; alles war geschwärzt und versengt, das Bettzeug klatschnaß, und der Teppich ringsum schwamm in Wasser.

«Was ist das? Wer hat das getan?» fragte er.

Ich berichtete ihm kurz, was vorgefallen war: von dem seltsamen Lachen im Flur, vom Getrappel in den dritten Stock, dem Rauch und dem Brandgeruch, die mich in sein Zimmer geführt, welche Zustände ich dort vorgefunden und wie ich ihn mit allem Wasser, dessen ich habhaft werden konnte, übergossen hatte.

Er hörte mir sehr ernst zu. Im Laufe meines Berichts drückte sein Gesicht mehr Besorgnis als Verwunderung aus, und er sprach nicht gleich, als ich geendet hatte.

«Soll ich Mrs. Fairfax rufen?» fragte ich.

«Mrs. Fairfax? Nein, was zum Teufel wollen Sie mit der? Was kann sie schon tun? Lassen wir Sie ungestört weiterschlafen.»

«Dann hole ich Leah und wecke John und seine Frau.»

«Nein, nichts von alledem, bleiben Sie ganz ruhig. Sie haben einen Schal um; wenn Ihnen nicht warm genug ist, nehmen Sie meinen Mantel dort drüben. Wickeln Sie sich hinein, und setzen Sie sich in den Lehnstuhl – so, ich helfe Ihnen. Nun noch die Füße auf den Hocker, damit sie nicht naß werden. Ich lasse Sie jetzt für ein paar Minuten allein. Die Kerze nehme ich mit. Bleiben Sie, wo Sie sind, bis ich zurückkomme, und seien Sie mucksmäuschenstill. Ich muß einen Besuch im dritten Stock machen. Rühren Sie sich nicht vom Fleck, verstanden, und rufen Sie niemanden.»

Er ging. Ich sah zu, wie sich das Licht entfernte. Er schlich leise den Flur entlang, öffnete so geräuschlos wie möglich die Tür zur Treppe und schloß sie wieder hinter sich, und damit war der letzte Lichtstrahl verschwunden. Ich blieb in völliger Dunkelheit zurück. Ich lauschte auf irgendwelche Geräusche, hörte aber nichts. Es verstrich viel Zeit, ich wurde müde und fror trotz des Mantels. Ich sah auch nicht ein, weshalb ich hierbleiben sollte, wo ich doch das Haus nicht aufwecken würde. Ich war schon drauf und dran, Mr. Rochesters Anweisungen zuwiderzuhandeln und damit seinen Unmut zu riskieren, als auf der Wand des Korridors wieder ein mattes Licht schimmerte und ich ihn barfuß über den Teppich kommen hörte. «Hoffentlich ist er es», dachte ich, «und nichts Schlimmeres.»

Blaß und bedrückt trat er ein. «Ich habe alles aufgeklärt», sagte er und stellte die Kerze auf den Waschtisch. «Es ist so, wie ich gedacht habe.»

«Nämlich, Sir?»

Er antwortete nicht, sondern stand nur mit verschränkten Armen da und schaute zu Boden. Nach einer Weile fragte er in einem sehr seltsamen Ton: «Ich weiß nicht mehr, ob Sie jemanden gesehen haben, als Sie die Zimmertür öffneten?»

«Nein, Sir, nur den Kerzenständer auf dem Boden.»

«Aber Sie hörten ein merkwürdiges Lachen? Und Sie haben dieses Lachen oder etwas Ähnliches schon einmal gehört, nicht wahr?»

«Ja, Sir. Es gibt hier eine Näherin namens Grace Poole, die lacht so. Es ist eine eigenartige Person.»

«Genau. Grace Poole. Sie haben es erraten. Sie ist, wie Sie sagen, sehr eigenartig. Nun gut, ich werde darüber nachdenken. Fürs erste bin ich froh, daß außer mir nur Sie die genauen Einzelheiten dieses nächtlichen Zwischenfalls kennen. Sie sind keine schwatzhafte Närrin, also reden Sie nicht darüber. Ich werde das hier», er zeigte auf das Bett, «schon erklären. Und jetzt gehen Sie wieder in Ihr Zimmer. Mir reicht für den Rest der Nacht das Sofa in der Bibliothek. Es ist fast vier Uhr, in zwei Stunden stehen die Dienstboten auf.»

«Dann gute Nacht, Sir», sagte ich und wollte gehen.

Er schien überrascht – ein Widerspruch, da er mich soeben selbst fortgeschickt hatte.

«Was!» rief er, «Sie verlassen mich schon, und auf diese Weise?»

«Sie sagten, ich könne gehen, Sir.»

«Aber nicht ohne Abschied, nicht ohne ein dankbares, wohlwollendes Wort, kurzum, nicht so einsilbig und nüchtern. Mein Gott, Sie haben mir das Leben gerettet, mich vor einem furchtbaren, qualvollen Tod bewahrt und gehen an mir vorüber, als wären wir uns fremd! Geben Sie mir zumindest die Hand.»

Er streckte mir die Hand entgegen. Ich reichte ihm die meine, er ergriff sie erst mit einer und hielt sie dann mit beiden Händen fest.

«Sie haben mir das Leben gerettet. Ich stehe gern so tief in Ihrer Schuld. Mehr kann ich nicht sagen. Bei jedem anderen Wesen wäre mir eine solche Schuld unerträglich, aber bei Ihnen ist es anders; Ihre Wohltaten empfinde ich nicht als Last, Jane.»

Er schwieg und blickte mich an, auf seinen Lippen zitterten fast sichtbare Worte, doch seine Stimme versagte.

«Noch einmal, gute Nacht, Sir. Es gibt in diesem Fall weder Schuld noch Wohltat, weder Last noch Verpflichtung.»

«Ich wußte», fuhr er fort, «daß Sie mir eines Tages etwas Gutes tun würden, ich sah es schon beim ersten Mal in Ihren Augen. Ihr Ausdruck und Ihr Lächeln haben nicht …» Er stockte und fuhr dann rasch fort: «… haben nicht von ungefähr ein Wohlgefühl in meinem Innern ausgelöst. Man redet immer von natürlicher Sympathie, auch von guten Geistern – nun, in den unsinnigsten Märchen steckt ein Körnchen Wahrheit. Gute Nacht, meine teure Retterin!»

Eine sonderbare Kraft lag in seiner Stimme, ein eigenartiges Feuer in seinem Blick.

«Ich bin froh, daß ich wach war», sagte ich und wandte mich zum Gehen.

«Wie, Sie wollen wirklich fort?»

«Mir ist kalt, Sir.»

«Ihnen ist kalt? Ja, Sie stehen ja im Wasser! Dann gehen Sie, Jane, gehen Sie!» Aber er hielt noch immer meine Hand fest, und ich kam nicht frei. Da verfiel ich auf einen Ausweg.

«Ich glaube, ich höre Mrs. Fairfax, Sir», sagte ich.

«Na gut, dann verlassen Sie mich.» Er lockerte seinen Griff, und ich konnte gehen.

Ich legte mich wieder ins Bett, aber an Schlaf war nicht zu denken. Bis zum Morgengrauen schwamm ich auf einer unruhigen See, hin- und hergeworfen von Sturzwellen des Glücks, unter denen Wogen der Bangigkeit rollten. Manchmal glaubte ich hinter den ungestümen Wassern eine Küste zu sehen, lieblich wie das Land der Wonne, und hie und da trug eine auffrischende Brise, getrieben von der Hoffnung, mein Herz jubelnd auf dieses Ziel zu, doch ich erreichte es nie, nicht einmal in der Phantasie. Ein widriger Wind wehte vom Land her und warf mich immer wieder zurück. Die Vernunft widersetzte sich dem Wahn, die Urteilskraft wollte die Leidenschaft warnen. Zu fiebrig, um zu schlafen, stand ich auf, sobald der Tag anbrach.

KAPITEL 16

An dem Tag, der dieser schlaflosen Nacht folgte, wünschte und fürchtete ich zugleich, Mr. Rochester zu sehen. Ich hätte seine Stimme gern wieder gehört und fürchtete mich doch davor, seinem Blick zu begegnen. In den ersten Morgenstunden rechnete ich jeden Augenblick mit seinem Erscheinen. Er pflegte nicht gerade oft ins Schulzimmer zu kommen, aber manchmal trat er doch für ein paar Minuten ein, und ich glaubte zu ahnen, daß er uns heute bestimmt besuchen würde.

Aber der Morgen verging wie gewöhnlich, und nichts geschah, was den ruhigen Ablauf von Adèles Unterricht gestört hätte. Nur kurz nach dem Frühstück bemerkte ich einige Betriebsamkeit rings um Mr. Rochesters Zimmer und hörte die Stimmen von Mrs. Fairfax, Leah und der Köchin – das war Johns Frau – und sogar Johns barsches Organ. Es ertönten Ausrufe wie: «Was für ein Segen, daß der Herr nicht im Bett verbrannt ist!» und: «Es ist immer gefährlich, wenn man nachts eine Kerze brennen läßt!» – «Was für ein Glück, daß ihm der Wasserkrug eingefallen ist!» – «Komisch, daß er niemanden geweckt hat!» – «Hoffentlich hat er sich beim Schlafen auf dem Bibliothekssofa nicht erkältet!» und dergleichen mehr.

Dem vielen Geplapper folgte das Geräusch des Scheuerns und Aufräumens, und als ich auf dem Weg nach unten zum Mittagessen an dem Zimmer vorbeikam, sah ich durch die offene Tür, daß alles wieder in Ordnung gebracht und nur das Bett seiner Vorhänge beraubt war. Leah stand oben auf dem Fenstersitz und putzte die rauchgeschwärzten Glasscheiben. Ich wollte sie schon ansprechen, um zu erfahren, wie der Zwischenfall erklärt worden war, aber als ich näher trat, erblickte ich eine zweite Person im Zimmer, eine Frau, die auf einem Stuhl neben dem Bett saß und Ringe an neue Vorhänge nähte. Diese Frau war niemand anderes als Grace Poole.

Da saß sie, gelassen und schweigsam wie immer, in ihrem braunen Wollkleid und der karierten Schürze, mit weißem Halstuch und weißer Haube. Sie schien völlig in ihre Arbeit vertieft. Auf der kantigen Stirn und dem Allerweltsgesicht lag keineswegs die Blässe oder Verzweiflung, wie man sie in den Zügen einer Frau erwarten würde, die einen Mord geplant hat und vom erkorenen Opfer am Abend zuvor bis an die Lagerstatt verfolgt und (wie ich glaubte) des versuchten Verbrechens bezichtigt worden ist. Ich war bestürzt und verwirrt. Während ich sie noch anstarrte, blickte sie auf, und kein Erschrecken, weder Erröten noch Erblassen verriet eine Regung, Schuldgefühle oder Angst vor Entdeckung. Sie sagte: «Guten Morgen, Miss», phlegmatisch und wortkarg wie immer, nahm einen weiteren Ring und ein Stückchen Band und nähte weiter.

«Ich will sie auf die Probe stellen», dachte ich, «eine solche Unergründlichkeit übersteigt mein Begriffsvermögen.»

«Guten Morgen, Grace», sagte ich. «Ist hier was passiert? Ich meine, ich hätte schon vor einer Weile die Dienstboten miteinander reden gehört.»

«Nur daß der Herr gestern abend im Bett noch gelesen hat, dabei ist er eingeschlafen, wie die Kerze noch an war, und die Vorhänge haben zu brennen angefangen. Aber zum Glück ist er aufgewacht, bevor das Bettzeug oder das Holzgestell Feuer fing, und er hat es geschafft, den Brand mit dem Wasser aus dem Krug zu löschen.»

«Eine seltsame Geschichte!» sagte ich leise und

sah ihr unverwandt ins Gesicht. «Hat Mr. Rochester niemanden geweckt? Hat ihn niemand gehört?»

Wieder hob sie den Blick zu mir, und diesmal drückte er so etwas wie Wissen aus. Sie schien mich vorsichtig zu prüfen, dann antwortete sie: «Sie wissen ja, Miss, die Dienstboten schlafen weit weg, die würden nie was hören. Am nächsten liegen die Zimmer von Mrs. Fairfax und Ihnen; Mrs. Fairfax sagt, sie hat nichts gehört. Ältere Leute schlafen oft tief.» Sie schwieg und fügte dann mit gespielter Gleichgültigkeit, doch immer noch in auffälligem und bedeutendem Ton hinzu: «Aber Sie sind jung, Miss, und schlafen sicher leichter, vielleicht haben Sie ein Geräusch gehört?»

«Ja», sagte ich und senkte die Stimme, damit Leah, die noch immer Fenster putzte, mich nicht hören konnte, «erst dachte ich, es sei Pilot, aber Pilot kann nicht lachen, und ich bin mir sicher, daß ich ein Lachen gehört habe, und zwar ein eigenartiges.»

Sie schnitt ein neues Stück Faden ab, wachste ihn sorgfältig, fädelte ihn mit ruhiger Hand ein und stellte dann völlig gelassen fest: «Höchst unwahrscheinlich, daß der Herr in solch einer Gefahr lachen würde, Miss. Sie müssen geträumt haben.»

«Ich habe nicht geträumt», erwiderte ich einigermaßen erregt, denn ihr dreister Gleichmut reizte mich. Wieder sah sie mich an, mit demselben prüfenden, wissenden Blick.

«Haben Sie dem Herrn erzählt, daß Sie ein Lachen gehört haben?» fragte sie.

«Ich hatte heute früh keine Gelegenheit, mit ihm zu sprechen.»

«Sie kamen nicht auf den Gedanken, Ihre Tür zu

öffnen und in den Flur hinauszuschauen?» fragte sie weiter.

Sie schien mich zu verhören, zu versuchen, mir unbewußte Aussagen zu entlocken. Wenn sie nun entdeckte, daß ich um ihre Schuld wußte oder sie verdächtigte, würde sie mir womöglich einen ihrer bösen Streiche spielen. Ich hielt es für geraten, mich vorzusehen.

«Im Gegenteil», erwiderte ich, «ich habe meine Tür verriegelt.»

«Normalerweise verschließen Sie also Ihre Tür nicht jeden Abend, bevor Sie ins Bett gehen?»

«Teufelin! Sie will meine Gewohnheiten auskundschaften, um entsprechende Pläne zu schmieden!» Wieder siegte die Empörung über die Klugheit, und ich entgegnete scharf: «Bisher habe ich oft vergessen, den Riegel vorzuschieben; ich hielt es nicht für notwendig. Ich wußte nicht, daß man in Thornfield Hall Gefahren oder Störungen befürchten muß. In Zukunft jedoch», und ich betonte diese Worte, «werde ich alles fest abschließen, ehe ich es wage, mich hinzulegen.»

«Das ist vernünftig», gab sie zur Antwort. «Die Gegend hier ist zwar denkbar friedlich, und ich habe nie von einem Einbruchsversuch gehört, seit Thornfield Hall privat bewohnt wird, obwohl im Geschirrschrank Silber im Wert von Hunderten von Pfund aufbewahrt wird, wie jedermann weiß. Für ein so großes Haus haben wir ja recht wenig Dienerschaft. Der Herr wohnt nie lange hier, und wenn er wirklich kommt, braucht er als Junggeselle nicht viel Bedienung. Denoch finde ich immer, sicher ist sicher; eine Tür ist schnell verschlossen, und es ist nur gut, wenn man sich mit einem Riegel gegen mögliches Unheil schützt. Viele Leute überlassen alles der Vorsehung, Miss, aber ich meine, auch der Allmächtige kommt nicht ohne Hilfsmittel aus, und die Vorsichtigen haben seinen besonderen Segen.» Und damit schloß sie die für ihre Verhältnisse lange Ansprache, die sie mit puritanischer Trockenheit vorgetragen hatte.

Ich stand noch immer vollkommen sprachlos vor dieser erstaunlichen Selbstbeherrschung und höchst rätselhaften Scheinheiligkeit, als die Köchin erschien.

«Mrs. Poole», sagte sie zu Grace, «das Essen für die Dienstboten ist gleich fertig, kommen Sie runter?»

«Nein, stellen Sie mein Porterbier und etwas Pudding auf ein Tablett, ich trag' es dann hoch.»

«Nehmen Sie auch Fleisch?»

«Nur ein Stückchen und ein wenig Käse, das ist alles.»

«Und der Sagobrei?»

«Um den brauchen Sie sich nicht zu kümmern, ich komme vor dem Tee runter und mache ihn selbst.»

Daraufhin meldete mir die Köchin, Mrs. Fairfax warte auf mich, und ich ging hinunter.

Beim Mittagessen nahm ich Mrs. Fairfax' Bericht über die brennenden Vorhänge kaum wahr, so beschäftigt war ich damit, mir über Grace Pooles unergründliches Wesen und ihre Stellung in Thornfield den Kopf zu zerbrechen. Ich fragte mich, warum sie heute früh nicht in Gewahrsam genommen oder zumindest aus dem Dienst entlassen worden war. Ihr Herr schien doch gestern nacht von ihrer Schuld überzeugt; welcher geheimnisvolle Grund hinderte ihn daran, sie anzuklagen? Und warum hatte er mich zur Geheimhaltung verpflichtet? Es war sonderbar: Ein selbstherrlicher, reizbarer, hochmütiger Gentleman schien aus irgendeinem Grund unter der Knute einer seiner niedrigsten Bediensteten zu stehen, und zwar so sehr, daß er sie nicht einmal dann, wenn sie sein Leben bedrohte, öffentlich des versuchten Mordes anklagte und noch weniger zu bestrafen wagte.

Wäre Grace jung und hübsch gewesen, hätte ich mich versucht gefühlt zu glauben, daß zartere Empfindungen als Vorsicht oder Furcht Mr. Rochester zu ihren Gunsten beeinflußten, aber grobknochig und matronenhaft, wie sie war, kam diese Auslegung nicht in Frage. «Dennoch», überlegte ich, «sie war auch einmal jung, und zwar zur gleichen Zeit wie ihr Herr. Mrs. Fairfax hat mir erzählt, daß sie schon jahrelang hier lebt. Sie dürfte niemals hübsch gewesen sein, aber wer weiß, ob sie nicht mit Originalität und ausgeprägten Wesensmerkmalen den Mangel an körperlichen Vorzügen wettgemacht hat. Mr. Rochester ist ein Liebhaber des Eindeutigen und Exzentrischen, und Grace ist zumindest exzentrisch. Was, wenn er infolge einer Laune aus früheren Zeiten (eine durchaus mögliche Anwandlung bei einer so heftigen, starrsinnigen Persönlichkeit) in ihrer Gewalt steht und sie nun insgeheim seine Handlungen steuert, eine Folge seiner eigenen Unbesonnenheit, die er nicht abschütteln kann und nicht zu ignorieren wagt?» Bei dieser Vermutung angelangt, tauchten Mrs. Pooles vierschrötige, platte Gestalt und ihr reizloses, nüchternes, ja derbes Gesicht deutlich vor meinem geistigen Auge auf, und ich dachte: «Nein, unmöglich!

Es kann nicht stimmen. Und trotzdem ...», flüsterte die geheime Stimme, die im Innersten unseres Herzens mit uns spricht, «auch *du* bist nicht schön, und dennoch ist es gut möglich, daß Mr. Rochester viel von dir hält. Jedenfalls hast du schon mehrmals diesen Eindruck gehabt; und in der vergangenen Nacht ... denk an seine Worte, seinen Blick, seine Stimme!»

Ich erinnerte mich genau an alles: Sprache, Blick und Tonfall schienen mir in diesem Augenblick greifbar wiedererstanden. Ich war gerade im Schulzimmer, Adèle zeichnete, ich beugte mich über sie und führte ihr den Stift. Sie blickte auf und fuhr zusammen.

«Qu'avez-vous, Mademoiselle?» fragte sie. «Vos doigts tremblent comme la feuille, et vos joues sont rouges: mais, rouges comme des cerises!»

«Mir ist vom Bücken heiß, Adèle!» Sie zeichnete weiter, und ich grübelte weiter.

Eilends suchte ich das häßliche Bild zu verbannen, das ich mir von Grace Poole gemacht hatte; es stieß mich ab. Ich verglich mich mit ihr und merkte, wie verschieden wir waren. Bessie Leaven hatte mich als Dame bezeichnet, und mit Recht: ich war eine Dame. Und mittlerweile sah ich noch viel besser aus als bei Bessies Besuch; ich hatte mehr Farbe, war kräftiger, lebhafter und temperamentvoller geworden, denn ich hegte lichtere Hoffnungen und erlebte innigere Freuden.

«Es wird Abend», sagte ich und blickte zum Fenster. «Ich habe Mr. Rochesters Stimme oder Schritt den ganzen Tag nicht gehört, aber bevor es Nacht wird, sehe ich ihn bestimmt noch. Morgens habe ich mich vor einer Begegnung gefürchtet, jetzt sehne ich sie herbei, denn meine Erwartung ist so oft enttäuscht worden, daß ich ungeduldig geworden bin.»

Als es schließlich völlig dunkel war und Adèle mich verlassen hatte, um im Kinderzimmer mit Sophie zu spielen, wünschte ich mir sehnlichst, ihn zu sehen. Ich lauschte auf die Glocke von unten, wartete darauf, daß Leah mit einer Nachricht hochkam, bildete mir manchmal ein, Mr. Rochesters Schritt zu hören, und ging schon zur Tür in der Erwartung, sie werde sich öffnen und ihn einlassen. Aber die Tür blieb geschlossen, und herein kam nur durchs Fenster die Dunkelheit. Noch war es nicht spät, oft ließ er mich um sieben oder acht Uhr holen, und es war erst sechs. Ich würde heute abend bestimmt nicht vergebens warten, wo ich ihm doch so viel zu sagen hatte! Ich wollte das Gespräch noch einmal auf Grace Poole bringen und hören, was er antwortete, wollte ihn unverblümt fragen, ob er wirklich glaube, daß sie den schrecklichen Anschlag letzte Nacht verübt habe, und wenn ja, warum er ihre Missetat geheimhielt. Es spielte keine Rolle, ob meine Neugier ihn erzürnte; ich verstand mich auf das vergnügliche Spiel, ihn abwechselnd zu reizen und zu besänftigen. Es war eines meiner liebsten Spiele, und ein sicherer Instinkt bewahrte mich davor, zu weit zu gehen. Nie überschritt ich die Grenze zur Provokation, erprobte indessen gern meine Geschicklichkeit am äußersten Rand. Da ich ihm stets mit Achtung begegnete und nie vergaß, was sich in meiner Stellung ziemte, konnte ich ohne Angst und verlegene Zurückhaltung meine Meinung ihm gegenüber vertreten, und das gefiel uns beiden.

Endlich knarzten Schritte auf der Treppe. Leah erschien, aber nur, um mitzuteilen, daß in Mrs. Fairfax' Zimmer der Tee bereitstehe. Froh, wenigstens nach unten gehen zu dürfen, begab ich mich dorthin, brachte es mich doch, so glaubte ich, Mr. Rochester näher.

«Sie brauchen jetzt Ihren Tee», sagte die gute Frau, als ich mich zu ihr gesellte, «mittags haben Sie sehr wenig gegessen. Ich fürchte», fuhr sie fort, «es geht Ihnen heute nicht gut, Sie schauen so erhitzt und fiebrig aus.»

«Oh, mir geht es ganz gut, es ging mir nie besser.»

«Dann beweisen Sie es mit gutem Appetit! Würden Sie bitte den Tee aufgießen, während ich diese Nadel noch zu Ende stricke?» Als sie mit ihrer Handarbeit fertig war, stand sie auf, um den Vorhang zu schließen, der noch gerafft war, vermutlich, um das letzte Tageslicht auszunützen. Doch jetzt verwandelte sich die Dämmerung rasch in tiefe Dunkelheit.

«Gutes Wetter heute abend», sagte sie, während sie durch die Scheiben guckte, «wenn auch ohne Sterne. Alles in allem hatte Mr. Rochester einen günstigen Tag für seine Reise.»

«Reise! – Ist Mr. Rochester weg? Ich wußte nicht, daß er fort ist.»

«Ja, er ist gleich nach dem Frühstück aufgebrochen! Er ist nach ‹The Leas› geritten, zum Gut von Mr. Eshton, zehn Meilen hinter Millcote. Dort ist wohl eine ganze Gesellschaft versammelt, Lord Ingram, Sir George Lynn, Colonel Dent und andere.»

«Erwarten Sie ihn heute noch zurück?»

«Nein, und morgen auch nicht, wahrscheinlich

bleibt er eine Woche oder länger. Wenn sich solch elegante Herrschaften zu gepflegtem, fröhlichem Beisammensein treffen, sind sie so wohlversorgt mit Annehmlichkeiten und Unterhaltung, daß sie es nicht eilig haben, sich wieder zu trennen. Dabei sind die Herren immer besonders gefragt, und Mr. Rochester als begabter und lebhafter Gesellschafter ist bestimmt der Liebling aller; die Damen sind regelrecht vernarrt in ihn, man sollte es nicht glauben, da ihn ja sein Aussehen nicht besonders empfiehlt. Aber vermutlich entschädigen seine Fähigkeiten und Fertigkeiten, vielleicht auch sein Reichtum und seine vornehme Abstammung für die äußeren Mängel.»

«Sind denn auch Damen in ‹The Leas›?»

«Ja, Mrs. Eshton und ihre drei Töchter, äußerst elegante junge Damen, und dann die berühmte Blanche Ingram und ihre Schwester Mary, bestimmt sehr schöne Frauen. Blanche habe ich sogar einmal gesehen, vor sechs oder sieben Jahren, als Achtzehnjährige. Sie erschien damals zu Mr. Rochesters Weihnachtsball. Da hätten Sie das Eßzimmer sehen sollen – so reich geschmückt und hell erleuchtet! Es waren wohl an die fünfzig Damen und Herren anwesend, alle aus den ersten Familien des Landadels, und Miss Ingram war die Ballkönigin.»

«Sie sagen, Sie haben sie gesehen, Mrs. Fairfax, wie sah sie aus?»

«Ja, ich habe sie gesehen. Die Türen zum Speisezimmer wurden plötzlich weit geöffnet, und da Weihnachten war, durfte sich das Gesinde in der Halle versammeln und zuhören, wie die Damen sangen und spielten. Mr. Rochester bat mich hinein, und ich setzte mich in eine stille Ecke und sah ihnen zu. Nie habe ich etwas Glanzvolleres gesehen; die Damen waren prächtig gekleidet, die meisten, zumindest die jüngeren, waren hübsch, aber Miss Ingram war eindeutig die Schönste.»

«Und wie sah sie aus?»

«Groß, schöne Büste, abfallende Schultern, ein langer, anmutiger Hals, olivfarbene Haut, dunkel und rein, edle Züge, Augen etwa wie die von Mr. Rochester, groß und schwarz und strahlend wie ihre Juwelen. Und dann hatte sie wunderbares Haar, rabenschwarz und sehr kleidsam frisiert: hinten eine Krone dicker Flechten und vorn die längsten, glänzendsten Locken, die ich je gesehen habe. Sie war ganz in Weiß gekleidet, über Schulter und Brust lief eine bernsteinfarbene Schärpe, die seitlich gebunden wurde und in langen Fransen bis zum Knie herunterfiel. Sie trug auch eine bernsteinfarbene Blume im Haar, die sich gegen die pechschwarze Masse ihrer Locken vorteilhaft abhob.»

«Natürlich wurde sie allgemein bewundert?»

«Natürlich. Und nicht nur wegen ihrer Schönheit, sondern auch wegen ihres Könnens. Sie war eine der Sängerinnen und wurde von einem Herrn am Piano begleitet. Sie sang auch mit Mr. Rochester im Duett.»

«Mit Mr. Rochester! Ich wußte nicht, daß er singen kann.»

«Oh, er hat eine schöne Baßstimme und einen hervorragenden Musikgeschmack.»

«Und Miss Ingram, was hatte sie für eine Stimme?»

«Eine sehr volle, kräftige. Sie sang entzückend,

es war eine Freude, ihr zuzuhören, und später spielte sie noch Klavier. Ich verstehe nichts von Musik, aber Mr. Rochester schon, und ich hörte, wie er ihre Darbietung als bemerkenswert gut bezeichnete.»

«Und diese schöne und vielseitige Dame ist noch nicht verheiratet?»

«Offenbar nicht. Vermutlich haben sie und ihre Schwester kein großes Vermögen. Der Besitz des alten Lord Ingram war überwiegend unveräußerliches Familiengut, und der älteste Sohn hat fast alles bekommen.»

«Aber ich wundere mich, daß sich kein wohlhabender Adliger oder Gentleman in sie verliebt hat. Mr. Rochester zum Beispiel. Er ist doch reich, oder?»

«O ja. Aber bedenken Sie den Altersunterschied. Mr. Rochester ist fast vierzig und sie erst fünfundzwanzig.»

«Na und? Tag für Tag heiraten Leute, die noch schlechter zusammenpassen.»

«Das stimmt, aber ich glaube kaum, daß Mr. Rochester sich mit einem solchen Gedanken trägt. – Aber Sie essen ja gar nichts, Sie haben noch kaum etwas gekostet, seit Sie zum Tee kamen.»

«Ach, ich habe mehr Durst als Hunger. Kann ich noch eine Tasse haben?»

Ich wollte noch einmal auf die Wahrscheinlichkeit einer Verbindung zwischen Mr. Rochester und der schönen Blanche zurückkommen, aber da trat Adèle ins Zimmer, und das Gespräch wurde in andere Bahnen gelenkt.

Wieder allein, überdachte ich das Gehörte, schaute in mein Herz, prüfte meine Gedanken und

Gefühle und bemühte mich, mit strenger Hand alles, was durch die grenzen- und weglosen Weiten der Phantasie gestreunt war, in den sicheren Pferch des gesunden Menschenverstandes zurückzuzwingen.

Ich hielt über mich selbst Gericht – die Erinnerung legte ihre Beweise vor, die Hoffnungen, Wünsche und Gefühle, die ich seit der vergangenen Nacht hegte, sowie meinen seelischen Gesamtzustand der letzten vierzehn Tage; dann trat die Vernunft vor, antwortete in der ihr eigenen ruhigen Art mit einem schlichten, ungeschminkten Bericht und zeigte auf, wie ich die Wirklichkeit von mir gewiesen und das Wunschbild gierig aufgesogen hatte – und ich fällte zum Schluß das Urteil, daß nie eine größere Närrin als Jane Eyre irdische Luft geatmet, nie eine verrücktere Träumerin bis zum Überdruß in süßen Lügen geschwelgt und Gift wie Nektar geschluckt habe.

«*Du* wärest von Mr. Rochester besonders bevorzugt?» sprach ich. «*Du* besäßest die Gabe, ihm zu gefallen? *Du* hättest auch nur die geringste Bedeutung für ihn? Geh! Dein Größenwahn macht mich krank. Du glaubtest dich über gelegentliche Zeichen einer Bevorzugung freuen zu dürfen – zweideutige Äußerungen eines Gentlemans von Familie, eines Mannes von Welt gegenüber einer unerfahrenen Angestellten. Wie konntest du' s wagen? Du dumme, arme Närrin! – Könntest du nicht wenigstens aus Selbstsucht klüger sein? Du hast dich heute morgen an die kurze Szene von gestern nacht erinnert? – Bedecke dein Haupt und schäm dich! Er fand deine Augen schön, ja? Du verblendeter Gelbschnabel! Klapp die verschlafenen Lider auf, und schau deiner verwünschten Torheit ins Gesicht! Es bekommt keiner Frau, wenn sie sich von ihrem Vorgesetzten umschmeicheln läßt, der unmöglich den Wunsch haben kann, sie zu heiraten, und jede Frau ist verrückt, die in ihrem Innern eine geheime Liebe aufflammen läßt, die, wenn sie unerkannt und unerwidert bleibt, das sie hegende Leben aufzehrt und andernfalls, wenn sie entdeckt und erwidert wird, einem Irrlicht gleich in Sümpfe führen muß, aus denen es kein Entrinnen gibt.

Vernimm also dein Urteil, Jane Eyre: Stell dich morgen vor einen Spiegel, und fertige eine Kreidezeichnung von dir an, wahrheitsgetreu und ohne eine Schwäche zu vertuschen. Laß keine harte Linie weg, glätte nichts Unangenehmes, Unebenmäßiges und schreibe dann darunter: ‹Porträt einer Erzieherin ohne Anhang, arm und unansehnlich.›

Danach nimm ein Stück glattes Elfenbein – du hast eins im Malkasten –, mische auf deiner Palette die frischesten, schönsten und reinsten Farben, benutze deinen feinsten Kamelhaarpinsel, zeichne sorgfältig ein Gesicht, so hübsch du es dir nur vorstellen kannst, und bemale es mit den zartesten Schattierungen und lieblichsten Farben, so wie Mrs. Fairfax dir Blanche Ingram beschrieben hat. Denk an die rabenschwarzen Locken, die orientalischen Augen – was, du willst schon wieder Mr. Rochester als Modell nehmen? Ruhe! Kein Geheul! – Keine Rührseligkeiten! – Kein Bedauern! Ich dulde nur Vernunft und Entschlossenheit. Denk an die majestätischen und doch harmonischen Züge, den griechischen Hals und Oberkörper, zeig den gerundeten, blendendschönen Arm und die zarte Hand, vergiß keinen Brillantring und kein goldenes Armband, porträtiere getreu ihre Kleidung, die hauchzarte Spitze und den schimmernden Satin, die elegante Schärpe und die goldene Rose, und nenn das Bild ‹Blanche, eine vollendete Dame von Rang›.

Und solltest du in Zukunft einmal denken, Mr. Rochester betrachte dich mit Wohlgefallen, dann hol diese beiden Bilder hervor, vergleich sie und sag: ‹Mr. Rochester könnte die Liebe dieser adligen Dame erringen, falls er sich darum zu bemühen gedenkt, aber ist es wahrscheinlich, daß er einen ernsthaften Gedanken an diese bedürftige, unbedeutende Plebejerin verschwendet?›

So mach' ich's», beschloß ich, und nach dieser Entscheidung wurde ich ruhiger und schlief ein.

Ich hielt Wort. Ein oder zwei Stunden genügten für mein Porträt in Kreide, und in knapp zwei Wochen hatte ich die Elfenbeinminiatur einer imaginären Blanche Ingram fertiggestellt. Es wurde ein sehr hübsches Gesicht, und wenn ich es mit dem realistischen Kopf in Kreide verglich, war der Unterschied so groß, wie es die Selbstbeherrschung nur wünschen konnte. Die Aufgabe tat mir gut. Sie beschäftigte Kopf und Hand und kräftigte und festigte die neuen Gedanken, die ich meinem Herzen unauslöschlich einprägen wollte.

Schon bald hatte ich gute Gründe, mich zu der heilsamen Disziplin zu beglückwünschen, zu der ich meine Gefühle gezwungen hatte. Ihr verdankte ich es, daß ich die nachfolgenden Ereignisse, denen ich unvorbereitet wahrscheinlich nicht einmal äußerlich gewachsen gewesen wäre, mit schicklicher Gelassenheit ertrug.

KAPITEL 17

Eine Woche verstrich, und es traf keine Nachricht von Mr. Rochester ein; zehn Tage vergingen, und er kam immer noch nicht. Mrs. Fairfax meinte, es würde sie nicht wundern, wenn er von ‹The Leas› gleich weiter nach London reiste und von da auf den Kontinent und sich in Thornfield ein Jahr lang nicht blicken ließe; er sei nicht selten so jäh und unerwartet aufgebrochen. Als ich das hörte, beschlich eine seltsame Kälte und Schwäche mein Herz. Ich gestattete mir sogar schon das gräßliche Gefühl der Enttäuschung, aber dann nahm ich all meinen Verstand zusammen, erinnerte mich an meine Grundsätze und rief auf der Stelle meine Gefühle zur Ordnung; und es war wunderbar, wie ich über diesen Anfall von Dummheit hinwegkam, wie ich mir den unsinnigen Gedanken aus dem Kopf schlug, Mr. Rochesters Ortsveränderungen seien für mich in irgendeiner Weise von lebenswichtigem Belang. Dabei demütigte ich mich nicht durch sklavische Unterlegenheitsphantasien, im Gegenteil, ich sagte mir nur: «Du hast mit dem Herrn von Thornfield nichts weiter zu tun, als daß du das Gehalt empfängst, das er dir für den Unterricht seines Schützlings zahlt, und du dich dankbar erweist für die respektvolle, freundliche Behandlung, die du bei Erfüllung deiner Pflicht von seiner Seite mit Recht erwarten kannst. Sei gewiß, daß er dies als einziges Band zwischen dir und sich anerkennt, also mach ihn nicht zum Gegenstand deiner zarteren Empfindungen, Freudenausbrüche oder Seelenqualen. Er gehört nicht zu deinesgleichen. Bleib bei deinem Stand, und bewahre dir so viel

Selbstachtung, daß du aus tiefstem Herzensgrund kommende Liebe nicht verschwendest, wo eine solche Gabe nicht erwünscht und nur verachtet würde.»

Ich ging ruhig meinen täglichen Aufgaben nach, aber immer wieder zogen mir verschwommene Überlegungen durch den Kopf, ob ich Thornfield nicht verlassen sollte. Unwillkürlich entwarf ich Anzeigen und suchte mir in Gedanken eine neue Stelle; ich hielt es nicht für nötig, diesen Phantasien Einhalt zu gebieten; mochten sie keimen und Früchte tragen, wenn sie konnten.

Mr. Rochester war schon über zwei Wochen fort, als Mrs. Fairfax mit der Post einen Brief erhielt.

«Er ist vom Herrn», sagte sie mit einem Blick auf den Absender. «Jetzt werden wir gleich erfahren, ob wir mit seiner Rückkehr rechnen dürfen.»

Während sie das Siegel erbrach und das Schriftstück überflog, trank ich weiter meinen Kaffee (wir saßen gerade beim Frühstück). Er war heiß, und ich schrieb es diesem Umstand zu, daß mir plötzlich eine feurige Röte ins Gesicht stieg. Warum meine Hand zitterte und ich versehentlich die halbe Tasse in meine Untertasse verschüttete – darüber dachte ich lieber nicht nach.

«Aha ... manchmal finde ich es zu ruhig hier, aber jetzt haben wir gute Aussichten auf reichliche Beschäftigung, zumindest für eine Weile», sagte Mrs. Fairfax und hielt sich noch immer den Brief vor die Brille.

Ehe ich mir gestattete, um eine Erklärung zu bitten, band ich Adèle die Schürze zu, die zufällig aufgegangen war, gab ihr noch ein Rosinenbrötchen und goß ihr frische Milch in den Becher. Dann erst fragte ich wie von ungefähr: «Mr. Rochester kehrt wahrscheinlich nicht so bald zurück?»

«Doch, in drei Tagen, schreibt er. Das ist am Donnerstag, und er kommt nicht allein. Ich weiß nicht, wie viele von den Herrschaften aus ‹The Leas› er mitbringt. Er ordnet an, alle guten Schlafzimmer herzurichten und die Bibliothek und die Salons zu reinigen, und ich soll mir aus dem ‹George Inn› in Millcote oder woher auch immer zusätzliche Küchenhilfen holen. Die Damen bringen ihre Zofen mit und die Herren ihre Kammerdiener, wir haben also ein volles Haus.» Und Mrs. Fairfax schlang ihr Frühstück hinunter und hastete davon, um mit den Vorbereitungen zu beginnen.

Die drei Tage waren, wie sie vorhergesagt hatte, ziemlich unruhig. Ich hatte immer geglaubt, in Thornfield seien alle Räume schön sauber und ordentlich, aber da hatte ich mich anscheinend getäuscht. Drei Frauen wurden als Hilfskräfte eingestellt. Da wurde mit einer Inbrunst geschrubbt und gebürstet, wurden Tapeten abgewaschen, Teppiche geklopft, Bilder abgenommen und wieder aufgehängt, Spiegel und Lüster poliert, in den Schlafzimmern Feuer entfacht und Bettbezüge und Federbetten vor dem Kamin gelüftet, wie ich es nie zuvor und danach erlebt habe. Dazwischen rannte Adèle ungebärdig umher, wie verzückt angesichts der Vorbereitungen und der Aussicht auf die Ankunft der Gäste. Sie wollte, daß Sophie all ihre *toilettes* durchsah, wie sie ihre Kleidchen nannte, alle aufputzte, die *passées* waren, und die neuen lüftete und bereitlegte. Sie selbst tat nichts anderes, als in den vorderen Zimmern herumzuhüpfen, auf die Betten zu springen und wieder herunter und sich vor den gewaltigen, prasselnden Kaminfeuern auf die Matratzen und hochgetürmten Federbetten und Kissen zu legen. Vom Unterricht war sie befreit, denn Mrs. Fairfax hatte mich in ihren Dienst gedrängt, und ich stand den ganzen Tag in der Vorratskammer, um ihr und der Köchin zu helfen (beziehungsweise im Weg zu stehen). Ich lernte, wie man Vanillepudding kocht, Käsekuchen und Blätterteigpasteten bäckt, Wild dressiert und Nachtische garniert.

Die Gesellschaft wurde für Donnerstag nachmittag erwartet, rechtzeitig für das Dinner um sechs. Bis dahin blieb mir keine Zeit, Hirngespinsten nachzuhängen, und ich war nicht weniger rührig und fröhlich als alle anderen, abgesehen von Adèle. Allerdings erhielt meine Fröhlichkeit ab und zu einen Dämpfer, und ich wurde wider Willen zurückgeworfen in eine Welt voller Zweifel, schlimmer Vorzeichen und dunkler Ahnungen, zum Beispiel, wenn ich einmal zufällig sah, wie sich die in jüngster Zeit stets verschlossene Tür zum Treppenhaus in den dritten Stock langsam öffnete und Grace Poole durchschlüpfen ließ, mit pedantisch sauberer Haube, weißer Schürze und weißem Halstuch; wenn ich beobachtete, wie sie den Korridor entlangglitt, den leisen Schritt noch gedämpft durch Flickenpantoffeln, einen Blick in die Schlafzimmer warf, wo vor lauter Geschäftigkeit alles drunter und drüber ging – dort vielleicht ein Wort mit den Putzfrauen darüber wechselte, wie man einen Kaminrost richtig säubert, einen marmornen Kaminsims reinigt oder Flecken von den Tapeten entfernt und dann weiterschritt. So stieg sie einmal am Tag in die Küche hinunter, nahm ihr Mittagessen ein, rauchte vor dem Kamin eine kleine Pfeife und stieg mit einem Krug Porterbier als stillem Tröster wieder nach oben in ihren düsteren Schlupfwinkel zurück. Nur eine Stunde von vierundzwanzig verbrachte sie mit den anderen Dienstboten unten; den Rest der Zeit saß sie in irgendeinem eichengetäfelten Zimmer mit niedriger Decke im dritten Stock und nähte und lachte wahrscheinlich traurig vor sich hin, einsam wie ein Gefangener in seinem Kerker.

Am seltsamsten war, daß außer mir keine Menschenseele im Haus von ihren Gewohnheiten Notiz zu nehmen oder sich darüber zu wundern schien; niemand sprach über ihre Stellung oder Tätigkeit, niemand bemitleidete sie wegen ihrer Einsamkeit oder Ausgrenzung. Einmal allerdings hörte ich zufällig die Bruchstücke eines Gesprächs zwischen Leah und einer Putzfrau, in dem es um Grace ging. Leah hatte etwas gesagt, das ich nicht verstand, und nun meinte die Putzfrau: «Ich nehm' mal an, sie kriegt einen guten Lohn?»

«Ja», erwiderte Leah, «ich wollte, ich hätte so einen. Nicht daß ich mich über meinen beklagen könnte, in Thornfield ist man nicht knickrig, bloß ist es nicht ein Fünftel von dem, was Mrs. Poole bekommt. Und sie legt einiges zurück. Sie geht alle Vierteljahre zur Bank nach Millcote. Ich würde mich nicht wundern, wenn sie genug gespart hätte, um unabhängig zu leben, wenn sie weg will. Aber vermutlich hat sie sich an das Haus gewöhnt, und sie ist ja noch nicht mal vierzig und bei besten Kräften. Es wäre zu früh für sie, mit der Arbeit aufzuhören.»

«Sie ist sicher sehr geschickt», sagte die Putzfrau.

«Ja, sie versteht sich auf ihre Arbeit wie kein

anderer», erwiderte Leah vielsagend, «nicht jeder könnte sie ersetzen, auch nicht für das viele Geld, das sie kriegt.»

«Bestimmt nicht!» lautete die Antwort. «Ich frage mich nur, ob der Herr …»

Die Putzfrau wollte fortfahren, aber in diesem Augenblick wandte sich Leah um, entdeckte mich und versetzte ihrer Nachbarin einen leichten Rippenstoß.

«Weiß sie's nicht?» hörte ich die Frau flüstern.

Leah schüttelte den Kopf, und natürlich war das Gespräch beendet. Immerhin hatte ich ihm entnommen, daß es in Thornfield ein Geheimnis gab und ich von der Mitwisserschaft bewußt ausgeschlossen wurde.

Der Donnerstag kam. Am Abend vorher war alle Arbeit getan, die Teppiche lagen auf dem Boden, die Bettvorhänge waren aufgehängt und gerafft, über die Betten breiteten sich schneeweiße Tagesdecken, die Toilettentische waren vorbereitet, die Möbel poliert, die Vasen mit Blumen gefüllt, und die Schlafzimmer und Empfangsräume sahen so strahlend sauber aus wie von Menschenhand nur möglich. Auch die Halle hatte man geputzt und die große, geschnitzte Uhr sowie Treppenstufen und Geländer spiegelblank poliert. Im Speisezimmer prangte auf der Anrichte funkelndes Geschirr, und im Salon und im Boudoir standen überall Vasen mit exotischen Blumen.

Es wurde Nachmittag. Mrs. Fairfax legte ihr bestes Kleid aus schwarzem Atlas, ihre Handschuhe und die goldene Uhr an, denn ihr fiel die Aufgabe zu, die Gäste zu empfangen, die Damen auf ihre Zimmer zu führen und dergleichen. Auch Adèle wollte angezogen werden; ich vermutete allerdings, daß sie kaum das Glück haben würde, der Gesellschaft vorgestellt zu werden, zumindest heute noch nicht. Um ihr jedoch eine Freude zu machen, erlaubte ich Sophie, ihr eins der kurzen, weiten Musselinkleider anzuziehen. Was mich betraf, so brauchte ich mich nicht umzuziehen, ich würde nicht aufgefordert werden, mein Allerheiligstes, das Schulzimmer, zu verlassen – denn zum Allerheiligsten war es inzwischen für mich geworden, «eine Hülfe in großen Nöten»[38].

Es war ein milder, heiterer Frühlingstag gewesen, einer jener Tage Ende März oder Anfang April, die als Sommervorboten schimmernd über der Erde aufsteigen. Nun ging er zu Ende, aber selbst der Abend war noch warm, und ich saß mit meiner Handarbeit im Schulzimmer am offenen Fenster.

«Es wird spät», sagte Mrs. Fairfax, die in vollem Ornat hereingerauscht kam. «Zum Glück habe ich das Dinner eine Stunde später angesetzt, als Mr. Rochester befahl, denn jetzt ist es schon nach sechs. Ich habe John zum Tor geschickt, vielleicht sieht er was auf der Straße. Von dort aus hat man nämlich einen weiten Blick Richtung Millcote.» Sie ging ans Fenster. «Da kommt er ja!» sagte sie. «Na, John», sie lehnte sich hinaus, «gibt's was Neues?»

«Sie kommen, Ma'am,» entgegnete er. «In zehn Minuten sind sie da.»

Adèle flog zum Fenster. Ich folgte ihr, bemühte mich aber, seitlich zu stehen, so daß ich, vom Vorhang verborgen, sehen konnte, ohne gesehen zu werden.

Die von John angegebenen zehn Minuten erschienen uns sehr lang, aber endlich hörten wir Räderrollen, vier Reiter kamen die Auffahrt heraufgaloppiert, und dahinter folgten zwei offene Kutschen. Flatternde Schleier und wogende Federn füllten die Fahrzeuge. Zwei der Reiter waren junge, schneidige Herren, der dritte war Mr. Rochester auf seinem Rappen Mesrour, und Pilot sprang vor ihm her. An seiner Seite und mit ihm an der Spitze der Gesellschaft ritt eine Dame. Ihr purpurrotes Reitkleid streifte fast den Boden, ihr Schleier wehte im Wind, und zwischen seinem durchsichtigen Gefältel schimmerten üppige schwarze Locken.

«Miss Ingram!» rief Mrs. Fairfax und eilte nach unten auf ihren Posten.

Die Kavalkade folgte der geschwungenen Auffahrt, bog um die Hausecke, und ich verlor sie aus dem Blick. Adèle fragte flehentlich, ob sie jetzt hinuntergehen könne, doch ich nahm sie auf den Schoß und erklärte ihr, sie dürfe sich auf keinen Fall in Sichtweite der Damen wagen, weder jetzt noch sonst irgendwann, wenn sie nicht ausdrücklich eingeladen sei, Mr. Rochester werde sonst sehr böse. Sie vergoß bei diesen Worten «einige begreifliche Tränen»[39], wischte sie aber schließlich wieder ab, als ich ein sehr ernstes Gesicht aufsetzte.

Von unten aus der Halle war nun ein fröhlicher Tumult zu hören. Die tiefen Stimmen der Herren und die silberhellen der Damen vermengten sich harmonisch, und über allen erklang deutlich, wenngleich nicht laut der sonore Tonfall des Hausherrn von Thornfield Hall, der seine Gäste, die schönen wie die schneidigen, unter seinem Dach willkommen hieß. Dann kamen leichte Schritte die Treppe herauf, im Korridor gab es ein Trippeln und leises, heiteres Lachen, Türen öffneten und schlossen sich, und schließlich herrschte eine Weile Stille.

«Elles changent de toilettes», sagte Adèle, die aufmerksam gelauscht und jede Bewegung verfolgt hatte, und sie seufzte.

«Chez Maman», sagte sie, «quand il y avait du monde, je le suivais partout, au salon et à leurs chambres; souvent je regardais les femmes de chambre coiffer et habiller les dames, et c'était si amusant: comme cela on apprend.»

«Hast du keinen Hunger, Adèle?»

«Mais oui, Mademoiselle: voilà cinq ou six heurs que nous n'avons pas mangé.»

«Gut, solange die Damen auf ihren Zimmern sind, werde ich mich hinunterwagen und dir etwas zu essen holen.»

Vorsichtig verließ ich meine Zufluchtsstätte und stieg über eine Hintertreppe direkt in die Küche hinab. In diesen Gefilden herrschte nur noch Hitze und Hektik; die Suppe und das Fischgericht durchliefen das letzte Stadium ihrer Zurüstung, und die Köchin hing in einem körperlichen und geistigen Zustand über ihren Tiegeln, der eine baldige Explosion befürchten ließ. In der Gesindestube standen und saßen zwei Kutscher und drei Kammerdiener vor dem Kamin, die Zofen waren wohl oben bei ihren Herrinnen, und die aus Millcote angeheuerten neuen Dienstboten machten sich überall zu schaffen. Ich schlängelte mich durch dieses Chaos hindurch und gelangte endlich zur Speisekammer; dort griff ich mir ein kaltes Hähnchen, ein kleines Brot, etwas Obstkuchen, zwei Teller, Messer und Gabel und trat mit dieser Beute eilends den Rückzug an. Ich stand schon wieder im Korridor und zog eben die Treppentür hinter mir zu, als das lauter werdende Summen ankündigte, daß die Damen wohl gleich aus ihren Zimmern treten würden. Ich konnte nicht bis zum Schulzimmer gehen, ohne Gefahr zu laufen, mit meiner Lebensmittelladung ertappt zu werden, und so blieb ich an diesem fensterlosen, finsteren Flurende stehen. Es herrschte inzwischen völlige Dunkelheit hier, da die Sonne schon untergegangen und die Dämmerung auf dem Vormarsch war.

Gleich darauf gaben die Zimmer ihre schönen Bewohnerinnen eine nach der anderen frei. Lässig und gutgelaunt traten sie hervor, in Gewändern, die im Halbdunkel leuchteten und schimmerten. Eine Weile standen sie am anderen Flurende in Gruppen beieinander und unterhielten sich leise und mit gedämpfter Lebhaftigkeit, dann gingen sie die Treppe hinab, fast lautlos, wie ein lichter Nebel einen Berghang hinunterzieht. Noch nie hatte ich einen so beeindruckenden aristokratischen, eleganten Auftritt erlebt.

Am Schulzimmer traf ich auf Adèle, die die Tür einen Spalt offenhielt und hindurchlugte. «Was für schöne Damen!» rief sie auf englisch, «ach, wenn ich doch zu ihnen dürfte! Glauben Sie, Mr. Rochester wird uns später holen lassen, nach dem Dinner?»

«Nein, bestimmt nicht. Mr. Rochester hat anderes zu denken. Schlag dir die Damen für heute abend aus dem Kopf, vielleicht siehst du sie morgen. Hier ist dein Essen.»

Sie war wirklich hungrig, und mit Hühnchen und Obstkuchen ließ sie sich eine Weile ablenken. Gut, daß ich diesen Proviant besorgt hatte, sonst hätten Adèle, ich und Sophie, der ich einen Teil unserer Mahlzeit abgab, womöglich gar nichts zu essen bekommen, denn unten waren alle viel zu beschäftigt, um an uns zu denken. Das Dessert wurde erst nach neun Uhr aufgetischt, und um zehn Uhr eilten die Butler noch immer mit Tabletts und Kaffeetassen hin und her. Ich erlaubte Adèle, länger aufzubleiben als sonst, denn sie behauptete, sie könne unmöglich schlafen, solange unten ständig die Türen auf und zu gingen und die Leute herumliefen. Außerdem, fügte sie hinzu, käme vielleicht eine Botschaft von Mr. Rochester, wenn sie schon ausgezogen wäre, «et alors quel dommage!»

Ich erzählte ihr Geschichten, solange sie zuhören wollte, und brachte sie dann zur Abwechslung hinaus in den Korridor. Die Lampe in der Halle brannte, und es machte ihr Spaß, von der Balustrade herab das Hin- und Herlaufen der Bediensteten zu beobachten. Der Abend war schon weit fortgeschritten, da erklang aus dem Salon, wohin man das Piano gebracht hatte, Musik. Ich setzte mich mit Adèle auf die oberste Treppenstufe, um zuzuhören. Bald gesellte sich eine Stimme zu den vollen Tönen des Instruments, es war eine Dame, und sie sang sehr lieblich. Auf das Solo folgte ein Duett, dann ein mehrstimmiges Lied, und die Pausen erfüllte munteres Gemurmel. Ich lauschte lange, und mit einem Mal merkte ich, daß mein Ohr gespannt die verschiedenen Stimmen herauszuhören und in dem Durcheinander die von Mr. Rochester zu erkennen versuchte und sich, als es sie erfaßt hatte, was bald der Fall war, bemühte, die wegen der Entfernung undeutlichen Laute zu Worten zusammenzusetzen.

Es schlug elf. Ich blickte auf Adèle, deren Kopf an meiner Schulter lehnte. Da ihre Augen immer schwerer wurden, nahm ich sie auf den Arm und trug sie ins Bett. Es war fast ein Uhr, als die Herren und Damen ihre Zimmer aufsuchten.

Der nächste Tag war genauso schön wie der vorige, und die Gesellschaft nutzte ihn zu einem Ausflug in die Umgebung. Sie brachen am frühen Vormittag auf, einige zu Pferd, die anderen in Kutschen; ich beobachtete Aufbruch und Rückkehr. Wie gestern war Miss Ingram die einzige Reiterin, und wie gestern galoppierte Mr. Rochester an ihrer Seite. Die beiden hielten sich ein wenig abseits von den anderen. Ich wies Mrs. Fairfax, die mit mir am Fenster stand, auf diesen Umstand hin.

«Sie hielten es für unwahrscheinlich, daß sie ans Heiraten denken», sagte ich, «aber Sie sehen ja, Mr. Rochester zieht sie offenkundig allen anderen Damen vor.»

«Ja, allerdings. Zweifelsohne bewundert er sie.»

«Und sie ihn», ergänzte ich. «Schauen Sie nur, wie sie ihm den Kopf zuneigt, als teile sie ihm vertraulich etwas mit! Ich wollte, ich könnte ihr Gesicht sehen. Bisher habe ich noch nicht einmal einen flüchtigen Blick darauf werfen können.»

«Sie werden Sie heute abend sehen», antwortete Mrs. Fairfax. «Ich habe Mr. Rochester gegenüber beiläufig erwähnt, wie sehr Adèle wünscht, den Damen vorgestellt zu werden, und er sagte: ‹Dann soll sie nach dem Dinner in den Salon kommen. Und bitten Sie Miss Eyre, sie zu begleiten!›»

«Ach … das hat er nur aus Höflichkeit gesagt, ich brauche bestimmt nicht zu gehen», erwiderte ich.

«Nun ja, ich sagte ihm, Sie seien an Gesellschaft nicht gewöhnt und erschienen wohl nicht gern vor einer so glänzenden Schar, lauter Fremden, doch er widersprach rasch: ‹Unsinn! Wenn sie Einwände macht, sagen Sie ihr, es sei mein ausdrücklicher Wunsch, und wenn sie sich weigert, komme ich und hole sie.›»

«Diese Mühe werde ich ihm ersparen», antwortete ich. «Ich gehe schon, wenn es sein muß, aber gern tu' ich es nicht. Sind Sie auch da, Mrs. Fairfax?»

«Nein, ich habe mich entschuldigt, und er hat meine Entschuldigung angenommen. Ich will Ihnen sagen, wie Sie den peinlichen offiziellen Auftritt, den unangenehmsten Teil der Geschichte, vermeiden können. Sie gehen in den Salon, solange er noch leer ist, also bevor sich die Damen vom Tisch erheben, suchen sich einen Platz in einem stillen Winkel und bleiben nur so lange, bis die Herren auch hereingekommen sind – es sei denn, es gefällt Ihnen. Mr. Rochester soll nur sehen, daß Sie da sind, dann schlüpfen Sie hinaus. Niemand wird Sie bemerken.»

«Was glauben Sie – bleiben diese Leute lange?»

«Vielleicht zwei oder drei Wochen, bestimmt nicht länger. Nach den Osterferien muß Sir George Lynn, der kürzlich für Millcote ins Parlament gewählt wurde, nach London fahren und seinen Sitz einnehmen, dann wird ihn Mr. Rochester sicher begleiten. Es wundert mich ohnehin, daß er seinen Aufenthalt in Thornfield so in die Länge zieht.»

Ziemlich verzagt sah ich der Stunde entgegen, da ich mich mit meinem Schützling in den Salon begeben mußte. Nachdem Adèle erfahren hatte, daß sie abends den Damen vorgeführt werden sollte, befand sie sich den ganzen Tag über in einem Zustand der Verzückung. Erst als Sophie mit dem Ankleiden begann, wurde sie nüchterner. Diese wichtige Prozedur beruhigte sie bald, und als ihre Locken ordentlich durchgekämmt und zu baumelnden Büscheln frisiert waren, als sie ihr rosa Satinkleidchen angelegt, die lange Schärpe gebunden und die Spitzenhandschuhe angezogen hatte, blickte sie schließlich so gesetzt drein wie ein Richter. Man mußte sie nicht ermahnen, auf ihr Kleid zu achten. Als sie angezogen war, setzte sie sich ernst auf ihren kleinen Stuhl – den Satinrock hob sie vorsichtig hoch, um ihn nicht zu zerknittern – und versicherte mir, sie werde sich nicht vom Fleck rühren, bis ich fertig sei. Bei mir dauerte es nicht lange. Mein bestes Kleid, das silbergraue, das ich für Miss Temples Hochzeit gekauft und seither nie mehr getragen hatte, war rasch angezogen, das Haar bald gekämmt, mein einziges Schmuckstück, die Perlbrosche, im Nu angesteckt. Wir gingen hinunter.

Zum Glück gab es eine zweite Salontür, nicht nur die durchs Speisezimmer, wo alle bei Tisch saßen. Der Raum war leer, im Marmorkamin brannte ein ruhiges, stattliches Feuer, und Wachskerzen schimmerten hell und einsam zwischen den mit kostbaren Blumen geschmückten Tischen. Vor dem Türbogen hing der karmesinrote Vorhang. Zwar bildete dieser Stoff nur eine dünne Trennwand gegen die Gesellschaft im angrenzenden Speisesaal, aber sie sprachen so leise, daß ihre Unterhaltung nur als Gemurmel zu hören war.

Adèle, von der Feierlichkeit der Situation anscheinend noch immer beeindruckt, setzte sich wortlos auf den Hocker, den ich ihr anwies. Ich zog mich auf einen Fenstersitz zurück, nahm mir von einem danebenstehenden Tisch ein Buch und versuchte zu lesen. Adèle brachte ihren Hocker herbei und setzte sich mir zu Füßen. Es dauerte nicht lange, da berührte sie mich am Knie.

«Was ist, Adèle?»

«Est-ce que je ne puis pas prendre une seule de ces fleurs magnifiques, Mademoiselle? Seulement pour compléter ma toilette.»

«Du denkst zuviel über deine *toilette* nach, Adèle. Aber du darfst eine Blume haben.» Und ich zog eine Rose aus einer. Vase und befestigte sie an ihrer Schärpe. Sie stieß einen unendlich zufriedenen Seufzer aus, als sei das Maß ihres Glücks nun voll. Ich wandte mein Gesicht ab, um ein nicht zu unterdrückendes Lächeln zu verbergen. Der angeborene ernste Eifer der kleinen Pariserin in Kleiderfragen erheiterte mich und berührte mich gleichzeitig unangenehm.

Nun hörte man leise Aufbruchsgeräusche, der Türvorhang wurde gerafft, und dahinter erblickte ich das Eßzimmer mit dem angezündeten Kronleuchter, der sein Licht auf einen langen Tisch mit einem prächtigen Dessertgeschirr aus Silber und Kristall ergoß; im Durchgang stand eine Gruppe von Damen. Sie traten ein, und der Vorhang fiel hinter ihnen.

Es waren nur acht, doch als sie zusammen hereinströmten, wirkten sie, als seien es viel mehr. Einige waren sehr groß, mehrere in Weiß gekleidet, und alle trugen wehende, üppige Gewänder, die ihre Gestalten zu vergrößern schienen wie Nebelschleier den Mond. Ich erhob mich und knickste vor ihnen, ein oder zwei nickten mir zu, die anderen starrten mich nur an.

Sie verteilten sich im Zimmer. Mit ihren leichten, lebhaften Bewegungen erinnerten sie mich an eine Schar weißgefiederter Vögel. Ein paar lehnten sich in die Polster von Sofas und Ottomanen, andere beugten sich über die Tische und betrachteten die Blumen und Bücher, und die übrigen versammelten sich vor dem Feuer. Alle sprachen, wie es offenbar ihre Art war, leise, aber deutlich. Später erfuhr ich ihre Namen, ich kann sie also genausogut gleich jetzt vorstellen.

Erstens Mrs. Eshton und zwei ihrer Töchter. Die Mutter mußte früher hübsch gewesen sein, sie sah noch immer gut aus. Von ihren Töchtern war Amy, die älteste, ziemlich klein, sie hatte ein naives, kindliches Gesicht und Gebaren und eine reizvolle Figur; das weiße Musselinkleid mit der blauen Schärpe stand ihr gut. Die zweite, Louisa, war größer und eleganter und besaß jene Art hübsches Gesicht, das die Franzosen *minois chiffonné*[40] nennen. Beide Schwestern waren weiß wie Lilien.

Lady Lynn, eine große, stämmige Person um die vierzig, hielt sich sehr gerade, wirkte sehr hochmütig und trug ein prächtiges, schillerndes Satinkleid. Ihr dunkles Haar, gehalten von einem edelsteinbesetzten Diadem, schimmerte im Schatten einer blauen Feder.

Mrs. Colonel Dent fiel weniger ins Auge, wirkte aber, so fand ich, damenhafter. Sie hatte eine zierliche Figur, ein blasses, freundliches Gesicht und blondes Haar. Ihr schwarzes Satinkleid, die Schärpe aus kostbarer ausländischer Spitze und der Perlenschmuck gefielen mir besser als der buntschillernde Glanz der adligen Dame.

Doch die drei vornehmsten (vielleicht weil die größten) waren die verwitwete Lady Ingram und ihre Töchter Blanche und Mary, alle drei überaus auffallende Erscheinungen. Die Mutter mochte zwischen vierzig und fünfzig sein, ihre Figur war immer noch gut, ihr Haar zumindest bei Kerzenlicht immer noch schwarz, und die Zähne schienen noch makellos. Die meisten Menschen hätten sie als eine für ihr Alter blendend aussehende Frau bezeichnet, und was die körperliche Erscheinung anlangte, traf dies zweifellos zu, aber Auftreten und Gesichtsausdruck verrieten einen fast unerträglichen Hochmut. Ihr römisches Profil und das Doppelkinn, das in einen säulengleichen Hals überging, schienen mir nicht nur aufgeblasen und verfinstert vor Dünkel, sondern regelrecht davon durchfurcht. Aus dem gleichen Beweggrund reckte sie auch das Kinn fast unnatürlich hoch. Ihr herrischer, harter Blick erinnerte mich an Mrs. Reed, sie sprach gekünstelt und tief, wichtigtuerisch und gebieterisch – kurz, völlig unausstehlich. Ein karmesinrotes Samtkleid und ein gewickelter Turban aus golddurchwirktem indischem Tuch verliehen ihr (so glaubte sie wohl) eine wahrhaft kaiserliche Würde.

Blanche und Mary besaßen die gleiche Statur – gerade und hoch wie Pappeln. Mary war zu dünn für ihre Größe, aber Blanche hatte die Figur einer Diana. Ich betrachtete sie natürlich besonders neugierig. Erstens wollte ich sehen, ob ihr Äußeres mit Mrs. Fairfax' Beschreibung übereinstimmte, zweitens, ob es der von mir gemalten Phantasieminiatur glich, und drittens – es muß heraus! –, ob es wohl Mr. Rochesters Geschmack traf, so wie ich ihn mir vorstellte.

Was die Gestalt anging, so entsprach sie Punkt für Punkt meinem Bild und Mrs. Fairfax' Beschreibung: edel geformte Büste, abfallende Schultern, anmutiger Hals, dunkle Augen und schwarze Löckchen. Aber ihr Gesicht? Ihr Gesicht war ein junges, noch faltenloses Abbild von dem ihrer Mutter. Die gleiche geringschätzige Miene, die gleichen hochmütigen Züge, der gleiche Stolz. Kein so finsterer Stolz freilich, sie lachte ständig, doch in ihrem Lachen lag der gleiche Spott wie auf ihren geschwungenen, arroganten Lippen.

Begabte Menschen, so heißt es, seien selbstbewußt. Ich weiß nicht, ob Miss Ingram begabt war, aber selbstbewußt war sie auf jeden Fall, bemerkenswert selbstbewußt. Sie begann mit der freundlichen Mrs. Dent ein Gespräch über Botanik. Mrs. Dent schien sich mit dieser Wissenschaft nicht befaßt zu haben, sagte aber, sie liebe Blumen, besonders «Feldblumen». Miss Ingram jedoch kannte sich aus und warf selbstgefällig mit einschlägigen Vokabeln um sich. Ich merkte bald, daß sie Mrs. Dent «durch den Kakao zog», wie man bei uns sagt, das heißt, daß sie sich über ihre Unwissenheit lustig machte. Wie sie das tat, mochte geistreich sein, gutmütig war es entschieden nicht. Sie spielte brillant Klavier, sang mit schöner Stimme und unterhielt sich mit ihrer Mama nebenbei in gutem, fließendem und wohlakzentuiertem Französisch.

Mary hatte ein sanfteres, offeneres Gesicht als Blanche, auch weichere Züge und einen helleren Teint (Miss Ingram war braun wie eine Spanierin), aber Mary fehlte es an Leben, ihr Gesicht hatte keinen Ausdruck und ihr Auge keinen Glanz, sie wußte nichts zu sagen, und als sie erst einmal Platz genommen hatte, blieb sie wie eine Statue in ihrer Nische sitzen. Beide Schwestern waren in makelloses Weiß gekleidet.

Hielt ich es nun für wahrscheinlich, daß Mr. Rochesters Wahl auf Miss Ingram treffen könnte? Ich wußte es nicht, ich kannte seinen Geschmack in Fragen weiblicher Schönheit nicht. Wenn ihm das Majestätische gefiel, so war sie der Inbegriff des Majestätischen. Zudem war sie gebildet und lebhaft. Die meisten Männer würden sie bewundern, dachte ich; und daß *er* sie bewunderte, dafür schien ich bereits Beweise zu haben. Um den letzten Schatten eines Zweifels auszuräumen, mußte ich sie nur noch miteinander erleben.

Du darfst nicht glauben, Leser, daß Adèle während dieser ganzen Zeit reglos auf dem Hocker zu meinen Füßen gesessen hat. Nein, als die Damen eintraten, stand sie auf, ging auf sie zu, machte einen feierlichen Knicks und sagte ernst: «Bonjour, Mesdames.»

Und Miss Ingram hatte spöttisch auf sie herabgesehen und ausgerufen: «Oh, was für ein Püppchen!»

Lady Lynn hatte bemerkt: «Das ist wahrscheinlich Mr. Rochesters Mündel, das kleine französische Mädchen, von dem er erzählt hat.»

Mrs. Dent hatte ihr freundlich die Hand gegeben und sie geküßt, und Amy und Louisa Eshton riefen wie aus einem Mund: «Was für ein süßes Kind!»

Und dann war sie zu einem Sofa gerufen worden, wo sie nun eingezwängt zwischen ihnen saß, abwechselnd französisch und gebrochen englisch sprach und nicht nur die Aufmerksamkeit der jungen Damen auf sich zog, sondern auch die von Mrs. Eshton und Lady Lynn, und sich nach Herzenslust verwöhnen ließ.

Endlich wird der Kaffee gebracht, und man bittet die Herren herein. Ich sitze im Schatten – wenn es in diesem strahlend hellen Raum überhaupt so etwas gibt –, halb versteckt hinter dem Fenstervorhang. Wieder öffnet sich der Türbogen; sie kommen. Der gemeinsame Auftritt der Herren ist ebenso beeindruckend wie der der Damen; alle tragen Schwarz, die meisten sind groß, einige jung. Henry und Frederick Lynn sind wirklich schneidige Burschen, und Colonel Dent ist ein prächtiger Soldat. Mr. Eshton, der Bezirksfriedensrichter, ist ein echter Gentleman. Das schneeweiße Haar, die noch dunklen Brauen und der Backenbart verleihen ihm etwas von einem *père noble de théâtre.* Lord Ingram ist wie seine Schwestern sehr groß und sieht ebensogut aus, hat jedoch Marys teilnahmslosen, trägen Blick. Er scheint mehr Körpergröße als Temperament und Verstand mitbekommen zu haben.

Und wo ist Mr. Rochester?

Endlich kommt er. Ich schaue nicht zum Türbogen hin und sehe ihn dennoch eintreten. Ich versuche mich auf meine Filetarbeit zu konzentrieren, auf die Maschen der Börse, die ich gerade knüpfe, ich möchte nur an die Handarbeit denken, die ich in Händen halte, nur auf die silbernen Perlen und die Seidenfäden in meinem Schoß schauen, und dennoch nehme ich seine Gestalt deutlich wahr und muß unwillkürlich an den Augenblick denken, als ich ihn das letzte Mal sah, kurz nachdem ich ihm, seiner Meinung nach, einen großen Dienst erwiesen hatte – als er meine Hand hielt und mit einem Blick auf mein Gesicht niedersah, der verriet, daß sein Herz zum Überfließen voll und ich an diesen Regungen nicht ganz unschuldig war. Wie nahe war ich ihm in diesem Augenblick gewesen! Was war seither geschehen, das unsere Beziehung verändert hätte? Und wie fern, wie fremd waren wir uns jetzt! So fremd, daß ich gar nicht erwartete, er werde zu mir kommen und mit mir sprechen. Ich wunderte mich nicht, als er, ohne herzusehen, am anderen Ende des Salons Platz nahm und mit den Damen plauderte.

Kaum stellte ich fest, daß sie seine Aufmerksamkeit fesselten und ich hinschauen konnte, ohne selbst gesehen zu werden, wurde mein Blick unwillkürlich von seinem Gesicht angezogen. Ich konnte meine Lider nicht kontrollieren, sie hoben sich, und die Pupillen richteten sich wie gebannt auf ihn. Ich beobachtete ihn und empfand dabei eine tiefe Freude, eine kostbare und gleichzeitig quälende Freude, reines Gold mit einem stahlkalten Angstkern, eine Freude, wie sie der Verdurstende empfinden mag, der den Brunnen, zu dem er gekrochen ist, vergiftet weiß und sich trotzdem darüberbeugt und göttliche Schlucke trinkt.

Wie wahr, daß die Schönheit im Auge des Beschauers liegt! Das olivblasse Gesicht meines Herrn, seine breite, wuchtige Stirn, die dichten schwarzen Brauen und tiefliegenden Augen, die markanten Züge und sein fester, harter Mund – ganz Energie, Entscheidung, Wille – waren nach den geltenden Regeln nicht schön – und waren es dennoch für mich. Sie besaßen einen Reiz und übten einen Einfluß aus, der mich völlig beherrschte, der meine Gefühle meiner eigenen Kontrolle entzog und sie der seinen unterwarf. Ich hatte ihn nicht lieben wollen; der Leser weiß, wie hart ich gearbeitet hatte, um aus meiner Seele die Keime der Liebe zu reißen, die ich dort entdeckt hatte, und jetzt, beim ersten Blick auf ihn, regten sie sich sofort wieder, grün und stark. Er zwang mich, ihn zu lieben, ohne daß er mich auch nur ansah.

Ich verglich ihn mit seinen Gästen. Was war der forsche Charme der Lynns, die schlaffe Eleganz von Lord Ingram, selbst die militärische Vornehmheit von Colonel Dent im Gegensatz zu seiner natürlichen Energie und unverfälschten Kraft? Ich empfand nichts beim Anblick ihrer Gesichter, konnte mir aber vorstellen, daß die meisten Beobachter sie als anziehend, gutaussehend und beeindruckend, Mr. Rochester jedoch sofort als unschön und finster bezeichnet hätten. Ich sah sie lächeln und lachen – aber was hieß das schon: Ihr Lächeln war nicht seelenvoller als das Licht der Kerzen, ihr Lachen nicht tiefgründiger als das Schellen einer Glocke. Und ich sah Mr. Rochesters Lächeln, sah, wie sich seine strengen Züge aufhellten und seine Augen freundlich aufleuchteten, durchdringend und sanft zugleich. Er sprach gerade mit Louisa und Amy Eshton. Ich wunderte mich, daß sie diesen Blick, der mir durch und durch ging, so ruhig aufnahmen; ich hätte erwartet, daß ihre Lider sich senkten und sie erröteten. Aber ich freute mich über ihre Ungerührtheit. «Ihnen bedeutet er nicht das, was er mir bedeutet», dachte ich, «er gehört nicht zu ihnen. Er gehört eindeutig zu mir, ich fühle mich ihm verwandt, ich verstehe die Sprache seiner Mimik und Gestik. Obwohl uns Rang und Reichtum weit voneinander trennen, habe ich etwas in meinem Kopf und Herzen, in meinem Blut und meinen Nerven, das mich ihm geistesverwandt macht. Habe ich mir vor ein paar Tagen eingeredet, ich hätte nichts mit ihm zu tun, als daß ich mein Gehalt aus seiner Hand empfange? Habe ich mir verboten, in ihm etwas anderes zu sehen als meinen Zahlmeister? Welche Lästerung der Natur! All meine guten, echten, starken Gefühle kreisen leidenschaftlich um ihn. Ich weiß, daß ich meine Gefühle verbergen, meine Hoffnung abwürgen, mir stets vor Augen halten muß, daß er sich nicht viel aus mir machen kann. Denn wenn ich sage, ich bin wie er, so meine ich damit nicht, daß ich seine Autorität und geheimnisvolle Anziehungskraft besitze, sondern nur, daß ich gewisse Neigungen und Gefühle mit ihm teile. Ich muß mir also fortwährend vorhalten, daß wir für immer geschieden bleiben, und doch werde ich ihn lieben, solange ich atme und denke.»

Der Kaffee wird serviert. Seit dem Erscheinen der Herren sind die Damen lebhaft wie Lerchen geworden, und die Unterhaltung wird zunehmend flotter und fröhlicher. Colonel Dent und Mr. Eshton erörtern politische Themen, ihre Frauen hören zu. Die beiden hochnäsigen Witwen Lady Lynn und Lady Ingram plaudern miteinander. Sir George – den ich übrigens zu beschreiben vergaß, ein sehr dicker, sehr gesund aussehender Landedelmann – steht vor ihrem Sofa, die Kaffeetasse in der Hand, und wirft ab und zu ein Wort dazwischen. Mr. Frederick Lynn hat neben Mary Ingram Platz genommen und zeigt ihr Kupferstiche aus einem herrlichen Buch. Sie schaut, lächelt hin und wieder, sagt aber offenbar wenig. Der lange, phlegmatische Lord Ingram stützt sich mit verschränkten Armen auf die Rückenlehne des Stuhls, auf dem die kleine, lebhafte Amy Eshton sitzt; sie schaut zu ihm hoch und zwitschert wie ein Zaunkönig, er gefällt ihr besser als Mr. Rochester. Henry Lynn hat zu Füßen von Louisa eine Ottomane erobert, die er mit Adèle teilt; er versucht, französisch mit ihr zu sprechen, und Louisa lacht über seine Fehler. Mit wem wird sich Blanche Ingram zusammentun? Sie steht allein am Tisch und beugt sich anmutig über ein Album[41]. Sie scheint darauf zu warten, daß sich jemand zu ihr gesellt. Aber allzulange wartet sie nicht, sie sucht sich selbst einen Partner.

Mr. Rochester hat die Eshtons verlassen und steht nun ebenso allein am Kamin wie Blanche Ingram am Tisch. Sie bezieht Posten am anderen Ende des Kaminsimses, ihm gegenüber.

«Ich dachte, Sie mögen keine Kinder, Mr. Rochester?»

«Mag ich auch nicht.»

«Was hat Sie dann veranlaßt, die Verantwortung für solch ein Püppchen zu übernehmen?» Sie zeigte auf Adèle. «Wo haben Sie sie aufgelesen?»

«Ich habe sie nicht aufgelesen, sie wurde mir anvertraut.»

«Sie sollten Sie auf eine Schule schicken.»

«Das kann ich mir nicht leisten. Schulen sind sehr teuer.»

«Aber Sie haben doch bestimmt eine Gouvernante für das Kind. Ich habe vorher eine Person bei ihr gesehen – ist sie schon weg? Ah, nein, da sitzt sie noch hinter dem Vorhang. Die bezahlen Sie doch auch, und die kommt Sie bestimmt genauso teuer oder noch teurer zu stehen, denn zusätzlich müssen Sie Kost und Logis für beide bereitstellen.»

Ich fürchtete – oder soll ich sagen, hoffte? –,die Anspielung auf mich könnte Mr. Rochester dazu bewegen, in meine Richtung zu schauen, und unwillkürlich wich ich tiefer ins Dunkel zurück, aber er wandte nicht einmal den Blick.

«Darüber habe ich noch nicht nachgedacht», sagte er gleichgültig und sah unverwandt vor sich hin.

«Nein – Männer denken einfach nicht wirtschaftlich und mit gesundem Menschenverstand. Sie sollten einmal Mama hören, wenn sie auf das Kapitel Gouvernanten zu sprechen kommt. Mary und ich hatten seinerzeit bestimmt mindestens ein Dutzend. Die eine Hälfte war abscheulich, die andere lächerlich, und alle miteinander waren ein Alptraum – nicht wahr, Mama?»

«Sagtest du etwas, mein Schatz?»

Die solchermaßen als kostbares Eigentum der hochmögenden Witwe gekennzeichnete junge Dame wiederholte die Frage mit einer Erklärung.

«Sprich mir nicht von Gouvernanten, meine Liebe, schon das Wort macht mich nervös! Ich habe Folterqualen durchlitten wegen ihrer Unfähigkeit und Launenhaftigkeit. Dank sei dem Himmel, daß ich nichts mehr mit ihnen zu schaffen habe!»

Jetzt neigte sich Mrs. Dent zu der gottesfürchtigen Dame hinüber und flüsterte ihr etwas ins Ohr. Aus der nachfolgenden Antwort schloß ich, daß sie sie darauf hinwies, ein Exemplar der verdammenswerten Gattung sei anwesend.

«Tant pis!» sagte Ihre Ladyschaft, «hoffentlich hilft es was!» Dann, etwas leiser, aber immer noch

so laut, daß ich es hören konnte: «Ich habe sie schon bemerkt. Ich kann Physiognomien beurteilen, und in der ihren erkenne ich alle Fehler ihrer Klasse.»

«Und was sind das für Fehler, Madam?» fragte Mr. Rochester laut.

«Das sage ich Ihnen einmal unter vier Augen», erwiderte sie und wackelte dreimal unheilvoll und vielsagend mit ihrem Turban.

«Aber bis dahin ist meine Neugier verflogen; sie will jetzt gestillt werden.»

«Fragen Sie Blanche, sie steht näher bei Ihnen.»

«Oh, verweis ihn nicht an mich, Mama. Ich habe zu der ganzen Gattung nur ein Wort zu sagen: Sie sind eine Plage. Nicht daß ich jemals arg unter ihnen gelitten hätte, ich habe schon dafür gesorgt, daß sich der Spieß umdrehte. Was haben Theodore und ich unseren Miss Wilsons und Mrs. Greys und Madame Jouberts nicht für Streiche gespielt! Mary war immer zu schlafmützig, um bei einer Verschwörung richtig mitzumachen. Am meisten Spaß hatten wir mit Madame Joubert. Miss Wilson war ein armseliges, schwächliches Ding, weinerlich und mißlaunig, kurzum, nicht der Mühe wert. Und Mrs. Grey war derb und unempfindlich, ihr hat kein Unheil etwas anhaben können. Aber die arme Madame Joubert! Ich sehe sie noch vor mir, rasend vor Wut, wenn wir sie zum Äußersten getrieben hatten: Wenn wir den Tee verschüttet, das Butterbrot zerkrümelt und die Bücher an die Decke geworfen hatten und mit Lineal und Pult, Ofenblech und Kaminbesteck eine Katzenmusik aufführten. Theodore, erinnerst du dich an diese glücklichen Tage?»

«Jaaa, klaar», näselte Lord Ingram, «und der armselige alte Stockfisch heulte immer: ‹Oh, ihr böse Kinde!› Und dann hielten wir ihr eine Predigt, wie vermessen es von ihr sei, so schlaue Kerlchen wie uns unterrichten zu wollen, wo sie selbst nicht einmal richtig reden könne.»

«Ja, genau, und weißt du noch, Tedo, wie ich dir half, deinen Hauslehrer, den käsebleichen Mr. Vining, zu bespitzeln und aus dem Weg zu räumen, den Pfarrer Sauertopf, wie wir ihn nannten? Er und Miss Wilson hatten sich unverschämterweise ineinander verliebt, zumindest glaubten das Tedo und ich. Wir ertappten sie bei schmachtenden Blicken und Seufzern, die wir als Anzeichen einer *belle passion* deuteten – und ich kann Ihnen versichern, daß wir unsere Entdeckung umgehend der Öffentlichkeit zugänglich machten! Wir benützten sie als Hebel, vermittels dessen wir uns unserer Last entledigten. Kaum hatte die liebe Mama Wind von der Sache bekommen, fand sie sie unmoralisch. Nicht wahr, Mutter?»

«Gewiß, meine Teuerste. Und ich hatte ganz recht damit. Es gibt tausend Gründe, warum Verbindungen zwischen Gouvernanten und Hauslehrern in einem ordentlich geführten Haus keine Sekunde lang geduldet werden dürfen, erstens …»

«Du meine Güte, Mama! Verschone uns mit der Aufzählung! *Au reste,* wir kennen sie. Das drohende schlechte Beispiel für die unschuldigen Kinder, Ablenkung und in der Folge Pflichtvergessenheit seitens der Betroffenen, beiderseitige Übereinkünfte und Zusammenkünfte, daraus erwachsende Vertraulichkeit, gefolgt von Frechheit, Auflehnung und Ärger allerseits. Habe ich recht, Baronin Ingram von Ingram Park?»

«Du hast recht wie immer, meine Lilie.»

«Dann gibt es hierzu nichts mehr zu sagen, wechseln wir das Thema.»

Amy Eshton, die diesen Befehl nicht gehört hatte oder nicht befolgen wollte, fiel mit ihrer leisen Kinderstimme ein: «Louisa und ich haben uns auch immer über unsere Erzieherin lustig gemacht, aber sie war ein so gütiges Wesen, daß sie alles ertragen hat; nichts konnte sie aus der Ruhe bringen. Sie war nie böse mit uns, nicht wahr, Louisa?»

«Nein, nie; wir mochten anstellen, was wir wollten, ihr Pult und ihre Handarbeitsschachtel durchstöbern und die Schubladen ausleeren – sie war so gutmütig, daß sie uns alles gab, worum wir baten.»

«Ich fürchte, jetzt bekommen wir eine Kurzfassung der Erinnerungen an sämtliche existierenden Gouvernanten», sagte Miss Ingram und kräuselte spöttisch die Lippen. «Um eine solche Heimsuchung zu verhindern, beantrage ich die Einführung eines anderen Themas. Mr. Rochester, unterstützen Sie meinen Antrag?»

«Madam, ich unterstütze Sie in diesem Punkt wie in jedem anderen.»

«Dann ist es meine Aufgabe, die Sache voranzutreiben. Signor Eduardo, seid Ihr heute abend bei Stimme?»

«Wenn Ihr befehlt, Donna Bianca, sehr wohl.»

«Dann, Signor, ergeht an Euch mein herrscherlicher Befehl: Rüstet Eure Lunge und die anderen Sangesorgane zum Dienst an meinem königlichen Hof.»

«Wer wäre nicht gern der Rizzio[42] einer so göttlichen Mary?»

«Was kümmert mich Rizzio!» rief sie, warf den Lockenkopf zurück und ging zum Klavier. «Ich bin der Meinung, daß Geiger David ein Langweiler war; mir gefällt der schwarze Bothwell besser. In meinen Augen taugt ein Mann nichts, der nicht etwas Teuflisches an sich hat, und die Geschichte mag von James Hepburn sagen, was sie will – für mich ist er genau die Sorte wilder, stolzer, heldenhafter Bandit, dem ich bereitwillig meine Hand reichen würde.»

«Gentlemen, Sie haben es gehört! Also: Wer von Ihnen ähnelt Bothwell am meisten?» rief Mr. Rochester.

«Am nächsten kommen Sie ihm selbst, würde ich sagen», erwiderte Colonel Dent.

«Sehr verbunden, auf meine Ehre», war die Antwort.

Miss Ingram, die sich mit stolzer Anmut ans Klavier gesetzt hatte, breitete ihr schneeiges, königlich üppiges Kleid aus und begann, während sie weitersprach, mit einem brillanten Präludium. Sie schien die Nase heute abend besonders hoch zu tragen; offenbar wollte sie mit ihrem Reden und Tun nicht nur die Bewunderung ihrer Zuhörer erregen, sondern auch deren Verwunderung. Sie legte es sichtlich darauf an, besonders verwegen und dreist zu wirken.

«Oh, ich habe die jungen Männer heutzutage so satt!» rief sie und klimperte weiter auf ihrem Instrument. «Armselige Schwächlinge sind das, die sich keinen Schritt über Papas Parktore hinauswagen und nicht einmal bis dahin ohne Mamas Erlaubnis und Schutz! Geschöpfe, die nur mit der Sorge um ihre hübschen Gesichter, ihre weißen

Hände und kleinen Füße beschäftigt sind! Als ob ein Mann etwas mit Schönheit zu tun hätte! Als ob das Schönsein nicht das besondere Vorrecht der Frau wäre – das ihr von Gesetz wegen zustehende Leibgedinge und Erbteil! Ich gebe zu, eine häßliche Frau ist ein Fleck auf dem lieblichen Antlitz der Schöpfung; aber was die Männer angeht, so brauchen sie sich nur um Kraft und Gesundheit zu kümmern. Ihr Motto sollte sein: Jagen, Schießen und Kämpfen, der Rest ist keinen Pfifferling wert. Das wäre mein Leitspruch als Mann.»

Nach einer Pause, die niemand unterbrach, fuhr sie fort: «Wenn ich jemals heirate, dann niemals einen Rivalen, sondern jemanden, von dem ich mich vorteilhaft abhebe. Ich dulde keinen Mitbewerber um den Thron; ich fordere uneingeschränkte Verehrung. Er darf seine Hingabe nicht zwischen mir und seinem Spiegelbild teilen. Jetzt singen Sie, Mr. Rochester, ich werde Sie begleiten.»

«Ich höre und gehorche», anwortete er.

«Gut, hier ist ein Seeräuberlied. Ich schwärme nämlich für Seeräuber[43], singen Sie also *con spirito.*»

«Befehle von Miss Ingrams Lippen würden noch eine Tasse Magermilch *con spirito* erfüllen.»

«Passen Sie auf! Wenn es mir nicht gefällt, blamiere ich Sie, indem ich Ihnen vorführe, wie dergleichen gesungen werden muß.»

«Das heißt einen Preis auf das Versagen aussetzen. Jetzt werde ich mich darum bemühen, falsch zu singen.»

«*Gardez-vous en bien!* Wenn Sie absichtlich Fehler machen, denke ich mir eine angemessene Strafe aus.»

«Möge Miss Ingram Milde walten lassen, denn

sie hat die Macht, Züchtigungen vorzunehmen, die kein Sterblicher erträgt.»

«Ha, erklären Sie das!» befahl die Dame.

«Verzeihung, Madam, da gibt es nichts zu erklären. Ihr eigenes Feingefühl wird Ihnen sagen, daß ein Stirnrunzeln von Ihnen schlimmer als jede Todesstrafe ist.»

«Singen Sie!» befahl sie und begann wieder zu spielen, diesmal eine temperamentvolle Begleitmusik.

«Jetzt kann ich mich davonschleichen», dachte ich, aber die Töne, die nun die Luft durchwehten, hielten mich fest. Mrs. Fairfax hatte gesagt, Mr. Rochester besitze eine schöne Stimme – ja, schön war sie in der Tat. Ein weicher, mächtiger Baß, in den er all sein Gefühl und seine Kraft legte, bahnte sich seinen Weg durch das Ohr in mein Herz und weckte dort seltsame Empfindungen. Ich wartete, bis die letzte tiefe, volle Schwingung verklungen war und die Flut der Unterhaltung, die für einen Augenblick angehalten worden war, wieder anstieg. Dann verließ ich meinen Schlupfwinkel durch die Seitentür, die zum Glück gleich in der Nähe lag. Von hier führte ein schmaler Flur in die Halle. Als ich sie durchquerte, merkte ich, daß sich mein Schuh gelockert hatte; ich blieb stehen, um ihn zuzubinden, und kniete mich zu diesem Zweck auf die Matte am Fußende der Treppe. Ich hörte, wie sich die Eßzimmertür öffnete, einer der Herren kam heraus, ich erhob mich hastig und stand ihm von Angesicht zu Angesicht gegenüber. Es war Mr. Rochester.

«Wie geht es Ihnen?» fragte er.

«Sehr gut, Sir.»

«Warum haben Sie mich da drinnen nicht angesprochen?»

Ich dachte bei mir, daß ich ihn dies umgekehrt auch fragen könnte, wollte mir diese Freiheit aber nicht nehmen. So antwortete ich: «Ich wollte Sie nicht stören, da Sie sehr beschäftigt schienen, Sir.»

«Was haben Sie getrieben, während ich fort war?»

«Nichts Besonderes, ich habe Adèle unterrichtet wie immer.»

«Und Sie sind um einiges blasser geworden, das habe ich auf den ersten Blick bemerkt. Was ist los?»

«Gar nichts, Sir.»

«Haben Sie sich in der Nacht, als Sie mich fast ertränkten, erkältet?»

«Nein, keineswegs.»

«Kehren Sie in den Salon zurück, Sie sind zu früh gegangen.»

«Ich bin müde, Sir.»

Er sah mich ein Weile an.

«Und ein wenig niedergeschlagen», sagte er. «Weswegen? Sagen Sie es mir.»

«Nichts, Sir, nichts. Ich bin nicht niedergeschlagen.»

«Aber natürlich. Und zwar so sehr, daß ein paar Worte mehr Ihnen die Tränen in die Augen treiben würden – aha, da sind sie ja schon, schimmernd und schwimmend. Und jetzt ist ein Perle von den Wimpern auf die Fliesen gefallen. Wenn ich Zeit hätte und nicht befürchten müßte, daß ein geschwätziger Tugendbold von Diener vorbeikommt, würde ich schon in Erfahrung bringen, was das alles zu bedeuten hat. Gut, für heute abend entschuldige ich Sie, aber merken Sie sich: Solange meine Gäste bleiben, erwarte ich von Ihnen, daß Sie jeden Abend im Salon erscheinen. Es ist mein Wunsch, also kommen Sie ihm nach. Jetzt gehen Sie, und schicken Sie Sophie für Adèle. Gute Nacht, meine …» Er hielt inne, biß sich auf die Lippen und ließ mich unvermittelt stehen.

KAPITEL 18

Fröhliche Tage waren das in Thornfield Hall, und geschäftige obendrein – wie anders als die ersten drei Monate der Stille, Eintönigkeit und Einsamkeit, die ich unter diesem Dach verbracht hatte! Alle traurigen Gefühle schienen aus dem Haus vertrieben, alle düsteren Gedanken vergessen. Überall herrschte Leben, und den ganzen Tag war alles in Bewegung. Jetzt konnte man den einst so stillen Flur nicht mehr durchqueren, die einst so leeren Vorderzimmer nicht mehr betreten, ohne auf eine hübsche Zofe oder einen geschniegelten Kammerdiener zu treffen.

Küche, Anrichte, Gesindestube und Eingangshalle waren nicht minder belebt, und die Wohnräume blieben nur leer und still, wenn das milde Frühlingswetter mit blauem Himmel und wohltuendem Sonnenschein die Gäste in den Park lockte. Selbst als das Wetter umschlug und tagelanger Dauerregen einsetzte, tat dies der Fröhlichkeit keinen Abbruch; die Unterhaltungen im Haus wurden nur lebhafter und vielfältiger, da den Lustbarkeiten im Freien Einhalt geboten war.

Ich fragte mich, was sie wohl im Sinn hatten, als eines Abends jemand vorschlug, sich die Zeit mit etwas anderem zu vertreiben. Man sprach von «Scharaden», und ich Ahnungslose kannte dieses Wort nicht. Die Diener wurden hereingerufen, die Eßtische zur Seite gerollt, die Lichter anders aufgestellt und die Stühle im Halbkreis um den Türbogen angeordnet. Während Mr. Rochester und die anderen Herren die Anweisungen für diese Umbauten gaben, liefen die Damen treppauf, treppab und klingelten nach ihren Zofen. Mrs. Fairfax wurde geholt und mußte berichten, welche Vorräte an Schals, Kleidern und Stoffen aller Art das Haus barg; dann wurden Kleiderschränke im dritten Stock geplündert, und die Zofen schleppten den Inhalt herunter: ganze Arme voll von Brokatreifröcken, Satinumhängen, schwarzen Seidengewändern, Spitzenschleifen und ähnlichem. Dann traf man eine Auswahl, und die ausgesuchten Kleidungsstücke wurden in das Boudoir im Salon gebracht.

Unterdessen hatte Mr. Rochester die Damen wieder um sich versammelt und entschied, welche zu seiner Gruppe gehören sollten. «Miss Ingram natürlich», sagte er und nannte dann die beiden Misses Eshton und Mrs. Dent. Ich stand zufällig neben ihm, da ich einen aufgegangenen Verschluß an Mrs. Dents Armband zuhakte. Er schaute mich an.

«Wollen Sie mitspielen?» fragte er. Ich schüttelte den Kopf. Er bestand nicht darauf, was ich fast befürchtet hatte. Er ließ zu, daß ich mich wie sonst still auf meinen Platz zurückzog.

Dann verschwand er mit seinen Gehilfinnen hinter dem Vorhang. Die andere Hälfte, angeführt von Colonel Dent, setzte sich auf die im Halbkreis stehenden Stühle. Einer der Herren, Mr. Eshton, bemerkte mich und schlug anscheinend vor, man solle mich fragen, ob ich mich nicht zu ihnen gesellen wolle, aber Lady Ingram wies diesen Vorschlag sofort zurück.

«Nein», hörte ich sie sagen, «sie sieht aus, als sei sie für solche Spiele zu begriffsstutzig.»

Kurz darauf klingelte es, und der Vorhang hob sich. Im Türbogen erschien, in ein weißes Tuch gehüllt, die massige Gestalt von Sir George Lynn, den Mr. Rochester ebenfalls ausgewählt hatte; vor ihm, auf einem Tisch, lag aufgeschlagen ein großes Buch, und an seiner Seite stand Amy Eshton, in Mr. Rochesters Mantel gewickelt, und hielt ein Buch in der Hand. Jemand Unsichtbares bimmelte fröhlich mit einer Glocke, und Adèle, die sich unbedingt der Partei ihres Vormunds hatte anschließen wollen, sprang hervor und streute Blumen aus einem Körbchen am Arm. Dann trat die prächtige Miss Ingram auf, ganz in Weiß, auf dem Haupt einen langen Schleier und um die Stirn einen Kranz aus Rosen. Neben ihr schritt Mr. Rochester, und sie näherten sich dem Tisch. Sie knieten nieder, und hinter ihnen bezogen Mrs. Dent und Louisa Eshton, ebenfalls in Weiß, ihre Plätze. Es folgte eine stumme Zeremonie, unschwer als Pantomime einer Hochzeit zu erkennen. An deren Ende beriet sich Colonel Dent flüsternd eine Weile mit seiner Gruppe, dann rief er: «Braut!» Mr. Rochester verbeugte sich, und der Vorhang fiel.

Es dauerte ziemlich lange, bis er sich wieder hob. Die zweite Szene zeigte ein aufwendigeres Bühnenbild. Wie bereits berichtet, lag der Salon zwei Stufen höher als das Speisezimmer, und auf der obersten Stufe, ein paar Ellen in den Raum hineingerückt, stand ein großes Marmorbecken. Ich erkannte es gleich als das Zierbecken aus dem Gewächshaus, sonst immer von exotischen Pflanzen umrankt und mit Goldfischen besetzt, das man nun herbeigeschafft hatte – wohl mit einiger Mühe, wenn man seine Größe und sein Gewicht bedenkt.

Auf dem Teppich neben dem Becken saß Mr. Rochester, in Schals gewandet und mit einem Turban auf dem Kopf. Die dunklen Augen, die braune Haut und die ein wenig östlichen Gesichtszüge paßten hervorragend zu seinem Kostüm; er sah aus wie der Inbegriff eines arabischen Würdenträgers, der mit einer seidenen Schnur erdrosselt werden soll oder jemand anderen erdrosseln will. Nun erschien Miss Ingram. Auch sie war orientalisch gekleidet, hatte eine karmesinrote Schärpe um die Taille geschlungen und ein besticktes Tuch um die Schläfen geknotet. Einen ihrer bloßen, wohlgerundeten Arme hielt sie hoch erhoben, um einen Krug zu stützen, den sie anmutig auf dem Kopf balancierte. Gestalt und Gesicht, Hautfarbe und Gebaren erinnerten an eine jüdische Prinzessin aus Abrahams Zeiten, und diese Rolle spielte sie zweifellos.

Sie trat an das Becken, beugte sich darüber, als würde sie den Krug füllen, und hob ihn wieder auf den Kopf. Die Gestalt am Brunnenrand schien sie anzusprechen, ihr eine Frage zu stellen – «und eilends ließ sie den Krug hernieder auf ihre Hand und gab ihm zu trinken»[44]. Nun zog er aus den Tiefen seines Gewandes ein Körbchen hervor, öffnete es und enthüllte herrliche Armreifen und Ohrringe. Sie spielte Staunen und Bewunderung, er kniete nieder und legte ihr den Schatz zu Füßen, sie drückte mit Blicken und Gesten ungläubige Freude aus, und der Fremde befestigte die Reifen an ihren Armen und die Ringe an ihren Ohren. Die beiden stellten Elieser und Rebekka dar, nur die Kamele fehlten.

Die Rategruppe steckte erneut die Köpfe zusammen, aber offenbar konnte sie sich über das Wort oder den Begriff, den diese Szene darstellte, nicht einigen. Colonel Dent, ihr Sprecher, bat um «ein Bild des Ganzen», worauf sich der Vorhang wieder schloß.

Als er sich zum dritten Mal hob, war der Salon nur teilweise zu sehen, der Rest verbarg sich hinter einem mit dunklen, groben Tüchern verhängten Wandschirm. Anstelle des Marmorbeckens erblickte man im trüben Licht einer Hornlaterne einen rohen Holztisch und einen Küchenstuhl. Die Wachskerzen waren alle gelöscht.

Auf diesem elenden Schauplatz saß ein Mann, die geballten Fäuste auf den Knien, den Blick gesenkt. Ich erkannte Mr. Rochester, obwohl ihn das rußbeschmierte Gesicht, die verrutschte Kleidung (der Mantel hing ihm lose über einem Arm, als wäre er ihm in einem Handgemenge fast vom Leib gerissen worden), die verzweifelte, finstere Miene und das wirre, gesträubte Haar fast unkenntlich machten. Als er sich bewegte, klirrte eine Kette; seine Handgelenke waren gefesselt.

«Bridewell!»[45] rief Colonel Dent, und die Scharade war gelöst.

Es verstrich geraume Zeit, bis sich die Schauspieler umgezogen hatten und wieder ins Eßzimmer kamen. Mr. Rochester geleitete Miss Ingram herein, und sie machte ihm Komplimente für sein Spiel.

«Wissen Sie, daß Sie mir in der letzten Rolle am

besten gefallen haben?» sagte sie. «Ach, hätten Sie nur ein paar Jahre früher gelebt, was für einen stattlichen Straßenräuber hätten Sie abgegeben!»

«Ist der Ruß ganz weg?» fragte er und drehte ihr sein Gesicht zu.

«Leider ja, schade drum! Nichts steht Ihnen besser als diese Schurkenschminke.»

«Dann würde Ihnen also ein Raubritter am meisten zusagen?»

«Ein englischer Raubritter kommt gleich nach einem italienischen Banditen, und der wiederum wird nur noch von einem orientalischen Seeräuber übertroffen.»

«Na gut, was ich auch sein mag – denken Sie daran, daß Sie meine Frau sind. Wir wurden vor einer Stunde in Anwesenheit all dieser Zeugen vermählt.» Sie kicherte und errötete.

«So, Dent», fuhr Mr. Rochester fort, «jetzt kommen Sie an die Reihe.» Und als sich die andere Partei zurückzog, nahm er mit seiner Gruppe auf den leer gewordenen Stühlen Platz. Miss Ingram setzte sich rechts neben ihren Begleiter, die anderen Ratenden besetzten die Stühle neben ihnen. Von jetzt an achtete ich nicht mehr auf die Schauspieler, wartete nicht mehr gespannt darauf, daß sich der Vorhang hob; jetzt zogen die Zuschauer meine ganze Aufmerksamkeit auf sich, und meine Blicke, die vorher auf den Bogen gerichtet waren, wurden nun unwiderstehlich vom Halbrund der Stühle angezogen. Ich erinnere mich nicht mehr, welche Scharade der Colonel und seine Gruppe spielten, welches Wort sie ausgewählt hatten und wie sie es darstellten, aber ich sehe noch die Besprechung vor mir, die jeder Szene folgte. Ich sehe, wie Mr. Rochester sich zu Miss Ingram wendet und Miss Ingram zu ihm, ich sehe, wie sie den Kopf neigt, bis die kohlschwarzen Locken fast seine Schulter berühren und seine Wange streifen, ich höre das beiderseitige Flüstern und erinnere mich an den Blickwechsel, und bei der Erinnerung daran kehrt sogar etwas von dem Gefühl zurück, das dieses Schauspiel in mir hervorrief.

Ich habe dir schon erzählt, Leser, daß ich mich in Mr. Rochester verliebt hatte, und ich konnte meine Liebe jetzt nicht widerrufen, nur weil ich merkte, daß er mich nicht mehr beachtete – ich konnte mich nämlich stundenlang in seiner Nähe aufhalten, ohne daß er den Blick in meine Richtung wandte –, oder weil ich sah, daß seine Aufmerksamkeit ganz und gar von einer großen Dame in Besitz genommen wurde, die sich zu gut war, mich auch nur im Vorübergehen mit dem Saum ihres Kleides zu streifen; die, wenn ihr dunkles, herrisches Auge zufällig auf mich fiel, den Blick sofort abwandte wie von einem Gegenstand, der zu minderwertig ist, um Beachtung zu verdienen. Ich konnte meine Liebe nicht abtöten, nur weil ich genau wußte, daß er eben diese Dame bald heiraten würde, oder weil ich an ihr eine Tag für Tag hochmütigere Siegesgewißheit wahrnahm und stundenlang sein Werben mit ansah, bei dem er sich zwar nachlässig gab und mehr gebeten werden wollte, als daß er selber bat, das aber gerade wegen seiner Lässigkeit faszinierte und wegen seines Stolzes unwiderstehlich wirkte.

Diese Umstände waren nicht dazu angetan, meine Liebe abzukühlen oder zu verscheuchen, sie erweckten vielmehr Verzweiflung. Und Eifersucht, denkst du vielleicht, lieber Leser – wenn eine Frau wie ich sich überhaupt erdreisten darf, auf eine Frau vom Rang einer Miss Ingram eifersüchtig zu sein. Aber ich war nicht eifersüchtig, oder nur sehr selten. Mit diesem Wort ließ sich mein Schmerz nicht richtig benennen. Bei Miss Ingram reichte es nicht zur Eifersucht, sie war zu nichtswürdig, um dieses Gefühl zu erregen. Man verzeihe mir dieses scheinbare Paradoxon – ich meine genau, was ich sage. Sie war eindrucksvoll, aber nicht echt. Sie sah schön aus und verfügte über ein beachtliches Wissen, doch auf dem Boden eines armseligen Verstandes und eines von Natur aus dürren Herzens blühte nichts Ungekünsteltes, keine ungedüngte, köstlich frische Wildfrucht. Sie war nicht gut, nicht schöpferisch, sie wiederholte nur wohlklingende Phrasen aus Büchern, nie äußerte oder besaß sie eine eigene Meinung. Sie spielte die überaus Empfindsame, kannte aber weder Zuneigung noch Mitleid, besaß weder Zärtlichkeit noch Aufrichtigkeit. Das bewies sie allzuoft, wenn sie ihrer hochnäsigen Abneigung gegen die kleine Adèle unnötig Luft verschaffte. Sie stieß sie mit einem abfälligen Schimpfwort von sich, wenn sie ihr zufällig einmal näher kam, wies sie manchmal aus dem Zimmer und behandelte sie stets kalt und bissig. Doch nicht nur meine, auch andere Augen verfolgten diese Wesensäußerungen, und zwar sehr genau, scharfsichtig und klug. Ja, der zukünftige Bräutigam, Mr. Rochester selbst, beobachtete seine Auserwählte unaufhörlich, und diese Scharfsicht, diese Wachsamkeit, dieses uneingeschränkte, klare Wissen um die Fehler seiner Schönen, dies offenkundige Fehlen von Leidenschaft verursachte in mir einen anhaltenden, quälenden Schmerz.

Ich wußte, er würde sie heiraten – aus familiären, vielleicht politischen Gründen, weil ihr Rang und ihre Beziehungen zu ihm paßten; doch ich spürte, daß er ihr keine Liebe entgegenbrachte und daß ihre Fähigkeiten nicht ausreichten, diesen Schatz zu heben. Dies war für mich der entscheidende Punkt, hier wurde der Nerv berührt und gereizt, hier wurde das Fieber entzündet und geschürt: *Sie vermochte ihn nicht in ihren Bann zu ziehen.*

Hätte sie den Sieg im Flug errungen, hätte er sich ergeben und ihr sein Herz zu Füßen gelegt, so hätte ich mein Gesicht verhüllt, mich zur Wand gedreht und wäre (im übertragenen Sinn) für sie beide gestorben. Wäre Miss Ingram eine gute, edle Frau gewesen, begabt mit Kraft, Leidenschaft, Güte und Verstand, so hätte ich mit den beiden Bestien Eifersucht und Verzweiflung einen Kampf auf Leben und Tod ausgefochten, hätte dann, nachdem diese mir das Herz aus dem Leib gerissen und verschlungen, Miss Ingram bewundert, ihre Vorzüge anerkannt und wäre für den Rest meiner Tage zur Ruhe gekommen, und je vollkommener ihre Überlegenheit, desto tiefer wäre meine Bewunderung, desto aufrichtig friedlicher meine Ruhe gewesen. Aber so, wie die Dinge in Wirklichkeit lagen – zu sehen, wie sich Miss Ingram bemühte, Mr. Rochester zu fesseln, und Zeugin ihrer wiederholten Fehlschläge zu werden, die ihr nicht bewußt wurden; vielmehr bildete sie sich in ihrer Eitelkeit ein, daß jeder abgeschossene Pfeil ins Schwarze traf, und brüstete sich blind mit ihrem Erfolg, wo doch ihr Stolz und ihre Selbstzufriedenheit sie immer weiter von dem fortstießen, was sie zu ködern wünschte –, dies alles mit ansehen zu müssen bedeutete unaufhörliche Erregung und forderte gleichzeitig unerträgliche Selbstbeherrschung.

Denn während sie danebenschoß, sah ich, wie sie ihr Ziel hätte erreichen können. Die Pfeile, die immer wieder von Mr. Rochesters Brust abprallten und, ohne Schaden angerichtet zu haben, zu seinen Füßen niederfielen, hätten, von kundigerer Hand abgeschossen, sehr wohl schneidend und zitternd in seinem stolzen Herzen stecken können, hätten Liebe in seinen strengen Blick und Sanftheit auf sein sarkastisches Gesicht gezaubert. Womöglich, und besser, hätte aber auch eine leise, unbewaffnete Eroberung zum Sieg geführt.

«Warum beeindruckt sie ihn nicht mehr, wenn sie ihm doch so nah sein darf?» fragte ich mich. «Wahrscheinlich mag sie ihn nicht wirklich, liebt ihn nicht aufrichtig. Sonst müßte sie nicht so verschwenderisch oft ein Lächeln aufsetzen, nicht unablässig Blicke schleudern, sich nicht gar so überspannt gebärden. Mir scheint, wenn sie einfach still an seiner Seite säße, weniger sagen und noch weniger schauen würde, käme sie seinem Herzen näher. Ich habe in seinem Gesicht schon einen ganz anderen Ausdruck gesehen als solch harten wie eben jetzt, wo sie sich so übermütig an ihn heranmacht. Aber damals entstand er ganz von selbst, war nicht durch verführerische Künste und berechnende Schachzüge hervorgelockt, und man mußte ihn nur freundlich erwidern – ohne Anmaßung Mr. Rochesters Fragen beantworten und ihn, wenn nötig, ohne Grimassen ansprechen –, und sein Blick wurde immer heller, freundlicher und liebenswürdiger und wärmte einen wie ein hegender Sonnenstrahl.

Wie will sie ihm gefallen, wenn sie erst verheiratet sind? Es wird ihr wohl nicht gelingen. Aber es kann einem gelingen; ich glaube aus tiefstem Herzen, daß seine Frau die glücklichste Frau unter der Sonne sein könnte.»

Bisher habe ich Mr. Rochesters Absicht, des Einflusses und der Beziehungen wegen zu heiraten, noch mit keinem Wort verurteilt. Ich wunderte mich, als ich sein Vorhaben erkannte; ich hatte es für unwahrscheinlich gehalten, daß ein Mann wie er sich bei der Wahl einer Ehefrau von so gewöhnlichen Motiven leiten lassen könnte. Aber je länger ich über beider gesellschaftliche Stellung und Erziehung nachsann, desto weniger fühlte ich mich berechtigt, ihn oder Miss Ingram zu verurteilen oder dafür zu tadeln, daß sie im Einklang mit Vorstellungen und Grundsätzen handelten, die ihnen zweifellos von Kindheit an eingeflößt worden waren. Ihre ganze Gesellschaftsschicht befolgte diese Prinzipien, und sie hatten bestimmt ihre Gründe dafür, auch wenn ich sie nicht verstand. Wäre ich ein Gentleman gewesen wie er, hätte ich nur eine Frau ans Herz gezogen, die ich hätte lieben können; aber gerade weil ein solches Vorgehen offenkundig zum Glück des Ehemannes führen würde, mußte es Argumente gegen seine allgemeine Anwendung geben, von denen ich keine Ahnung hatte. Andernfalls würde doch alle Welt so handeln, wie ich handeln wollte.

Wie in diesem Punkt, so wurde ich auch in anderen sehr nachsichtig gegenüber meinem Herrn. Ich vergaß all seine Fehler, nach denen ich einst so eifrig Ausschau gehalten hatte. Früher hatte ich mich bemüht, alle Seiten seines Wesens zu ergründen, die guten und die schlechten, sie gerecht abzuwägen und ein unparteiisches Urteil zu fällen. Jetzt sah ich keine schlechten mehr. Der Spott, der mich abgestoßen, die Grobheit, die mich einst erschreckt hatte, waren nur noch wie scharfe Gewürze in einem erlesenen Gericht; die Zutaten brannten, aber ohne sie hätte es vergleichsweise fade geschmeckt. Doch jenes unbestimmte Etwas – war es ein finsterer oder sorgenvoller, ein grübelnder oder verzweifelter Ausdruck? –, das sich einem aufmerksamen Beobachter hie und da in seinem Blick zeigte und wieder verschwand, ehe man die angedeutete befremdende Tiefe hätte ausloten können, dieses Etwas, das mich stets erschreckte und schaudern machte, als wanderte ich durch vulkanisches Gelände und spürte plötzlich ein Beben und sähe den Boden klaffen – dieses Etwas bemerkte ich von Zeit zu Zeit immer noch und mit pochendem Herzen, aber nicht mehr wie gelähmt. Statt ihm ausweichen zu wollen, sehnte ich mich nun danach, ihm mutig zu begegnen und es zu enträtseln, und ich schätzte Miss Ingram glücklich, weil sie eines Tages in aller Ruhe in diesen Abgrund blicken, seine Geheimnisse ergründen und entschlüsseln durfte.

Während ich nur an meinen Herrn und seine zukünftige Braut dachte – ich hatte nur für sie Augen, lauschte nur ihren Gesprächen und hielt nur ihr Tun für wichtig –, vergnügte sich die restliche Gesellschaft nach Lust und Laune. Die Ladys Lynn und Ingram trafen sich unausgesetzt zu feierlichen Konferenzen, bei denen sie sich mit ihren Turbanen zunickten wie zwei riesige Puppen und einander ihre Hände in Gesten des Erstaunens, der Geheimniskrämerei oder des Erschreckens entgegenstreckten, je nachdem, worüber sie gerade schwatzten. Die sanfte Mrs. Dent plauderte mit der gutmütigen Mrs. Eshton, und manchmal ließen mir die beiden ein höfliches Wort oder Lächeln zukommen. Sir George Lynn, Colonel Dent und Mr. Eshton sprachen über Politik, den Landadel oder Rechtsangelegenheiten. Lord Ingram flirtete mit Amy Eshton, Louisa spielte und sang mit dem einen Monsieur Lynn, und Mary Ingram hörte sich gleichgültig die Schmeicheleien des anderen an. Manchmal gaben alle wie einmütig ihr Spiel im Hintergrund auf, um den Hauptdarstellern zuzuschauen und zuzuhören, denn Mr. Rochester und Miss Ingram – sie hielt sich ja ständig in seiner Nähe auf – waren die Seele der Gesellschaft. Wenn er einmal eine Stunde nicht im Zimmer war, beschlich deutliche Langeweile die Gemüter seiner Gäste, und bei seiner Rückkehr kam mit Sicherheit neuer Schwung in ihre Unterhaltung.

Wie sehr sein belebender Einfluß fehlte, wurde besonders deutlich, als er eines Tages geschäftehalber nach Millcote mußte und erst spätabends zurückerwartet wurde. Es war ein regnerischer Nachmittag. Der ursprünglich geplante Spaziergang zu einem vor kurzem auf einem Anger hinter Hay aufgeschlagenen Zigeunerlager wurde deshalb verschoben. Einige Gentlemen waren in die Ställe gegangen, die jüngeren Herren spielten mit den jungen Damen einen Stock höher Billard. Die hochmögenden Damen Ingram und Lynn suchten Trost in einem stillen Kartenspiel. Blanche Ingram, die die Bemühungen von Mrs. Dent und Mrs. Eshton, sie in ein Gespräch zu verwickeln, mit arrogantem Schweigen zurückgewiesen hatte, summte erst ein paar sentimentale Melodien und Lieder am Klavier und warf sich dann, nachdem sie einen Roman aus der Bibliothek geholt hatte, blasiert und gelangweilt auf ein Sofa, um sich die Stunden seiner Abwesenheit mit dem Zauber erfundener Geschichten zu vertreiben. Zimmer und Haus lagen in Schweigen, nur von oben hörte man hie und da das fröhliche Lachen der Billardspieler.

Schon neigte sich der Tag, und die Uhr hatte die Stunde verkündet, zu der man sich zum Dinner umzog, da rief die kleine Adèle, die neben mir auf dem Fenstersitz im Salon kniete: «Voilà Monsieur Rochester, qui revient!»

Ich wandte mich um, und Miss Ingram schoß aus ihrem Sofa hoch; auch die anderen sahen von ihren verschiedenen Tätigkeiten auf, denn nun hörte man Räder auf dem nassen Kies knirschen und Hufe durch die Pfützen platschen. Eine Postkutsche fuhr vor.

«Was ist denn in ihn gefahren, daß er so heimkommt?» sagte Miss Ingram. «Er ist doch auf Mesrour fortgeritten? Und Pilot war auch dabei. Was hat er mit den Tieren gemacht?»

Mit diesen Worten trat sie in all ihrer Größe und ausladenden Kleidung ganz nah ans Fenster, und ich mußte mich so weit zurückbeugen, daß mir fast das Rückgrat brach. In ihrem Eifer bemerkte sie mich erst gar nicht, aber als sie mich schließlich sah, verzog sie verächtlich den Mund und ging an ein anderes Fenster. Die Postkutsche hielt, der Kutscher klingelte an der Haustür, und ein Herr in Reisekleidung stieg aus, allerdings nicht Mr. Rochester, sondern ein großer, eleganter Fremder.

«Unverschämt!» rief Miss Ingram. «Du lästiger Aff!» Damit war Adèle gemeint. «Wer hat dich ans Fenster gesetzt, damit du falsche Auskünfte gibst?» Und sie warf mir einen verärgerten Blick zu, als sei ich schuld.

Aus der Halle hörte man eine Unterredung, und bald darauf trat der Neuankömmling ein. Er verbeugte sich vor Lady Ingram, da er sie für die älteste der anwesenden Damen hielt.

«Mir scheint, ich komme zu einem ungelegenen Zeitpunkt, Madam», sagte er, «da mein Freund Mr. Rochester nicht zu Hause ist, doch ich habe eine sehr weite Reise hinter mir und glaube eine so alte und enge Freundschaft dahingehend ausnutzen zu dürfen, daß ich mich hier einniste, bis er zurückkommt.»

Er benahm sich höflich; seine Sprechweise schien mir etwas ungewöhnlich, nicht eigentlich fremdländisch, aber auch nicht richtig englisch. Er mochte etwa so alt sein wie Mr. Rochester, zwischen dreißig und vierzig. Er war außerordentlich blaß, ansonsten sah er gut aus, besonders auf den ersten Blick. Bei näherer Betrachtung jedoch entdeckte man etwas Unangenehmes in seinem Gesicht – oder vielmehr, man fand nichts Angenehmes. Er hatte regelmäßige, aber allzu schlaffe Züge, seine Augen waren groß und schön geschnitten, aber das Leben, das daraus hervorblickte, war langweilig und ausdruckslos, zumindest empfand ich es so.

Die Glocke zum Umziehen erklang, und die Gesellschaft zerstreute sich. Erst nach dem Abendessen sah ich ihn wieder, und da schien er sich sehr wohl zu fühlen. Sein Gesicht gefiel mir allerdings noch weniger als zuvor. Es wirkte gleichzeitig unruhig und leblos. Seine Augen wanderten ziellos umher, was ihm ein seltsames Aussehen verlieh, wie es mir noch nie im Leben begegnet war. Für einen gutaussehenden, keineswegs unliebenswürdig wirkenden Mann stieß er mich merkwürdig ab. Im glatten, gleichmäßigen Oval seines Gesichts lag keine Kraft, die Hakennase und der kleine Kirschmund ließen keine Entschiedenheit erkennen, die niedrige, faltenlose Stirn keine Gedanken, die ausdruckslosen braunen Augen nichts Gebieterisches.

Ich beobachtete ihn von meinem angestammten Winkel aus – das Licht der Armleuchter auf dem Kaminsims fiel ganz auf ihn, denn er saß auf einem Lehnstuhl dicht am Feuer und rückte immer noch näher, als fröre er – und verglich ihn mit Mr. Rochester. Bei allem Respekt fand ich, der Unterschied könnte auch zwischen einem seidenglatten Gänserich und einem grimmigen Falken, zwischen einem lammfrommen Schaf und seinem struppigen, scharfäugigen Schäferhund nicht viel größer sein.

Er hatte Mr. Rochester als alten Freund bezeichnet. Das mußte eine seltsame Freundschaft gewesen sein, eine treffende Illustration des alten Spruchs «Gegensätze ziehen sich an».

Einige der Herren saßen bei ihm, und mitunter schnappte ich quer durchs Zimmer einige Gesprächsfetzen auf. Anfangs konnte ich mir keinen rechten Reim darauf machen, denn Louisa Eshton und Mary Ingram, die mir näher saßen, übertönten mit ihrer Unterhaltung die Satzbruchstücke, die hie und da zu mir durchdrangen. Die jungen Damen sprachen über den Fremdling; beide nannten ihn «einen schönen Mann», Louisa fand, er sei «hinreißend» und sie «schwärme für ihn», und Mary führte als Beispiel für ihre Idealvorstellung eines anziehenden Menschen «seinen hübschen kleinen Mund und die wohlgeformte Nase» an.

«Und was für eine sanftmütige Stirn er hat!» rief Louisa, «so glatt, nicht diese abartigen Runzeln, die ich so hasse – und was für ein ruhiges Auge und mildes Lächeln!»

Dann rief zu meiner großen Erleichterung Mr. Henry Lynn sie zu sich auf die andere Seite des Raums, um eine Frage bezüglich des verschobenen Ausflugs nach Hay Common zu klären.

Nun konnte ich meine Aufmerksamkeit ungeteilt auf die Gruppe am Kamin richten und bekam bald heraus, daß der neue Gast Mr. Mason hieß; er war gerade erst aus einem heißen Land nach England gekommen. Zweifellos war er deshalb so fahl im Gesicht, saß so nah am Feuer und trug im Haus einen Überzieher. Kurz darauf verrieten mir die Namen Jamaika, Kingston und Spanish Town, daß er in Westindien lebte, und ich vernahm mit nicht geringer Verwunderung, daß er Mr. Rochester dort kennengelernt hatte. Er berichtete von der Abneigung seines Freundes gegen die glühende Hitze, die Orkane und Regenzeiten auf jenen Inseln. Ich wußte, daß Mr. Rochester viel gereist war, Mrs. Fairfax hatte es mir erzählt, aber ich hatte angenommen, er habe sich dabei auf Europa beschränkt; bis dahin hatte nichts darauf hingedeutet, daß er auch fernere Länder besucht hatte.

Ich sann darüber nach, als ich durch einen recht unerwarteten Zwischenfall abgelenkt wurde. Jemand öffnete zufällig die Tür, Mr. Mason erschauerte und bat, Kohle nachzulegen. Das Feuer brannte nicht mehr, doch die Glut leuchtete noch heiß und rot. Der Butler brachte die Kohle, blieb im Hinausgehen neben Mr. Eshtons Stuhl stehen und sagte leise etwas. Ich hörte nur die Worte: «... alte Frau ... ziemlich lästig.»

«Sag ihr, sie kommt in den Stock, wenn sie nicht verschwindet», antwortete der Friedensrichter.

«Nein, halt!» unterbrach Colonel Dent. «Schikken Sie sie nicht weg, Eshton, vielleicht läßt sich was draus machen. Fragen wir mal die Damen.» Und lauter fuhr er fort: «Meine Damen, Sie gedachten doch nach Hay Common zu wandern, um das Zigeunerlager anzusehen. Nun meldet Sam, unten in der Gesindestube sitze eins der alten Hutzelweiber und bestehe darauf, vor die ‹feinen Leute› gebracht zu werden, um ihnen die Zukunft vorherzusagen. Wollen Sie sie sehen?»

«Aber Colonel!» rief Lady Ingram, «Sie werden doch solch eine gemeine Betrügerin nicht auch noch ermutigen? Schicken Sie sie auf der Stelle fort, mit allen Mitteln!»

«Aber ich bring' sie nicht dazu, zu gehen, Mylady», erklärte der Butler, «und auch niemand sonst vom Personal. Jetzt ist gerade Mrs. Fairfax bei ihr und beschwört sie zu verschwinden, doch sie hat sich in der Kaminecke auf einen Stuhl gesetzt und sagt, nichts bringe sie von dort weg, bis sie nicht die Erlaubnis hat, hereinzukommen.»

«Was will sie denn?» fragte Mrs. Eshton.

«Den Herrschaften weissagen, behauptet sie, Ma'am, und sie schwört, sie muß und wird es tun.»

«Wie sieht sie denn aus?» fragten die beiden Misses Eshton wie aus einem Mund.

«Entsetzlich alt und häßlich, Miss, schwarz wie Ruß.»

«Das ist ja eine richtige Hexe!» rief Frederick Lynn. «Natürlich soll sie reinkommen.»

«Selbstverständlich», schloß sich sein Bruder an, «das wäre doch jammerschade, wenn man sich einen solchen Spaß entgehen ließe.»

«Meine lieben Jungen, was habt ihr vor?» rief Lady Lynn.

«Derartigen Unsinn kann ich unmöglich dulden», fiel Lady Ingram ein.

«O doch, Mama, du kannst es und wirst es», ließ sich die hochmütige Stimme von Blanche vernehmen, die sich auf ihrem Klavierhocker umdrehte, wo sie bisher schweigend gesessen und vorgeblich Noten durchgeblättert hatte. «Ich bin neugierig auf meine Zukunft. Also, Sam, schick die Hexe rein.»

«Blanche, mein Schatz! Bedenke doch ...»

«Das tu' ich, ich bedenke alles, was du einwenden könntest, und ich muß meinen Willen haben, schnell, Sam!»

«Ja, ja, ja!» riefen die jungen Damen und Herren. «Laß sie kommen, das wird ein großartiger Spaß!»

Der Diener zögerte. «Sie sieht gar so wüst aus», sagte er.

«Geh!» stieß Miss Ingram hervor, und der Mann ging.

Nun wurde die ganze Gesellschaft von Aufregung ergriffen, und als Sam wiederkam, liefen Nekkereien und Scherze durch die Runde wie ein Lauffeuer.

«Jetzt will sie nicht», sagte er. «Sie meint, sie sei nicht dazu berufen, vor dem ‹großen Haufen› aufzutreten (ihre Worte!). Ich soll sie allein in ein Zimmer bringen, und wer was von ihr wissen will, muß zu ihr kommen, einer nach dem anderen.»

«Siehst du, Blanche, mein Herzblatt», begann Lady Ingram, «schon wird sie anmaßend. Ich rate dir, mein Engel …»

«Natürlich, bring sie in die Bibliothek», schnitt ihr der «Engel» das Wort ab. «Auch ich bin nicht dazu berufen, ihr vor dem großen Haufen zuzuhören. Ich will sie für mich allein haben. Ist die Bibliothek geheizt?»

«Ja, Ma'am, aber … sie sieht gar so zigeunerisch aus.»

«Hör auf mit deinem Geschwätz, du Dummkopf. Tu, was ich dir sage.»

Wieder verschwand Sam, und noch einmal stieg der Pegel geheimnisvoller, angeregter Erwartung.

«Jetzt ist sie bereit», meldete der Butler, als er wieder erschien. «Sie will wissen, wer als erster kommt.»

«Ich glaube, ich werfe mal einen Blick auf sie, bevor eine der Damen geht», meinte Colonel Dent. «Sam, sag ihr, ein Herr ist auf dem Weg.»

Sam ging und kehrte wieder.

«Sir, sie sagt, Herren will sie nicht, die bräuchten sich gar nicht erst zu ihr zu bemühen, und auch» – hier unterdrückte er mit Mühe ein Kichern – «von den Damen sollen nur die jungen, noch ledigen kommen.»

«Bei Jupiter, die hat Geschmack!», rief Henry Lynn.

Miss Ingram erhob sich feierlich. «Ich gehe als erste», sagte sie in einem Ton, der dem Anführer eines Himmelfahrtskommandos angestanden hätte, der an der Spitze seiner Männer eine Bresche stürmt.

«Oh, meine Beste, meine Liebste, warte, überlege doch!» rief ihre Mutter, aber Blanche rauschte in königlichem Schweigen an ihr vorüber und ging durch die Tür, die Colonel Dent offenhielt; dann hörten wir, wie sie die Bibliothek betrat.

Es wurde vergleichsweise still. Lady Ingram hielt es für geraten, die Hände zu ringen, und rang sie ausgiebig, Miss Mary erklärte, sie für ihr Teil würde nie das Schicksal herausfordern. Amy und Louisa Eshton kicherten verhalten und sahen etwas ängstlich aus.

Die Minuten verstrichen sehr langsam, es dauerte ganze fünfzehn, bis sich die Bibliothekstür wieder öffnete. Miss Ingram kehrte durch den Bogen zu uns zurück.

Würde sie lachen? Würde sie es als Witz auffassen? Aller Augen waren in gespannter Neugier auf sie gerichtet, und sie antwortete mit einem einzigen abweisenden, kühlen Blick. Sie sah weder verwirrt noch fröhlich aus; steif schritt sie an ihren Platz und setzte sich schweigend.

«Nun, Blanche?» fragte Lord Ingram.

«Was hat sie gesagt, Schwester?» erkundigte sich Mary.

«Was denkst du? Wie fühlst du dich? Ist sie eine echte Wahrsagerin?» fragten die Misses Eshton.

«Na, na, meine Lieben», erwiderte Miss Ingram, «bedrängt mich nicht so. Euer Hang zur Verwunderung und Leichtgläubigkeit ist ja schnell geweckt. Nach der Bedeutung zu urteilen, die ihr alle, meine gute Mama eingeschlossen, dieser Sache zuschreibt, scheint ihr fest zu glauben, daß wir eine echte Hexe im Haus haben, die mit dem Gottseibeiuns im Bunde steht. Ich habe nur eine Landstreicherin, eine Zigeunerin gesehen; sie hat ganz banal aus der Hand gelesen und mir gesagt, was solche Leute gewöhnlich sagen. Meine Laune ist befriedigt, und Mr. Eshton wird gut daran tun, die Hexe morgen früh wie angedroht einzusperren.»

Miss Ingram holte sich ein Buch, lehnte sich in ihrem Sessel zurück und verbat sich damit jedes weitere Gespräch. Ich beobachtete sie fast eine halbe Stunde; in dieser Zeit blätterte sie kein einziges Mal um, und ihre Miene wurde mit jeder Sekunde finsterer, unzufriedener, säuerlicher und enttäuschter. Sie hatte ganz offensichtlich nichts Vorteilhaftes gehört, und nach ihrer anhaltenden Düsterkeit und Schweigsamkeit zu schließen, schien sie selbst, entgegen ihrer gespielten Gleichgültigkeit, den wie auch immer gearteten Enthüllungen übermäßige Bedeutung beizumessen.

Unterdessen erklärten Mary Ingram sowie Amy und Louisa Eshton, daß sie sich nicht allein hineinwagten, aber dennoch alle gehen wollten. So wurden über einen vermittelnden Botschafter, nämlich Sam, Verhandlungen eingeleitet, und nach vielem Hin- und Herlaufen, als Sam vor lauter Körperertüchtigung bestimmt schon die Waden schmerzten, erhielten sie endlich die der strengen Sibylle mit großer Mühe abgerungene Erlaubnis, alle drei auf einmal vor ihr zu erscheinen.

Ihr Besuch verlief nicht so still wie der von Miss Ingram; wir hörten hysterisches Gekicher und kleine Schreie aus der Bibliothek, und nach etwa zwanzig Minuten rissen sie die Tür auf und kamen durch die Halle gelaufen, als seien sie vor Schreck fast um den Verstand gekommen.

«Bei der geht es bestimmt nicht mit rechten

Dingen zu!» riefen sie wie aus einem Mund. «Was die uns für Sachen erzählt hat! Sie weiß alles über uns!» Und sie sanken atemlos in die verschiedenen Stühle, die ihnen die Herren eilig unterschoben.

Dringend um weitere Einzelheiten gebeten, erklärten sie, die Zigeunerin habe ihnen Dinge erzählt, die sie als Kinder gesagt und getan hätten; sie habe Bücher und Schmuckstücke in ihren Boudoirs zu Hause beschrieben, Andenken, die sie von Verwandten geschenkt bekommen hätten. Sie habe sogar ihre Gedanken erraten und einer jeden den Namen der Person ins Ohr geflüstert, die sie auf Erden am liebsten hätte, und ihr mitgeteilt, was sie sich am innigsten wünsche.

Hier unterbrachen sie die Herren und stellten einen feierlichen Antrag auf nähere Aufklärung hinsichtlich der beiden letztgenannten Punkte, ernteten aber mit ihren zudringlichen Fragen nur Erröten, Stoßseufzer, Zittern und Kichern. Die alten Damen boten unterdes ihre Riechfläschchen an, wedelten mit den Fächern und gaben wiederholt ihrer Betrübnis Ausdruck, daß auf sie niemand gehört habe, die älteren Herren lachten, und die jungen drängten den erregten Schönen ihre Dienste auf.

Inmitten dieses Aufruhrs, während meine Augen und Ohren noch vollauf mit dem Schauspiel vor mir beschäftigt waren, hörte ich ein Räuspern hinter meinem Rücken. Ich wandte mich um und erblickte Sam.

«Bitte, Miss, die Zigeunerin meint, es gebe eine junge, ledige Dame im Zimmer, die noch nicht bei ihr gewesen sei, und sie schwört, sie werde erst gehen, wenn sie alle gesehen hat. Ich dachte, das müßten Sie sein, sonst gibt es ja niemanden mehr. Was soll ich ihr sagen?»

«Ich gehe natürlich», antwortete ich, erfreut über die unerwartete Gelegenheit, meine aufs äußerste erregte Neugier zu stillen. Ich schlüpfte aus dem Salon, von allen unbemerkt, denn die Gesellschaft stand zu einem Klumpen geballt um das soeben zurückgekehrte zitternde Trio, und schloß leise die Tür hinter mir.

«Wenn Sie wollen, Miss», sagte Sam, «warte ich in der Halle auf Sie; und wenn sie Ihnen Angst einjagt, rufen Sie einfach, dann komme ich rein.»

«Nein, Sam, geh nur wieder in die Küche, ich habe nicht die geringste Angst.» Das stimmte, aber ich war sehr gespannt und aufgeregt.

KAPITEL 19

In der Bibliothek sah es recht friedlich aus, als ich eintrat; die Sibylle – wenn es denn eine war – saß gemütlich in einem Lehnstuhl vor dem Kamin. Sie trug einen roten Umhang und eine schwarze Haube oder vielmehr einen breitrandigen Zigeunerhut, den sie mit einem gestreiften Tuch unterm Kinn festgebunden hatte. Auf dem Tisch stand eine gelöschte Kerze. Die Frau neigte sich übers Feuer und schien im Licht der Flammen in einem schwarzen Büchlein zu lesen, das aussah wie ein Gebetbuch. Wie die meisten alten Frauen murmelte sie die Worte vor sich hin. Sie wollte anscheinend einen Absatz fertiglesen.

Ich stellte mich auf den Kaminvorleger und wärmte mir die Hände, die ziemlich kalt waren, da ich im Salon stets in einiger Entfernung vom Feuer saß. Ich war nun so ruhig und gefaßt wie immer; die Zigeunerin hatte tatsächlich nichts Beunruhigendes an sich. Sie klappte ihr Buch zu und blickte langsam auf. Die Hutkrempe überschattete ihr Gesicht zum Teil, aber als sie es hob, bemerkte ich doch, daß es fremdartig aussah, ganz braun und schwarz. Unter einem weißen Band, das unter ihrem Kinn verlief und ihre Wangen – oder besser gesagt, Kinnbacken – fast bedeckte, starrte verfilztes Haar hervor, und sie richtete sofort einen kühnen, unverwandten Blick auf mich.

«So, Ihr wollt also Eure Zukunft erfahren?» sagte sie mit einer Stimme, ebenso entschieden wie ihr Blick und so schroff wie ihre Gesichtszüge.

«Ich mach' mir nichts draus, Mütterchen, tu, was du willst, aber ich sollte dich eigentlich warnen, ich glaube nicht daran.»

«Solche Dreistigkeit sieht Euch ähnlich. Ich habe es nicht anders erwartet, habe es schon Euren Schritten angehört, als Ihr über die Schwelle kamt.»

«So? Du hast ein scharfes Ohr.»

«Ja. Und ein scharfes Auge und einen scharfen Verstand.»

«Das brauchst du auch in deinem Gewerbe.»

«Ja. Besonders wenn ich es mit Kunden wie Euch zu tun habe. Warum zittert Ihr nicht?»

«Ich friere nicht.»

«Warum werdet Ihr nicht bleich?»

«Ich bin nicht krank.»

«Warum glaubt Ihr meinen Künsten nicht?»

«Ich bin nicht dumm.»

Das alte Weib lachte wiehernd unter Haube und

Bandage, dann zog es eine kurze schwarze Pfeife hervor, zündete sie an und begann zu rauchen. Nachdem es dieser beruhigenden Tätigkeit eine Weile gefrönt hatte, richtete es den gekrümmten Körper auf, nahm die Pfeife aus dem Mund, blickte unverwandt ins Feuer und sagte sehr bedächtig: «Ihr friert, Ihr seid krank, und Ihr seid dumm.»

«Beweis es», entgegnete ich.

«Das werde ich, in wenigen Worten. Ihr friert, weil Ihr allein seid; keine Berührung entzündet das Feuer, das in Euch steckt. Ihr seid krank, weil Euch das beste, höchste und süßeste Gefühl, das dem Menschen geschenkt wurde, fernbleibt. Ihr seid dumm, weil Ihr, sosehr Ihr auch leidet, es nicht zu Euch winkt und Euch keinen Schritt vom Fleck rührt, um ihm dorthin entgegenzugehen, wo es auf Euch wartet.»

Wieder steckte die Alte sich die kurze schwarze Pfeife zwischen die Lippen und qualmte heftig.

«All das könntest du zu fast allen sagen, von denen du weißt, daß sie allein und lohnabhängig in einem großen Haus leben.»

«Ich könnte es zu fast allen sagen, aber träfe es auch bei fast allen zu?»

«Bei allen in meinen Verhältnissen.»

«Ja, genau, in Euren Verhältnissen, bloß findet mir jemanden, dem es genauso geht wie Euch.»

«Man könnte leicht Tausende finden.»

«Kaum eine. Ihr seid in einer besonderen Lage – wenn Ihr es erkennen würdet. Das Glück ist ganz nah, ja in Reichweite. Alle Zutaten sind vorbereitet, es erfordert nur eine Bewegung, um sie zusammenzufügen. Die Schicksalsgöttin hat sie ein wenig voneinander getrennt angeordnet, aber wenn sie erst einmal zusammenkommen, erwächst Glück daraus.»

«Ich verstehe mich nicht auf Rätsel. Ich habe in meinem ganzen Leben noch keins gelöst.»

«Wenn Ihr wollt, daß ich deutlicher werde, zeigt mir Eure Hand.»

«Die Hand, und darauf eine silberne Münze, nicht wahr?»

«Natürlich.»

Ich gab ihr einen Shilling. Sie zog eine alte Socke aus der Tasche, steckte die Münze hinein, knotete den Strumpf zu, steckte ihn wieder weg und befahl mir, die Hand auszustrecken. Ich tat es. Sie näherte ihr Gesicht meiner Handfläche und studierte sie, ohne sie zu berühren.

«Sie ist zu zart», sagte sie. «Aus so einer Hand kann ich nichts herauslesen, sie hat fast keine Linien. Außerdem, was bedeutet schon eine Handfläche? Dort steht das Schicksal nicht geschrieben.»

«Das glaube ich dir», sagte ich.

«Nein», fuhr sie fort, «es steht im Gesicht, auf der Stirn, rings um die Augen, in den Augen selbst und in den Linien um den Mund. Kniet nieder und hebt den Kopf.»

«Aha, jetzt kommst du der Wahrheit schon näher», sagte ich und gehorchte. «Gleich fange ich an, dir zu glauben.»

Ich kniete mich eine Elle vor ihr nieder. Sie stocherte im Feuer, so daß die aufgeschürte Kohle hell aufflammte. Doch diese Helligkeit ließ, als sie wieder saß, ihr Gesicht nur in um so tieferem Schatten versinken und beleuchtete das meine.

«Ich frage mich, mit welchen Empfindungen Ihr heute abend zu mir gekommen seid», sagte sie, als sie mich eine Weile gemustert hatte. «Ich frage mich, welche Gedanken in Eurem Innern umgehen, während Ihr stundenlang in diesem Raum da drüben sitzt und die feinen Leute wie die Figuren einer Laterna magica an Euch vorbeihuschen, ohne jeden gleichgestimmten Austausch zwischen Euch und ihnen, als wären es wirklich nur Schatten menschlicher Gestalten und nicht wirkliche Materie.»

«Ich bin oft müde, manchmal schläfrig, selten traurig.»

«So hegt Ihr also eine heimliche Hoffnung, die Euch Auftrieb gibt und mit Zukunftsgeflüster aufmuntert?»

«Aber nein. Ich kann allenfalls hoffen, von meinem Lohn so viel Geld zurücklegen zu können, daß ich eines Tages ein Haus mieten und eine Schule gründen kann.»

«Das ist minderwertige Nahrung für die Phantasie. Und wenn Ihr nun auf diesem Fensterplatz sitzt – Ihr merkt schon, ich kenne Eure Gewohnheiten …»

«Die hast du von den Dienstboten erfahren.»

«Ah! Ihr habt auch ein kluges Köpfchen. Nun ja, mag sein. Offen gestanden habe ich eine Bekannte unter ihnen, Mrs. Poole …»

Bei diesem Namen sprang ich erschrocken auf.

«Wirklich?» dachte ich. «Dann ist also doch Hexerei im Spiel!»

«Keine Angst», fuhr das seltsame Wesen fort, «sie ist ungefährlich, diese Mrs. Poole, still und verschwiegen, man kann ihr unbedingt vertrauen. Aber was wollte ich sagen … Wenn Ihr so an Eurem Fensterplatz sitzt, denkt Ihr dann nur an Eure zukünftige Schule? Gibt es in der Gesellschaft auf den Sofas und Sesseln vor Euch niemanden, der Euch jetzt, in der Gegenwart, interessiert? Gibt es kein Gesicht, das Ihr erkundet? Keine Gestalt, deren Bewegungen Ihr zumindest mit Neugier verfolgt?»

«Ich beobachte alle Gesichter und Gestalten gern.»

«Aber betrachtet Ihr nie eins besonders – oder vielleicht auch zwei?»

«Doch, oft. Wenn die Gesten oder Blicke eines Paars eine Geschichte zu erzählen scheinen, dann schaue ich ihm gern zu.»

«Und welche Geschichte hört Ihr am liebsten?»

«Oh, ich habe keine große Auswahl. Alles dreht sich um das gleiche Thema, die Werbung, und verspricht in der gleichen Katastrophe zu enden, der Ehe.»

«Und gefällt Euch dieses eintönige Thema?»

«Es ist mir völlig gleichgültig, es bedeutet mir nichts.»

«Bedeutet Euch nichts? Wenn eine junge Dame, lebhaft und gesund, reizend und schön, begabt mit Rang und Vermögen, dasitzt und einem Herrn in die Augen lächelt, den Ihr ...»

«Den ich was?»

«Den Ihr kennt – und vielleicht schätzt.»

«Ich kenne die Herren hier nicht. Ich habe kaum eine Silbe mit ihnen gewechselt, und was das ‹Schätzen› anbelangt, so finde ich einige ehrbar, stattlich und im besten Alter und andere jung, elegant, gutaussehend und lebhaft; aber allen steht es unzweifelhaft frei, jedes beliebige Lächeln in Empfang zu nehmen, ohne daß mein Gefühl in diesem

Austausch etwas sähe, das für mich von Belang sein könnte.»

«Ihr kennt die Herren hier nicht? Ihr habt keine Silbe mit einem von ihnen gewechselt? Behauptet Ihr das auch vom Hausherrn?»

«Er ist nicht daheim.»

«Welch tiefschürfende Bemerkung! Welch einfallsreiche Spitzfindigkeit! Er ist heute früh nach Millcote geritten und kommt heute nacht oder morgen früh zurück. Schließt ihn dieser Umstand von der Liste Eurer Bekanntschaften aus, streicht er ihn sozusagen aus dem Dasein?»

«Nein, aber ich sehe nicht ein, was Mr. Rochester mit dem von dir angesprochenen Thema zu tun hat.»

«Ich sprach von Damen, die den Herren lächelnd in die Augen sehen, und in letzter Zeit sind Mr. Rochesters Augen mit so viel lächelnden Blikken bedacht worden, daß sie überfließen wie zwei randvoll eingeschenkte Tassen; habt Ihr das nicht bemerkt?»

«Mr. Rochester hat das Recht, sich an der Gesellschaft seiner Gäste zu erfreuen.»

«Keine Frage. Aber habt Ihr nicht bemerkt, daß von allen Geschichten, welche sich hier um die Ehe drehen, diejenige für Mr. Rochester am lebhaftesten und beharrlichsten erzählt wird?»

«Ein eifriger Zuhörer löst dem Erzähler die Zunge.» Ich sagte dies mehr zu mir selbst als zu der Zigeunerin, deren seltsame Rede, Stimme und Verhaltensweise mich bereits in eine Art Traum gehüllt hatten. Von ihren Lippen kamen lauter unerwartete Sätze, die mich in ein verwirrendes Gespinst verwickelten, und ich fragte mich, welcher unsichtbare Geist wochenlang neben meinem Herzen gehockt, seine Kämpfe beobachtet und jedes Pochen aufgezeichnet hatte.

«Eifriger Zuhörer!» wiederholte sie. «Ja, Mr. Rochester hat so manche Stunde dagesessen und sein Ohr den zauberhaften Lippen entgegengeneigt, die an ihrer Aufgabe zu plaudern solches Vergnügen fanden; nur zu gern ließ er sich die Zeit vertreiben und war sehr dankbar dafür. Habt Ihr das bemerkt?»

«Dankbar? Ich kann mich nicht erinnern, Dankbarkeit in seinem Gesicht gefunden zu haben.»

«Gefunden! Dann habt Ihr also genau hingeschaut! Und was habt Ihr gefunden, wenn nicht Dankbarkeit?»

Ich sagte nichts.

«Ihr habt Liebe gesehen, nicht wahr? Und mit einem Blick in die Zukunft habt Ihr ihn verheiratet gesehen und an seiner Seite eine glückliche Braut?»

«Mmh. Das nicht gerade. Manchmal liegst du ziemlich falsch mit deiner Hexenkunst.»

«Was dann, zum Henker?»

«Das ist doch unwichtig. Ich bin hierhergekommen, um Fragen zu stellen, nicht um zu beichten. Ist es allgemein bekannt, daß Mr. Rochester heiraten wird?

«Ja, die schöne Miss Ingram.»

«Bald?»

«Allem Anschein nach, ja; und sie werden ohne Zweifel ein überglückliches Paar abgeben – obwohl Ihr dies mit sträflicher Kühnheit in Frage zu stellen scheint. Eine so schöne, adlige, geistreiche und gebildete Dame muß er doch lieben, und wahrscheinlich liebt sie ihn auch – und wenn nicht sein Herz, so doch zumindest seinen Geldbeutel. Ich weiß, daß sie das Rochester-Vermögen im höchsten Grade erstrebenswert findet. Dabei habe ich ihr (Gott verzeih mir!) vor einer Stunde zu diesem Thema etwas gesagt, das sie verwunderlicherweise ganz ernst werden ließ; ihre Mundwinkel sanken einen halben Zoll tiefer. Ich würde ihrem dunkelhäutigen Verehrer raten, sich vorzusehen; wenn nämlich ein anderer kommt, mit einem noch dickeren und ganz schuldenfreien Zinsbuch, ist er abserviert.»

«Aber Mütterchen, ich bin nicht gekommen, um Mr. Rochesters Schicksal zu erfahren, sondern meinetwegen, und du hast mir noch nichts gesagt.»

«Euer Schicksal ist noch ungewiß. Als ich Euer Gesicht untersuchte, fand ich viele Widersprüche. Die Schicksalsgöttin hat Euch ein bestimmtes Quantum Glück zugemessen, das weiß ich und wußte es schon, bevor ich heute abend hierherkam. Sie hat es vorsorglich für Euch zur Seite gelegt. Ich habe sie dabei gesehen. Es ist nun an Euch, die Hand auszustrecken und es aufzuheben, aber die Frage ist, ob Ihr das tut. Kniet Euch noch einmal auf den Teppich.»

«Bitte mach es kurz, das Feuer versengt mich bald.»

Ich kniete mich hin. Sie beugte sich nicht über mich, sondern schaute mich nur an, in ihren Sessel zurückgelehnt. Dann begann sie zu murmeln:

«Die Flamme flackert im Auge; das Auge schimmert wie betaut, es blickt sanft und gefühlvoll, es lächelt über mein Geschwätz, es ist offen für alle Eindrücke, die sein klares Rund aufnimmt; wenn es nicht lächelt, ist es traurig; eine unbewußte Mattigkeit lastet auf dem Lid, das bedeutet Schwermut infolge Einsamkeit. Es wendet sich von mir ab, es duldet keine weitere Prüfung; mit einem spöttischen Seitenblick leugnet es die Wahrheit meiner Entdekkungen, lehnt die doppelte Last von Empfindsamkeit und Kummer ab. Sein Stolz und seine Zurückhaltung bestätigen mich nur in meiner Meinung. Das Auge ist also günstig.

Was den Mund betrifft, so lacht er mitunter gern und neigt dazu, alles mitzuteilen, was das Gehirn ausheckt, wird aber wohl schweigen über die Erfahrungen des Herzens. Ausdrucksvoll und beweglich, ist er nicht dafür geschaffen, in immerwährendem, einsamem Schweigen zusammengepreßt zu bleiben. Es ist ein Mund, der viel reden und oft lächeln sollte, der für seinen Gesprächspartner eine menschliche Zuneigung empfindet. Auch dieser Gesichtszug ist erfolgversprechend.

Gegen einen glücklichen Ausgang scheint sich nur die Stirn zu sperren, und diese Stirn erklärt: ‹Wenn Selbstachtung und Umstände es erfordern, kann ich auch allein leben. Ich muß meine Seele nicht verkaufen, um Glück zu erlangen. Ich trage von Geburt an einen Schatz in mir, der mich am Leben hält, selbst wenn mir alle äußeren Freuden versagt oder nur zu einem Preis angeboten werden, den ich mir nicht leisten kann.› Die Stirn erklärt: ‹Die Vernunft sitzt fest im Sattel, die Zügel in der Hand, und duldet nicht, daß die Gefühle ausbrechen und mit ihr in wilde Schluchten rasen. Die Leidenschaften mögen so wild toben wie die Heiden[46] (die sie ja sind), die Sehnsucht mag sich allerhand Eitles zusammenphantasieren, doch das Urteilsvermögen hat in jedem Streit das letzte Wort und bei jeder Entscheidung die ausschlaggebende Stimme. Sturm, Erdbeben und Feuer gehen vorüber, ich folge nur jener leisen, kleinen Stimme, die das Gebot des Gewissens deutet.[47]›

Gut argumentiert, Stirn, deine Erklärung wird respektiert. Ich habe meine Pläne, die ich für richtig halte, schon geschmiedet und dabei die Ansprüche des Gewissens und die Ratschläge der Vernunft berücksichtigt. Ich weiß, wie schnell die Jugend vergeht und ihre Blüte welkt, wenn sich im Becher der Seligkeit eine Spur von Schande oder ein Beigeschmack von Reue findet. Ich brauche kein Opfer, kein Leid, keine Trennung – das behagt mir nicht. Ich will hegen und pflegen, nicht verwüsten, will Dankbarkeit ernten, keine blutigen oder auch nur salzigen Tränen keltern, meine Ernte soll aus Lächeln, Liebkosungen und Lebenslust bestehen, das reicht mir. – Ich glaube, ich phantasiere in einer Art köstlichem Delirium. Ich würde diesen Augenblick am liebsten *ad infinitum* in die Länge ziehen, aber ich wage es nicht. Bisher habe ich mich beherrschen können. Ich habe gehandelt, wie ich es mir geschworen habe; alles weitere könnte über meine Kräfte gehen. Stehen Sie auf, Miss Eyre, verlassen Sie mich, ‹das Stück ist aus›[48].»

Wo war ich? Wachte oder schlief ich? Hatte ich geträumt? Träumte ich noch? Die Stimme der Alten hatte sich verändert, ihre Sprechweise, ihre Gesten waren mir vertraut wie mein eigenes Spiegelbild, wie meine eigene Sprache. Ich erhob mich, ging aber nicht hinaus. Ich schaute, schürte das Feuer, schaute wieder, doch sie zog sich Haube und Binden noch weiter ins Gesicht und wies mich hinaus. Die Flamme beleuchtete ihre ausgestreckte Hand. Jetzt war ich wach und erwartete Enthüllungen, und so erkannte ich diese Hand sofort. Sie war um nichts verwelkter und greisenhafter als meine eigene, sondern wohlgeformt und gelenkig, mit glatten, gleichmäßig gebogenen Fingern. Am kleinen Finger funkelte ein breiter Ring, und als ich mich vorbeugte, erkannte ich einen Edelstein, den ich schon hundertmal gesehen hatte. Wieder schaute ich auf das Gesicht, das sich nun nicht mehr von mir abwandte. Im Gegenteil, die Haube war abgelegt, die Bandage zurückgeschoben, der Kopf erhoben.

«Nun, Jane, erkennen Sie mich?» fragte die vertraute Stimme.

«Wenn Sie noch den roten Mantel abnehmen, Sir …»

«Das Band ist verknotet, helfen Sie mir.»

«Zerreißen Sie es einfach, Sir.»

«Na gut – fort, fort, ihr Zutaten![49]» Und Mr. Rochester stieg aus seinem Kostüm.

«Was für ein Einfall, Sir!»

«Aber gut in die Tat umgesetzt, hm? Finden Sie nicht?»

«Bei den Ladys müssen Sie gut gewesen sein.»

«Bei Ihnen nicht?»

«Bei mir haben Sie nicht die Rolle der Zigeunerin gespielt.»

«Welche Rolle dann? Mich selbst?»

«Nein, eine ganz eigenartige … nun, ich glaube, Sie haben versucht, mich auszuhorchen oder zu etwas zu verleiten; Sie haben Unsinn geredet, um mich dazu zu bringen, auch Unsinn zu reden. Das ist nicht gerade fair, Sir.»

«Verzeihen Sie mir, Jane?»

«Das weiß ich erst, wenn ich über alles nachgedacht habe. Wenn ich dann feststelle, daß ich keinen allzugroßen Unsinn dahergeredet habe, werde ich versuchen, Ihnen zu verzeihen. Recht war es trotzdem nicht.»

«Oh, Sie waren mustergültig, sehr vorsichtig, sehr vernünftig.»

Ich dachte nach und kam im großen und ganzen auch zu diesem Schluß. Das war ein Trost, doch ich war fast von Anfang an auf der Hut gewesen. Ich hatte schon etwas wie eine Maskerade vermutet. Ich wußte, daß Zigeuner und Wahrsagerinnen sich nicht so ausdrücken wie diese vermeintliche alte Frau. Außerdem hatte ich bemerkt, daß sie ihre Stimme verstellte und ängstlich ihr Gesicht verbarg. Aber meine Gedanken kreisten ständig um Grace Poole, dieses lebende Rätsel, dieses Geheimnis aller Geheimnisse; nie wäre ich auf Mr. Rochester gekommen.

«Nun», fragte er, «was grübeln Sie? Was bedeutet dieses ernste Lächeln?»

«Ich wundere mich und beglückwünsche mich selbst, Sir. Und nun darf ich mich gewiß zurückziehen?»

«Nein, bleiben Sie noch einen Augenblick, und erzählen Sie mir, was die Leute drüben im Salon jetzt tun.»

«Wahrscheinlich reden sie über die Zigeunerin.»

«Setzen Sie sich doch. Lassen Sie hören, was sie über mich sagten.»

«Ich will lieber nicht mehr lange bleiben, Sir, es muß fast elf Uhr sein. Ach – wissen Sie eigentlich, Mr. Rochester, daß ein Fremder gekommen ist, während Sie fort waren?»

«Ein Fremder? Nein, wer sollte das sein? Ich erwarte niemanden. Ist er wieder weg?»

«Nein. Er behauptete, er kenne Sie schon lange und dürfe sich die Freiheit nehmen, hierzubleiben, bis Sie zurückkämen.»

«Den Teufel darf er! Hat er seinen Namen genannt?»

«Er heißt Mason, Sir, und kommt aus Westindien, ich glaube aus Spanish Town auf Jamaica.»

Mr. Rochester stand neben mir und hielt meine Hand, als wolle er mich zu einem Stuhl geleiten. Bei meinen Worten verkrampfte sich sein Griff um mein Handgelenk, und das Lächeln auf seinen Lippen gefror. Vor Anspannung hielt er sichtlich den Atem an.

«Mason, Westindien», sagte er in einem Ton, wie man ihn von einem sprechenden Automaten erwartet, der seine wenigen Wörter hervorstößt; «Mason, Westindien!» wiederholte er wieder und wieder und wurde in den Pausen dazwischen weißer als Asche. Er schien kaum zu wissen, was er tat.

«Fühlen Sie sich nicht wohl, Sir?» fragte ich.

«Jane, das ist ein Schlag für mich, ein Schlag, Jane.»

Er schwankte.

«Oh, stützen Sie sich auf mich, Sir.»

«Sie haben mir Ihre Schulter schon einmal angeboten, Jane, jetzt brauche ich sie wieder.»

«Ja, Sir, und meinen Arm.»

Er setzte sich und hieß mich neben ihm Platz nehmen. Er umfaßte meine Hand mit beiden Händen, rieb sie warm und starrte mich dabei aufs äußerste beunruhigt und verzweifelt an.

«Meine kleine Freundin!» sagte er. «Ich wollte, ich wäre mit Ihnen allein auf einer stillen Insel, und Ärger, Gefahr und gräßliche Erinnerungen wären weit weg.»

«Kann ich Ihnen helfen, Sir? Ich würde mein Leben hingeben, um Ihnen beizustehen.»

«Wenn ich Hilfe brauche, suche ich sie bei Ihnen, Jane, das verspreche ich.»

«Danke, Sir. Sagen Sie mir, was ich tun soll, und ich will es zumindest versuchen.»

«Jetzt holen Sie mir ein Glas Wein aus dem Eßzimmer, Jane. Die anderen werden dort beim Nachtmahl sein. Berichten Sie mir, ob Mason bei ihnen ist und was er tut.»

Ich ging. Wie Mr. Rochester gesagt hatte, fand ich die ganze Gesellschaft im Eßzimmer bei einem späten Imbiß. Man saß nicht am Tisch. Die Speisen waren auf einer Anrichte bereitgestellt, jeder hatte sich genommen, was er wollte, und nun stand man hier und dort in Grüppchen beisammen und hielt Teller und Gläser in der Hand. Alle schienen bester Laune, alle lachten und plauderten angeregt. Mr. Mason stand am Kamin, unterhielt sich mit Colonel und Mrs. Dent und wirkte so fröhlich wie alle anderen. Ich schenkte ein Glas Wein ein (Miss Ingram beobachtete mich dabei stirnrunzelnd und fand gewiß, daß ich mir eine ungehörige Freiheit herausnahm) und kehrte in die Bibliothek zurück.

Mr. Rochesters tiefe Blässe war verschwunden, er sah wieder gefaßt und ernst aus. Er nahm mir das Glas aus der Hand.

«Auf Ihr Wohl, dienstbarer Geist!» sagte er, trank es leer und gab es mir zurück. «Was tun sie, Jane?»

«Sie lachen und schwatzen, Sir.»

«Sie schauen nicht finster und geheimnisvoll, als hätten sie etwas Befremdliches erfahren?»

«Überhaupt nicht, alle sind lustig und gut aufgelegt.»

«Und Mason?»

«Der hat auch gelacht.»

«Wenn nun diese Leute geschlossen hier hereinkämen und mich beschimpften, was würden Sie tun, Jane?»

«Sie aus dem Zimmer werfen, wenn ich könnte, Sir.»

Er lächelte leise. «Aber wenn ich sie besuchen müßte, und sie hätten nur kühle Blicke für mich, würden hohnlächelnd miteinander flüstern und sich dann einer nach dem anderen zurückziehen und mich allein lassen, was dann? Würden Sie mitgehen?»

«Ich glaube nicht, Sir. Ich würde lieber bei Ihnen bleiben.»

«Um mich zu trösten?»

«Ja, Sir, um Sie zu trösten, so gut ich könnte.»

«Und wenn sie Sie für Ihre Anhänglichkeit in Acht und Bann täten?»

«Wahrscheinlich würde ich von ihrem Bann gar nichts erfahren, und wenn doch, so kümmerte es mich nicht.»

«Sie würden also um meinetwillen Vorwürfe riskieren?»

«Ich würde es für jeden Freund tun, der meine Anhänglichkeit so verdiente wie Sie.»

«Kehren Sie ins Eßzimmer zurück, gehen Sie leise zu Mason und flüstern Sie ihm ins Ohr, Mr. Rochester sei heimgekommen und wünsche ihn zu sehen. Bringen Sie ihn her, und dann lassen Sie mich allein.»

«Ja, Sir.»

Ich tat wie geheißen. Die ganze Gesellschaft starrte mich an, als ich durch sie hindurch auf Mr. Mason zuging. Ich richtete ihm die Nachricht aus, führte ihn aus dem Zimmer und brachte ihn in die Bibliothek. Dann begab ich mich nach oben.

Zu später Stunde, als ich schon eine Weile im Bett lag, hörte ich, wie die Gäste ihre Zimmer aufsuchten. Ich erkannte auch Mr. Rochesters Stimme und hörte ihn sagen: «Dort, Mason, das ist dein Zimmer.»

Er sprach fröhlich, und dieser heitere Tonfall erleichterte mich. Bald war ich eingeschlafen.

KAPITEL 20

Ich hatte vergessen, wie sonst meinen Bettvorhang zuzuziehen, und auch die Jalousien am Fenster nicht heruntergelassen. So kam es, daß der volle, helle Mond, als er in dieser klaren Nacht auf seiner Umlaufbahn zu dem Himmelsfleck kam, der meinem Fenster genau gegenüberliegt, durch die unverhängten Scheiben zu mir hereinsah und sein prachtvoller Blick mich weckte. Ich schlug mitten in der Nacht die Augen auf und sah sein Rund, silberweiß und kristallklar. Er war schön, aber zu eindringlich. Ich richtete mich ein wenig auf und streckte den Arm aus, um den Vorhang am Bett zuzuziehen.

Lieber Gott! Was für ein Schrei!

Die Nacht, das Schweigen, die Ruhe wurden

von einem wilden, scharfen, schrillen Ton zerrissen, der Thornfield Hall von einem Ende zum anderen durchlief.

Mein Pulsschlag stockte, das Herz stand mir still, mein ausgestreckter Arm war wie gelähmt. Der Schrei erstarb und wiederholte sich nicht. Allerdings – welches Wesen auch immer dieses entsetzliche Kreischen ausgestoßen hatte, es hätte es niemals sofort wiederholen können. Nicht einmal der Andenkondor mit seinen riesigen Schwingen könnte aus der Wolke, die seinen Horst verbirgt, einen derart gellenden Schrei zweimal hintereinander herunterschicken. Die Kreatur, die diesen Ton von sich gegeben hatte, mußte sich erst ausruhen, ehe sie erneut zu einer solchen Kraftanstrengung fähig war.

Der Schrei war aus dem dritten Stock gekommen, denn er war über mich hinweggezogen. Und über mir, genau im Zimmer über meiner Schlafzimmerdecke, hörte ich jetzt einen Kampf, dem Lärm nach zu urteilen, einen Kampf auf Leben und Tod, und eine halb erstickte Stimme schrie: «Hilfe, Hilfe, Hilfe!», dreimal schnell hintereinander.

«Kommt denn keiner?» rief sie weiter, und während das wilde Wanken und Trampeln weiterging, hörte ich durch die Fußbodenbretter und den Putz hindurch: «Rochester! Rochester! Um Himmels willen, komm!»

Eine Zimmertür öffnete sich, jemand lief oder rannte den Korridor entlang. Ein weiterer schwerer Schritt trat nun auf dem Boden über mir auf, etwas fiel zu Boden, dann herrschte Stille.

Ich zog etwas über, obwohl ich vor Schreck an allen Gliedern zitterte, und trat aus meiner Kammer. Alle waren aufgewacht, aus jedem Zimmer drangen Wortfetzen und erschrecktes Gemurmel, eine Tür nach der anderen öffnete sich, ein Gast nach dem anderen streckte den Kopf heraus, der Korridor füllte sich. Herren wie Damen hatten ihre Betten verlassen, und von allen Seiten hörte man verwirrte Fragen: «Oh, was ist los?» – «Wer ist verletzt?» – «Was ist passiert?» – «Holt ein Licht!» – «Brennt es?» – «Sind wir überfallen worden?» – «Wo sollen wir hinlaufen?» Ohne das Mondlicht wären alle in völliger Dunkelheit gestanden. Sie rannten hin und her, drängten sich auf einen Haufen; einige schluchzten, andere stolperten, kurz, es herrschte ein wirres Durcheinander.

«Wo ist denn Rochester, verdammt noch mal?» rief Colonel Dent. «In seinem Bett steckt er nicht.»

«Hier, hier!» rief es zurück. «Fassen Sie sich, alle miteinander, ich komme schon.»

Die Tür am Flurende ging auf, und heraus trat Mr. Rochester, eine Kerze in der Hand. Er kam aus dem oberen Stockwerk. Eine Dame lief auf ihn zu und packte ihn am Arm. Es war Miss Ingram.

«Was ist passiert? Irgendwas Schreckliches!» rief sie. «Reden Sie! Wir wollen es wissen, und wenn es noch so schlimm ist!»

«Aber reißen Sie mich nicht zu Boden, und erwürgen Sie mich nicht», erwiderte er, denn jetzt klammerten sich die beiden Misses Eshton an ihn, und in weiten, weißen Gewändern segelten die würdigen Witwen auf ihn zu wie Schiffe vor dem Wind.

«Alles in Ordnung, alles in Ordnung», rief er. «Es ist nur eine Probe für ‹Viel Lärm um nichts›[50]. Bleiben Sie mir vom Leib, meine Damen, sonst werde ich gefährlich.»

Und er sah tatsächlich gefährlich aus, seine schwarzen Augen sprühten Funken. Er zwang sich zur Ruhe und fuhr fort: «Eine Dienerin hat einen Alptraum gehabt, das ist alles. Sie ist erregbar und nervös, hat ihren Traum vermutlich zu einer Erscheinung oder dergleichen aufgebauscht und vor Schreck einen Anfall gekriegt. So, nun bringe ich Sie alle wieder in Ihre Zimmer, denn ich kann mich erst um sie kümmern, wenn das Haus wieder ruhig ist. Meine Herren, haben Sie die Güte, den Damen mit gutem Beispiel voranzugehen. Miss Ingram, Sie werden bei unbegründeten Ängsten gewiß Souveränität beweisen. Amy und Louisa, Sie flattern jetzt wieder in Ihre Nester zurück wie zwei Täubchen – was Sie ja auch sind. Mesdames», er wandte sich an die älteren Damen, «Sie holen sich mit tödlicher Gewißheit eine Erkältung, wenn Sie noch länger auf diesem eisigen Flur bleiben.»

Und so schaffte er es, abwechselnd mit Schmeicheleien und Befehlen, daß alle wieder in ihren Schlafgemächern verschwanden. Ich wartete nicht, bis ich zurückgeschickt wurde, sondern verzog mich unbemerkt, genauso unbemerkt, wie ich aufgetaucht war.

Aber nicht, um ins Bett zu gehen. Im Gegenteil, ich begann mich sorgfältig anzukleiden. Wahrscheinlich hatte außer mir niemand die Geräusche und Worte nach dem Schrei gehört, denn sie kamen aus dem Zimmer über dem meinen. Ich war überzeugt, daß nicht der Traum einer Dienerin das Haus in Angst und Schrecken versetzt hatte und Mr. Rochesters Erklärung nur eine Ausrede war, um seine Gäste zu beruhigen. Ich zog mich also an, um notfalls bereit zu sein. Dann saß ich lange am

Fenster, blickte hinaus auf den stillen Park und die versilberten Felder und wartete, ohne zu wissen, worauf. Mir schien, auf den seltsamen Schrei, den Kampf und die Rufe müsse noch etwas folgen.

Doch nein, es kehrte wieder Ruhe ein. Allmählich verebbte alles Gemurmel, alle Bewegung, und nach etwa einer Stunde war Thornfield Hall wieder so still wie eine Einöde. Anscheinend hatten der Schlaf und die Nacht ihr Reich zurückerobert. Der Mond sank dem Horizont entgegen, bald würde er untergehen. Es gefiel mir nicht, in Kälte und Dunkelheit dazusitzen, und so gedachte ich mich angezogen aufs Bett zu legen. Ich verließ das Fenster und ging ganz leise über den Teppich. Als ich mich bückte, um die Schuhe abzustreifen, klopfte eine vorsichtige Hand leise an die Tür.

«Werde ich gebraucht?» fragte ich.

«Sind Sie auf?» fragte die Stimme, die ich erwartet hatte, nämlich die meines Herrn.

«Ja, Sir.»

«Und angezogen?»

«Ja.»

«Dann kommen Sie heraus, aber leise.»

Ich gehorchte. Mr. Rochester stand im Flur und hielt ein Licht in der Hand.

«Ich brauche Sie», sagte er, «kommen Sie, lassen Sie sich Zeit und machen Sie keinen Lärm.»

Mit meinen dünnen Schuhen konnte ich auf dem teppichbelegten Boden leise wie eine Katze gehen. Er schlüpfte den Korridor entlang und die Treppe hinauf und blieb dann auf dem dunklen, niedrigen Gang des verhängnisvollen dritten Stocks stehen. Ich war ihm gefolgt und stand nun neben ihm.

«Haben Sie in Ihrem Zimmer einen Schwamm?» fragte er flüsternd.

«Ja, Sir.»

«Auch Salz – Riechsalz?»

«Ja.»

«Dann gehen Sie noch einmal hinunter, und holen Sie beides.»

Ich kehrte um, nahm den Schwamm vom Waschtisch und das Riechsalz aus der Schublade und ging den gleichen Weg zurück. Er wartete noch immer, einen Schlüssel in der Hand. Nun trat er zu einer der kleinen schwarzen Türen und steckte ihn ins Schloß, hielt indessen inne und fragte: «Ihnen wird doch nicht schlecht, wenn Sie Blut sehen?»

«Ich glaube nicht; ich bin noch nie auf die Probe gestellt worden.»

Ein Schauder durchfuhr mich, als ich ihm antwortete, aber mir war weder kalt noch übel.

«Geben Sie mir lieber Ihre Hand», sagte er, «eine Ohnmacht können wir jetzt nicht brauchen.»

Ich schob meine Finger zwischen die seinen. «Warm und ruhig», stellte er fest, drehte den Schlüssel um und öffnete die Tür.

Ich erblickte ein Zimmer, das ich am Tag, als Mrs. Fairfax mir das Haus zeigte, schon einmal gesehen hatte. Es war mit Wandteppichen behängt, wobei einer der Gobelins nun aufgerollt war und eine sonst unsichtbare Tür freigab. Diese Tür stand offen, aus dem Raum dahinter schimmerte ein Licht, und ich hörte ein Knurren und Schnappen wie von einem angriffslustigen Hund. Mr. Rochester stellte die Kerze ab. «Warten Sie einen Augenblick», sagte er und ging in das innenliegende Zimmer. Sein Erscheinen wurde mit lautem Gelächter begrüßt, welches in das für Grace Poole typische, koboldhafte «Haha» mündete. Also war *sie* dort drin! Er traf irgendwelche Vorkehrungen, ohne ein Wort zu sprechen – allerdings hörte ich eine leise Stimme, die ihm antwortete. Dann kam er heraus und schloß die Tür hinter sich.

«Hierher, Jane!» sagte er, und ich folgte ihm auf die andere Seite eines breiten Betts, das mit seinen zugezogenen Vorhängen einen Großteil des Zimmers verbarg. Neben dem Kopfende stand ein Lehnstuhl, und darin saß ein Mann, angezogen bis auf den Mantel, reglos, den Kopf zurückgelehnt, die Augen geschlossen. Mr. Rochester hielt die Kerze über ihn, und ich erkannte an dem blassen, scheinbar leblosen Gesicht – Mr. Mason, den Fremden. Ich sah auch, daß sein Hemd auf einer Seite und an einem Ärmel blutgetränkt war.

«Halten Sie die Kerze», befahl Mr. Rochester, und ich nahm sie. Dann holte er vom Waschtisch eine Wasserschüssel. «Halten Sie das», sagte er. Ich gehorchte. Er nahm den Schwamm, tauchte ihn ein und benetzte das leichenblasse Gesicht. Dann bat er um mein Riechfläschchen und hielt es ihm unter die Nase. Mr. Mason schlug kurz die Augen auf und stöhnte. Mr. Rochester öffnete das Hemd des Verwundeten, dessen Arm und Schulter verbunden war, und tupfte mit dem Schwamm das rasch hervorsickernde Blut auf.

«Besteht unmittelbare Gefahr?» murmelte Mr. Mason.

«Pah! Nein, bloß ein Kratzer. Laß dich nicht so kleinkriegen, Mann, Kopf hoch! Ich hole dir jetzt einen Arzt, und in den Morgenstunden kannst du hoffentlich fortgebracht werden. Jane …», fuhr er fort.

«Sir?»

«Ich muß Sie jetzt für ein oder zwei Stunden mit diesem Herrn hier allein lassen. Wenn das Blut wiederkommt, tupfen Sie es mit dem Schwamm ab, wie ich es gemacht habe; wenn er schwach wird, halten Sie ihm das Wasserglas auf diesem Tischchen an die Lippen und das Salz unter die Nase. Sie dürfen auf gar keinen Fall mit ihm sprechen – und du, Richard, begibst dich in Lebensgefahr, wenn du mit ihr sprichst. Mach den Mund auf, reg dich auf – und ich hafte nicht für die Folgen!»

Wieder stöhnte der arme Mann. Er sah aus, als wage er sich nicht zu rühren, er wirkte wie gelähmt vor Furcht, vielleicht vor dem Tod, vielleicht vor etwas anderem. Mr. Rochester drückte mir den jetzt blutigen Schwamm in die Hand, und ich verfuhr damit, wie er es getan hatte. Er sah mir kurz zu, dann sagte er: «Nicht vergessen – keine Unterhaltung!» und ging aus dem Zimmer. Ein seltsames Gefühl beschlich mich, als der Schlüssel im Schloß knirschte und seine Schritte sich entfernten, bis ich sie nicht mehr hörte.

Nun saß ich also im dritten Stock, eingesperrt in eine der geheimnisvollen Zellen, um mich herum alles Nacht, vor Augen und Händen eine blasse, blutige Szene, und war von einer Mörderin nur durch eine einzige Tür getrennt. Ja, das war das eigentlich Entsetzliche, alles andere konnte ich ertragen, aber bei der Vorstellung, Grace Poole könnte herausstürzen und auf mich losgehen, zitterte ich.

Und doch mußte ich auf meinem Posten bleiben. Ich mußte dieses geisterhafte Gesicht beobachten, diese blauen, stummen Lippen, die sich nicht öffnen durften, diese Augen, die bald geschlossen waren und bald offen, bald durch den Raum wanderten, bald sich auf mich hefteten – stets mit einem Blick stumpfen Schreckens. Wieder und wieder mußte ich meine Hand in das Becken mit blutigem Wasser tauchen und das hervorsikkernde Blut abwischen. Ich mußte zusehen, wie das Licht der ungeschneuzten Kerze über meinem Tun schwächer wurde, wie sich die Schatten auf den zerschlissenen, alten Tapisserien ringsum vertieften, unter den Vorhängen des breiten, alten Betts schwarz wurden und auf den Türen eines riesigen Schranks gegenüber merkwürdig zitterten. Seine Vorderseite war in zwölf Felder aufgeteilt und zeigte in düsteren Bildern die Köpfe der zwölf Apostel, jeder in einem eigenen Feld wie eingerahmt, und darüber erhob sich ein Ebenholzkruzifix mit einem sterbenden Christus.

Je nachdem, wo die wechselnde Dunkelheit und der flackernde Lichtschein schwebten und schimmerten, mal hier, mal da, neigte der bärtige Arzt Lukas sein Haupt oder wehte das lange Haar des heiligen Johannes; dann wieder schien das teuflische Gesicht des Judas aus seinem Rahmen hervorzuwachsen, lebendig zu werden und mit der Auferstehung des Erzverräters Satan in Gestalt seines Dieners zu drohen.

Bei alledem mußte ich auch noch auf die Bewegungen des wilden Tiers oder bösen Geistes dort drin in seinem Unterschlupf lauschen. Aber seit Mr. Rochesters Besuch schien es gebannt; die ganze Nacht hörte ich nur dreimal ein Geräusch, und das in großem Abstand: einen knarzenden Schritt, noch einmal das hündische Knurren und ein tiefes, menschliches Stöhnen.

Und dazu quälten mich meine eigenen Gedanken. Welches fleischgewordene Verbrechen lebte in diesem abgeschiedenen Herrenhaus und ließ sich vom Eigentümer weder vertreiben noch unterwerfen? Welches Geheimnis brach da aus, mal feurig, mal blutig, mitten in der Nacht? Welches Geschöpf, maskiert mit Gesicht und Gestalt einer normalen Frau, äußerte sich mal mit der Stimme eines spöttischen Dämons, mal mit der eines Aasgeiers?

Und dieser Mann, über den ich mich beugte, dieser gewöhnliche, ruhige Fremde, wie war er in dieses Schreckensgespinst verwickelt? Und warum hatte sich die Furie auf ihn gestürzt? Was hatte ihn veranlaßt, zu so unpassender Stunde, da er schlafend in seinem Bett hätte liegen sollen, diesen Teil des Hauses aufzusuchen? Ich hatte gehört, wie Mr. Rochester ihm unten ein Zimmer angewiesen hatte; was brachte ihn hierher? Und warum war er nun nach der erlittenen Gewalt oder Bosheit so zahm? Warum unterwarf er sich so wortlos der Geheimhaltung, die Mr. Rochester gefordert hatte? Und warum erlegte ihm Mr. Rochester diese Schweigepflicht auf? Sein Gast war mißhandelt, auf sein eigenes Leben schon früher ein schrecklicher Anschlag verübt worden, und er erstickte beide Angriffe unter Heimlichkeiten und gab sie dem Vergessen preis. Und schließlich hatte ich bemerkt, daß Mr. Mason sich Mr. Rochester gehorsam fügte, daß der ungestüme Wille des letzteren den ersteren mit seiner Trägheit restlos beherrschte. Davon zeugten schon die wenigen Worte, die zwischen den beiden gefallen waren. Ganz offensichtlich hatte sich der passiv Veranlagte bei ihrem früheren Umgang miteinander stets vom Aktiven, Energischen beeinflussen lassen; woher also kam Mr. Rochesters Entsetzen, als er von Mr. Masons Ankunft erfuhr? Wieso hatte ihn der bloße Name dieser widerstandslosen Person, die er nun mit einem einzigen Wort wie ein Kind dirigieren konnte, vor ein paar Stunden getroffen wie der Blitzschlag eine Eiche?

Ach, ich konnte seinen Blick und seine Blässe nicht vergessen, als er flüsterte: «Jane, das ist ein Schlag für mich, ein Schlag, Jane.» Ich konnte nicht vergessen, wie der Arm auf meiner Schulter gezittert hatte, und es war keine Kleinigkeit, die Fairfax Rochesters willensstarken Geist beugen und seine kräftige Gestalt so erschüttern konnte.

«Wann kommt er? Wann kommt er?» rief es in mir, während die Nacht sich hinzog, mein blutender Patient matter wurde, stöhnte und dahinsiechte und weder Tag noch Hilfe nahten. Wieder und wieder hatte ich das Wasser an Masons weiße Lippen gehalten, ihm wieder und wieder das belebende Salz gereicht, aber meine Bemühungen schienen erfolglos. Körperliche Schmerzen, seelische Qualen oder der Blutverlust oder alle drei miteinander erschöpften ihn rasch. Er stöhnte und wirkte so schwach, wirr und verloren, daß ich fürchtete, er werde sterben. Und ich durfte nicht einmal mit ihm sprechen!

Die Kerze war schließlich heruntergebrannt und ging aus. Als sie verlöschte, erblickte ich Streifen grauen Lichts am Rand der Fenstervorhänge. Also dämmerte es! Bald darauf hörte ich von weit unten, aus dem fernen Zwinger im Hof, Pilot bellen. Meine Hoffnung erwachte wieder. Und nicht unberechtigt: Nach fünf Minuten zeigten mir der knirschende Schlüssel und das nachgebende Schloß die Wachablösung an. Es hatte wohl nicht viel länger als zwei Stunden gedauert, aber mir war manche Woche kürzer vorgekommen.

Mr. Rochester trat ein und mit ihm der Arzt, den er geholt hatte.

«So, Carter, passen Sie auf», sagte er zu diesem, «Sie haben nicht mehr als eine halbe Stunde Zeit, um die Wunde zu behandeln, den Verband anzulegen, den Patienten hinunterzubringen und so weiter.»

«Ist er denn transportfähig, Sir?»

«Zweifellos, es ist nichts Ernstes, er ist nervös, man muß ihm Mut zusprechen. Gehen Sie an die Arbeit.»

Mr. Rochester schob den dicken Vorhang beiseite, zog die Rouleaus hoch und ließ möglichst viel Tageslicht herein. Freudig überrascht merkte ich, daß die Morgendämmerung schon weit fortgeschritten war und rosige Streifen den Osten erhellten. Dann trat er zu Mason, den der Arzt bereits behandelte.

«Na, mein Junge, wie geht's?» fragte er.

«Ich fürchte, sie hat mich erledigt», kam die schwache Antwort.

«Keine Spur! Nur Mut! In vierzehn Tagen merkst du gar nichts mehr davon. Du hast ein bißchen Blut verloren, das ist alles. Carter, sagen Sie ihm, daß keine Gefahr besteht.»

«Das kann ich guten Gewissens tun», meinte Carter, der nun den Verband abgenommen hatte. «Ich wollte nur, ich hätte schneller kommen können, dann hätte er nicht so stark geblutet. Aber was ist denn das? Das Fleisch an der Schulter ist nicht nur zerschnitten, sondern auch zerrissen. Diese Wunde stammt nicht von einem Messer, das waren Zähne!»

«Sie hat mich gebissen», murmelte er. «Sie setzte mir zu wie eine Tigerin, als Rochester ihr das Messer entwand.»

«Du hättest nicht klein beigeben dürfen, du hättest sofort mit ihr kämpfen sollen», meinte Mr. Rochester.

«Aber was kann man denn tun – unter diesen Umständen?» erwiderte Mason. «Oh, es war furchtbar!» fuhr er schaudernd fort. «Und ich habe es nicht erwartet, sie wirkte anfangs so friedlich.»

«Ich habe dich gewarnt», antwortete sein Freund. «Ich habe gesagt, paß auf, wenn du dich ihr näherst. Außerdem hättest du bis morgen warten und mich mitnehmen können. Es war reiner Wahnsinn, nachts und allein mit ihr sprechen zu wollen.»

«Ich dachte, ich könnte vielleicht helfen.»

«Du dachtest! Du dachtest! Es macht mich ganz rasend, wenn ich das höre. Aber du hast dafür büßen müssen, daß du meinem Rat nicht gefolgt bist, und wirst es wahrscheinlich noch lang genug büßen, deshalb sage ich nichts mehr. Beeilen Sie sich, Carter! Bald geht die Sonne auf, dann muß er weg sein.»

«Gleich, Sir, die Schulter ist schon verbunden. Ich muß mir noch die Wunde am Arm anschauen, da hat sie offenbar auch reingebissen.»

«Sie saugte mir Blut aus, sie sagte, sie wolle mein Herz leertrinken», erzählte Mason.

Ich sah Mr. Rochester schaudern, ein merkwürdig drastischer Ausdruck aus Ekel, Schrecken und Haß verzerrte sein Gesicht fast bis zur Unkenntlichkeit, aber er sagte nur: «Schweig, Richard, red nicht mehr über ihr Geschwätz, wiederhol es nicht noch.»

«Ich wollte, ich könnte es vergessen», antwortete er.

«Du wirst es schon vergessen, wenn du erst außer Landes bist. In Spanish Town ist sie für dich tot und begraben – eigentlich brauchst du gar nicht an sie zu denken.»

«Unmöglich, diese Nacht zu vergessen.»

«Es ist nicht unmöglich, du brauchst nur ein bißchen Willenskraft, Mann. Vor zwei Stunden hast du noch gedacht, du stündest mit einem Fuß im Grab, und jetzt lebst und redest du. Schau, Carter ist fast fertig mit dir, und ich werde dich rasch noch anständig herrichten. – Jane!» Zum ersten Mal seit seiner Rückkehr wandte er sich mir zu. «Nehmen Sie diesen Schlüssel, gehen Sie in mein Schlafzimmer und von da in mein Ankleidezimmer, ziehen Sie die oberste Schublade im Schrank auf, holen Sie ein sauberes Hemd und ein Halstuch raus und bringen Sie's mir. Und machen Sie schnell.»

Ich ging, suchte die Kleiderkammer, fand die gewünschten Kleidungsstücke und kehrte mit ihnen zurück.

«Stellen Sie sich auf die andere Seite des Betts, während ich ihn anziehe», befahl er. «Aber gehen Sie nicht aus dem Zimmer, Sie werden vielleicht noch gebraucht.»

Ich zog mich wie angewiesen zurück.

«War unten schon jemand auf, Jane?» erkundigte sich Mr. Rochester bald darauf.

«Nein, Sir, alles war ganz ruhig.»

«Wir schaffen dich ganz vorsichtig weg, Dick; für dich und für das arme Geschöpf da drinnen ist es besser so. Ich habe mich lange bemüht, jedes Aufsehen zu vermeiden, und ich will nicht, daß es jetzt noch dazu kommt. Hier, Carter, helfen Sie ihm bei der Weste. Wo hast du deinen Pelzmantel? Ohne den kommst du in diesem verflucht kalten Klima keine Meile weit. In deinem Zimmer? Jane, laufen Sie hinunter in Mr. Masons Zimmer – es liegt neben dem meinen –, und holen Sie den Mantel, den Sie dort sehen.»

Wieder lief ich, wieder kehrte ich zurück, im Arm einen weiten, mit Pelz gefütterten und gesäumten Mantel.

«Jetzt habe ich noch eine Aufgabe für Sie», erklärte mein unermüdlicher Herr. «Sie müssen noch einmal in mein Zimmer. Was für ein Glück, daß Sie solche Samtpfoten haben, Jane! Ein Trampeltier als Bote würde mir in dieser Lage nichts helfen. In der mittleren Schublade meines Toilettentischs finden Sie eine kleine Phiole und ein Gläschen, die holen Sie mir – schnell!»

Ich flog hin und wieder zurück und brachte das Erbetene.

«Das ist gut. Doktor, ich erlaube mir jetzt, ihm eine Dosis auf eigene Verantwortung zu verabreichen. Ich habe dieses Stärkungsmittel in Rom von einem italienischen Scharlatan bekommen, einem Burschen, dem Sie, Carter, einen Fußtritt verpaßt hätten. Man darf es nicht wahllos einnehmen, aber gelegentlich leistet es gute Dienste, wie jetzt zum Beispiel. Wasser, Jane!»

Er reichte mir das winzige Glas, und ich füllte es

zur Hälfte mit Wasser aus der Flasche am Waschtisch.

«Das reicht. Jetzt befeuchten Sie die Tülle der Phiole.»

Ich tat es. Er zählte zwölf Tropfen einer blutroten Flüssigkeit ab und reichte sie Mason.

«Trink, Richard, das verhilft dir für etwa eine Stunde zu dem Mut, der dir fehlt.»

«Kann es mir schaden? Regt es auf?»

«Trink! Trink! Trink!»

Mr. Mason gehorchte, weil Widerstand sinnlos schien. Er war jetzt angezogen und sah immer noch blaß aus, aber nicht mehr blutbefleckt und schmutzig. Nachdem er die Flüssigkeit getrunken hatte, ließ Mr. Rochester ihn noch drei Minuten sitzen, dann nahm er ihn am Arm. «Jetzt kannst du sicher aufstehen», sagte er, «versuch es.»

Der Kranke erhob sich.

«Carter, stützen Sie ihn unter der anderen Schulter. Nur Mut, Richard, geh nur zu – siehst du!»

«Es geht mir wirklich besser», stellte Mr. Mason fest.

«Natürlich. Jane, Sie laufen uns jetzt voraus zur Hintertreppe, entriegeln den Dienstboteneingang und sagen dem Postkutscher, den Sie im Hof finden – oder gleich vor dem Tor, denn ich habe ihm gesagt, er darf mit seinen rasselnden Rädern nicht über das Pflaster fahren –, er soll sich bereit halten, wir seien gleich da. Und, Jane – wenn da unten jemand ist, kommen Sie an den Fuß der Treppe und räuspern sich.»

Es war inzwischen halb sechs, kurz vor Sonnenaufgang, aber in der Küche war es noch immer dunkel und still. Die rückwärtige Tür war verriegelt, ich öffnete sie so leise wie möglich. Im Hof war alles ruhig, doch das Tor stand weit offen, und davor wartete eine Postkutsche mit angespannten Pferden und dem Kutscher auf dem Bock. Ich trat zu ihm und richtete ihm aus, daß die Herren gleich kämen. Er nickte. Ich sah mich vorsichtig um und lauschte. Überall schlummerte frühmorgendliche Stille. An den Fenstern der Dienstbotenkammern waren die Vorhänge noch zugezogen, und nur in den weißblühenden Obstbäumen, deren Zweige wie weiße Girlanden über die Mauer an der einen Hofseite hingen, zwitscherten kleine Vögel. In den geschlossenen Ställen stampften von Zeit zu Zeit die Kutschpferde auf, sonst war alles still.

Nun kamen die Männer. Mason, gestützt von Mr. Rochester und dem Arzt, schien einigermaßen problemlos gehen zu können. Sie halfen ihm in die Kutsche, und Carter folgte.

«Passen Sie auf ihn auf, Doktor», sagte Mr. Rochester, «und behalten Sie ihn bei sich zu Hause, bis er wieder ganz gesund ist. In ein paar Tagen reite ich hinüber und schaue nach, wie er sich macht. Richard, wie geht es?»

«Die frische Luft tut mir gut, Fairfax.»

«Lassen Sie das Fenster auf dieser Seite offen, Carter, da geht kein Wind. Leb wohl, Dick.»

«Fairfax ...»

«Was ist denn?»

«Sorg dafür, daß man sich um sie kümmert, daß sie möglichst zartfühlend behandelt wird, daß sie ...» Er hielt inne und brach in Tränen aus.

«Ich tu' mein Bestes, habe es getan und werde es tun», erwiderte Mr. Rochester, schloß den Kutschenschlag, und der Wagen fuhr davon.

«Und doch – wollte Gott, all das hätte ein Ende!» fuhr er fort, als er das schwere Hoftor schloß und verriegelte. Dann schritt er langsam und geistesabwesend zu einer Tür in der Mauer zum Obstgarten. Da ich annahm, er brauche mich nicht mehr, wollte ich ins Haus zurückkehren; doch wieder hörte ich ihn rufen: «Jane!» Er hatte die Pforte geöffnet, stand daneben und wartete auf mich.

«Kommen Sie einen Augenblick hierher, in die frische Luft», sagte er. «Dieses Haus ist der reinste Kerker, finden Sie nicht?»

«Für mich ist es ein wunderbares Herrenhaus, Sir.»

«Ihre Augen sind unerfahren und verblendet», entgegnete er, «Sie sehen es durch eine Zauberbrille. Sie erkennen nicht, daß die Vergoldung nur Schlamm und die seidenen Vorhänge nur Spinnweben sind; daß der Marmor weiter nichts ist als schmutziger Schiefer und das polierte Holz nur Abfallspäne und schilfernde Rinde. Hier jedoch», er zeigte auf das grüne Gehege, das wir betraten, «ist alles echt, lieblich und rein.»

Er schlenderte einen mit Buchs gesäumten Weg entlang, zwischen Apfel-, Birn- und Kirschbäumen auf der einen Seite und einem Beet auf der anderen, bepflanzt mit allerlei altmodischen Blumen wie Levkojen, Bartnelken, Primeln und Stiefmütterchen und dazwischen Eberrauten, Weinrosen und verschiedenen wohlriechenden Kräutern. Sie wirkten an diesem lieblichen Frühlingsmorgen so frisch, wie es nur der April mit seinem Wechsel von Regenschauern und Sonnenstrahlen zuwege bringt. Gerade erschien die Sonne im wolkenbetupften Osten, ihr Licht fiel auf die blütengeschmückten, betauten Obstbäume und schimmerte auf den stillen Wegen darunter.

«Möchten Sie eine Blume, Jane?»

Er pflückte eine halberblühte Rose, die erste an diesem Strauch, und reichte sie mir.

«Danke, Sir.»

«Gefällt Ihnen dieser Sonnenaufgang, Jane? Dieser Himmel mit seinen hohen, hellen Wolken, die wegschmelzen, wenn der Tag wärmer wird, diese friedliche, balsamische Luft?»

«Ja, sehr.»

«Sie haben eine ungewöhnliche Nacht hinter sich, Jane.»

«Ja, Sir.»

«Sie sind blaß – haben Sie sich gefürchtet, als ich Sie mit Mason allein ließ?»

«Ich hatte Angst, es könnte jemand aus dem Hinterzimmer kommen.»

«Aber ich hatte die Tür verschlossen und den Schlüssel in meiner Tasche! Ich wäre ein fahrlässiger Hirte, wenn ich ein Lamm – mein Lieblingslamm – so nahe der Wolfshöhle ungeschützt ließe. Sie waren in Sicherheit.»

«Wird Grace Poole weiterhin hier im Haus wohnen, Sir?»

«Aber ja. Zerbrechen Sie sich ihretwegen nicht den Kopf – denken Sie nicht mehr an dieses Thema.»

«Aber Sie sind in Lebensgefahr, solange sie hier ist.»

«Kein Angst, ich pass' schon auf mich auf.»

«Ist die Gefahr, die Sie letzte Nacht fürchteten, jetzt vorüber, Sir?»

«Dafür kann ich nicht garantieren, solange Mason England nicht verlassen hat. Und nicht einmal dann. Jane, zu leben bedeutet für mich, auf erstarrter Lava zu stehen, die jeden Tag bersten und Feuer spucken kann.»

«Aber Mr. Mason ist doch leicht zu lenken. Sie haben offensichtlich großen Einfluß auf ihn, Sir, er wird Ihnen nie Trotz bieten oder absichtlich weh tun.»

«O nein. Mason wird mir nie Widerstand entgegensetzen oder mir willentlich schaden – aber unfreiwillig kann er mich innerhalb einer Sekunde mit einem achtlosen Wort vielleicht nicht um mein Leben, jedoch für immer um mein Glück bringen.»

«Sagen Sie ihm, er soll vorsichtig sein, Sir. Erklären Sie ihm, was Sie fürchten, und zeigen Sie ihm, wie er die Gefahr umgehen kann.»

Er lachte spöttisch, griff hastig nach meiner Hand und stieß sie ebenso hastig wieder von sich.

«Wenn ich das könnte, Sie Dummerchen, wo wäre dann die Gefahr? Sofort aufgehoben. Seit ich Mason kenne, mußte ich immer nur sagen: ‹Tu dies!›, und er tat es. Aber in diesem Fall kann ich ihm keine Befehle geben, ich kann nicht sagen: ‹Tu mir ja nicht weh, Richard!›, denn ich muß ihn unbedingt im Unwissen darüber lassen, daß er mir überhaupt weh tun kann. Jetzt stehen Sie vor einem Rätsel! Aber ich will Ihnen noch ein Rätsel aufgeben. Sie sind doch meine kleine Freundin?»

«Ich helfe Ihnen gern, Sir, und gehorche Ihnen in allem, was recht ist.»

«Ja, das merke ich. Ich sehe echte Zufriedenheit in Ihrem Gang und Gebaren, Ihrem Blick und Gesicht, wenn Sie mir helfen und mir einen Gefallen erweisen, wenn Sie für mich und mit mir arbeiten bei – wie Sie bezeichnenderweise sagen – ‹allem, was recht ist›. Wenn ich Sie nämlich um etwas bäte, was Sie für unrecht hielten, wäre Schluß mit dem leichtfüßigen Eilen, der flinken Bereitwilligkeit, dem munteren Blick und den lebhaft geröteten Wangen. Dann entgegnete mir meine Freundin ruhig und blaß: ‹Nein, Sir, das ist unmöglich. Das kann ich nicht tun, denn das ist unrecht›, unerschütterlich wie ein Fixstern. Ja, auch Sie haben Gewalt über mich und können mir weh tun; doch ich wage nicht, Ihnen zu zeigen, wo ich verletzlich bin, sonst würden Sie mich – bei all Ihrer Treue und Freundlichkeit – auf der Stelle durchbohren.»

«Wenn Sie von Mr. Mason nicht mehr zu fürchten haben als von mir, Sir, dann sind Sie nicht in Gefahr.»

«Gebe Gott, daß es so ist! Hier ist eine Laube, Jane, setzen Sie sich.»

Die Laube bestand aus einem efeugesäumten Bogen in der Mauer mit einer grobgezimmerten Bank. Mr. Rochester setzte sich und ließ noch Platz für mich, aber ich blieb vor ihm stehen.

«Setzen Sie sich», sagte er. «Die Bank ist lang genug für zwei. Sie haben doch keine Bedenken, einen Platz neben mir einzunehmen? Ist das etwa unrecht, Jane?»

Ich antwortete ihm, indem ich sein Angebot annahm; es wäre unklug gewesen, es abzulehnen.

«So, meine kleine Freundin ... Während nun die Sonne den Tau trinkt, während die Blumen in diesem alten Garten erwachen und sich strecken, die Vögel für ihre Jungen das Frühstück aus dem Dornenhag holen und die Morgenbienen zum ersten Arbeitsflug ausschwirren, werde ich Ihnen einen

Fall vorlegen. Versuchen Sie ihn zu betrachten, als ginge es dabei um Sie selbst. Aber erst schauen Sie mich an und sagen mir, daß Sie sich wohl fühlen und nicht befürchten, ich könnte gegen ein Gebot verstoßen, indem ich Sie aufhalte, oder Sie könnten auf Abwege geraten, weil sie hierbleiben.»

«Nein, Sir, ich bin einverstanden.»

«Gut, Jane, dann nehmen Sie Ihre Phantasie zu Hilfe. Angenommen, Sie wären kein guterzogenes, ordentliches Mädchen, sondern ein wilder Junge, von Kind an verwöhnt. Versetzen Sie sich in ein fernes Land, stellen Sie sich vor, Sie begehen dort einen schwerwiegenden Fehler, gleichgültig welcher Art und aus welchem Grund, doch so, daß dessen Auswirkungen Sie lebenslänglich verfolgen und Ihr ganzes Dasein vergiften. Bedenken Sie: Ich sage nicht *Verbrechen,* ich spreche nicht von Blutvergießen oder sonst einer strafbaren Handlung, die den Täter dem Gesetz überantworten würde, ich verwende das Wort *Fehler.* Die Folgen Ihres Tuns werden mit der Zeit für Sie ganz und gar unerträglich; Sie ergreifen Maßnahmen, um sich Erleichterung zu verschaffen, ungewöhnliche, aber keineswegs ungesetzliche oder strafbare Maßnahmen. Dennoch sind Sie unglücklich, denn die Hoffnung hat Sie an der Schwelle zum Leben verlassen. Die Mittagssonne verschwindet in einer Finsternis, die, wie Sie ahnen, bis Sonnenuntergang nicht weichen wird, und Ihre Erinnerung kann nur von bitteren, erbärmlichen Gedanken zehren. Sie wandern umher, suchen Ruhe im Exil, Glück im Vergnügen – in herzlosen, lüsternen Vergnügungen, die den Verstand betäuben und das Gefühl abtöten. Mit müdem Herzen und vertrockneter Seele kommen Sie nach Jahren freiwilliger Verbannung heim und lernen – gleichgültig wie und wo – jemanden kennen. Sie entdecken an diesem unbekannten Menschen viele gute, glänzende Eigenschaften, die Sie zwanzig Jahre lang gesucht und nie gefunden haben, völlig unverbraucht, gesund, makellos und unbefleckt. Seine Nähe belebt und heilt Sie. Sie spüren, daß bessere Zeiten anbrechen und edlere Wünsche, reinere Gefühle aufkommen; Sie sehnen sich danach, ein neues Leben zu beginnen und Ihre restlichen Tage auf eine Weise zu verbringen, die einem unsterblichen Wesen angemessener ist. Sind Sie, um dieses Ziel zu erreichen, berechtigt, ein nur der Form nach existierendes Hindernis zu überspringen, eine rein konventionelle Schranke, die weder Ihr Gewissen als unantastbar betrachtet noch Ihr Verstand gutheißt?»

Er schwieg und wartete auf eine Antwort. Was sollte ich sagen? Oh, was hätte ich um einen guten Geist gegeben, der mir eine kluge, befriedigende Antwort einflüsterte! Ein vergeblicher Wunschtraum. Der Westwind wisperte im Efeu ringsum, doch kein hilfsbereiter Ariel benützte seinen Hauch als Vermittler für seine Worte; die Vögel sangen in den Wipfeln, ihr Singen war süß, aber unverständlich.

Noch einmal legte mir Mr. Rochester seine Frage vor: «Hat der wandernde, sündige, nun endlich Ruhe suchende und reuige Mann das Recht, den Regeln der Welt zu trotzen, um diesen sanften, anmutigen, freundlichen Fremdling für immer an sich zu binden und damit seinen Seelenfrieden zu sichern und sein Leben neu zu gestalten?»

«Sir», antwortete ich, «die Ruhe eines Wanderers,

die Besserung eines Sünders sollte nie von einem Mitmenschen abhängen. Männer und Frauen sterben, Philosophen schwanken in ihrer Weisheit und Christen in ihrer Güte. Wenn einer Ihrer Freunde gelitten hat und irregegangen ist, sollte er nicht bei seinesgleichen, sondern weiter oben nach der reinigenden Kraft und dem heilenden Trost suchen.»

«Aber das Instrument, das Instrument hierzu! Gott, der das Werk vollbringt, bestimmt das Werkzeug. Ich selbst – und ich sage es jetzt ohne gleichnishafte Umschreibung – war ein weltlüsterner, ausschweifender, rastloser Mann, und ich glaube, ich habe das Werkzeug zu meiner Heilung gefunden in ...»

Er schwieg. Die Vögel jubilierten weiter, das Laub raschelte leise. Fast wunderte ich mich, daß sie in ihrem Gesang und Gewisper nicht innehielten, um diese halbfertige Enthüllung mit anhören zu können, aber sie hätten minutenlang warten müssen, so lang zog sich das Schweigen hin. Schließlich blickte ich zu dem säumigen Sprecher auf. Ungeduldig sah er mich an.

«Kleine Freundin», sagte er in völlig verändertem Tonfall, und auch sein Gesicht veränderte sich, verlor alles Weiche, Feierliche und wurde hart und spöttisch, «Sie haben meine zärtliche Neigung für Miss Ingram bemerkt. Glauben Sie nicht, daß sie mich, wenn ich sie heiratete, gewaltig umkrempeln würde?»

Er stand unvermittelt auf und ging bis ans Ende des Wegs, und als er zurückkam, summte er eine Melodie.

«Jane, Jane», sagte er und blieb vor mir stehen, «Sie sind ganz blaß von Ihrer Nachtwache. Verfluchen Sie mich, weil ich Sie um Ihren Schlaf gebracht habe?»

«Sie verfluchen? Nein, Sir.»

«Geben Sie mir Ihre Hand darauf. Was für kalte Finger! Als ich sie letzte Nacht an der Tür zu dem geheimnisvollen Zimmer berührte, waren sie wärmer. Wann werden Sie wieder mit mir wachen, Jane?»

«Wann immer ich Ihnen nützlich sein kann, Sir.»

«Zum Beispiel in der Nacht vor meiner Hochzeit? Da kann ich bestimmt nicht schlafen. Versprechen Sie mir, aufzubleiben und mir Gesellschaft zu leisten? Mit Ihnen kann ich über meine Liebste reden, denn Sie haben sie gesehen und kennen sie.»

«Ja, Sir.»

«Sie ist etwas ganz Besonderes, nicht wahr, Jane?»

«Ja, Sir.»

«Ein strammes Weib, ein richtig strammes Weib, Jane, groß, braun und drall, mit Haaren, wie sie gewiß die Frauen von Karthago hatten. – Um Gottes willen, Dent und Lynn sind in den Ställen. Gehen Sie durch das Gebüsch ins Haus, durch dieses Törchen.»

Während ich in die eine Richtung ging, verschwand er in die andere, und im Hof hörte ich ihn munter erklären: «Mason ist Ihnen allen zuvorgekommen. Er reiste schon vor Sonnenaufgang ab, und ich stand um vier Uhr auf, um ihn zu verabschieden.»

KAPITEL 21

Vorahnungen sind etwas Seltsames! Und Seelenverwandtschaften und Vorzeichen auch, und alle drei zusammen stellen ein Geheimnis dar, zu dem die Menschheit noch keinen Schlüssel hat. Ich habe Vorahnungen nie belächelt, denn ich habe selbst sehr merkwürdige gehabt. Ich glaube fest, daß es Seelenverwandtschaften gibt, deren Wirken das menschliche Begriffsvermögen vor ein Rätsel stellen, zum Beispiel bei weit entfernten, lang getrennten, einander völlig entfremdeten Verwandten, die sich dennoch auf einen gemeinsamen Ursprung berufen. Und wer weiß, vielleicht sind Vorzeichen nur ein Ausdruck der inneren Verwandtschaft von Natur und Mensch.

Als sechsjähriges Mädchen hörte ich eines Nachts, wie Bessie Leaven zu Martha Abbot sagte, sie habe von einem kleinen Kind geträumt, und von Kindern zu träumen sei ein sicheres Unglücksomen für einen selbst oder die Verwandten. Diese Volksweisheit wäre mir wahrscheinlich entfallen, hätte nicht ein unmittelbar folgender Vorfall sie mir unauslöschlich eingeprägt. Tags darauf nämlich wurde Bessie nach Hause ans Sterbebett ihrer jüngeren Schwester gerufen.

In letzter Zeit nun hatte ich oft an diesen Satz und dieses Ereignis denken müssen, denn in der Woche zuvor war kaum eine Nacht über mein Bett hinweggegangen, die mir nicht einen Traum von einem kleinen Kind gebracht hätte. Mal schläferte ich es in meinen Armen ein, mal schaukelte ich es auf den Knien, mal sah ich zu, wie es auf einer Wiese mit Gänseblümchen spielte oder seine

Hände in fließendem Wasser netzte. In der einen Nacht weinte es, in der nächsten lachte es, einmal kuschelte es sich fest an mich, dann wieder rannte es von mir fort; aber welche Stimmung, welches Aussehen die Erscheinung auch immer annahm, sieben Nächte hintereinander suchte sie mich unweigerlich heim, sobald ich das Reich des Schlummers betrat.

Dies regelmäßige Auftreten eines Gedankens, diese seltsame Wiederholung eines einzigen Bildes gefiel mir nicht, und ich wurde nervös, wenn die Schlafenszeit kam und die Stunde der Erscheinung näher rückte. Auch in jener Mondnacht, als ich den Schrei gehört hatte, war ich aus dem Zusammensein mit diesem Traumkind geweckt worden, und am Nachmittag des folgenden Tages wurde ich nach unten gerufen; es hieß, in Mrs. Fairfax' Zimmer wolle mich jemand sprechen. Als ich mich dorthin begab, wartete ein Mann auf mich, der nach einem herrschaftlichen Diener aussah. Er trug Trauerkleidung, und der Hut in seiner Hand war mit einem Trauerflor umrandet.

«Sie werden sich wohl kaum an mich erinnern, Miss», sagte er und erhob sich, als ich eintrat. «Mein Name ist Leaven. Ich war Kutscher bei Mrs. Reed, als Sie vor acht oder neun Jahren in Gateshead lebten, und bin es immer noch.»

«O Robert, guten Tag! Ich erinnere mich sehr wohl an dich: Du hast mich manchmal auf Miss Georgianas braunem Pony reiten lassen. Und wie geht es Bessie? Du bist doch mit Bessie verheiratet?»

«Ja, Miss, meine Frau ist kerngesund, danke. Sie hat mir vor ungefähr zwei Monaten noch mal was

Kleines geschenkt – jetzt haben wir drei –, und Mutter und Kind sind wohlauf.»

«Und der Familie im Herrenhaus geht es gut, Robert?»

«Leider kann ich von ihnen nichts Gutes berichten, Miss. Es geht ihnen zur Zeit sehr schlecht, sie machen viel durch.»

«Hoffentlich ist niemand gestorben», sagte ich mit einem Blick auf seine schwarze Kleidung. Auch er schaute auf den Flor an seinem Hut und erwiderte: «Mr. John ist gestern vor einer Woche in seiner Junggesellenwohnung in London gestorben.»

«Mr. John?»

«Ja.»

«Und wie trägt es seine Mutter?»

«Tja, sehen Sie, Miss Eyre, es ist kein gewöhnlicher Unfall. Er hat ein ziemlich wildes Leben geführt, in den letzten drei Jahren ist er auf Abwege geraten, und sein Tod war schrecklich.»

«Ich habe von Bessie gehört, daß er sich nicht gut aufführt.»

«Nicht gut aufführt! Er hätte sich nicht schlechter aufführen können! Er hat seine Gesundheit und sein Vermögen in Gesellschaft der schlimmsten Männer und Frauen zugrunde gerichtet. Er hat Schulden gemacht und kam ins Gefängnis. Seine Mutter hat ihn zweimal rausgeholt, aber kaum war er frei, kehrte er wieder zu seinen alten Kumpanen und Gewohnheiten zurück. Er hatte nicht viel auf dem Kasten, und die Schurken, mit denen er verkehrte, haben ihn nach Strich und Faden betrogen. Vor ungefähr drei Wochen kam er nach Gateshead und wollte, daß die Missis ihm alles übergibt. Aber sie weigerte sich; er hat ihr Vermögen durch seine

Ausschweifungen schon seit langem aufgezehrt. Also fuhr er wieder zurück, und als nächstes hieß es, er ist tot. Wie er starb, weiß der liebe Gott. Es heißt, er hat sich umgebracht.»

Ich schwieg. Das war eine entsetzliche Nachricht.

«Die Missis war schon seit längerer Zeit nicht recht gesund», begann Robert Leaven wieder. «Sie war sehr dick, aber nicht kräftig, und der Verlust des Geldes und die Angst vor der Armut haben sie völlig gebrochen. Die Nachricht von Mr. Johns Tod und davon, wie er gestorben ist, kam zu plötzlich; sie bekam einen Schlaganfall. Drei Tage konnte sie gar nicht sprechen, doch letzten Dienstag ging es ihr anscheinend etwas besser. Es sah aus, als wollte sie etwas sagen, sie hat meiner Frau immer wieder Zeichen gemacht und was gemurmelt. Aber Bessie hat erst gestern früh rausbekommen, daß sie Ihren Namen aussprach, und schließlich die Worte verstanden: ‹Bring Jane Eyre, hol Jane Eyre, ich will mit ihr reden.› Bessie weiß nicht genau, ob sie klar im Kopf ist und mit den Worten wirklich etwas meint, aber sie hat es Miss Reed und Miss Georgiana erzählt und ihnen geraten, Sie holen zu lassen. Erst wollten die jungen Damen nicht, doch ihre Mutter wurde so unruhig und sagte so oft ‹Jane, Jane›, daß sie schließlich einwilligten. Ich bin gestern aus Gateshead fortgefahren, und wenn Sie bis morgen früh fertig sein könnten, Miss, würde ich Sie gern mitnehmen.»

«Ja, Robert, da bin ich fertig. Ich muß wohl mitkommen.»

«Das glaub' ich auch, Miss. Bessie meinte, Sie würden bestimmt nicht nein sagen. Aber Sie müssen wahrscheinlich um Urlaub bitten, ehe Sie weg können?»

«Ja, das mache ich gleich jetzt.» Ich brachte ihn in die Gesindestube, überließ ihn der Fürsorge von Johns Frau und den Aufmerksamkeiten von John und begab mich auf die Suche nach Mr. Rochester.

Er war weder in den unteren Räumen noch im Hof, in den Ställen oder im Park. Ich fragte Mrs. Fairfax, ob sie ihn gesehen habe – ja, sie glaube, er spiele Billard mit Miss Ingram. Ich eilte zum Billardzimmer, aus dem ich das Klicken der Bälle und Stimmengemurmel vernahm. Mr. Rochester, Miss Ingram, die Misses Eshton und ihre Verehrer waren ins Spiel vertieft. Es erforderte einigen Mut, eine so interessante Gesellschaft zu stören, doch ich konnte mein Anliegen nicht verschieben, und so ging ich auf meinen Herrn zu, der neben Miss Ingram stand. Sie wandte sich um, als ich näher trat, und sah mich von oben herab an; ihr Blick schien zu fragen: «Was hat dieses Kriechtier hier zu suchen?» Und als ich leise sagte: «Mr. Rochester», machte sie eine Bewegung, als sei sie versucht, mich fortzuscheuchen. Ich sehe sie noch vor mir, überaus anmutig und eindrucksvoll: Sie trug ein Tageskleid aus himmelblauem Crêpe und ein hauchzartes, blaues Band im Haar. Sie hatte sich lebhaft am Spiel beteiligt, und der hochmütige Ausdruck ihrer Züge wurde durch Verärgerung und Stolz nicht gemildert.

«Will diese Person etwas von Ihnen?» fragte sie Mr. Rochester, und Mr. Rochester blickte sich nach «dieser Person» um. Er verzog das Gesicht – eine seiner merkwürdigen, zweideutigen Bekundungen –, warf das Queue hin und folgte mir aus dem Zimmer.

«Nun, Jane?» fragte er, schloß die Schulzimmertür und lehnte sich mit dem Rücken dagegen.

«Ich möchte für ein, zwei Wochen um Urlaub bitten, Sir.»

«Weswegen? Wo wollen Sie hin?»

«Eine kranke Frau besuchen, die nach mir geschickt hat.»

«Was für eine kranke Frau? Wo wohnt sie?»

«In Gateshead, in ***shire.»

«***shire? Das ist hundert Meilen entfernt! Wer ist sie, daß sie nach Leuten schickt, die so weit entfernt leben?»

«Sie heißt Reed, Sir, Mrs. Reed.»

«Reed von Gateshead? Es gab einen Friedensrichter Reed von Gateshead.»

«Sie ist seine Witwe, Sir.»

«Und was haben Sie mit ihr zu tun? Woher kennen Sie sie?»

«Mr. Reed war mein Onkel, der Bruder meiner Mutter.»

«Das glaub' ich nicht! Davon haben Sie nie was erzählt, Sie sagten immer, Sie hätten keine Verwandten.»

«Niemand, der mich anerkennt, Sir. Mr. Reed ist tot, und seine Frau hat mich verstoßen.»

«Warum?»

«Weil ich arm und lästig war und sie mich nicht leiden konnte.»

«Aber Reed hatte doch Kinder? Dann haben Sie Vettern und Basen! Sir George Lynn sprach erst gestern von einem Reed von Gateshead, er nannte ihn einen der schlimmsten Halunken von London, und Ingram erzählte von einer Georgiana Reed aus demselben Haus, die in der letzten oder vorletzten

Londoner Saison wegen ihrer Schönheit bewundert wurde.»

«John Reed ist auch tot, Sir, er hat sich ruiniert und seine Familie beinahe auch; er hat angeblich Selbstmord begangen. Die Nachricht hat seine Mutter dermaßen getroffen, daß sie einen Schlaganfall erlitten hat.»

«Und wie wollen Sie ihr da helfen? Unsinn, Jane! Ich dächte nicht im Traum daran, hundert Meilen weit zu einer alten Frau zu fahren, die womöglich schon tot ist, bis ich ankomme. Außerdem sagten Sie, sie hätte Sie verstoßen.»

«Ja, Sir. Aber das ist lange her, und damals lebte sie unter anderen Verhältnissen. Mir wäre nicht wohl, wenn ich ihren Wunsch jetzt nicht erfüllte.»

«Wie lange wollen Sie bleiben?»

«So kurz wie möglich, Sir.»

«Versprechen Sie, nur eine Woche wegzubleiben.»

«Darauf kann ich mein Wort nicht geben, ich müßte es vielleicht brechen.»

«Aber Sie kommen auf jeden Fall zurück! Sie lassen sich unter keinen Umständen dazu verleiten, für immer bei ihr zu bleiben?»

«O nein. Ich komme ganz bestimmt wieder, sobald sich alles eingerenkt hat.»

«Und wer fährt mit Ihnen? Sie reisen doch keine hundert Meilen allein?»

«Nein, Sir, sie hat ihren Kutscher geschickt.»

«Ein vertrauenswürdiger Mann?»

«Ja, Sir, er arbeitet seit zehn Jahren für die Familie.»

Mr. Rochester überlegte. «Wann wollen Sie fahren?»

«Morgen früh, Sir.»

«Gut, dann brauchen Sie Geld. Ohne Geld kann man nicht verreisen, und Sie werden nicht viel haben, Ihr Gehalt habe ich Ihnen noch nicht ausbezahlt. Was besitzen Sie an irdischen Gütern, Jane?» fragte er lächelnd.

Ich zog meine Börse, ein mageres Gebilde. «Fünf Shilling, Sir.» Er nahm den Geldbeutel, schüttete den Schatz auf die Handfläche und lachte stillvergnügt in sich hinein, als ob dessen Kärglichkeit ihn amüsiere. Dann holte er seine Brieftasche hervor. «Hier», sagte er und reichte mir einen Geldschein. Es waren fünfzig Pfund, und er schuldete mir nur fünfzehn. Ich erklärte, ich hätte kein Wechselgeld.

«Ich will kein Wechselgeld, das wissen Sie. Nehmen Sie Ihren Lohn.»

Ich weigerte mich, mehr zu akzeptieren, als mir zustand. Erst runzelte er die Stirn, dann schien ihm ein Gedanke zu kommen.

«Na gut», sagte er, «lieber gebe ich Ihnen jetzt noch nicht alles. Wenn Sie fünfzig Pfund haben, bleiben Sie womöglich drei Monate fort. Hier sind zehn, ist das nichts?»

«Doch, Sir, aber jetzt schulden Sie mir noch fünf.»

«Dann kommen Sie zurück. Ihre vierzig Pfund liegen bei mir wie auf der Bank.»

«Mr. Rochester, da sich jetzt die Gelegenheit bietet – dürfte ich noch eine andere geschäftliche Angelegenheit mit Ihnen besprechen?»

«Eine geschäftliche Angelegenheit? Da bin ich aber neugierig.»

«Sie haben mir so gut wie eindeutig mitgeteilt, daß Sie in Kürze heiraten.»

«Ja, und?»

«In diesem Fall sollte Adèle in eine Schule gehen, Sir. Bestimmt sehen Sie ein, daß dies unumgänglich ist.»

«Um sie meiner Braut aus dem Weg zu räumen, die sonst vielleicht allzu energisch auf ihr herumtrampelt. Zweifellos ein vernünftiger Vorschlag. Adèle muß in die Schule, wie Sie sagen, und Sie gehen dann natürlich stracks – zum Teufel?»

«Ich hoffe nicht, Sir, aber ich muß mir eine andere Stelle suchen.»

«Natürlich!» rief er näselnd und verzog wild und zugleich komisch sein Gesicht. Er sah mich lange an.

«Dann werden Sie wohl die alte Madam Reed oder ihre Töchter darum bitten, Ihnen eine Stelle zu suchen?»

«Nein, Sir, ich verstehe mich mit meinen Verwandten nicht so gut, daß ich sie um einen Gefallen bitten könnte. Ich werde eine Anzeige aufgeben.»

«… und die Pyramiden von Ägypten hinaufspazieren!» knurrte er. «Unterstehen Sie sich! Ich wollte, ich hätte Ihnen nur einen Sovereign gegeben statt zehn Pfund. Geben Sie mir neun Pfund zurück, Jane. Ich brauche sie.»

«Ich auch, Sir», versetzte ich und versteckte die Hand mit der Börse hinter meinem Rücken. «Ich kann das Geld auf keinen Fall erübrigen.»

«Kleiner Geizkragen!» sagte er. «Mir eine Bitte um Geld abzuschlagen! Geben Sie mir fünf Pfund, Jane.»

«Keine fünf Shilling, Sir, keine fünf Pence.»

«Darf ich mal in die Börse schauen?»

«Nein, Sir, Ihnen kann man nicht trauen.»

«Jane!»

«Sir?»

«Versprechen Sie mir eins.»

«Ich verspreche Ihnen alles, von dem ich glaube, daß ich es halten kann, Sir.»

«Inserieren Sie nicht, und überlassen Sie die Suche nach einer Stellung mir. Ich finde rechtzeitig eine für Sie.»

«Gern, Sir, wenn Sie mir Ihrerseits versprechen, daß Adèle und ich aus dem Haus sind, bevor Ihre Braut einzieht.»

«Sehr gut, sehr gut! Darauf gebe ich Ihnen mein Wort. Sie fahren also morgen?»

«Ja, Sir, ganz früh.»

«Kommen Sie nach dem Dinner noch in den Salon?»

«Nein, Sir, ich muß meinen Koffer packen.»

«Dann müssen wir beide uns für eine Weile verabschieden?»

«Ja, so ist es wohl, Sir.»

«Und wie läuft eine solche Zeremonie für gewöhnlich ab, Jane? Zeigen Sie's mir, ich kenn' mich da nicht aus.»

«Man sagt Lebewohl oder was einem eben gefällt.»

«Dann sagen Sie es.»

«Leben Sie wohl, Mr. Rochester, bis bald.»

«Und was muß ich sagen?»

«Wenn Sie wollen, das gleiche, Sir.»

«Leben Sie wohl, Miss Eyre, bis bald. Ist das alles?»

«Ja.»

«Das ist zu knauserig und trocken für meinen

Geschmack, zu unfreundlich. Ich hätte gern noch einen kleinen Zusatz zu diesem Ritus, daß man sich zum Beispiel die Hände reicht – aber nein, das genügt mir auch nicht. Sie würden also nur ‹Leben Sie wohl› sagen, Jane?»

«Das ist doch genug, Sir. In einem einzigen herzlichen Wort kann genausoviel Wohlwollen stecken wie in vielen.»

«Mag sein. Aber es klingt öde und kühl: ‹Leben Sie wohl!›»

«Wie lang will er noch hier stehenbleiben, mit dem Rücken zur Tür?» fragte ich mich. «Ich muß packen.» In diesem Augenblick läutete die Glocke zum Dinner, und er schoß ohne eine weitere Silbe davon. Ich sah ihn an diesem Tag nicht mehr, und bis er am anderen Morgen aufstand, war ich schon aufgebrochen.

Ich traf am 1. Mai gegen fünf Uhr nachmittags vor dem Pförtnerhaus von Gateshead ein und machte dort einen Besuch, bevor ich zum Herrenhaus hinaufging. Alles war sehr sauber und ordentlich, an den schmucken Fenstern hingen kurze weiße Gardinen, der Boden war fleckenlos, Kaminrost und Schürhaken waren auf Hochglanz poliert, und das Feuer brannte hell. Bessie saß am Kamin und gab ihrem Jüngsten die Brust, und Robert und seine Schwester spielten still in einer Ecke.

«Gott segne Sie – ich wußte doch, daß Sie kommen!» rief Mrs. Leaven, als ich eintrat.

«Ja, Bessie», sagte ich und gab ihr einen Kuß, «und hoffentlich nicht zu spät. Wie geht es Mrs. Reed? Sie lebt doch noch?»

«Sie lebt und ist aufnahmefähiger und ruhiger als bisher. Der Arzt meint, sie könnte noch ein, zwei

Wochen durchhalten, aber er glaubt nicht, daß sie sich noch einmal ganz erholt.»

«Hat sie mich in letzter Zeit erwähnt?»

«Ja, erst heute morgen. Sie wünschte sich, Sie würden kommen. Jetzt schläft sie allerdings, zumindest schlief sie vor zehn Minuten, als ich oben im Haus war. Meist liegt sie den ganzen Nachmittag wie betäubt da und wacht gegen sechs oder sieben Uhr auf. Wollen Sie sich hier eine Stunde ausruhen, Miss? Dann gehe ich nachher mit Ihnen hinauf.»

Jetzt erschien Robert, und Bessie legte das schlafende Kind in die Wiege und ging ihm entgegen. Dann bestand sie darauf, daß ich meinen Hut ablegte und Tee trank, weil sie fand, ich sähe blaß und müde aus. Ich nahm ihre Gastfreundschaft gern an und ließ mir genauso gefügig aus der Reisekleidung helfen, wie ich mich als Kind von ihr hatte auskleiden lassen.

Heftig stieg die Erinnerung an alte Zeiten in mir hoch, als ich sie so geschäftig herumfuhrwerken sah, wie sie das Teetablett mit ihrem besten Porzellan deckte, Brot schnitt und Butter bereitstellte, Teegebäck aufwärmte und zwischendrin Klein Robert oder Jane einen Klaps oder Schubs gab, genau wie mir früher. Bessie hatte sich nicht nur ihren schnellen Schritt und ihr gutes Aussehen bewahrt, sondern auch ihr reizbares Gemüt.

Als der Tee fertig war, wollte ich zum Tisch gehen, aber gebieterisch wie eh und je hieß sie mich an Ort und Stelle sitzen bleiben. Ich würde am Kamin bedient, sagte sie und stellte ein rundes Tischchen mit meiner Tasse und einem Teller mit Toast vor mich hin, so, wie sie mich auf meinem Kinderstühlchen mit heimlich entwendeten Köstlichkeiten versorgt hatte, und ich lächelte und gehorchte wie ehedem.

Sie wollte wissen, ob ich in Thornfield Hall glücklich sei und was für ein Mensch meine Herrin sei, und als ich erzählte, es gebe nur einen Herrn, wollte sie hören, ob er nett sei und ob ich ihn gern habe. Ich berichtete, er sei eher häßlich, aber ein echter Gentleman, er behandle mich freundlich, und ich sei zufrieden. Dann beschrieb ich ihr die muntere Gesellschaft, die sich seit kurzem im Haus aufhielt, und diesem Bericht lauschte Bessie hingebungsvoll, er war genau nach ihrem Geschmack.

Über solchen Gesprächen war bald eine Stunde verstrichen. Bessie gab mir den Hut zurück, und ich ging in ihrer Begleitung Richtung Herrenhaus. Vor neun Jahren war ich denselben Weg, den ich jetzt hinaufschritt, hinuntergegangen, ebenfalls in ihrer Begleitung. An einem dunklen, nebligen, unwirtlichen Januarmorgen hatte ich ein feindseliges Haus verlassen, Verzweiflung und Verbitterung im Herzen, ein Gefühl des Außenseitertums, ja fast des Verworfenseins, um den eisigen Hafen Lowood anzusteuern, ein fernes, unbekanntes Ziel. Nun ragte dasselbe feindliche Haus wieder vor mir auf. Noch immer waren meine Aussichten höchst zweifelhaft, und noch immer tat mir das Herz weh. Ich fühlte mich nach wie vor als Wanderer auf dem Antlitz der Erde, aber ich besaß größeres Vertrauen in mich und meine Fähigkeiten und ließ mich nicht mehr so verheerend einschüchtern. Und die klaffende Wunde der Kränkungen war verheilt, die Flamme des Hasses erloschen.

«Gehen Sie erst einmal ins Frühstückszimmer»,

schlug Bessie vor, als sie mir durch die Halle vorausging, «die jungen Damen werden dort sein.»

Im nächsten Augenblick stand ich in dem Raum. Jedes einzelne Möbelstück sah noch genauso aus wie an jenem Morgen, als ich Mr. Brocklehurst vorgeführt worden war. Auch der Teppich, auf dem er gestanden hatte, lag noch vor dem Kamin. Ich warf einen kurzen Blick auf die Bücherregale und glaubte, die zwei Bände von Bewicks «Britischen Vögeln» an ihrem alten Platz auf dem dritten Bord erkennen zu können und gleich darüber «Gullivers Reisen» und «Geschichten aus Tausendundeiner Nacht». Die unbeseelten Gegenstände sahen aus wie eh und je, doch die Lebenden hatten sich bis zur Unkenntlichkeit verändert.

Vor mir standen zwei junge Damen, die eine sehr groß, fast wie Miss Ingram, sehr dünn, mit fahlem Teint und ernster Miene. Es lag etwas Asketisches in ihrem Blick, das durch das extrem schlichte, schwarze und geradegeschnittene Wollkleid, den gestärkten Leinenkragen, das zurückgekämmte Haar und den klösterlichen Schmuck – eine Kette mit Ebenholzperlen und einem Kruzifix – noch betont wurde. Dies war gewiß Eliza, auch wenn ich in diesem langen, farblosen Gesicht wenig Ähnlichkeit mit früher entdeckte.

Das andere mußte Georgiana sein, aber nicht die Georgiana, an die ich mich erinnerte, die schlanke, zauberhafte Elfjährige. Vor mir saß eine voll erblühte, sehr mollige junge Frau, schön wie eine Wachspuppe, mit hübschen, regelmäßigen Gesichtszügen, schmachtenden blauen Augen und blonden Locken. Auch sie trug Schwarz, allein ihr Kleid war ganz anders geschnitten als das ihrer Schwester, viel weicher und kleidsamer. Es war ebenso modisch wie das der anderen puritanisch.

In beiden Schwestern fand sich eine Eigenschaft der Mutter – und nur eine einzige. Die dünne, blasse ältere hatte die rauchquarzfarbenen Augen ihrer Mutter und die blühende, üppige jüngere deren Kinn und Kieferpartie, die dem sonst so sinnlichen, runden Gesicht, obwohl vielleicht etwas weicher, eine unbeschreibliche Härte verliehen.

Als ich näher trat, erhoben sich beide Damen, um mich zu begrüßen, und beide sprachen mich mit «Miss Eyre» an. Elizas Gruß fiel kurz aus, ohne ein Lächeln, dann setzte sie sich wieder, richtete den Blick aufs Feuer und schien mich zu vergessen. Georgiana ließ ihrem «Guten Tag» nichtssagende Bemerkungen über meine Reise, das Wetter und dergleichen folgen, sie sprach gedehnt und musterte mich mit etlichen Seitenblicken von Kopf bis Fuß. Mal folgte sie den Falten meines graubraunen Merinomantels, mal verweilte sie auf der schlichten Einfassung meines Strohhuts. Junge Damen können auch ohne Worte bemerkenswert deutlich zum Ausdruck bringen, daß sie einen für schrullig halten. Ein Blick obenhin, kühle Distanz und ein gleichgültiger Ton drücken ihre Gefühle eindeutig aus, ohne daß es dazu regelrechter Grobheiten in Wort oder Tat bedürfte.

Doch mittlerweile hatte ein höhnisches Grinsen, ob verdeckt oder offen, nicht mehr die gleiche Macht über mich wie einst. Ich saß zwischen meinen Cousinen und wunderte mich, wie unbefangen ich mich trotz der völligen Mißachtung der einen und der fast spöttischen Höflichkeitsbezeigungen der anderen fühlte: Weder vermochte mich

Eliza zu demütigen noch Georgiana aus der Fassung zu bringen. Das kam daher, daß ich an anderes zu denken hatte. In den vergangenen Monaten waren in mir so viel mächtigere Gefühle erregt worden als die, welche sie wecken konnten, hatte ich so viel schärfere Schmerzen und köstlichere Freuden erlebt, als zuzufügen oder zu gewähren in ihrer Macht stand, daß ihr Verhalten mir nichts bedeutete, weder im Guten noch im Schlechten.

«Wie geht es Mrs. Reed?» fragte ich schließlich mit einem gelassenen Blick auf Georgiana, die es für richtig hielt, empört die Nase zu rümpfen, weil ich sie so unvermittelt ansprach – als hätte ich mir ungeahnte Freiheiten herausgenommen.

«Mrs. Reed? Ach, Sie meinen Mama. Außerordentlich schlecht. Ich glaube nicht, daß Sie sie heute abend besuchen können.»

«Ich wäre Ihnen sehr verbunden, wenn Sie jetzt gleich nach oben gingen und ihr sagen würden, daß ich gekommen bin.»

Georgiana fuhr förmlich zusammen und riß ihre blauen Augen «wild und weit»[51] auf. «Ich weiß, daß sie den ausdrücklichen Wunsch geäußert hat, mich zu sehen», fuhr ich fort, «und ich würde die Erfüllung ihres Wunsches nicht länger hinausschieben als unbedingt notwendig.»

«Mama will abends nicht gestört werden», stellte Eliza fest. Ich erhob mich, legte unaufgefordert und in aller Ruhe Hut und Handschuhe ab und erklärte, ich würde hinausgehen zu Bessie, die wohl in der Küche sei, und sie bitten, festzustellen, ob Mrs. Reed heute abend in der Lage sei, mich zu empfangen. Ich ging, fand Bessie, schickte sie mit meinem Auftrag los und regelte das Weitere. Bisher hatte mich Hochmut immer eingeschüchtert; ein Empfang wie dieser hätte mich noch vor einem Jahr bewogen, Gateshead am nächsten Tag zu verlassen. Nun aber wurde mir schlagartig klar, wie närrisch solch ein Vorhaben gewesen wäre. Ich hatte hundert Meilen zurückgelegt, um meine Tante zu besuchen, und ich mußte hierbleiben, bis es ihr besser ging – oder sie starb. Stolz oder Torheit ihrer Töchter mußte ich beiseite schieben, mich davon unabhängig machen. Ich sprach also mit der Haushälterin, bat sie, mir ein Zimmer zuzuweisen, erklärte, ich würde wahrscheinlich für ein, zwei Wochen bleiben, ließ mir den Koffer aufs Zimmer tragen und folgte ihm. Auf dem Treppenabsatz traf ich Bessie.

«Die Missis ist wach», sagte sie. «Ich habe ihr erzählt, daß Sie da sind. Schauen wir, ob sie Sie erkennt.»

Ich brauchte keine Führerin in das wohlbekannte Zimmer, in das ich so oft gerufen worden war, um gezüchtigt oder getadelt zu werden. Ich eilte vor Bessie her und öffnete leise die Tür. Auf dem Tisch befand sich ein abgeschirmtes Licht, denn es dunkelte schon. Da war das große Himmelbett mit den alten bernsteinfarbenen Vorhängen, dort der Toilettentisch, der Lehnstuhl, der Schemel. Hunderte von Malen hatte man mich dazu verurteilt, darauf niederzuknien und um Verzeihung zu bitten für Missetaten, die ich gar nicht begangen hatte. Ich blickte in eine bestimmte Ecke und erwartete fast, den schmalen Umriß der einst gefürchteten Rute zu sehen, die dort immer auf der Lauer gelegen und nur darauf gewartet hatte, wie ein kleiner Teufel hervorzuspringen und auf meine zitternde Handfläche oder meinen zuckenden Nacken einzuschlagen. Ich trat ans Bett, zog die Vorhänge zurück und beugte mich über die hoch aufgetürmten Kissen.

Ich erinnerte mich gut an Mrs. Reeds Gesicht und suchte eifrig nach den vertrauten Zügen. Welch ein Glück, daß die Zeit das Verlangen nach Rache tilgt und die Einflüsterungen der Wut und des Abscheus zum Schweigen bringt! Ich hatte diese Frau verbittert und haßerfüllt verlassen und kam jetzt zu ihr zurück mit keinem anderen Gefühl als dem des Erbarmens mit ihrem schweren Leiden und dem starken Wunsch, alles Unrecht zu vergessen und zu vergeben, mich mit ihr zu versöhnen und ihr freundschaftlich die Hand zu reichen.

Da war das wohlbekannte Gesicht, streng und erbarmungslos wie immer – diese eigentümlichen Augen, die nichts erweichen konnte, die etwas hochgezogenen, herrischen, despotischen Brauen. Wie oft hatten sie drohend und haßerfüllt auf mich herabgeblickt! Wie lebten die Erinnerungen an den Schrecken und die Ängste der Kindheit wieder auf, als ich die harten Züge wiedererkannte! Und dennoch beugte ich mich über sie und küßte sie. Sie schaute mich an.

«Ist das Jane Eyre?» fragte sie.

«Ja, Tante Reed. Wie geht es Ihnen, liebe Tante?»

Ich hatte einst geschworen, sie nie wieder Tante zu nennen; nun schien es mir keine Sünde, dieses Gelöbnis zu vergessen und zu brechen. Meine Finger hielten ihre Hand, die auf der Bettdecke lag; hätte sie die meine freundlich gedrückt, hätte ich mich in diesem Augenblick ehrlich gefreut. Aber unerschütterliche Naturen sind nicht so leicht zu erweichen und tiefe Abneigungen nicht so leicht auszumerzen; Mrs. Reed zog ihre Hand weg, wandte das Gesicht ab und bemerkte, es sei warm heute abend. Dann schaute sie mich wieder an, eiskalt, und ich spürte sofort, daß ihre Meinung über mich und ihr Gefühl für mich unverändert und unveränderlich waren. Ihr eisiges Auge, das keine Zärtlichkeit durchdringen und keine Träne auftauen konnte, zeigte mir, daß sie entschlossen war, mich bis zuletzt für böse zu halten. Gut von mir zu denken hätte ihr nicht etwa hochherzige Freude beschert, sondern nur das Gefühl der Demütigung.

Ich spürte Schmerz, dann Wut und schließlich den Drang, sie zu unterwerfen, mich gegen ihre Natur und ihren Willen zu ihrer Herrin aufzuschwingen. Die Tränen, die mir wie in der Kindheit in die Augen gestiegen waren, schluckte ich hinunter. Ich zog einen Stuhl neben das Kopfende des Betts, setzte mich und beugte mich über das Kissen.

«Sie haben nach mir geschickt», sagte ich, «und jetzt bin ich da. Ich gedenke zu bleiben, bis ich sehe, wie es mit Ihnen weitergeht.»

«Ja, natürlich. Meine Töchter haben dich schon gesehen?»

«Ja.»

«Gut. Dann kannst du ihnen ausrichten, ich will, daß du bleibst, bis ich mit dir besprochen habe, was mir durch den Kopf geht. Heute abend ist es zu spät, und ich habe Schwierigkeiten mit dem Gedächtnis. Aber es gibt etwas, das ich dir sagen wollte … warte …»

Der schweifende Blick und die veränderte Sprechweise verrieten, wie hinfällig dieser einst kraftvolle Körper geworden war. Ruhelos wälzte sie sich hin und her und zog dabei die Bettdecke mit, und als mein Ellbogen diese an einem Zipfel blockierte, reagierte sie sofort gereizt.

«Setz dich gerade hin», befahl sie. «Reiz mich nicht, laß die Decke los – bist du Jane Eyre?»

«Ich bin Jane Eyre.»

«Mit diesem Kind hatte ich unglaubliche Scherereien. Welche Last wurde mir da aufgebürdet, wieviel Verdruß hat ihre unbegreifliche Wesensart mir täglich, ja stündlich bereitet, mit ihren plötzlichen Wutausbrüchen und diesem ständigen, unnatürlichen Herumspionieren! Einmal hat sie doch tatsächlich wie eine Verrückte, ja wie eine Furie auf mich eingeredet – so hat kein Kind jemals gesprochen oder geschaut. Ich war froh, als ich sie aus dem Haus hatte. Was ist in Lowood aus ihr geworden? Dort ist Typhus ausgebrochen, und viele Schülerinnen starben. Sie nicht, aber ich habe es behauptet. Ich wollte, sie wäre gestorben!»

«Ein seltsamer Wunsch, Mrs. Reed. Warum haben Sie sie so gehaßt?»

«Ich habe schon ihre Mutter immer verabscheut; sie war die einzige Schwester meines Mannes und sein Liebling. Er stellte sich gegen die Familie, als sie wegen ihrer unstandesgemäßen Heirat enterbt wurde, und als die Nachricht von ihrem Tod eintraf, weinte er wie ein Narr. Er ließ das Kind kommen, obwohl ich ihn beschwor, es in Pflege zu geben und für seinen Unterhalt zu zahlen. Ich haßte es, als es mir zum ersten Mal unter die Augen kam, ein kränkliches, quengelndes Ding ohne Kraft. Es weinte nächtelang in seiner Wiege, aber es schrie nicht laut und kräftig wie jedes andere Kind, sondern wimmerte und stöhnte bloß. Reed hatte Mitleid mit ihm, liebkoste es und schenkte ihm Beachtung, als sei es sein eigenes, ja mehr als seinen eigenen Kindern in diesem Alter. Er versuchte meine Kinder für den Habenichts einzunehmen, aber meine Lieblinge konnten die Kleine nicht leiden, und er war ihnen böse, wenn sie ihre Abneigung zeigten. Als er schließlich krank wurde, ließ er das Kind ständig an sein Bett holen, und eine Stunde, bevor er starb, mußte ich ihm auf Ehre und Gewissen versprechen, das Geschöpf zu behalten. Ich hätte mir ebensogern einen zerlumpten Balg aus dem Armenhaus aufhalsen lassen, aber er war eben schwach, von Natur aus schwach. John gleicht seinem Vater überhaupt nicht, und darüber bin ich froh. John gleicht mir und meinen Brüdern, er ist ein echter Gibson. Ach, wenn er mich nur nicht mehr mit diesen Bettelbriefen quälen würde! Ich habe kein Geld mehr, wir werden arm. Ich muß die halbe Dienerschaft fortschicken und das Haus teilweise zusperren oder vermieten. Dazu kann ich mich nie und nimmer durchringen – aber wie soll es dann mit uns weitergehen? Zwei Drittel meines Einkommens schlucken die Hypothekenzinsen. John spielt entsetzlich und verliert immer, der arme Junge, und die Ganoven bedrängen ihn von allen Seiten. Er ist heruntergekommen und entehrt – er sieht so schrecklich aus, ich schäme mich für ihn, wenn ich ihn sehe.»

Sie wurde immer erregter. «Ich glaube, ich lasse sie jetzt lieber allein», sagte ich zu Bessie, die auf der anderen Bettseite stand.

«Ja, es ist vielleicht besser, Miss. Aber abends redet sie oft so daher, am Morgen ist sie ruhiger.»

Ich erhob mich. «Halt!» rief Mrs. Reed. «Noch

etwas wollte ich dir sagen. Er droht mir – droht mir ständig, sich selbst oder mich umzubringen, und manchmal sehe ich ihn im Traum aufgebahrt, mit einer großen Wunde am Hals oder mit aufgequollenem, schwarzem Gesicht. Ich bin in unerhörter Bedrängnis und habe große Sorgen. Was soll ich tun? Woher das Geld nehmen?»

Bessie versuchte sie zu überreden, Beruhigungstropfen einzunehmen, und mit einiger Mühe gelang es ihr. Bald darauf wurde Mrs. Reed ruhiger und sank in eine Art Halbschlaf. Ich verließ sie.

Mehr als zehn Tage verstrichen bis zum nächsten Gespräch. Sie lag weiterhin phantasierend oder lethargisch da, und der Arzt verbot alle quälende Aufregung. Unterdessen versuchte ich so gut wie möglich mit Georgiana und Eliza auszukommen. Anfangs waren sie freilich sehr kühl. Eliza saß den halben Tag da und nähte, las oder schrieb und sprach kaum ein Wort mit mir oder ihrer Schwester. Georgiana schwatzte stundenlang unsinniges Zeug mit ihrem Kanarienvogel und beachtete mich nicht. Aber ich wollte keinesfalls den Anschein erwecken, als wisse ich mich nicht zu beschäftigen oder zu vergnügen. Ich hatte mein Zeichenmaterial mitgebracht, und das verhalf mir zu beidem.

Ausgestattet mit einer Schachtel Stifte und einigen Bogen Papier, pflegte ich mich ein wenig abseits von ihnen in die Nähe des Fensters zu setzen und zeichnete Phantasielandschaften, wie das ständig wechselnde Kaleidoskop[52] meiner Einbildungskraft sie mir gerade eingab: ein Blick aufs Meer zwischen zwei Felsen hindurch; der aufgehende Mond und ein Schiff, das sein Rund durchquerte; ein Nest aus Schilf und Schwertlilien, aus dem sich ein mit Lotosblüten gekrönter Kopf einer Najade erhob, und ein Elf im Nest einer Heckenbraunelle unter einem Kranz von Hagedornblüten.

Eines Morgens begann ich ein Gesicht zu skizzieren; noch wußte ich nicht, wer es werden sollte, und es kümmerte mich auch wenig. Ich nahm einen weichen schwarzen Stift, schnitt ihn breit zu und arbeitete vor mich hin. Bald hatte ich eine breite, gewölbte Stirn und eine kantige Kinnpartie aufs Papier geworfen; dieser Umriß gefiel mir, und meine Finger füllten ihn eifrig mit einem Angesicht. Unter diese Stirn gehörten kräftige, waagerechte Augenbrauen, dann natürlich eine klar gezeichnete, gerade Nase mit ausgeprägten Nüstern, ein beweglicher, keineswegs schmaler Mund und darunter ein entschlossenes Kinn mit einem deutlichen Grübchen in der Mitte. Außerdem fehlten noch ein schwarzer Backenbart und schwarzes, an den Schläfen gebauschtes und über der Stirn gewelltes Haar. Nun zu den Augen. Ich hatte sie bis zuletzt aufgespart, denn sie erforderten die sorgfältigste Arbeit. Ich zeichnete sie weit geöffnet und wohlgeformt, die Wimpern lang und dunkel, die Iris strahlend und groß. «Gut, aber noch nicht ganz das Richtige», dachte ich, als ich die Wirkung überprüfte. «Sie brauchen mehr Kraft und Geist», und ich schwärzte die Schatten stärker, damit die Lichter leuchtender hervorblitzten – ein paar geglückte Striche, und es war gelungen. Nun hatte ich das Gesicht eines Freundes vor Augen – was bedeutete es da, daß diese jungen Damen mir den Rücken zukehrten? Ich schaute es an und lächelte über die verblüffende Ähnlichkeit; ich war gefesselt und zufrieden.

«Ist dies das Bildnis eines Bekannten?» fragte Eliza, die sich unbemerkt genähert hatte. O nein, es sei nur ein Phantasieporträt, erwiderte ich und schob es eilends unter die anderen Blätter. Natürlich war das gelogen, in Wirklichkeit handelte es sich um ein getreues Abbild von Mr. Rochester. Doch was hatte dies für sie oder sonst jemand anderen als mich schon zu bedeuten? Auch Georgiana kam, um zu schauen. Die anderen Zeichnungen gefielen ihr gut, aber dieses Bild bezeichnete sie als «häßlichen Mann». Beide staunten über mein Können. Ich bot ihnen an, sie zu zeichnen, und sie saßen mir nacheinander Modell für eine Bleistiftskizze. Dann zog Georgiana ihr Album[53] heraus. Ich versprach ihr ein Aquarell dafür, und das versetzte sie sofort in gute Laune. Sie schlug vor, mit mir im Park spazierenzugehen. Wir waren noch keine zwei Stunden draußen, als wir schon ein vertrauliches Gespräch führten. Sie beehrte mich mit einer Beschreibung des glanzvollen Winters vor zwei Jahren in London, der Bewunderung, die sie dort erregt, und der Aufmerksamkeit, die man ihr geschenkt hatte, ja sie deutete sogar eine Eroberung in Adelskreisen an. Im Laufe des Nachmittags und Abends verweilte sie des längeren bei diesen Andeutungen, berichtete von zärtlichen Gesprächen und schilderte rührselige Szenen, kurz, an diesem Tag wurde nur für mich der erste Band eines Gesellschaftsromans aus dem Stegreif erzählt. Die Gespräche wiederholten sich Tag für Tag und drehten sich immer um dasselbe Thema: um sie selbst, ihre Liebe, ihr Leid. Befremdlich, daß sie nie auf die Krankheit ihrer Mutter, den Tod ihres Bruders oder die trüben Zukunftsaussichten der Familie anspielte. Ihr Geist schien vollständig in Anspruch genommen von den Erinnerungen an vergangene Freuden und der Sehnsucht nach künftigen Zerstreuungen. Sie verbrachte täglich etwa fünf Minuten im Krankenzimmer ihrer Mutter, mehr nicht.

Eliza sprach immer noch wenig, sie hatte offensichtlich keine Zeit zum Reden. Nie habe ich eine scheinbar geschäftigere Person als sie gesehen; dennoch war schwer zu sagen, was sie eigentlich tat, oder vielmehr, zu welchem Ergebnis ihr Fleiß führte. Sie besaß einen Wecker, der sie früh aus dem Schlaf holte. Ich weiß nicht, womit sie sich vor dem Frühstück beschäftigte; danach teilte sie ihre Zeit gleichmäßig auf und wies jeder Stunde eine bestimmte Tätigkeit zu. Dreimal am Tag las sie in einem Büchlein, das sich bei näherer Betrachtung als das anglikanische Gebetbuch entpuppte. Ich fragte sie einmal, was ihr an diesem Buch so gefalle, und sie antwortete: «Die liturgischen Anweisungen.» Drei Stunden lang bestickte sie mit einem Goldfaden die Einfassung eines teppichgroßen, rechteckigen roten Tuches. Auf meine Frage, wozu es dienen solle, erklärte sie mir, es werde ein Altartuch für die neu erbaute Kirche bei Gateshead. Zwei Stunden widmete sie ihrem Tagebuch, zwei der Arbeit im Gemüsegarten und eine ihrer Buchführung. Gesellschaft oder Gespräche brauchte sie offenbar nicht. Ich glaube, sie war auf ihre Weise glücklich, dieses wohlgeordnete Dasein genügte ihr, und nichts störte sie mehr als ein Zwischenfall, der sie zwang, ihr pünktliches Regelmaß zu ändern.

Eines Abends, als sie mitteilsamer war als sonst, erzählte sie mir, Johns Verhalten und der drohende Ruin der Familie seien eine Quelle großer Sorge für sie gewesen, aber nun habe sie sich beruhigt und einen Entschluß gefaßt. Ihr eigenes Vermögen habe sie vorsorglich in Sicherheit gebracht, und wenn ihre Mutter sterbe – es sei ja völlig unwahrscheinlich, bemerkte sie gelassen, daß sie sich erhole oder noch lange zwischen Leben und Tod schwebe –, wolle sie einen langgehegten Plan ausführen. Sie werde sich einen Zufluchtsort suchen, wo ihre pünktlichen Gewohnheiten für immer vor jeder Störung sicher seien, und zwischen sich und einer lasterhaften Welt verläßliche Schranken errichten. Ich fragte, ob Georgiana sie begleiten werde.

Natürlich nicht. Georgiana und sie hätten nichts gemeinsam, hätten es nie gehabt. Um nichts in der Welt wolle sie sich mit ihr belasten. Georgiana müsse sich selbst einen Weg suchen, sie, Eliza, werde den ihren gehen.

Wenn Georgiana mir nicht ihr Herz ausschüttete, lag sie die meiste Zeit auf dem Sofa, grämte sich, weil es zu Hause so langweilig sei, und wünschte sich immer wieder, Tante Gibson würde sie in die Stadt einladen. Es wäre ohnehin besser, meinte sie, wenn sie für ein oder zwei Monate aus dem Weg sei, bis alles vorüber sei. Ich fragte nicht, was sie mit «alles vorüber» meinte, vermutete jedoch, es beziehe sich auf das zu erwartende Ableben ihrer Mutter und die nachfolgenden trübsinnigen Begräbnisfeierlichkeiten. Eliza nahm von der Trägheit und den Klagen ihrer Schwester im allgemeinen nicht mehr Notiz, als wenn ein solch murmelndes, sich rekelndes Wesen gar nicht da gewesen wäre. Nur einmal, als sie eines Tages ihr Rechnungsbuch beiseite räumte und ihre Stickerei auseinanderfaltete, herrschte sie sie an:

«Georgiana, gewiß hat niemals ein eitleres, alberneres Lebewesen als du der Erde zur Last fallen dürfen. Du bist zu Unrecht geboren, du machst nichts aus deinem Leben. Anstatt wie ein vernünftiges Wesen für dich, in dir und mit dir zu leben, versuchst du, dich mit deiner Schwäche an einen starken Menschen zu hängen. Und wenn dann keiner bereit ist, sich solch ein fettes, schwaches, aufgeblasenes und nutzloses Ding aufzubürden, schreist du, man würde dich schlecht behandeln und vernachlässigen und du seist unglücklich. Außerdem ist die Welt für dich nichts als ein Kerker, wenn das Leben sich nicht ständig verwandelt wie eine aufregende Bühne; du willst bewundert, verehrt und umschmeichelt werden, du brauchst Musik, Tanz und Geselligkeit, sonst verschmachtest du und stirbst dahin. Hast du denn nicht einmal so viel Verstand, dir einen Plan zurechtzulegen, der dich vom Wirken und Wollen anderer unabhängig macht? Fang mit einem Tag an, unterteile ihn und weise jedem Abschnitt seine Aufgabe zu, laß keine einzige Viertelstunde, keine zehn oder fünf Minuten ohne Beschäftigung, plane alle mit ein und verrichte jede kleine Arbeit wie geplant und streng pünktlich. Der Tag wird zu Ende sein, ehe er recht begonnen hat, und du bist niemandem verpflichtet, nur weil er dir geholfen hat, die Zeit totzuschlagen. Du hast niemandes Gesellschaft, Gespräch, Mitleid oder Geduld suchen müssen, kurz, du hast gelebt, wie ein unabhängiges Wesen leben sollte. Beherzige diesen Rat, den ersten und letzten, den ich dir geben werde, dann brauchst du weder mich noch sonst jemanden mehr, geschehe, was wolle – oder schlag ihn in den Wind und mach weiter wie bisher, verzehre dich in Sehnsucht, jammere, faulenze – dann wirst du die Folgen deiner Dummheit ausbaden müssen, wie schlimm und unerträglich sie auch sein mögen. Ich sage es dir in aller Deutlichkeit, hör gut zu! So gewiß ich nie wiederholen werde, was ich jetzt sage, werde ich auch danach handeln. Nach Mutters Tod will ich nichts mehr mit dir zu tun haben. Von dem Tag an, da ihr Sarg in die Kirchengruft von Gateshead getragen wird, sind wir geschiedene Leute, als hätten wir einander nie gekannt. Du brauchst nicht zu glauben, nur weil wir zufällig von denselben Eltern abstammen, würde ich mich von dir auch nur mit dem geringsten Anspruch festnageln lassen. Ich sage dir: Wenn das ganze Menschengeschlecht bis auf uns beide ausgelöscht und wir allein auf Erden wären, würde ich dich in der alten Welt lassen und mich in die neue begeben.»

Damit schloß sie die Lippen.

«Diese Predigt hättest du dir sparen können», antwortete Georgiana. «Jeder weiß, daß du das selbstsüchtigste, herzloseste Geschöpf auf Erden bist, und ich kenne deinen tückischen Haß auf mich. Eine Probe davon habe ich zu spüren bekommen, als du mich bei Lord Edwin Vere hinterrücks schlechtgemacht hast. Du konntest es nicht ertragen, daß ich dir überlegen gewesen wäre, einen Titel bekommen hätte und in Kreisen empfangen worden wäre, wo du dein Gesicht nicht zu zeigen wagst, und so hast du die Spionin und Denunziantin gespielt und meine Aussichten für immer zunichte gemacht.» Georgiana zog ihr Taschentuch hervor und putzte sich eine Stunde lang die Nase. Eliza saß da, kühl und gefühllos, emsig und fleißig.

Es stimmt schon, es gibt viele Menschen, die keinen Wert auf hochherzige Gefühle legen, aber hier hatte der Mangel an Großmut die eine unerträglich ätzend, die andere widerlich fade gemacht. Gefühl ohne Verstand ist eine wässerige Brühe, doch Verstand, den das Gefühl nicht mildert, ist für die menschliche Kehle ein gar zu bitterer, trockener Brocken.

Der Nachmittag war feucht und windig. Georgiana war beim Romanlesen auf dem Sofa eingeschlafen und Eliza zum Gottesdienst eines Heiligenfests in die neue Kirche gegangen, denn in Fragen der Religion hielt sie streng auf vorgeschriebene Formen. Keine Witterung hinderte sie an der pünktlichen Erfüllung dessen, was sie für ihre fromme Pflicht hielt; ob gutes oder schlechtes Wetter – sonntags ging sie dreimal in die Kirche und wochentags, sooft eine Andacht abgehalten wurde.

Ich überlegte, ob ich nach oben gehen und nachsehen sollte, wie es der Sterbenden ging, die fast unbeachtet dalag. Selbst die Dienstboten ließen in ihrer Aufmerksamkeit nach; die angestellte Krankenschwester, nach der kaum jemand sah, schlüpfte aus dem Zimmer, wann immer sie konnte. Bessie war gewissenhaft, aber sie mußte sich um ihre eigene Familie kümmern und konnte nur manchmal ins Herrenhaus kommen. Wie erwartet fand ich das Krankenzimmer unbeaufsichtigt. Von einer Pflegerin war nichts zu sehen. Die Kranke lag still und scheinbar teilnahmslos da, das aschgraue Gesicht in den Kissen versunken. Auf dem Kaminrost verglomm das Feuer. Ich legte Holz und Kohle nach, richtete das Bettzeug, blickte eine Weile auf die

Frau, die mich ihrerseits nun nicht mehr anblicken konnte, und ging dann zum Fenster.

Der Regen schlug heftig gegen die Scheiben, und der Wind blies stürmisch. «Hier liegt eine», dachte ich, «die das Schlachtfeld der irdischen Elemente bald hinter sich lassen wird. Wohin entschwindet dieser Geist, der jetzt darum kämpft, seinen stofflichen Wohnsitz zu verlassen, wenn er endlich befreit ist?»

Ich sann über dieses große Geheimnis nach, und Helen Burns fiel mir ein, ihre letzten Worte, ihr Glaube, ihre Lehre von der Gleichheit aller körperlosen Seelen. Ich erinnerte mich gut ihrer Stimme und hörte sie in Gedanken, ich stellte mir vor, wie sie blaß und zart, mit abgezehrtem Gesicht und vergeistigtem Blick auf ihrem stillen Sterbebett lag und flüsterte, wie sehr sie sich danach sehne, wieder an der Brust ihres göttlichen Vaters ruhen zu dürfen – da murmelte eine schwache Stimme aus dem Bett hinter mir: «Wer ist da?»

Ich wußte, daß Mrs. Reed seit Tagen nicht gesprochen hatte. Kehrte sie ins Leben zurück? Ich trat zu ihr.

«Ich bin es, Tante Reed.»

«Wer ist ich?» kam als Antwort. «Wer bist du?» Und sie schaute mich überrascht und ein wenig bestürzt an, aber nicht mehr feindlich. «Du bist mir ganz fremd. Wo ist Bessie?»

«Im Pförtnerhaus, Tante.»

«Tante!» wiederholte sie. «Wer nennt mich Tante? Du bist keine Gibson, und doch kenne ich dich. Dieses Gesicht, die Augen und die Stirn sind mir vertraut, du bist wie … ja, du bist wie Jane Eyre!»

Ich sagte nichts. Ich fürchtete, einen Schock auszulösen, wenn ich mich zu erkennen gab.

«Aber das ist bestimmt ein Irrtum», fuhr sie fort. «Mein Gehirn täuscht mich. Ich wollte Jane Eyre sehen, und jetzt denke ich mir ein Gesicht aus, wo gar keins ist. Außerdem muß sie sich nach acht Jahren sehr verändert haben.»

Nun brachte ich ihr behutsam bei, daß ich die Person sei, die sie in mir vermutete und die sie bei sich haben wollte, und als ich merkte, daß sie mich verstand und bei Sinnen war, erzählte ich, daß Bessie ihren Mann geschickt habe, um mich aus Thornfield zu holen.

«Ich weiß, ich bin schwer krank», sagte sie bald darauf. «Vor ein paar Minuten habe ich versucht, mich umzudrehen, und festgestellt, daß ich meine Glieder nicht bewegen kann. Da sollte ich wohl mein Herz erleichtern, bevor ich sterbe. Woran wir im gesunden Zustand kaum denken, belastet uns in einer Stunde wie dieser. Ist die Schwester hier? Oder ist außer dir niemand da?»

Wir seien allein, versicherte ich ihr.

«Gut. Ich habe dir zweimal Unrecht getan, was ich jetzt bereue. Einmal, als ich das Versprechen brach, das ich meinem Mann gab, dich wie mein eigenes Kind aufzuziehen, das andere Mal ...» Sie hielt inne. «Vielleicht ist es gar nicht so wichtig», murmelte sie vor sich hin, «womöglich erhole ich mich wieder. Und es ist peinlich, mich vor ihr zu erniedrigen.»

Sie versuchte angestrengt, sich anders zu betten, aber es gelang ihr nicht. Ihr Gesicht veränderte sich. Es schien sie innerlich etwas zu befallen, vielleicht der Vorbote der letzten Qual.

«Nun gut, ich muß es hinter mich bringen. Vor mir liegt die Ewigkeit, besser, ich sag' es ihr. – Geh zu meinem Toilettenkästchen, mach es auf und nimm den Brief heraus, den du dort siehst.»

Ich tat wie geheißen.

«Lies ihn», befahl sie.

Es war kurz und lautete folgendermaßen:

«Madam,
haben Sie bitte die Güte, mir die Adresse meiner Nichte Jane Eyre zu schicken und mir mitzuteilen, wie es ihr geht. Ich habe die Absicht, ihr demnächst zu schreiben und sie zu mir nach Madeira zu holen. Die Vorsehung hat meine Bemühungen um ein sicheres Auskommen belohnt; da ich unverheiratet und kinderlos bin, möchte ich sie zu meinen Lebzeiten adoptieren und ihr bei meinem Tod testamentarisch vermachen, was ich zu hinterlassen habe.

Ihr usw. usw.
John Eyre, Madeira.»

Der Brief war vor drei Jahren geschrieben.

«Warum habe ich davon nie erfahren?»

«Weil ich dich unvermindert zutiefst verabscheute und nicht mithelfen wollte, dir ein Leben im Wohlstand zu verschaffen. Ich konnte dein Benehmen mir gegenüber nicht vergessen, Jane, die Wut, mit der du dich einst gegen mich gewandt hast, den Ton, in dem du erklärtest, von allen Menschen auf Erden mich am meisten zu hassen, den unkindlichen Blick und die Stimme, mit der du versichert, schon der Gedanke an mich verursache dir Übelkeit, und behauptet hast, ich hätte dich furchtbar grausam behandelt. Ich konnte nicht vergessen, wie mir zumute war, als du so aufgesprungen bist und das Gift aus deinem Herzen über mich ergossen hast; ich bekam Angst, als blicke mich ein Tier, das ich geschlagen oder getreten hatte, mit menschlichen Augen an und verfluche mich mit menschlicher Stimme. Gib mir Wasser, schnell!»

«Liebe Mrs. Reed», sagte ich, als ich ihr den geforderten Trank reichte, «denken Sie nicht mehr an all das, streichen Sie es aus Ihrem Gedächtnis. Verzeihen Sie mir meine leidenschaftliche Sprache, ich war damals ein Kind. Seit jenem Tag sind neun Jahre vergangen.»

Sie achtete nicht auf meine Worte; kaum hatte sie das Wasser getrunken und Atem geschöpft, fuhr sie vielmehr fort: «Ich sage dir, ich konnte es nicht vergessen, und ich habe mich gerächt. Daß du von deinem Onkel adoptiert werden und behaglich und sorgenfrei leben solltest, konnte ich nicht ertragen. Ich schrieb ihm, ich müsse ihn leider enttäuschen, Jane Eyre sei tot; sie sei bei einer Typhusepidemie in Lowood gestorben. Nun tu, was dir beliebt. Schreibe ihm und widerlege meine Behauptung, entlarve mich als Lügnerin, sobald du willst. Ich glaube, du bist nur zur Welt gekommen, um mich zu peinigen. Meine letzte Stunde wird zur Qual durch die Erinnerung an eine Tat, die ich ohne dich nie begangen hätte.»

«Wenn ich Sie nur dazu bringen könnte, nicht mehr daran zu denken, Tante, und mir Nachsicht und Versöhnlichkeit entgegenzubringen ...»

«Du hast einen ganz schlimmen Charakter», unterbrach sie mich, «den ich bis heute nicht verstehe. Wie konntest du neun Jahre lang geduldig und stillschweigend alles über dich ergehen lassen und im zehnten blindwütig explodieren? Das werde ich nie begreifen.»

«Ich bin nicht so böse, wie Sie denken, ich bin leidenschaftlich, aber nicht nachtragend. Als kleines Kind hätte ich Sie gern geliebt, wenn Sie es zugelassen hätten, und jetzt wünsche ich mir ernsthaft und sehnlich, mich mit Ihnen zu versöhnen. Geben Sie mir einen Kuß, Tante.»

Ich hielt ihr meine Wange vor die Lippen, doch sie berührte sie nicht. Sie sagte, es werde ihr zu eng, wenn ich mich über das Bett beuge, und verlangte erneut nach Wasser. Als ich sie wieder hinlegte – denn ich hatte sie zum Trinken angehoben und mit meinem Arm gestützt –, bedeckte ich ihre eisige, feuchtkalte Hand mit der meinen. Die schwachen Finger zogen sich unter der Berührung zurück, und das glasige Auge wich meinem Blick aus.

«Dann lieben oder hassen Sie mich, wie Sie wollen», sagte ich schließlich, «ich habe Ihnen rückhaltlos und aufrichtig verziehen. Bitten Sie nun Gott um Vergebung, und finden Sie Frieden.»

Arme, kranke Frau! Es war zu spät für eine anstrengende Änderung ihres gewohnten Gemütszustands. Da sie mich im Leben stets gehaßt hatte, mußte sie mich auch im Sterben hassen.

Nun trat die Pflegerin ein, und Bessie kam hinterher. Ich blieb noch eine halbe Stunde und hoffte auf ein Zeichen der Freundschaft, aber sie gab mir keins. Rasch fiel sie in ihre Benommenheit zurück, und ihr Geist erholte sich nicht mehr. Um Mitternacht starb sie. Ich war nicht bei ihr, um ihr die Augen zuzudrücken, auch keine der Töchter. Am nächsten Morgen erfuhren wir, daß alles vorüber war. Zu diesem Zeitpunkt hatte man sie schon aufgebahrt. Eliza und ich gingen zu ihr; Georgiana, die in lautes Weinen ausgebrochen war, sagte, sie traue sich nicht. Da lag nun der einstmals so kräftige, rührige Körper der Sarah Reed steif und still ausgestreckt. Die kalten Lider bedeckten ihre mitleidlosen Augen, die Stirn und die strengen Züge trugen noch den Stempel ihrer unerbittlichen Seele. Für mich hatte diese Leiche etwas Fremdes, Gravitätisches. Ich starrte schwermütig und bekümmert darauf; sie löste nichts Weiches oder Liebevolles, weder Erbarmen noch Hoffnung oder sonst etwas Linderndes in mir aus, sondern nur einen peinigenden Schmerz um *ihr* Leid – nicht um *meinen* Verlust – und eine düstere, tränenlose Verzweiflung angesichts der Schrecklichkeit eines solchen Todes.

Eliza betrachtete ihre Mutter ruhig. Nach minutenlangem Schweigen stellte sie fest: «Bei ihrer Gesundheit hätte sie ein schönes Alter erreichen können. Ihr Leben wurde durch Unglück verkürzt.» Und für einen Augenblick verzog sich ihr Mund in einem Krampf. Als er vorüber war, wandte sie sich um und verließ das Zimmer, und ich folgte ihr. Keine von uns hatte eine Träne vergossen.

KAPITEL 22

Mr. Rochester hatte mir nur eine Woche Urlaub gegeben. Dennoch verstrich ein Monat, bis ich Gateshead verließ. Ich wollte sofort nach dem Begräbnis aufbrechen, aber Georgiana beschwor mich zu bleiben, bis sie nach London abreisen könne. Ihr Onkel, Mr. Gibson, war gekommen, um die

Beisetzung seiner Schwester auszurichten und die Familienangelegenheiten in Ordnung zu bringen, und hatte sie nun endlich doch noch zu sich eingeladen. Georgiana sagte, sie habe Angst, mit Eliza allein zu bleiben, denn die zeige weder Mitgefühl mit ihrer Niedergeschlagenheit, noch teile sie ihre Befürchtungen oder helfe ihr bei den Vorbereitungen. Ich ertrug also ihre schwachsinnige Verzagtheit und ihr selbstsüchtiges Gejammer, so gut ich konnte, und tat mein Bestes, indem ich für sie nähte und ihre Kleider einpackte. Natürlich tat sie gar nichts, während ich mich abmühte, und ich dachte bei mir: «Meine liebe Cousine, wenn wir beide immer zusammenleben müßten, würden wir die Dinge bald anders regeln. Dann würde ich mich nicht fügsam in die Rolle der Langmütigen schicken, sondern dir deine Arbeit zuteilen und dich dazu zwingen, da sie sonst einfach unerledigt bliebe. Außerdem bestünde ich darauf, daß du deine wortreichen, ein wenig unaufrichtigen Klagen zum Teil für dich behieltest. Nur weil unsere Gemeinschaft bald endet und sich in einer besonders traurigen Situation ergeben hat, bin ich bereit, sie von meiner Seite so geduldig und nachgiebig zu gestalten.»

Endlich verabschiedete ich Georgiana, aber nun bat mich Eliza, noch eine Woche zu bleiben. Ihre Pläne erforderten all ihre Zeit und Aufmerksamkeit, erklärte sie, denn sie reise demnächst an einen wildfremden Ort. Sie blieb den ganzen Tag in ihrem Zimmer hinter verschlossener Tür, füllte Truhen, leerte Schubladen, verbrannte Papiere und sprach mit niemandem. Ich sollte mich um den Haushalt kümmern, Besucher empfangen und Kondolenzbriefe beantworten.

Dann gab sie mich eines Morgens frei. «Ich bin Ihnen für Ihre wertvolle Hilfe und Ihr diskretes Benehmen verpflichtet», sagte sie. «Es ist ein Unterschied, ob man mit jemandem wie Ihnen lebt oder mit Georgiana; Sie führen Ihr eigenes Leben und fallen niemandem zur Last. Morgen breche ich in Richtung Kontinent auf. Ich ziehe in ein frommes Haus in der Nähe von Lille, ein Nonnenkloster, würden Sie sagen. Dort kann ich unbehelligt und in Ruhe leben. Ich werde mich eine Weile mit der römisch-katholischen Lehre beschäftigen und ihre Inhalte genau studieren. Wenn ich dann feststelle, daß sie die beste Grundlage für ein anständiges, regelmäßiges Leben ist, was ich fast vermute, werde ich die römischen Dogmen bereitwillig anerkennen und wahrscheinlich den Schleier nehmen.»

Ich zeigte mich nicht überrascht angesichts dieses Entschlusses und versuchte auch nicht, ihn ihr auszureden. «Diese Berufung paßt haargenau zu dir», dachte ich, «möge sie dir guttun!»

Als wir voneinander schieden, sagte sie: «Leben Sie wohl, Cousine Jane Eyre, ich wünsche Ihnen alles Gute. Sie haben immerhin einigen Verstand.»

Ich erwiderte darauf: «Auch Sie sind nicht ohne Verstand, Cousine Eliza, doch was Sie haben, wird wohl in einem Jahr bei lebendigem Leib in ein französisches Kloster eingemauert werden. Aber es geht mich nichts an, und da es zu Ihnen paßt, kümmert es mich nicht weiter.»

«Da haben Sie recht», antwortete sie, und mit diesen Worten gingen wir getrennte Wege. Da sich später keine Gelegenheit mehr ergibt, sie oder ihre Schwester zu erwähnen, kann ich ebensogut schon jetzt berichten, daß Georgiana eine vorteilhafte

Heirat mit einem reichen, verbrauchten Lebemann einging und Eliza tatsächlich den Schleier nahm und heute Oberin des Klosters ist, in dem sie ihr Noviziat geleistet und dem sie ihr Vermögen gestiftet hatte.

Wie sich Menschen fühlen, die nach langer oder kurzer Abwesenheit nach Hause zurückkehren, weiß ich nicht, ich habe dieses Gefühl nie erlebt. Als Kind hatte ich erfahren, was es hieß, nach einem langen Spaziergang nach Gateshead zurückzukommen und dann gescholten zu werden, weil ich fror oder ein trauriges Gesicht machte, und später von der Kirche nach Lowood heimzulaufen, sich nach einem reichlichen Mahl und einem warmen Feuer zu sehnen und beides nicht zu bekommen. Beide Arten der Rückkehr waren weder besonders erfreulich noch wünschenswert; es gab keinen Magneten, der mich immer stärker anzog, je näher ich kam. Die Rückkehr nach Thornfield mußte ich erst ausprobieren.

Die Reise kam mir sehr, sehr lang vor. Fünfzig Meilen am ersten Tag, dann Übernachtung in einem Gasthaus, fünfzig Meilen am nächsten. Die erste Hälfte dieser Zeit dachte ich an Mrs. Reed und ihre letzten Stunden, ich sah ihr entstelltes, bleiches Gesicht und hörte ihre seltsam veränderte Stimme. Ich sann über den Tag des Begräbnisses nach, den Sarg, den Leichenwagen, den schwarzen Zug aus Pächtern und Dienern – Verwandte gab es nur wenige –, die gähnende Gruft, die stille Kirche, den feierlichen Gottesdienst. Dann fielen mir Eliza und Georgiana ein, ich erblickte die eine als Mittelpunkt eines Ballsaals, die andere als Insassin einer Klosterzelle, ich grübelte darüber nach und nahm mir im Geiste ihre körperlichen und charakterlichen Eigenheiten vor. Die abendliche Ankunft in ***, einer größeren Stadt, verscheuchte diese Gedanken; die Nacht gab ihnen eine andere Richtung. Als ich auf meinem Gasthausbett lag, tauschte ich die Erinnerungen gegen die Vorahnungen und Hoffnungen.

Ich kehrte nach Thornfield zurück, aber wie lange würde ich dort bleiben? Gewiß nicht lange. Während meiner Abwesenheit hatte ich von Mrs. Fairfax Nachricht erhalten: Die Gesellschaft im Herrenhaus habe sich zerstreut, Mr. Rochester sei nach London aufgebrochen (das war vor drei Wochen) und werde in vierzehn Tagen zurückerwartet; Mrs. Fairfax vermutete, um Vorbereitungen für seine Hochzeit zu treffen, da er vom Kauf einer neuen Kutsche gesprochen habe. Der Gedanke, er werde Miss Ingram heiraten, erscheine ihr immer noch befremdend, aber nach dem, was alle sagten und was sie selbst gesehen habe, zweifle sie nicht mehr daran, daß das Ereignis bald stattfinden werde. «Sie wären schon merkwürdig ungläubig, wenn Sie daran zweifeln würden», antwortete ich ihr im Geiste, «ich jedenfalls bezweifle es nicht.»

Dem folgte die Frage: «Wohin soll ich dann gehen?» Ich träumte die ganze Nacht von Miss Ingram. Gegen Morgen sah ich in einem besonders deutlichen Traum, wie sie mir das Tor von Thornfield vor der Nase zuschlug und mich auf die Straße zurückschickte, und Mr. Rochester schaute spöttisch lächelnd und mit verschränkten Armen zu und schien sich über sie und mich lustig zu machen.

Ich hatte Mrs. Fairfax den genauen Tag meiner

Rückkehr nicht genannt, da ich nicht von einem Wagen oder einer Kutsche in Millcote abgeholt werden wollte. Ich beabsichtigte, den Weg in aller Ruhe zu Fuß zurückzulegen, und nachdem ich meinen Koffer in der Obhut des Gastwirts zurückgelassen hatte, schlüpfte ich an einem Juniabend gegen sechs Uhr still und leise aus dem «George Inn» hinaus und schlug die alte Straße nach Thornfield ein, einen Weg, der hauptsächlich durch Felder und Wiesen führte und jetzt wenig befahren war.

Es war zwar kein strahlend schöner, aber immerhin trockener und milder Sommerabend; überall entlang der Straße wurde gemäht, und der Himmel, wenngleich nicht gerade wolkenlos, versprach doch Gutes für die Zukunft. Sein Blau – wenn es sich denn zeigte – war weich und ruhig, die Wolkenschicht hoch und dünn. Auch der Westwind wehte lau, von keinem wässerigen Schimmer gekühlt; es sah aus, als habe jemand ein Feuer angezündet, als brenne hinter der Wand aus marmornem Dampf ein Opferherd, dessen goldene Röte aus einem Riß hervorleuchtete.

Ich freute mich, als der Weg vor mir kürzer wurde, freute mich so, daß ich einmal stehenblieb, um mich zu fragen, was diese Freude bedeutete, und um meine Vernunft daran zu erinnern, daß ich nicht heimkehrte in einen dauerhaften Unterschlupf oder ein Haus, wo liebe Freunde nach mir Ausschau hielten und meine Ankunft erwarteten. «Mrs. Fairfax wird dir wohl einen stillen Willkommensgruß zulächeln», dachte ich, «und die kleine Adèle wird in die Hände klatschen und springen, wenn sie dich sieht, aber du weißt genau, daß du an jemand anderen denkst und *er* nicht an dich.»

Allein was ist so hartnäckig wie die Jugend? Was so blind wie die Unerfahrenheit? Diese beiden behaupteten, das Vorrecht, Mr. Rochester wiederzusehen, sei Glück genug, ob er mich nun ansehe oder nicht, und sie fügten hinzu: «Beeil dich! Schnell! Bleib bei ihm, solange du kannst – noch ein paar Tage oder höchstens Wochen, und du bist für immer von ihm getrennt!» Und ich erstickte eine soeben geborene Angst – ein mißgestaltetes Ding, das mein zu nennen und aufzuziehen ich mich nicht überwinden konnte – und lief weiter.

Auch auf den Wiesen von Thornfield wird das Heu gewendet – besser gesagt, jetzt, zu der Stunde, da ich ankomme, hören die Knechte gerade mit der Arbeit auf und wandern, den Rechen über der Schulter, nach Hause. Ich muß nur noch durch ein, zwei Felder laufen und die Straße überqueren, dann bin ich am Tor. Wie sind die Hecken voller Rosen! Aber ich habe keine Zeit zum Pflücken, ich will ins Haus. Ich komme an einem großen Wildrosenstrauch vorbei, dessen belaubte, blütenübersäte Zweige über den Weg wuchern, ich sehe den schmalen Zauntritt mit seinen steinernen Stufen und sehe – Mr. Rochester, der darauf sitzt, ein Buch und einen Stift in der Hand. Er schreibt.

Nein, es ist kein Geist, aber dennoch sind all meine Nerven angespannt, einen Augenblick habe ich mich nicht unter Kontrolle. Was bedeutet das? Ich hätte nicht gedacht, daß ich bei seinem Anblick so zittern und in seiner Gegenwart stumm und gelähmt sein würde. Ich werde umkehren, sobald ich mich wieder rühren kann. Ich muß mich nicht völlig zum Narren machen. Ich kenne noch einen anderen Weg zum Haus. Aber auch wenn ich zwanzig

Wege wüßte, es hülfe mir nicht, denn er hat mich gesehen.

«Hallo!» ruft er und hebt Buch und Stift hoch. «Da sind Sie ja! Kommen Sie doch her.»

Ich gehe vermutlich auf ihn zu, aber wie, weiß ich nicht. Meiner Bewegungen kaum bewußt, bemühe ich mich nur, ruhig zu wirken und vor allem meine regen Gesichtsmuskeln unter Kontrolle zu halten – welche, das spüre ich, sich frech gegen mich auflehnen und unbedingt ausdrücken wollen, was ich doch zu verbergen beschlossen hatte. Aber ich habe einen Schleier – schon ist er heruntergezogen. Jetzt gelingt es mir doch noch, mich anständig und gefaßt zu benehmen.

«Ist das etwa Jane Eyre? Kommen Sie von Millcote zu Fuß? Ja – das sieht Ihnen ähnlich, nicht nach einer Kutsche zu schicken und wie gewöhnliche Sterbliche über Straße und Weg angerasselt zu kommen, sondern sich heimlich bei Zwielicht in die Nähe Ihres Zuhauses zu stehlen, als seien Sie ein Traum oder Schatten. Was zum Teufel haben Sie im letzten Monat getan?»

«Ich war bei meiner Tante, Sir; sie ist tot.»

«Eine echte Jane-Antwort! Ihr Engel, steht mir bei! Sie kommt aus der anderen Welt, aus dem Totenreich, trifft mich hier allein in der Dämmerung und erzählt es mir auch noch! Wenn ich den Mut hätte, würde ich Sie anfassen, um zu sehen, ob Sie aus echter Materie sind oder nur ein Schatten, Sie Elf! Aber genausogut könnte ich ein blaues Irrlicht in einem Sumpf einfangen wollen. – Sie Faulenzerin!» fuhr er nach einer kurzen Pause fort. «Einen ganzen Monat fort von mir, und ich möchte wetten, Sie haben mich völlig vergessen!»

Ich wußte, es würde mich freuen, meinen Herrn wiederzusehen, selbst wenn diese Freude durch die böse Vorahnung, daß er bald nicht mehr mein Herr war, und durch das Wissen, daß ich ihm nichts bedeutete, getrübt wurde; aber Mr. Rochester besaß, zumindest in meinen Augen, eine solch überreiche Fähigkeit, Glück zu verschenken, daß schon die Brosamen, die er heimatlosen, fremden Vögeln wie mir hinstreute, wie ein köstliches Festmahl schmeckten. Seine Worte waren Balsam, deuteten sie doch an, daß es ihm wichtig war, ob ich ihn vergaß oder nicht. Und er hatte Thornfield als mein Zuhause bezeichnet – wäre es das nur!

Er verließ den Zauntritt nicht, und ich wollte nicht recht fragen, ob ich drübersteigen durfte. So erkundigte ich mich, ob er in London gewesen sei.

«Ja. Das haben Sie wahrscheinlich mit Ihrem zweiten Gesicht herausgefunden.»

«Mrs. Fairfax hat es mir geschrieben.»

«Und schrieb sie auch, was ich dort tun wollte?»

«Aber ja, Sir. Jeder wußte von Ihrem Vorhaben.»

«Sie müssen sich die Kutsche anschauen, Jane, und mir sagen, ob sie zu Mrs. Rochester paßt und ob meine Frau nicht wie die Königin Boadicea[54] aussehen wird, wenn sie sich in diese purpurroten Kissen lehnt. Ich wollte, Jane, ich würde äußerlich ein klein wenig besser zu ihr passen. Sagen Sie, Sie sind doch eine Fee, können Sie mir nicht einen Zauberspruch oder Liebestrank oder so was besorgen und einen schönen Mann aus mir machen?»

«Das überschreitet die Kräfte der Magie, Sir.» Und in Gedanken fügte ich hinzu: «Dazu braucht es keinen anderen Zauber als ein liebendes Auge. Für ein solches sind Sie schön genug oder, besser gesagt, haben Ihre düsteren, strengen Züge eine Kraft, die jede Schönheit schlägt.»

Mr. Rochester hatte schon mehrmals meine unausgesprochenen Gedanken mit einer mir unbegreiflichen Treffsicherheit gelesen, und auch diesmal achtete er nicht auf meine schroffen Worte, sondern lächelte mich mit einem ihm eigenen Lächeln an, das er nur selten verschenkte. Es schien ihm wohl zu kostbar für normale Zwecke. Diese Sonne aus der Tiefe seines Gefühls strahlte mich jetzt an.

«Gehen Sie nur, Jane», sagte er und machte Platz, damit ich über den Zauntritt steigen konnte. «Gehen Sie nach Hause, und ruhen Sie Ihre müden kleinen Wandererfüße an der Schwelle eines Freundes aus.»

Ich konnte ihm nur schweigend gehorchen, es gab keinen Grund mehr zum Plaudern. Ohne eine weitere Bemerkung stieg ich über den Zaun, wortlos wollte ich Mr. Rochester verlassen. Doch eine plötzliche Regung hielt mich fest, ich verspürte den Drang, mich umzudrehen, und sagte – oder etwas in mir sagte an meiner Stelle und wider meinen Willen: «Ich danke Ihnen für Ihre große Güte, Mr. Rochester. Ich bin merkwürdig froh darüber, wieder bei Ihnen zu sein. Wo Sie sind, ist mein Zuhause – mein einziges Zuhause.»

Ich ging so rasch weiter, daß er mich kaum hätte überholen können, auch wenn er es versucht hätte. Die kleine Adèle war halb verrückt vor Freude, als sie mich wiedersah. Mrs. Fairfax empfing mich mit ihrer üblichen schlichten Freundlichkeit, Leah lächelte, und selbst Sophie begrüßte mich mit einem fröhlichen *«bon soir»*. Das war sehr schön. Kein Glück gleicht dem, von seinen Mitmenschen geliebt zu werden und zu fühlen, daß die eigene Anwesenheit zu ihrem Wohlbehagen beiträgt.

An diesem Abend verschloß ich die Augen bewußt vor der Zukunft und verstopfte mir die Ohren gegen die Stimme, die mich unablässig vor baldiger Trennung und künftigem Leid warnte. Nach dem Tee, als Mrs. Fairfax ihr Strickzeug aufgenommen, ich mich auf einen Schemel neben sie gesetzt und Adèle, auf dem Teppich kniend, sich an mich gekuschelt hatte, als ein Gefühl gegenseitiger Zuneigung uns wie ein goldener Friedensring umfaßte, da sprach ich ein stilles Gebet, wir möchten weder in naher noch ferner Zukunft getrennt werden. Doch als wir so dasaßen und Mr. Rochester unangekündigt hereinkam und sich über den Anblick dieser friedlichen Gruppe zu freuen schien, als er sagte, der alten Dame gehe es jetzt offenbar gut, wo ihre Adoptivtochter wieder da sei, und Adèle sei «prête à croquer sa petite maman anglaise», da wagte ich fast zu hoffen, er werde uns auch nach seiner Heirat irgendwo unter seinem Schutz zusammenleben lassen und uns nicht ganz aus den wärmenden Strahlen seiner Nähe verbannen.

Vierzehn Tage zweifelhafter Ruhe folgten auf meine Rückkehr nach Thornfield Hall. Über die Hochzeit fiel kein Wort, und ich bemerkte keinerlei Vorbereitungen für ein solches Fest. Fast täglich erkundigte ich mich bei Mrs. Fairfax, ob sie Genaueres gehört hätte, aber sie verneinte immer. Einmal, sagte sie, habe sie Mr. Rochester direkt gefragt, wann er denn nun seine Braut heimführe, doch er habe ihr nur mit einem Scherz und einem für ihn typischen, seltsamen Blick geantwortet, und sie wisse nicht, was sie davon halten solle.

Eines verwunderte mich besonders: Es gab kein Hin und Her mehr und keine Besuche auf Ingram Park. Es war freilich zwanzig Meilen weit weg, an der Grenze zur nächsten Grafschaft, aber was bedeutete diese Entfernung für einen glühenden Liebhaber? Für einen so geübten und unermüdlichen Reiter wie Mr. Rochester wäre es ein Vormittagsritt gewesen. Ich begann unerlaubte Hoffnungen zu hegen – daß die Verlobung aufgelöst, die Gerüchte mißverstanden, eine oder beide Seiten anderen Sinnes geworden seien. Immer wieder suchte ich im Gesicht meines Herrn nach Trauer oder Wut, doch ich konnte mich nicht erinnern, es jemals so gleichbleibend wolkenlos, so frei von negativen Gefühlen gesehen zu haben. War ich in den Stunden, die ich mit meiner Schülerin bei ihm verbrachte, traurig und ausweglos niedergeschlagen, wurde er sogar fröhlich. Nie hat er mich öfter zu sich gerufen, nie war er liebevoller zu mir als damals, und, ach, nie habe ich ihn mehr geliebt.

KAPITEL 23

Ein herrlicher Mittsommer leuchtete über England. Ein so klarer Himmel, eine so strahlende Sonne, wie wir sie damals in ununterbrochener, langer Folge erlebten, beglückt unser wellenumgürtetes Land auch in einzelnen Tagen nur selten. Als wäre eine Reihe italienischer Tage wie eine Schar prachtvoller Zugvögel aus dem Süden gekommen und hätte sich niedergelassen, um sich auf den Klippen von Albion auszuruhen. Das Heu war eingebracht, die Wiesen um Thornfield waren grün und kurz geschoren, die Straßen weiß und staubtrocken, die Bäume standen in dunkler Fülle, und die dichtbelaubten dunkelgrünen Hecken und Wälder hoben sich deutlich ab vom sonnigen Farbton der gemähten Wiesen dazwischen.

In der Johannisnacht war Adèle mit der Sonne ins Bett gegangen; sie war müde, nachdem sie den halben Tag an der Straße nach Hay wilde Erdbeeren gepflückt hatte. Ich schaute zu, wie sie einschlief, dann ließ ich sie allein und begab mich in den Garten.

Es war die lieblichste Stunde von allen vierundzwanzig – «Der Tag hat seine Feuersglut verbraucht»[55] –, und kühler Tau fiel auf ermattetes Land und brütende Höhen. Wo die Sonne in schlichter Pracht untergegangen war – unberührt von prunkenden Wolken –, breitete sich ein feierliches Rot aus, das an einer Stelle, auf einer einzigen Hügelkuppe, wie ein Rubin, wie ein Schmelzofen flammte und sich hoch und weit, zart und immer zarter über den halben Himmel erstreckte. Der Osten hatte dagegen seinen eigenen Reiz, ein feines Tiefblau, und seinen eigenen Edelstein, einen eben aufgehenden, einsamen Stern. Bald würde er sich mit dem Mond schmücken, aber noch verbarg sich dieser unter dem Horizont.

Ich ging eine Zeitlang auf der Terrasse auf und ab, als sich ein feiner, wohlbekannter Duft, der einer Zigarre, aus einem Fenster stahl. Ich sah, wie sich der Fensterflügel der Bibliothek eine Handbreit öffnete, und wußte, daß ich von dort beobachtet werden konnte. Also verschwand ich in den Obstgarten. Im ganzen Park gab es keinen geschützteren, paradiesischeren Winkel als diesen mit seinen vielen Bäumen und blühenden Blumen; auf der einen Seite trennte ihn eine hohe Mauer vom Hof, auf der anderen schirmte ihn eine Buchenallee gegen den Rasen ab. Am unteren Ende befand sich ein Zaungraben als einzige Abgrenzung gegen die offenen Felder; zu diesem führte ein gewundener, mit Lorbeerbüschen gesäumter Pfad, der an einer riesigen Roßkastanie mit einer Rundbank endete. Hier konnte man ungesehen spazierengehen. Der süße Tau, die alles beherrschende Stille und die zunehmende Dämmerung gaben mir das Gefühl, ich könnte für immer in diesem Schatten Zuflucht finden; doch während ich mich, angelockt vom Licht, das der soeben aufgehende Mond auf diesen etwas offeneren Teil warf, zwischen den Blumenbeeten und Obstbäumen am oberen Ende des eingehegten Gartens hindurchschlängelte, stockte mein Schritt – nicht eines Geräuschs oder Anblicks wegen, sondern erneut gewarnt von einem Duft.

Weinrose und Eberraute, Jasmin, Nelke und Rose haben ihr abendliches Duftopfer längst dargebracht, dieser neue Geruch stammt weder von einem Strauch noch von einer Blume, es ist – ich kenne ihn gut –, Mr. Rochesters Zigarre. Ich schaue mich um und lausche. Ich sehe Bäume, beladen mit reifenden Früchten. In einem Wald, eine halbe Meile entfernt, höre ich eine Nachtigall trällern. Ich sehe nichts, was sich bewegt, höre keinen Schritt näher kommen, aber der Duft wird stärker. Ich muß fliehen. Ich gehe auf das Törchen zu, das ins Gebüsch führt, und sehe Mr. Rochester hereinkommen. Ich weiche in einen efeuüberwachsenen Winkel aus. Er bleibt bestimmt nicht lange und geht bald wieder dorthin, wo er hergekommen ist. Wenn ich nur still sitzen bleibe, wird er mich gar nicht bemerken.

Doch nein, er findet den Abend genauso schön und diesen alten Garten genauso reizvoll wie ich, und er schlendert weiter, hebt mal die Zweige einer Stachelbeere hoch, um nach den pflaumengroßen Beeren zu schauen, pflückt mal eine reife Kirsche vom Spalier und bückt sich nun über ein Ornamentbeet, um den Duft einzuatmen oder die Tauperlen auf den Blütenblättern zu bewundern. Ein großer Nachtfalter brummt an mir vorbei und setzt sich auf eine Pflanze zu Mr. Rochesters Füßen. Er sieht ihn und beugt sich über ihn, um ihn genauer zu betrachten.

«Jetzt kehrt er mir den Rücken zu», dachte ich, «und ist außerdem abgelenkt; wenn ich leise gehe, kann ich mich unbemerkt davonschleichen.»

Ich trat auf eine Raseneinfassung, damit mich der knirschende Kies nicht verriet. Er stand zwischen den Beeten, wenige Meter von der Stelle entfernt, an der ich vorbei mußte. Offenbar war er noch immer mit dem Nachtfalter beschäftigt. «Da komm' ich schon vorbei», dachte ich. Als ich auf seinen langen Schatten trat, den der tiefstehende Mond in den Garten warf, sagte er ruhig und ohne sich umzudrehen: «Jane, sehen Sie sich mal diesen Burschen an.»

Ich hatte kein Geräusch gemacht, und er hatte keine Augen im Hinterkopf – konnte sein Schatten etwa fühlen? Ich erschrak erst, dann trat ich zu ihm.

«Schauen Sie sich seine Flügel an», sagte er, «er erinnert mich an die Schmetterlinge in Westindien; in England sieht man so große und bunte Nachtwanderer nicht oft. Da – er ist weggeflogen!»

Der Falter schwirrte davon, und auch ich zog mich linkisch zurück, aber Mr. Rochester folgte mir, und als wir das Törchen erreichten, meinte er: «Kehren Sie um, in einer so schönen Nacht ist es eine Schande, im Haus zu sitzen, und niemand kann ernsthaft ins Bett gehen wollen, wenn Sonnenuntergang und Mondaufgang zusammenfallen.»

Obwohl ich oft recht schlagfertig bin, zählt es zu meinen Schwächen, daß meine Zunge mich gelegentlich schmählich im Stich läßt, wenn es gilt, eine Ausrede zu erfinden. Dies widerfährt mir immer in kritischen Lagen, wenn ich ein gewandtes Wort oder einen glaubwürdigen Vorwand besonders nötig hätte, um mich aus einer peinlichen Verlegenheit zu retten. Ich wollte um diese Stunde nicht mit Mr. Rochester allein im halbdunklen Obstgarten spazierengehen, aber mir fiel kein triftiger Grund ein, ihn zu verlassen. Ich folgte ihm zögernd und überlegte angestrengt, wie ich ihm entwischen könnte, doch er blickte so gelassen und ernst drein, daß ich mich meiner Verlegenheit zu schämen begann. Schlimme Gedanken – wenn sie denn vorhanden oder zu befürchten waren – schien nur ich zu hegen; er war unschuldig und ruhig.

«Jane», begann er, als wir auf den Lorbeerweg kamen und langsam zum Graben und zur Roßkastanie hinunterwanderten, «im Sommer ist es schön in Thornfield, nicht wahr?»

«Ja, Sir.»

«Sie hängen wohl schon sehr an dem Haus – bei Ihrem Sinn für die Schönheit der Natur und Ihrer ausgeprägten Anhänglichkeit.»

«Ja, ich hänge tatsächlich daran.»

«Und obwohl ich das nicht verstehe, stelle ich fest, daß Sie auch für die alberne kleine Adèle und die einfältige Madam Fairfax freundschaftliche Empfindungen hegen.»

«Ja, Sir, ich habe jede in ihrer Art gern.»

«Würde es Ihnen leid tun, sich von ihnen zu trennen?»

«Ja.»

«Schade!» sagte er, seufzte und schwieg eine Weile. «So geht es im Leben immer», fuhr er kurz darauf fort, «kaum hat man sich auf einem schönen Ruheplatz niedergelassen, befiehlt eine Stimme, man solle sich erheben und weiterziehen, die Ruhepause sei vorbei.»

«Muß ich weiterziehen, Sir?» fragte ich. «Muß ich Thornfield verlassen?»

«Ich glaube ja, Jane. Es tut mir leid, Janet, aber ich glaube wirklich, Sie müssen fort.»

Das war ein Schlag. Doch ich ließ mich nicht davon zu Boden strecken.

«Dann, Sir, bin ich bereit, wenn der Marschbefehl kommt.»

«Er ist schon da, ich muß ihn heute abend erteilen.»

«Dann werden Sie heiraten, Sir?»

«Ge–nau. Haar–ge–nau. Sie haben mit Ihrem Scharfsinn wie immer den Nagel auf den Kopf getroffen.»

«Bald, Sir?»

«Sehr bald, meine – Miss Eyre. Sie erinnern sich gewiß, Jane, als ich – oder das Gerücht – zum ersten Mal andeutete, daß ich gedenke, meinen alten Junggesellennacken unter das geweihte Joch zu beugen, in den heiligen Stand der Ehe zu treten, kurzum, Miss Ingram an mein Herz zu ziehen (dabei hat man ordentlich was im Arm – aber das spielt keine Rolle, von etwas so Herrlichem wie meiner schönen Blanche kann man gar nicht genug haben); nun, was wollte ich sagen … hören Sie zu, Jane! Sie drehen doch nicht etwa den Kopf zur Seite, um nach Nachtfaltern Ausschau zu halten? Das war nur ein Marienkäfer auf dem Weg nach Hause, Kindchen. Ich möchte Sie daran erinnern, daß Sie mit jener Besonnenheit, die ich an Ihnen so schätze, mit der Umsicht, Klugheit und Bescheidenheit, die sich für Ihre verantwortungsvolle und untergeordnete Stellung schickt, als erste vorschlugen, daß Sie und die kleine Adèle besser fortgingen, falls ich Miss Ingram heirate. Ich übergehe die in diesem Vorschlag enthaltene Verunglimpfung meiner Geliebten; wenn Sie weit weg sind, Jane, werde ich das zu vergessen suchen und mich nur an die Klugheit Ihres Angebots erinnern, die so groß ist, daß ich sie zum Gesetz meines Handelns gemacht habe. Adèle muß auf eine Schule, und Sie, Miss Eyre, brauchen eine neue Stelle.»

«Ja, Sir, ich werde sofort eine Anzeige aufgeben. Und unterdessen darf ich vielleicht …» Ich wollte sagen: «… darf ich vielleicht hierbleiben, bis ich einen anderen Unterschlupf gefunden habe», aber ich schwieg; an einen so langen Satz konnte ich mich nicht wagen, denn ich hatte meine Stimme nicht ganz unter Kontrolle.

«In etwa einem Monat bin ich hoffentlich Bräutigam», fuhr Mr. Rochester fort, «und in der Zwischenzeit werde ich mich selbst nach einer Stelle und Zuflucht für Sie umsehen.»

«Danke, Sir. Es tut mir leid, daß ich Ihnen …»

«Oh, bitte keine Entschuldigungen! Ich finde, wenn eine Angestellte ihre Pflicht so gewissenhaft erfüllt wie Sie, hat sie Anspruch auf die kleinen Hilfen, die ihr Brotherr mühelos leisten kann; und in der Tat habe ich über meine zukünftige Schwiegermutter schon von einer geeigneten Stelle erfahren. Es geht um die Erziehung der fünf Töchter von Mrs. Dionysius O'Gall von Bitternutt Lodge, Connaught, Irland. Irland wird Ihnen bestimmt gefallen, die Menschen dort sollen sehr warmherzig sein.»

«Es ist weit weg, Sir.»

«Macht nichts – ein vernünftiges Mädchen wie Sie wird doch gegen eine Reise oder die Entfernung nichts einzuwenden haben.»

«Nichts gegen die Reise, aber gegen die Entfernung, und das Meer trennt mich …»

«Wovon, Jane?»

«Von England und von Thornfield und …»

«Ja?»

«Von Ihnen, Sir.»

Ich sagte das fast unabsichtlich, und daß mir nun die Tränen aus den Augen stürzten, hatte mein freier Wille ebensowenig genehmigt. Doch ich weinte unhörbar, vermied zu schluchzen. Der Gedanke an Mrs. O'Gall und Bitternutt Lodge fiel mir schwer aufs Herz und noch schwerer der Gedanke an das Salzwasser und die Gischt, die dazu bestimmt schienen, zwischen mir und dem Herrn zu rauschen, an dessen Seite ich jetzt noch spazierte, doch am schwersten wog der Gedanke an einen noch größeren Ozean: Reichtum, Rang und Konventionen schoben sich zwischen mich und das, was ich ohne mein Zutun und unentrinnbar liebte.

«Es ist weit weg», sagte ich noch einmal.

«Ja, das stimmt; und wenn Sie nach Bitternutt Lodge, Connaught, Irland, gehen, werde ich Sie ganz gewiß nie wieder sehen, Jane. Ich fahre nie nach Irland hinüber, mir gefällt das Land nicht besonders. Wir waren doch gute Freunde, nicht wahr, Jane?»

«Ja, Sir.»

«Und am Vorabend ihrer Trennung verbringen Freunde das bißchen Zeit, das ihnen noch bleibt, gern miteinander. Kommen Sie – wir wollen die Reise und den Abschied in aller Ruhe besprechen, vielleicht eine halbe Stunde, während die Sterne dort oben am Himmel in ihr schimmerndes Dasein treten; hier ist der Kastanienbaum, hier die Bank um seine alten Wurzeln. Lassen Sie uns heute abend in Frieden dort sitzen, auch wenn es uns bestimmt ist, kein zweites Mal dort zusammenzusitzen.» Er bot mir einen Platz an und setzte sich neben mich.

«Irland ist weit weg, Janet, und ich schicke meine kleine Freundin nicht gern auf eine so beschwerliche Reise, aber was hilft's, wenn es nicht anders geht? Fühlen Sie sich mir verwandt, Jane, was meinen Sie?»

Ich konnte keinerlei Antwort wagen, mein Herz war voll.

«Denn manchmal habe ich ein seltsames Gefühl in bezug auf Sie, besonders, wenn Sie in meiner Nähe sind wie jetzt. Es ist, als hätte ich irgendwo unter meinen linken Rippen ein Band, das fest und unlösbar verknotet ist mit einem ähnlichen Band, das zur gleichen Stelle an Ihrem kleinen Körper führt.[56] Und wenn nun dieser stürmische St.-Georgs-Kanal und zweihundert Meilen weites

Land zwischen uns liegen, fürchte ich, daß diese Verbindung reißt, und mich befällt der beängstigende Gedanke, ich könne innerlich bluten. Sie jedoch – Sie werden mich vergessen.»

«Niemals, Sir, Sie wissen doch ...» Unmöglich, weiterzusprechen.

«Jane, hören Sie die Nachtigall drüben im Wald?»

Ich lauschte und schluchzte krampfhaft, ich konnte nicht mehr verbergen, was ich erlitt. Ich mußte nachgeben, und es schüttelte mich von Kopf bis Fuß vor brennender Qual. Endlich sprach ich, doch nur, um den ungestümen Wunsch zu äußern, ich wäre lieber nie geboren worden, nie nach Thornfield gekommen.

«Tut es Ihnen so weh, von hier weg zu müssen?»

Die Leidenschaft, aufgewühlt von Schmerz und Liebe, beanspruchte die Macht, kämpfte verzweifelt darum, die Oberhand zu gewinnen, und bestand auf ihrer rechtmäßigen Vorherrschaft und darauf, zu siegen, zu leben, sich zu zeigen, schließlich zu regieren – und zu sprechen.

«Es tut weh, Thornfield zu verlassen. Ich liebe Thornfield – liebe es, weil ich hier ein reiches und köstliches Leben geführt habe, zumindest vorübergehend. Man hat nicht auf mir herumgetrampelt, ich brauchte nicht zu versteinern, um nichts mehr zu spüren, ich bin nicht mit einfältigen Personen zusammengesperrt und von der Gemeinschaft mit allem Klugen, Kraftvollen und Erhabenen ausgeschlossen worden. Ich habe von Angesicht zu Angesicht mit dem gesprochen, was ich verehre und was mich entzückt – mit einem echten, lebhaften, offenen Geist. Ich habe Sie kennengelernt, Mr. Rochester, und mich packt Angst und Entsetzen beim Gedanken, daß ich mich gänzlich und für immer von Ihnen losreißen muß. Ich sehe ein, daß dieser Abschied notwendig ist, aber das ist nicht anders, als erkenne man die Notwendigkeit des Todes.»

«Wo sehen Sie denn die Notwendigkeit?» fragte er plötzlich.

«Wo? Sie selbst haben Sie mir vor Augen geführt, Sir.»

«In welcher Gestalt?»

«In Gestalt von Miss Ingram, einer adligen und schönen Frau, Ihrer Braut.»

«Meiner Braut! Welcher Braut? Ich habe keine Braut!»

«Aber Sie werden eine haben.»

«Ja, o ja, das werde ich!» Er biß die Zähne zusammen.

«Dann muß ich gehen, Sie haben es selbst gesagt.»

«Nein. Sie sollen bleiben! Ich schwöre es, und dieser Schwur soll gehalten werden.»

«Aber ich muß doch fort!» widersprach ich, nun fast wütend. «Glauben Sie, ich kann bleiben und zusehen, wie ich für Sie völlig unwichtig werde? Glauben Sie, ich bin ein Automat, eine gefühllose Maschine, und halte es aus, wenn mir mein Stückchen Brot vor dem Mund weggeschnappt und das Tröpfchen lebenspendendes Wasser aus meinem Becher verspritzt wird? Glauben Sie, weil ich arm, unbekannt, unscheinbar und klein bin, bin ich auch seelenlos und herzlos? Da irren Sie sich! Ich habe genausoviel Seele wie Sie und genausoviel Herz! Und wenn Gott mir ein wenig Schönheit und großen Reichtum geschenkt hätte, fiele es Ihnen ebenso schwer, mich zu verlassen, wie jetzt mir, Sie zu verlassen. Ich spreche jetzt nicht mehr nach den Regeln der Sitte und Konvention mit Ihnen, nicht einmal mehr mit Hilfe meines sterblichen Leibes – jetzt wendet sich meine Seele an Ihre Seele, als wären wir beide schon durchs Grab gewandert und stünden vor Gott, einander gleich – was wir ja sind!»

«Was wir sind», wiederholte Mr. Rochester. «So», fügte er hinzu, schloß mich in die Arme, zog mich an seine Brust und preßte seine Lippen auf die meinen, «so, meine Jane!»

«Ja, so, Sir», erwiderte ich, «und auch wieder nicht, denn Sie sind ein verheirateter Mann oder so gut wie verheiratet mit einer Frau, die Ihnen unterlegen ist, die nichts für Sie empfindet und die Sie nicht wirklich lieben. Ich habe gesehen und gehört, wie Sie sich über sie lustig machten. Ich würde eine solche Vereinigung ablehnen, deshalb bin ich besser als Sie – lassen Sie mich los!»

«Wo wollen Sie hin, Jane? Nach Irland?»

«Ja, nach Irland. Ich habe gesagt, was ich denke, und kann jetzt überall hingehen.»

«Ruhig, Jane, Sie zappeln ja wie ein wilder, rasender Vogel, der sich vor Verzweiflung die eigenen Federn ausrupft.»

«Ich bin kein Vogel, und mich hält kein Netz. Ich bin ein freies menschliches Wesen mit einem unabhängigen Willen, den ich jetzt dazu benütze, Sie zu verlassen.»

Mit einer weiteren Anstrengung befreite ich mich und stand nun aufrecht vor ihm.

«Und Ihr Wille soll über Ihr Schicksal entscheiden», sagte er. «Ich biete Ihnen meine Hand, mein

Herz und den gemeinsamen Besitz an all meinem Eigentum an.»

«Sie reden ungereimtes Zeug, über das ich nur lachen kann.»

«Ich bitte Sie, an meiner Seite durchs Leben zu gehen, mein zweites Ich und meine engste Gefährtin auf Erden zu sein.»

«Dieses Schicksal haben Sie schon einer anderen bestimmt; der müssen Sie nun auch treu bleiben.»

«Jane, schweigen Sie einen Augenblick, Sie sind allzu aufgeregt! Auch ich will still sein.»

Ein Windstoß kam den Lorbeerweg heruntergeweht und zitterte in den Kastanienzweigen, er zog fort, fort mit unbekanntem Ziel, und erstarb. Nun war kein Laut mehr zu hören als der Gesang der Nachtigall. Ich lauschte und mußte wieder weinen. Mr. Rochester saß schweigend da und blickte mich liebevoll und ernst an. Es verstrich einige Zeit, bis er sprach; schließlich sagte er: «Komm an meine Seite, Jane, wir wollen einander alles erklären, damit wir einander verstehen.»

«Ich werde nie wieder an Ihre Seite kommen. Ich habe mich losgerissen und kann nicht zurück.»

«Aber Jane, ich rufe dich zu mir als meine Frau: Nur du bist es, die ich heiraten will!»

Ich schwieg. Ich glaubte noch immer, er verspotte mich.

«Komm, Jane, komm hierher.»

«Ihre Braut steht zwischen uns.»

Er erhob sich und war mit einem großen Schritt neben mir.

«Meine Braut ist hier», sagte er und zog mich wieder an sich, «denn hier ist mein Gegenstück, mein Ebenbild. Jane, willst du mich heiraten?»

Noch immer antwortete ich nicht, noch immer entwand ich mich seinem Griff, denn noch immer glaubte ich ihm nicht.

«Zweifelst du an mir, Jane?»

«Ganz und gar.»

«Du vertraust mir nicht?»

«Kein Fünkchen.»

«Ich bin ein Lügner in deinen Augen?» fragte er leidenschaftlich. «Dann *werde* ich dich überzeugen, kleine Skeptikerin. Welche Liebe hege ich für Miss Ingram? Keine, und das weißt du. Welche hegt sie für mich? Keine, und ich habe mir die Mühe gemacht, das zu beweisen. Ich habe ein Gerücht in Umlauf gesetzt und dafür gesorgt, daß es bis zu ihr durchdrang, daß nämlich mein Vermögen nicht einmal ein Drittel so groß sei wie angenommen, und fand mich anschließend bei ihr ein, um das Ergebnis zu überprüfen: abweisende Kälte von ihrer und ihrer Mutter Seite. Ich würde und könnte Miss Ingram nicht heiraten! Dich … du fremdartiges, fast unirdisches Wesen, dich liebe ich wie mein eigen Fleisch und Blut. Dich, so arm und unbedeutend, so klein und unansehnlich du bist, flehe ich an, mich zum Mann zu nehmen.»

«Was, mich!» stieß ich hervor und begann, weil er so ernst und vor allem weil er so unhöflich war, an seine Aufrichtigkeit zu glauben. «Mich, die außer Ihnen keinen Freund auf Erden hat – wenn Sie denn mein Freund sind und kein Geld als das, was Sie mir gaben?»

«Dich, Jane. Ich muß dich haben, ganz für mich haben. Willst du mein werden? Sag ja, schnell.»

«Lassen Sie mich Ihr Gesicht sehen, Mr. Rochester. Halten Sie es ins Mondlicht.»

«Warum?»

«Weil ich darin lesen will. Drehen Sie sich um!»

«Da. Du wirst kaum mehr entziffern als auf einem zerknüllten, zerkritzelten Blatt. Lies, aber mach schnell, denn ich leide.»

Sein Gesicht war überaus erregt und hochrot; es arbeitete heftig in seinen Zügen und glühte seltsam in seinen Augen.

«O Jane, du folterst mich!» rief er. «Mit diesem forschenden und doch ehrlichen, hochherzigen Blick folterst du mich!»

«Aber wie denn? Wenn Sie aufrichtig sind und Ihr Angebot ernst gemeint ist, kann ich nur Dankbarkeit und Hingabe empfinden und will Sie nicht quälen.»

«Dankbarkeit!» brach es aus ihm hervor, und ungestüm fuhr er fort: «Jane, erhöre mich. Rasch. Sag: ‹Edward› – nenn mich bei meinem Namen –, ‹Edward, ich werde dich heiraten.›»

«Meinen Sie es ernst? Lieben Sie mich wirklich? Wollen Sie wahrhaftig, daß ich Ihre Frau werde?»

«Ja, und wenn ein Eid nötig ist, um dich zufriedenzustellen, so schwöre ich ihn.»

«Dann, Sir, werde ich Sie heiraten.»

«‹Edward› – meine kleine Frau!»

«Lieber Edward!»

«Komm zu mir – ganz zu mir», sagte er, schmiegte seine Wange an die meine und flüsterte mir mit dunkler Stimme ins Ohr: «Sei mein Glück, ich will das deine sein.»

«Gott, vergib mir», setzte er kurz darauf hinzu, «und Mensch, misch dich nicht ein. Ich habe sie und will sie behalten.»

«Es gibt niemanden, der sich einmischen könnte, Sir. Ich habe keine Verwandten, die Einspruch erheben.»

«Nein, das ist das Beste daran», antwortete er. Und wenn ich ihn weniger geliebt hätte, wären mir seine Stimme und sein triumphierender Blick wild vorgekommen, aber ich saß neben ihm, aus dem Alptraum der Trennung erwacht, ins Paradies der Vereinigung gerufen, und dachte nur an die Seligkeit, die mir in solchem Überfluß zuteil ward. Wieder und wieder fragte er: «Bist du glücklich, Jane?» Und wieder und wieder antwortete ich: «Ja.» Und er murmelte daraufhin: «Das wird es aufwiegen, das wird es aufwiegen. Hab' ich sie nicht allein, frierend und trostlos gefunden? Werde ich sie nicht beschützen, hegen und trösten? Ist nicht Liebe in meinem Herzen und Treue in meinen Vorsätzen? Das wird vor Gottes Richterstuhl alles gutmachen. Ich weiß, mein Schöpfer billigt, was ich tue. Und was das Urteil der Welt angeht – damit habe ich nichts zu tun. Was die Meinung der Menschen betrifft – die verachte ich.»

Aber was war aus der Nacht geworden? Der Mond war noch nicht untergegangen, und doch saßen wir in tiefer Dunkelheit; ich konnte das Gesicht meines Herrn, so nah ich ihm war, kaum erkennen. Und was tat dem Kastanienbaum so weh, daß er sich wand und stöhnte? Und auf dem Lorbeerweg heulte der Wind und fegte über uns hinweg.

«Wir müssen hineingehen», sagte Mr. Rochester, «das Wetter schlägt um. Ich könnte bis zum Morgen mit dir zusammensitzen, Jane.»

«Ich mit Ihnen auch», dachte ich. Und vielleicht hätte ich es auch ausgesprochen, aber da sprang aus einer Wolke, auf der soeben mein Blick lag, ein bläulicher, leuchtender Blitz, es knallte, krachte und splitterte ganz in der Nähe, und ich dachte an nichts anderes mehr, als meine geblendeten Augen an Mr. Rochesters Schulter zu bergen. Es regnete in Strömen. Er trieb mich den Weg hinauf, durch den Park und ins Haus, doch bis wir die Schwelle überschritten hatten, waren wir schon klatschnaß. In der Halle nahm er mir den Schal ab und schüttelte das Wasser aus meinem gelösten Haar, da tauchte Mrs. Fairfax aus ihrem Zimmer auf. Anfangs bemerkte weder ich sie noch Mr. Rochester. Die Lampe war angezündet. Die Uhr schlug soeben Mitternacht.

«Zieh die nassen Sachen sofort aus», sagte er, «aber ehe du gehst – gute Nacht, gute Nacht, meine Liebste!»

Er küßte mich mehrmals. Als ich mich aus seinen Armen löste und aufblickte, sah ich die Witwe dastehen, blaß, ernst und verwundert. Ich lächelte sie nur an und lief die Treppe hinauf. «Erklärung kommt später», dachte ich. In meinem Zimmer angekommen, fühlte ich indessen ein plötzliches Unbehagen beim Gedanken, sie könnte auch nur vorübergehend mißdeuten, was sie gesehen hatte. Doch bald löschte die Freude jedes andere Gefühl aus; und in dem nun folgenden zweistündigen Gewitter mochte der Wind noch so laut heulen, der Donner noch so nah und grollend krachen, die Blitze rasend und rastlos aufflammen und der Regen wie ein Wasserfall herniederrauschen, ich empfand keine Angst, kaum eine heilige Scheu. Mr. Rochester kam im Lauf dieser Zeit dreimal an meine Tür und fragte, ob ich mich sicher und ruhig fühle; und das gab mir Trost, gab mir Kraft für alles.

Noch ehe ich anderntags aus dem Bett stieg, kam die kleine Adèle zu mir gerannt und berichtete, in der Nacht sei die große Roßkastanie am unteren Ende des Obstgartens vom Blitz getroffen und mittendurch in zwei Hälften gespalten worden.

KAPITEL 24

Als ich aufstand und mich anzog, überdachte ich das Geschehene und fragte mich, ob es ein Traum gewesen sei. Ich konnte seiner Wirklichkeit nicht sicher sein, ehe ich Mr. Rochester nicht wiedergesehen und gehört hatte, wie er seine Liebesschwüre und Versprechungen erneuerte.

Während ich das Haar aufsteckte, betrachtete ich mein Gesicht im Spiegel und fand es nicht mehr unschön, sondern hoffnungsvoll im Ausdruck und lebendig in der Farbe, und meine Augen wirkten, als hätten sie den Brunnen der Erfüllung erblickt und sich von seinem glitzernden Geplätscher das Funkeln ausgeliehen. Ich hatte es oft vermieden, meinen Herrn anzuschauen, aus Furcht, er werde über meinen Anblick nicht erfreut sein, doch jetzt konnte ich mein Gesicht ganz bestimmt zu dem seinen emporheben, ohne seiner Zuneigung damit einen Dämpfer aufzusetzen. Ich holte ein schlichtes, aber sauberes leichtes Sommerkleid aus der Schublade und zog es an. Kein Kleid hatte mir je so gut gestanden, denn keins hatte ich je in so seliger Stimmung getragen.

Als ich in die Halle hinunterlief, wunderte ich mich nicht, daß auf das Gewitter der letzten Nacht nun ein strahlender Junimorgen folgte und durch die offenstehende Glastür eine frische, duftende Brise wehte. Die Natur mußte heiter sein, wenn ich so glücklich war. Eine Bettlerin und ihr kleiner Sohn, beides blasse, zerlumpte Gestalten, kamen den Weg herauf, und ich rannte ihnen entgegen und gab ihnen alles Geld, das ich gerade in der Börse hatte, drei oder vier Shilling. Ob gut oder böse – sie sollten an meinem Jubel teilhaben. Die Krähen krächzten, und vergnügtere Vögel sangen, doch nichts war so fröhlich und melodiös wie mein jubelndes Herz.

Mrs. Fairfax blickte aus dem Fenster, erstaunlicherweise bekümmert, und fragte ernst: «Miss Eyre, kommen Sie zum Frühstück?» Während des Essens war sie schweigsam und zurückhaltend, aber ich konnte sie jetzt noch nicht einweihen. Ich mußte warten, bis mein Herr kam, um Erklärungen abzugeben, und das mußte sie auch. Ich aß, soviel ich konnte, und eilte dann nach oben. Dort traf ich auf Adèle, die gerade aus dem Schulzimmer trat.

«Wo gehst du hin? Es ist Zeit für den Unterricht.»

«Mr. Rochester hat mich weggeschickt, ins Kinderzimmer.»

«Wo ist er?»

«Da drin.» Sie zeigte auf das Zimmer, das sie soeben verlassen hatte; ich ging hinein, und da stand er.

«Komm und sag mir guten Morgen», bat er. Ich trat freudig näher und erhielt nicht nur ein kühles Wort oder einen Händedruck, sondern eine Umarmung und einen Kuß. Es schien ganz natürlich, es tat wohl, so geliebt, so liebkost zu werden.

«Jane, du strahlst und lächelst und siehst hübsch aus heute morgen», sagte er, «wirklich hübsch. Ist das mein blasser kleiner Elf? Ist das mein Senfsamen[57]? Dieses kleine sonnige Mädchen mit den Wangengrübchen und den rosigen Lippen, dem seidenglatten nußbraunen Haar und den strahlenden Haselnußaugen?» (Ich habe grüne Augen, Leser, aber du mußt den Irrtum entschuldigen, für ihn waren sie offenbar umgefärbt.)

«Ich bin Jane Eyre, Sir.»

«Die bald Jane Rochester sein wird», fuhr er fort, «in vier Wochen, Janet. Keinen Tag später. Hast du gehört?»

Ich hatte es gehört und konnte es nicht fassen; mich schwindelte. Das Gefühl, das diese Ankündigung in mir weckte, war heftiger, als sich mit Freude vereinbaren ließ – es tat weh und überwältigte, ja es war fast Furcht.

«Du bist rot geworden und jetzt wieder blaß – weswegen, Jane?»

«Weil Sie mir einen neuen Namen gegeben haben: Jane Rochester, und er klingt so fremd.»

«Ja, Mrs. Rochester», sagte er, «die junge Mrs. Rochester, Fairfax Rochesters mädchenhafte Braut.»

«Es kann nicht sein, Sir. Es klingt unwahrscheinlich. Die Menschen erlangen niemals das vollkommene Glück in dieser Welt. Ich bin nicht dazu geboren, ein anderes Schicksal zu haben als der Rest meiner Gattung. Sich vorzustellen, daß mir ein solches Los beschieden sei, ist ein Märchen, ein Tagtraum.»

«Den ich verwirklichen kann und werde. Ich fange schon heute damit an. Heute morgen habe ich meinem Bankier in London geschrieben, er soll mir die Juwelen schicken, die er verwahrt – Erbstücke der Herrinnen von Thornfield. In ein paar Tagen kann ich sie dir hoffentlich in den Schoß schütten. Denn dir soll jedes Vorrecht, jede Aufmerksamkeit zuteil werden, die ich bei einer Heirat der Tochter eines Grafen zollen würde.»

«O Sir, keine Juwelen! Davon will ich nichts hören. Juwelen für Jane Eyre, das klingt unnatürlich und fremd. Ich möchte sie lieber nicht haben.»

«Ich will dir das Brillantkollier selbst um den Hals legen und das Diadem aufsetzen – es wird dir gut stehen, denn dieser Stirn hat zumindest die Natur einen Adelstitel verliehen, Jane –, ich will die Armreifen um diese zarten Handgelenke schließen und den feengleichen Fingern Ringe aufstecken.»

«Nein, nein, Sir! Denken Sie an anderes, sprechen Sie von anderem und in einem anderen Ton. Reden Sie nicht mit mir, als wäre ich eine Schönheit; ich bin nur Ihre unscheinbare, puritanische Gouvernante.»

«In meinen Augen bist du eine Schönheit, eine Schönheit genau nach meinem Herzen – zart und luftig.»

«Schwächlich und unbedeutend, meinen Sie. Sie träumen, Sir, oder machen sich über mich lustig. Um Himmels willen, seien Sie nicht ironisch!»

«Ich will erreichen, daß auch die Welt in dir eine Schönheit sieht», fuhr er fort, und mir wurde sehr unbehaglich zumute bei diesen Tönen, weil ich spürte, daß er entweder sich selbst oder mich zu täuschen versuchte. «Ich will meine Jane in Seide und Spitze kleiden, sie soll Rosen im Haar tragen, und das heißgeliebte Haupt will ich mit einem kostbaren Schleier bedecken.»

«Aber dann erkennen Sie mich nicht mehr, Sir, dann bin ich nicht mehr Ihre Jane Eyre, sondern ein Affe im Harlekinshemd, ein Häher mit fremden Federn. Sowenig ich Sie, Mr. Rochester, in einem Theaterkostüm sehen möchte, sowenig mich in der Robe einer Hofdame. Und ich bezeichne Sie nicht als gutaussehend, Sir, obwohl ich Sie innig liebe – viel zu innig, um Ihnen zu schmeicheln. Schmeicheln auch Sie mir nicht.»

Doch er blieb dabei, ohne auf meinen Einwurf zu achten. «Noch heute werde ich mit dir in der Kutsche nach Millcote fahren, und du mußt dir Kleider aussuchen. Ich sagte doch, wir werden in vier Wochen getraut. Die Hochzeit soll in aller Stille in der Kirche dort unten stattfinden, und gleich anschließend werde ich dich nach London entführen. Nach einem kurzen Aufenthalt dort bringe ich meine Liebste dann in sonnigere Gefilde, in französische Weinberge und italienische Ebenen. Sie soll alles kennenlernen, was alte Geschichte und moderne Berichte an Berühmtem zu bieten haben; sie soll das Leben in der Stadt kosten dürfen und durch den gerechtfertigten Vergleich mit anderen sich selbst schätzen lernen.»

«Ich werde reisen, Sir, mit Ihnen?»

«Du sollst in Paris, Rom und Neapel wohnen, in Florenz, Venedig und Wien, sollst allen Boden betreten, über den ich gewandert bin. Wo ich mit den Hufen aufstampfte, dorthin sollst du deinen Sylphenfuß setzen. Vor zehn Jahren floh ich halb verrückt durch Europa, mit Ekel, Haß und Wut als Reisegefährten; nun will ich es gesund und rein wiederbesuchen, mit einem leibhaftigen Engel als Tröster.»

Ich lachte ihn aus. «Ich bin kein Engel», erklärte ich, «und werde bis zu meinem Tod keiner sein. Ich will nur ich selbst sein. Mr. Rochester, Sie dürfen nichts Himmlisches von mir erhoffen oder verlangen – Sie werden es von mir genausowenig bekommen wie ich von Ihnen, und ich erwarte es auch gar nicht.»

«Was erwartest du denn von mir?»

«Eine Weile werden Sie vielleicht so sein wie jetzt – eine ganz kleine Weile. Dann werden Sie kühler, launisch und streng, und ich werde mich sehr anstrengen müssen, um Ihnen zu gefallen. Aber wenn Sie dann an mich gewöhnt sind, mögen Sie mich vielleicht wieder gern – ich sage *mögen,* nicht *lieben.* Ich vermute, Ihre Liebe wird nach spätestens sechs Monaten erlöschen. In Büchern, die von Männern geschrieben wurden, wird dies als längster Zeitraum für die Glut eines Ehemanns veranschlagt. Doch als Freundin und Gefährtin werde ich meinem geliebten Herrn hoffentlich nie ganz zuwider sein.»

«Zuwider! Wieder mögen! Ich werde dich immer und immer wieder mögen; und ich werde dich zwingen, zuzugeben, daß ich dich nicht nur *mag,* sondern *liebe* – aufrichtig, glühend und treu.»

«Aber sind Sie nicht launisch, Sir?»

«Bei Frauen, an denen mir nur das Gesicht gefällt, kann ich zum Teufel werden, wenn ich feststelle, daß sie kein Herz und keine Seele haben – wenn sie sich als platt, oberflächlich, womöglich dumm, gemein und übellaunig herausstellen, doch bei einem scharfen Auge und einer beredten Zunge, einer feurigen Seele und einer Persönlichkeit, die sich beugt, aber nicht bricht, die nachgiebig und dabei standhaft ist, fügsam und doch beharrlich, da bleibe ich zärtlich und aufrichtig.»

«Haben Sie schon einmal so jemanden erlebt, Sir? Haben Sie eine solche Person schon einmal geliebt?»

«Ich liebe sie jetzt.»

«Aber vor mir – falls ich tatsächlich einem derart strengen Maßstab gerecht werden sollte?»

«Ich habe nie jemanden wie dich getroffen, Jane. Du gefällst mir und hast gleichzeitig Macht über mich. Du scheinst dich zu unterwerfen, und ich mag das Gefühl der Nachgiebigkeit, das du vermittelst; doch während ich mir die weiche, seidige Strähne um den Finger wickle, läuft mir ein Schauder durch den Arm bis ins Herz. Ich werde beeinflußt und erobert, und der Einfluß ist süßer, als ich sagen kann, und die Eroberung besitzt eine Zauberkraft, die jeglichem Sieg, den ich erringen könnte, überlegen ist. Warum lächelst du, Jane? Was bedeutet diese geheimnisvolle, unheimliche Veränderung in deiner Miene?»

«Ich dachte gerade (verzeihen Sie, Sir, es war ein unfreiwilliger Gedanke), ich dachte gerade an Herkules und Samson und ihre Zauberinnen[58] …»

«Du kleines Elfen…»

«Pst, Sir! Sie reden gerade nicht sehr klug daher, nicht klüger, als jene Herren handelten. Hätten die beiden hingegen geheiratet, so hätten sie ihre Fügsamkeit als Verehrer durch ihre Strenge als Ehemänner gewiß wettgemacht, und ich fürchte, das wird bei Ihnen nicht anders sein. Ich frage mich, wie Sie mir in einem Jahr antworten, wenn ich um eine Gunst bitte, die Ihnen nicht zupaß kommt oder nicht gefällt.»

«Bitte mich jetzt um etwas, Janet, und sei es etwas ganz Kleines. Ich sehne mich danach, um etwas gebeten zu werden …»

«Gut, Sir. Ich weiß schon, was ich mir wünsche.»

«Sprich! Aber wenn du so zu mir aufschaust und mich so anlächelst, schwöre ich, deinen Wunsch zu erfüllen, ehe ich ihn kenne, und damit mache ich mich zum Narren.»

«Keineswegs, Sir, ich bitte Sie nur um eins: Lassen Sie die Juwelen nicht kommen, bekränzen Sie mich nicht mit Rosen. Ebensogut könnten Sie Ihr einfaches Taschentuch hier mit goldener Spitze einfassen lassen.»

«Ich könnt' ‹vergülden feines Gold›[59]. Ich weiß. Deine Bitte ist also fürs erste erhört. Ich werde die Anordnung für meinen Bankier widerrufen. Aber du hast noch nicht um etwas gebeten, nur darum, daß ein Geschenk zurückgenommen wird. Versuch es noch einmal.»

«Gut, Sir. Haben Sie die Güte, meine in einem bestimmten Punkt brennende Neugier zu stillen.»

Er blickte verstört. «Was? Was?» fragte er hastig. «Neugier ist ein gefährlicher Bittsteller, gut, daß ich nicht gelobt habe, jede Bitte zu erfüllen …»

«Diese ist ungefährlich, Sir.»

«Sprich sie aus, Jane. Doch ich wünschte, statt womöglich nach einem Geheimnis zu fragen, würdest du um mein halbes Reich bitten.»

«Aber König Ahasver! Was soll ich mit Ihrem halben Reich?[60] Glauben Sie, ich bin ein Wucherer, der eine gute Geldanlage in Grundstücken sucht? Mir liegt viel mehr an Ihrem uneingeschränkten Vertrauen. Sie werden mir doch nichts vorenthalten, wenn Sie mich andererseits in Ihr Herz einlassen?»

«Du sollst Zugang haben zu allem, was sinnvoll ist, Jane, aber wünsch dir um Gottes willen keine unnötige Bürde! Wünsch dir kein Gift – verwandle dich nicht in eine typisch lästige Eva!»

«Warum nicht, Sir? Sie haben mir gerade beschrieben, wie sehr Sie sich nach Eroberung sehnen und wie köstlich Sie es fänden, überredet zu werden. Meinen Sie nicht, ich sollte mir dieses Geständnis zunutze machen und schmeicheln und flehen, ja, wenn nötig, sogar weinen und schmollen, nur um meine Macht zu erproben?»

«Dann wag dich an ein solches Experiment. Los, trau dich, und das Spiel ist aus.»

«Tatsächlich, Sir? Sie geben schnell nach. Wie finster Sie jetzt dreinschauen! Ihre Augenbrauen sind so dick wie mein Finger, und Ihre Stirn gleicht der ‹blaugetürmten Gewitterwand›[61], von der ich einmal in einem wunderbaren Gedicht las. Das ist wohl Ihr Ehegesicht, Sir?»

«Wenn das *dein* Ehegesicht ist, so werde ich als Christenmensch bald keine Neigung mehr verspüren, mit einem schieren Kobold oder Salamander[62] zu verkehren. Was willst du wissen, du seltsam Ding? – Raus damit!»

«So, jetzt sind Sie alles andere als höflich, doch mir gefällt Grobheit weit besser als Schmeichelei. Ich bin lieber ein Ding als ein Engel. Und das muß ich fragen: Warum wollten Sie mich unbedingt glauben machen, Sie würden Miss Ingram heiraten?»

«Ist das alles? Gott sei Dank nichts Schlimmeres!» Seine finstere Stirn glättete sich, er lächelte auf mich herab und streichelte mir übers Haar, als sei er froh über eine abgewendete Gefahr. «Ich kann es schon zugeben», sprach er weiter, «auch wenn es dich vielleicht ein wenig aufbringt, Jane – und ich habe erlebt, welch ein Feuerteufel du sein kannst, wenn du dich empörst. Im kühlen Mondschein letzte Nacht hast du geglüht, als du gegen das Schicksal aufbegehrt und dich mit mir auf eine Stufe gestellt hast. Im übrigen warst du es, die mir eine Liebeserklärung gemacht hat, Janet.»

«Natürlich. Aber bitte zur Sache, Sir – Miss Ingram?»

«Nun, ich spielte Miss Ingrams Verehrer, weil ich dich ebenso rasend in mich verliebt machen wollte, wie ich es in dich war, und ich hielt Eifersucht für den hilfreichsten Verbündeten, um die Sache zu einem solchen Ende zu bringen.»

«Hervorragend! Jetzt sind Sie ganz klein, kein Fitzelchen größer als die Spitze meines kleinen Fingers. Was für eine unsagbare Schande und schmähliche Ehrlosigkeit! Haben Sie nicht an Miss Ingrams Gefühle gedacht, Sir?»

«Die kennt nur ein einziges Gefühl, den Stolz. Und der verlangt nach Demütigung. Warst du eifersüchtig, Jane?»

«Das ist gleichgültig, Mr. Rochester, das brauchen Sie nicht zu wissen. Antworten Sie mir noch einmal ehrlich. Glauben Sie nicht, Miss Ingram leidet unter Ihrem unehrlichen Getändel? Wird sie sich nicht verstoßen und im Stich gelassen vorkommen?»

«Keinesfalls! Im Gegenteil, sie ist mir untreu geworden, das habe ich dir doch erzählt. Der Gedanke an meine Zahlungsunfähigkeit hat ihre Glut abgekühlt oder vielmehr gleich gelöscht.»

«Sie sind merkwürdig berechnend, Mr. Rochester. Ich fürchte, Ihre Grundsätze sind in manchen Punkten etwas absonderlich.»

«Meine Grundsätze wurden nie zurechtgestutzt, Jane, sie sind vielleicht ein wenig krumm gewachsen, weil niemand sich darum gekümmert hat.»

«Noch einmal im Ernst: Kann ich das kostbare Gut, das mir zuteil geworden ist, genießen, ohne fürchten zu müssen, daß eine andere den gleichen quälenden Schmerz erleidet wie ich vor kurzem?»

«Das kannst du, mein gutes Mädchen. Es gibt kein Wesen auf der Welt, das mich so rein liebt wie du – denn ich leg' diese Schmeichelsalb' auf meine Seele[63], Jane, und glaub' an deine Liebe.»

Ich neigte meine Lippen zu der Hand auf meiner Schulter. Ich liebte ihn tief, mehr als ich mich zu sagen getraute, mehr, als Worte auszudrücken vermochten.

«Wünsch dir noch etwas» sagte er nun. «Es ist köstlich, gebeten zu werden und die Bitte zu erfüllen.»

Wieder hatte ich eine Bitte parat. «Erzählen Sie Mrs. Fairfax von Ihren Absichten, Sir. Sie hat mich letzte Nacht mit Ihnen in der Halle gesehen und war entsetzt. Erklären Sie es ihr, ehe ich sie wiedersehe. Es quält mich, von einer so guten Frau mißverstanden zu werden.»

«Geh in dein Zimmer, und setz deinen Hut auf», erwiderte er. «Ich möchte, daß du mich heute vormittag nach Millcote begleitest, und während du dich für die Fahrt fertigmachst, werde ich die alte Dame aufklären. Hat sie geglaubt, Janet, du hättest die Welt für Liebe hingegeben und wärst über das Verlustgeschäft noch froh?»

«Sie dachte wohl, ich hätte vergessen, auf welchen Platz ich gehöre und daß ich meine Füße unter Ihren Tisch strecke, Sir.»

«Pah! Dein Platz ist in meinem Herzen, und deine Füße setzt du auf den Nacken derer, die dich jetzt oder in Zukunft beleidigen. – Geh.»

Ich war rasch angezogen, und als ich hörte, daß Mr. Rochester Mrs. Fairfax' Wohnzimmer verließ, eilte ich hinunter. Die alte Dame hatte gerade ihren morgendlichen Abschnitt aus der Heiligen Schrift gelesen, das Bibelwort des Tages. Die Bibel lag aufgeschlagen vor ihr und obendrauf die Brille. Unterbrochen durch Mr. Rochesters Erklärung, hatte sie ihre Beschäftigung anscheinend vergessen. Ihre Augen, starr auf die leere Wand vor ihr gerichtet, drückten das Erstaunen eines friedlichen Gemüts aus, das durch ungewohnte Nachrichten aufgewühlt worden ist. Als sie mich sah, erhob sie sich, bemühte sich um ein Lächeln und versuchte sich an einem Glückwunsch; aber das Lächeln erstarb, und der Satz blieb unvollendet. Sie setzte ihre Brille auf, schloß die Bibel und schob ihren Stuhl vom Tisch zurück.

«Ich bin so verblüfft», begann sie, «daß ich kaum weiß, was ich zu Ihnen sagen soll, Miss Eyre. Ich habe doch nicht geträumt? Manchmal schlafe ich fast ein, wenn ich so allein dasitze, und bilde mir Sachen ein, die gar nicht geschehen sind. Es ist schon mehrmals vorgekommen, daß, wenn ich so döse, mein lieber Mann hereinkommt, der schon seit fünfzehn Jahren tot ist, sich neben mich setzt und mich sogar vernehmlich beim Namen nennt –

Alice, so hat er immer gesagt. Hören Sie, ist es wirklich wahr, daß Mr. Rochester Sie gebeten hat, seine Frau zu werden? Lachen Sie mich nicht aus. Aber ich hatte wirklich den Eindruck, daß er vor fünf Minuten hier war und mir erzählt hat, in einem Monat würden Sie seine Frau.»

«Zu mir hat er das auch gesagt», antwortete ich.

«Tatsächlich! Und Sie glauben ihm? Haben Sie eingewilligt?»

«Ja.»

Sie schaute mich verwundert an. «Das hätte ich nie gedacht. Er ist ein stolzer Mann; alle Rochesters waren stolz, und zumindest sein Vater war ins Geld verliebt. Auch ihn selbst hat man immer als sparsam bezeichnet. Er will Sie heiraten?»

«Er hat es gesagt.»

Sie musterte mich von oben bis unten, und in ihren Augen las ich, daß sie keinen Reiz fand, der mächtig genug war, dieses Rätsel zu lösen.

«Das geht über meinen Verstand», meinte sie. «aber wenn Sie es sagen, wird es wohl stimmen. Ob es gutgeht, weiß ich nicht, ich weiß es wirklich nicht. In solchen Fällen empfiehlt sich gleicher Rang und gleiches Vermögen. Bei Ihnen kommen noch zwanzig Jahre Altersunterschied dazu. Er könnte fast Ihr Vater sein.»

«Nein, wirklich nicht, Mrs. Fairfax!» rief ich gereizt, «er ist keineswegs wie mein Vater! Niemand, der uns zusammen sieht, würde das auch nur einen Augenblick annehmen. Mr. Rochester sieht so jung aus und ist so jung wie mancher Mann mit fünfundzwanzig.»

«Will er Sie wirklich aus Liebe heiraten?» fragte sie.

Ihre Kälte und Ungläubigkeit verletzte mich so, daß mir die Tränen in die Augen stiegen.

«Tut mir leid, wenn ich Ihnen Kummer bereite», versetzte die Witwe, «aber Sie sind sehr jung und kennen die Männer nicht. Ich möchte nur, daß Sie auf der Hut sind. Ein altes Sprichwort sagt: ‹Es ist nicht alles Gold, was glänzt›, und in diesem Fall tritt womöglich etwas ein, das Ihren und meinen Erwartungen so gar nicht entspricht.»

«Warum? Bin ich ein Ungeheuer?» fragte ich. «Ist es so unmöglich, daß Mr. Rochester echte Zuneigung für mich empfindet?»

«Nein, Sie sind schon in Ordnung und haben in letzter Zeit sehr gewonnen, und Mr. Rochester mag Sie bestimmt gern. Mir ist immer aufgefallen, daß Sie sein besonderer Liebling waren. Es hat Augenblicke gegeben, da war mir angesichts seiner deutlichen Vorliebe ein wenig unbehaglich zumute – Ihretwegen –, und ich wollte Sie warnen. Andererseits wollte ich die Möglichkeit eines Unrechts nicht einmal andeuten. Ich wußte, ein solcher Gedanke hätte Sie entsetzt, ja vielleicht beleidigt, und Sie waren so umsichtig, so durch und durch bescheiden und vernünftig, daß ich darauf vertraute, Sie könnten sich selbst beschützen. Ich kann Ihnen nicht sagen, was ich letzte Nacht durchgemacht habe, als ich Sie im ganzen Haus suchte und nirgends fand – und den Herrn auch nicht – und Sie dann um Mitternacht zusammen reinkommen sah.»

«Nun, das ist ja jetzt gleichgültig», unterbrach ich sie ungeduldig, «es reicht, das alles rechtens war.»

«Hoffentlich ist auch am Ende alles rechtens», sagte sie. «Glauben Sie mir, Sie können nicht vorsichtig genug sein. Versuchen Sie, Mr. Rochester auf Abstand zu halten, mißtrauen Sie sich selbst ebenso wie ihm. Herren seines Standes pflegen ihre Gouvernanten nicht zu heiraten.»

Ich wurde allmählich wirklich wütend. Zum Glück kam jetzt Adèle hereingerannt.

«Nehmen Sie mich mit, nehmen Sie mich mit nach Millcote!» rief sie. «Mr. Rochester erlaubt es nicht, obwohl so viel Platz in der Kutsche ist. Bitten Sie ihn, er soll mich mitnehmen, Mademoiselle.»

«Natürlich, Adèle.» Und ich eilte mit ihr davon, froh, meiner düsteren Mahnerin zu entkommen. Die Kutsche war schon bereit, man brachte sie gerade zum Eingang. Mein Herr schritt auf dem Pflaster auf und ab, und Pilot folgte ihm auf Schritt und Tritt.

«Kann Adèle uns nicht begleiten, Sir?»

«Ich sagte nein. Ich will keine Gören dabeihaben – nur dich.»

«Aber erlauben Sie es doch, Mr. Rochester, bitte, es wäre besser.»

«Nein, sie wäre nur ein Klotz am Bein.»

Sein Blick und seine Stimme wirkten sehr entschieden. Mrs. Fairfax' entmutigende Warnungen und ihre ernüchternden Zweifel bedrückten mich; etwas Ungreifbares, Ungewisses lähmte meine Hoffnungen. Ich verlor das Gefühl der Macht über ihn. Ich war drauf und dran, ihm mechanisch und ohne weiteren Einwand zu gehorchen; aber als er mir in die Kutsche half, schaute er mir ins Gesicht.

«Was ist los?» fragte er. «Aller Sonnenschein ist weg. Möchtest du wirklich, daß die Göre mitkommt? Ärgert es dich, wenn sie zurückbleibt?»

«Mir wäre es lieber, sie käme mit, Sir.»

«Dann los, hol deine Haube, blitzschnell!» rief er Adèle zu.

Sie gehorchte, so geschwind sie konnte.

«Na gut, ein einziger gestörter Vormittag hat nicht viel zu sagen», meinte er, «wenn ich dich, deine Gedanken, Gespräche und Gesellschaft bald fürs ganze Leben habe.»

Adèle wurde hereingehoben und küßte mich, um sich für meine Fürsprache zu bedanken. Daraufhin verstaute er sie sofort in eine Ecke auf seiner anderen Seite, aber sie lugte immer wieder um ihn herum zu mir herüber. Ein so gestrenger Nachbar gefiel ihr gar nicht. Wenn er so gereizt war wie jetzt, wagte sie nicht, mit ihm zu flüstern oder ihn um Erklärungen zu bitten.

«Lassen Sie sie zu mir», bat ich, «bei Ihnen stört sie vielleicht, Sir, und auf dieser Seite ist viel Platz.»

Er reichte sie herüber, als wäre sie ein Schoßhund. «Ich schicke sie doch noch zur Schule», sagte er, aber jetzt lächelte er.

Adèle hörte das und fragte, ob sie *sans mademoiselle* zur Schule gehen müsse?

«Ja, unbedingt *sans mademoiselle,* denn ich entführe Mademoiselle auf den Mond, suche mir in einem der weißen Täler zwischen den Vulkanen eine Höhle, und dann lebt Mademoiselle dort mit mir – und nur mit mir.»

«Dann hat sie ja nichts zu essen! Sie lassen sie verhungern», stellte Adèle fest.

«Ich sammle morgens und abends Manna für sie. Die Ebenen und Berghänge auf dem Mond sind weiß von Manna, Adèle.»

«Sie wird es auch warm haben wollen; woher kriegt sie ein Feuer?»

«Feuer kommt aus dem Mondgebirge. Wenn sie friert, trag' ich sie auf einen Gipfel und leg' sie am Kraterrand nieder.»

«Oh, qu'elle y sera mal – peu comfortable! Und ihre Kleider werden sich abtragen, wo kriegt sie neue her?»

Das gab Mr. Rochester zu denken. «Hm», sagte er, «was würdest du machen, Adèle? Zerbrich dir mal den Kopf, es muß doch einen Ausweg geben. Was meinst du, gibt eine weiße oder rosa Wolke nicht ein ganz gutes Kleid ab? Und aus einem Regenbogen könnte man doch eine recht hübsche Schärpe schneiden.»

«Hier hat sie es viel besser», befand Adèle nach einigem Nachdenken. «Außerdem würde es ihr auf dem Mond bald langweilig, nur mit Ihnen allein. Wenn ich Mademoiselle wäre, würde ich nie einwilligen.»

«Sie hat aber schon eingewilligt. Sie hat mir ihr Wort gegeben.»

«Aber Sie kriegen sie doch gar nicht dorthin! Zum Mond gibt es keine Straße, das ist alles Luft, und Sie können beide nicht fliegen.»

«Adèle, schau dir mal dieses Feld an.» Wir hatten die Tore von Thornfield hinter uns gelassen und rollten nun rasch über die glatte Straße nach Millcote, wo sich der Staub nach dem Gewitter gelegt hatte und die niedrigen Hecken und hohen Nutzholzbäume zu beiden Seiten vom Regen erfrischt grün schimmerten.

«Vor ungefähr vierzehn Tagen ging ich eines späten Abends über dieses Feld, Adèle – am Abend jenes Tages, als du mir auf den Wiesen im Obstgarten beim Heuen geholfen hast –, und da ich vom Zusammenrechen müde war, setzte ich mich auf einen Zauntritt, um auszuruhen. Ich zog ein kleines Buch und einen Stift hervor und fing an, ein Unglück zu beschreiben, das mir vor langer Zeit widerfahren ist, und wollte meine Wünsche für künftige glückliche Tage festhalten. Ich schrieb sehr schnell, obwohl das Tageslicht auf dem Papier immer schwächer wurde, da kam etwas den Weg herauf und hielt ein paar Schritte vor mir an. Ich schaute auf. Es war ein kleines Wesen mit einem Schleiergespinst auf dem Kopf. Ich winkte es näher, und es blieb vor meinen Knien stehen. Ich habe kein Wort zu ihm gesagt, es sprach auch nicht mit mir, aber ich las in seinen Augen, und das Wesen las in meinen, und unser wortloses Gespräch lautete folgendermaßen:

Es sei eine Fee aus dem Märchenland, sagte es, und habe die Aufgabe, mich glücklich zu machen. Ich müsse mit ihm aus der gewöhnlichen Welt fortgehen an einen einsamen Ort wie zum Beispiel zum Mond, und dabei nickte es mit dem Kopf in Richtung der Sichel, die gerade über den Hügeln von Hay aufging, und erzählte mir von der Alabasterhöhle und dem Silbertal, wo wir leben könnten. Ich sagte, ich würde gern mitkommen, wies es aber darauf hin – so wie du mich –, daß ich keine Flügel hätte.

‹Ach›, antwortete die Fee, ‹das hat nichts zu bedeuten! Hier ist ein Talisman, der alle Schwierigkeiten beseitigt›, und sie gab mir einen hübschen goldenen Ring. ‹Steck ihn mir an den vierten Finger meiner linken Hand›, sagte sie, ‹dann gehöre ich dir und du gehörst mir; wir werden die Erde verlassen und uns dort oben unseren eigenen Himmel schaffen.› Wieder nickte sie zum Mond hinauf. Der Ring steckt nun in meiner Hosentasche, Adèle, in Gestalt eines Sovereigns. Aber ich gedenke ihn bald wieder in einen Ring zu verwandeln.»

«Aber was hat Mademoiselle damit zu tun? Die Fee interessiert mich nicht. Sie sagten, sie wollten Mademoiselle zum Mond mitnehmen ...»

«Mademoiselle ist eine Fee», flüsterte er geheimnisvoll. Daraufhin sagte ich, sie solle nicht auf seine Scherze achten, und sie bewies ihrerseits echten französischen Skeptizismus. Sie nannte Mr. Rochester *«un vrai menteur»* und versicherte ihm, sie messe seinen *contes de fée* keinerlei Bedeutung bei; «du reste, il n'y avait pas de fées, et quand même il y en avait», würden sie ihm bestimmt nie erscheinen, Ringe schenken oder anbieten, mit ihm auf dem Mond zu leben.

Die Stunde in Millcote war ziemlich peinlich für mich. Mr. Rochester führte mich in eine Seidenwarenhandlung, wo ich mir ein halbes Dutzend Kleider aussuchen sollte. Das war mir unangenehm, und ich bat darum, den Kauf verschieben zu dürfen, aber nein, er sollte jetzt gleich stattfinden. Mit Hilfe dringlich geflüsterter, flehentlicher Bitten verkleinerte ich das halbe Dutzend auf zwei Stück, doch die wollte er nun unbedingt selbst aussuchen. Besorgt beobachtete ich, wie sein Auge über die bunten Stoffe schweifte und dann an einem kostbaren, strahlend amethystblauen Seidenstoff und einem prächtigen roséfarbenen Satin hängenblieb. In einem neuen Schwall von Geflüster erklärte ich ihm, er könne mir genausogut ein goldenes Kleid und einen silbernen Hut kaufen – was er da aussuche, würde ich sicherlich nie zu tragen wagen. Unter unendlichen Schwierigkeiten (denn er war stur wie ein Esel) überredete ich ihn, die ausgewählten Stoffe gegen einen schlichten schwarzen Satin und perlgraue Seide auszutauschen. Das möge für heute durchgehen, meinte er, aber er wolle mich eines Tages leuchten sehen wie ein Blumenbeet.

Ich war froh, als ich ihn aus dem Seidengeschäft und später einem Juwelierladen draußen hatte. Je mehr er mir kaufte, desto mehr brannten mir die Wangen vor Ärger und Demütigung. Als wir wieder in die Kutsche stiegen und ich mich erhitzt und erschöpft zurücklehnte, fiel mir etwas ein, das ich über all den traurigen und freudigen Ereignissen ganz vergessen hatte – der Brief meines Onkels John Eyre an Mrs. Reed und sein Vorhaben, mich zu adoptieren und als Erbin einzusetzen. «Es wäre wirklich eine Erleichterung», dachte ich, «wenn ich ein eigenes Einkommen hätte, und wäre es noch so gering. Ich halte es nicht aus, mich von Mr. Rochester wie eine Puppe anziehen zu lassen oder wie eine zweite Danae Tag für Tag unter einem goldenen Regen zu sitzen. Gleich wenn ich heimkomme, will ich nach Madeira schreiben und Onkel John berichten, daß und wen ich heirate. Wenn ich die Aussicht habe, eines Tages etwas zu Mr. Rochesters Vermögen beisteuern zu können, ertrage ich es leichter, mich jetzt von ihm versorgen zu lassen.» Und ein wenig erleichtert durch diesen Gedanken (den ich noch am selben Tag in die Tat umsetzte), wagte ich meinem Herrn und Geliebten wieder in die Augen zu schauen, die äußerst hartnäckig meinen Blick suchten, obwohl ich mein Gesicht abwandte. Er lächelte, und ich fand, sein Lächeln gleiche dem eines Sultans, das dieser in einem wonnigen, liebevollen Augenblick seiner Sklavin schenkt, die er mit Gold und Edelsteinen geschmückt hat. Ich drückte seine Hand, die ständig die meine verfolgte, bis sie von meinem leidenschaftlichen Druck ganz rot war, und stieß sie dann zurück.

«Machen Sie nicht solch ein Gesicht», sagte ich, «sonst trage ich bis ans Ende aller Zeiten meine alten Kleider aus Lowood. Ich heirate in diesem fliederfarbenen Ginghamkleid, und Sie können sich aus der perlgrauen Seide einen Morgenrock und aus dem schwarzen Satin zahllose Westen schneidern lassen.»

Er lachte stillvergnügt in sich hinein und rieb sich die Hände. «Oh, es ist herrlich, ihr zuzusehen und zuzuhören!» rief er. «Ist sie nicht originell? Ist sie nicht köstlich? Ich würde dieses kleine englische Mädchen nicht gegen des Sultans ganzen Harem eintauschen mit all seinen Gazellenaugen und üppigen Formen!»

Diese orientalische Anspielung traf mich aufs neue. «Als Ersatz für einen Harem wäre ich keinen Pfifferling wert», sagte ich, «also vergleichen Sie mich nicht damit. Wenn Sie dergleichen schätzen, Sir, dann auf der Stelle fort mit Ihnen zu den Basaren von Stambul; dort können Sie das überflüssige Geld, das Sie hier offenbar nicht zu Ihrer Zufriedenheit auszugeben vermögen, in umfangreichen Sklavenkäufen anlegen.»

«Und was machst du solange, Janet, während ich tonnenweise Fleisch und ein Sortiment schwarzer Augen kaufe?»

«Ich bereite mich darauf vor, als Missionarin in die Fremde zu gehen und den Sklaven Freiheit zu predigen, darunter auch Ihren Haremsdamen. Ich werde mir dort Zugang verschaffen und einen Aufstand anzetteln, und eh' Sie sich's versehen, Sie Pascha, liegen Sie gefesselt zwischen uns. Ich für mein Teil werde erst einwilligen, Ihre Fesseln zu lösen, wenn Sie den großzügigsten Freibrief unterzeichnet haben, den je ein Despot gewährt hat.»

«Ich würde mich gern Ihrer Gnade ausliefern, Jane.»

«Ich würde keine Gnade kennen, Mr. Rochester, wenn Sie mit solchen Blicken darum bäten. Solange Sie so schauen, wäre ich überzeugt, daß Sie, kaum freigelassen, als erstes die Regeln eines jeglichen unter Zwang gewährten Freibriefes verletzten.»

«Aber was willst du, Jane? Ich fürchte, du zwingst mich neben der kirchlichen Heiratszeremonie zu einer privaten. Ich sehe schon, du willst besondere Bedingungen vereinbaren – aber welche?»

«Ich wünsche mir nur ein sorgloses Gemüt, das nicht von Bergen von Verpflichtungen erdrückt wird. Erinnern Sie sich, was sie von Céline Varens erzählten, von den Diamanten und den Kaschmirschals, die Sie ihr schenkten? Ich will nicht Ihre englische Céline Varens sein. Ich werde weiterhin Adèles Lehrerin sein und mir damit Kost und Logis verdienen und außerdem dreißig Pfund im Jahr. Von diesem Geld kaufe ich mir selbst meine Garderobe, und von Ihnen will ich nichts als …»

«Ja – als was?»

«Als Ihre Freundschaft, und wenn ich Ihnen im Gegenzug die meine schenke, sind wir quitt.»

«An kühler, angeborener Dreistigkeit und unverfälschtem, natürlichem Stolz kommt dir niemand gleich», sagte er. Wir näherten uns Thornfield. «Wäre es dir recht, heute abend mit mir zu speisen?» fragte er, als wir durchs Tor fuhren.

«Nein danke, Sir.»

«Und warum nein danke, wenn man fragen darf?»

«Ich habe nie mit Ihnen zu Abend gegessen, Sir, und sehe keinen Grund, es jetzt zu tun, bis ...»

«Bis was? Du neigst zu halben Sätzen.»

«Bis ich nicht mehr anders kann.»

«Meinst du, ich esse wie ein Oger oder ein Ghul, daß du dich fürchtest, mir bei einer Mahlzeit Gesellschaft zu leisten?»

«Darüber habe ich mir noch keine Gedanken gemacht, Sir. Aber ich möchte noch einen Monat lang weiterleben wie bisher.»

«Du wirst diesen Sklavenposten als Lehrerin sofort aufgeben.»

«Und ob! Verzeihung, Sir, aber das werde ich nicht. Ich werde weiterarbeiten wie bisher. Ich werde mich den ganzen Tag wie gewohnt von Ihnen fernhalten; Sie können am Abend nach mir schikken, wenn Sie mich sehen wollen, und dann komme ich, jedoch zu keiner anderen Zeit.»

«Ich brauche eine Zigarre oder eine Prise Schnupftabak, Jane, um mich über all das hinwegzutrösten, *‹pour me donner une contenance›*, wie Adèle sagen würde, aber leider habe ich weder meine Zigarrenschachtel noch meine Schnupftabaksdose bei mir. Doch hör zu», flüsterte er, «jetzt ist deine Zeit, kleine Tyrannin, aber bald kommt die meine, und wenn ich dich erst einmal richtig gepackt habe, fest und sicher, dann werde ich dich – bildlich gesprochen – einfach an eine Kette wie diese hängen.» Er griff nach seiner Uhrkette. «Ja, du hübsches kleines Ding, ich werde dich an meinem Busen tragen, damit ich mein Juwel nicht verliere.»

Mit diesen Worten half er mir aus der Kutsche, und während er danach Adèle heraushob, ging ich ins Haus und zog mich glücklich nach oben zurück.

Pünktlich am Abend ließ er mich zu sich rufen. Ich hatte mir eine Beschäftigung für ihn ausgedacht, denn ich wollte keinesfalls die ganze Zeit mit einem *tête-à-tête* zubringen. Mir war seine schöne Stimme eingefallen, und ich wußte, daß er wie alle guten Sänger gern sang. Ich selbst konnte nicht singen und seinem anspruchsvollen Urteil zufolge auch nicht musizieren; aber eine gute Darbietung genoß ich sehr. Kaum senkte die Dämmerung, die Stunde der Romantik, ihr blaues, sternenbesticktes Banner über das vergitterte Fenster, stand ich auf, öffnete das Klavier und bat ihn flehentlich, mir doch ein Lied vorzusingen. Er sagte, ich sei eine launische Hexe und er würde lieber zu einem anderen Zeitpunkt singen, doch ich versicherte, kein Zeitpunkt sei so günstig wie der jetzige.

Ob mir seine Stimme gefalle, wollte er wissen.

«Ja, sehr.» Ich hatte nicht vor, seine empfindliche Eitelkeit auch noch zu nähren, aber dies eine Mal gedachte ich sie aus Gründen der Zweckdienlichkeit sogar zu umschmeicheln und anzustacheln.

«Dann mußt du mich begleiten, Jane.»

«Gut, Sir, ich will es versuchen.»

Und ich versuchte es, wurde aber bald vom

Hocker geschoben und als «kleine Stümperin» bezeichnet. Er stieß mich umstandslos zur Seite – genau das hatte ich mir gewünscht –, nahm meinen Platz ein und begann sich selbst zu begleiten, denn er konnte genausogut spielen wie singen. Ich eilte zur Fensternische, und während ich dort saß und auf die stillen Bäume und den halbdunklen Rasen hinaussah, sang er zu einer lieblichen Melodie mit schmelzender Stimme folgende Verse[64]:

«Die reinste Lieb', die je ein Herz
Im Innersten gehegt,
Durchfloß voll rascher, heißer Glut
Mein Wesen, wild bewegt.

Wie hoffte ich auf ihren Schritt,
Wie litt ich, wenn sie schied,
Wenn sie nur etwas später kam,
Glaubt' ich, daß sie mich mied.

Erträumtes, namenloses Glück,
Von ihr geliebt zu sein!
Dort trieb's mich hin, dem jagt' ich nach
Und wünschte, sie wär' mein.

Doch weit und weglos war der Raum,
Der uns getrennt jeher,
Und unheilvoll wie Sog und Schaum
Im wogend grünen Meer,

Gefährlich wie ein finstrer Wald,
Von Räubern heimgesucht,
Denn Macht und Rache, Recht und Leid,
Die hatten uns verflucht.

Doch was bekümmert' mich Verbot,
Was Warnung und Gefahr!
Was schreckte, störte oder droht' –
Ich nahm es nicht mehr wahr.

Mein Regenbogen trug mich rasch,
Ich flog als wie im Traum,
Vor mir erstand im Regenlicht
Dies Kind im Himmelsraum.

Noch leuchtet sanftes, hehres Glück
Vor düstrer Wolkenwand.
Ich fürcht' mich nicht, wenn wild und grimm
Das Unheil reckt die Hand.

Nichts trübt mir diesen Augenblick!
Käm' auch, was ich bezwang,
Mit schnellem, starkem Flügelschlag
Und bitterm Rachgesang.

Und schlüg' mich hochgemuter Haß,
Droht' Recht mir und Gericht,
Schwört' ew'ge Feindschaft mir die Macht
Mit wütendem Gesicht –

Mein Lieb hat seine kleine Hand
In meine Hand gelegt
Und schwor, daß uns der Ehe Band
Bald fest zusammenfügt.

Mein Lieb versprach durch einen Kuß
Bis in den Tod mir Treu'.
So hab' ich mein erträumtes Glück:
Nichts reißt uns mehr entzwei!»

Er erhob sich und kam auf mich zu, ich sah, wie sein Gesicht glühte und sein durchdringendes Falkenauge blitzte, ich sah Zärtlichkeit und Leidenschaft in jedem Zug. Ich wollte schon verzagen, doch ich nahm allen Mut zusammen. Ich wünschte weder sentimentale Auftritte noch Beweise von Kühnheit, und ich lief Gefahr, beides zu erleben. Ich brauchte eine Waffe zu meiner Verteidigung, und so wetzte ich meine Zunge. Als er vor mir stand, fragte ich schroff, wen er denn jetzt zu heiraten gedenke.

Dies sei von seiten Janes, seiner Liebsten, eine seltsame Frage.

So? Ich hielte sie für durchaus naheliegend und notwendig, denn er habe davon gesprochen, daß seine zukünftige Frau mit ihm sterben werde. Was er mit einer solchen heidnischen Auffassung sagen wolle? Ich gedächte nicht mit ihm zu sterben, darauf könne er sich verlassen.

Oh, alles, was er sich wünsche, worum er bitte, sei nur, daß ich mit ihm lebe. Für Geschöpfe wie mich gebe es keinen Tod.

Aber natürlich! Ich hätte ebenso wie er das Recht zu sterben, wenn meine Zeit gekommen sei, aber ich wolle diese Zeit abwarten und nicht zu einer Witwenverbrennung getrieben werden.

Ob ich ihm seine selbstsüchtige Idee verzeihe und meine Vergebung mit einem versöhnlichen Kuß beweisen wolle?

Nein, ich würde mich lieber zurückziehen.

Daraufhin wurde ich als «hartherziges kleines Ding» bezeichnet, und es hieß, «jede andere Frau würde ganz und gar dahinschmelzen, wenn sie solch schmachtende Strophen zu ihrem Lob gesungen hörte».

Ich erklärte, ich sei von Natur aus hart wie Feuerstein, und er werde mich noch oft so erleben. Außerdem sei ich entschlossen, ihm während der folgenden vier Wochen weitere rauhe Seiten an mir zu zeigen. Er solle genau erfahren, auf welchen Handel er sich da einlasse, solange noch Zeit sei, davon zurückzutreten.

Ob ich wohl still sein wolle, ob ich auch vernünftig reden könne?

Still sein würde ich, wenn er es wünsche, und was das «vernünftig reden» anbelange, so schmeichelte ich mir, dies eben jetzt zu tun.

Er regte sich auf, sagte «Pfui!» und machte «Pah!».

«Nur zu», dachte ich, «schäume und zapple, soviel du willst, ich bin überzeugt, daß dies bei dir die beste Methode ist. Ich liebe dich mehr, als ich sagen kann, doch ich will nicht in falsche Sentimentalität versinken. Mit der Nadel meiner Schlagfertigkeit will ich dich vor dem Abgrund bewahren und mit ihrer scharfen Spitze den Abstand zwischen uns aufrechterhalten, der für uns beide so wichtig ist.»

Ich brachte ihn immer mehr auf, bis er sich ziemlich gereizt und wütend ans andere Ende des Zimmers zurückzog. Da stand ich auf, sagte in gewohnt ehrerbietigem Ton: «Ich wünsche Ihnen eine gute Nacht, Sir», schlüpfte zu einer Nebentür hinaus und war fort.

Damit war dieses Verfahren eingeführt, und ich behielt es während der ganzen Probezeit mit großem Erfolg bei. Freilich war er die ganze Zeit ziemlich brummig und bärbeißig, aber letztlich amüsierte es ihn doch königlich, und ich merkte, daß lammfromme Unterwerfung und Turteltauben-Gefühlsseligkeit zwar seiner Herrschsucht entgegengekommen wären, seinem Urteilsvermögen jedoch nicht so behagt, seinen gesunden Menschenverstand weniger befriedigt und ihm sogar weniger gefallen hätten.

In Gegenwart anderer Leute war ich wie früher höflich und still; jedes andere Verhalten wäre ungehörig gewesen. Nur bei den abendlichen Treffen machte ich ihm einen Strich durch die Rechnung und ärgerte ihn. Er ließ mich weiterhin pünktlich um sieben Uhr zu sich rufen; aber wenn ich erschien, führte er nicht mehr so honigsüße Worte wie «Liebste» und «Schatz» im Mund; am besten kam ich noch weg, wenn er mich als aufmüpfiges Püppchen, boshaften Elf, Kobold, Wechselbalg und dergleichen bezeichnete. Statt Liebkosungen erntete ich nun Grimassen, statt eines Händedrucks ein Kneifen in den Arm, und statt mich auf die Wange zu küssen, zwackte er mich empfindlich ins Ohr. Doch es war gut so. Im Augenblick zog ich diese grimmigen Gunstbezeigungen entschieden allen zärtlicheren vor. Bei Mrs. Fairfax fand ich sichtlich Anklang, ihre Sorge um mich schwand, und das bestätigte mich. Unterdessen behauptete Mr. Rochester, ich peinige ihn bis aufs Blut, und drohte mir für mein jetziges Verhalten in naher Zukunft fürchterliche Rache an. Ich belächelte seine Drohungen insgeheim. «Ich kann dich jetzt vernünftig in Schach halten», dachte ich, «und zweifle nicht daran, daß dies auch später der Fall sein wird. Wenn das eine Mittel seine Wirkung verliert, muß man ein anderes suchen.»

Doch im großen und ganzen war es keine leichte Aufgabe. Oft hätte ich ihn lieber zufriedengestellt als gequält. Mein zukünftiger Mann bedeutete für mich die ganze Welt, ja mehr als die Welt, fast himmlische Hoffnung. Er stand zwischen mir und der Religion, wie sich eine Finsternis zwischen den Menschen und die volle Sonne schiebt. In jenen Tagen vergaß ich Gott über seinem Geschöpf, aus dem ich ein Götzenbild gemacht hatte.

KAPITEL 25

Der Verlobungsmonat neigte sich dem Ende zu, seine Stunden waren gezählt. Der Tag, für den es keinen Aufschub gab, der Hochzeitstag, rückte immer näher; alle Vorbereitungen waren getroffen. Zumindest ich hatte nichts mehr zu tun, meine Koffer standen gepackt, verschlossen und verschnürt an der Wand meines kleinen Zimmers aufgereiht. Morgen um diese Zeit waren sie schon unterwegs nach London, und so Gott wollte, war ich es auch – oder vielmehr nicht ich, sondern eine gewisse Jane Rochester, eine Person, die ich noch nicht kannte. Die Adressenschilder mußten noch befestigt werden, sie lagen auf meiner Kommode, vier kleine Rechtecke. Mr. Rochester hatte sie selbst beschriftet: «Mrs. Rochester, *** Hotel, London.» Ich konnte mich nicht überwinden, sie anzubringen oder anbringen zu lassen. Mrs. Rochester! Die gab es nicht, die wurde erst morgen geboren, irgendwann nach acht Uhr, und ich wollte warten, um sicherzugehen, daß sie lebend zur Welt kam, bevor ich ihr all dies Eigentum vermachte. Es reichte schon, daß im Schrank gegenüber dem Frisiertisch Kleidungsstücke, die angeblich ihr gehörten, mein schwarzes Wollkleid aus Lowood und meinen Strohhut verdrängt hatten. Denn mir stand dieses Hochzeitsgewand an der von einer anderen beanspruchten Kleiderstange nicht zu, weder das perlfarbene Kleid noch der wolkige Schleier. Ich schloß den Schrank, um den fremden, gespenstischen Inhalt wegzusperren, der um diese Abendstunde – es war neun Uhr – einen geisterhaften Schimmer in mein halbdunkles Zimmer warf. «Ich laß dich allein, weißer Traum», sagte ich, «mir ist heiß, ich höre den Wind, ich will hinaus und ihn spüren.»

Es war nicht nur die Hast der Vorbereitungen, die mich fiebern machte, nicht nur die Ahnung einer gewaltigen Veränderung – des neuen Lebens, das morgen beginnen sollte; diese beiden Tatbestände trugen zweifellos dazu bei, jene ruhelose, aufgewühlte Stimmung in mir zu erzeugen, die mich um diese späte Stunde in den dunkelnden Park hinaustrieb. Doch ein dritter Grund erregte mein Gemüt noch mehr als diese beiden.

Ein seltsamer, beängstigender Gedanke beschäftigte mein Innenleben. Etwas Unbegreifliches hatte sich ereignet, außer mir wußte niemand davon, hatte niemand etwas gesehen. Es war vergangene Nacht geschehen. In dieser Nacht war Mr. Rochester außer Haus gewesen; bis jetzt war er noch nicht zurückgekehrt. Geschäftliche Angelegenheiten hatten ihn zu einem dreißig Meilen entfernten kleinen Besitz aus drei oder vier Höfen gerufen – ein Geschäft, das er vor seiner geplanten Abreise aus England persönlich regeln mußte. Jetzt wartete ich ungeduldig auf seine Rückkehr; ich wollte ihm mein Herz ausschütten und mir von ihm das Rätsel lösen lassen, das mich so verwirrte. Warte, bis er kommt, Leser; wenn ich ihm mein Geheimnis enthülle, sollst auch du eingeweiht werden.

Ich suchte den Obstgarten auf, in seinen Schutz getrieben vom Wind, der den ganzen Tag unvermindert heftig aus Süden geweht hatte, ohne jedoch einen Tropfen Regen zu bringen. Statt sich bei Einbruch der Nacht zu legen, steigerte er sein Brausen und vertiefte sein Stöhnen. Die Bäume neigten sich ohne Hin- und Herschlagen unaufhörlich in ein und dieselbe Richtung und warfen kaum einmal pro Stunde ihre Äste zurück, so anhaltend war der Druck, der ihre Kronen nach Norden bog – in schneller Folge zogen die Wolkenmassen von Pol zu Pol. Kein Fleckchen blauer Himmel hatte sich an diesem Julitag blicken lassen.

Nicht ohne eine gewisse wilde Lust rannte ich vor dem Wind her und überließ meine Sorgen dem maßlosen Luftstrom, der durch den Weltenraum donnerte. Ich lief den Lorbeerweg hinunter und stand vor dem Wrack des Kastanienbaums. Schwarz und zerrissen stand er da, und sein bis unten gespaltener Stamm klaffte geisterhaft. Die geteilten Hälften waren nicht ganz auseinandergebrochen, der feste Strunk und starke Wurzeln hielten sie unten zusammen, doch die gemeinsame Lebenskraft war zerstört, der Saft konnte nicht mehr fließen, die großen Äste zu beiden Seiten waren tot, und die Stürme des nächsten Winters würden sicherlich eine oder beide Hälften zu Boden reißen. Immerhin konnte man jetzt noch sagen, daß sie *einen* Baum bildeten – eine Ruine, aber eine ganze Ruine.

«Ihr tatet recht daran, fest zusammenzuhalten», sagte ich, als seien die riesigen Splitter lebende Wesen und könnten mich hören. «So versengt, verkohlt und verbrannt ihr auch ausseht, ein wenig Lebensgefühl wird doch noch in euch wohnen, das aus den miteinander verwachsenen, zuverlässigen, treuen Wurzeln nach oben steigt. Ihr werdet nie mehr grüne Blätter haben, werdet in euren Zweigen nie mehr Vögel nisten sehen und idyllische Weisen singen hören; die Zeit der Freude und der Liebe ist für euch vorbei, aber ihr seid nicht einsam, beide habt ihr einen Gefährten, der ihn in seinem Untergang bemitleidet.» Als ich zu ihnen hochsah, erschien am Himmel, genau im Riß zwischen den beiden Baumhälften, flüchtig der Mond; die blutrote, halb wolkenverhangene Scheibe schien mir einen bestürzten, betrübten Blick zuzuwerfen und vergrub sich gleich wieder hinter den tief dahintreibenden Wolken. Um Thornfield ließ der Wind sekundenlang nach, aber weiter weg, über Wald und Wasser, zog ein wildes, melancholisches Wehklagen dahin. Es war traurig anzuhören, und ich lief wieder fort.

Ich wanderte kreuz und quer durch den Obstgarten und hob die Äpfel auf, die unter den Bäumen dicht an dicht auf dem Gras lagen. Ich vertrieb mir die Zeit damit, die reifen von den unreifen zu sondern; ich trug sie ins Haus und brachte sie in die Vorratskammer. Danach begab ich mich in die Bibliothek und vergewisserte mich, daß der Kamin angezündet war, denn ich wußte, daß Mr. Rochester auch im Sommer an einem so trostlosen Abend gern ein fröhliches Feuer hatte, wenn er hereinkam. Ja, das Feuer war vor geraumer Zeit angezündet worden und brannte gut. Ich rückte seinen Lehnstuhl in die Kaminecke, rollte den Tisch daneben, ließ den Vorhang herunter und sorgte dafür, daß Kerzen vorhanden waren, die gleich angezündet werden konnten. Nach diesen Vorbereitungen war ich noch ruheloser als vorher und vermochte nicht still zu sitzen, ja nicht einmal im Haus zu bleiben. Ein kleiner Chronometer im Zimmer und die alte Uhr in der Halle schlugen gleichzeitig zehn Uhr.

«Wie spät es wird!» sagte ich. «Ich will zum Tor hinunterlaufen. Ab und zu scheint der Mond, und man kann ein Stück weit die Straße entlang sehen. Vielleicht kommt er gerade jetzt, und wenn ich ihm entgegengehe, bleiben mir ein paar Minuten angespanntes Warten erspart.»

Der Wind brauste gewaltig durch die Riesenbäume, die sich über das Tor wölbten, aber die Straße war, so weit ich nach rechts und links sehen konnte, völlig still und leer, bis auf die Wolkenschatten, die sie von Zeit zu Zeit überquerten, wenn der Mond hervorlugte, nur ein langer, blasser Strich, von keinem beweglichen Punkt unterbrochen.

Eine kindische Träne trübte meinen Blick, als ich Ausschau hielt – eine Träne der Enttäuschung und der Ungeduld. Ich schämte mich ihrer und wischte sie fort. Ich blieb eine Weile stehen. Der Mond schloß sich in seinem Zimmer ein und zog den dichten Wolkenvorhang zu, die Nacht wurde finster, und mit dem Sturm schoß nun auch der Regen daher.

«Wenn er nur käme! Wenn er nur käme!» rief ich, von schwermütigen Ahnungen gepackt. Ich hatte seine Ankunft schon vor dem Tee erwartet, jetzt war es dunkel, was hielt ihn fern? War ihm etwas zugestoßen? Das Vorkommnis der letzten Nacht fiel mir wieder ein. Ich deutete es als Warnung vor einer Katastrophe. Meine Hoffnungen waren womöglich zu schön, um wahr zu werden; ich hatte in letzter Zeit so viel Glück gehabt, daß ich mir einbildete, mein Schicksal habe seinen Höhepunkt überschritten und müsse sich nun dem Untergang zuneigen.

«Nein, ich kann nicht ins Haus zurück», dachte ich, «ich kann nicht am Kamin sitzen, während er bei schlechtem Wetter draußen ist. Besser müde Glieder als ein gepeinigtes Herz. Ich gehe ihm entgegen.»

Ich brach auf und ging rasch, aber nicht weit. Kaum hatte ich eine Viertelmeile zurückgelegt, hörte ich Hufgetrappel, ein Reiter kam in vollem Galopp, und ein Hund lief neben ihm her. Fort mit allen bösen Vorahnungen! Er war es! Er kam auf Mesrour angeritten, gefolgt von Pilot. Er sah mich, denn eben hatte der Mond ein blaues Loch in den Himmel gerissen und glitt wässerig leuchtend hindurch. Er nahm den Hut ab und schwenkte ihn über seinem Kopf. Jetzt lief ich ihm entgegen.

«Na, so was!» rief er, als er die Hand ausstreckte und sich aus dem Sattel beugte. «Du hältst es offenkundig ohne mich nicht aus. Steig auf meine Stiefelspitze, gib mir beide Hände, sitz auf!»

Ich gehorchte. Die Freude machte mich gelenkig, mit einem Sprung landete ich vor ihm im Sattel. Als Willkommensgruß bekam ich einen innigen Kuß und prahlerische, triumphierende Worte, die ich, so gut ich konnte, hinnahm. Dann bezwang er seinen Jubel und fragte: «Hat es denn etwas gegeben, Janet, daß du mir zu einer solchen Stunde entgegenläufst? Ist etwas passiert?»

«Nein, ich fürchtete nur, Sie würden nie mehr

kommen. Ich hielt es nicht mehr aus, im Haus auf Sie zu warten, besonders nicht bei diesem Regen und Wind.»

«Regen und Wind, das kann man wohl sagen! Du tropfst wie eine Meerjungfrau, zieh dir meinen Mantel über. Aber du hast ja Fieber, Jane! Deine Wangen und Hände sind glühend heiß. Ich frage noch einmal, ist irgendwas los?»

«Jetzt nicht mehr. Ich bin weder ängstlich noch unglücklich.»

«Dann warst du beides?»

«Und ob! Aber ich werde Ihnen nach und nach alles erzählen, Sir, und bestimmt lachen Sie mich mit meinen Nöten nur aus.»

«Ich werde von Herzen über dich lachen, wenn der morgige Tag vorüber ist. Doch vorher traue ich mich nicht, noch ist mir meine Beute nicht sicher. Bist du's wirklich, die im letzten Monat schlüpfrig war wie ein Aal und dornig wie eine wilde Rose? Ich konnte nirgendwo den Finger hinlegen, schon wurde ich gestochen. Und nun kommt es mir vor, als hielte ich ein verirrtes Lamm in meinen Armen; du bist aus der Hürde ausgebrochen, um deinen Hirten zu suchen, nicht wahr, Jane?»

«Sie haben mir gefehlt, aber bilden Sie sich nichts darauf ein! Da, wir sind in Thornfield; jetzt lassen Sie mich runter.»

Er half mir auf das Pflaster hinunter. Während John sein Pferd nahm und er mir in die Halle folgte, bat er mich, rasch etwas Trockenes anzuziehen und dann zu ihm in die Bibliothek zu kommen. Als ich auf die Treppe zuging, hielt er mich noch einmal zurück und nahm mir das Versprechen ab, daß ich nicht lange brauchen würde. Und wirklich war ich fünf Minuten später wieder bei ihm. Er aß nun zu Abend.

«Nimm Platz und leiste mir Gesellschaft, Jane. So Gott will, ist es auf lange Zeit deine vorletzte Mahlzeit in Thornfield Hall.»

Ich setzte mich neben ihn, sagte aber, ich könne nichts essen.

«Ist es die Aussicht auf die Reise, Jane? Ist es der Gedanke, nach London zu fahren, der dir den Appetit raubt?»

«Ich kann meine Aussichten heute abend nicht deutlich erkennen, Sir, und weiß kaum, welche Gedanken mir durch den Kopf gehen. Alles im Leben scheint unwirklich.»

«Außer mir, ich bin ziemlich greifbar. Faß mich an.»

«Sie sind das Gespenstischste überhaupt, Sir, Sie sind nur ein Traum.»

Er streckte die Hand aus und lachte. «Ist das ein Traum?» fragte er und hielt sie mir dicht vor die Augen. Seine Hand war wohlgerundet, muskulös und kräftig, sein Arm lang und stark.

«Ja, auch wenn ich sie berühre, bleibt sie ein Traum», antwortete ich, während ich sie von meinem Gesicht wegschob. «Sind Sie mit dem Abendessen fertig, Sir?»

«Ja, Jane.»

Ich läutete und ließ abservieren. Als wir wieder allein waren, schürte ich das Feuer und setzte mich dann zu Füßen meines Herrn auf einen Schemel.

«Es ist fast Mitternacht», sagte ich.

«Ja, aber erinnere dich, Jane, du hast versprochen, in der Nacht vor meiner Hochzeit mit mir zu wachen.»

«Ja, das habe ich, und ich will mein Versprechen halten, zumindest für ein oder zwei Stunden. Ich verspüre nicht den Wunsch, ins Bett zu gehen.»

«Bist du mit allen Vorbereitungen fertig?»

«Mit allen, Sir.»

«Ich auch», erwiderte er. «Ich habe alles geregelt, und wir werden Thornfield morgen verlassen, spätestens eine halbe Stunde nach unserer Rückkehr aus der Kirche.»

«Sehr gut, Sir.»

«Mit welch sonderbarem Lächeln du dieses Wort sagst, Jane – ‹sehr gut!› Was für helle Flecken du auf den Wangen hast, und wie seltsam deine Augen glitzern! Geht es dir gut?»

«Ich glaube schon.»

«Du glaubst! Was ist los? Sag mir, was du fühlst.»

«Das kann ich nicht, Sir. Worte können nicht ausdrücken, was ich fühle. Ich wollte, diese Stunde würde nie enden. Wer weiß, welches Schicksal uns die nächste bringt?»

«Das ist Schwarzseherei, Jane. Du bist übererregt oder übermüdet.»

«Sind Sie ruhig und glücklich, Sir?»

«Ruhig? Nein. Aber glücklich – ja, bis ins Innerste meines Herzens.»

Ich sah zu ihm auf, um in seinem Gesicht nach den Anzeichen des Glücks zu suchen. Es glühte.

«Schenk mir dein Vertrauen, Jane», bat er. «Erleichtere dein Herz von jeglicher Last, die dich bedrückt, erzähl mir davon. Was befürchtest du? Daß ich keinen guten Ehemann abgebe?»

«Von allen Vorstellungen scheint mir dies die abwegigste.»

«Fürchtest du dich vor der neuen Umgebung, in

die du wechselst? Vor dem neuen Leben, das du beginnst?»

«Nein.»

«Gib mir keine Rätsel auf, Jane. Dein Blick und deine Stimme, gleichzeitig bekümmert und kühn, verwirren und quälen mich. Ich brauche eine Erklärung.»

«Dann hören Sie zu, Sir. Sie waren doch letzte Nacht außer Haus.»

«Ja. Ich weiß, du hast schon vorher angedeutet, daß während meiner Abwesenheit etwas geschehen ist – wahrscheinlich nichts Schwerwiegendes, aber immerhin hat es dich verstört. Laß hören. Vielleicht hat Mrs. Fairfax etwas gesagt? Oder du hast ein Gespräch der Dienstboten mit angehört? Ist deine empfindliche Selbstachtung verletzt worden?»

«Nein, Sir.» Es schlug zwölf Uhr; ich wartete, bis der Chronometer sein silbernes Glockenspiel und die Standuhr ihr heiseres, hallendes Schlagen beendet hatten, dann fuhr ich fort.

«Gestern hatte ich den ganzen Tag sehr viel zu tun und war in meiner rastlosen Geschäftigkeit sehr glücklich, denn mich plagen keinerlei Ängste vor der neuen Umgebung, wie Sie zu glauben scheinen. Ich finde die Aussicht, mit Ihnen zu leben, herrlich, denn ich liebe Sie. – Nein, Sir, jetzt keine Zärtlichkeiten, lassen Sie mich in Ruhe erzählen. – Gestern hatte ich volles Vertrauen in die Vorsehung und glaubte, alle Ereignisse griffen zu Ihrem und meinem Besten ineinander. Es war ein schöner Tag, wenn Sie sich erinnern; Windstille und ein klarer Himmel machten jegliche Besorgnis bezüglich Ihrer Sicherheit und Bequemlichkeit unterwegs überflüssig. Nach dem Tee spazierte ich eine Weile auf dem Pflaster auf und ab und dachte an Sie; ich sah Sie in meiner Phantasie so nah vor mir, daß ich Ihre leibhaftige Anwesenheit kaum vermißte. Ich dachte an das Leben, das vor mir lag, an *Ihr* Leben, Sir – ein ausgedehnteres, bewegteres Dasein als meins, so wie die tiefe See, in die der Bach mündet, weiter und bewegter ist als dessen flaches, gerades Bett. Ich fragte mich, warum die Moralisten diese Welt als trostlose Wildnis bezeichnen; für mich blühte sie wie eine Rose. Als die Sonne unterging, wurde es kalt, und der Himmel bezog sich. Ich ging hinein. Sophie rief mich nach oben, ich sollte mir mein Hochzeitskleid ansehen, das soeben eingetroffen war; weiter unten in der Schachtel fand ich Ihr Geschenk, den Schleier, den Sie in Ihrer fürstlichen Extravaganz aus London hatten kommen lassen – wohl in der Absicht, mich, da ich keine Juwelen wollte, zur Annahme eines anderen, ebenso kostbaren Geschenks zu überlisten. Ich lächelte, als ich ihn entfaltete, und dachte mir aus, wie ich Sie wegen Ihres aristokratischen Geschmacks und Ihrer Bemühungen, Ihre plebejische Braut mit den Attributen einer Adligen zu schmücken, aufziehen würde. Ich stellte mir vor, wie ich das Stück unbestickte Rohseidenspitze, das ich zur Verschleierung meines niedrig geborenen Hauptes vorbereitet hatte, zu Ihnen hinuntertragen und Sie fragen würde, ob das nicht gut genug sei für eine Frau, die ihrem Mann weder Vermögen noch Schönheit noch Beziehungen mitbringe. Ich sah deutlich Ihren Blick vor mir und hörte Ihre heftige republikanische Antwort: Sie hätten es nicht nötig, Ihr Vermögen zu vergrößern oder Ihre Stellung zu verbessern, indem Sie eine Börse oder eine Krone heirateten.»

«Wie gut du in mir lesen kannst, du Hexe!» unterbrach mich Mr. Rochester. «Aber was hast du in dem Schleier außer der Stickerei noch gefunden? Hast du Gift oder einen Dolch entdeckt, weil du jetzt so traurig dreinschaust?»

«Nein, nein, Sir, abgesehen von der Zartheit und Kostbarkeit des Stoffs stieß ich nur auf Fairfax Rochesters Stolz, und der schreckte mich nicht, den Anblick dieses Dämons bin ich gewohnt. Aber als es dunkel wurde, Sir, erhob sich ein Wind. Er wehte gestern abend nicht so wild und laut wie heute, sondern «dumpf und klagend»[65], viel schauriger. Ich wünschte mir, Sie wären daheim gewesen. Ich betrat dieses Zimmer, und der Anblick des leeren Stuhls und des ungeheizten Kamins ließ mich erschauern. Als ich zu Bett gegangen war, konnte ich längere Zeit nicht einschlafen, mich quälte bange Erregung. Der Sturm nahm noch zu, und mir war, als übertöne er einen traurigen Laut; ob im Haus oder draußen, konnte ich anfangs nicht sagen, doch kam er jedesmal, wenn sich der Wind legte, wieder – undeutlich, untröstlich; schließlich nahm ich an, es sei ein Hund, der in einiger Entfernung heulte. Ich war froh, als es aufhörte. Als ich endlich schlief, spann ich im Traum das Bild der finsteren Sturmnacht weiter. Ich wünschte mir wie vorher, bei Ihnen zu sein, und empfand das seltsame, schmerzliche Gefühl einer Schranke, die uns trennte. Im ersten Schlummer folgte ich den Windungen einer unbekannten Straße, mich umgab völlige Finsternis, und Regen schlug auf mich ein. Ich trug schwer an einem kleinen Kind, einem winzigen Geschöpf, zu klein und zu schwach, um gehen zu können, und das in meinen kalten Armen fröstelte und mir erbärmlich die Ohren vollweinte. Sie, Sir, glaubte ich auf der Straße weit vor mir; ich gab mein Letztes, Sie einzuholen, und bemühte mich ein ums andere Mal, Ihren Namen zu rufen und Sie anzuflehen, Sie möchten stehenbleiben – doch ich war wie gelähmt, und meine Worte erstarben unausgesprochen, während Sie, so fühlte ich, sich mit jedem Augenblick weiter entfernten.»

«Und diese Träume liegen dir jetzt auf der Seele, Jane, wo ich doch neben dir sitze? Du kleines Nervenbündel! Vergiß die eingebildeten Schmerzen, denk nur an das wirkliche Glück! Du sagst, du liebst mich, Janet: Ja, das werde ich nicht vergessen, und du kannst es nicht leugnen. *Diese* Worte erstarben nicht unausgesprochen auf deinen Lippen. Ich habe sie leise, aber deutlich gehört, ein Gedanke, der vielleicht zu feierlich klang, doch süß wie Musik: ‹Ich finde die Aussicht, mit dir zu leben, herrlich, Edward, weil ich dich liebe.› – Liebst du mich, Jane? Sag es noch einmal.»

«Ja, Sir, ich liebe Sie von ganzem Herzen.»

«Ach», sagte er nach einer Weile des Schweigens, «es ist seltsam, aber dieser Satz fährt mir wie ein Schmerz in die Brust. Warum? Vielleicht weil du ihn so ernst, so inbrünstig sprichst und dein Blick zu mir empor reinste Gläubigkeit, Treue und Hingabe ist. Das ist ja, als säße ein Gespenst neben mir! Mach ein schlimmes Gesicht, Jane, das kannst du doch so gut, schenk mir ein wildes, scheues, herausforderndes Lächeln, sag, daß du mich verabscheust – verspotte mich, quäle mich, tu alles, nur rühre mich nicht. Ich bin lieber zornig als traurig.»

«Wenn ich mit meiner Geschichte fertig bin,

werde ich Sie zu Ihrer vollsten Zufriedenheit verspotten und quälen, aber hören Sie mir bis zum Ende zu.»

«Ich dachte, du hättest alles erzählt, Jane. Ich dachte, ich hätte den Grund für deine Schwermut in einem Traum gefunden!»

Ich schüttelte den Kopf.

«Was? Geht es noch weiter? Aber es wird wohl nichts Wichtiges sein. Ich warne dich jetzt schon, ich werde es einfach nicht ernst nehmen! Erzähl weiter.»

Seine Unruhe, seine ein wenig ängstliche Ungeduld erstaunten mich, aber ich fuhr fort.

«Ich träumte noch einen anderen Traum, Sir: daß Thornfield Hall eine trostlose Ruine sei, Heimstatt von Fledermäusen und Eulen. Von der ganzen imposanten Fassade stand nur eine einzige Mauer, wie ein Gerippe, ganz hoch und sehr baufällig. Ich streifte in einer Mondnacht durch den grasüberwucherten Innenbereich. Einmal stolperte ich über einen Marmorkamin, dann wieder über einen heruntergestürzten Gesimsbrocken. Ich war in einen Schal gehüllt und trug noch immer das fremde kleine Kind. Ich mochte es nirgendwo ablegen; wie müde meine Arme auch waren und wie sehr sein Gewicht auch mein Vorwärtskommen behinderte, ich mußte es behalten. In einiger Entfernung, auf der Straße, hörte ich ein Pferd galoppieren. Ich war fest überzeugt, daß Sie das waren und daß Sie in ein fernes Land aufbrachen, um jahrelang fortzubleiben. In rasender, gefährlicher Eile kletterte ich die zerbrechliche Mauer hoch; ich wollte unbedingt noch einen Blick auf Sie werfen. Die Steine unter meinen Füßen kullerten in die Tiefe, die Efeuzweige, nach denen ich griff, gaben nach, das Kind klammerte sich voller Angst an meinen Hals und erwürgte mich fast. Endlich kam ich oben an. Ich sah Sie wie einen Fleck auf einem weißen Band, und Sie wurden mit jedem Augenblick kleiner. Der Sturm blies so heftig, daß ich nicht stehen konnte. Ich setzte mich auf den schmalen Grat und beruhigte das verängstigte Kind auf meinem Schoß. Als Sie um eine Ecke bogen, beugte ich mich zu einem letzten Blick nach vorne. Da bröckelte die Mauer, ich geriet ins Wanken; das Kind rutschte mir vom Knie, ich verlor das Gleichgewicht, fiel hinunter und erwachte.»

«Und das war alles, Jane?»

«Das war das Vorwort, Sir, die Geschichte kommt noch. Als ich erwachte, blendete mich ein Lichtschein. ‹Oh›, dachte ich, ‹es wird schon Tag!› Aber ich hatte mich getäuscht, es war nur Kerzenlicht. Ich nahm an, Sophie sei hereingekommen. Auf dem Frisiertisch brannte eine Kerze, und am Wandschrank, in den ich vor dem Zubettgehen mein Hochzeitskleid und meinen Schleier gehängt hatte, stand die Tür offen. Von dort hörte ich ein Rascheln. Ich fragte: ‹Sophie, was machst du da?› Niemand antwortete, aber eine Gestalt löste sich vom Schrank. Sie ergriff das Licht, hielt es hoch und betrachtete die Gewänder, die dort an den Haken hingen. ‹Sophie! Sophie!› rief ich wieder, und sie schwieg immer noch. Ich hatte mich im Bett aufgerichtet und vorgebeugt. Erst wunderte ich mich, dann war ich bestürzt, und schließlich gefror mir das Blut in den Adern. Mr. Rochester – das war weder Sophie noch Leah, noch Mrs. Fairfax, auch nicht – nein, ich war mir sicher und bin es noch –, das war nicht einmal diese seltsame Frau, Grace Poole.»

«Eine von ihnen muß es ja gewesen sein», unterbrach mich mein Herr.

«Nein, Sir, da widerspreche ich Ihnen eindringlich. Die Gestalt vor mir ist mir auf Thornfield Hall noch nie vor Augen gekommen. Ihre Größe und ihre Silhouette waren mir fremd.»

«Beschreib sie, Jane.»

«Es schien eine Frau zu sein, Sir, groß und kräftig, der das lange, dichte und dunkle Haar über den Rücken fiel. Ich weiß nicht, was sie anhatte, es war weiß und glatt, ob ein Kleid, ein Bettuch oder ein Leichenhemd, kann ich allerdings nicht sagen.»

«Hast du ihr Gesicht gesehen?»

«Anfangs nicht. Doch dann nahm sie den Schleier von seinem Platz, hielt ihn hoch, warf ihn sich nach einem langen Blick darauf über den Kopf und drehte sich zum Spiegel um. In diesem Augenblick sah ich im dunklen Glasrechteck ganz deutlich als Spiegelbild ihr Gesicht mit all seinen Eigenheiten.»

«Und wie waren die?»

«Furchterregend und grauenvoll – oh, Sir, so ein Gesicht habe ich noch nie gesehen! Es war ein entstelltes, brutales Gesicht. Ich wollte, ich könnte die rollenden roten Augen und die fürchterlichen, dunkel angelaufenen, aufgedunsenen Züge vergessen!»

«Gespenster sind normalerweise bleich, Jane.»

«Dieses war tiefrot, Sir, die Lippen geschwollen und verfärbt, die Stirn zerfurcht, die schwarzen Augenbrauen über den blutunterlaufenen Augen wild hochgezogen. Soll ich Ihnen sagen, woran es mich erinnerte?»

«Bitte.»

«An jenen abscheulichen deutschen Spuk, den Vampir.»

«Aha. – Was hat es getan?»

«Es zog sich den Schleier von seinem Geisterhaupt, riß ihn entzwei, warf beide Hälften auf den Boden und trampelte darauf herum.»

«Und dann?»

«Dann zog es den Fenstervorhang zurück und schaute hinaus. Vielleicht sah es die Dämmerung kommen, denn es nahm die Kerze und zog sich zur Tür zurück. Genau neben meinem Bett blieb die Gestalt stehen. Ihr feuriges Auge starrte mich an, sie hielt mir die Kerze vors Gesicht und löschte sie unter meinen Augen aus. Ich wußte genau, daß das unheimliche Antlitz unmittelbar über dem meinen loderte, und verlor das Bewußtsein. Zum zweiten Mal in meinem Leben – erst zum zweiten Mal – wurde ich vor Angst ohnmächtig.»

«Wer war bei dir, als du wieder zur Besinnung kamst?»

«Niemand, Sir, nur der helle Tag. Ich stand auf, benetzte mir Kopf und Gesicht mit Wasser, trank einen großen Schluck, fühlte, daß ich zwar schwach, aber nicht krank war, und beschloß, niemandem außer Ihnen von dieser Erscheinung zu erzählen. Nun, Sir, sagen Sie mir, wer und was diese Frau war.»

«Eindeutig die Ausgeburt eines überreizten Gehirns. Ich muß gut auf dich aufpassen, mein Schatz. Nerven wie deine sind für grobe Behandlung nicht geeignet.»

«An meinen Nerven lag es nicht, Sir, darauf können Sie sich verlassen. Das Wesen war Wirklichkeit, und die Handlung fand tatsächlich statt.»

«Und deine vorherigen Träume, waren die auch

Wirklichkeit? Ist Thornfield Hall eine Ruine? Bin ich von dir durch unüberwindliche Hindernisse getrennt? Verlasse ich dich ohne eine Träne, ohne einen Kuß, ohne ein Wort?»

«Noch nicht.»

«Bin ich kurz davor? Schau, der Tag, der uns unauflöslich verbinden wird, ist schon angebrochen, und wenn wir erst einmal vereint sind, werden diese Alpträume nicht wiederkehren, das verspreche ich.»

«Alpträume, Sir! Ich wollte, ich könnte glauben, daß es nur Alpträume waren. Jetzt, da nicht einmal Sie mir das Geheimnis dieser schrecklichen Besucherin erklären können, wünsche ich es mehr denn je.»

«Und da ich es nicht kann, Jane, muß sie unwirklich gewesen sein.»

«Aber als ich morgens aufstand und mir eben dies auch vorsagte, Sir – als ich mich im Zimmer umsah, um mich vom fröhlichen Anblick der vertrauten Gegenstände im hellen Tageslicht aufrichten und trösten zu lassen, da sah ich auf dem Teppich etwas, das meine Behauptung deutlich widerlegte – den Schleier, von oben bis unten in zwei Teile zerrissen!»

Ich spürte, wie Mr. Rochester zusammenfuhr und schauderte. Ungestüm umschlang er mich. «Gott sei Dank», rief er, «daß nur der Schleier Schaden genommen hat, falls letzte Nacht tatsächlich etwas Böses zu dir gekommen ist. Stell dir vor, was alles hätte geschehen können!»

Er hielt den Atem an und drückte mich so fest an sich, daß ich kaum noch Luft bekam. Er schwieg eine Weile, dann meinte er, wieder fröhlich: «Gut, Janet, ich will dir alles erklären. Es war teils Traum, teils Wirklichkeit. Zweifellos hat eine Frau dein Zimmer betreten, und diese Frau war Grace Poole – sie muß es gewesen sein. Du nennst sie selbst ein seltsames Geschöpf. Nach dem, was du von ihr weißt, hast du allen Grund dazu: Was hat sie mir angetan, was Mason? Halb schafend, halb wachend hast du zwar wahrgenommen, daß sie hereinkam und was sie tat, ihr aber in deinem Fieber, ja fast Delirium ein dämonisches Aussehen zugeschrieben, das ihrem wirklichen nicht entspricht. Das lange, aufgelöste Haar, das gedunsene, dunkle Gesicht, die übertriebene Größe waren Erzeugnisse deiner Einbildung, Auswirkungen eines Alptraums; das gehässige Zerreißen des Schleiers jedoch war Wirklichkeit, und es sieht ihr ähnlich. Ich merke, du willst fragen, warum ich eine solche Frau in meinem Haus beherberge. Wenn wir ein Jahr und einen Tag verheiratet sind, sag' ich es dir, aber nicht jetzt. Bist du zufrieden, Jane? Akzeptierst du meine Lösung des Rätsels?»

Ich überlegte, und tatsächlich erschien sie mir die einzig mögliche. Zufrieden war ich nicht, doch ihm zuliebe bemühte ich mich, so zu wirken. Ich war immerhin erleichtert, und so antwortete ich ihm mit einem beruhigten Lächeln. Und da es schon weit nach ein Uhr war, traf ich Vorbereitungen, ihn zu verlassen.

«Schläft Sophie nicht bei Adèle im Kinderzimmer?» fragte er, als ich mir eine Kerze anzündete.

«Ja, Sir.»

«Und in Adèles kleinem Bett ist auch noch Platz für dich. Du mußt es heute nacht mit ihr teilen, Jane. Kein Wunder, daß der Vorfall, von dem du berichtet hast, dich nervös macht; mir wäre es lieber, wenn du nicht allein schliefest. Versprich mir, ins Kinderzimmer zu gehen.»

«Sehr gern, Sir.»

«Und verriegle die Tür von innen. Weck Sophie, wenn du nach oben gehst, unter dem Vorwand, sie möge dich morgen früh bitte rechtzeitig aus dem Bett holen. Du mußt vor acht Uhr angezogen sein und gefrühstückt haben. Und jetzt keine schwarzen Gedanken mehr, verjag die dummen Sorgen, Janet! Hörst du, wie sich der Wind gelegt hat, wie leise er jetzt flüstert? Es schlägt auch kein Regen mehr gegen die Scheiben. Schau», er hob den Vorhang, «die Nacht ist schön!»

Das stimmte. Die eine Hälfte des Himmels war rein und makellos; die Wolken, die jetzt vor dem Wind davonliefen, der auf West gedreht hatte, zogen in langen Silberreihen im Gänsemarsch ostwärts. Der Mond schien friedlich.

«So», sagte Mr. Rochester und blickte mir fragend in die Augen, «wie geht es meiner Janet jetzt?»

«Die Nacht ist heiter, Sir, und ich bin es auch.»

«Und heute nacht wirst du nicht von Trennung und Leid träumen, sondern von glücklicher Liebe und seliger Vereinigung.»

Diese Weissagung ging nur zur Hälfte in Erfüllung: Ich träumte in der Tat nicht von Leid, aber ebensowenig träumte ich von Freude, denn ich schlief überhaupt nicht. Die kleine Adèle in den Armen, wachte ich über ihrem Kinderschlaf – so ruhig, so leidenschaftslos, so unschuldig – und erwartete den kommenden Tag. Alles Lebendige in mir war wach und aufgewühlt, und sobald die Sonne aufging, stand auch ich auf. Ich weiß noch, daß sich

Adèle an mich klammerte, als ich sie verließ. Ich weiß noch, daß ich sie küßte, als ich ihre kleinen Hände von meinem Nacken löste, daß ich seltsam gerührt über ihr weinte und wegging, weil ich fürchtete, mein Schluchzen würde ihre immer noch tiefe Ruhe stören. Sie schien der Inbegriff meines zurückliegenden Lebens – und er, für den ich mich nun herausputzen sollte, das furchterregende, aber doch angebetete Sinnbild des unbekannt vor mir liegenden Tages.

KAPITEL 26

Sophie kam um sieben Uhr, um mich anzukleiden. Sie brauchte allerdings sehr lange dazu, so lange, daß Mr. Rochester, wohl aus Ungeduld wegen meines Säumens, nachfragen ließ, warum ich nicht käme. Sie befestigte gerade meinen Schleier (nun doch das schlichte Tuch aus Rohseidenspitze) mit einer Brosche in meinem Haar. Ich entwand mich ihren Händen, sobald ich nur konnte.

«Halt!» rief sie auf französisch. «Schauen Sie sich im Spiegel an! Sie haben noch keinen Blick hineingeworfen.»

Also drehte ich mich an der Tür um. Ich sah eine verkleidete, verschleierte Gestalt, mir so unähnlich, daß sie mir beinahe wie das Abbild einer Fremden erschien. «Jane!» rief eine Stimme, und ich hastete hinunter. Am Fuß der Treppe nahm mich Mr. Rochester in Empfang.

«Du Bummlerin», sagte er, «ich sitze auf glühenden Kohlen vor Ungeduld, und du läßt dir Zeit!»

Er führte mich ins Eßzimmer, musterte mich

von oben bis unten, meinte, ich sei «schön wie eine Lilie und nicht nur sein ganzer Stolz, sondern auch seiner Augen Wonne», gab mir höchstens zehn Minuten Zeit, um zu frühstücken, und läutete. Daraufhin erschien ein vor kurzem eingestellter Diener, ein Butler.

«Macht John die Kutsche fertig?»

«Ja, Sir.»

«Ist das Gepäck schon unten?»

«Es wird soeben heruntergetragen, Sir.»

«Dann geh in die Kirche, schau nach, ob Mr. Wood – der Geistliche – und der Kirchenbeamte schon da sind, und sag mir Bescheid.»

Wie der Leser weiß, lag die Kirche gleich außerhalb des Tors, und der Butler war bald wieder da.

«Mr. Wood ist in der Sakristei, Sir, und zieht seinen Chorrock an.»

«Und die Kutsche?»

«Die Pferde werden gerade angespannt.»

«Für die Kirche brauchen wir sie nicht, aber sie muß pünktlich fertig sein, wenn wir zurückkommen: alle Kisten und Koffer aufgeladen und festgezurrt und der Kutscher auf dem Bock.»

«Ja, Sir.»

«Jane, bist du fertig?»

Ich stand auf. Es gab weder Brautführer noch Brautjungfern oder Verwandte, auf die man warten oder die man feierlich aufmarschieren lassen mußte, nur Mr. Rochester und mich. Mrs. Fairfax stand gerade in der Halle, als wir vorbeikamen. Ich hätte gern mit ihr gesprochen, aber meine Hand wurde mit eisernem Griff festgehalten. Ein Schritt zog mich vorwärts, bei dem ich kaum mithalten konnte, und ein Blick in Mr. Rochesters Gesicht sagte mir, daß er keine Sekunde Verzögerung dulden würde, aus welchem Grund auch immer. Ich fragte mich, wann jemals ein Bräutigam solch ein Gesicht gemacht hatte, so zielstrebig und wild entschlossen, und wer je unter derart unbeweglichen Brauen einen so flammenden Blick hatte hervorblitzen lassen.

Ich weiß nicht, ob das Wetter an jenem Tag schön oder schlecht war. Auf dem Weg zum Parktor schaute ich weder in den Himmel hinauf noch auf die Erde, meine Augen waren zusammen mit meinem Herzen in Mr. Rochesters Gemüt umgezogen. Ich wollte das unsichtbare Etwas sehen, das er beim Gehen wütend und böse anzublicken schien. Ich wollte die Gedanken erkennen, gegen deren Gewalt er sich trotzig zur Wehr setzte.

Am Kirchhofstor blieb er stehen; er merkte, daß ich ganz außer Atem war. «Bin ich rücksichtslos in meiner Liebe?» fragte er. «Bleib einen Augenblick stehen, lehn dich an mich, Jane.»

Noch heute habe ich das Bild vor Augen: das graue, alte, still vor mir aufragende Gotteshaus, eine Saatkrähe, die um die Kirchturmspitze kreiste, und den rötlichen Morgenhimmel dahinter. Ich erinnere mich auch an die grünen Grabhügel und habe die zwei unbekannten Gestalten nicht vergessen, die zwischen den flachen Hügelchen umherschlenderten und die auf den wenigen bemoosten Grabsteinen eingeritzten Gedenksprüche lasen. Sie fielen mir auf, denn als sie uns sahen, verschwanden sie hinter der Kirche. Bestimmt wollten sie durch den Seiteneingang hineingehen und der Zeremonie beiwohnen. Mr. Rochester hatte sie nicht bemerkt; er schaute mir ernst ins Gesicht, aus dem vorübergehend gewiß alles Blut gewichen war. Ich fühlte, wie meine Stirn feucht und meine Wangen und Lippen kalt wurden. Als ich mich erholt hatte, was rasch geschah, schritt er behutsam mit mir den Weg zum Kirchenportal hinauf.

Wir betraten das stille, bescheidene Gotteshaus; der Pfarrer im weißen Chorrock wartete vor dem schlichten Altar, der Kirchenbeamte stand neben ihm. Alles war still. In einem entfernten Winkel bewegten sich zwei Schatten. Ich hatte richtig vermutet: Die Fremden waren vor uns hineingeschlüpft; sie standen nun mit dem Rücken zu uns vor der Gruft der Rochesters und betrachteten durch die Absperrung das altersfleckige Marmorgrabmal, auf dem ein kniender Engel die Überreste von Damer de Rochester bewachte, erschlagen in Marston Moor zur Zeit des Bürgerkriegs, und von Elizabeth, seiner Frau.

Wir mußten auf der Kommunionbank Platz nehmen. Da ich einen verhaltenen Schritt hinter mir hörte, warf ich einen Blick über die Schulter. Einer der Fremden, augenscheinlich ein Gentleman, näherte sich dem Altarraum. Der Gottesdienst begann. Der Geistliche las die Erklärung über Sinn und Zweck der Ehe vor, dann trat er einen Schritt vor, neigte sich leicht zu Mr. Rochester und fuhr fort:

«Ich bitte und ermahne euch beide – und antwortet so, wie ihr am furchtbaren Tag des Jüngsten Gerichts antworten werdet, wenn die Geheimnisse aller Herzen offenkundig werden: Falls einer von euch einen Hinderungsgrund kennt, dessentwegen ihr einander nicht nach dem Gesetz angetraut werden könnt, so bekennt dies jetzt. Denn wisset, alle, so anders zusammenleben, als Gottes Wort es erlaubt, sind vor Gott nicht vereint, und ihre Ehe ist ungesetzlich.»

Er schwieg, wie es Brauch ist. Wann wird die Pause nach diesem Satz je durch eine Antwort unterbrochen? Einmal in hundert Jahren? Vielleicht nicht einmal das. Und der Geistliche, der seine Augen nicht vom Buch gehoben und seinen Atem nur kurz angehalten hatte, fuhr fort. Seine Hand streckte sich bereits Mr. Rochester entgegen, seine Lippen öffneten sich schon zu der Frage: «Willst du diese Frau zu deiner angetrauten Gefährtin nehmen?», als eine nahe, deutliche Stimme sagte:

«Die Trauung kann nicht fortgesetzt werden. Ich erkläre, daß ein Ehehindernis besteht.»

Der Geistliche blickte zu dem Sprecher auf und stand sprachlos da, der Beamte ebenfalls. Mr. Rochester rührte sich ein wenig, als habe ein Beben die Erde unter seinen Füßen erschüttert. Er suchte einen festeren Stand, wandte weder den Kopf noch die Augen und sagte: «Fahren Sie fort.»

Nach diesen mit tiefer Stimme, aber leise gesprochenen Worten herrschte völlige Stille. Dann meinte Mr. Wood: «Ich kann nicht fortfahren, ohne dieser Behauptung nachzugehen und zu klären, ob sie richtig oder falsch ist.»

«Die Zeremonie wird abgebrochen», fuhr die Stimme hinter uns fort. «Ich kann meine Behauptung beweisen: Es besteht ein unüberwindliches Hindernis für diese Eheschließung.»

Mr. Rochester hörte das, achtete aber nicht darauf. Er stand stur und steif da, ohne jede Regung bis auf die, daß er sich meiner Hand bemächtigte. Was für ein heißer, fester Griff! Und wie sehr glich sein blasses, entschiedenes, undurchdringliches Antlitz in diesem Augenblick gemeißeltem Marmor! Wie leuchteten seine Augen – reglos, wachsam und darunter doch wild!

Mr. Wood schien in Verlegenheit. «Welcher Art ist dieses Hindernis?» fragte er. «Vielleicht läßt es sich überwinden oder mit einer Erklärung beseitigen?»

«Kaum», lautete die Antwort. «Ich habe es unüberwindlich genannt, und ich weiß, was ich sage.»

Der Sprecher kam nach vorne und stützte sich auf die Brüstung. Er fuhr fort und äußerte dabei Wort für Wort deutlich, ruhig und beherrscht, aber nicht laut.

«Es besteht schlicht und einfach in einer früheren Ehe. Mr. Rochester hat eine Frau, die noch am Leben ist.»

Bei diesen leisen Worten erbebten meine Nerven wie noch bei keinem Donner, und mein Blut spürte ihre unterschwellige Gewalt, wie es nicht Frost noch Feuer je gespürt. Aber ich blieb gefaßt und lief nicht Gefahr, ohnmächtig zu werden. Ich blickte Mr. Rochester an und brachte ihn dazu, mich anzuschauen. Sein Gesicht war ein einziger farbloser Fels, sein Auge Funke und Feuerstein. Er stellte nichts in Abrede, er sah aus, als wolle er der ganzen Welt Trotz bieten. Schweigend, ohne Lächeln, anscheinend ohne mich überhaupt als menschliches Wesen wahrzunehmen, schlang er mir nur den Arm um die Taille und preßte mich an sich.

«Wer sind Sie?» fragte er den Eindringling.

«Mein Name ist Briggs, ich bin Anwalt in der *** Street in London.»

«Und Sie wollen mir eine Frau anlasten?»

«Ich wollte Sie an die Existenz Ihrer Gattin erinnern, Sir, die vom Gesetz als solche anerkannt wird, wenn auch nicht von Ihnen.»

«Bitte haben Sie die Güte, sie mir zu beschreiben – Name, Herkunft, Wohnort.»

«Selbstverständlich.» Mr. Briggs zog gelassen ein Papier aus der Tasche und las mit gewissermaßen offizieller, nasaler Stimme vor: «‹Ich behaupte und kann beweisen, daß Edward Fairfax Rochester von Thornfield Hall in der Grafschaft *** und Ferndean Manor in *** shire, England, am 20. Oktober A. D. ***›», ein Datum vor fünfzehn Jahren, «‹meine Schwester Bertha Antoinetta Mason geheiratet hat, Tochter des Jonas Mason, Kaufmann, und seiner Frau Antoinetta, einer Kreolin, in der *** Kirche zu Spanish Town, Jamaika. Die Heiratsurkunde befindet sich im Register dieser Kirche, eine Abschrift davon ist in meinem Besitz. Gezeichnet, Richard Mason.›»

«Gesetzt, dieses Dokument ist echt, so beweist es nur, daß ich verheiratet war, nicht aber, daß die darin als meine Gattin bezeichnete Frau noch am Leben ist.»

«Vor drei Monaten lebte sie noch», entgegnete der Anwalt.

«Woher wissen Sie das?»

«Ich habe einen Zeugen für diese Tatsache, dessen Aussage selbst Sie, Sir, kaum anfechten werden.»

«Bringen Sie ihn bei, oder fahren Sie zur Hölle.»

«Ich kann ihn sofort beibringen – er ist nämlich schon da. Mr. Mason, haben Sie die Güte, nach vorn zu kommen.»

Als Mr. Rochester den Namen hörte, biß er die Zähne zusammen, und ein heftiges, krampfhaftes

Zittern überfiel ihn. So nah stand ich bei ihm, daß ich dieses wütende oder verzweifelte Zucken, das seinen Körper durchlief, spürte. Inzwischen trat der zweite Fremde, der sich bisher im Hintergrund gehalten hatte, näher; dem Anwalt schaute ein bleiches Gesicht über die Schulter – ja, es war Mason. Mr. Rochester wandte sich um und starrte ihn an. Wie ich schon öfter beschrieben habe, waren seine Augen schwarz, doch jetzt lag ein lohfarbenes, nein, blutrotes Licht in ihrem Funkeln, sein Gesicht glühte, die olivbraunen Wangen und die blasse Stirn überzog eine Röte wie von einem um sich greifenden, aufflackernden Kaminfeuer, und er bewegte sich, hob den starken Arm – er hätte Mason niederschlagen, ihn auf den Kirchenboden schmettern, ihm brutal die Luft aus dem Leib schütteln können –, aber Mason schrak zurück und heulte schwächlich: «Lieber Gott!» Da senkte sich kühle Verachtung auf Mr. Rochester, seine Wut erstarb, als hätte die Trockenfäule sie aufgezehrt, und er fragte nur: «Was hast *du* zu sagen?»

Eine unhörbare Antwort entwich Masons weißen Lippen.

«Zum Teufel, du wirst doch deutlich antworten können. Ich frage dich noch einmal, was hast *du* zu sagen?»

«Sir, Sir», unterbrach der Geistliche, «vergessen Sie nicht, daß Sie sich in einem geweihten Haus befinden.» Dann wandte er sich an Mason und fragte freundlich: «Sir, wissen Sie, ob die Gattin dieses Herrn noch am Leben ist?»

«Nur Mut», drängte ihn der Anwalt, «sprechen Sie freiheraus.»

«Sie lebt auf Thornfield Hall», sagte Mason etwas deutlicher. «Ich sah sie dort im letzten April. Ich bin ihr Bruder.»

«Auf Thornfield Hall!» stieß der Pfarrer hervor. «Unmöglich! Ich wohne schon seit langem hier in der Gegend, Sir, und habe nie von einer Mrs. Rochester auf Thornfield Hall gehört.»

Ich sah, wie sich Mr. Rochesters Lippen zu einem grimmigen Lächeln verzogen, und er brummte: «Nein, weiß Gott. Ich habe dafür gesorgt, daß niemand davon – oder von ihr – unter diesem Namen gehört hat.» Er überlegte; minutenlang ging er mit sich zu Rate. Dann faßte er einen Entschluß und verkündete: «Genug – es muß alles raus, sofort, wie die Kugel aus dem Lauf. Wood, klappen Sie Ihr Buch zu, und ziehen Sie Ihren Chorrock aus. John Green», das war der Kirchenbeamte, «verlassen Sie die Kirche. Heut gibt's keine Hochzeit mehr.» Der Mann gehorchte.

Mr. Rochester sprach weiter, entschieden und rücksichtslos. «Bigamie ist ein häßliches Wort – und doch gedachte ich, in Bigamie zu leben. Nun hat das Schicksal mich überlistet oder die Vorsehung daran gehindert – vielleicht letzteres. Ich bin zu dieser Stunde kaum besser als ein Teufel, und ich verdiene, wie mein Pastor hier sagen würde, ohne Zweifel Gottes strengste Strafe – ‹wo der Wurm nicht stirbt und das Feuer nicht erlöscht›[66]. Gentlemen, mein Plan ist gescheitert. Was dieser Anwalt und sein Klient behaupten, ist wahr. Ich bin verheiratet, und meine Ehefrau lebt. Wood, Sie sagen, Sie hätten nie von einer Mrs. Rochester im Haus da drüben gehört. Doch das Gerücht von einer geheimnisvollen Wahnsinnigen, die dort hinter Schloß und Riegel gehalten wird, ist Ihnen bestimmt zu Ohren gekommen. Manche haben Ihnen zugeflüstert, sie sei meine uneheliche Halbschwester, andere, es handle sich um eine verstoßene Geliebte. Ich teile Ihnen hiermit mit, daß sie meine Ehefrau ist, die ich vor fünfzehn Jahren geheiratet habe, Bertha Mason, Schwester dieser beherzten Persönlichkeit, die Ihnen hier mit zitternden Gliedern und bleichen Wangen vorführt, was ein furchtloser Mensch auszuhalten vermag. Kopf hoch, Dick! Du brauchst keine Angst vor mir zu haben, ebensowenig würde ich eine Frau zusammenschlagen. Bertha Mason ist geisteskrank, und sie stammt aus einer Familie von Geisteskranken – Schwachsinnige und Tobsüchtige über drei Generationen! Ihre Mutter, die Kreolin, war verrückt und eine Trinkerin! Und das entdeckte ich erst, als ich ihre Tochter schon geheiratet hatte, denn vorher schwiegen sie sich über ihre Familiengeheimnisse aus. Als gehorsames Kind trat Bertha in beiden Punkten in die Fußstapfen ihrer Mutter. Ich hatte eine reizende Lebensgefährtin – rein, klug und bescheiden. Sie können sich vorstellen, daß ich ein glücklicher Mann war. Was habe ich für köstliche Auftritte erlebt! Oh, wenn Sie wüßten, welch himmlische Erfahrungen ich gemacht habe! Aber ich schulde Ihnen keine weiteren Erklärungen. Briggs, Wood, Mason – ich lade Sie alle ein, ins Haus zu kommen und Mrs. Pooles Patientin zu besuchen, *meine Frau!* Sie sollen sehen, mit welcher Art Wesen ich durch eine List verheiratet worden bin, und selbst urteilen, ob ich nicht das Recht hatte, diesen Vertrag zu brechen und Mitgefühl bei etwas zumindest Menschlichem zu suchen. Dieses Mädchen», fuhr er mit einem Blick auf mich fort, «wußte nicht mehr als Sie, Wood, von dem abscheulichen Geheimnis, sie hielt alles für anständig und legal und kam nicht im Traum auf den Gedanken, daß sie in eine Scheinehe mit einem betrogenen Schurken gelockt werden sollte, der schon an eine böse, verrückte, vertierte Gefährtin gebunden war. Kommen Sie, alle miteinander, folgen Sie mir!»

Er hielt mich noch immer fest, als er die Kirche verließ. Die drei Herren kamen hinterher. Vor der Haustür von Thornfield Hall stand die Kutsche.

«Bring sie zurück in den Wagenschuppen, John», befahl Mr. Rochester, «sie wird heute nicht mehr benötigt.»

Als wir eintraten, kamen uns Mrs. Fairfax, Adèle, Sophie und Leah entgegen und wollten uns begrüßen.

«Verschwindet, alle miteinander!» schrie der Hausherr. «Spart euch eure Glückwünsche! Wer braucht die? Ich nicht. Sie kommen fünfzehn Jahre zu spät!»

Er ging weiter und stieg die Treppe hinauf; dabei hielt er mich noch immer fest an der Hand und winkte den Herren, ihm zu folgen. Wir stiegen in den ersten Stock, weiter in den Flur und von da in den dritten Stock. Dort führte uns die niedrige schwarze Tür, die Mr. Rochester mit seinem eigenen Schlüsselbund öffnete, in das tapezierte Zimmer mit dem großen Bett und dem geschnitzten Schrank.

«Du kennst diesen Raum, Mason», sagte unser Führer, «hier hat sie dich gebissen und aufgeschlitzt.»

Er hob die Gobelins von der Wand, enthüllte die

zweite Tür und schloß auch diese auf. In einem fensterlosen Raum brannte dort hinter einem hohen, massiven Kaminvorsetzer ein Feuer, und von der Decke hing an einer Kette eine Lampe. Grace Poole beugte sich über das Feuer und kochte offensichtlich etwas in einer Kasserolle. Am anderen Ende des Zimmers, im tiefen Schatten, lief eine Gestalt auf und ab, ob tierisches oder menschliches Wesen war auf den ersten Blick nicht zu erkennen. Es kroch anscheinend auf allen vieren; es schnappte und knurrte wie ein fremdartiges wildes Tier, war aber bekleidet, und eine Fülle von dunklem, graugesprenkeltem Haar, wild wie eine Mähne, verbarg Kopf und Gesicht.

«Guten Morgen, Mrs. Poole», sagte Mr. Rochester. «Wie geht es Ihnen? Und wie geht es Ihrem Schützling heute?»

«Es geht uns leidlich, Sir, danke», erwiderte Grace und hob das kochende Gericht vorsichtig auf den Kamineinsatz, «etwas bissig, aber nicht tobsüchtig.»

Ein wütender Schrei schien diesen günstigen Bericht Lügen strafen zu wollen. Die bekleidete Hyäne erhob sich und stand groß auf den Hinterbeinen.

«Ach, Sir, sie erkennt Sie!» rief Grace. «Bleiben Sie lieber nicht hier.»

«Nur ein paar Sekunden, Grace. Ein paar Sekunden mußt du mir gestatten.»

«Dann passen Sie auf, Sir – um Himmels willen, passen Sie auf!»

Die Wahnsinnige bellte, teilte die struppigen Locken vor ihrem Gesicht und starrte ihre Besucher wild an. Ich erkannte das dunkelrote Gesicht und die aufgedunsenen Züge genau wieder. Mrs. Poole trat vor.

«Aus dem Weg», befahl Mr. Rochester und schob sie beiseite. «Sie hat doch jetzt kein Messer? Ich paß' schon auf.»

«Man weiß nie, was sie hat, Sir, sie ist so heimtückisch. Kein gewöhnlicher Sterblicher vermag ihre Geschicklichkeit richtig einzuschätzen.»

«Gehen wir lieber», flüsterte Mason.

«Scher dich zum Teufel!» empfahl ihm sein Schwager.

«Vorsicht!» schrie Grace. Die drei Herren zogen sich gleichzeitig zurück. Mr. Rochester schleuderte mich hinter sich, die Irre sprang auf ihn zu, packte ihn grimmig an der Kehle und drückte ihre Zähne gegen seine Wange, und nun kämpften sie miteinander. Sie war eine kräftige Frau, fast so groß wie ihr Mann und zudem beleibt, und sie zeigte in diesem Kampf die Kräfte eines Mannes; mehr als einmal erwürgte sie ihn fast, obwohl er so muskulös war. Er hätte sie mit einem gutgezielten Hieb ruhigstellen können, doch er wollte sie nicht schlagen, er rang nur mit ihr. Endlich bekam er ihre Hände in den Griff. Grace Poole reichte ihm ein Seil, und er band sie ihr auf dem Rücken zusammen. Mit einem weiteren Stück Seil, das gerade zur Hand war, fesselte er sie an einen Stuhl. Die Prozedur verlief unter wütendem Geheul, Krämpfen und Ausfällen. Danach drehte sich Mr. Rochester zu seinem Publikum um und blickte es mit einem bitteren und gleichzeitig verzweifelten Lächeln an.

«Das ist *meine Frau*», sagte er. «So sehen die ehelichen Umarmungen aus, die ich kenne, so die Liebkosungen, die mich in meinen Mußestunden beglücken sollen! Und *dies hier* wollte ich haben», er legte mir die Hand auf die Schulter, «dieses junge Mädchen, das ernst und ruhig am Höllenschlund steht und gefaßt den Bockssprüngen eines Teufels zuschaut. Ich wollte sie einfach als Abwechslung nach diesem scharfen Ragout. Wood, Briggs, beachten Sie den Unterschied! Vergleichen Sie diesen klaren Blick mit den geröteten Augäpfeln dort drüben, dieses Gesicht mit jener Maske, diese Figur mit jener unförmigen Gestalt, und nun urteilen Sie selbst, Verkünder des Evangeliums und Mann des Gesetzes, aber bedenken Sie: Mit welcherlei Gericht ihr richtet, werdet ihr gerichtet werden.[67] Und jetzt fort mit euch. Ich muß meinen Fang wegsperren.»

Wir zogen uns zurück. Mr. Rochester blieb noch einen Augenblick, um Grace Poole Anweisungen zu geben. Als wir die Treppe hinuntergingen, sprach mich der Anwalt an.

«Sie, Madam, sind frei von aller Schuld. Ihr Onkel wird sich freuen, wenn er das hört – falls er noch am Leben ist, wenn Mr. Mason wieder in Madeira ankommt.»

«Mein Onkel! Was ist mit ihm? Kennen Sie ihn?»

«Mr. Mason kennt ihn. Mr. Eyre war jahrelang sein Geschäftsfreund in Funchal. Als Ihr Onkel Ihren Brief erhielt, in dem Sie ihm die geplante Eheschließung zwischen Ihnen und Mr. Rochester mitteilten, war Mr. Mason, der auf dem Rückweg nach Jamaika auf Madeira einen Erholungsurlaub einlegte, zufällig bei ihm. Mr. Eyre erwähnte die Nachricht, denn er wußte, daß mein Mandant mit einem Herrn namens Rochester bekannt war. Mr. Mason, erstaunt und beunruhigt, wie Sie sich vorstellen können, offenbarte ihm den wahren Stand der Dinge. Ihr Onkel liegt leider auf dem Krankenbett, von dem er sich, in Anbetracht der Art seiner Krankheit – Tuberkulose – und des Stadiums, das sie erreicht hat, wahrscheinlich nicht mehr erheben wird. Er konnte damals nicht selbst nach England eilen, um Sie aus der Schlinge zu befreien, in die Sie geraten waren, aber er flehte Mr. Mason an, er möge unverzüglich Schritte unternehmen, um diese rechtswidrige Heirat zu verhindern. Zwecks rechtlichen Beistandes verwies er ihn an mich. Ich verlor keinen Augenblick und bin froh, daß ich nicht zu spät gekommen bin – wie Sie zweifellos auch. Wäre ich nicht fest überzeugt, daß Ihr Onkel stirbt, bevor Sie Madeira erreichen können, würde ich Ihnen empfehlen, Mr. Mason zurückzubegleiten, aber wie die Dinge liegen, warten Sie lieber in England, bis Sie mehr hören, entweder von Mr. Eyre oder über ihn. – Gibt es für uns noch einen Grund zu bleiben?» fragte er Mr. Mason.

«Nein, nein, gehen wir», antwortete dieser ängstlich, und ohne auf Mr. Rochester zu warten und sich von ihm zu verabschieden, entschwanden sie durch die Haustür. Der Pfarrer blieb noch für ein paar mahnende oder tadelnde Worte an sein hochmütiges Pfarrkind, doch als er sich dieser Pflicht entledigt hatte, verabschiedete sich auch er.

Ich hörte ihn gehen, da ich an der halboffenen Tür meines Zimmers stand, in das ich mich nun zurückgezogen hatte. Als die Luft rein war, schloß ich mich ein, schob den Riegel vor, damit niemand eindringen konnte, und begann – weder zu weinen noch zu klagen, dazu war ich noch zu ruhig, sondern mir mechanisch das Hochzeitskleid auszuziehen und es durch das Wollkleid zu ersetzen, von dem ich gestern geglaubt hatte, ich hätte es zum letzten Mal getragen. Dann setzte ich mich. Ich fühlte mich schwach und müde. Ich legte meine Arme auf den Tisch und ließ den Kopf darauf fallen. Und nun dachte ich nach. Bis jetzt hatte ich nur gehört, gesehen, mich bewegt, war auf und ab getrabt, wohin man mich geführt oder gezogen hatte – hatte zugeschaut, wie ein Ereignis in rasender Eile dem anderen folgte, und Enthüllung auf Enthüllung gehört. Doch jetzt *dachte ich nach*.

Es war eigentlich ein ruhiger Morgen gewesen – bis auf den kurzen Auftritt mit der Wahnsinnigen. Die Verhandlung in der Kirche war ohne Lärm vonstatten gegangen; es gab keinen leidenschaftlichen Ausbruch, keinen lauten Wortwechsel, weder Streit noch Verteidigung, Herausforderung, Tränen oder Schluchzer; jemand sprach ein paar Worte, erhob in aller Ruhe Einwände gegen die Heirat, Mr. Rochester stellte ein paar strenge, kurze Fragen, Erklärungen wurden geliefert, Beweise angeführt, mein Herr gab die Wahrheit offen zu, dann bekamen wir den lebenden Beweis zu sehen, die Eindringlinge verschwanden, und alles war vorüber.

Ich saß wie ehedem in meinem Zimmer, nur ich allein, und scheinbar hatte sich nichts verändert. Nichts hatte mich befallen, angegriffen oder verletzt. Und doch, wo war die Jane Eyre von gestern? Wo war ihr Leben, wo ihre Zukunft?

Jane Eyre, eine leidenschaftlich entflammte, hoffnungsfrohe Frau, fast schon eine Braut, war nun wieder ein einsames, der Kälte ausgeliefertes Mädchen, ihr Leben blaß, ihre Aussichten trostlos. Mitten im Hochsommer war ein Rauhnachtfrost eingefallen. Ein weißer Dezembersturm hatte den Juni wirbelnd heimgesucht, Eis die reifen Äpfel glasiert, Schneegestöber die blühenden Rosen zerknittert, und auf den gemähten Wiesen und den Kornfeldern lag ein eisiges Leichenhemd. Die gestern abend noch mit leuchtenden Blumen gesäumten Landstraßen lagen heute weglos unter einer unberührten Schneedecke, und die Wälder, vor zwölf Stunden laubreich und duftend wie tropische Haine, dehnten sich nun wüst, wild und weiß wie Kiefernwälder im winterlichen Norwegen. Meine Hoffnungen waren tot – erschlagen durch einen tückischen Urteilsspruch, wie er in einer einzigen Nacht über alle Erstgeburt im Lande Ägypten[68] gefällt worden war. Ich betrachtete die Wünsche, die ich gehegt hatte und die gestern noch blühten und glühten; jetzt lagen sie steif, eisig und aschgrau da, Leichen, die nie mehr zum Leben erweckt werden konnten. Ich betrachtete meine Liebe, dieses Gefühl, das meinem Herrn gehörte, da er es hervorgerufen hatte. Es schauderte in meinem Herzen wie ein krankes Kind in einer kalten Wiege: Krankheit und Angst hatten es ergriffen. Es konnte nicht mehr in Mr. Rochesters Arme fliehen, nicht mehr an seiner Brust Wärme suchen. Ach, es konnte sich ihm nie mehr zuwenden, denn der Glaube war zunichte, das Vertrauen zerstört! Mr. Rochester war nicht mehr das, was er für mich gewesen war, denn er war nicht das, wofür ich ihn gehalten hatte. Ich wollte ihm kein unmoralisches Verhalten vorwerfen, wollte nicht sagen, daß er mich betrogen hatte, aber die Merkmale makelloser Aufrichtigkeit waren aus seinem Bild verschwunden. Und ich mußte aus seiner Nähe verschwinden, das begriff ich sehr wohl.

Wann, wie, wohin war mir noch nicht klar, zweifellos würde er mich selbst eilends von Thornfield fortschicken. Er konnte mich nicht wirklich geliebt haben, es war nur ein Anfall von Leidenschaft gewesen, und der war vereitelt worden. Nun würde er mich nicht mehr haben wollen. Es war gewiß besser, gar nicht erst seinen Weg zu kreuzen, er würde meinen Anblick abstoßend finden. Oh, wie blind war ich gewesen! Wie würdelos hatte ich mich benommen!

Die geschlossenen Augen auf die Arme gelegt, schien ich in wirbelnder Finsternis zu schwimmen, und das Denken überkam mich schwarz und wirr wie eine Flut. Ich hatte mich aufgegeben, es war, als hätte ich mich erschlafft und untätig in das ausgetrocknete Bett eines großen Flusses gelegt; ich hörte, wie sich in den fernen Bergen eine Flut löste, und fühlte den Sturzbach kommen, aber ich verspürte nicht den Willen, mich zu erheben, und hatte nicht die Kraft zu fliehen. Schwach lag ich da und wünschte, ich wäre tot. Nur ein einziger Gedanke pochte noch lebendig in mir, eine Erinnerung an Gott. Dieser Gedanke begann stumm zu beten; die Worte wanderten in meinem lichtlosen Kopf hin und her wie etwas, das ich wohl hätte flüstern sollen, das auszusprechen ich aber nicht die Kraft fand: «Sei nicht ferne von mir; denn Angst ist nahe; und es ist hier kein Helfer.»[69]

Ja, Angst war nahe, und da ich den Himmel nicht gebeten hatte, sie abzuwenden, da ich meine Hände nicht gefaltet, meine Knie nicht gebeugt und meine Lippen nicht bewegt hatte, so kam sie. Mit voller, schwerer Wucht überspülte mich der reißende Strom. Die ungeschmälerte Erkenntnis meines verlorenen Lebens, meine erstickte Hoffnung, mein totgeschlagenes Vertrauen zogen in breiten, mächtigen Wogen wie eine einzige dunkle Masse über mich hin. Diese bittere Stunde kann ich nicht beschreiben. Mir ging wahrhaftig «das Wasser bis zur Seele. Ich versank in tiefem Schlamm, da kein Grund war; ich war in tiefem Wasser, und die Flut wollt' mich ersäufen.»[70]

KAPITEL 27

Irgendwann am Nachmittag hob ich den Kopf, schaute mich um, und als ich sah, wie die Abendsonne die Zeichen ihres Sinkens golden an die Wand malte, fragte ich mich: «Was soll ich tun?»

Die Antwort, die mein Verstand mir gab – «Thornfield sofort verlassen» –, kam indessen so prompt und klang so schrecklich, daß ich mir die Ohren zuhielt. Ich erwiderte, solche Worte könne ich jetzt nicht ertragen. «Daß ich nicht mehr Edward Rochesters Braut bin, ist noch der geringste Teil meines Leids», behauptete ich, «daß ich aus den herrlichsten Träumen aufgewacht bin und feststellen mußte, daß sie null und nichtig sind, ist ein Schrecken, den ich ertragen und meistern kann, aber daß ich ihn unzweifelhaft, sofort und für immer verlassen soll, ist unerträglich. Das kann ich nicht.»

Doch eine Stimme in mir versicherte ungerührt, ich könne es sehr wohl, und weissagte, ich würde es auch tun. Ich rang mit meiner eigenen Entschlossenheit und wäre gern schwach gewesen, um die furchtbare Strecke künftigen Leids, die ich vor mir sah, nicht durchmessen zu müssen; doch das Gewissen, zum Tyrannen geworden, packte die Leidenschaft an der Kehle, hielt ihr vor, sie habe ihren zierlichen Fuß bisher nur mit der Spitze in den Sumpf gesteckt, und schwor, sie mit eisernem Arm in nie gesehene Tiefen von Leid zu tauchen.

«Dann mach, daß ich fortgerissen werde!» weinte ich. «Laß zu, daß mir jemand dabei hilft!»

«Nein, du mußt dich selbst lossagen, niemand darf dir helfen. Du selbst mußt dir das rechte Auge ausreißen und die rechte Hand abhacken;[71] dein Herz ist das Opfertier, und du bist die Priesterin, die es durchbohrt.»

Ich stand plötzlich auf, von Angst gepackt angesichts einer Einsamkeit, in der ein so unbarmherziger Richter wohnte, und eines Schweigens, in dem eine so schreckliche Stimme erklang. Als ich mich aufrichtete, war mir schwindlig, und ich merkte, daß mir vor Aufregung und Entkräftung übel wurde. Weder Speise noch Trank waren heute über meine Lippen gekommen, denn ich hatte nicht gefrühstückt. Und mit einem seltsamen, jähen Schmerz fiel mir jetzt auf, daß die ganze Zeit, die ich hier eingesperrt saß, niemand heraufgeschickt worden war, um zu fragen, wie es mir gehe, oder um mich nach unten zu bitten. Nicht einmal die kleine Adèle hatte an die Tür geklopft, nicht einmal Mrs. Fairfax hatte mich aufgesucht. «Ein Freund im Glück bleibt in der Not zurück», murmelte ich, als ich den Riegel zurückschob und hinaustrat. Dort stolperte ich über ein Hindernis. Mein Kopf drehte sich noch immer, mein Blick war getrübt, meine Glieder schwach. Ich konnte mich so rasch nicht auffangen und sank nieder, allerdings nicht zu Boden. Ein ausgestreckter Arm fing mich auf. Ich schaute auf. Ich wurde von Mr. Rochester gestützt, der auf einem Stuhl vor meiner Schwelle saß.

«Endlich kommst du heraus», sagte er. «Ich habe lange auf dich gewartet und gelauscht; nicht eine einzige Bewegung habe ich gehört, kein Schluchzen. Noch fünf Minuten dieser Grabesstille, und ich hätte das Schloß aufgebrochen wie ein Dieb. Du gehst mir also aus dem Weg? Du schließt dich ein und grämst dich allein? Mir wäre es lieber, du wärst gekommen und hättest mir heftige Vorwürfe gemacht. Du bist leidenschaftlich, ich habe so etwas wie eine Szene erwartet. Ich war auf eine heiße Tränenflut vorbereitet, nur wollte ich, daß sie an meiner Brust vergossen wird. Nun hat sie ein fühlloser Fußboden empfangen oder dein nasses Taschentuch. Nein, ich irre mich: du hast gar nicht geweint! Ich sehe eine blasse Wange und ein glanzloses Auge, doch keine Spur von Tränen. Dann hat dein Herz wohl blutige Tränen geweint?

Was ist, Jane, kein Wort des Tadels? Keine Bitterkeit, kein rührender Auftritt? Nichts, um ein Gefühl abzutöten oder eine Leidenschaft anzustacheln? Du sitzt wortlos da, wo ich dich hingesetzt habe, und schaust mich müde und teilnahmslos an.

Jane, ich hatte nie vor, dir so weh zu tun. Wenn der Mann, der nichts hatte denn ein einzig Schäflein, das er hielt wie seine Tochter, das von seinem Bissen aß und von seinem Becher trank und in seinem Schoß schlief[72], dieses durch ein Versehen im Schlachthaus hätte schlachten lassen, könnte der seinen blutigen Irrtum nicht mehr bereuen als ich nun den meinen. Wirst du mir jemals verzeihen?»

Leser! Ich verzieh ihm im selben Augenblick

und auf der Stelle. In seinen Augen lag tiefe Reue, in seinem Tonfall ehrliches Mitleid, in seinem Gebaren männliche Kraft und in seinem Blick und seiner Miene zudem unveränderte Liebe – ich vergab ihm alles. Doch nicht mit Worten, nicht nach außen hin, nur im tiefsten Innern meines Herzens.

«Du hältst mich für einen Schuft, Jane?» fragte er nun wehmütig. Vermutlich wunderte er sich über mein anhaltendes Schweigen und meine Zahmheit, eher Folgen meiner Schwäche als meiner Willenskraft.

«Ja, Sir.»

«Dann sag es rundheraus und deutlich – schone mich nicht.»

«Ich kann nicht. Ich bin müde und krank. Ich brauche Wasser.» Er stieß einen schaudernden Seufzer aus, nahm mich auf seine Arme und trug mich die Treppe hinunter. Anfangs wußte ich nicht, in welches Zimmer er mich gebracht hatte, für meinen glasigen Blick war alles wolkenverhangen, aber bald spürte ich die belebende Wärme eines Feuers. In meinem Zimmer war mir nämlich trotz des Sommers eiskalt geworden. Er hielt mir Wein an die Lippen, ich kostete und fühlte mich erfrischt, dann aß ich, was er mir reichte, und war bald wieder ich selbst. Ich befand mich in der Bibliothek, saß in seinem Sessel, und er war mir ganz nah. «Wenn ich jetzt ohne allzu quälende Schmerzen aus dem Leben scheiden könnte, das wäre gut», dachte ich, «dann müßte ich nicht mühsam die Bande zerreißen, mit denen mein Herz an das von Mr. Rochester gefesselt ist. Es ist klar, daß ich ihn verlassen muß. Aber ich will und kann ihn nicht verlassen.»

«Wie fühlst du dich jetzt, Jane?»

«Viel besser, Sir. Bald geht's mir wieder gut.»

«Trink noch etwas Wein, Jane.»

Ich gehorchte, dann stellte er das Glas auf den Tisch, stand vor mir und schaute mich aufmerksam an. Plötzlich wandte er sich mit einem undeutlichen, leidenschaftlichen Ausruf ab. Er schritt rasch durch den Raum, kam wieder zurück und beugte sich über mich, als wollte er mich küssen, aber ich dachte daran, daß Zärtlichkeiten nun verboten waren. Ich drehte mein Gesicht weg und schob seins beiseite.

«Wie – was soll das?» rief er hastig. «Oh, ich weiß! Du willst nicht Bertha Masons Ehemann küssen? Du glaubst, ich halte schon jemanden in den Armen, und meine Liebkosungen sind anderweitig vergeben?»

«Auf jeden Fall kann ich dort weder Raum noch Recht beanspruchen, Sir.»

«Warum, Jane? Ich will dir die vielen mühseligen Worte ersparen und für dich antworten: weil ich schon eine Frau habe, würdest du entgegnen – habe ich richtig geraten?»

«Ja.»

«Wenn du das glaubst, mußt du eine seltsame Meinung von mir haben. Du mußt in mir einen lasterhaften Ränkeschmied sehen – einen gemeinen, niederträchtigen Wüstling, der selbstlose Liebe geheuchelt hat, um dich in eine absichtlich gelegte Falle zu locken, dich zu entehren und dir alle Selbstachtung zu nehmen. Was sagst du dazu? Ich merke schon, du kannst nichts sagen. Erstens bist du immer noch schwach und hast genug damit zu tun, Atem zu holen, und zweitens kannst du dich noch nicht daran gewöhnen, mich anzuklagen und zu schmähen. Außerdem sind die Schleusentore der Tränen geöffnet, die Wasser würden hervorbrechen, wenn du viel sprächest, und du hast kein Verlangen, mich zur Rede zu stellen und zu schelten oder mir eine Szene zu machen. Du überlegst, wie du *handeln* sollst – zu *sprechen,* findest du, hat keinen Sinn. Ich kenne dich, ich bin auf der Hut.»

«Ich will nichts *gegen* Sie unternehmen, Sir», sagte ich, und meine wackelige Stimme riet mir, den Satz abzukürzen.

«Du hast vor, mich zu zerstören – nicht, wie du das Wort verstehst, sondern wie ich es verstehe. Du hast mehr oder weniger deutlich ausgesprochen, ich sei ein verheirateter Mann und als solchen würdest du mich meiden und mir aus dem Weg gehen. Eben hast du dich geweigert, mich zu küssen. Du gedenkst dich wie eine mir völlig fremde Frau zu verhalten und unter diesem Dach nur als Adèles Lehrerin zu wohnen. Sobald ich einmal ein freundliches Wort zu dir sagen, sobald dich ein freundliches Gefühl mir zugeneigt machen sollte, wirst du zu dir sagen: ‹Dieser Mann hat mich beinahe zu seiner Geliebten gemacht, für ihn muß ich wie Eis und Fels sein.› Und du wirst zu Eis und Fels werden.»

Ich räusperte mich, damit meine Stimme fest genug wurde, um zu antworten. «Alles rings um mich hat sich verändert, Sir, da muß auch ich mich verändern, daran gibt es keinen Zweifel. Und um Gefühlsschwankungen und ständige Kämpfe mit Erinnerungen und Assoziationen zu vermeiden, gibt es nur eine Lösung – Adèle braucht eine neue Gouvernante, Sir.»

«Oh, Adèle wird zur Schule gehen, das habe ich

schon vereinbart. Außerdem habe ich nicht vor, dich mit schrecklichen Assoziationen und Erinnerungen an Thornfield Hall zu quälen – an dieses verfluchte Haus, dieses Zelt des Achan[73], diese schamlose Gruft, die dem lichten, offenen Himmel das grause Bild eines Todes bei lebendigem Leib darbietet, diese enge Steinhölle mit ihrem einen, leibhaftigen Teufel, der schlimmer ist als eine ganze Legion von eingebildeten. Jane, du sollst nicht hierbleiben, und ich bleibe auch nicht. Es war falsch von mir, daß ich dich jemals nach Thornfield Hall kommen ließ, wo ich doch wußte, welcher Spuk hier wohnt. Noch ehe ich dich gesehen hatte, verpflichtete ich alle, den Fluch dieses Hauses vor dir geheimzuhalten, denn ich fürchtete, Adèle bekäme nie eine Gouvernante, die hierbleibt, wenn diese erführe, mit was für einer Hausgenossin sie untergebracht wäre; und meine Pläne erlaubten mir nicht, die Wahnsinnige anderswo wohnen zu lassen – zwar besitze ich mit Ferndean Manor ein altes Haus, noch abgelegener und versteckter als dieses, wo ich sie völlig sicher hätte einquartieren können, aber Bedenken wegen der ungesunden Lage mitten im Wald ließen mein Gewissen vor dieser Regelung zurückschrecken. Wahrscheinlich hätten die feuchten Wände mich bald von meiner Last befreit, aber jedem Schurken seine Schandtat – ich neige nicht zu indirektem Mord, auch da nicht, wo ich hasse.

Die Nähe der Verrückten vor dir geheimzuhalten war jedoch nicht anders, als legte man ein Kind, nur mit einem Mantel bedeckt, unter einen Upasbaum[74]. Schon die Umgebung dieser Teufelin ist vergiftet und war es immer. Aber ich werde Thornfield Hall schließen. Ich werde die Haustür vernageln und die Fenster im Erdgeschoß verbrettern, ich gebe Mrs. Poole zweihundert Pfund im Jahr, damit sie hier mit *meiner Frau* lebt, wie du die schreckliche Hexe nennst. Grace tut viel für Geld, und ihr Sohn, Irrenwärter in der Anstalt von Grimsby, soll ihr Gesellschaft leisten und zur Hand gehen, wenn sie bei den Anfällen Hilfe braucht – wenn *meine Frau* von ihrem bösen Geist dazu getrieben wird, nachts Leute in ihren Betten anzuzünden, sie zu erstechen, ihnen das Fleisch von den Knochen zu nagen und dergleichen ...»

«Sir», unterbrach ich ihn, «Sie sind zu streng mit dieser unglücklichen Frau. Sie sprechen voll Haß von ihr, voll rachsüchtigem Widerwillen. Das ist grausam – sie kann doch nichts dafür, daß sie verrückt ist.»

«Jane, mein kleiner Liebling (so nenne ich dich, denn du bist es), du weißt nicht, wovon du sprichst. Wieder beurteilst du mich falsch. Ich hasse sie nicht, weil sie verrückt ist. Wenn du verrückt wärst, glaubst du, ich würde dich hassen?»

«Allerdings, Sir.»

«Dann irrst du dich und weißt nichts von mir und der Liebe, zu der ich fähig bin. Jedes Atom deines Leibes ist mir so teuer wie mein eigenes Fleisch und wäre es mir noch in Schmerz und Krankheit. Dein Geist ist mein Schatz und bliebe es auch, wenn er zerrüttet wäre. Wenn du tobtest, würden dich meine Arme umschlingen, nicht eine Zwangsjacke; selbst wenn du aus Wut nach mir griffest, würde mich das bezaubern. Wenn du so rasend auf mich zuflögest wie diese Frau heute morgen, empfinge ich dich mit einer Umarmung, die mindestens ebenso liebevoll wie fesselnd wäre. Vor dir schräke ich nicht angeekelt zurück; in ruhigen Zeiten bräuchtest du keinen Wärter, keine Pflegerin als mich; ich würde mich mit unermüdlicher Zärtlichkeit über dich beugen, auch wenn du mir kein Lächeln als Antwort schenktest, und würde nie müde, dir in die Augen zu schauen, auch wenn kein Wiedererkennen mehr in ihnen aufleuchtete. – Aber warum verfolge ich einen solchen Gedankengang? Ich sprach davon, dich aus Thornfield wegzubringen. Es ist alles für einen sofortigen Aufbruch vorbereitet, morgen sollst du abreisen. Ich bitte dich, nur noch eine Nacht unter diesem Dach auszuharren, Jane, dann kannst du dich für immer von seinen Heimsuchungen und Schrecken verabschieden! Ich habe ein Haus, in das man sich zurückziehen kann, ein sicheres Asyl vor abscheulichen Erinnerungen und unwillkommenen Eindringlingen – selbst vor Lügen und Klatsch.»

«Und nehmen Sie Adèle mit, Sir», unterbrach ich, «sie wird Ihnen Gesellschaft leisten.»

«Wie meinst du das, Jane? Ich sagte doch, ich will Adèle auf eine Schule schicken; was soll ich mit einem Kind als Gefährtin, das nicht einmal mein eigenes ist, sondern der Bastard einer französischen Tänzerin? Warum behelligst du mich ihretwegen? Ich meine, warum bestimmst du mir Adèle als Gefährtin?»

«Sie sprachen davon, sich zurückzuziehen, Sir, und Rückzug und Einsamkeit sind etwas Langweiliges, zu langweilig für Sie.»

«Einsamkeit, Einsamkeit!» wiederholte er aufgebracht. «Ich sehe schon, ich muß deutlicher werden. Ich weiß nicht, du machst ein Gesicht wie eine Sphinx! *Du* teilst meine Einsamkeit, verstehst du?»

Ich schüttelte den Kopf. Da er mittlerweile sehr erregt war, erforderte schon dieses stumme Zeichen des Widerspruchs einigen Mut. Er war mit schnellen Schritten im Raum herumgegangen und blieb plötzlich stehen, als sei er an einem Fleck festgewachsen. Er blickte mich lange und streng an. Ich wandte die Augen ab, richtete sie aufs Feuer und versuchte, einen ruhigen, gesammelten Eindruck zu machen und ihn beizubehalten.

«Hier also liegt der Haken bei Jane», sagte er schließlich ruhiger, als sein Blick erwarten ließ. «Bisher ist die Seidenspule einigermaßen glatt abgelaufen, aber ich wußte, daß irgendwann ein Knoten, ein Wirrwarr auftauchen würde. Da ist er. Jetzt gibt's Verdruß, Ärger und endlose Sorgen! Ach Gott, hätte ich nur einen Bruchteil von Samsons Kraft, um die Verwicklung wie Werg zu zerreißen![75]»

Er nahm seine Wanderungen erneut auf, blieb jedoch bald wieder stehen, diesmal genau vor mir.

«Jane! Würdest du bitte Vernunft annehmen?» Er beugte sich über mich und hielt seine Lippen an mein Ohr. «Wenn nicht, versuch' ich es mit Gewalt.» Seine Stimme war heiser, sein Blick der eines Mannes, der drauf und dran ist, eine unerträgliche Fessel zu sprengen und sich kopfüber in wilde Zügellosigkeit zu stürzen. Ich erkannte, daß schon im nächsten Moment, wenn nur ein einziger Anlaß seine seelische Erregung noch steigerte, nichts mehr mit ihm anzufangen war. Ich hatte nur die Gegenwart, eben diese Sekunde, um ihn zu zügeln und in Schranken zu halten. Eine Bewegung der Abwehr, der Flucht oder Furcht hätte mein und sein Schicksal besiegelt. Aber ich hatte keine Angst, nicht im geringsten. Ich spürte in mir eine Kraft, ein Gefühl von Macht, das mich stützte. Die Krise war gefährlich, doch nicht ohne Reiz, so wie sich ein Indianer fühlen mag, der mit seinem Kanu über die Stromschnellen gleitet. Ich ergriff seine geballte Faust, lockerte die gekrümmten Finger und sagte beruhigend: «Setzen Sie sich, ich rede so lange mit Ihnen, wie Sie wollen, und höre mir alles an, was Sie zu sagen haben, ob es nun vernünftig ist oder nicht.»

Er setzte sich, durfte jedoch nicht gleich sprechen. Ich hatte lange mit den Tränen gekämpft und sie mühsam unterdrückt, ich wußte ja, er sah mich nicht gern weinen. Aber jetzt sollten sie so ungehindert und lange fließen, wie sie wollten. Wenn ihn diese Flut störte, um so besser. Ich gab also nach und weinte aus tiefstem Herzen.

Bald schon bat er inständig, ich möge mich doch fassen. Das könne ich nicht, erwiderte ich, solange er sich so ereifere.

«Ich bin nicht wütend, Jane. Ich liebe dich nur zu sehr, und du hast dein blasses Gesichtchen mit einem derart entschlossenen, eisigen Blick gewappnet, daß ich es nicht aushielt. Jetzt sei still und wisch dir die Tränen ab.»

Seine leiser gewordene Stimme zeigte mir, daß er bezwungen war, und so wurde auch ich ruhiger. Nun versuchte er, seinen Kopf auf meine Schulter zu legen, aber das ließ ich nicht zu. Dann wollte er mich an sich ziehen. Nein.

«Jane! Jane!» sagte er so bitter und traurig, daß es mir durch Mark und Bein ging. «Du liebst mich also nicht? Es war nur mein Stand und die Stellung als meine Frau, die dir wichtig waren? Jetzt, wo du denkst, ich habe keine Möglichkeit, dein Mann zu werden, schreckst du vor meiner Berührung zurück, als wäre ich eine Kröte oder ein Affe.»

Diese Worte schnitten mir tief ins Herz, allein was konnte ich tun oder sagen? Wahrscheinlich am besten nichts, doch mich quälte die Zerknirschung, seine Gefühle verletzt zu haben, und ich konnte den Wunsch nicht unterdrücken, Balsam in die von mir geschlagenen Wunden zu träufeln.

«Ich liebe Sie sehr wohl», sagte ich, «mehr als je zuvor. Aber ich darf dieses Gefühl nicht zeigen oder auch nur zulassen; es ist das letzte Mal, daß ich es ausdrücke.»

«Das letzte Mal, Jane! Was! Meinst du, du kannst bei mir leben, mich Tag für Tag sehen und, obwohl du mich liebst, immer kühl und distanziert bleiben?»

«Nein, Sir, das könnte ich sicher nicht. Und deshalb sehe ich nur einen Ausweg. Aber Sie werden wütend, wenn ich ihn nenne.»

«Oh, nenn ihn! Wenn ich tobe, kannst du immer noch die Tränen zu Hilfe rufen.»

«Ich muß Sie verlassen, Mr. Rochester.»

«Für wie lange, Jane? Fünf Minuten, um dir das zerzauste Haar zu ordnen und das fiebrige Gesicht mit Wasser zu kühlen?»

«Ich muß Adèle und Thornfield verlassen. Unsere Wege müssen sich für den Rest meines Lebens trennen. Ich muß ein neues Leben anfangen, unter fremden Gesichtern und an fremden Schauplätzen.»

«Natürlich, das sage ich ja. Über den Unsinn mit den Wegen, die sich trennen, gehe ich hinweg. Du meinst wohl, du mußt ein Teil von mir werden. Und mit dem neuen Leben hast du recht. Du wirst dennoch meine Frau sein. Ich bin nicht verheiratet. Du wirst Mrs. Rochester sein, sowohl den Tatsachen als auch dem Namen nach. Ich will bei dir bleiben, solange wir beide leben. Du sollst in mein Haus in Südfrankreich ziehen, eine weiße Villa an der Mittelmeerküste. Dort wirst du ein glückliches, behütetes und völlig unbescholtenes Leben führen. Hab keine Angst, daß ich dich zu einem Fehltritt verführe und dich zu meiner Geliebten mache. Warum schüttelst du den Kopf? Jane, sei vernünftig, sonst gerate ich wieder in Wut.»

Stimme und Hand zitterten, die großen Nasenflügel weiteten sich, und seine Augen flackerten. Trotzdem wagte ich zu sprechen.

«Sir, Ihre Frau lebt, diesen Tatbestand haben Sie heute morgen selbst zugegeben. Wenn ich mit Ihnen zusammenbliebe, wie Sie es wünschen, wäre ich Ihre Geliebte. Etwas anderes zu behaupten wäre Haarspalterei und Lüge.»

«Jane, ich bin kein sanftmütiger Mensch, vergiß das nicht! Ich bin nicht geduldig, nicht kühl und leidenschaftslos. Hab Mitleid mit mir und dir, leg deine Finger auf meinen Puls, fühle, wie er pocht, und sei auf der Hut!»

Er entblößte das Handgelenk und hielt es mir hin. Das Blut wich aus seinen Wangen und Lippen, und sie wurden leichenblaß. Ich fühlte mich von allen Seiten bedrängt. Ihn durch einen für ihn unerträglichen Widerspruch derart aufzuregen war grausam, und nachzugeben kam nicht in Frage. Ich tat, was menschliche Wesen instinktiv tun, wenn sie zum Äußersten getrieben werden – ich suchte

Hilfe bei einem, der über den Menschen steht. Unwillkürlich kamen mir die Worte «Gott helfe mir!» über die Lippen.

«Ich bin ein Narr!» rief Mr. Rochester plötzlich aus. «Ständig erzähle ich ihr, ich sei nicht verheiratet, und erkläre ihr nicht, wieso. Ich vergesse, daß sie weder vom Wesen dieser Frau noch von den Begleitumständen meiner höllischen Verbindung etwas ahnt. Oh, gewiß pflichtet Jane mir bei, wenn sie all das weiß, was ich weiß! Leg nur deine Hand in die meine, Janet, damit ich spüre und sehe, daß du bei mir bist – dann erkläre ich dir mit wenigen Worten, wie der Fall wirklich liegt. Kannst du mir zuhören?»

«Ja, Sir, stundenlang, wenn Sie wollen.»

«Ich bitte dich nur um Minuten. Jane, hast du je erfahren, das heißt, weißt du, daß ich nicht der älteste Sohn unserer Familie war, daß ich einst einen älteren Bruder hatte?»

«Ich erinnere mich, daß Mrs. Fairfax es mir einmal erzählte.»

«Und hast du gewußt, daß mein Vater ein geiziger, habgieriger Mensch war?»

«Ich habe etwas Derartiges gehört.»

«Ja, Jane, und da er so war, wollte er den Besitz um jeden Preis zusammenhalten. Er ertrug den Gedanken nicht, sein Vermögen zu teilen und mir einen gerechten Anteil zu überlassen. Alles, so entschied er, sollte meinem Bruder Rowland zufallen. Aber ebenso unerträglich erschien ihm die Vorstellung, daß einer seiner Söhne als armer Mann dastehen könnte. Also mußte ich durch eine reiche Heirat versorgt werden. Er suchte mir beizeiten eine Frau. Mr. Mason, ein westindischer Pflanzer und

Kaufmann, war ein alter Bekannter von ihm. Er wußte von dessen gewaltigem Grundbesitz, und so zog er Erkundigungen ein. Mr. Mason, so fand er heraus, hatte einen Sohn und eine Tochter, und letzterer konnte und wollte er eine Mitgift von dreißigtausend Pfund mitgeben. Das reichte. Als ich die Schule verließ, wurde ich nach Jamaika geschickt, um eine bereits für mich umworbene Braut zu heiraten. Mein Vater erwähnte das Geld nicht, sondern berichtete nur, Miss Mason sei aufgrund ihrer Schönheit der Stolz von Spanish Town – und dies war nicht gelogen. Ich fand eine schöne Frau vor, ähnlich wie Blanche Ingram, groß, dunkel und majestätisch. Ihre Familie wollte mich unbedingt für sich gewinnen, denn ich stammte aus gutem Haus, und Bertha Mason wollte es ebenso. Man führte sie mir kostbar gekleidet auf Gesellschaften vor. Allein sah ich sie nur selten und konnte unter vier Augen kaum jemals mit ihr sprechen. Sie tat mir schön und stellte ihre Reize und Talente zu meinem Entzücken großzügig zur Schau. Alle Männer in ihrem Umkreis schienen sie zu bewundern und mich zu beneiden. Ich war verwirrt, erregt, meine Sinne waren aufgeputscht, und in meiner Ahnungslosigkeit, Tölpelhaftigkeit und Unreife glaubte ich sie zu lieben. Keine Torheit ist so groß, daß ein Mann, den dümmliche gesellschaftliche Rivalitäten, Lüsternheit, Tollkühnheit und jugendliche Blindheit antreiben, sie nicht beginge. Ihre Verwandten ermutigten mich; meine Nebenbuhler stachelten mich an, sie lockte mich, und die Heirat kam zustande, ehe ich recht wußte, wo ich war. Oh – ich verliere jede Achtung vor mir, wenn ich daran denke, und ein quälendes Gefühl der

Schmach überwältigt mich. Ich habe sie nie geliebt, nie geschätzt, nicht einmal gekannt. Ich wußte nicht, ob sie auch nur eine einzige gute Eigenschaft besaß; ich hatte weder Bescheidenheit noch Güte, weder Aufrichtigkeit noch einen vornehmen Geist oder elegante Manieren an ihr bemerkt – und ich heiratete sie – ich elender, mit Blindheit geschlagener Riesennarr! Weniger sündhaft wäre gewesen, wenn ich – aber ich darf nicht vergessen, mit wem ich rede.

Die Mutter meiner Braut hatte ich nie gesehen; ich war der Meinung, sie sei tot. Nach den Flitterwochen gingen mir die Augen auf: Sie war dem Wahnsinn verfallen und in einem Irrenhaus eingesperrt. Dann gab es noch einen jüngeren Bruder, der war vollkommen schwachsinnig. Der ältere, den du kennengelernt hast (und dem ich nicht zürnen kann, auch wenn ich seine gesamte Verwandtschaft verabscheue, denn er besitzt in seinem schwachen Kopf immerhin eine Spur Liebesfähigkeit, die sich in der anhaltenden Besorgnis um seine unglückselige Schwester und auch in der hündischen Anhänglichkeit äußert, die er mir einst entgegengebracht hat), wird wahrscheinlich eines Tages genauso enden. Mein Vater und mein Bruder Rowland wußten von alledem, aber sie dachten nur an die dreißigtausend Pfund und verbündeten sich in der Verschwörung gegen mich.

Das waren gräßliche Entdeckungen, aber abgesehen von der niederträchtigen Heimlichtuerei, konnte ich nichts davon meiner Frau vorwerfen, auch nicht, als ich bemerkte, daß ihr Wesen dem meinen völlig fremd, ihre Vorlieben mir unangenehm und ihr Denken gewöhnlich, gemein und kleinlich war und sich unmöglich zu Höherem oder zu mehr Aufgeschlossenheit bekehren ließ – als ich erkannte, daß ich keinen Abend, ja keine einzige Stunde des Tages behaglich mit ihr zubringen, daß ich kein freundliches Gespräch mit ihr führen konnte, denn welches Thema ich auch anschnitt, sie gab ihm sofort eine Wendung ins Gemeine und Abgedroschene, Böse und Blödsinnige – als ich begriff, daß ich niemals einen friedlichen, ordentlichen Haushalt haben würde, denn kein Bediensteter hätte ihre häufigen gewalttätigen, unvernünftigen Wutausbrüche ertragen oder die Plackerei mit ihren verrückten, widersprüchlichen und anspruchsvollen Befehlen – selbst da hielt ich mich zurück. Ich vermied Vorwürfe und kritisierte sie nur wenig; ich versuchte, meine Reue und meinen Ekel für mich zu behalten, und unterdrückte meine tiefe Abneigung.

Jane, ich will dich nicht mit abscheulichen Einzelheiten quälen; ein paar drastische Worte sollen verdeutlichen, was ich zu sagen habe. Vier Jahre lang lebte ich mit dieser Frau da oben zusammen, und schon vor Ablauf dieser Zeit war ich arg mitgenommen. Ihre Veranlagung reifte und entwickelte sich beängstigend schnell, ihre Lasterhaftigkeit schoß rasch und üppig ins Kraut, so heftig, daß nur Brutalität sie hätte zügeln können, und brutal wollte ich nicht sein. Was hatte sie für einen kümmerlichen Verstand – und welch überentwickelte Triebhaftigkeit! Und welch furchtbares Unglück bedeutete diese Veranlagung für mich! Bertha Mason, die wahre Tochter ihrer schändlichen Mutter, zerrte mich durch all die schrecklichen, entwürdigenden Martern, die ein Mann erleidet, der an eine zügellose und gleichzeitig unzüchtige Frau gebunden ist.

Inzwischen war mein Bruder gestorben, und nach vier Jahren starb auch mein Vater. Jetzt war ich ziemlich vermögend – und war doch arm und in schrecklicher Not. Das vulgärste, schmutzigste, unflätigste Wesen, das mir je untergekommen, war mit mir verbunden und wurde vom Gesetz und von der Gesellschaft als Teil von mir bezeichnet. Auf legalem Wege konnte ich es nicht loswerden, denn nun entdeckten die Ärzte, daß *meine Frau* verrückt war. Ihre Ausschweifungen hatten die Keime des Wahnsinns frühzeitig zum Reifen gebracht. – Jane, du magst meine Geschichte nicht hören, du siehst ganz krank aus. Soll ich den Rest für einen anderen Tag aufheben?»

«Nein, Sir, erzählen Sie jetzt zu Ende. Sie tun mir leid, Sie tun mir aufrichtig leid.»

«Jane, bei manchen Menschen ist Mitleid eine ungute, kränkende Gabe, die man den Spendern gleich wieder in den Rachen stopfen darf; es ist das Mitleid gefühlloser, selbstsüchtiger Herzen. Es ist ein unedler, selbstgefälliger Schmerz angesichts fremden Elends, vermischt mit gedankenloser Verachtung für die Leidenden. Aber dein Mitleid ist nicht so, Jane. Nicht diese Art von Gefühl beseelt in diesem Augenblick dein Gesicht, läßt deine Augen fast überfließen, deine Brust sich heben, deine Hand in meiner zittern. Dein Mitleid, mein Liebling, ist die leidende Mutter der Liebe. Seine Qual ist der Geburtsschmerz heiliger Leidenschaft. Dieses Mitleid nehme ich an, Jane. Und auch die Tochter soll freien Zutritt haben; meine Arme warten auf sie.»

«Erzählen Sie weiter, Sir. Was haben Sie gemacht, als Sie ihren Wahnsinn erkannten?»

«Ich war am Rand der Verzweiflung, Jane – zwischen mir und dem Abgrund stand nur noch ein kleiner Rest Selbstachtung. In den Augen der Welt war ich zweifellos schmutzig und ehrlos, aber ich beschloß, wenigstens vor mir selbst sauber zu bleiben. Ich ließ mich von ihrem verderbten Tun nicht mehr anstecken und riß mich von jeder Verbindung zu ihren geistigen Störungen los. Doch die Gesellschaft verband meinen Namen und meine Person mit ihr; ich sah und hörte sie täglich, ihr Atem (pfui!) mischte sich mit der Luft, die ich atmete, und außerdem konnte ich nicht vergessen, daß ich einmal ihr Ehemann gewesen war – diese Erinnerung war mir damals und ist mir noch heute unaussprechlich zuwider. Ich wußte, solange sie lebte, konnte ich niemals der Mann einer anderen, besseren Frau werden, und obwohl sie fünf Jahre älter war als ich (ihre Familie und mein Vater hatten mich sogar in diesem Punkt belogen), würde sie wahrscheinlich so lange leben wie ich, da sie körperlich ebenso gesund war wie geistig krank. So blieb mir im Alter von sechsundzwanzig Jahren keinerlei Hoffnung.

Eines Nachts wachte ich von ihren gellenden Schreien auf (seit die Ärzte sie für verrückt erklärt hatten, war sie natürlich eingesperrt). Es war eine glühendheiße westindische Nacht, eine von der Art, wie sie in jenen Klimazonen häufig den Wirbelstürmen vorausgehen. Da ich nicht einschlafen konnte, stand ich auf und öffnete das Fenster. Die Luft war wie Schwefeldampf – nirgendwo fand ich Erfrischung. Moskitos schwirrten herein und surrten träge durchs Zimmer, die See, das hörte ich von hier aus, rumorte teilnahmslos wie ein Erdbeben, und über ihr türmten sich schwarze Wolken. Der Mond versank dick und rot wie eine heiße Kanonenkugel in den Wogen, er warf einen letzten blutigen Blick auf eine Welt, die schon vor dem Gewitter wie in Gärung erbebte. Die Atmosphäre und der Anblick setzten mir körperlich zu, und in meinen Ohren gellten die Flüche der immer noch kreischenden Wahnsinnigen, die ab und zu auch meinen Namen einflocht, dies mit derart teuflischem Haß und einer Sprache …! Keine Dirne hatte je einen ordinäreren Wortschatz. Obwohl sie nur zwei Räume entfernt war, verstand ich jedes Wort. Die dünnen Trennwände des karibischen Hauses stellten kein großes Hindernis für ihr wölfisches Geheul dar.

‹Dieses Leben›, sagte ich mir schließlich, ‹ist das Inferno, die Lüfte und Geräusche sind die des Höllenschlundes. Ich habe das Recht, mich daraus zu befreien, wenn ich kann. Mit dem plumpen Fleisch, das jetzt meine Seele beschwert, werden auch die Leiden dieses sterblichen Stadiums von mir abfallen. Vor dem ewigen Feuer für den Frevler habe ich keine Angst; es gibt keinen künftigen Zustand, der schlimmer wäre als der gegenwärtige. Ich will ausbrechen und heimkehren zu Gott!›

Mit diesen Worten kniete ich mich auf den Boden und sperrte eine Truhe auf, in der ein Paar ungeladene Pistolen lagen. Ich wollte mich erschießen. Doch diese Absicht hegte ich nur für einen Augenblick; da ich nicht verrückt war, ging die Krise tiefer, schierer Verzweiflung, die den Wunsch und den Plan zur Selbstzerstörung hervorgebracht hatte, in Sekundenschnelle vorüber.

Ein Wind, frisch aus Europa, wehte über den Ozean und fuhr durch das offene Fenster. Das Gewitter brach los, es regnete in Strömen, es donnerte und flackerte, und die Luft wurde rein. Da faßte ich einen Entschluß. Während ich in meinem nassen Garten unter den tropfenden Orangenbäumen und zwischen den klatschnassen Granatapfelbäumen und Ananasstauden hin und her lief, während rings um mich die leuchtende Dämmerung der Tropen aufflammte, überlegte ich folgendes, Jane – hör gut zu, denn in dieser Stunde hat mich wahre Klugheit getröstet und mir den rechten Weg gewiesen.

Noch immer flüsterte der liebliche Wind aus Europa in den erfrischten Blättern, und der Atlantik donnerte in herrlicher Freiheit. Mein Herz, seit langem ausgetrocknet und verdorrt, schwoll an bei diesem Ton und füllte sich mit lebendigem Blut; mein Ich sehnte sich nach Erneuerung, meine Seele dürstete nach einem sauberen Schluck. Ich merkte, wie die Hoffnung zum Leben erwachte, und fühlte, daß Erneuerung möglich war. Aus einem Blumenbogen am Fuße meines Gartens blickte ich übers Meer, das blauer war als der Himmel. Dahinter lag die Alte Welt, und es öffneten sich ungetrübte Aussichten.

‹Geh fort›», sagte die Hoffnung, ‹lebe wieder in Europa. Dort weiß niemand um deinen befleckten Namen oder welch unflätige Bürde dir aufgeladen ist. Du kannst die Irre mit nach England nehmen; sperr sie mit angemessener Betreuung und den nötigen Vorsichtsmaßnahmen in Thornfield ein, dann reise, wohin du willst, und knüpfe nach Gutdünken neue Bande. Diese Frau, die deine Langmut so sehr auf die Probe gestellt, deinen Namen so beschmutzt, deine Ehre so grob verletzt und deine Jugend zerstört hat, ist nicht deine Ehefrau, und du bist nicht ihr Mann. Kümmere dich darum, daß sie versorgt wird, wie es ihr Zustand erfordert, dann hast du alles getan, was Gott und die Menschheit von dir verlangen. Ihre Identität und Verbindung zu dir soll in Vergessenheit geraten, du bist nicht verpflichtet, sie irgendeinem Lebewesen mitzuteilen. Bring sie so unter, daß sie sicher und bequem leben kann, verbirg ihre Entartung, indem du sie geheimhältst, und verlasse sie.›

Ich tat wie geheißen. Mein Vater und mein Bruder hatten ihren Bekannten nichts von meiner Heirat erzählt, denn schon meinem allerersten Brief, in dem ich sie von der Verbindung in Kenntnis setzte – ich verspürte bereits außerordentlichen Abscheu gegen ihre Auswirkungen und sah aufgrund der seelischen und körperlichen Veranlagung der Familie eine schreckliche Zukunft vor mir –, fügte ich die dringende Ermahnung hinzu, nicht darüber zu reden. Und sehr bald führte die Frau, die mein Vater mir ausgesucht hatte, sich derart schamlos auf, daß er errötete beim Gedanken, sie als Schwiegertochter anzuerkennen. Es lag ihm fern, diese Verbindung öffentlich bekanntzugeben, und er hielt sie ebenso ängstlich geheim wie ich.

Ich brachte sie also nach England; es war eine furchtbare Reise mit solch einem Ungeheuer an Bord. Ich war froh, als ich sie endlich in Thornfield hatte und sie sicher in diesem Zimmer im dritten Stock untergebracht war, dessen Geheimkabinett sie nun seit zehn Jahren zur Höhle eines wilden Tiers gemacht hat, zum Gelaß eines Dämons. Es kostete manche Mühe, eine Aufseherin für sie zu finden, da ich jemanden suchen mußte, auf dessen Pflichtgefühl ich mich verlassen konnte. Denn ihre Tobsuchtsanfälle würden mein Geheimnis unvermeidlich verraten. Außerdem hatte sie lichte Phasen, manchmal über Tage, ja Wochen hinweg, in denen sie mich beschimpfte. Endlich stellte ich Grace Poole aus der Irrenanstalt Grimsby ein. Sie und der Arzt Carter (der in jener Nacht Masons Verletzung verbunden hat, als sie mit dem Messer auf ihn eingestochen und ihn gebissen hatte) sind die einzigen, die ich je ins Vertrauen gezogen habe. Mrs. Fairfax mag freilich einen Verdacht gehegt haben, aber Genaueres konnte sie nicht in Erfahrung bringen. Grace hat sich im großen und ganzen als gute Wärterin erwiesen, wenngleich ihre Wachsamkeit mehr als einmal eingeschläfert und getäuscht worden ist – zum Teil wegen ihrer eigenen Schwäche, von der sie anscheinend nichts heilen kann und die eine Folge ihres aufreibenden Berufs ist. Die Verrückte ist ebenso verschlagen wie bösartig und hat sich unfehlbar die zeitweiligen Entgleisungen ihrer Wärterin zunutze gemacht. Einmal, um das Messer zu verstecken, mit dem sie dann auf ihren Bruder eingestochen hat, und zweimal, um sich den Schlüssel ihrer Zelle anzueignen und nachts auszubrechen. Beim ersten Mal versuchte sie, mich in meinem Bett zu verbrennen, beim zweiten Mal stattete sie dir jenen grausigen Besuch ab. Ich danke der Vorsehung, die über dich wachte, daß sie ihre Wut nur an deinem Hochzeitsschmuck ausließ, der sie vielleicht undeutlich an ihre eigenen Brauttage erinnerte. Nicht auszudenken, was alles hätte passieren können. Wenn ich mir vorstelle, daß das Wesen, das mir heute morgen an die Kehle sprang, sein schwarzrotes Gesicht über das Nest meiner Taube hängte, gefriert mir das Blut in den Adern.»

«Und was taten Sie», fragte ich, als er innehielt, «nachdem Sie sie hier untergebracht hatten, Sir? Wohin gingen Sie?»

«Was ich tat, Jane? Ich verwandelte mich in ein Irrlicht. Wohin ich ging? Ich wanderte wild umher wie ein Moorgeist. Ich reiste auf den Kontinent und vagabundierte dort durch alle Länder. Ich hatte den festen Wunsch, eine gute und kluge Frau zu finden, die ich lieben konnte, das Gegenteil der Furie, die ich auf Thornfield zurückgelassen hatte …»

«Aber Sie konnten nicht heiraten, Sir.»

«Ich hatte beschlossen und war überzeugt, daß ich es konnte und sollte. Ursprünglich hatte ich nicht vor, jemanden zu täuschen, so wie ich dich getäuscht habe. Ich gedachte meine Geschichte unverblümt zu erzählen und meinen Heiratsantrag offen vorzubringen. Und es schien mir so vollkommen logisch, daß ich für frei gelten würde, zu lieben und geliebt zu werden, daß ich gar nicht daran zweifelte, es werde sich eine Frau finden, die willens und fähig wäre, meinen Fall zu verstehen, und mich trotz des Fluches nähme, der auf mir lag.»

«Und, Sir?»

«Ich muß immer lächeln, wenn du mich verhörst, Jane. Du reißt die Augen auf wie ein begieriger Vogel und machst hie und da eine unruhige Geste, als kämen dir die Antworten nicht schnell genug und als wolltest du deshalb direkt in meinem Herzen lesen. Aber sag mir, ehe ich fortfahre, was du mit deinem ‹Und, Sir?› meinst. Es ist eine kleine, bei dir sehr häufige Redewendung, die mich schon oft zu endlosen Reden verführt hat, und ich weiß nicht recht, warum.»

«Ich meine: Was dann? Was unternahmen Sie daraufhin? Was folgte aus diesem Ereignis?»

«Aha. Und was willst du jetzt wissen?»

«Ob Sie eine Frau gefunden haben, die Sie liebten. Ob Sie sie gebeten haben, Ihre Frau zu werden, und was sie geantwortet hat.»

«Ich kann dir erzählen, ob ich eine gefunden habe, die ich liebte, und ob ich ihr einen Antrag gemacht habe, aber was sie antwortete, muß noch ins Buch des Schicksals geschrieben werden. Zehn Jahre lang streunte ich herum, lebte erst in der einen, dann in der anderen Hauptstadt, manchmal in St. Petersburg, öfter in Paris, gelegentlich in Rom, Neapel und Florenz. Dank meinem vielen Geld und dem Paß eines alten Namens konnte ich mir meine Gesellschaft aussuchen. Kein Kreis war mir verschlossen. Ich suchte meine Traumfrau unter englischen Ladys, französischen Komtessen, italienischen Signoras und deutschen Gräfinnen. Ich fand sie nicht. Manchmal glaubte ich einen Augenblick, ich hätte flüchtig etwas gesehen, einen Ton gehört oder eine Gestalt wahrgenommen, die mir die Verwirklichung meines Traumes ankündigte, aber ich wurde stets bald enttäuscht. Glaub nicht, daß ich mir Vollkommenheit des Geistes oder Körpers wünschte. Ich sehnte mich nur nach etwas, das zu mir paßte, nach einem Kontrast zu der Kreolin – doch ich sehnte mich vergebens. Unter all diesen Frauen fand ich keine, die ich um ihre Hand hätte bitten wollen, und wäre ich noch so frei gewesen. Ich war gewarnt vor den Gefahren, Schrecknissen und Greueln unverträglicher Verbindungen. Die

Enttäuschung machte mich leichtsinnig. Ich versuchte es mit Zerstreuung – doch niemals mit Ausschweifung. Die verabscheute ich und verabscheue sie noch. Die gehörte zu meiner westindischen Messalina[76]. Tiefsitzender Widerwille dagegen und gegen jene Frau hielten mich in Schranken, selbst mitten im Genuß. Alle Vergnügungen, die an Zügellosigkeit grenzten, schienen mich ihr und ihren Lastern näherzubringen, und das vermied ich.

Und doch konnte ich nicht allein leben. So versuchte ich es mit der Gesellschaft von Mätressen. Als erste wählte ich Céline Varens – noch einer dieser Schritte, für die man sich in der Erinnerung verachtet. Du weißt schon, was sie war und wie meine Liaison mit ihr endete. Sie hatte zwei Nachfolgerinnen, eine Italienerin, Giacinta, und eine Deutsche, Clara. Beide galten als ausnehmend schön. Aber was bedeutete mir ihre Schönheit nach wenigen Wochen? Giacinta war haltlos und unbeherrscht; ich hatte sie nach drei Monaten satt. Clara war aufrichtig und ruhig, aber schwerfällig, geistlos und unsensibel, nicht im geringsten nach meinem Geschmack. Ich gab ihr die nötige Summe für die Eröffnung eines ehrbaren Geschäfts und war froh, sie damit auf anständige Weise loszuwerden. Doch ich sehe an deinem Gesicht, Jane, daß du jetzt keine sehr gute Meinung mehr von mir hast. Du hältst mich für einen kaltherzigen, haltlosen Wüstling, nicht wahr?»

«Ja, so gut wie bisher gefallen Sie mir nicht mehr, Sir. Fanden Sie es denn gar nicht unrecht, so zu leben? Erst mit der einen, dann mit der anderen Mätresse? Sie sprechen davon, als wäre es selbstverständlich.»

«Das war es für mich, und doch gefiel es mir keineswegs. Es war ein nichtswürdiges Dasein, zu dem ich nie mehr zurück will. Eine Mätresse zu bezahlen ist das Schlimmste nach dem Kauf eines Sklaven. Beide sind einem unterlegen, oft von Natur aus und immer aufgrund ihrer Stellung, und mit Unterlegenen vertraut zu verkehren ist entwürdigend. Heute verabscheue ich die Erinnerung an die Zeit mit Céline, Giacinta und Clara.»

Ich spürte die Aufrichtigkeit dieser Worte und zog daraus den sicheren Schluß, daß er mich, sollte ich mich und alle mir jemals eingeflößten guten Lehren einst vergessen und – unter irgendeinem Vorwand, mit irgendeiner Rechtfertigung, durch irgendeine Versuchung – zur Nachfolgerin dieser armen Frauen werden, eines Tages mit demselben Gefühl betrachten würde, das nun in seinem Inneren die Erinnerungen an sie entweihte. Ich sprach diese Überzeugung nicht aus, es reichte, daß ich sie spürte. Ich prägte sie meinem Herzen ein, auf daß sie dort bleiben mochte, um mir in Zeiten der Versuchung zu Hilfe zu kommen.

«Nun, Jane, warum fragst du nicht: ‹Und, Sir?› Ich bin noch nicht fertig. Du schaust ernst. Ich sehe, du bist noch immer nicht mit mir einverstanden. Aber laß mich zum entscheidenden Punkt kommen. Letzten Januar, als ich mich aller Geliebten entledigt hatte, kehrte ich, von Geschäften gerufen, nach England zurück – in herber, bitterer Geistesverfassung, Folge eines sinnlosen, einsamen Vagabundenlebens, zerfressen von Enttäuschung, feindselig allen Menschen und besonders allen Frauen gegenüber. Denn allmählich hielt ich das Bild einer klugen, treuen, liebenden Frau für einen unerfüllbaren Traum.

An einem eisigen Winternachmittag ritt ich auf meinem Pferd auf Thornfield Hall zu. Verhaßter Ort! Ich erwartete keinen Frieden, keine Freuden dort. Auf einem Zauntritt an der Straße nach Hay sah ich eine stille, kleine Gestalt ganz allein sitzen. Ich ritt vorüber und beachtete sie sowenig wie die Kopfweide auf der anderen Straßenseite. Ich ahnte nicht, was sie einmal für mich bedeuten sollte, nichts in meinem Innern wies mich darauf hin, daß dort die Gebieterin meines Lebens, mein Schutzgeist im Guten und Bösen in bescheidener Verkleidung wartete. Ich erkannte sie nicht einmal, als sie nach Mesrours Sturz zu mir kam und mir ernst ihre Hilfe anbot. Das kindliche, zarte Geschöpf! Es war, als hüpfte mir ein Hänfling vor die Füße und schlüge mir vor, mich auf seinen winzigen Flügeln zu tragen. Ich war mürrisch, aber das Wesen wollte nicht gehen. Seltsam beharrlich stand es neben mir und schaute und sprach mit einer Art Autorität. Ich mußte mir helfen lassen – von dieser Hand. Und mir wurde geholfen.

Kaum hatte ich mich schwer auf diese zerbrechliche Schulter gestützt, schlich sich etwas Neues in meinen Körper, eine frische Kraft und Empfindung. Zum Glück hatte ich erfahren, daß diese Fee zu mir zurückkehren mußte, daß sie zu meinem Haus dort unten gehörte, sonst hätte ich es nicht ertragen, daß sie sich mir entzog, hätte nicht ohne heftigen Schmerz zusehen können, wie sie hinter der dunklen Hecke verschwand. Ich hörte dich an jenem Abend heimkommen, Jane, auch wenn du wahrscheinlich nicht ahntest, daß ich an dich dachte oder auf dich wartete. Am nächsten Tag konnte ich dich, selbst ungesehen, eine halbe Stunde lang beobachten, wie du im Korridor mit Adèle spieltest. Es schneite an jenem Tag, das weiß ich noch, und ihr konntet nicht ins Freie. Ich befand mich in meinem Zimmer, die Tür stand einen Spalt offen, und ich konnte zuhören und zuschauen. Adèle beanspruchte eine Weile deine äußere Aufmerksamkeit, dennoch bildete ich mir ein, du seist mit den Gedanken woanders. Aber du warst sehr geduldig mit ihr, meine kleine Jane, hast mit ihr gesprochen und sie lange unterhalten. Als sie dich schließlich allein ließ, verfielst du sofort in tiefe Träumerei und schrittest langsam den Flur entlang. Ab und zu, wenn du an einem Fenster vorbeikamst, blicktest du in das dichte Schneegestöber hinaus und horchtest auf den schluchzenden Wind, dann gingst du sacht und träumend weiter. Es waren gewiß keine finsteren Tagträume. Gelegentlich lag ein reizendes Leuchten in deinem Auge, eine leise Erregung auf deinem Gesicht, die nicht von verbittertem, griesgrämigem, schwermütigem Brüten sprach. Dein Blick erzählte vielmehr vom süßen Sinnieren der Jugend, deren Geist auf willigen Schwingen dem Flug der Hoffnung weit hinauf in einen idealen Himmel folgt. Die Stimme von Mrs. Fairfax, die in der Halle mit einem Dienstboten sprach, weckte dich. Wie seltsam hast du vor dich hin und über dich gelächelt, Janet! Dein Lächeln zeigte viel Verstand, es war scharfsinnig und schien sich nicht groß um deine Geistesabwesenheit zu scheren. Es schien zu sagen: ‹Meine lieblichen Phantasien sind schön und gut, aber ich darf nicht vergessen, daß sie völlig wirklichkeitsfremd sind. In meinem Kopf habe ich einen rosigen Himmel und ein grünes, blühendes Paradies, doch ich weiß sehr wohl, daß draußen ein harter Weg vor meinen Füßen liegt und daß sich schwarze Stürme um mich sammeln, denen ich trotzen muß.› Du liefst die Treppe hinunter und fragtest Mrs. Fairfax wegen einer Arbeit, ich glaube, es ging um die wöchentliche Haushaltsabrechnung. Es verdroß mich, daß du aus meinem Blickfeld verschwandest.

Voll Ungeduld erwartete ich den Abend, wo ich dich zu mir rufen konnte. Ich vermutete ungewöhnliche, mir völlig fremde Wesenszüge bei dir. Die wollte ich genauer erforschen und besser kennenlernen. Du betratest das Zimmer mit einem Blick und einer Haltung, die gleichzeitig scheu und unabhängig wirkten. Du warst drollig gekleidet – ähnlich wie jetzt. Ich brachte dich zum Reden und entdeckte bald, daß du voll seltsamer Gegensätze stecktest. Deine äußere Erscheinung und dein Betragen waren vorschriftsmäßig, deine Miene oft schüchtern und ganz und gar die einer von Natur aus vornehmen, jedoch an Gesellschaft überhaupt nicht gewöhnten Frau, die große Angst hat, durch einen Schnitzer oder eine Dummheit unangenehm aufzufallen; doch wenn man dich ansprach, richtetest du ein scharfes, kühnes, glühendes Auge auf deinen Gesprächspartner. In deinen Blicken lag stets etwas Durchdringendes, Kraftvolles, und wenn man dir mit eingehenden Fragen zusetzte, fandest du schlagfertige, unverblümte Antworten. Sehr bald schienst du dich an mich zu gewöhnen; ich glaube, Jane, du spürtest das Vorhandensein einer Seelenverwandtschaft zwischen dir und deinem grimmigen, mürrischen Herrn. Denn es war erstaunlich, wie rasch sich dein Verhalten beruhigte und einer angenehmen

Unbefangenheit wich. Ich mochte noch so sehr knurren, du zeigtest weder Erstaunen noch Furcht, weder Ärger noch Mißfallen angesichts meiner Griesgrämigkeit; du hast mich beobachtet und hie und da mit schlichter und doch scharfsichtiger, schwer zu beschreibender Anmut über mich gelächelt. Ich war gleichermaßen zufrieden und angeregt von dem, was ich sah, es gefiel mir, und ich wollte mehr sehen. Dennoch behandelte ich dich lange Zeit kühl und suchte selten deine Nähe. Als geistiger Epikureer wollte ich das Vergnügen an dieser neuen, reizvollen Bekanntschaft in die Länge ziehen. Außerdem beunruhigte mich eine Weile die quälende Furcht, wenn ich diese Blume unbefangen behandelte, würde ihr Flor verblassen und sie den süßen Reiz der Frische verlieren. Damals wußte ich noch nicht, daß es keine vergängliche Blüte war, sondern vielmehr das strahlende Ebenbild einer solchen, in unzerstörbaren Edelstein geschnitten. Ich wollte auch sehen, ob du mich suchtest, wenn ich dir auswich – aber das tatest du nicht; du verhieltest dich in deinem Schulzimmer so still wie dein Schreibpult und die Staffelei. Wenn ich dir zufällig begegnete, gingst du so rasch und mit so wenigen Zeichen des Erkennens an mir vorüber, wie es sich mit der Höflichkeit vereinbaren ließ. In jenen Tagen, Jane, war dein gewöhnlicher Gesichtsausdruck nachdenklich, nicht verzweifelt, denn du warst nicht wehleidig, aber auch nicht fröhlich, denn du hattest wenig Hoffnung und keine richtige Freude. Ich fragte mich, was du von mir dachtest oder ob du überhaupt an mich dachtest. Um dies herauszufinden, wandte ich dir wieder mehr Aufmerksamkeit zu. Wenn du dich unterhieltest, bekam dein Blick etwas Freudiges und dein Benehmen etwas Herzliches; ich merkte, daß du ein geselliges Wesen hattest und es nur das stille Schulzimmer und dein langweiliges Leben war, was dich bekümmerte. Ich gestattete mir das Vergnügen, freundlich zu dir zu sein; diese Freundlichkeit weckte bald Gefühle, und dein Gesicht wurde weicher, deine Stimme sanfter. Ich liebte es, meinen Namen von deinen Lippen dankbar und glücklich ausgesprochen zu hören. Damals genoß ich jede zufällige Begegnung mit dir, Jane, denn du benahmst dich seltsam unschlüssig und blicktest mich immer leicht beunruhigt an, wie mit einem schwebenden Zweifel. Du wußtest nicht, wie ich gelaunt war, ob ich den Herrn herauskehren und streng sein oder den Freund spielen und mich wohlwollend geben würde. Ich hatte dich jetzt schon zu lieb, um dir die erstere Laune oft vorzuspielen, und wenn ich dir herzlich meine Hand entgegenstreckte, erschien solch rosige Frische, solch ein Leuchten und eine Seligkeit auf deinen jungen, nachdenklichen Zügen, daß ich mich oft sehr anstrengen mußte, um dich nicht auf der Stelle an mein Herz zu ziehen.»

«Sprechen Sie nicht mehr von jenen Tagen, Sir», unterbrach ich ihn und wischte mir verstohlen ein paar Tränen aus den Augen. Seine Worte quälten mich, denn ich wußte, was ich tun mußte – bald tun mußte, und all diese Erinnerungen und Enthüllungen seiner Gefühle erschwerten mir meine Aufgabe nur.

«Nein, Jane», erwiderte er, «wozu in der Vergangenheit verweilen, wenn die Gegenwart so viel sicherer ist und die Zukunft so viel strahlender?»

Ich schauderte, als ich diese verblendete Behauptung hörte.

«Du siehst jetzt, wie die Sache liegt, nicht wahr?» fuhr er fort. «Nach einer Jugend und einem Mannesalter, das ich teils in unaussprechlichem Elend, teils in trostloser Einsamkeit verbrachte, habe ich zum ersten Mal etwas gefunden, das ich wirklich lieben kann, ich habe *dich* gefunden. Du bist mein Gegenstück, mein besseres Ich, mein guter Engel, und ich bin mit einem festen Band an dich gebunden. Ich halte dich für gut, begabt und schön; eine glühende, feierliche Leidenschaft hat sich in meinem Herzen eingenistet, sie drängt zu dir, zieht dich in meinen innersten Kern und an den Ursprung meines Lebens, schlingt mein Dasein um das deine, und ihre reine, mächtige Flamme verschmelzt dich und mich in eins.

Weil ich dies fühlte und wußte, beschloß ich, dich zu heiraten. Mir vorzuhalten, ich hätte schon eine Frau, ist nackter Hohn. Du weißt jetzt, daß ich nur einen grausigen Dämon hatte. Es war falsch, daß ich dich zu täuschen versuchte, aber ich hatte Angst vor der dir eigenen Hartnäckigkeit. Ich fürchtete früher eingeprägte Vorurteile, ich wollte dich sicher besitzen, ehe ich mich an Geständnisse wagte. Das war feige. Ich hätte schon zu Beginn an deinen Edelmut und deine Großherzigkeit appellieren sollen, so wie ich es jetzt tue, hätte dir mein leidvolles Leben offen darlegen, meinen Hunger und Durst nach einem höheren, wertvolleren Dasein beschreiben und meinen Entschluß offenbaren sollen – nein, Entschluß ist ein schwaches Wort, besser: meinen unwiderstehlichen Wunsch, treu und innig zu lieben, wo ich treu und innig wiedergeliebt werde. Dann hätte ich dich bitten sollen, mein Treuegelöbnis anzunehmen und mir das deine zu geben. Gib es mir jetzt, Jane.»

Stille.

«Warum schweigst du, Jane?»

Ich durchlebte eine Zerreißprobe: Eine Hand aus glühendem Eisen packte nach meinem Lebensnerv. Ein schrecklicher Augenblick, voller Kampf, Dunkel und Feuer! Kein Menschenwesen, das je gelebt hat, könnte sich wünschen, inniger geliebt zu werden, als ich geliebt wurde, und den, der mich so liebte, betete ich aus tiefstem Herzen an – und doch mußte ich Liebe und Abgott zurückweisen. Ein einziges trostloses Wort faßte meine unerträgliche Pflicht zusammen: «Geh!»

«Jane, du verstehst doch, was ich von dir will? Nur dies Versprechen: ‹Ich werde die Ihre sein, Mr. Rochester.›»

«Mr. Rochester, ich werde *nicht* die Ihre sein.»

Wieder langes Schweigen.

«Jane!» begann er erneut, so sanft, daß ich vor Weh in mich zusammenbrach und vor ahnungsvollem Schrecken erstarrte – denn diese leise Stimme war das Fauchen eines Löwen, der sich erhob. «Jane, hast du vor, auf Erden deinen eigenen Weg zu gehen und mich auf einen anderen zu schicken?»

«Ja, das habe ich vor.»

«Jane», und er beugte sich zu mir und nahm mich in die Arme, «willst du es jetzt immer noch?»

«Ja.»

«Und jetzt?» Er küßte mich sanft auf Stirn und Wange.

«Ja.» Und ich entwand mich rasch und gänzlich aus dieser Haft.

«Oh, Jane, das ist bitter! Das – das ist böse! Mich zu lieben wäre nicht böse.»

«Aber Ihnen zu gehorchen.»

Ein wilder Blick hob seine Brauen und verzerrte seine Züge. Er stand auf, beherrschte sich indessen noch. Ich legte die Hand auf eine Stuhllehne, um mich festzuhalten. Ich zitterte, ich fürchtete mich – doch ich blieb fest entschlossen.

«Einen Augenblick, Jane. Wirf einen Blick auf mein schreckliches Leben, wenn du fort bist. Mit dir wird alles Glück von mir gerissen. Was bleibt dann noch übrig? Als Frau habe ich nur die Wahnsinnige im dritten Stock. Genauso könntest du mich an eine Leiche drüben auf dem Friedhof verweisen. Was soll ich tun, Jane? Wohin mich wenden, um eine Gefährtin oder Hoffnung zu finden?»

«Machen Sie es wie ich. Vertrauen Sie auf Gott und auf sich selbst. Glauben Sie an den Himmel. Hoffen Sie, daß wir uns dort wiedersehen.»

«Du gibst also nicht nach?»

«Nein.»

«Du verurteilst mich dazu, unglücklich zu leben und verflucht zu sterben?» Seine Stimme hob sich.

«Ich rate Ihnen, ohne Sünde zu leben, und wünsche Ihnen, daß Sie einst in Frieden sterben können.»

«Dann raubst du mir Liebe und Reinheit? Stößt mich dorthin zurück, wo Lust herrscht statt Liebe und Laster zum Zeitvertreib wird?»

«Mr. Rochester, ich teile Ihnen dieses Schicksal genausowenig zu, wie ich selbst danach verlangen würde. Wir sind geboren, um zu kämpfen und zu dulden, Sie ebenso wie ich. Leben Sie danach. Sie werden mich vergessen, noch ehe ich Sie vergessen habe.»

«Mit solchen Worten erklärst du mich zum Lügner. Du besudelst meine Ehre. Ich habe erklärt, ich würde mich nicht ändern, und du sagst mir nun ins Gesicht, ich würde mich bald ändern. Wie verquer dein Urteil, wie widernatürlich deine Gedanken sind, zeigt sich in deinem Verhalten! Ist es etwa besser, ein Mitgeschöpf in die Verzweiflung zu treiben, als ein bloß von Menschen gemachtes Gesetz zu übertreten, durch dessen Übertretung kein Mensch Schaden nimmt? Du hast schließlich weder Verwandte noch Bekannte, die du zu kränken fürchten müßtest, wenn du mit mir zusammenlebst.»

Das stimmte, und während er sprach, verrieten mich mein eigenes Gewissen und meine Vernunft und bezichtigten mich eines Verbrechens, wenn ich ihm widerstand. Sie sprachen fast so laut wie das Gefühl, und das lehnte sich heftig auf. «Oh, gib nach!» sagte es. «Denk an sein Elend, denk daran, in welcher Gefahr er schwebt – schau, in welchem Zustand er ist, wenn er allein bleibt. Bedenke seine ungestüme Natur, bedenke den Leichtsinn, der der Verzweiflung folgt; beschwichtige ihn, rette ihn, liebe ihn, sag ihm, daß du ihn liebst und die Seine wirst. Wer in aller Welt schert sich um *dich?* Wen kümmert, was du tust?»

Doch unbezähmbar kam die Antwort: «*Mich* kümmert's. Je einsamer ich bin, je weniger Freunde ich habe, je weniger man mir hilft, desto mehr will ich mich selbst achten. Ich will das von Gott gegebene und vom Menschen geheiligte Gesetz befolgen. Ich will mich an die Grundsätze halten, die ich für richtig erkannt habe, als ich noch bei Sinnen war und nicht verrückt wie jetzt. Gesetze und Prinzipien gelten nicht nur in Zeiten, in denen es keine Versuchung gibt. Sie sind für Augenblicke wie diesen gedacht, wenn Körper und Seele gegen ihre Strenge aufbegehren. Sie sind bindend und dürfen nicht gebrochen werden. Was wären sie denn wert, wenn ich sie zu meinem persönlichen Behagen übertreten dürfte? Sie haben einen Wert, das habe ich immer geglaubt, und wenn ich es jetzt nicht glauben kann, so deshalb, weil ich verrückt bin, völlig verrückt. Durch meine Adern fließt Feuer, und mein Herz schlägt so schnell, daß ich die Pulsschläge nicht zählen kann. Früher gebildete Meinungen, einstmals gefaßte Beschlüsse sind alles, woran ich mich in dieser Stunde halten kann. Darauf verlasse ich mich.»

Ich hielt mich daran. Mr. Rochester, der in meiner Miene las, merkte dies. Er geriet in höchste Wut und mußte ihr für einen Augenblick nachgeben, was immer daraus folgen mochte. Er schlug andere Töne an und packte mich am Arm und um die Taille. Er schien mich mit seinem flammenden Blick zu verschlingen. Körperlich fühlte ich mich in diesem Augenblick so wehrlos wie Stroh, das dem Luftzug und der Glut eines Hochofens ausgesetzt ist, doch innerlich hatte ich meine Seele noch immer in der Gewalt und damit die Gewißheit völliger Sicherheit. Zum Glück hat die Seele einen Dolmetscher, einen oft unbewußten, aber immer zuverlässigen Dolmetscher in den Augen. Ich blickte zu ihm empor und seufzte unwillkürlich, als ich in sein wütendes Gesicht sah. Sein Griff tat weh, und meine überbeanspruchten Kräfte waren nahezu erschöpft.

«Niemals», sagte er und knirschte mit den Zähnen, «niemals gab es etwas gleichzeitig so Zerbrechliches und Unbezähmbares. Wie ein Schilfrohr fühlt sie sich an in meiner Hand!» Er schüttelte mich mit aller Kraft. «Ich könnte sie mit Daumen und Zeigefinger biegen, und wenn ich sie böge, zerrisse, zermalmte – was käme dabei heraus? Man schaue sich dieses Auge an, das unbeirrbare, wilde, freie Wesen, das dort herausblickt und sich mir widersetzt, nicht nur mutig, sondern auch noch finster triumphierend! Was ich auch mit seinem Käfig anstelle, ich komme nicht heran an dieses wilde, schöne Geschöpf! Wenn ich das schmächtige Gefängnis zerrisse und zerfetzte, würde meine Gewalttat nur die Gefangene befreien. Ich könnte das Haus erobern, aber die Bewohnerin würde zum Himmel entweichen, noch ehe ich mich zum Besitzer ihrer irdischen Wohnstatt erklären könnte. Und dich, Geist, mit deinem Willen und deiner Energie, deiner Tugend und Reinheit, dich will ich haben, nicht nur deinen zerbrechlichen Körper. Wenn du wolltest, kämest du freiwillig auf sanften Schwingen zu mir und bärgest dich an meiner Brust, doch gegen deinen Willen gepackt, entweichst du dem Griff wie eine Essenz und verschwindest, ehe ich deinen Duft einatmen kann. Oh, komm, Jane, komm!»

Mit diesen Worten entließ er mich aus seiner Umklammerung und schaute mich nur an. Diesem Blick zu widerstehen war weit schwieriger als der rasenden körperlichen Kraft. Doch jetzt hätte nur noch ein Schwachsinniger nachgegeben. Ich hatte seine Wut herausgefordert und abgewehrt, nun mußte ich mich seinem Schmerz entziehen. Ich wandte mich zur Tür.

«Du gehst, Jane?»
«Ich gehe, Sir.»
«Du verläßt mich?»
«Ja.»
«Du kommst nicht? Du willst mich nicht trösten, mich nicht retten? Meine innige Liebe, mein wildes Weh, mein leidenschaftliches Flehen bedeuten dir nichts?»

Welch unsägliches Leid lag in seiner Stimme! Wie schwer war es, standhaft zu wiederholen: «Ich gehe.»

«Jane!»
«Mr. Rochester.»
«Dann geh – ich bin einverstanden –, aber denk daran, du läßt mich hier in Qualen allein. Geh in dein Zimmer hinauf, denk über alles nach, was ich dir gesagt habe – und wirf einen Blick auf mein Leid, Jane – denk an mich.»

Er wandte sich ab und warf sich mit dem Gesicht aufs Sofa. «O Jane, meine Hoffnung, meine Liebe, mein Leben!» brach es qualvoll aus ihm hervor. Dann kam ein tiefes, heftiges Schluchzen.

Ich war schon bis zur Tür gelangt, aber nun, Leser, ging ich wieder ins Zimmer hinein, ebenso entschlossen, wie ich mich eben zurückgezogen hatte. Ich kniete mich neben ihm nieder, drehte sein Gesicht aus dem Kissen zu mir, küßte ihn auf die Wange und strich ihm mit der Hand übers Haar.

«Gott segne, Sie, lieber Herr», sagte ich. «Gott bewahre Sie vor Kummer und Unrecht, er leite und tröste Sie und belohne Sie für Ihre Freundlichkeit mir gegenüber.»

«Die Liebe der kleinen Jane wäre mein schönster Lohn gewesen», antwortete er, «ohne sie bricht mir das Herz. Aber Jane wird mir ihre Liebe schenken, ja, edel und großzügig.»

Wieder schoß ihm das Blut ins Gesicht, blitzte das Feuer aus seinen Augen, sprang er auf. Er streckte die Arme aus, doch ich wich der Umarmung aus und verließ augenblicklich das Zimmer.

«Leb wohl!» schrie es aus meinem Herzen, als ich ihn verließ. Und die Verzweiflung fügte hinzu: «Leb wohl für immer!»

***

Ich glaubte nie und nimmer, in dieser Nacht schlafen zu können, aber kaum lag ich im Bett, senkte sich der Schlummer über mich. In Gedanken wurde ich zu den Schauplätzen meiner Kindheit getragen: Ich träumte, ich liege im Roten Zimmer zu Gateshead, die Nacht sei finster und mein Gemüt von seltsamen Ängsten erfüllt. Das Licht, das mich vor langer Zeit in Ohnmacht hatte fallen lassen und dessen ich mich in dieser Vision wieder entsann, schien die Wand hochzugleiten und mitten auf der dunklen Decke zitternd innezuhalten. Ich schaute hinauf. Das Dach löste sich in hohe, verschwommene Wolken auf, und der schwache Lichtschein glich dem des Mondes hinter Dunstschleiern, die er gleich zerreißen wird. Ich wartete auf sein Erscheinen, wartete seltsam ahnungsvoll, als werde auf seiner Scheibe ein Urteil geschrieben stehen. Er brach hervor, wie der Mond noch nie aus den Wolken trat: Erst drang eine Hand durch die tiefschwarzen Falten und schob sie hinweg, dann schimmerte kein Mond, sondern ein weißes, menschliches Angesicht im Azurblau und neigte seine prachtvolle Stirn zur Erde hernieder. Es schaute mich lange an. Dann sprach es zu meiner Seele. Unermeßlich fern war die Stimme und doch so nah; sie flüsterte mir ins Herz: «Flieh die Versuchung, meine Tochter!»

«Ja, ich will fliehen, Mutter.»

So antwortete ich, als ich aus dem betäubungsähnlichen Traum aufgewacht war. Es war noch Nacht, aber Julinächte sind kurz. Kurz nach Mitternacht bricht die Dämmerung an. «Mit der Aufgabe, die ich erfüllen muß, kann ich nicht früh genug beginnen», dachte ich. Ich stand auf. Angekleidet war ich schon, denn ich hatte nur die Schuhe ausgezogen. Ich wußte, wo ich in meinen Schubladen etwas Wäsche, ein Medaillon, einen Ring fand. Als ich diese Gegenstände zusammensuchte, stieß ich auf eine Perlenkette, die mir Mr. Rochester vor ein paar Tagen aufgedrängt hatte. Die ließ ich zurück, sie gehörte mir nicht, sie gehörte der unwirklichen Braut, die sich in Luft aufgelöst hatte. Die anderen Dinge verschnürte ich zu einem Bündel, meine Börse mit zwanzig Shilling (alles, was ich besaß) steckte ich in die Tasche. Ich verknotete meinen Strohhut, steckte meinen Schal fest, griff nach dem Bündel und den Schuhen, die ich noch nicht anzog, und stahl mich aus dem Zimmer.

«Leben Sie wohl, liebe Mrs. Fairfax!» flüsterte ich, als ich an ihrer Tür vorüberschlüpfte. «Leb wohl, Adèle, mein Liebling!» sagte ich mit einem kurzen Blick zum Kinderzimmer. Kein Gedanke daran, hineinzugehen und sie zu umarmen. Ich mußte scharfe Ohren irreführen. Gut möglich, daß sie gerade jetzt lauschten.

Ich wäre ohne anzuhalten an Mr. Rochesters

Zimmer vorbeigegangen, aber vor seiner Schwelle setzte mein Herz einen Augenblick aus, und so war mein Fuß gezwungen, ebenfalls stehenzubleiben. Da drin gab es keinen Schlaf. Der Bewohner wanderte ruhelos von einer Wand zur anderen, und während ich lauschte, hörte ich ihn immer wieder seufzen. Wenn ich wollte, fände ich in diesem Zimmer einen Himmel – einen vergänglichen Himmel. Ich brauchte nur hineinzugehen und zu sagen: «Mr. Rochester, ich will Sie lieben und mit Ihnen leben bis an mein Ende», und ein Quell der Freude würde mir entgegensprudeln. Daran dachte ich.

Dieser gütige Herr, der jetzt nicht schlafen konnte, wartete ungeduldig auf den Tag. Am Morgen würde er nach mir schicken, dann würde ich fort sein. Er würde nach mir suchen lassen – vergebens. Er würde sich im Stich gelassen fühlen, mit seiner Liebe abgewiesen, leiden, vielleicht verzweifeln. Auch daran dachte ich. Meine Hand bewegte sich auf das Schloß zu. Aber ich zog sie zurück und huschte weiter.

Unglücklich schlich ich die Treppe hinunter. Ich wußte, was ich zu tun hatte, und tat es mechanisch. In der Küche suchte ich mir den Schlüssel zur Hintertür, außerdem ein Fläschchen Öl und eine Feder, um Schlüssel und Schloß zu schmieren. Ich nahm Wasser und Brot mit, vielleicht mußte ich weit wandern, und meine in letzter Zeit arg mitgenommenen Kräfte durften nicht nachlassen. All dies verrichtete ich lautlos. Ich öffnete die Tür, trat hinaus, zog sie leise zu. Im Hof schimmerte schwach die Morgendämmerung. Das große Tor war geschlossen und zugesperrt, aber ein Törchen in einem der Flügel war nur verriegelt. Dort ging ich hinaus, schloß auch das hinter mir, und nun stand ich außerhalb von Thornfield.

Eine Meile entfernt, jenseits der Felder, verlief eine Straße in die Millcote entgegengesetzte Richtung; ich war ihr noch nie gefolgt, aber ich hatte sie bemerkt und mich immer gefragt, wohin sie wohl führte. Dorthin lenkte ich meine Schritte. Jetzt war kein Nachdenken erlaubt, kein Blick durfte zurückgehen, auch keiner vorwärts. Kein Gedanke durfte sich regen, weder an die Vergangenheit noch an die Zukunft. Erstere war eine so himmlisch schöne und todtraurige Seite im Buch der Zeit, daß sich mein Mut, wenn ich auch nur eine Zeile darauf läse, in nichts auflöste und meine Kraft zusammenbräche. Und letztere war eine furchterregend leere Seite, etwa so wie die Welt nach der Sintflut.

Ich ging an Feldern, Hecken und Feldwegen entlang, bis die Sonne aufgegangen war. Ich glaube, es war ein schöner Sommermorgen; ich weiß noch, daß meine Schuhe, die ich angezogen hatte, als ich das Haus verließ, bald vom Tau naß waren. Aber ich achtete weder auf die aufgehende Sonne noch auf den lächelnden Himmel oder die erwachende Natur. Wer durch eine schöne Landschaft zum Schafott geführt wird, denkt nicht an die Blumen, die am Wegesrand lächeln, sondern nur an den Block und das scharfe Beil, an das Durchtrennen von Knochen und Adern und an das Grab, das am Ende klafft; ich dachte an trostlose Flucht und zielloses Wandern und, ach, voller Schmerz an das, was ich verlassen hatte! Aber ich konnte nicht anders. Ich dachte an ihn, wie er nun in seinem Zimmer den Sonnenaufgang beobachtete und hoffte, ich würde bald kommen und ihm versprechen, bei ihm zu bleiben und die Seine zu werden. Ich sehnte mich danach, ich lechzte nach Umkehr; es war nicht zu spät, noch konnte ich ihm den bitteren, schmerzlichen Verlust ersparen. Noch war meine Flucht bestimmt nicht entdeckt worden. Ich konnte zurück und ihn trösten, konnte sein Stolz, seine Erlöserin aus allem Unglück sein, ihn vielleicht vor dem Verderben bewahren. Oh, wie bedrängte mich die Angst, er werde sich aufgeben – viel schlimmer als mein eigenes Preisgegebensein! Sie steckte wie eine Pfeilspitze mit Widerhaken in meiner Brust, sie zerriß mich, wenn ich sie herauszuziehen versuchte, und peinigte mich, wenn die Erinnerung sie tiefer hineintrieb. In Dickicht und Unterholz begannen die Vögel zu singen. Vögel waren ihren Liebsten treu, Vögel waren Sinnbilder der Liebe. Und was war ich? Bei allem Herzeleid, bei allen wütenden Bemühungen, meinen Grundsätzen treu zu bleiben, haßte ich mich selbst. Ich fand keinen Trost in der Selbstzufriedenheit, nicht einmal in der Selbstachtung. Ich hatte meinen Herrn gekränkt, verletzt, verlassen. Ich fand mich abscheulich. Dennoch konnte ich nicht umkehren, konnte keinen Schritt zurücktun. Gott muß mich weitergeführt haben. Was meinen eigenen Willen oder mein Gewissen betraf, so hatte leidenschaftlicher Kummer den einen niedergetrampelt und das andere erstickt. Ich weinte hemmungslos, während ich meinen einsamen Weg dahinlief, schnell, schnell, wie im Wahn. Ein Gefühl der Schwäche keimte in meinem Inneren, dehnte sich auf die Glieder aus, packte mich, und ich stürzte. Minutenlang lag ich auf dem Boden und drückte mein Gesicht ins nasse Gras. Ich fürchtete – oder hoffte –, ich würde hier sterben, doch bald kam ich wieder hoch, krabbelte auf allen vieren weiter und erhob mich endlich auf die Füße – wie zuvor wild entschlossen, die Straße zu erreichen.

Dort angekommen, mußte ich mich zum Ausruhen unter eine Hecke setzen, und während ich so dasaß, hörte ich Räder und sah eine Kutsche näher kommen. Ich stand auf und hob die Hand; sie hielt an. Ich fragte nach ihrem Wohin, und der Kutscher nannte einen Ort, der weit weg lag und zu dem Mr. Rochester bestimmt keine Verbindungen hatte. Ich fragte, für welchen Betrag er mich dorthin mitnähme. Er meinte: «Dreißig Schilling.» Ich hätte aber nur zwanzig, entgegenete ich. «Na gut, das wird dann wohl auch genügen.» Überdies gestattete er mir, innen Platz zu nehmen, da das Gefährt leer war. Ich stieg also ein, wurde eingeschlossen, und der Wagen rollte dahin.

Lieber Leser, mögest du nie empfinden, was ich damals empfand! Mögen deine Augen niemals solch wilde, heiße, herzzerreißende Tränen vergießen, wie sie aus meinen flossen. Mögest du niemals so hoffnungslose, qualvolle Gebete zum Himmel richten, wie sie in jener Stunde von meinen Lippen kamen, mögest du niemals fürchten wie ich, für das, was du aus ganzem Herzen liebst, zum Werkzeug des Bösen zu werden.

KAPITEL 28

Zwei Tage sind vergangen. Es ist ein Abend, ein Sommerabend; der Kutscher hat mich an einer Stelle namens Whitcross abgesetzt. Er konnte mich für den bezahlten Betrag nicht weiter mitnehmen, und ich besaß auf Erden keinen Shilling mehr. Nun ist die Kutsche schon eine Meile weit weg, und ich bin allein. In diesem Augenblick stelle ich fest, daß ich mein Bündel in der Kutschentasche vergessen habe, wo ich es sicherheitshalber hineingesteckt hatte. Dort ist es noch, dort muß es bleiben, und ich bin jetzt völlig mittellos.

Whitcross ist keine Stadt, nicht einmal ein Dorf, sondern nur ein Markstein an einer Straßenkreuzung, weiß gekalkt, vermutlich, damit er auf die Entfernung und im Dunkeln besser zu sehen ist. Vier Arme ragen oben heraus; die nächste Stadt, zu der sie weisen, liegt der Aufschrift zufolge zehn Meilen weit weg; die entfernteste über zwanzig. An den wohlbekannten Namen dieser Städte erkenne ich, in welcher Grafschaft ich ausgestiegen bin: eine in den nördlichen Midlands, düster vor Moor, durchzogen von Bergketten; das sehe ich. Hinter mir und zu beiden Seiten erstrecken sich ausgedehnte Sümpfe, und jenseits des tiefen Tals zu meinen Füßen reihen sich wellige Hügel hintereinander. Das Land hier ist gewiß spärlich besiedelt, und ich sehe keine Reisenden auf diesen Straßen; weiß, breit und leer ziehen sie sich nach Osten, Westen, Norden und Süden. Sie sind alle ins Moor geschnitten, und die Heide wächst hoch und wild bis an den Rand. Dennoch könnte ein zufälliger Reisender vorbeikommen, und ich will nicht, daß mich jetzt irgend jemand sieht. Fremde würden sich fragen, was ich hier tue, warum ich hier offensichtlich ziellos und verloren neben diesem Wegweiser stehe. Vielleicht würde man mir Fragen stellen, und ich könnte nur Antworten geben, die unglaubwürdig klängen und Verdacht erregten. Nichts verbindet mich in diesem Augenblick mit der menschlichen Gesellschaft, kein Zauber, keine Hoffnung rufen mich dorthin, wo meine Mitmenschen sind, niemand, der mich sähe, hegte liebenswürdige Gedanken oder gute Wünsche für mich. Ich habe keine Verwandten mehr außer unser aller Mutter, die Natur. An ihre Brust will ich mich flüchten und Ruhe suchen.

Ich schlug mich geradewegs in die Heide und hielt auf eine Senke zu, die eine tiefe Furche durch die braune Moorlandschaft zog. Ich watete knietief in ihrem dunklen Bewuchs, folgte ihren Windungen, fand in einem versteckten Winkel einen moosgeschwärzten Granitfelsen und setzte mich darunter. Rings um mich erhoben sich moorige Böschungen, der Felsen schützte meinen Kopf, darüber kam der Himmel.

Selbst hier dauerte es geraume Zeit, bis ich zur Ruhe kam. Dunkle Ängste suchten mich heim, es könnte wildes Vieh in der Nähe sein oder ein Jäger oder Wilddieb mich entdecken. Wenn ein Windstoß über die öde Ebene fegte, schaute ich besorgt auf, ob nicht ein Bulle dahergestürzt kam; wenn ein Kiebitz pfiff, bildete ich mir ein, es sei ein Mensch. Als ich jedoch merkte, daß meine Befürchtungen unbegründet waren, als mich das tiefe Schweigen, das schließlich bei Einbruch der Nacht herrschte, beruhigte, wurde ich wieder zuversichtlich. Bisher hatte ich noch nicht nachgedacht, sondern nur gelauscht, beobachtet, mich gefürchtet. Nun gewann ich die Fähigkeit zum Denken zurück.

Was sollte ich tun? Wohin gehen? Oh, welch unerträgliche Fragen, wo ich doch nichts tun und nirgendwohin gehen konnte! Wo doch meine müden, zitternden Glieder erst einen langen Weg zurücklegen mußten, bis ich die nächste menschliche Siedlung erreichte, wo ich Herzen aus Stein erweichen mußte, um eine Unterkunft zu bekommen, wo ich um ungnädiges Mitleid betteln und mir fast sicher eine Abfuhr holen mußte, ehe sich jemand meine Geschichte anhörte oder meine Bedürfnisse erfüllte!

Ich berührte die Heide; sie fühlte sich trocken und noch warm an von der Hitze des Sommertages. Ich blickte zum Himmel hoch, er war klar, und ein freundlicher Stern blinkte genau über der Schlucht. Der Tau fiel, aber gnädig lau, und kein Lüftchen flüsterte. Die Natur schien mir gütig und gewogen, als liebte sie mich, ausgestoßen wie ich war, und da ich von den Menschen nur Mißtrauen, Zurückweisung und Beleidigungen erwarten konnte, klammerte ich mich mit töchterlicher Zärtlichkeit an sie. Zumindest diese Nacht wollte ich ihr Gast sein, ich war ja ihr Kind. Meine Mutter würde mich auch ohne Geld und Gegenleistung beherbergen. Ich hatte noch ein Stück Brot, den Rest eines Weckens, den ich mit einem verirrten Penny, meiner letzten Münze, in einer Stadt gekauft hatte, durch die wir mittags gefahren waren. An manchen Stellen sah ich reife Heidelbeeren wie schwarze Perlen zwischen dem Heidekraut schimmern. Ich sammelte eine Handvoll und aß sie zusammen mit dem Brot. Mein Hunger, vorher nagend, war jetzt zwar nicht gestillt, aber durch dieses Einsiedlermahl doch besänftigt. Als ich fertig war, sprach ich mein Abendgebet und suchte mir ein Lager.

Neben dem Felsen wuchs die Heide sehr hoch. Als ich mich hinlegte, verschwanden meine Füße darin, sie ragte zu beiden Seiten auf und ließ der eindringenden Nachtluft nur einen schmalen Zugang. Ich faltete meinen Schal doppelt und legte ihn mir als Bettdecke über; ein niederes, moosbewachsenes Hügelchen diente mir als Kopfkissen. So untergebracht, war mir zumindest zu Anfang der Nacht nicht kalt.

Ich hätte wohl einigermaßen friedlich geschlummert, doch mein trauriges Herz hielt mich wach. Es beklagte seine klaffenden Wunden, die inneren Blutungen, die zerrissenen Bänder. Es zitterte um Mr. Rochester und sein Schicksal, bemitleidete ihn zutiefst und sehnte sich unaufhörlich nach ihm, und ohnmächtig wie ein Vogel mit gebrochenen Flügeln zuckte es noch immer mit den verletzten Stummeln, im vergeblichen Versuch, zu ihm zu fliegen.

Erschöpft von dieser Gedankenfolter, erhob ich mich auf die Knie. Die Nacht war gekommen, die Sterne zogen herauf; eine sichere, stille Nacht, zu heiter für einen Begleiter wie die Angst. Wir wissen, daß Gott überall ist, aber wir spüren seine Nähe doch am anschaulichsten, wenn seine Werke sich in grandiosem Maßstab vor uns ausbreiten; und am wolkenlosen Nachthimmel, wo seine Welten auf ihren lautlosen Bahnen dahinziehen, erkennen wir seine Grenzenlosigkeit, Allmacht und Allgegenwart am deutlichsten. Ich hatte mich auf die Knie erhoben, um für Mr. Rochester zu beten. Als ich mit tränentrüben Augen aufblickte, sah ich die mächtige Milchstraße. Ich besann mich darauf, was das war – welch zahllose Sternensysteme dort als sanfte Lichtspur durch das Weltall glitten –, und fühlte Gottes Macht und Kraft. Gewiß würde er mit seiner Schöpferkraft retten, was er geschaffen hatte, und ich vertraute fest darauf, daß weder die Erde unterginge noch eine der Seelen, die sie barg. Aus meinem Flehen wurde ein Dankgebet. Der Quell des Lebens war auch der Erlöser der Seele. Mr. Rochester war sicher; er befand sich in Gottes Hand, und Gott würde ihn beschützen. Aufs neue kuschelte ich mich an die Brust des Hügels, und bald vergaß ich im Schlaf meinen Kummer.

Doch am nächsten Tag kroch bleich und nackt die Not auf mich zu. Lange nachdem die kleinen Vögel ihre Nester verlassen hatten, lange nachdem die Bienen im ersten lieblichen Tageslicht, noch ehe der Tau verdunstet war, zum Sammeln des Heidehonigs aufgetaucht waren, als die langen Morgenschatten sich schon verkürzt hatten und die Sonne Erde und Himmel erfüllte, stand ich auf und blickte mich um.

Was für ein stiller, heißer, vollkommener Tag! Was für eine goldene Wüste, dies weite Moor! Überall Sonnenschein. Ich wünschte, ich hätte darin und davon leben können. Ich sah eine Eidechse über den Felsen laufen und eine Biene geschäftig durch die süßen Heidelbeeren fliegen. In diesem Augenblick wäre ich am liebsten zur Biene oder Eidechse geworden, um hier die mir angemessene Nahrung und ständige Unterkunft zu finden. Aber ich war ein Mensch und hatte die Bedürfnisse eines Menschen. Ich durfte nicht verweilen, wo sie nicht gestillt werden konnten. Ich erhob mich. Ich schaute auf das Bett hinunter, das ich hinter mir ließ. Ohne Hoffnung für die Zukunft wünschte ich mir nur eins: daß mein Schöpfer es in dieser Nacht für gut befunden hätte, meine Seele im Schlaf von mir zu fordern[77], und daß dieser müde Körper, durch den Tod von weiteren Kämpfen mit dem Schicksal erlöst, jetzt nur noch still vermodern müßte und sich in Frieden mit dem Boden dieser Wildnis vermengen könnte. Doch noch war Leben in mir, mit all seinen Erfordernissen, Schmerzen und Verpflichtungen. Die Last mußte geschleppt, die Bedürfnisse mußten gestillt werden, das Leiden ertragen, die Verpflichtung erfüllt. Ich brach auf.

Wieder bei Whitcross angekommen, folgte ich einer Straße, die aus der jetzt hochstehenden, heißen Sonne führte. Ich besaß nicht mehr die Willenskraft, meine Entscheidung von einem anderen Umstand beeinflussen zu lassen. Ich wanderte lange, und als ich fand, nun sei es bald genug, als ich der Müdigkeit, die mich fast überwältigte, gern bewußt nachgegeben, in meinem erzwungenen Lauf innegehalten, mich auf einen Stein in der Nähe gesetzt und mich widerstandslos der Trägheit überlassen hätte, die mir Herz und Glieder lähmte – da hörte ich ein Geläut – eine Kirchenglocke.

Ich drehte mich in Richtung dieses Tons und erblickte zwischen den romantischen Hügeln, deren wechselndem Aussehen ich schon seit einer Stunde keine Beachtung mehr schenkte, ein Dorf und einen Turm. Das ganze Tal zu meiner Rechten lag voller Weiden, Felder und Wälder, und ein glitzernder Bach lief im Zickzack durch die verschiedenen Grün, das reifende Korn, das dunkle Waldland, die helle, sonnige Aue. Rädergerumpel lenkte meine Gedanken wieder auf die Straße vor mir, ich sah einen schwerbeladenen Wagen, der sich den Hügel hinaufmühte, und ein wenig weiter zwei Kühe und ihren Treiber. Menschliches Leben, menschliche Arbeit waren nah. Ich mußte weiterkämpfen, nach Leben streben und mich wie alle anderen der Plakkerei unterwerfen.

Gegen zwei Uhr nachmittags erreichte ich das Dorf. Gleich am Anfang der einzigen Straße gab es einen kleinen Laden mit Brotlaiben im Fenster. Mich verlangte heftig danach. Mit einer solchen Stärkung konnte ich vielleicht erneut zu Kräften kommen, ohne würde es schwierig werden, weiterzugehen. Kaum befand ich mich wieder unter Menschen, kehrte der Wunsch nach körperlicher und seelischer Kraft zurück. Ich fand es entwürdigend, auf der Dorfstraße vor Hunger ohnmächtig zu werden. Hatte ich denn nichts bei mir, was ich gegen einen solchen Wecken eintauschen konnte? Ich überlegte. Ich trug ein kleines Seidentuch um den Hals und besaß Handschuhe. Ich hatte keine Ahnung, was Männer und Frauen in äußerster Not taten. Ich wußte nicht, ob diese Gegenstände angenommen wurden. Wahrscheinlich nicht, aber ich mußte es versuchen.

Ich betrat den Laden. Eine Frau stand darin. Als sie eine gediegen gekleidete Dame erblickte, kam sie höflich nach vorn. Womit sie mir dienen könne? Scham erfaßte mich. Meine Zunge wollte die Frage, die ich mir zurechtgelegt hatte, nicht aussprechen. Ich wagte nicht, ihr die etwas abgetragenen Handschuhe oder das verknitterte Halstuch anzubieten; außerdem fand ich es ohnehin lächerlich. Ich bat deshalb nur um die Erlaubnis, mich einen Augenblick hinsetzen zu dürfen, ich sei müde. Enttäuscht, da sie eine Kundin erwartet hatte, gestattete sie es kühl. Sie zeigte auf einen Stuhl, und ich sank darauf nieder. Mir war sehr nach Weinen zumute, aber in dem Wissen, wie unschicklich dies wäre, beherrschte ich mich. Dann fragte ich, ob es hier im Dorf eine Schneiderin oder Weißnäherin gebe.

Ja, zwei oder drei. Genauso viele, wie Arbeit für sie da sei.

Ich dachte nach. Ich war nun an einem entscheidenden Punkt angelangt. Auge in Auge stand ich der Not gegenüber. Ich befand mich in der Lage eines Menschen ohne Mittel, ohne Freunde, ohne Geld. Ich mußte etwas tun. Aber was? Ich mußte mich irgendwo bewerben. Aber wo?

Ob sie von einem Haus hier in der Gegend wisse, wo man Personal suche?

Nein, nicht daß sie wüßte.

Was denn die Haupteinnahmequelle hier im Ort sei? Was die meisten Einwohner täten?

Einige arbeiteten in der Landwirtschaft, viele in Mr. Olivers Nadelfabrik und in der Gießerei.

Ob Mr. Oliver auch Frauen beschäftige?

Nö, das sei Männerarbeit.

«Und was tun die Frauen?»

«Weiß nicht», kam die Antwort, «die einen das, die andern was anderes. Arme Leute müssen halt schauen, wie sie zurechtkommen.»

Sie schien meiner Fragen überdrüssig, und schließlich, mit welchem Recht belästigte ich sie? Ein paar Nachbarinnen kamen herein, und mein Stuhl wurde offensichtlich gebraucht. Ich verabschiedete mich.

Ich ging die Straße hinauf und schaute mir unterwegs alle Häuser zur Rechten und zur Linken an, aber ich fand weder Vorwand noch Anlaß, bei einem vorzusprechen. Eine Stunde oder länger streifte ich rund um das Dorf, ging manchmal etwas weiter weg und kehrte wieder zurück. Völlig erschöpft und krank vor Hunger bog ich schließlich in eine Straße ein und setzte mich unter eine Hecke. Doch nach wenigen Minuten war ich schon wieder auf den Beinen und suchte weiter – nach Hilfe oder zumindest einem guten Rat. Am oberen Ende dieser Straße stand ein hübsches kleines Haus mit einem äußerst gepflegten, in leuchtenden Farben blühenden Vorgarten. Dort blieb ich stehen. Welches Recht hatte ich, mich der weißen Tür zu nähern oder den funkelnden Türklopfer zu berühren? Inwiefern sollte es im Interesse der Hausbewohner liegen, mir zu helfen? Dennoch ging ich darauf zu und klopfte. Eine gütig dreinblickende, sauber gekleidete junge Frau öffnete die Tür. Mit einer Stimme, wie sie aus einem hoffnungslosen Herzen und schwachen Körper nicht anders zu erwarten war, einer elend leisen und unsicheren Stimme, fragte ich, ob man hier vielleicht eine Hausangestellte brauche.

«Nein», sagte sie, «wir haben keine Dienstboten.»

«Können Sie mir sagen, wo ich irgendeine Beschäftigung bekommen könnte?» fuhr ich fort. «Ich bin fremd in diesem Dorf, kenne niemanden, und ich brauche Arbeit, gleichgültig welche.»

Aber es war nicht ihre Aufgabe, für mich nachzudenken oder mir eine Stelle zu suchen. Abgesehen davon – wie fragwürdig muß ich mit meiner Erscheinung, Lage und Geschichte in ihren Augen gewirkt haben! Sie schüttelte den Kopf, sie bedaure, daß sie mir nicht weiterhelfen könne, und die weiße

Tür ging zu, ganz leise und höflich – aber sie schloß mich doch aus. Wäre sie ein bißchen länger aufgeblieben, hätte ich wahrscheinlich um ein Stück Brot gebeten, denn mittlerweile war ich am Ende.

Unerträglicher Gedanke, in das garstige Dorf zurückzukehren, wo es außerdem keine Aussicht auf Hilfe gab. Am liebsten hätte ich die Richtung geändert und wäre in den Wald gegangen, den ich nicht ferne liegen sah und der mir in seinem dichten Schatten einladenden Schutz zu bieten schien. Aber ich war so elend, so schwach und so ausgehöhlt vom nagenden Verlangen des Körpers, daß mich der Instinkt festhielt und ich weiter um die Häuser kreiste, wo es immerhin möglicherweise etwas zu essen gab. Alleinsein war nicht Alleinsein, Ruhe nicht Ruhe, solange der Geier «Hunger» Schnabel und Krallen derart in meine Seite grub.

Ich näherte mich den Häusern, ging wieder fort, kehrte zurück und wanderte erneut davon, immer gehemmt vom Bewußtsein, daß ich kein Recht hatte zu fragen und keinen Anspruch auf Anteilnahme an meinem einsamen Schicksal. Während ich wie ein herrenloser, hungriger Hund umherzog, schritt der Nachmittag fort. Als ich über eine Wiese kam, sah ich auf einmal den Kirchturm vor mir und eilte darauf zu. Neben dem Friedhof stand ein solide gebautes, wenn auch kleines Haus mit Garten, ohne Zweifel das Pfarrhaus. Mir fiel ein, daß arbeitsuchende Fremde in Orten, wo sie keine Freunde haben, sich manchmal zur Einführung und Hilfe an den Pfarrer wenden. Es ist Aufgabe des Geistlichen, denen zu helfen, die sich selbst helfen wollen – zumindest mit guten Ratschlägen. Hier Rat zu suchen, schien ich doch eine Art Recht zu haben. Ich nahm also noch einmal allen Mut zusammen, sammelte meine wenigen noch verbleibenden Kräfte und arbeitete mich vor. Ich kam ans Haus und klopfte an die Küchentür. Eine alte Frau öffnete. Ich fragte, ob dies das Pfarrhaus sei.

Ja.

Ob der Pfarrer da sei?

Nein.

Ob er bald heimkomme?

Nein, er sei fortgefahren.

Weit?

Nicht sehr weit. Vielleicht drei Meilen. Sein Vater sei plötzlich gestorben, und da habe man ihn geholt. Er sei jetzt in Marsh End und werde dort wahrscheinlich vierzehn Tage oder länger bleiben.

Vielleicht sei die Dame des Hauses anwesend?

Nein, es gebe niemanden außer ihr, sie sei die Haushälterin. Und diese um Hilfe zu bitten, lieber Leser, brachte ich noch nicht übers Herz, auch wenn ich ohne Hilfe immer schwächer wurde. Ich konnte noch nicht betteln, und wieder kroch ich davon.

Ein zweites Mal nahm ich mein Halstuch ab, erneut dachte ich an die Brotlaibe in dem kleinen Laden. Oh, nur einen Kanten davon, nur einen Bissen, um den stechenden Hungerschmerz zu lindern! Instinktiv wandte ich mein Gesicht wieder dem Dorf zu, fand ein zweites Mal den Laden und ging hinein, und obwohl außer der Frau noch andere Leute da waren, wagte ich zu fragen, ob sie mir für dieses Halstuch einen Wecken geben würde.

Sie beäugte mich sichtlich argwöhnisch. Nein, so verkaufe sie ihre Sachen nie.

Nahezu verzweifelt bat ich sie um einen halben

Laib, doch wieder lehnte sie ab. Sie könne ja nicht wissen, wo ich das Halstuch her habe, meinte sie.

Ob sie meine Handschuhe nähme?

Nein, was solle sie mit denen?

Es ist nicht erfreulich, Leser, bei diesen Einzelheiten zu verweilen. Manche Menschen behaupten, es mache ihnen Freude, auf vergangene Pein zurückzuschauen, aber ich bringe es bis zum heutigen Tag fast nicht über mich, mir die Zeiten, von denen hier die Rede ist, zu vergegenwärtigen. Die moralische Schande und dazu die körperlichen Leiden sind eine zu quälende Erinnerung, als daß ich mich gern damit abgäbe. Ich mache niemandem Vorwürfe, der mich zurückwies. Ich fand, das war zu erwarten und nicht zu verhindern. Schon ein gewöhnlicher Bettler wird häufig zum Gegenstand des Mißtrauens, bei einer gutgekleideten Bettlerin ist dies unvermeidlich. Ich bettelte zwar um Arbeit, aber wessen Aufgabe war es, mich mit Arbeit zu versorgen? Gewiß nicht die von Leuten, die mich damals zum ersten Mal sahen und nichts über mich wußten. Und was die Frau betrifft, die ihr Brot nicht gegen mein Halstuch eintauschen wollte, nun, sie hatte recht, wenn ihr das Angebot zwielichtig und der Tausch wenig gewinnträchtig erschien. Ich will mich kurz fassen. Ich bin das Thema leid.

Es dunkelte schon fast, da kam ich an einem Bauernhaus vorbei, wo an der offenen Tür der Bauer saß und sein Vesperbrot mit Käse aß. Ich blieb stehen und sagte: «Würden Sie mir ein Stück Brot geben? Ich habe solchen Hunger.» Er warf mir einen überraschten Blick zu, schnitt mir dann aber wortlos eine dicke Scheibe von seinem Laib ab und reichte sie mir. Vermutlich hielt er mich nicht für eine Bettlerin, sondern nur für eine überspannte Dame, die sich sein Schwarzbrot in den Kopf gesetzt hatte. Kaum war ich außer Sichtweite, sank ich nieder und aß es auf.

Ohne Hoffnung auf ein Nachtquartier unter einem Dach suchte ich mir eins in dem vorher erwähnten Wald. Aber die Nacht war fürchterlich, mein Schlaf unruhig. Der Boden war feucht, die Luft kalt, außerdem kamen mehr als einmal ungebetene Gäste vorbei, und immer wieder mußte ich meinen Schlafplatz wechseln, kein Gefühl von Sicherheit oder Ruhe kam mir zu Hilfe. Gegen Morgen fing es an zu regnen, und der ganze folgende Tag blieb naß. Bitte mich nicht, Leser, dir diesen Tag peinlich genau zu schildern. Wie zuvor suchte ich Arbeit, wie zuvor wurde ich abgewiesen, wie zuvor hungerte ich. Nur einmal kam etwas Eßbares über meine Lippen. An der Tür einer Hütte sah ich, wie ein kleines Mädchen einen Teller kalten Haferbrei in einen Schweinetrog werfen wollte. «Gibst du mir das?» fragte ich.

Sie starrte mich an. «Mutter!» schrie sie. «Da ist eine Frau, die will, daß ich ihr das Porridge geb'!»

«Schon recht, Kind», erwiderte eine Stimme von drinnen, «gib's ihr, wenn's eine Bettlerin ist. Das Schwein braucht's nicht.»

Das Mädchen kippte den steifgewordenen Brei in meine Hand, und ich verschlang ihn gierig.

Als sich das nasse Zwielicht weiter verdunkelte, blieb ich auf einem einsamen Reitweg stehen, dem ich seit einer Stunde oder länger gefolgt war.

«Jetzt verlassen mich meine Kräfte endgültig», sprach ich vor mich hin. «Recht viel weiter komm' ich nicht mehr. Muß ich heute nacht wieder draußen bleiben? Muß ich, obwohl es in Strömen regnet, meinen Kopf auf den kalten, nassen Boden betten? Ich kann wohl nicht anders, denn wer nähme mich auf? Aber es wird entsetzlich werden, mit diesem Hunger, dieser Schwäche und Kälte und diesem Gefühl von Verlassenheit und vollkommener Hoffnungslosigkeit. Höchstwahrscheinlich sterbe ich vor dem Morgengrauen. Und warum kann ich mich mit der Aussicht auf den Tod nicht anfreunden? Warum kämpfe ich um ein wertloses Leben? Weil ich weiß oder glaube, daß Mr. Rochester noch am Leben ist, und weil sich die Natur dem Schicksal, an Hunger und Kälte zu sterben, nicht passiv unterwirft. O Vorsehung! Unterstütze mich noch ein wenig länger! Hilf mir, leite mich!»

Mein verschleierter Blick wanderte über die düstere, neblige Landschaft. Ich merkte, daß ich mich weit vom Dorf entfernt hatte, es war nichts mehr davon zu sehen. Selbst das bestellte Land darum herum war verschwunden. Über Seitenstraßen und Nebenwege hatte ich mich wieder den Moorflächen genähert, und jetzt lagen nur noch wenige Felder, fast so wild und unfruchtbar wie die Heide, der man sie gerade erst abgerungen hatte, zwischen mir und dem düsteren Berg.

«Ich sterbe lieber da drüben als auf einer Dorfstraße oder befahrenen Landstraße», überlegte ich. «Und lieber picken mir Krähen und Raben (wenn es in dieser Gegend überhaupt Raben gibt) das Fleisch von den Knochen, als daß sie in einen Armenhaussarg gesteckt werden und im Armengrab vermodern.»

Ich wandte mich also dem Berg zu und kam

auch bis dahin. Jetzt brauchte ich nur noch eine Höhle zu suchen, wo ich mich hinlegen und wenigstens versteckt, wenn auch nicht sicher fühlen konnte. Aber die Oberfläche des öden Hanges sah völlig glatt aus. Nur die Farben boten Abwechslung: grün, wo Binsen und Moos den Morast überzogen, schwarz, wo der trockene Boden nur Heide trug. Obwohl die Nacht schon hereinbrach, konnte ich diese Unterschiede noch erkennen, wenn auch nur noch als Wechsel von Hell und Dunkel, denn die Farben waren mit dem Tageslicht verschwunden.

Mein Auge schweifte über das öde, sanft ansteigende Land und am Rand des Moors entlang, das sich in eine wildromantische Landschaft auflöste, als an einer düsteren Stelle, weit weg zwischen den Sümpfen und den Hügelkämmen, ein Licht aufflammte. «Ein Irrlicht», war mein erster Gedanke, und ich rechnete damit, daß es gleich wieder verschwinden würde. Doch es brannte weiter, ganz gleichmäßig, und zog sich weder zurück, noch kam es näher. «Hat vielleicht jemand gerade ein Feuer angezündet?» fragte ich mich. Ich sah genau hin, ob es sich vielleicht ausbreitete, aber nein, es wurde weder kleiner noch größer. «Es könnte eine Kerze in einem Haus sein», folgerte ich, «doch selbst wenn das zutrifft, kann ich es nicht erreichen. Es ist viel zu weit weg, und wäre es auch nur ein paar Schritte entfernt, was nützte es mir? Ich würde bloß an die Tür klopfen, damit sie mir vor der Nase zugeworfen wird.»

Und ich sank, wo ich stand, in mich zusammen und barg mein Gesicht auf dem Boden. Eine Weile lag ich regungslos, der Nachtwind fegte über mich und den Berg hinweg und erstarb stöhnend in der

Ferne, der Regen fiel heftig und durchnäßte mich von neuem bis auf die Haut. Wäre ich nur unempfindlich gewesen gegen die stille Kälte, die freundliche Betäubung des Todes, er hätte ruhig weiterprasseln können, ich hätte ihn nicht gespürt. Aber mein immer noch lebendiges Fleisch erschauerte unter ihrem eisigen Zugriff. Bald war ich wieder auf den Beinen.

Das Licht war immer noch da; es schimmerte trüb, aber unverändert durch den Regen. Ich versuchte, wieder zu gehen, langsam schleppte ich meine erschöpften Glieder darauf zu. Es zog mich schräg über den Abhang durch einen weiten Sumpf, der im Winter unpassierbar gewesen wäre und selbst jetzt im Hochsommer noch morastig war und unter meinen Füßen nachgab. Zweimal stürzte ich, aber ebensooft stand ich wieder auf und nahm all meine Kräfte zusammen. Dieses Licht war meine letzte Hoffnung, ich mußte dorthin.

Als ich den Sumpf durchquert hatte, sah ich eine weiße Spur über dem Moor. Ich näherte mich ihr; es war ein Fahrdamm oder Feldweg, und er führte geradewegs auf das Licht zu, das nun von einer Kuppe strahlte, zwischen einer Baumgruppe hervor – offenbar Föhren, nach dem, was ich in der Düsternis von ihrem Wuchs und ihrer Belaubung erkennen konnte. Als ich darauf zuging, erlosch mein Stern; ein Hindernis hatte sich zwischen uns geschoben. Ich streckte die Hand aus, um die dunkle Masse vor mir zu ertasten: Ich unterschied die rauhen Steine einer niedrigen Mauer, darüber etwas wie Palisaden und dahinter eine hohe Dornenhecke. Ich tastete mich weiter. Wieder schimmerte etwas Weißliches vor mir, es war ein Tor, ein

Gartentörchen, und es drehte sich in den Angeln, als ich es berührte. Zu beiden Seiten stand schwarzes Gebüsch, Stechpalmen oder Eiben.

Als ich durch das Tor trat und zwischen den Büschen hindurchging, wurden die Umrisse des Hauses sichtbar, schwarz, niedrig und eher langgestreckt. Aber nirgendwo leuchtete mein Leitstern. Alles war finster. Hatten sich die Bewohner zur Ruhe begeben? Ich befürchtete es. Auf der Suche nach der Haustür bog ich um eine Ecke, und da brach der freundliche Schimmer wieder hervor, hinter den Rautenscheiben eines sehr kleinen Gitterfensters, das nur einen Fuß über dem Boden lag und noch verkleinert wurde von wucherndem Efeu oder einer anderen Kletterpflanze, deren Blätter den Teil der Hauswand mit dem Fenster dicht bedeckten. Die Öffnung war so abgeschirmt und schmal, daß man Vorhänge oder Fensterläden für unnötig erachtet hatte, und als ich mich bückte und einen darüberhängenden Trieb beiseite schob, konnte ich drinnen alles sehen. Ich erkannte deutlich ein Zimmer mit sandbestreutem, sauber gescheuertem Fußboden und eine Anrichte aus Walnußholz mit aufgereihten Zinntellern, die den roten Glanz eines glühenden Torffeuers widerspiegelten. Ich sah eine Uhr, einen weißen Bohlentisch und mehrere Stühle. Die Kerze, deren Schein mein Leuchtfeuer gewesen war, brannte auf dem Tisch, und in ihrem Licht strickte eine ältere Frau, die wie alles in ihrer Umgebung etwas derb, aber makellos sauber aussah, an einem Strumpf.

Ich nahm die Gegenstände nur flüchtig wahr, an ihnen war nichts Außergewöhnliches. Interessanter fand ich eine Gruppe vor dem Kamin, die still im rosigen Frieden und in der Wärme saß, mit denen er sie übergoß. Es waren zwei junge, anmutige Frauen – Damen in jeder Beziehung; die eine saß in einem niedrigen Schaukelstuhl, die andere auf einem noch niedrigeren Hocker. Beide trugen Trauer, und die dunkle Kleidung aus Crêpe und Bombassin brachten ihre schönen Nacken und Gesichter besonders zur Geltung. Ein großer alter Pointer hatte seinen schweren Kopf der einen jungen Frau aufs Knie gelegt, und auf dem Schoß der anderen ruhte eine schwarze Katze.

Ein seltsamer Platz, diese einfache Küche, für solche Bewohnerinnen! Wer waren sie? Bestimmt nicht die Töchter der älteren Frau am Tisch, denn die sah wie eine Bäuerin aus, und die jungen Damen wirkten sehr zart und gebildet. Noch nie hatte ich solche Gesichter gesehen, und dennoch schien mir jeder Zug darin vertraut, während ich sie so anstarrte. Ich kann sie nicht als hübsch bezeichnen, dafür waren sie zu blaß und zu ernst. Beide beugten sich über ein Buch und sahen nachdenklich aus, fast streng. Ein Tischchen zwischen ihnen trug eine zweite Kerze und zwei dicke Bücher, in denen sie öfter nachschlugen. Offenbar verglichen sie sie mit den kleineren Büchern, die sie in der Hand hielten wie jemand, der beim Übersetzen ein Wörterbuch zu Rate zieht. Die Szene war so lautlos, als wären alle Figuren Schatten und das vom Feuer beleuchtete Zimmer ein Bild. So ruhig war es, daß ich die Asche vom Rost fallen und die Uhr in ihrer dunklen Ecke ticken hörte, und ich bildete mir sogar ein, ich könnte das Klick-Klack der Stricknadeln unterscheiden. Als eine Stimme diese seltsame Stille unterbrach, verstand ich sie daher recht deutlich.

«Hör zu, Diana», sagte eine der beiden in ihre Lektüre Versunkenen, «Franz und der alte Daniel sind nachts zusammen, und Franz erzählt gerade einen Traum, aus dem er voll Schrecken aufgewacht ist – hör zu!» Und leise las sie etwas vor, von dem ich kein Wort verstand, denn es war eine mir unbekannte Sprache, weder Französisch noch Latein. Ich wußte nicht, ob es Griechisch oder Deutsch war.

«Das ist großartig», sagte sie am Ende. «Es gefällt mir sehr gut.» Die andere, die den Kopf gehoben hatte, um ihrer Schwester zuzuhören, starrte ins Feuer und wiederholte eine Zeile des soeben Vorgelesenen. Eines späteren Tages beherrschte ich diese Sprache und kannte das Buch, deshalb will ich die Zeile hier zitieren, obwohl sie mir damals, als ich sie zum ersten Mal hörte, nur wie dröhnendes Erz vorkam und keinerlei Bedeutung vermittelte.

«‹Da trat hervor einer, anzusehen wie die Sternennacht.›[78] – Gut! Gut!» rief sie, während ihre dunklen, unergründlichen Augen funkelten. «Da hast du einen richtig düsteren, mächtigen Erzengel! Die Zeile ist hundert Seiten Schwulst wert. ‹Ich wäge die Gedanken in der Schale meines Zornes und die Werke mit dem Gewicht meines Grimms.› Das gefällt mir!»

Wieder schwiegen beide.

«Gibt es ein Land, wo die Leute so reden?» fragte die alte Frau und sah von ihrem Strickzeug auf.

«Ja, Hannah, ein Land, das viel größer ist als England, dort reden sie nur so.»

«Meine Güte, wie soll denn da einer den andern verstehen! Aber wenn Sie da wären, würden Sie wahrscheinlich verstehen, was die sagen?»

«Wir verstünden wahrscheinlich einiges, doch

nicht alles, denn wir sind nicht so gescheit, wie du denkst, Hannah. Wir sprechen nicht Deutsch und können es ohne Wörterbuch nicht lesen.»

«Und was haben Sie davon?»

«Wir wollen es eines Tages unterrichten – oder zumindest die sogenannten Grundkenntnisse. Und dann verdienen wir mehr Geld als jetzt.»

«Na ja, mag sein. Aber jetzt Schluß mit dem Studieren, Sie haben heute abend genug gearbeitet.»

«Das glaube ich auch, ich bin jedenfalls müde. Du auch, Mary?»

«Todmüde. Schließlich ist es harte Arbeit, sich mit einem Wörterbuch als einzigem Lehrmeister durch eine Sprache zu quälen.»

«Das stimmt, vor allem bei einer Sprache wie diesem schwerverständlichen, wenn auch prachtvollen Deutsch. Ich frag' mich, wann St. John heimkommt.»

«Lange dauert es sicher nicht mehr, es ist gerade zehn Uhr.» Sie blickte auf eine kleine goldene Uhr, die sie aus dem Gürtel zog. «Es regnet stark. Hannah, bist du so gut und schaust nach dem Feuer im Wohnzimmer?»

Die Frau stand auf und öffnete eine Tür, durch die ich undeutlich einen Flur sah. Wenig später hörte ich, wie sie in einem weiter innen gelegenen Zimmer ein Feuer schürte. Gleich darauf kam sie zurück.

«Ach, Kinder», sagte sie, «es tut mir immer richtig weh, wenn ich in das Zimmer drüben geh', es schaut so einsam aus mit dem leeren Stuhl in der Ecke.»

Sie wischte sich die Augen mit der Schürze. Die

beiden jungen Frauen, vorher ernst, machten jetzt ein trauriges Gesicht.

«Aber wo er jetzt ist, hat er's besser», fuhr Hannah fort. «Wir dürfen ihn nicht wieder herwünschen. Und niemand könnt' einen friedlicheren Tod haben, wie er ihn gehabt hat.»

«Du sagst, er hat gar nicht von uns gesprochen?» fragte eine der beiden Damen.

«Er hat gar nicht mehr die Zeit dazu gehabt, Kind, er war im Nu hinüber, Ihr Vater. Am Tag davor war er ein bißchen unwohl, aber nicht schlimm, und wie Mr. St. John fragt, ob er eine von Ihnen holen soll, da hat er ihn richtig ausgelacht. Am nächsten Tag – also heut' vor vierzehn Tagen – ging's los mit einem bißchen Druck im Kopf, dann ist er ins Bett gegangen und nimmer aufgewacht. Er war schon fast steif, wie Ihr Bruder ins Schlafzimmer kam und ihn fand. Ach, Kinder, das war der Letzte vom alten Schlag – weil Sie und Mr. St. John sind anders wie die, die jetzt dahin sind. Ihre Mutter war ja mehr so wie Sie, fast genauso ein Bücherwurm. Mary wie aus dem Gesicht geschnitten. Diana kommt mehr auf den Vater.»

Ich fand sie einander so ähnlich, daß ich nicht sagen konnte, wo die alte Dienerin (denn für eine solche hielt ich sie nun) einen Unterschied sah. Beide waren hellhäutig und schlank, beide hatten vornehme, kluge Gesichter. Allerdings war das Haar der einen etwas dunkler, und es gab auch einen Unterschied in der Frisur: Marys hellbraunes Haar war geteilt und glatt gekämmt, bei Diana kräuselten sich im Nacken dichte, dunklere Locken. Die Uhr schlug zehn.

«Sie wollen jetzt gewiß Ihr Abendessen», bemerkte Hannah, «und Mr. St. John auch, wenn er kommt.»

Und sie begann das Essen zuzubereiten. Die Damen erhoben sich. Sie wollten sich anscheinend ins Wohnzimmer zurückziehen. Bis zu diesem Augenblick hatte ich sie so gespannt beobachtet, ihr Aussehen und ihr Gespräch hatten in mir eine so rege Teilnahme geweckt, daß ich meine eigene elende Lage fast darüber vergaß. Nun fiel sie mir wieder ein, und durch den Gegensatz fühlte ich mich einsamer und verzweifelter denn je. Unmöglich, die Bewohnerinnen dieses Hauses mit Sorgen um mich zu behelligen, sie von der Aufrichtigkeit meiner Wünsche und meines Leids zu überzeugen und sie zu bewegen, mir eine Ruhepause nach meinen Wanderungen zu gewähren. Als ich mich zur Tür weitertastete und zögernd anklopfte, kam mir insbesondere dieser letzte Gedanke wie ein Hirngespinst vor. Hannah öffnete.

«Was wollen Sie?» fragte sie verblüfft, während sie mich im Licht der Kerze in ihrer Hand musterte.

«Kann ich bitte Ihre Herrinnen sprechen?» sagte ich.

«Sagen Sie lieber mir, was Sie ihnen sagen wollen. Wo kommen Sie denn her?»

«Ich bin fremd hier.»

«Und was haben Sie um die Zeit hier verloren?»

«Ich suche eine Unterkunft für die Nacht in einem Schuppen oder irgendwo und ein Stück Brot.»

Mißtrauen erschien auf Hannahs Gesicht, genau das Gefühl, das ich fürchtete. «Ein Stück Brot geb' ich Ihnen», sagte sie nach einer Pause, «aber wir können keine Landstreicher bei uns drinnen schlafen lassen. Das geht nicht.»

«Lassen Sie mich doch mit Ihren Herrinnen sprechen.»

«Nein, das kann ich nicht. Die können auch nichts für Sie tun. Was treiben Sie sich da draußen rum, das schaut nicht gut aus.»

«Aber wo soll ich hingehen, wenn Sie mich fortjagen? Was soll ich tun?»

«Oh, Sie werden schon wissen, wo Sie hingehören und was Sie tun müssen. Passen Sie nur auf, daß Sie nichts anstellen. Da haben Sie einen Penny; jetzt gehen Sie …»

«Ein Penny macht mich nicht satt, und ich habe keine Kraft mehr, weiterzugehen. Machen Sie die Tür nicht zu! Oh, bitte nicht, um Gottes willen!»

«Ich muß, es regnet rein …»

«Sagen Sie den jungen Damen Bescheid. Lassen Sie mich zu Ihnen …»

«Auf gar keinen Fall. Mit Ihnen stimmt was nicht, sonst täten Sie kein solches Geschrei machen. Verschwinden Sie!»

«Aber ich komme um, wenn Sie mich fortschicken.»

«Ach woher! Sie haben gewiß irgendwas Schlimmes vor, wenn Sie mitten in der Nacht um ander Leuts Häuser schleichen. Wenn Sie Kumpane in der Nähe haben, Einbrecher oder so was, denen können Sie ruhig sagen, daß wir nicht allein sind. Wir haben einen Mann, Hunde und Gewehre.» Damit schlug die getreue, aber unnachgiebige Dienerin die Tür zu und verriegelte sie von innen.

Das war der Wendepunkt. Ein jäher, heftiger Schmerz, die Qual echter Verzweiflung zerriß mir das bebende Herz. Ich war völlig erschöpft, ich konnte mich keinen Schritt mehr rühren. Ich sank auf die nassen Stufen vor der Tür, stöhnte, rang die Hände und weinte in meiner Pein. Oh, wie gespenstisch stand mir der Tod vor Augen, wie schrecklich nahte meine letzte Stunde! Ach, wie allein war ich, verbannt von meinesgleichen! Nicht nur der Hoffnungsanker war verschwunden, sondern auch jeder seelische Halt, zumindest für einen kurzen Augenblick. Doch schon bald bemühte ich mich, die Fassung wiederzuerlangen.

«Ich kann nur noch sterben», sagte ich, «und ich glaube an Gott. Ich will versuchen, seinen Willen in Ruhe abzuwarten.»

Diese Worte dachte ich nicht nur, sondern sprach sie auch aus. Ich zwang alles Elend in mein Herz zurück und bemühte mich, es dort festzuhalten, stumm und reglos.

«Alle Menschen müssen sterben», sagte eine Stimme ganz dicht bei mir, «aber nicht alle sind zu einem langsamen, vorzeitigen Tod verurteilt, wie es bei Ihnen der Fall wäre, wenn Sie hier vor Hunger und Kälte umkämen.»

«Wer oder was spricht da?» fragte ich, erschrokken über das unerwartete Geräusch und mittlerweile unfähig, aus irgendeinem Ereignis Hoffnung auf Hilfe zu schöpfen. Eine Gestalt stand neben mir – zu erkennen, was für eine, daran hinderten mich die pechschwarze Nacht und meine geschwächte Sehkraft. Mit einem lauten, langen Klopfen bat der Neuankömmling um Einlaß.

«Sind Sie das, Mr. St. John?» rief Hannah.

«Ja, ja, mach schnell auf.»

«Ach, Sie müssen ja klatschnaß sein und frieren bei so einer stürmischen Nacht! Kommen Sie rein – Ihre Schwestern haben sich schon Sorgen gemacht, und draußen treiben sich alle möglichen Schlawiner rum. Gerade war eine Bettlerin ... Da, sehen Sie, die ist ja immer noch da! Hat sich einfach hingelegt! Stehen Sie auf! Schämen Sie sich! Weg mit Ihnen, sag' ich!»

«Pst, Hannah! Ich muß mit der Frau reden. Du hast deine Pflicht getan, indem du sie fortgeschickt hast, jetzt laß mich die meine tun, indem ich sie einlasse. Ich war in der Nähe und habe euch beide gehört. Ich glaube, es handelt sich hier um einen besonderen Fall – ich muß ihm zumindest auf den Grund gehen. Stehen Sie auf, junge Frau, und gehen Sie voran.»

Mit letzter Anstrengung gehorchte ich ihm. Bald stand ich in der sauberen, hellen Küche vor jenem Kamin; ich zitterte, kämpfte mit Übelkeit und war mir wohl bewußt, welch äußerst gespenstischen, wilden und vom Wetter mitgenommenen Anblick ich bot. Die beiden Damen, ihr Bruder Mr. St. John und die alte Dienerin starrten mich an.

«St. John, wer ist das?» hörte ich die eine fragen.

«Ich weiß es nicht, ich fand sie vor der Tür», antwortete er.

«Sie ist ganz weiß», sagte Hannah.

«Bleich wie der Tod», antwortete er. «Sie bricht gleich zusammen, sie soll sich setzen.»

Und tatsächlich drehte sich mir der Kopf, ich sank nieder, wurde aber von einem Stuhl aufgefangen. Noch hatte ich alle Sinne beisammen, wenngleich ich nicht sprechen konnte.

«Vielleicht tut ihr ein wenig Wasser gut. Hannah, hol was. Sie ist ja völlig erschöpft. Wie abgemagert sie ist, wie blutleer!»

«Sie ist nur noch ein Gespenst!»

«Ist sie krank oder nur ausgehungert?»

«Ausgehungert, glaube ich. Hannah, ist das Milch? Gib sie mir – und ein Stück Brot.»

Diana (ich erkannte sie an den langen Locken, die zwischen mir und dem Feuer baumelten, als sie sich über mich beugte) brach etwas Brot ab, tunkte es in die Milch und hielt es mir an die Lippen. Ihr Gesicht war dem meinen ganz nah. Ich sah Erbarmen darin und spürte an ihrem raschen Atem, daß sie mit mir litt. Und auch aus ihren schlichten Worten sprach dieses wohltuende Gefühl: «Versuchen Sie zu essen.»

«Ja, versuchen Sie's», wiederholte Mary freundlich, und ihre Hand nahm mir den nassen Hut ab und hob meinen Kopf. Ich kostete von dem, was sie mir anboten, erst kraftlos, bald jedoch gierig.

«Nicht zuviel am Anfang, haltet sie zurück», sagte der Bruder. «Das ist genug.» Und er nahm mir den Becher mit der Milch und den Brotteller weg.

«Noch ein bißchen, St. John, sieh nur das Verlangen in ihren Augen.»

«Im Augenblick nicht, Schwester. Versuch, ob sie jetzt reden kann, frag sie nach ihrem Namen.»

Ich merkte, daß ich sprechen konnte, und antwortete: «Ich heiße Jane Elliott.» Aus Angst, ich könnte gefunden werden, hatte ich schon früher beschlossen, einen Decknamen anzunehmen.

«Und wo wohnen Sie? Wo sind Ihre Freunde?»

Ich schwieg.

«Können wir nach jemandem schicken, den Sie kennen?»

Ich schüttelte den Kopf.

«Was können Sie uns von sich erzählen?»

Jetzt, wo ich die Schwelle dieses Hauses überschritten hatte und seinen Eigentümern von Angesicht zu Angesicht gegenüberstand, fühlte ich mich irgendwie nicht mehr als Ausgestoßene, Landstreicherin und von aller Welt Abgelehnte. Ich wagte es, die Bettlerin abzulegen und zu meinem eigenen Benehmen und Wesen zurückzukehren. Allmählich wußte ich wieder, wer ich war, und als Mr. St. John eine Beschreibung meiner Person verlangte, für die ich freilich im Augenblick viel zu schwach war, sagte ich nach einer kurzen Pause: «Sir, heute abend kann ich Ihnen nicht mehr genau berichten.»

«Aber was erwarten Sie dann von mir?» fragte er.

«Nichts», erwiderte ich. Meine Kraft reichte nur für kurze Antworten. Diana ergriff das Wort.

«Meinen Sie damit», fragte sie, «daß wir Ihnen die Hilfe gegeben haben, die Sie brauchten, und Sie jetzt wieder ins Moor und in die Regennacht hinausschicken sollen?»

Ich blickte sie an. Sie hatte ein ungewöhnliches Gesicht, voller Kraft und gleichzeitig voller Güte. Ich faßte plötzlich Mut. Ich erwiderte ihren mitfühlenden Blick mit einem Lächeln und sagte: «Ich vertraue Ihnen. Wenn ich ein herrenloser, streunender Hund wäre, würden Sie mich heute abend gewiß nicht vors Haus jagen. Ich habe also nichts zu befürchten. Tun Sie mit mir und für mich, was Sie wollen, nur erlassen Sie mir bitte lange Gespräche – ich bekomme kaum Luft – und spüre einen Hustenreiz beim Reden.» Alle drei schauten mich prüfend an, alle drei schwiegen.

«Hannah», sagte Mr. St. John schließlich, «laß sie da sitzen und stell ihr keine Fragen; nach zehn Minuten gibst du ihr die restliche Milch und das Brot.

Mary und Diana, wir wollen ins Wohnzimmer gehen und die Angelegenheit besprechen.»

Sie zogen sich zurück. Sehr bald kehrte eine der Damen zurück, ich wußte nicht, welche. Eine Art angenehme Betäubung überkam mich, als ich so vor dem wohltuenden Feuer saß. Halblaut gab sie Hannah Anweisungen. Danach stieg ich mit Hilfe der Dienerin mühsam eine Treppe hinauf. Man zog mir die tropfnassen Kleider aus, und bald nahm mich ein warmes, trockenes Bett in Empfang. Ich dankte Gott, empfand neben unaussprechlicher Erschöpfung warme, dankbare Freude und schlief ein.

KAPITEL 29

An die folgenden drei Tage und Nächte habe ich nur eine sehr undeutliche Erinnerung. Ich entsinne mich einiger Gefühle in dieser Zwischenzeit, aber nur wenige Gedanken nahmen Gestalt an, und Taten brachte ich gar keine zuwege. Ich wußte, ich lag in einem kleinen Zimmer in einem schmalen Bett. An dieses Bett schien ich festgewachsen: Ich lag darin reglos wie ein Stein, und mich herauszureißen hätte wohl meinen Tod bedeutet. Ich achtete nicht darauf, wie die Zeit verging, wie der Morgen in den Mittag überging und der Mittag in den Abend. Ich merkte, wenn jemand ins Zimmer trat oder es verließ; ich erkannte sogar, wer es war, und verstand, was die Person sagte, wenn sie neben mir stand, aber ich konnte nicht antworten. Meine Lippen zu öffnen oder meine Glieder zu regen war mir gleichermaßen unmöglich. Hannah, die Dienerin, besuchte mich am häufigsten. Ihr Kommen beunruhigte mich. Ich hatte das Gefühl, daß sie mich fortwünschte, daß sie mich und meine Lage nicht verstand und voreingenommen war gegen mich. Diana und Mary erschienen ein-, zweimal am Tag in der Kammer. Dann flüsterten sie neben meinem Bett:

«Gut, daß wir sie reingeholt haben.»

«Ja, wenn sie die ganze Nacht draußen geblieben wäre, hätten wir sie am nächsten Morgen gewiß tot vor der Tür gefunden. Was sie wohl alles durchgemacht hat?»

«Sie war in außerordentlicher Bedrängnis, stelle ich mir vor – armes, ausgemergeltes, blasses Zugvögelchen!»

«Nach ihrer Sprechweise zu urteilen, ist sie nicht ungebildet; ihre Aussprache war makellos. Und ihre Kleidung war beim Ausziehen zwar fleckig und naß, aber gut gearbeitet und kaum abgetragen.»

«Sie hat ein eigenartiges Gesicht; obwohl es so mager und hager ist, gefällt es mir. Und wenn sie gesund und munter ist, sind ihre Züge bestimmt ganz ansprechend.»

Kein einziges Mal hörte ich in ihren Gesprächen ein Wort des Bedauerns über die mir entgegengebrachte Gastfreundschaft, des Verdachts oder der Abneigung gegen mich. Das tat mir gut.

Mr. St. John kam nur einmal. Er schaute mich an und befand, meine Teilnahmslosigkeit sei nur die Auswirkung übermäßiger, anhaltender Erschöpfung. Es sei nicht nötig, einen Arzt zu holen, die Natur werde sich schon zu helfen wissen. Er meinte, die Nerven seien überanstrengt und das ganze System brauche nun einen kurzen Winterschlaf. Ich sei nicht krank. Ich würde mich bestimmt rasch erholen, wenn ich erst einmal damit angefangen hätte. Diese Ansicht äußerte er in wenigen Worten und mit gelassener, leiser Stimme; und im Ton eines Menschen, der nicht an wortreiche Ausführungen gewohnt ist, setzte er nach einer Pause hinzu: «Ziemlich ungewöhnliches Gesicht. Eindeutig keine Anzeichen von Gemeinheit oder Schande.»

«Ganz im Gegenteil», antwortete Diana. «Offen gestanden, St. John, mein Herz erwärmt sich schon für das arme Ding. Ich wollte, wir wären in der Lage, ihr auf Dauer zu helfen.»

«Das steht kaum zu erwarten», entgegnete er. «Es wird sich herausstellen, daß sie eine junge Dame ist, die sich mit ihren Lieben gestritten und sie wahrscheinlich unbesonnen verlassen hat. Vielleicht gelingt es uns, sie zu ihnen zurückzubringen, falls sie sich nicht sträubt. Ich lese allerdings Zeichen von Willensstärke in ihrem Gesicht, die mich an ihrer Lenkbarkeit zweifeln lassen.» Er stand da, betrachtete mich eine Weile und schloß dann: «Sie sieht klug aus, aber überhaupt nicht hübsch.»

«Sie ist sehr krank, St. John.»

«Ob krank oder gesund, sie wird immer unansehnlich sein. Diesem Gesicht fehlt jede Anmut und harmonische Schönheit.»

Am dritten Tag ging es mir besser. Am vierten konnte ich sprechen, mich bewegen, im Bett aufrichten und umdrehen. Etwa, wie ich annahm, zur Essenszeit brachte mir Hannah Haferschleimsuppe und trockenen Toast. Ich aß mit Appetit, das Essen schmeckte mir, es hatte nicht mehr den fiebrigen Beigeschmack, der mir bisher alle Kost verdorben hatte. Als Hannah mich verließ, fühlte ich mich verhältnismäßig kräftig und belebt. Es dauerte nicht lange, da war ich die Ruhe leid und sehnte mich nach Bewegung. Ich wäre gern aufgestanden, aber was sollte ich anziehen? Nur mein feuchtes, schmutziges Gewand, mit dem ich auf der Erde geschlafen hatte und in den Morast gestürzt war. Ich schämte mich, so vor meinen Wohltätern zu erscheinen. Doch diese Demütigung blieb mir erspart.

All meine Sachen lagen sauber und trocken auf einem Stuhl neben dem Bett. Das schwarze Seidenkleid hing an der Wand. Die Schlammspuren waren entfernt, die Nässefalten ausgebügelt; es sah ganz anständig aus. Sogar Schuhe und Strümpfe waren gereinigt worden und konnten sich wieder sehen lassen. Es gab einen Waschtisch im Zimmer sowie Kamm und Bürste zum Frisieren. Unter großen Anstrengungen – ich mußte mich alle paar Minuten ausruhen – gelang es mir, mich anzuziehen. Die Kleider schlotterten mir am Leib, denn ich war sehr dünn geworden. Aber ich verdeckte die Unzulänglichkeiten mit einem Schal, und als ich nun wieder sauber und anständig aussah – kein Schmutzfleck, keine Spur von Unordnung, die ich so verabscheute und die mich offenbar so herabsetzte –, schleppte ich mich mit Hilfe des Treppengeländers eine Steintreppe hinunter in einen schmalen, niedrigen Flur und von da in die Küche.

Diese war erfüllt vom Duft nach frischem Brot und von der Wärme eines großzügigen Feuers. Hannah war gerade am Backen. Vorurteile sind bekanntlich aus Herzen, deren Boden nie durch Erziehung gelockert oder fruchtbar gemacht wurde, nur schwer auszurotten. Sie wurzeln dort so fest wie Unkraut zwischen Steinen. Hannah war anfangs kühl und steif gewesen, später taute sie ein wenig auf, und als sie mich jetzt sauber und ordentlich angezogen hereinkommen sah, lächelte sie sogar.

«So, sind Sie aufgestanden?» sagte sie. «Dann geht's Ihnen scheint's besser. Setzen Sie sich ruhig auf meinen Stuhl vor dem Kamin, wenn Sie wollen.»

Sie zeigte auf den Schaukelstuhl, und ich setzte mich. Während sie geschäftig herumwerkte, musterte sie mich hie und da aus dem Augenwinkel. Als sie einige Laib Brot aus dem Ofen holte, fragte sie plump: «Haben Sie früher auch schon gebettelt, eh' daß Sie zu uns kommen sind?»

Ich war einen Augenblick empört, aber dann bedachte ich, daß Wut zwecklos war und ich ihr wirklich wie eine Bettlerin vorgekommen sein mußte; also antwortete ich ruhig, allerdings nicht ohne eine gewisse nachdrückliche Bestimmtheit: «Sie irren Sich, wenn Sie in mir eine Bettlerin vermuten. Ich bin keine, nicht mehr als Sie oder Ihre jungen Damen.»

Nach einer Pause sagte sie: «Das versteh' ich nicht. Sie haben doch kein Zuhause und keinen Zaster, oder?»

«Kein Zuhause oder keinen Zaster zu haben, womit Sie wahrscheinlich Geld meinen, heißt nicht, daß man ein Bettler ist, so wie Sie das Wort auffassen.»

«Haben Sie was gelernt, mit Büchern und so?» fragte sie dann.

«Ja, viel.»

«Aber auf'm Pensionat werden Sie nicht gewesen sein?»

«Ich war acht Jahre auf einem Pensionat.»

Sie riß die Augen auf. «Wieso kommen Sie dann nicht allein zurecht?»

«Ich bin allein zurechtgekommen und werde es auch wieder schaffen. Was haben Sie mit diesen Stachelbeeren vor?» fragte ich, da sie einen Korb mit Früchten brachte.

«Kuchen backen.»

«Geben Sie her, ich will sie verlesen.»

«Nein. Sie tun nichts.»

«Aber ich muß etwas tun. Geben Sie sie mir.»

Sie willigte ein und brachte mir sogar ein sauberes Handtuch, das ich mir übers Kleid legen konnte, weil ich es sonst, wie sie sagte, «eh' nur verschmier'.»

«An Dienstbotenarbeit sind Sie nicht gewöhnt, das seh' ich an Ihren Händen», stellte sie fest. «Waren Sie vielleicht Schneiderin?»

«Nein, Sie irren sich. Und jetzt kümmern Sie sich nicht darum, was ich war, zerbrechen Sie sich nicht den Kopf über mich, sondern sagen Sie mir, wie das Haus heißt, in dem wir uns befinden.»

«Manche sagen Marsh End, manche Moor House.»

«Und der Herr, der hier lebt, heißt Mr. St. John?»

«Nein, der wohnt nicht hier. Der ist nur für eine Zeitlang da. Daheim ist er in seiner Pfarrei in Morton.»

«In dem Dorf ein paar Meilen von hier?»

«Ja.»

«Und was ist er?»

«Pfarrer.»

Mir fiel die Antwort der alten Haushälterin im Pfarrhaus ein, als ich gebeten hatte, den Geistlichen sprechen zu dürfen. «Dies war also das Haus seines Vaters?»

«Ja, der alte Mr. Rivers hat hier gelebt und davor sein Vater und der Großvater und der Urgroßvater.»

«Der Herr heißt also Mr. St. John Rivers?»

«Ja, St. John ist halt der Taufname.»

«Und seine Schwestern heißen Diana und Mary Rivers?»

«Ja.»

«Der Vater ist gestorben?»

«Vor drei Wochen; da hat ihn der Schlag troffen.»

«Sie haben keine Mutter mehr?»

«Die Herrin ist jetzt den Monat vor einem Jahr gestorben.»

«Sind Sie schon lang bei der Familie?»

«Dreißig Jahr. Ich hab' sie alle drei aufzogen.»

«Das beweist, daß Sie eine ehrliche und treue Dienerin sind. Das muß ich zugeben, obwohl Sie so unhöflich waren, mich eine Bettlerin zu nennen.»

Wieder starrte sie mich erstaunt an. «Ich glaub'», sagte sie dann, «ich hab' mich ganz schön vertan mit Ihnen. Aber es gibt so viele Gauner überall, da müssen Sie schon entschuldigen.»

«Obwohl Sie mich von der Tür weisen wollten», fuhr ich ziemlich streng fort, «in einer Nacht, in der man keinen Hund aussperren würde.»

«Ja, das war freilich hart, aber was soll der Mensch machen? Ich hab' mehr an die Kinder gedacht wie an mich – die armen Dinger. Sie haben halt niemand wie mich, der sich um sie kümmert. Da muß ich halt aufpassen wie ein Luchs.»

Ich setzte ein ernstes Lächeln auf.

«Sie dürfen nicht zu schlecht von mir denken», meinte sie wieder.

«Ich denke aber schlecht von Ihnen. Und ich sage Ihnen auch, warum. Nicht so sehr, weil sie sich geweigert haben, mir Unterschlupf zu gewähren, oder weil Sie mich für eine Schwindlerin gehalten haben, sondern weil Sie mir noch immer geradezu einen Vorwurf daraus machen, daß ich kein Geld und kein Zuhause habe. Einige der besten Menschen, die je gelebt haben, waren genauso arm wie ich. Und wenn Sie eine Christin wären, dürften Sie Armut nicht als Verbrechen betrachten.»

«Ja, das dürft' ich nicht», sagte sie. «Mr. St. John sagt das auch immer, und ich merk' schon, ich hab' mich vertan – aber jetzt hab' ich eine ganz andere Meinung von Ihnen. Jetzt schauen Sie wie eine richtig anständige Person aus.»

«Dann ist es gut. Ich verzeihe Ihnen. Geben Sie mir die Hand.»

Sie legte ihre bemehlte, schwielige Hand in die meine, wieder erhellte ein Lächeln, diesmal herzlicher, ihr derbes Gesicht, und von diesem Augenblick an waren wir Freundinnen.

Hannah redete offenbar gern. Während ich die Beeren verlas und sie den Kuchenteig knetete, teilte sie mir Einzelheiten über ihre verstorbenen Herrschaften und die «Kinder» mit, wie sie die jungen Leute nannte.

Der alte Mr. Rivers, sagte sie, sei ein recht bescheidener Mensch gewesen, aber ein Gentleman und aus denkbar alter Familie. Marsh End gehöre den Rivers, seit es hier ein Herrenhaus gebe; und es sei inzwischen «ungefähr zweihundert Jahr alt – obwohl's so klein und unscheinbar ausschaut, nicht zum Vergleichen mit dem Riesenhaus von Mr. Oliver drunten in Morton Vale». Aber sie könne sich noch erinnern, «daß Bill Oliver sein Vater noch als Nadler und Hausierer rumgezogen ist, und die Rivers waren schon adlig zur Zeit von den zwei Heinrichen, was jeder sehen kann, der in der Sakristei in Morton ins Kirchenbuch schaut. Trotzdem», räumte sie ein, «war der alte Herr genau wie andere Leut' auch, nicht viel anders, verrückt aufs Schießen und auf die Landwirtschaft und so Zeug.» Die Herrin sei anders gewesen. Sie habe viel gelesen und studiert, und die «Kinder» seien nach ihr geraten. So was wie die gebe es nicht noch einmal, sie hätten gern gelernt, alle drei, fast von dem Tag an, als sie zu sprechen anfingen, und seien «immer was Besonderes» gewesen. Als Mr. St. John heranwuchs, sei er aufs College gegangen und Pfarrer geworden, und die Mädchen hätten sich, kaum waren sie mit der Schule fertig, Stellen als Gouvernanten gesucht. Sie hätten ihr erklärt, der Vater habe vor einigen Jahren durch einen Mittelsmann und Bankrotteur viel Geld verloren, und nun sei er nicht reich genug, um ihnen ein Vermögen mitzugeben, und sie müßten selbst für sich sorgen. Schon lange wohnten sie nur selten daheim, und auch jetzt seien sie nur wegen ihres Vaters Tod für ein paar Wochen gekommen. Dabei hätten sie Marsh End und Morton und die Moore und Berge ringsum so gern! Sie seien in London und vielen anderen großen Städten gewesen, fänden aber immer, es sei nirgends so schön wie daheim. Und dann kämen sie so gut miteinander aus, zankten oder «zerkriegten» sich nie. Sie wisse nicht, ob irgendeine andere Familie sich dermaßen gut verstehe.

Als ich mit dem Beerenverlesen fertig war, fragte ich, wo die beiden Damen und ihr Bruder jetzt seien.

«Die sind nach Morton rüberspaziert, aber bis in einer halben Stunde, zum Tee, sind sie wieder da.»

Sie kamen schon vor der von Hannah festgesetzten Zeit heim, durch die Küchentür. Als Mr. St. John mich sah, verneigte er sich nur und ging vorbei; die beiden Damen blieben stehen. Mary drückte in wenigen Worten freundlich und ruhig ihre Freude darüber aus, daß ich kräftig genug sei, herunterzukommen; Diana griff nach meiner Hand und schüttelte den Kopf.

«Sie hätten warten sollen, bis ich Ihnen erlaube, das Zimmer zu verlassen», sagte sie. «Sie sehen immer noch sehr blaß aus – und so dünn! Armes Kind! Armes Mädchen!»

In meinen Ohren klang Dianas Stimme wie das Gurren einer Taube. Den Blick aus ihren Augen fing ich gern auf. Überhaupt erschien mir ihr ganzes Gesicht reizvoll. Marys Züge waren ebenso klug und hübsch, doch sie wirkte etwas mehr auf Abstand bedacht, und sie benahm sich zwar liebenswürdig, aber zurückhaltender. Diana schaute und sprach mit einer gewissen Autorität, sie hatte offenkundig einen eigenen Willen. Es entsprach meinem Wesen, daß ich einer so begründeten Autorität wie der ihren gern gehorchte und mich, sofern mein Gewissen und meine Selbstachtung es erlaubten, einem tatkräftigen Willen beugte.

«Und was suchen Sie hier in der Küche?» fuhr sie fort. «Da gehören Sie nicht hin. Mary und ich sitzen manchmal in der Küche, weil wir uns zu

Hause gern gehenlassen – doch Sie sind Gast und müssen sich ins Wohnzimmer setzen.»

«Ich fühle mich sehr wohl hier.»

«Aber nein – wo doch Hannah hier herumfuhrwerkt und alles mit Mehl einstäubt.»

«Außerdem ist das Feuer zu heiß für Sie», warf Mary ein.

«Genau», setzte ihre Schwester hinzu. «Kommen Sie mit, gehorchen Sie.»

Sie hielt noch immer meine Hand, half mir auf und führte mich in den nach hinten gelegenen Raum.

«Setzen Sie sich dorthin», sagte sie und brachte mich zum Sofa. «Wir ziehen rasch unsere Sachen aus und machen den Tee. Das ist noch so eine Freiheit, die wir uns in unserem kleinen Moorhaus nehmen: Wir bereiten unsere Mahlzeiten selbst zu, wenn wir Lust dazu haben oder wenn Hannah bäckt, braut, wäscht oder bügelt.»

Sie schloß die Tür und ließ mich allein mit Mr. St. John, der mir mit einem Buch oder einer Zeitung in der Hand gegenübersaß. Ich musterte erst den Salon und dann seinen Bewohner.

Das Wohnzimmer war ein eher kleiner Raum, ganz schlicht möbliert, aber doch behaglich, weil alles sauber und ordentlich war. Die altmodischen Stühle glänzten, und der Walnußtisch schimmerte wie ein Spiegel. Wunderliche alte Porträts von Männern und Frauen aus früheren Zeiten schmückten die farbig gestrichenen Wände. Ein Schrank mit Glastüren enthielt Bücher und ein altes Porzellanservice. Es gab keinen überflüssigen Schmuck im Zimmer, kein einziges modernes Möbelstück, nur ein Paar Handarbeitskörbe und ein Damenschreibpult aus Rosenholz, das auf einem Wandtischchen stand. Alles, auch der Teppich und die Vorhänge, sahen gleichzeitig viel benützt und gut gepflegt aus.

Mr. St. John war ganz leicht zu begutachten – er rührte sich ebensowenig vom Fleck wie die nachgedunkelten Bilder an den Wänden und hielt seine Augen unverwandt auf die Seite gerichtet, die er gerade las, und seine Lippen blieben stumm versiegelt. Wäre er kein Mensch, sondern eine Statue gewesen, es hätte nicht leichter sein können. Er war jung, vielleicht achtundzwanzig bis dreißig, groß und schlank. Sein Gesicht zog den Blick auf sich: Er besaß ein makelloses griechisches Profil, eine völlig gerade, klassische Nase und Mund und Kinn eines Atheners. Selten kommt ein englisches Gesicht dem antiken Vorbild so nah. Verständlich, daß er über meine unregelmäßigen Züge erschrak, wenn die seinen so ausgewogen waren. Seine Augen waren groß und blau und hatten braune Wimpern, und in die hohe, elfenbeinblasse Stirn fiel das schöne Haar in nachlässigen Locken.

Ein liebenswürdiges Bild, nicht wahr, Leser? Und doch machte der Geschilderte nicht den Eindruck einer liebenswürdigen, nachgiebigen, feinfühligen oder sogar sanftmütigen Natur. So ruhig er auch dasaß – um seine Nasenflügel, seinen Mund, seine Brauen spielte etwas, das nach meiner Empfindung eher auf Wesenszüge wie ruhelos, hart oder hitzig hinwies. Er sprach kein Wort mit mir und schenkte mir nicht einen Blick, bis seine Schwestern zurückkehrten. Diana, die bei der Zubereitung des Tees raus und rein ging, brachte mir einen kleinen, auf dem Herd gebackenen Kuchen mit.

«Den essen Sie jetzt», sagte sie, «Sie müssen Hunger haben. Hannah sagt, Sie haben seit dem Frühstück nur eine Haferschleimsuppe gegessen.»

Ich weigerte mich nicht, denn ich verspürte großen Appetit. Mr. Rivers klappte sein Buch zu und kam an den Tisch, und während er Platz nahm, richtete er seine blauen, malerischen Augen voll auf mich. Eine ungezwungene Direktheit, das forschende, bewußt Unverwandte in seinem Blick sagten mir, daß er ihn bisher absichtlich und nicht aus Schüchternheit von der Fremden abgewandt hatte.

«Sie sind sehr hungrig», sagte er.

«Ja, Sir.» Es ist meine Art – war es von Natur aus immer –, dem Kurzangebundenen mit Kürze zu antworten, dem Offenen mit Aufrichtigkeit.

«Gut, daß ein leichtes Fieber Sie gezwungen hat, sich in den letzten drei Tagen zurückzuhalten. Es wäre gefährlich gewesen, wenn Sie Ihrem Heißhunger von Anfang an nachgegeben hätten. Jetzt dürfen Sie essen, aber noch immer nicht unmäßig.»

«Ich hoffe, ich werde nicht lange auf Ihre Kosten essen, Sir», lautete meine plumpe, ungehobelte Antwort.

«Nein», erwiderte er kühl. «Wenn Sie uns die Adresse Ihrer Angehörigen geben, können wir dorthin schreiben und Sie wieder nach Hause bringen.»

«Das liegt offen gestanden nicht in meiner Macht, da ich weder ein Zuhause noch Freunde habe.»

Die drei schauten mich an, aber nicht mißtrauisch. Ich spürte keinen Verdacht in ihren Blicken, eher Neugierde. Ich spreche vor allem von den jungen Damen. St. Johns Augen, wenn auch im wörtlichen Sinne klar, waren im übertragenen schwer auszuloten. Er benützte sie eher als Mittel, anderer Menschen Gedanken zu erforschen, denn als Dolmetscher seiner eigenen. Diese Mischung aus Schärfe und Zurückhaltung war weit eher geeignet, einen zu verwirren als zu ermutigen.

«Wollen Sie damit sagen», fragte er, «daß Sie völlig allein dastehen, ohne jede persönliche Beziehung?»

«Ja. Kein Band knüpft mich an irgendein lebendes Wesen, und ich besitze nirgendwo in England das Recht auf ein Dach über dem Kopf.»

«Ein eigenartiger Zustand in Ihrem Alter!»

Ich bemerkte, daß er meine Hände betrachtete, die gefaltet vor mir auf dem Tisch lagen. Ich fragte mich, wonach er dort fahndete, doch seine Worte erklärten gleich seinen suchenden Blick.

«Sie waren nie verheiratet? Sie sind ledig?»

Diana lachte. «Mein Gott, St. John, sie kann nicht älter als siebzehn oder achtzehn sein», sagte sie.

«Ich bin fast neunzehn, aber ich bin nicht verheiratet. Nein.»

Ich spürte eine brennende Röte in mein Gesicht steigen, denn das Wort «Heirat» weckte bittere und aufwühlende Erinnerungen. Alle bemerkten meine Verlegenheit und Erregung. Diana und Mary machten es mir leichter, indem sie die Augen von meinem feuerroten Gesicht abwandten; der ungerührte, strenge Bruder starrte mich indessen weiter an, bis die Verwirrung, die er hervorgerufen hatte, mir nicht nur die Farbe ins Gesicht, sondern auch Tränen in die Augen trieb.

«Wo haben Sie zuletzt gewohnt?» fragte er nun.

«Du bist zu neugierig, St. John», murmelte Mary

leise. Doch er beugte sich über den Tisch und forderte mit unverwandten, bohrenden Blicken eine Antwort.

«Der Name des Hauses und des Menschen, bei dem ich gewohnt habe, bleibt mein Geheimnis», entgegnete ich knapp.

«Das Sie nach meiner Überzeugung auch für sich behalten dürfen, wenn Sie dies wollen, sowohl vor St. John wie vor jedem anderen Fragesteller», bemerkte Diana.

«Aber wenn ich nichts über Sie und Ihre Geschichte weiß, kann ich Ihnen nicht helfen», wandte er ein. «Und Sie brauchen doch Hilfe, nicht wahr?»

«Ich brauche und suche sie insofern, Sir, als ich hoffe, daß ein wahrer Menschenfreund es mir ermöglicht, Arbeit zu finden, die ich leisten und von deren Lohn ich mich versorgen kann, und sei es nur mit dem Lebensnotwendigsten.»

«Ich weiß nicht, ob ich ein wahrer Menschenfreund bin; doch bei einem so ehrbaren Ziel will ich Ihnen helfen, soweit es in meiner Macht steht. Sagen Sie mir also erstens, was Sie bisher getan haben und was Sie tun *können*.»

Ich hatte meinen Tee ausgetrunken. Ich fühlte mich von dem Getränk so nachhaltig gestärkt wie ein Starker vom Wein, es hatte meinen erschlafften Nerven neue Spannkraft verliehen und befähigte mich, meinem scharfsichtigen jungen Richter ruhig zu antworten.

«Mr. Rivers», sagte ich zu ihm und schaute ihn an, wie er mich anschaute, offen und unbefangen, «Sie und Ihre Schwestern haben mir einen großen Dienst erwiesen, den größten, den ein Mensch seinem Mitmenschen erweisen kann: Sie haben mir durch Ihre großzügige Gastfreundschaft das Leben gerettet. Durch dieses gute Werk haben Sie ein unbeschränktes Recht auf meine Dankbarkeit und bis zu einem gewissen Grad auch auf mein Vertrauen. Ich will Ihnen also von der Geschichte der Wanderin, die Sie aufgenommen haben, erzählen, soviel ich kann, ohne meinen Seelenfrieden und meine moralische und physische Sicherheit sowie die anderer Menschen zu gefährden.

Ich bin Waise, die Tochter eines Geistlichen. Meine Eltern starben, bevor ich sie hätte kennenlernen können. Ich wurde als arme Verwandte aufgezogen und erhielt meine Ausbildung in einer wohltätigen Einrichtung. Ich will Ihnen sogar den Namen dieser Anstalt sagen, in der ich sechs Jahre als Schülerin und zwei als Lehrerin verbrachte: das Waisenhaus Lowood in ***shire. Vielleicht haben Sie davon gehört, Mr. Rivers. Hochwürden Robert Brocklehurst ist dort Schatzmeister.»

«Ich habe von Mr. Brocklehurst gehört und kenne die Schule.»

«Ich verließ Lowood vor fast einem Jahr, um mich als Hauslehrerin zu verdingen. Ich fand eine gute Stelle und war glücklich. Doch vier Tage bevor ich hierherkam, war ich gezwungen, dieses Haus zu verlassen. Den Grund für meinen Abschied kann und darf ich nicht nennen; es wäre sinnlos und gefährlich und klänge unglaubwürdig. Mich traf kein Vorwurf. Ich bin so frei von Schuld wie jeder und jede von Ihnen. Ich bin unglücklich und werde es lange bleiben, denn die Katastrophe, die mich aus einem Haus trieb, das ich als Paradies empfunden hatte, war sonderbar und grauenhaft. Als ich meinen Aufbruch vorbereitete, waren mir nur zwei Punkte wichtig, Eile und Heimlichkeit. Um diese zu gewährleisten, habe ich all mein Hab und Gut zurückgelassen bis auf ein kleines Bündel, das ich dann in meiner Hast und Verwirrung in der Kutsche vergaß, die mich nach Whitcross brachte. So kam ich völlig mittellos in diese Gegend. Ich schlief zwei Nächte im Freien und zog zwei Tage umher, ohne über eine einzige Schwelle zu treten; in dieser Zeit bekam ich nur zweimal etwas zu essen, und als ich vor Hunger, Erschöpfung und Verzweiflung fast in den letzten Zügen lag, verhinderten Sie, Mr. Rivers, daß ich vor Ihrer Tür verhungerte und erfror, und nahmen mich unter Ihr Dach auf. Ich weiß, was Ihre Schwestern alles für mich getan haben – denn ich war in meiner scheinbaren Betäubung nicht bewußtlos –, und ich schulde ihrem spontanen, echten, liebevollen Mitleid ebensoviel wie Ihrer evangelischen Wohltätigkeit.»

«Zwing sie jetzt nicht mehr zum Reden, St. John», forderte Diana, als ich innehielt, «man sieht ja, daß sie noch nicht stark genug ist, um sich aufzuregen. Kommen Sie zum Sofa, und setzen Sie sich, Miss Elliott.»

Als ich meinen falschen Namen hörte, fuhr ich unwillkürlich zusammen; ich hatte ihn schon vergessen. Mr. Rivers, dem nichts zu entgehen schien, bemerkte dies sofort.

«Sie sagten doch, Sie hießen Miss Elliott?» fragte er.

«Das sagte ich, und ich halte es für ratsam, es fürs erste bei diesem Namen zu belassen, aber es ist nicht mein wirklicher Name, und wenn ich ihn höre, klingt er fremd für mich.»

«Ihren wirklichen Namen wollen Sie uns nicht nennen?»

«Nein, ich fürchte nichts so sehr, wie entdeckt zu werden, und was dazu führen könnte, möchte ich vermeiden.»

«Da haben Sie ganz recht», sagte Diana. «Jetzt laß Sie eine Weile in Ruhe, Bruder.»

Doch kaum hatte St. John ein paar Augenblicke nachgedacht, begann er wieder, ebenso unbeirrbar und scharfsinnig wie vorher: «Sie werden nicht lange auf unsere Gastfreundschaft angewiesen bleiben wollen. Sie wünschen sich, sobald wie möglich ohne das Mitleid meiner Schwestern auszukommen und vor allem ohne meine *Wohltätigkeit* (ich bin mir Ihrer Unterscheidung sehr wohl bewußt, ich nehme sie nicht übel, und sie stimmt auch): Sie wären gern von uns unabhängig?»

«Ja, das habe ich schon gesagt. Zeigen Sie mir, was ich arbeiten oder wo ich Arbeit finden kann, das ist alles, worum ich jetzt noch bitte. Dann lassen Sie mich ziehen, und sei es in die ärmlichste Hütte. Aber *bis dahin* erlauben Sie mir bitte hier zu bleiben. Ich fürchte mich vor einer weiteren Kostprobe der Schrecken von Heimatlosigkeit und Armut.»

«Natürlich, Sie *müssen* hierbleiben», sagte Diana und legte mir ihre weiße Hand auf den Kopf. «Sie *müssen*», wiederholte Mary mit der ihr eigenen zurückhaltenden Ernsthaftigkeit.

«Wie Sie sehen, möchten meine Schwestern Sie gern behalten», sagte Mr. St. John, «so wie sie einen halberfrorenen Vogel behalten und aufpäppeln würden, den ihnen ein Wintersturm durchs Fenster geweht hat. *Ich* neige eher dazu, Sie in den Stand zu versetzen, daß Sie für sich selber sorgen können, und darum werde ich mich bemühen. Aber bedenken Sie, mein Einflußbereich ist klein. Ich bin nur der Amtsinhaber einer armen Landpfarrei, meine Hilfe ist notgedrungen bescheiden, und wenn Sie ‹die geringen Tage verachten›[79], müssen Sie nach fähigerer Unterstützung suchen als der, die ich Ihnen anbieten kann.»

«Sie hat schon gesagt, daß sie jede rechtschaffene Arbeit tun will, die sie tun *kann*», antwortete Diana für mich, «und du weißt, St. John, sie kann sich ihre Helfer nicht aussuchen; sie ist gezwungen, mit so barschen Leuten wie dir auszukommen.»

«Ich kann als Schneiderin arbeiten, als Weißnäherin, als Dienerin oder als Kindermädchen, wenn ich nichts Besseres finde», antwortete ich.

«In Ordnung», sagte Mr. St. John unnahbar. «Wenn Sie so denken, verspreche ich, Ihnen zu helfen, soweit Zeit und Mittel es mir erlauben.»

Und damit griff er wieder nach dem Buch, in dem er vor dem Tee gelesen hatte. Ich zog mich bald zurück, denn ich hatte für meine derzeitige Verfassung schon reichlich viel geredet und war lange genug auf den Beinen gewesen.

KAPITEL 30

Je besser ich die Bewohner von Moor House kennenlernte, desto lieber gewann ich sie. Nach wenigen Tagen hatte ich mich so weit erholt, daß ich den ganzen Tag aufsein und manchmal ein wenig spazierengehen konnte. Ich schloß mich Diana und Mary bei all ihren Tätigkeiten an, unterhielt mich mit ihnen, sooft sie es wünschten, und half ihnen, wann und wo sie es mir erlaubten. Der Umgang mit ihnen beglückte und belebte mich auf eine Art und Weise, wie ich sie zum ersten Mal erlebte – es war die Freude, die aus vollkommener Übereinstimmung in Geschmack, Gefühl und Denkweise erwächst.

Was sie gern lasen, las auch ich gern. Was sie entzückte, gefiel auch mir, und was sie guthießen, bewunderte ich. Sie liebten ihr abgeschiedenes Zuhause. Und ich entdeckte in dem altersgrauen, kleinen Gebäude mit seinem niedrigen Dach, den Gitterfenstern, den bröckelnden Mauern, der Föhrenallee – deren Bäume alle schon ganz schief standen vom Druck der Bergwinde – und seinem von Eiben und Stechpalmen dunklen Garten, in dem nur die ausdauerndsten Blumen blühten, ebenfalls einen starken, dauerhaften Zauber. Sie hingen an dem purpurfarbenen Moor rings ums Haus und an dem tiefen Tal, in das der Kiesweg vor dem Tor hinunterführte und das sich erst zwischen farnbestandenen Böschungen dahinschlängelte und später durch die wildesten Weideflächen, die jemals eine Heide gesäumt oder einer Herde grauer Moorschafe mit ihren flaumgesichtigen Lämmchen Nahrung geboten – sie hingen an dieser Landschaft, sage ich, mit einer vollkommenen, liebenden Schwärmerei. Ich verstand dieses starke, ehrliche Gefühl und teilte es. Auch ich empfand den Reiz dieser Lage. Ich fühlte das Weihevolle dieser Einsamkeit; mein Auge schwelgte in den Konturen der Kuppen und Mulden und in den starken Farben, die das Moos, die Erikablüten, die Blumenwiese, der glänzende Adlerfarn und der von der Zeit geglättete Granit den Bergen und Tälern verliehen.

All dies war für mich – wie für sie – ein Quell reiner, süßer Freude. Der starke Sturm und die sanfte Brise, schlechtes und schönes Wetter, die Stunden von Sonnenaufgang und Sonnenuntergang, das Mondlicht und die bewölkte Nacht übten in dieser Umgebung auf mich die gleiche Anziehungskraft aus wie auf sie – sie betörten meine Sinne mit demselben Zauber, der auch die ihren entzückte.

Innerhalb des Hauses verstanden wir uns ebensogut. Die beiden waren gebildeter und belesener als ich, aber ich folgte ihnen eifrig auf dem Weg des Wissens, den sie schon vor mir beschritten hatten. Ich verschlang die Bücher, die sie mir liehen, und es erfüllte mich mit Befriedigung, abends mit ihnen zu besprechen, was ich tagsüber gelesen hatte. Gedanke paßte zu Gedanke, eine Meinung entsprach der andern – kurzum, wir stimmten genau überein.

Wenn aus unserem Trio jemand herausragte und die Führung übernahm, so Diana. Körperlich war sie mir weit überlegen, sie war hübsch und kräftig. In ihrer Vitalität steckte eine Fülle von Leben, ein selbstverständliches Fließen, das mich gleichzeitig verwunderte und verwirrte. Zu Beginn des Abends konnte ich eine Weile reden, aber kaum war der erste Überschwang und Wortschwall vorüber, saß ich lieber auf einem Hocker zu Dianas Füßen, lehnte meinen Kopf an ihr Knie und hörte ihr und Mary zu, und die beiden gingen dem Thema, das ich nur gestreift hatte, auf den Grund. Diana erbot sich, mir Deutsch beizubringen. Ich lernte gern bei ihr; ich merkte, daß ihr die Rolle der Lehrerin gefiel und entsprach; und mir gefiel und entsprach die Rolle der Schülerin nicht minder. Wir ergänzten uns in unseren Veranlagungen, und das führte zu tiefer gegenseitiger Zuneigung. Sie entdeckten, daß ich zeichnen konnte, und stellten mir sofort ihre Stifte und Malkästen zur Verfügung. Mein Können, das in diesem einzigen Punkt das ihre übertraf, überraschte und entzückte sie. Mary konnte stundenlang neben mir sitzen und mir zuschauen, dann nahm sie Unterricht und war eine gelehrige, kluge, fleißige Schülerin. Unter diesen Beschäftigungen und Unterhaltungen vergingen die Tage wie Stunden und die Wochen wie Tage.

Was Mr. St. John betraf, so erstreckte sich die Vertrautheit, die so natürlich und rasch zwischen mir und seinen Schwestern entstanden war, nicht auf ihn. Der Abstand, den wir immer noch wahrten, rührte zum Teil daher, daß er vergleichsweise selten zu Hause war. Er verbrachte offenbar viel Zeit damit, die Kranken und Armen unter seinen verstreut wohnenden Pfarrkindern zu besuchen.

Kein Wetter schien ihn an diesen seelsorgerischen Ausflügen zu hindern. Ob es nun regnete oder schönes Wetter war – gleich nach der morgendlichen Studierzeit nahm er seinen Hut, und gefolgt von Carlo, dem alten Pointer seines Vaters, zog er los zu seiner Mission der Liebe oder Pflicht. Ich wußte nicht recht, in welchem Licht er sie sah. Manchmal, wenn das Wetter sehr garstig war, protestierten seine Schwestern. Dann antwortete er mit einem seltsamen, eher feierlichen als fröhlichen Lächeln: «Wenn ich zuließe, daß mich ein Windstoß oder Regenschauer von diesen einfachen Aufgaben abhielte, wie sollte ich mich durch solche Bequemlichkeit für die Zukunft rüsten, die ich mir vorstelle?»

Diana und Mary antworteten dann gewöhnlich mit einem Seufzen und minutenlanger, offenbar trauriger Nachdenklichkeit.

Aber neben seiner häufigen Abwesenheit stellte sich noch etwas anderes einer Freundschaft mit ihm in den Weg. Er wirkte zurückhaltend, geistesabwesend, sogar grüblerisch. Eifrig in der Erfüllung seiner geistlichen Aufgaben, untadelig in seiner Lebensführung und seinen Gewohnheiten, schien er sich doch nicht jener geistigen Heiterkeit zu erfreuen, jener inneren Zufriedenheit, welche der Lohn jedes aufrechten Christen und tatkräftigen Menschenfreundes sein sollte. Wenn er abends am Fenster saß, Schreibpult und Papiere vor sich, dann hörte er oft zu lesen und schreiben auf, stützte das Kinn in die Hand und überließ sich wer weiß welchen Gedankengängen; daß sie unruhig und aufregend waren, erkannte man am häufigen Aufblitzen seiner Augen, die er bald aufriß, bald wieder schloß.

Ich glaube außerdem, daß er in der Natur nicht wie seine Schwestern einen beglückenden Schatz sah. Ein einziges Mal nur äußerte er in meiner Gegenwart ein starkes Gefühl für den schroffen Zauber der Hügel und eine angeborene Liebe zu dem dunklen Dach und den altersgrauen Wänden, die er sein Zuhause nannte. Aber der Tonfall und die Worte, mit denen er dieses Gefühl ausdrückte, enthielten mehr Düsternis als Glück. Und nie schien er das Moor zu durchstreifen um seines beruhigenden Schweigens willen, nie schien er den tausend friedlichen Freuden, die es bot, nachzuspüren und nachzusinnen.

Verschlossen, wie er war, verstrich einige Zeit,

bis ich Gelegenheit hatte, sein Wesen zu beurteilen. Ich bekam eine erste Vorstellung von dessen Qualität, als ich ihn in seiner Kirche in Morton predigen hörte. Ich wollte, ich könnte diese Predigt beschreiben, allein das übersteigt meine Fähigkeiten. Ich kann nicht einmal wahrheitsgemäß die Wirkung wiedergeben, die sie auf mich hatte.

Die Predigt begann ruhig und blieb, was Vortragsweise und Stimmlage betraf, eigentlich ruhig bis zum Ende; doch bald wehte eine tiefempfundene, wenn auch gezügelte Inbrunst durch seine deutlichen Worte, belebte die ausdrucksvolle Rede und entwickelte eine gedrängte, dichte, beherrschte Kraft. Das Herz erschauerte, der Geist staunte angesichts der Gewalt dieses Predigers, doch besänftigt wurden beide nicht. Über allem lag eine seltsame Bitterkeit, ein Fehlen trostreicher Sanftmut. Häufig fanden sich finstere Anklänge an die kalvinistische Lehre – Erwählung, Prädestination, Verworfensein; und jedesmal, wenn er diese Themen anschnitt, klang es wie ein Schuldspruch. Als er geendet hatte, fühlte ich mich durch seine Ansprache nicht etwa besser, gelassener und weiser, sondern unsagbar traurig; denn mir schien – ich weiß nicht, ob es anderen auch so ging –, daß die Beredsamkeit, die ich erlebt hatte, einer Tiefe entsprang, in der ein wirrer Bodensatz aus Enttäuschungen lagerte, wo sich die quälenden Triebe unerfüllter Sehnsüchte und beunruhigender Erwartungen regten. Bestimmt hatte St. John Rivers, auch wenn er noch so rein, gewissenhaft und glaubenseifrig lebte, nicht den Frieden Gottes gefunden, der höher ist denn alle Vernunft.[80]« Er hat ihn nicht mehr gefunden als ich», dachte ich, «mit meiner heimlichen, quälenden Trauer um mein zerbrochenes Götzenbild und verlorenes Paradies» – einer Trauer, von der ich in letzter Zeit nicht gesprochen habe, die mich aber dennoch beherrschte und gnadenlos tyrannisierte.

Unterdessen war ein Monat verstrichen. Diana und Mary sollten Moor House nun bald verlassen und zu dem ganz anderen Leben und Wirken zurückkehren, das sie als Gouvernanten in einer großen, eleganten Stadt in Südengland erwartete; dort hatten beide Stellungen in Familien, deren reiche und hochmütige Mitglieder sie nur als ärmliche Untergebene betrachteten, wo niemand um ihre herausragenden Talente wußte oder danach forschte, sondern alle nur ihre angelernten Fertigkeiten schätzten, so wie sie das Können ihrer Köchin oder den Geschmack ihrer Zofe würdigten. Noch hatte Mr. St. John nichts von der Arbeit gesagt, die zu verschaffen er mir versprochen hatte; doch nun brauchte ich dringend eine Beschäftigung. Als ich eines Vormittags ein paar Minuten mit ihm allein im Wohnzimmer war, wagte ich es, mich der Fensternische zu nähern, die durch seinen Tisch, seinen Stuhl und ein Schreibpult in eine Art Studierzimmer verwandelt war, und wollte schon reden, auch wenn ich nicht recht wußte, in welche Worte ich meine Frage fassen sollte – denn es ist immer schwierig, das Eis der Zurückhaltung zu brechen, das Menschen wie ihn wie Glas überzieht. Doch er ersparte mir die Mühe und begann von sich aus ein Gespräch.

Er blickte auf, als ich mich näherte. «Sie wollen mich etwas fragen?» sagte er.

«Ja. Ich würde gern wissen, ob Sie etwas von

einer Stelle gehört haben, um die ich mich bewerben könnte.»

«Ich fand oder ersann schon vor drei Wochen etwas für Sie, aber da Sie hier nützlich und glücklich zu sein schienen, da meine Schwestern Sie offensichtlich ins Herz geschlossen hatten und Ihre Gesellschaft besonders genossen, hielt ich es nicht für geraten, das wechselseitige Wohlbehagen zu stören, solange nicht die näherrückende Abreise meiner Schwestern auch die Ihre notwendig machte.»

«Und jetzt fahren sie in drei Tagen», sagte ich.

«Ja, und wenn sie abreisen, kehre ich ins Pfarrhaus nach Morton zurück. Hannah wird mich begleiten, und dieses alte Haus wird abgeschlossen.»

Ich wartete ein wenig, weil ich annahm, er werde das angeschnittene Thema weiterverfolgen, aber er schien jetzt anderen Gedanken nachzuhängen, sein Blick verriet, daß er sich von mir und meiner Angelegenheit abgewandt hatte. Ich war gezwungen, ihn an das Thema zu erinnern, das mich notgedrungen unmittelbar und dringend beschäftigte.

«Welche Arbeit hatten Sie im Auge, Mr. Rivers? Diese Verzögerung macht es hoffentlich nicht schwieriger, sie mir zu verschaffen?»

«O nein; es kommt nur darauf an, ob ich sie vergebe und ob Sie sie annehmen.»

Wieder schwieg er. Anscheinend widerstrebte es ihm, weiterzusprechen. Ich wurde ungeduldig. Die eine oder andere unruhige Bewegung, ein erwartungsvoller, fordernder Blick in sein Gesicht vermittelten ihm dieses Gefühl nicht minder wirksam als Worte, und weniger aufdringlich.

«Es hat keine Eile», sagte er. «Ich will Ihnen nur offen sagen: Ich kann Ihnen nichts besonders Wünschenswertes oder Einträgliches vorschlagen. Bevor ich es Ihnen erläutere, erinnern Sie sich bitte an meinen ausdrücklichen Hinweis, ich könne Ihnen nur helfen wie der Blinde dem Lahmen. Ich bin arm, denn wenn ich meines Vaters Schulden bezahlt habe, bleibt mir als Erbe nur dieses zerbröckelnde Anwesen, dahinter die Reihe zerzauster Föhren und davor das Fleckchen Moorboden mit Eiben und Stechpalmen. Keiner kennt mich; Rivers ist zwar ein alter Name, aber von den drei letzten Abkömmlingen dieser Familie verdienen zwei das harte Brot von Bediensteten bei fremden Menschen, und der dritte betrachtet sich als Fremder im eigenen Land – nicht nur zeit seines Lebens, sondern auch im Tod. Ja, und er hält sich, zwangsläufig, durch dieses Los für geehrt und sehnt sich nur nach dem Tag, da das Kreuz der Trennung von den fleischlichen Banden auf seine Schulter gelegt wird und das Haupt der Streitenden Kirche, zu deren bescheidensten Mitgliedern er zählt, zu ihm spricht: ‹Erhebe dich und folge mir nach.›»

St. John sprach diese Worte, wie er seine Predigten hielt, mit ruhiger, tiefer Stimme, bleicher Wange und funkelndem, strahlendem Blick. Er fuhr fort:

«Und da ich selbst arm und unbekannt bin, kann ich Ihnen nur eine Stelle in Armut und Bedeutungslosigkeit anbieten. *Sie* halten sie vielleicht sogar für entwürdigend – denn ich habe mittlerweile erkannt, daß Sie das sogenannte vornehme Leben gewohnt waren, daß Sie eine Vorliebe für das

Vollkommene haben und zumindest mit gebildeten Menschen verkehrten –, *ich* hingegen finde, daß ein Dienst zum Wohle unseres Menschengeschlechts gar nicht entwürdigend sein kann. Ich meine, je trockener und unkultivierter der Boden ist, den zu bestellen der christliche Arbeiter aufgerufen ist, je magerer die Belohnung für seine Mühe, desto höher die Ehre. Sein Los ist unter diesen Umständen das eines Pioniers; die ersten Pioniere des Evangeliums waren die Apostel, und ihr Hauptmann war Jesus, der Erlöser, selbst.»

«Und?» sagte ich, als er wieder schwieg. «Sprechen Sie weiter.»

Er sah mich an, bevor er fortfuhr, ja, er schien bedächtig in meinem Gesicht zu lesen, als wären meine Züge Buchstaben auf einem Blatt Papier. Was er aus dieser Musterung schloß, äußerte er zum Teil in den folgenden Sätzen.

«Ich glaube, Sie werden die Stelle, die ich Ihnen anbiete, nehmen», sagte er, «und sie eine Weile behalten, doch nicht für immer – so wie auch ich nicht für immer das enge und einengende, stille, versteckte Amt eines englischen Landpfarrers bekleiden könnte –, denn in Ihrem Wesen liegt etwas, dem Ruhe nicht zuträglich ist, genau wie bei mir, wenn auch anders geartet.»

«Sagen Sie mir Genaueres», drängte ich, als er wieder innehielt.

«Gleich; und Sie sollen hören, wie armselig der Vorschlag ist, wie unbedeutend, wie beschränkt. Jetzt, da mein Vater tot ist und ich mein eigener Herr bin, werde ich nicht mehr lange in Morton bleiben. Ich werde den Ort vermutlich im Lauf der nächsten zwölf Monate verlassen, aber solange ich noch hier bin, will ich mich nach Kräften um seine Entwicklung bemühen. Als ich vor zwei Jahren hierherkam, hatte Morton keine Schule; die Kinder der Armen waren von jeder Hoffnung auf Fortschritt ausgeschlossen. Damals richtete ich eine Knabenschule ein, und nun habe ich vor, eine zweite für Mädchen zu eröffnen. Ich habe zu diesem Zweck ein Gebäude gemietet, dazu das angrenzende Häuschen mit zwei Zimmern als Wohnung für die Lehrerin. Deren Gehalt wird dreißig Pfund im Jahr betragen, das Haus ist bereits sehr schlicht, aber ausreichend möbliert, dank der Großzügigkeit einer Dame, Miss Oliver, der einzigen Tochter des einzigen reichen Mannes in meiner Pfarrei, Mr. Oliver, des Eigentümers der Nadelfabrik und der Eisengießerei im Tal. Dieselbe Dame zahlt auch für die Ausbildung und Kleidung eines Waisenkindes aus dem Armenhaus, unter der Bedingung, daß dieses Mädchen der Lehrerin bei niedrigen Arbeiten in Haus und Schule zur Hand geht, falls ihr der Unterricht keine Zeit zu deren Erledigung läßt. Wollen Sie diese Lehrerin sein?»

Er stellte die Frage sehr hastig; er schien eine empörte oder zumindest verächtliche Ablehnung dieses Angebots beinahe zu erwarten. Da er zwar einige meiner Gedanken und Gefühle erriet, jedoch nicht alle kannte, wußte er nicht, in welchem Licht mir ein solches Schicksal erschien. Es war freilich armselig, aber es bot Schutz, und ich suchte ja einen sicheren Zufluchtsort. Es war mühsam, doch verglichen mit dem einer Gouvernante in einem reichen Haus war ich hier unabhängig; und die Angst vor dem Dienst bei Fremden drang wie ein Schwert in mein Herz. Es war nicht schändlich, nicht unehrenhaft, nicht innerlich entwürdigend. Ich entschied mich.

«Ich danke Ihnen für den Vorschlag, Mr. Rivers, und nehme ihn mit Freuden an.»

«Haben Sie mich auch richtig verstanden?» sagte er. «Es ist eine Dorfschule, Ihre Schülerinnen sind nur arme Mädchen, Häuslerkinder, bestenfalls Bauerntöchter. Stricken, Nähen, Lesen, Schreiben und Rechnen ist alles, was Sie ihnen beibringen müssen. Was tun Sie mit Ihrem Wissen? Wohin mit all Ihrem Verstand, Ihren Gefühlen, Ihrem Geschmack?»

«Aufheben, bis sie gebraucht werden. Die halten sich schon.»

«Sie wissen also, worauf Sie sich einlassen?»

«Ja.»

Jetzt lächelte er, und diesmal weder verbittert noch traurig, sondern hocherfreut und zutiefst dankbar.

«Und wann treten Sie Ihr neues Amt an?»

«Morgen beziehe ich mein Haus, und wenn es Ihnen recht ist, eröffne ich nächste Woche die Schule.»

«Gut, so sei es.»

Er stand auf und ging durchs Zimmer. Dann blieb er stehen und blickte mich wieder an. Er schüttelte den Kopf.

«Was mißfällt Ihnen, Mr. Rivers?» fragte ich.

«Sie werden nicht lange in Morton bleiben, nein, nein.»

«Warum? Wie kommen Sie darauf?»

«Das lese ich in Ihren Augen. Die sehen nicht aus, als versprächen sie ein stetes Leben.»

«Ich bin nicht ehrgeizig.»

Er schrak zusammen bei diesem Wort. «Nein», wiederholte er. «Wieso denken Sie an Ehrgeiz? Wer ist ehrgeizig? Ich weiß, ich bin es, aber wie haben Sie das herausgefunden?»

«Ich sprach von mir.»

«Nun, Sie sind vielleicht nicht ehrgeizig, Sie sind …» Er schwieg.

«Was?»

«Ich wollte sagen ‹leidenschaftlich›, aber vielleicht hätten Sie das Wort mißverstanden und sich geärgert. Ich will damit sagen, daß Liebe und Mitgefühl große Macht über Sie haben. Bestimmt sind Sie nicht lange damit zufrieden, Ihre Mußestunden einsam zu verbringen und Ihre Arbeitszeit einer eintönigen Aufgabe zu widmen, der es gänzlich an Reiz fehlt. So wie ich nicht damit zufrieden bin», setzte er mit Nachdruck hinzu, «hier im Morast begraben und zwischen Bergen eingeklemmt zu leben – im Widerspruch zur Wesensart, die Gott mir gab, die mir vom Himmel verliehenen Fähigkeiten gelähmt und ungenutzt. Sie merken, daß ich mir selbst widerspreche. Ich, der ich Zufriedenheit mit einem bescheidenen Los predige und sogar den Beruf des Holzhauers und Wasserträgers im Dienste Gottes[81] gutheiße, ich, sein geweihter Diener, rase schier vor Rastlosigkeit. Nun ja, auf irgendeine Weise müssen Bedürfnisse und Überzeugung in Einklang gebracht werden.»

Er verließ das Zimmer. In dieser knappen Stunde hatte ich mehr über ihn erfahren als im ganzen letzten Monat. Dennoch stellte er mich weiterhin vor ein Rätsel.

Diana und Mary Rivers wurden immer trauriger und schweigsamer, als der Tag der Trennung von ihrem Bruder und ihrem Zuhause näher rückte. Beide versuchten, sich wie sonst zu benehmen, allein der Kummer, gegen den sie ankämpfen mußten, ließ sich nicht völlig unterdrücken oder verbergen. Diana deutete an, dieser Abschied sei anders als alle bisherigen. Was St. John betreffe, handle es sich wahrscheinlich um einen Abschied für Jahre, vielleicht fürs Leben.

«Er wird alles seinen schon lange gefaßten Entschlüssen opfern», sagte sie, «die Geschwisterliebe und noch stärkere Gefühle. St. John wirkt ruhig, Jane, doch in seinem Innern verbirgt er ein Fieber. Man könnte ihn für sanftmütig halten, aber in manchen Dingen ist er unerbittlich wie der Tod. Und das Schlimmste ist, mein Gewissen erlaubt mir nicht, ihn von seinem festen Entschluß abzubringen; nein, ich kann ihm nicht den geringsten Vorwurf daraus machen. Sein Vorhaben ist gut, edel, christlich, und doch bricht es mir das Herz.» Und Tränen schossen ihr in die schönen Augen. Mary senkte den Kopf tiefer über ihre Arbeit.

«Jetzt haben wir keinen Vater und bald auch kein Zuhause und keinen Bruder mehr», murmelte sie.

In diesem Augenblick ereignete sich ein kleiner Zwischenfall, wie vom Schicksal gesandt, um die Wahrheit des Sprichworts «Ein Unglück kommt selten allein» zu bekräftigen, der ihr Leid noch um die verdrießliche Erkenntnis vermehrte: «Man soll den Tag nicht vor dem Abend loben». St. John ging draußen am Fenster vorbei und las einen Brief. Dann trat er ins Zimmer.

«Onkel John ist gestorben», sagte er.

Beide Schwestern schienen bestürzt, doch nicht

erschrocken oder entsetzt. Die Nachricht wirkte auf sie eher bedeutungsvoll als betrüblich.

«Gestorben?» wiederholte Diana.

«Ja.»

Sie richtete einen suchenden Blick auf das Gesicht ihres Bruders. «Und was nun?» erkundigte sie sich leise.

«Was nun, Die?» erwiderte er mit unbewegtem, marmornem Gesicht. «Was nun? Na ja, nichts. Lies.»

Er warf ihr den Brief in den Schoß. Sie überflog ihn und reichte ihn an Mary weiter. Mary las ihn schweigend durch und gab ihn ihrem Bruder zurück. Alle drei sahen einander an, und alle drei lächelten – ein trübseliges, recht nachdenkliches Lächeln.

«Amen. Wir werden auch so weiterleben», sagte Diana schließlich.

«Auf jeden Fall sind wir nicht schlechter dran als vorher», stellte Mary fest.

«Es führt einem nur ziemlich deutlich vor Augen, was *hätte sein können*», sagte Mr. Rivers, «als allzu lebhafter Gegensatz zu dem, was *ist.*»

Er faltete den Brief zusammen, verschloß ihn in seinem Pult und ging wieder hinaus.

Minutenlang sagte niemand etwas. Dann sprach Diana mich an.

«Jane, Sie wundern sich vielleicht über uns und unsere Geheimnisse», sagte sie, «und halten uns für hartherzig, weil wir beim Tod eines Onkels, eines so nahen Verwandten, nicht ergriffener sind. Aber wir haben ihn nie gesehen oder kennengelernt. Er war der Bruder meiner Mutter. Mein Vater und er hatten sich vor langer Zeit entzweit. Auf seinen Rat hin hatte mein Vater fast sein ganzes Vermögen bei einer Spekulation riskiert, die ihn ruinierte. Die beiden machten sich gegenseitig Vorwürfe, trennten sich im Zorn und versöhnten sich nie mehr. Mein Onkel ließ sich später auf erfolgreichere Unternehmungen ein, er hat offenbar ein Vermögen von zwanzigtausend Pfund gemacht. Er hat nie geheiratet und besitzt keine nahen Verwandten außer uns und eine andere Person, die ihm nicht näher steht als wir. Mein Vater liebäugelte immer mit der Vorstellung, mein Onkel werde seinen Fehler wiedergutmachen, indem er seinen Besitz uns hinterlasse, doch dieser Brief teilt uns mit, daß er jeden Penny jener anderen Verwandten vererbt hat, ausgenommen dreißig Guineen, die unter St. John, Diana und Mary Rivers aufgeteilt werden sollen, damit sie sich drei Trauerringe kaufen können. Natürlich hatte er das Recht, zu tun, was ihm beliebte, und doch trübt solch eine Nachricht die Gemütsverfassung. Wir beide, Mary und ich, würden uns mit je tausend Pfund reich schätzen, und für St. John wäre eine solche Summe sehr wertvoll gewesen, da sie ihn in die Lage versetzt hätte, viel Gutes zu tun.»

Nach dieser Erklärung wurde das Thema fallengelassen, und niemand sprach mehr darüber, weder Mr. Rivers noch seine Schwestern. Am nächsten Tag verließ ich Marsh End und zog nach Morton, tags darauf machten sich Diana und Mary auf den Weg in das ferne B***, eine Woche später begaben sich Mr. Rivers und Hannah ins Pfarrhaus, und damit stand das alte Gutshaus leer.

KAPITEL 31

Mein Zuhause – nun ich endlich eins gefunden habe – ist also ein Cottage: ein kleiner Raum mit gekalkten Wänden und sandbestreutem Fußboden, mit vier lackierten Stühlen, einem Tisch, einer Uhr und einem Schrank, in dem ein paar Teller und Schüsseln stehen sowie ein Teeservice aus glasiertem Steingut. Darüber eine Schlafkammer von denselben Ausmaßen wie die Küche mit einer hölzernen Bettstatt und einer Kommode, klein und doch zu groß, als daß meine spärliche Garderobe sie füllen könnte. Dabei hat sich diese schon durch die Freundlichkeit meiner lieben, großzügigen Freundinnen um ein bescheidenes Häufchen der notwendigsten Dinge vermehrt.

Es ist Abend. Ich habe das kleine Waisenmädchen, das mir als Magd zur Hand geht, mit einer Orange als Belohnung heimgeschickt. Ich sitze allein am Kamin. Heute morgen wurde die Dorfschule eröffnet. Ich habe zwanzig Schülerinnen. Nur drei davon können lesen, keine kann schreiben oder rechnen. Einige stricken, manche nähen ein wenig. Sie sprechen breitesten Dialekt. Noch haben wir Schwierigkeiten, einander zu verstehen. Manche sind ungezogen, ungestüm, widerspenstig und dumm, andere dagegen sind gelehrig, wollen auch etwas lernen und zeigen eine erfreuliche Begabung. Ich darf nicht vergessen, daß diese grob gekleideten kleinen Bauernmädchen ebenso wertvolle Lebewesen sind wie die Kinder aus edelstem Geblüt und daß in ihrem Innern die Veranlagung zu außergewöhnlichen Leistungen, zu Verfeinerung, Klugheit und Güte ebenso vorhanden sein kann wie bei Kindern aus den besten Familien. Meine Pflicht wird es sein, diese Anlagen zu entwickeln, und bestimmt finde ich Freude an dieser Aufgabe. Viel Vergnügen erwarte ich nicht vom Leben, das sich vor mir auftut, doch wenn ich mein Herz ins Gleichgewicht bringe und meine Kräfte vorschriftsmäßig einsetze, gewährt es mir bestimmt immerhin so viel, daß ich von einem Tag zum andern weiterleben kann.

War ich in den Stunden, die ich heute vormittag und nachmittag in dem kahlen, einfachen Schulzimmer zubrachte, heiter, ruhig und zufrieden? Wenn ich mich nicht belügen will, muß ich antworten: «Nein.» Ich war ziemlich verzweifelt. Ich fühlte mich – verrückt, nicht wahr? –, ich fühlte mich minderwertig. Ich fürchtete, einen Schritt getan zu haben, der mich auf der gesellschaftlichen Stufenleiter nach unten beförderte, anstatt mich höherzuheben. Ich war ein wenig bestürzt angesichts all der Ahnungslosigkeit, Armut und Ruppigkeit ringsum. Aber ich will mich ob dieser Gefühle nicht allzusehr verabscheuen und verachten. Ich weiß, daß sie falsch waren – das ist schon ein gewaltiger Schritt; und ich werde mich bemühen, sie zu bezwingen. Vielleicht habe ich sie morgen schon teilweise überwunden und in ein paar Wochen ganz unterdrückt. Und in ein paar Monaten tritt womöglich Genugtuung an die Stelle des Widerwillens, wenn ich das Glück habe, Fortschritte und Verbesserungen bei meinen Schülerinnen zu erkennen.

Doch vorerst will ich mir eine Frage stellen: Was ist besser? – Der Versuchung zu erliegen, auf die Leidenschaft zu hören, keine schmerzliche Anstrengung, keinen Kampf auszufechten, sondern in eine seidene Falle zu sinken, unter ihren Blumen einzuschlafen, unter südlicher Sonne im Luxus eines Lusthauses aufzuwachen, jetzt in Frankreich zu leben als Mr. Rochesters Geliebte, die halbe Zeit trunken von seiner Liebe? – denn er würde mich lieben, o ja, eine Zeitlang hätte er mich sehr geliebt. Er hat mich ja geliebt, niemand wird mich jemals wieder so lieben. Nie mehr werde ich die süße Huldigung erleben, die der Schönheit, Jugend und Anmut zuteil wird, denn niemals wieder werde ich für jemanden diese Reize besitzen. Er war verliebt in mich, war stolz auf mich – und das wird bei keinem anderen Mann jemals mehr der Fall sein. Aber wohin schweife ich ab, was sage ich, und vor allem, was fühle ich? Ich frage, ob es besser ist, Sklavin in einem Narrenparadies in Marseille zu sein, eine Stunde lang fiebernd vor trügerischem Glück und schon in der nächsten an den bitteren Tränen der Reue und Scham würgend – oder als Dorflehrerin frei und anständig in einem windigen Bergnest im gesunden Herzen Englands zu leben?

Ja, ich spüre jetzt, daß ich recht tat, als ich meinen Grundsätzen und dem Gesetz folgte und die irren Eingebungen eines tollen Augenblicks von mir wies und unterdrückte. Gott zeigte mir die richtige Wahl. Ich danke der Vorsehung für ihren Wink!

Mit meinen abendlichen Überlegungen an diesem Punkt angelangt, erhob ich mich, ging zur Tür und blickte in den Sonnenuntergang des Erntetages und auf die stillen Felder vor meinem Häuschen und der Schule, die eine halbe Meile vom Dorf entfernt lagen. Die Vögel sangen ihre letzten Lieder:

«Die Luft war mild, der Tau war lind.»[82]

Während ich so hinausschaute, hielt ich mich für glücklich, und so wunderte ich mich, als ich mich kurz darauf beim Weinen ertappte – und worüber? Über das Geschick, das mich der Nähe zu meinem Herrn beraubt hatte; ich weinte um ihn, den ich nie mehr sehen würde, und über den verzweifelten Schmerz und die unvermeidliche Wut – Folgen meines Weggehens –, die ihn jetzt wahrscheinlich vom rechten Weg abbrachten, zu weit abbrachten, als daß man noch auf seine letztendliche Rückkehr dorthin hoffen durfte. Bei diesem Gedanken wandte ich mein Gesicht vom lieblichen Abendhimmel und vom einsamen Tal von Morton ab. Ich nenne es *einsam,* denn in dem vor mir sichtbaren Abschnitt sah man keine anderen Gebäude als die Kirche, das hinter Bäumen halbversteckte Pfarrhaus und am anderen Ende das Dach von Vale Hall, wo der reiche Mr. Oliver und seine Tochter lebten. Ich wandte die Augen ab und lehnte den Kopf gegen den steinernen Türstock. Doch bald ließ mich ein leises Geräusch am Törchen, das meinen winzigen Garten von der Wiese dahinter abgrenzte, aufschauen. Ein Hund – ich erkannte sofort den alten Carlo, Mr. Rivers' Pointer – stupste das Tor mit der Nase auf, und St. John selbst lehnte sich mit verschränkten Armen darauf. Er runzelte die Stirn und richtete einen ernsten, fast mißbilligenden Blick auf mich. Ich bat ihn herein.

«Nein, ich kann nicht bleiben. Ich habe Ihnen nur ein Päckchen gebracht, das meine Schwestern für Sie zurückgelassen haben. Es sind wohl ein Malkasten, Stifte und Papier darin.»

Ich trat näher, um es entgegenzunehmen – ein willkommenes Geschenk. Er sah mir streng prüfend ins Gesicht, als ich auf ihn zuging; zweifellos erkannte er deutliche Tränenspuren.

«Fanden Sie den ersten Arbeitstag schwerer als erwartet?» fragte er.

«O nein! Im Gegenteil, ich glaube, im Lauf der Zeit werde ich mit meinen Schülerinnen sehr gut zurechtkommen.»

«Dann sind Sie vielleicht enttäuscht von Ihrer Unterkunft, Ihrem Häuschen, der Einrichtung? Alles ist freilich recht karg, aber ...»

Ich unterbrach ihn. «Mein Häuschen ist sauber und wetterfest, die Einrichtung ausreichend und bequem. Was ich sehe, macht mich dankbar, nicht verzagt. Ich bin nicht so närrisch und heikel, daß ich einen Teppich, ein Sofa oder Silbergeschirr vermissen würde. Außerdem besaß ich vor fünf Wochen gar nichts, ich war eine Ausgestoßene, eine Bettlerin und Landstreicherin, und jetzt habe ich eine Unterkunft, ein Zuhause und Arbeit. Ich staune über Gottes Güte, die Großzügigkeit meiner Freunde und die Barmherzigkeit des Schicksals. Ich bin nicht unzufrieden.»

«Aber Sie empfinden die Einsamkeit als bedrükkend? Das kleine Haus dort hinter Ihnen ist dunkel und leer?»

«Ich habe noch kaum Zeit gehabt, die Ruhe zu genießen, geschweige denn, unter der Einsamkeit zu leiden.»

«Sehr gut. Ich hoffe, Sie empfinden auch die Zufriedenheit, die Sie äußern. Auf jeden Fall wird Ihnen die Vernunft sagen, daß es noch zu früh ist, um sich der halbherzigen Besorgnis von Lots Weib[83] hinzugeben. Ich weiß natürlich nicht, was Sie hinter sich gelassen haben, ehe ich Sie kennenlernte. Aber ich rate Ihnen: Widerstehen Sie standhaft jeder Versuchung zurückzuschauen. Halten Sie durch auf dem Weg, den Sie eingeschlagen haben, zumindest für einige Monate.»

«Genau das habe ich vor», antwortete ich.

«Es ist Schwerarbeit», fuhr St. John fort, «die Machenschaften seiner eigenen Neigungen zu kontrollieren und das natürliche Verlangen umzulenken; aber es ist zu schaffen, das weiß ich aus Erfahrung. Gott hat uns die Kraft gegeben, unser Schicksal bis zu einem gewissen Grad selbst zu bestimmen; und wenn unsere Lebensgeister nach Hilfe rufen, die sie nicht bekommen können, wenn es uns auf einen Weg zieht, dem wir nicht folgen dürfen, dann brauchen wir weder vor Entkräftung zu verhungern noch verzweifelt stillzustehen, wir müssen uns nur eine andere Nahrung für den Geist suchen, ebenso nahrhaft wie die verbotene Frucht, nach der es ihn verlangt, aber vielleicht reiner, und wir müssen dem unternehmungslustigen Fuß eine Straße freihauen, so gerade und breit wie die, die das Glück uns versperrt hat, wenngleich unwegsamer.

Vor einem Jahr war auch ich sehr unglücklich, denn ich glaubte, mit der Entscheidung für den geistlichen Beruf einen Fehler gemacht zu haben. Die ewig gleichen Pflichten langweilten mich zu Tode. Ich verzehrte mich nach dem tatkräftigeren Leben in der Welt, nach den aufregenderen Mühen einer literarischen Laufbahn, nach dem Schicksal eines Künstlers, Schriftstellers, Redners, nach allem anderen eher als nach dem Los eines Geistlichen. Ja, unter meiner Kuratenkutte schlug das Herz eines Politikers, eines Soldaten, prachtliebend, ruhmsüchtig und machtgierig. Ich dachte nach. Mein Leben war so armselig, es mußte sich ändern, sonst würde ich sterben. Nach einer Zeit der Dunkelheit und des Kampfs wurde es hell, und ich fand Trost: Mein enges Dasein weitete sich plötzlich zu einer grenzenlosen Ebene, meine Begabung hörte vom Himmel den Befehl, sich zu erheben, alle Kräfte zusammenzunehmen, die Schwingen auszubreiten und hochzusteigen, hoch hinaus. Gott hatte einen Auftrag für mich, den zu übernehmen und gut auszuführen Geschicklichkeit und Stärke, Kühnheit und Beredsamkeit erforderte, die besten Eigenschaften eines Soldaten, Staatsmannes oder Redners. All dies findet sich in einem guten Missionar versammelt.

Denn ich beschloß, Missionar zu werden. Von diesem Augenblick an änderte sich mein Zustand. Die Fesseln an meinen Talenten lösten sich, fielen ab und ließen weiter nichts Einengendes zurück als eine störende Wunde – die nur die Zeit heilen kann. Mein Vater widersetzte sich diesem Entschluß, aber seit seinem Tod gibt es für mich kein gesetzliches Hindernis mehr. Einige Dinge muß ich noch erledigen, einen Nachfolger für Morton suchen, das eine oder andere Gefühlsknäuel zerreißen oder zerschneiden – ein letzter Kampf mit der menschlichen Schwäche, in dem ich bestimmt siegen werde, denn ich habe es mir geschworen –, dann verlasse ich Europa und ziehe nach Osten.»

Er sagte dies in seiner sonderbaren, unterdrückten und doch leidenschaftlichen Stimme, und als er schließlich schwieg, blickte er nicht mich an, sondern in die sinkende Sonne, in die auch ich schaute. Beide standen wir mit dem Rücken zum Weg, der durch das Feld auf mein Törchen zuführte. Wir hatten auf dem grasüberwachsenen Pfad keinen Schritt gehört; das im Wiesengrund einschläfernd plätschernde Wasser war das einzige Geräusch zu dieser Zeit an diesem Ort. Da erschraken wir freilich, als eine muntere Stimme, süß wie ein Silberglöckchen, rief:

«Guten Abend, Mr. Rivers. Und guten Abend, alter Carlo. Ihr Hund erkennt seine Freunde schneller als Sie, Sir. Er spitzte schon die Ohren und wedelte mit dem Schwanz, als ich noch unten am Feld war, und Sie stehen immer noch mit dem Rücken zu mir.»

So war es. Obwohl Mr. Rivers beim ersten melodiösen Ton zusammengezuckt war, als hätte ein Blitzstrahl eine Wolke über seinem Kopf gespalten, stand er, als der Satz verklungen war, noch in derselben Haltung da, in der ihn die Sprecherin überrascht hatte. Sein Arm lag auf dem Tor, sein Gesicht zeigte nach Westen. Endlich drehte er sich um, gemessen und überlegt. Mir kam es vor, als sei eine Erscheinung neben ihm erstanden. Keine drei Fuß von ihm war eine reinweiß gekleidete Gestalt aufgetaucht, eine junge, anmutige Gestalt, rundlich und doch wohlgeformt. Nachdem sie sich zu Carlo hinuntergebeugt hatte, um ihn zu streicheln, hob sie den Kopf und schob einen langen Schleier zurück – und es erblühte unter seinem Blick ein Gesicht von vollkommener Schönheit. «Vollkommene Schönheit» ist ein starkes Wort, doch nehme ich es weder zurück, noch schränke ich es ein. Die lieblichsten Züge, die das gemäßigte Klima von Albion je geformt hat, das reinste Rosa und Lilienweiß, das seine feuchten Winde und dunstigen Himmel je hervorgebracht und beschirmt haben, rechtfertigten in diesem Fall die Bezeichnung. Kein Reiz fehlte, kein Makel war erkennbar. Das junge Mädchen hatte regelmäßige, zarte Züge und Augen von einer Form und Farbe, wie man sie auf schönen Gemälden findet, groß, dunkel und tief. Lange, schattendunkle Wimpern, die schöne Augen so weich und anziehend umrahmen, feingezeichnete Brauen, die solche Reinheit verleihen, eine weiße, glatte Stirn, die neben den lebhafteren Reizen der rosigen Wangen und strahlenden Augen für Ruhe sorgt, ovale, frische, glatte Wangen, ebenso frische, rote, gesunde und anmutig geschwungene Lippen, gleichmäßige, makellos schimmernde Zähne, ein kleines Kinn mit Grübchen, der Schmuck üppiger, fülliger Locken – kurzum, sie besaß all jene Vorzüge in vollem Maße, welche, wenn sie zusammentreffen, das Schönheitsideal verwirklichen. Ich staunte beim Anblick dieses lieblichen Geschöpfs und bewunderte es aus vollem Herzen. Die Natur hatte es eindeutig bevorzugt, als sie es schuf; sie hatte vergessen, daß sie ihre milden Gaben gewöhnlich nur stiefmütterlich knapp verteilte, und diesen Liebling mit der Freizügigkeit einer Großmutter bedacht.

Was hielt St. John Rivers von diesem irdischen Engel? Diese Frage stellte ich mir natürlich, als er sich ihr zuwandte und sie ansah, und ebenso natürlich suchte ich die Antwort darauf in seinem Gesicht. Er hatte das Auge schon wieder von dieser Peri[84] abgewandt und betrachtete ein bescheidenes Büschel Gänseblümchen, das neben dem Tor wuchs.

«Ein schöner Abend, gewiß, aber zu spät, als daß Sie noch allein draußen sein sollten», meinte er und zertrat die schneeweißen Köpfchen der geschlossenen Blumen.

«Oh, ich kam ja erst heute nachmittag aus S***[85] heim.» Sie nannte den Namen einer etwa zwanzig Meilen entfernten großen Stadt. «Papa berichtete, Sie hätten Ihre Schule eröffnet und die neue Lehrerin sei angekommen, und so setzte ich nach dem Tee meinen Hut auf und lief durchs Tal hierher, um sie zu sehen. Ist sie das?» Und sie zeigte auf mich.

«Ja», erwiderte St. John.

«Meinen Sie, Morton wird Ihnen gefallen?» fragte sie mich offen und kindlich ungekünstelt – angenehm, wenn auch etwas naiv.

«Ich hoffe es. Es spricht vieles dafür.»

«Fanden Sie Ihre Schülerinnen so aufmerksam, wie Sie es erwartet haben?»

«Unbedingt.»

«Gefällt Ihnen Ihr Haus?»

«Sehr gut.»

«Habe ich es hübsch eingerichtet?»

«Sehr hübsch, wirklich.»

«Und habe ich Ihnen mit Alice Wood eine gute Hilfe ausgesucht?»

«Aber ja. Sie ist gelehrig und geschickt.» («Dies ist also Miss Oliver», dachte ich, «die Erbin, vom Schicksal und der Natur anscheinend gleich begünstigt! Welch glückliche Planetenkonstellation hat wohl bei ihrer Geburt geherrscht?»)

«Ich werde manchmal raufkommen und Ihnen beim Unterrichten helfen», fuhr sie fort. «Es bedeutet eine Abwechslung für mich, wenn ich Sie hin und wieder besuche, und ich liebe Abwechslung.

Mr. Rivers, mein Aufenthalt in S*** war *sehr* vergnüglich! Letzte Nacht – oder vielmehr heute morgen – habe ich bis zwei Uhr früh getanzt. Seit den Aufständen[86] ist das ***te Regiment dort stationiert, und die Offiziere sind die liebenswertesten Männer der Welt. Sie stellen unsere jungen Messerschleifer und Scherenhändler allesamt in den Schatten.»

Mir schien, als schöbe sich für einen Augenblick Mr. St. Johns Unterlippe nach vorn und als kräusle er die Oberlippe. Auf jeden Fall wirkte sein Mund ziemlich verkniffen und seine untere Gesichtshälfte außerordentlich unfreundlich und steif, als ihm das Mädchen dies lachend berichtete. Dann hob er den Blick von den Gänseblümchen und wandte ihn ihr zu, einen Blick ohne Lächeln, einen forschenden, bedeutsamen Blick. Sie antwortete wieder mit einem Lachen, und es stand ihrer Jugend gut, ihren rosigen Wangen, ihren Grübchen und den strahlenden Augen.

Während er stumm und ernst dastand, fing sie wieder an, Carlo zu streicheln. «Der arme Carlo hat mich lieb», sagte sie. «Der ist nicht finster und abweisend zu seinen Freunden, und wenn er sprechen könnte, würde er nicht schweigen.»

Während sie dem Hund über den Kopf streichelte und sich vor dessen jungem, unfreundlichem Herrn mit natürlicher Anmut hinunterbeugte, sah ich im Gesicht eben dieses Herrn eine Glut aufsteigen. Ich merkte, wie sein ernstes Auge in plötzlichem Feuer schmolz und vor unwiderstehlicher Erregung flackerte. So errötet und entflammt, sah er als Mann fast ebenso schön aus wie sie als Frau. Einmal nur hob sich seine Brust, als hätte sich sein großes Herz, müde der despotischen Fessel, gedehnt und allem Willen zum Trotz einen kräftigen Sprung in die Freiheit versucht. Aber er zügelte es – «wie ein tüchtiger Reiter ein steigendes Roß zügeln würde», dachte ich. Er antwortete weder mit Worten noch mit einer Bewegung auf die sanften Annäherungsversuche.

«Papa sagt, Sie kommen gar nicht mehr zu Besuch», fuhr Miss Oliver fort und blickte auf. «Sie sind schon wie ein Fremder für Vale Hall. Er ist jeden Abend allein und nicht sehr glücklich darüber; wollen Sie nicht mit mir heimgehen und ihn besuchen?»

«Das ist nicht gerade der richtige Zeitpunkt, um Mr. Oliver zu stören», antwortete St. John.

«Nicht der richtige Zeitpunkt! Aber ich sage Ihnen doch, das ist genau die Stunde, in der es Papa am meisten nach Gesellschaft verlangt, wenn nämlich die Fabrik geschlossen und er nicht mehr mit Arbeit beschäftigt ist. Kommen Sie doch mit, Mr. Rivers. Warum sind Sie denn so schüchtern und düster?» Die Pause, die durch sein Schweigen entstand, füllte sie selbst mit einer Antwort.

«Ach, ich vergaß», rief sie und schüttelte den schönen Lockenkopf, als sei sie über sich selbst entsetzt. «Wie oberflächlich und gedankenlos von mir! Bitte entschuldigen Sie. Es war mir entfallen, daß Sie allen Grund haben, auf mein Geplapper nicht einzugehen. Diana und Mary sind fort, Moor House ist aufgegeben, und Sie sind ganz allein. Das tut mir wirklich leid. Kommen Sie mit zu Papa.»

«Heute abend nicht, Miss Rosamond, heute abend nicht.»

Mr. St. John sprach fast wie ein Automat; nur er

selbst wußte, wieviel Mühe ihn diese Ablehnung kostete.

«Na gut, wenn Sie so hartnäckig sind, verlasse ich Sie jetzt; da schon der Tau fällt, wage ich nicht länger zu bleiben. Guten Abend!»

Sie streckte die Hand aus. Er berührte sie nur leicht. «Guten Abend», wiederholte er leise und dumpf wie ein Echo. Sie wandte sich ab, drehte sich aber gleich noch einmal um.

«Geht es Ihnen auch gut?» fragte sie. Sie mochte wohl fragen, denn sein Gesicht war so weiß wie ihr Kleid.

«Ganz gut», antwortete er, und mit einer Verbeugung verließ sie das Tor. Sie ging in die eine Richtung, er in die andere. Zweimal schaute sie sich nach ihm um, als sie wie eine Fee das Feld hinuntertrippelte; er dagegen schritt eisern aus und drehte sich kein einziges Mal um.

Dieses Schauspiel vom Leid und Opfer eines anderen riß meine Gedanken vom ausschließlichen Grübeln über mein eigenes Leid los. Diana Rivers hatte ihren Bruder als «unerbittlich wie der Tod» bezeichnet. Sie hatte nicht übertrieben.

KAPITEL 32

Ich erledigte meine Arbeit an der Dorfschule so fleißig und gewissenhaft, wie ich nur konnte. Anfangs war es wirklich mühselig. Trotz aller Anstrengung dauerte es geraume Zeit, bis ich meine Schülerinnen und ihre Eigenheiten verstand. Da sie gänzlich ungebildet waren und ihre Anlagen brachlagen, wirkten sie hoffnungslos stumpfsinnig auf mich –

und zwar auf den ersten Blick alle gleich stumpfsinnig. Doch bald merkte ich, daß ich mich getäuscht hatte. Es gab Unterschiede, genau wie bei Gebildeten, und als wir uns gegenseitig näher kennenlernten, entwickelten sich diese Unterschiede rasch. Als sich ihr Staunen über mich, meine Sprache, meine Vorschriften und Handlungsweisen erst einmal gelegt hatte, entdeckte ich, daß einige dieser scheinbar begriffsstutzigen, glotzenden Bauernkinder sich in aufgeweckte Mädchen verwandelten. Viele zeigten sich auch verbindlich und liebenswürdig, und ich entdeckte unter ihnen nicht wenige Fälle von natürlicher Höflichkeit und angeborener Selbstachtung sowie von herausragender Begabung, die mein Wohlwollen und meine Bewunderung erregten. Sie wiederum fanden bald Gefallen daran, ihre Arbeit gut zu tun, sich sauber anzuziehen, ihre Aufgaben regelmäßig zu erledigen und sich ruhig und ordentlich zu benehmen. Bei manchen staunte ich über ihre raschen Fortschritte und war aufrichtig stolz und glücklich. Hinzu kam, daß ich einige der besten Mädchen persönlich liebgewann, und auch sie hatten mich gern. Unter meinen Schülerinnen gab es ein paar Bauerntöchter, fast erwachsene junge Frauen. Diese konnten bereits lesen, schreiben und nähen, und so unterrichtete ich sie in den Anfangsgründen von Grammatik, Erdkunde, Geschichte und feiner Handarbeit. Ich fand liebenswerte Menschen unter ihnen, Menschen, die sich nach Wissen sehnten und Verbesserungen zugänglich waren und bei denen zu Hause ich so manche angenehme Abendstunde verbrachte. Dann überhäuften mich ihre Eltern, der Bauer und die Bäuerin, mit Aufmerksamkeiten. Ich genoß ihre schlichte Freundlichkeit und erwiderte sie mit einer Rücksicht – der peinlich genauen Achtung vor ihren Gefühlen –, die sie vielleicht nicht gewohnt waren, die ihnen aber gefiel und guttat, denn sie wertete sie nicht nur in ihren eigenen Augen auf, sondern trieb sie auch an, sich die so andersgeartete Behandlung zu verdienen.

Ich spürte, daß ich in meiner Umgebung beliebt war. Wenn ich außer Haus ging, hörte ich stets von allen Seiten herzliche Worte und wurde freundlich lächelnd gegrüßt. Von allen geachtet zu leben, und seien dies nur Werktätige, das ist, als säße man «in der ruhigen, lieblichen Sonne»[87]; heitere Gefühle knospen und erblühen unter ihren Strahlen. In diesem Abschnitt meines Lebens weitete sich öfter mein Herz vor Dankbarkeit, als es vor Jammer in sich zusammensank; und dennoch – ich will dir nichts verschweigen, Leser –, bei aller Ruhe, bei allem nützlichen Dasein stürzte ich nach einem Tag redlicher Bemühungen bei meinen Schülerinnen, nach einem Abend, an dem ich zufrieden vor mich hin gezeichnet oder gelesen hatte, zur Nachtzeit in seltsame Träume: bunte, erregte Träume, phantastisch, aufwühlend und stürmisch, Träume, in denen ich in ungewöhnlichen Szenen voller Abenteuer, aufregender Gefahren und romantischer Zufälle wieder und wieder mit Mr. Rochester zusammentraf, und stets in einer dramatisch zugespitzten Situation; und das Gefühl, in seinen Armen zu liegen, seine Stimme zu hören, in seine Augen zu blicken, seine Hand und Wange zu berühren, ihn zu lieben und von ihm wiedergeliebt zu werden, weckte aufs neue die Hoffnung auf ein Leben an seiner Seite mit aller anfänglichen Wucht und allem Feuer. Dann wachte ich auf, und mir wurde wieder bewußt, wo ich war und in welcher Lage ich mich befand. Dann richtete ich mich zitternd und bebend in meinem vorhanglosen Bett auf, und die stille, dunkle Nacht wurde Zeuge meiner Verzweiflungsanfälle und leidenschaftlichen Ausbrüche. Doch am nächsten Morgen schloß ich pünktlich um neun Uhr die Schule auf, ruhig, gefaßt und vorbereitet auf die ewig gleichen täglichen Pflichten.

Rosamond Oliver hielt Wort und besuchte mich in der Schule. Meist kam sie auf ihrem Morgenritt vorbei. Sie galoppierte auf ihrem Pony bis zur Tür, gefolgt von einem livrierten Diener zu Pferd. Man kann sich kaum etwas Erleseneres vorstellen als ihren Auftritt im purpurnen Reitkleid, die Amazonenkappe aus schwarzem Samt anmutig auf den langen Locken, die ihre Wangen küßten und über ihre Schultern flossen. Und so betrat sie das bäuerliche Gebäude und glitt durch die Reihen der geblendeten Dorfkinder. Sie kam fast immer zu der Stunde, da Mr. Rivers seine tägliche Katechismuslektion hielt. Sehr genau, so fürchte ich, durchschaute das Auge der Besucherin das Herz des jungen Pfarrers. Eine Art Instinkt schien ihm ihr Eintreten anzuzeigen, selbst wenn er nicht hinsah; und auch wenn er gerade von der Tür wegblickte, glühten seine Wangen, wenn sie dort auftauchte, und seine marmornen Züge wurden zwar keineswegs weicher, aber sie veränderten sich auf unbeschreibliche Weise und verrieten bei aller Unbeweglichkeit ein verhaltenes Feuer, deutlicher, als dies ein arbeitender Muskel oder ein schneller Blick anzeigen konnte.

Natürlich wußte sie um ihre Macht. Allerdings

verbarg er dies auch nicht vor ihr, konnte es nicht verbergen. Trotz seines christlichen Stoizismus zitterte seine Hand, wenn sie auf ihn zuging, ihn ansprach und ihm fröhlich und ermutigend, ja sogar liebevoll ins Gesicht lächelte, und sein Auge funkelte. Mit seinem traurigen und entschlossenen Blick, wenn auch nicht mit den Lippen, schien er zu sagen: «Ich liebe dich, und ich weiß, ich gefalle dir. Nicht weil ich an meinem Erfolg zweifle, bleibe ich stumm. Wenn ich dir mein Herz anböte, so glaube ich, du würdest es annehmen. Aber mein Herz liegt schon auf einem geweihten Altar, und das Feuer ringsum brennt bereits. Bald ist es nur noch ein verzehrtes Opfer.»

Dann schmollte sie wie ein enttäuschtes Kind; eine nachdenkliche Wolke trübte ihre strahlende Lebhaftigkeit, sie zog hastig ihre Hand aus der seinen zurück und wandte sich vorübergehend verdrossen von seinem gleichzeitig heroischen und märtyrerhaften Anblick ab. St. John hätte zweifellos die ganze Welt hergegeben, um ihr zu folgen, sie zurückzurufen und zurückzuhalten, wenn sie ihn so stehenließ, würde aber niemals die Aussicht auf den Himmel verschenken und für das Elysium ihrer Liebe die Hoffnung auf das wahre, ewige Paradies opfern. Außerdem konnte er nicht alle seine Wesenszüge – den Landstreicher, den Ehrgeizling, den Dichter, den Priester – in die Grenzen einer einzigen Leidenschaft zwingen. Er konnte und wollte seinen wilden Kampf im missionarischen Feldzug nicht für die Salons und den Frieden von Vale Hall aufgeben. Das erfuhr ich von ihm selbst, als ich einmal trotz seiner Zurückhaltung einen Angriff auf sein Vertrauen wagte.

Miss Oliver beehrte mich bereits mit häufigen Besuchen in meinem Häuschen. Ich kannte sie mittlerweile gut, es gab ja kein Geheimnis, keine Verstellung an ihr. Sie war kokett, aber nicht herzlos, fordernd, aber nicht charakterlos selbstsüchtig. Sie war von Geburt an verhätschelt worden, doch nicht gänzlich verwöhnt. Sie war unbesonnen, aber gutmütig, eitel (wie sollte sie anders, wenn jeder Blick in den Spiegel ihr eine solche Fülle von Schönheit zeigte), aber nicht affektiert; sie war großzügig, bildete sich nichts auf ihren Reichtum ein, war offenherzig, einigermaßen klug, fröhlich, lebhaft und gedankenlos; kurz, sie war überaus reizend, selbst für eine nüchterne, gleichgeschlechtliche Beobachterin wie mich, jedoch weder besonders interessant noch zutiefst beeindruckend. Sie war ein ganz anderer Mensch als zum Beispiel St. Johns Schwestern. Und doch hatte ich sie gern, fast so gern wie meine Schülerin Adèle – abgesehen davon, daß wir für ein Kind, das wir beaufsichtigt und unterrichtet haben, eine größere Liebe empfinden, als wir sie einem ebenso anziehenden Erwachsenen entgegenbringen können.

Sie hatte eine liebenswerte Schwäche für mich. Ich sei wie Mr. Rivers, fand sie, natürlich nur ein Zehntel so hübsch, schränkte sie ein, aber doch eine recht niedliche, adrette kleine Person; er dagegen sei eben ein Engel. Doch sei ich gut, klug, gesetzt und stark, so wie er. Als Dorfschullehrerin sei ich ein *lusus naturae*[88], behauptete sie; meine Vorgeschichte, wenn man sie nur kennen würde, ergäbe bestimmt einen hinreißenden Roman.

Als sie eines Abend in ihrem typischen kindlichen Unternehmungsgeist gedankenlos, aber nicht ungehörig neugierig Schrank und Tischschublade in meiner kleinen Küche durchstöberte, entdeckte sie zuerst zwei französische Bücher, einen Band Schiller, eine deutsche Grammatik und ein Wörterbuch und dann meine Zeichenutensilien sowie einige Skizzen, darunter den mit Bleistift gezeichneten Kopf eines hübschen, engelhaften Mädchens, einer Schülerin von mir, und mehrere Landschaften aus dem Tal von Morton und den Mooren der Umgebung. Anfangs war sie starr vor Staunen und dann vor Entzücken wie elektrisiert.

Ob ich diese Bilder angefertigt hätte? Ob ich Französisch und Deutsch könne? Was für ein Schatz ich sei, was für ein Wunder! Ich zeichne ja besser als ihr Lehrer in der besten Schule in S***! Ob ich ein Porträt von ihr zeichnen würde, das sie ihrem Papa zeigen könnte?

«Mit Vergnügen», entgegnete ich und empfand den freudigen Schauer des Künstlers beim Gedanken, ein so vollkommenes, strahlendes Modell abbilden zu dürfen. Sie trug gerade ein dunkelblaues Seidenkleid, das Arme und Hals frei ließ, und ihr einziger Schmuck war das kastanienbraune, offene Haar, das ihr mit der ungebändigten Anmut natürlicher Locken über die Schultern wogte. Ich nahm ein Blatt feines Zeichenpapier und fertigte eine sorgfältige Strichzeichnung an. Ich versprach mir ein Vergnügen davon, sie auch zu kolorieren, und da es schon spät war, schlug ich ihr vor, anderntags noch einmal zu kommen und mir Modell zu sitzen.

Ihrem Vater berichtete sie derart überschwenglich von mir, daß Mr. Oliver sie am nächsten Abend begleitete – ein großer, grauhaariger Mann mittleren Alters mit knorrigen Gesichtszügen, neben dem seine schöne Tochter wie eine leuchtende Blume am Fuß eines altersgrauen Turms wirkte. Er schien schweigsam zu sein, vielleicht auch stolz; doch zu mir war er sehr freundlich. Die Skizze von Rosamonds Porträt gefiel ihm äußerst gut; er meinte, ich müsse ein richtiges Bild daraus machen. Dann bestand er darauf, daß ich sie am nächsten Abend in Vale Hall besuchte.

Ich ging also hin. Das großartige Herrenhaus zeugte in verschwenderischem Maße vom Wohlstand seines Besitzers. Rosamond war während meines ganzen Besuchs fröhlich und vergnügt. Der Vater gab sich leutselig, und als er nach dem Tee ein Gespräch mit mir begann, bekundete er mir mit deutlichen Worten seine Anerkennung für meine Arbeit in der Schule von Morton. Er fürchte nur, nach allem, was er gesehen und gehört habe, ich sei zu gut für diese Stelle und werde sie bald für eine geeignetere aufgeben.

«Ja», rief Rosamond, «sie ist so gescheit, daß sie als Gouvernante in einer adligen Familie arbeiten könnte, Papa.»

«Ich bleibe aber viel lieber hier, wo ich jetzt bin», dachte ich, «als bei einer hochnäsigen Familie auf dem Land.» Von Mr. Rivers – der Familie Rivers – sprach Mr. Oliver mit großer Hochachtung. Es sei ein uralter Name hier in der Gegend, die Vorfahren seien wohlhabend gewesen, ganz Morton habe ihnen einst gehört, und noch heute könne der Vertreter dieses Hauses, wenn er wollte, die beste Partie machen. Er fand es schade, daß ein so glänzender, talentierter junger Mann beschlossen habe, als Missionar in die Fremde zu ziehen; das heiße doch, ein wertvolles Leben regelrecht wegzuwerfen. Es sah ganz so aus, als würde der Vater einer Verbindung von Rosamond und St. John kein Hindernis in den Weg legen. Mr. Oliver betrachtete offenbar die gute Herkunft, den alten Namen und den Beruf des jungen Geistlichen als ausreichende Entschädigung für das fehlende Vermögen.

***

Es war der 5. November, ein Feiertag. Meine kleine Magd hatte mir geholfen, das Haus zu säubern, und war hochzufrieden mit einem Penny als Lohn davongezogen. Alles rings um mich strahlte in fleckenlosem Glanz – der gescheuerte Boden, der polierte Kaminrost und die auf Hochglanz gebrachten Stühle. Auch ich hatte mich zurechtgemacht; nun lag der Nachmittag vor mir, und ich konnte damit tun, was ich wollte.

Die Übersetzung einiger Seiten Deutsch beanspruchte eine Stunde, dann nahm ich Palette und Pinsel und machte mich an die angenehmere, weil leichtere Arbeit, Rosamond Olivers Miniatur zu vollenden. Den Kopf hatte ich schon fertig, nun mußte noch der Hintergrund koloriert und der Faltenwurf schattiert werden, dazu kam ein Hauch Karminrot auf die blühenden Lippen, hie und da sollte noch ein leichtes Löckchen ins Haar, und der Schatten der Wimpern unter dem bläulichen Lid mußte einen Ton dunkler werden. Ich war ganz vertieft in die Ausführung dieser hübschen Einzelheiten, als sich nach einem einzigen kurzen Klopfen die Tür öffnete und St. John Rivers einließ.

«Ich wollte nachschauen, wie Sie Ihren freien

Tag verbringen», sagte er. «Hoffentlich nicht mit Grübeln? Nein, das ist gut. Solange Sie zeichnen, fühlen Sie sich nicht einsam. Wie Sie sehen, mißtraue ich Ihnen noch immer, wiewohl Sie bis jetzt wunderbar durchgehalten haben. Hier habe ich Ihnen als Trost für die Abendstunden ein Buch mitgebracht.» Und er legte mir eine Neuerscheinung auf den Tisch, ein Gedicht, eines jener echten Kunstwerke, wie sie dem glücklichen Publikum jener Tage – des Goldenen Zeitalters der modernen Literatur – so oft geschenkt wurden. Die Leser unserer Epoche sind da leider weniger begünstigt. Aber nur Mut! Ich halte nicht inne, um anzuklagen oder zu murren. Ich weiß, die Dichtkunst ist nicht tot, die Schöpferkraft nicht erloschen, und der Mammon hat nicht die Macht, sie zu knebeln oder zu erschlagen. Beide werden überleben, bei uns bleiben, frei sein und eines Tages wieder erstarken. Als mächtige, sicher im Himmel weilende Engel lächeln sie nur, wenn gemeine Seelen über ihren Untergang frohlocken und schwächliche darüber jammern. Die Dichtkunst zerstört? Das Genie vertrieben? Nein! Mittelmäßigkeit? Nein! Man darf nicht zulassen, daß einem der Neid diesen Gedanken eingibt. Nein, sie leben nicht nur, sondern herrschen und heilen auch, und ohne ihren göttlichen, weitverbreiteten Einfluß wäre man in der Hölle – der Hölle der eigenen Erbärmlichkeit.

Während ich neugierig in die vielversprechenden Seiten von «Marmion»[89] spähte (denn es war «Marmion»), beugte sich St. John über meine Zeichnung, um sie sich anzusehen. Er fuhr zusammen und richtete sich sofort wieder auf, schwieg jedoch. Ich sah zu ihm hoch, doch er wich meinem

Blick aus. Ich wußte genau, was er dachte, und konnte deutlich in seinem Herzen lesen; in diesem Augenblick war ich ruhiger und gelassener als er. Wenigstens vorübergehend war ich ihm überlegen und spürte das Bedürfnis, ihm etwas Gutes zu tun, wenn ich konnte.

«Er verlangt sich zuviel ab, bei aller Stärke und Selbstbeherrschung», dachte ich. «Er verschließt alle Gefühle und Schmerzen in seinem Innern, er äußert, bekennt, erzählt nichts. Es würde ihm bestimmt guttun, ein wenig über seine süße Rosamond zu reden, die er meint nicht heiraten zu dürfen. Ich werde ihn zum Reden bringen.»

Erst einmal sagte ich: «Setzen Sie sich, Mr. Rivers.» Aber er entgegnete wie immer, er könne nicht bleiben. «Na gut», erwiderte ich im Geiste, «bleiben Sie stehen, wenn Sie wollen, aber ich bin entschlossen, Sie noch nicht fortzulassen. Einsamkeit ist für Sie mindestens ebenso schlecht wie für mich. Ich will versuchen, ob ich nicht die geheime Quelle Ihres Vertrauens finde und eine Öffnung in dieser marmornen Brust entdecke, durch die ich einen Tropfen Mitgefühl träufeln kann.»

«Ist das Porträt ähnlich?» fragte ich geradeheraus.

«Ähnlich! Wem ähnlich? Ich habe es nicht genau angesehen.»

«O doch, Mr. Rivers.»

Er fuhr förmlich zusammen bei meiner plötzlichen, ungewohnten Schroffheit und sah mich erstaunt an. «Oh, das macht nichts», murmelte ich im Innern. «Durch ein bißchen Halsstarrigkeit Ihrerseits lasse ich mich noch lange nicht beirren. Ich bin gewillt, sehr weit zu gehen.» Dann fuhr ich fort:

«Sie haben es genau und eingehend betrachtet, aber ich habe nichts dagegen, wenn Sie es noch einmal ansehen.» Und ich stand auf und gab es ihm in die Hand.

«Ein gutes Bild», sagte er, «weiche, helle Farben und eine äußerst anmutige, genaue Zeichnung.»

«Ja, ja, das weiß ich alles. Doch was ist mit der Ähnlichkeit? Wer ist es?»

Nach kurzem Zögern antwortete er: «Vermutlich Miss Oliver.»

«Natürlich. Und nun, Sir, verspreche ich Ihnen als Belohnung für die richtige Lösung meines Rätsels eine sorgfältige, getreue Kopie dieses Porträts – vorausgesetzt, so ein Geschenk wäre Ihnen willkommen. Ich will meine Zeit nicht vergeuden und mich mit etwas abmühen, das Sie für wertlos erachten.»

Er starrte immer noch auf das Bild, und je länger er es anschaute, desto fester hielt er es in der Hand, desto erpichter schien er darauf. «Es ist ähnlich», murmelte er, «das Auge ist sehr gut getroffen, in Farbe, Licht und Ausdruck vollkommen. Es lächelt!»

«Würde es Ihnen Freude oder Schmerz bereiten, ein ähnliches Bild zu besitzen? Sagen Sie's mir. Wäre es Ihnen ein Trost, in Madagaskar oder am Kap oder in Indien diese Erinnerung zu besitzen, oder riefe der Anblick nur lähmende und quälende Erinnerungen wach?»

Nun hob er verstohlen die Augen; er blickte mich unentschlossen und verwirrt an. Noch einmal betrachtete er das Porträt.

«Gewiß besäße ich es gern; ob dies vernünftig oder weise wäre, ist eine andere Frage.»

Seit ich festgestellt hatte, daß Rosamond ihn wirklich gern hatte und ihr Vater sich einer Ehe wahrscheinlich nicht widersetzen würde, war ich insgeheim fest entschlossen – denn ich hatte weniger strenge Ansichten als St. John –, ihre Verbindung zu fördern. Mir schien, er könne ebensoviel Gutes tun, wenn er eines Tages in den Besitz von Mr. Olivers großem Vermögen kam, wie wenn er loszog und unter einer tropischen Sonne seine Begabung verdorren ließ und seine Kraft verschwendete. Davon überzeugt, antwortete ich nun: «Soviel ich sehe, wäre es klüger und vernünftiger, wenn Sie gleich das Original nähmen.»

Inzwischen hatte er sich hingesetzt. Das Bild lag auf dem Tisch vor ihm, er hatte die Stirn in beide Hände gestützt und beugte sich liebevoll darüber. Er schien jetzt weder wütend noch entsetzt über meine Kühnheit. Daß er auf ein – wie er meinte – unantastbares Thema so offen angesprochen, daß es so unbefangen verhandelt wurde, verschaffte ihm sichtlich ein ungekanntes Vergnügen und unerwartete Erleichterung. Zurückhaltende Menschen brauchen das offene Gespräch über ihre Gefühle und ihren Kummer wirklich oft dringender als die mitteilsamen. Auch der scheinbar strengste Stoiker ist schließlich nur ein Mensch, und sich wagemutig und in guter Absicht «in die schweigende See» ihrer Seelen zu «stürzen»[90] heißt oft, ihnen einen Gefallen zu tun.

«Sie mag Sie, ganz bestimmt», sagte ich hinter seinem Stuhl stehend, «und ihr Vater achtet Sie. Zudem ist sie ein entzückendes Mädchen – ein wenig gedankenlos; aber Sie denken genug für zwei. Sie sollten Sie heiraten.»

«Mag sie mich wirklich?» fragte er.

«Bestimmt, lieber als jeden anderen. Sie spricht ständig von Ihnen, kein Thema gefällt ihr so gut, keins berührt sie so oft.»

«Das hört man gern», sagte er, «sehr gern. Reden Sie noch eine Viertelstunde so weiter.» Und er zog tatsächlich seine Uhr heraus und legte sie auf den Tisch, um die Zeit abzumessen.

«Was hat es für einen Sinn, weiterzureden», fragte ich, «wenn Sie wahrscheinlich schon zu einem beinharten, ablehnenden Schlag ausholen oder eine neue Kette als Fessel für Ihr Herz schmieden?»

«Stellen Sie sich nicht so schlimme Dinge vor. Malen Sie sich lieber aus, ich sei nachgiebig und weich, so wie ich es jetzt tue. Irdische Liebe quillt wie ein frisch gebohrter Brunnen in meinem Herzen und überschwemmt mit süßer Flut mein sorgfältig und mühselig bestelltes Feld, in das ich so fleißig den Samen guter Vorsätze und selbstverleugnender Pläne gesenkt habe. Nun wird es von einem balsamischen Hochwasser heimgesucht – die jungen Sprossen werden überspült, allzu süßes Gift[91] verdirbt sie. Ich sehe mich im Salon zu Vale Hall, auf einer Ottomane hingestreckt, zu Füßen meiner Braut Rosamond Oliver. Sie spricht mit süßer Stimme zu mir, blickt auf mich herab mit jenen Augen, die Ihre geschickte Hand so gut wiedergegeben hat, und lächelt mich an mit diesen Korallenlippen. Sie ist mein, ich bin der Ihre – dies jetzige Leben und die flüchtige Welt genügen mir. Pst! Sagen Sie nichts – mein Herz ist glückselig – meine Sinne sind hingerissen – lassen Sie die Zeit, die ich mir gegeben habe, in Ruhe verstreichen.»

Ich ließ ihm seinen Willen. Die Uhr tickte, er

atmete schnell und leise, und ich stand stumm daneben. Unter diesem Schweigen verging die Viertelstunde, er steckte die Uhr wieder ein, legte das Bild hin, erhob sich und stellte sich vor den Kamin.

«So», sagte er, «diese kurze Spanne war der Träumerei und der Täuschung gewidmet. Ich legte meine Schläfen an die Brust der Versuchung, beugte meinen Nacken freiwillig unter ihr blumiges Joch und trank aus ihrem Becher. Doch das Kissen brannte, in der Girlande hauste eine Natter, und der Wein hat bitter geschmeckt. Ihre Versprechungen sind leer, ihre Angebote trügerisch. Das alles sehe und erkenne ich.»

Ich sah ihn verwundert an.

«Es ist seltsam», sprach er weiter, «obgleich ich Rosamond Oliver so feurig liebe, mit der ganzen Begeisterung einer ersten Leidenschaft, deren Ziel besonders schön, anmutig und hinreißend ist, erfüllt mich gleichzeitig das ruhige, sachliche Bewußtsein, daß sie keine gute Frau für mich abgäbe, nicht die passende Gefährtin für mich, daß ich dies schon ein Jahr nach der Hochzeit herausfände und daß auf zwölf Monate des Taumels lebenslange Reue folgen würde. Das weiß ich.»

«Sehr seltsam, in der Tat!» stieß ich unwillkürlich hervor.

«Während ein Teil von mir tief beeindruckt ist von ihren Reizen», fuhr er fort, «ist der andere hochempfindlich gegen ihre Fehler; sie könnte nicht nachempfinden, wonach ich strebe, und an nichts mitwirken, was ich unternehme. Rosamond eine Dulderin, eine arbeitende Frau, ein weiblicher Apostel? Rosamond die Frau eines Missionars? Nein!»

«Aber Sie brauchen nicht Missionar zu werden. Sie könnten diesen Plan aufgeben.»

«Aufgeben! Was – meine Berufung? Mein großes Werk? Mein Fundament auf Erden für ein Haus im Himmel? Meine Hoffnungen, daß ich dereinst zur Schar jener zählen werde, die alle ehrgeizigen Pläne dem einen ruhmreichen geopfert haben – ihresgleichen zu bessern, Wissen ins Reich des Unwissens zu tragen, Frieden statt Krieg zu bringen, Freiheit statt Sklaverei, Religion statt Aberglauben, die Hoffnung auf den Himmel statt die Furcht vor der Hölle? Das soll ich aufgeben? Das ist mir teurer als mein eigenes Blut. Darauf muß ich mich freuen, dafür muß ich leben.»

Nach einer langen Pause sagte ich: «Und Miss Oliver? Bedeuten Ihnen ihre Enttäuschungen und ihr Kummer nichts?»

«Miss Oliver ist immer von Verehrern und Schmeichlern umgeben. In weniger als einem Monat ist mein Bild aus ihrem Herzen gelöscht. Sie wird mich vergessen und wahrscheinlich jemanden heiraten, der sie viel glücklicher macht als ich.»

«Sie sprechen reichlich unbeteiligt; aber sie leiden darunter. Sie werden immer dünner.»

«Nein. Wenn ich ein wenig abmagere, dann vor Sorge um meine noch ungeklärte Zukunft, um meine Abreise, die sich endlos hinausschiebt. Erst heute morgen habe ich erfahren, daß mein Nachfolger, auf dessen Ankunft ich schon so lange warte, mich erst in drei Monaten ablösen kann, und vielleicht werden aus diesen drei Monaten auch sechs.»

«Aber Sie zittern und erröten, wenn Miss Oliver das Schulzimmer betritt.»

Wieder lief ein Staunen über sein Gesicht. Unvorstellbar, daß eine Frau es wagte, so mit einem Mann zu sprechen. Ich dagegen war vertraut mit dieser Art Gespräch. In der Unterhaltung mit einem klugen, verständigen und gebildeten Kopf, gleichgültig, ob männlich oder weiblich, ruhte ich nicht, ehe ich das Bollwerk konventioneller Zurückhaltung überwunden, die Schwelle der Vertraulichkeit überschritten und mir einen Platz am Kamin des Herzens gesichert hatte.

«Sie sind wirklich ungewöhnlich», sagte er, «und gar nicht schüchtern. Sie haben etwas Kühnes an sich und ein scharfes Auge. Aber erlauben Sie mir den Einwand, daß Sie meine Gefühle teilweise falsch deuten. Sie halten sie für tiefer und mächtiger, als sie in Wirklichkeit sind. Sie schenken mir mehr Mitgefühl, als mir zukommt. Wenn ich vor Miss Oliver erröte und zittere, so bemitleide ich mich deswegen nicht. Ich verachte diese Schwäche. Ich weiß, sie ist primitiv, nur ein fleischliches Fieber, ganz gewiß keine seelische Erschütterung. Die Seele steht fest wie ein Fels, der in den Tiefen einer unruhigen See auf sicheren Boden gegründet ist. Nehmen Sie mich als das, was ich bin: ein kalter, harter Mensch.»

Ich lächelte ungläubig.

«Sie haben mein Vertrauen im Sturm erobert», fuhr er fort, «nun steht es Ihnen ganz zur Verfügung. Ich bin im Urzustand – ohne dieses mit Blut reingewaschene Gewand, mit dem das Christentum menschliche Unzulänglichkeit verdeckt – einfach ein kalter, harter, ehrgeiziger Mann. Von allen Gefühlen hat nur die Liebe innerhalb der Familie anhaltende Macht über mich. Mein Führer ist die Vernunft, nicht das Gefühl; mein Ehrgeiz ist grenzenlos, meine Sehnsucht, höher zu steigen und mehr zu leisten als andere, unersättlich. Ich verehre Ausdauer, Hartnäckigkeit, Fleiß, Begabung, denn mit ihrer Hilfe erreicht der Mensch große Ziele und erringt höchsten Ruhm. Ich verfolge Ihren Werdegang mit großer Teilnahme, weil ich Sie für das Muster einer fleißigen, ordentlichen, tatkräftigen Frau halte, nicht weil ich mitempfinde, was Sie durchgemacht haben oder immer noch leiden.»

«Sie würden sich also nur als heidnischen Philosophen bezeichnen», sagte ich.

«Nein. Es gibt einen Unterschied zwischen mir und den deistischen Philosophen: Ich bin gläubig, und ich glaube an das Evangelium. Sie haben das falsche Beiwort gewählt. Ich bin kein heidnischer, sondern ein christlicher Philosoph, ein Jünger der Sekte Jesu. Als sein Schüler mache ich mir seine reinen, barmherzigen und gütigen Grundsätze zu eigen. Ich vertrete sie. Ich habe geschworen, sie zu verbreiten. Schon in der Jugend wurde ich für die Religion gewonnen, und sie hat meine angeborenen Eigenschaften veredelt: Aus dem winzigen Keim der familiären Zuneigung hat sie den alles überschattenden Baum der Menschenliebe wachsen lassen. Aus der wilden, dünnen Wurzel der menschlichen Rechtschaffenheit hat sie ein feines Empfinden für göttliche Gerechtigkeit gezogen. Den Ehrgeiz nach Macht und Ruhm für mein armseliges Ich hat sie zum Wunsch umgeformt, das Reich des Herrn zu verbreiten und Siege im Zeichen des Kreuzes zu erringen. So viel hat die Religion für mich getan; sie hat das Rohmaterial bestens genutzt und die Natur zurechtgestutzt und -gezogen. Aber sie konnte die Natur nicht mit der

Wurzel ausreißen und wird sie nicht ausreißen, ‹bis dies Sterbliche anzieht die Unsterblichkeit›[92].»

Nach diesen Worten nahm er seinen Hut, der neben meiner Palette auf dem Tisch lag. Noch einmal blickte er auf das Porträt.

«Sie ist hübsch», murmelte er. «Sie heißt wirklich zu Recht ‹Rose der Welt›[93]!»

«Soll ich Ihnen keine Kopie malen?»

«*Cui bono?*[94] Nein.»

Er zog das dünne Blatt über das Bild, auf dem ich beim Malen immer meine Hand abstützte, damit das Zeichenpapier nicht beschmutzt wurde. Ich wußte nicht, was er nun plötzlich auf diesem leeren Blatt erblickte, aber sein Auge war an irgend etwas hängengeblieben. Er schnappte es sich, beäugte den Rand und warf mir einen unbeschreiblich seltsamen, mir völlig unverständlichen Blick zu, einen Blick, der jeden einzelnen Punkt meiner Figur, meines Gesichts, meiner Kleidung zu erfassen und zu vermerken schien, denn er überflog alles rasch und scharf wie ein Blitz. Seine Lippen öffneten sich, als wollte er etwas sagen, doch er unterdrückte den Satz, wie immer er lauten mochte.

«Was ist los?» fragte ich.

«Gar nichts», erwiderte er, und als er das Papier wieder hinlegte, sah ich, wie er geschickt einen schmalen Streifen vom Rand abriß. Er ließ ihn in seinen Handschuh gleiten, und mit einem hastigen Nicken und einem «Guten Abend!» entschwand er.

«Na, so was!» rief ich und, wie man in jener Gegend sagt: «Das schlägt ja dem Faß den Boden aus!»

Nun untersuchte auch ich das Papier, fand indessen nichts, nur ein paar schmutzige Farbflecken, wo ich die Farbe eines Stifts ausprobiert hatte. Ich sann über dieses Geheimnis eine Weile nach, aber da es unlösbar und mir nicht besonders wichtig erschien, gab ich es auf und vergaß es bald darauf.

KAPITEL 33

Als Mr. St. John ging, fing es an zu schneien. Der Wirbelsturm dauerte die ganze Nacht. Am nächsten Tag brachte ein scharfer Wind neue, dichte Schneefälle, und bis zur Abenddämmerung war das Tal verweht und fast unpassierbar. Ich hatte die Fensterläden geschlossen, eine Matte gegen die Tür gelehnt, damit der Schnee nicht durch die Ritze am Fußboden hereingeblasen wurde, und das Feuer geschürt, und nachdem ich fast eine Stunde vor dem Kamin gesessen und nur der gedämpften Wut des Sturms gelauscht hatte, zündete ich eine Kerze an, holte mir «Marmion» vom Regal herunter und begann:

«Der Tag verglühte über Norhams burgbewehrtem Fels
Und seinem Flusse Tweed, so klar, so breit und tief,
Und über Cheviots kargen Bergen;
Auf seinen wucht'gen Türmen, auf dem stolzen Bergfried
Und auf der Mauern Wehr ringsum
Lag leuchtend warmer Glanz.»[95]

Über dieser Musik vergaß ich bald den Sturm.

Plötzlich hörte ich ein Geräusch. Ich dachte, der Wind rüttle an der Tür. Doch nein, es war St. John

Rivers, der die Klinke drückte und aus dem eisigen Orkan und der heulenden Finsternis hereinkam und vor mir stand; der Mantel, der seine große Gestalt verhüllte, war weiß wie ein Gletscher. Ich war fast bestürzt, so wenig hatte ich an diesem Abend einen Gast aus dem abgeriegelten Tal erwartet.

«Schlechte Nachrichten?» fragte ich. «Ist was passiert?»

«Nein. Wie leicht Sie erschrecken!» antwortete er, legte den Mantel ab und hängte ihn an die Tür. Dann schob er gelassen die Matte wieder dagegen, die durch sein Eintreten verrutscht war. Er stampfte den Schnee von den Stiefeln.

«Ich werde Ihren sauberen Boden beschmutzen», sagte er, «aber dies eine Mal müssen Sie mich entschuldigen.» Er trat ans Feuer. «Es war ein beschwerlicher Weg hierher, das sag' ich Ihnen», stellte er fest, während er seine Hände über den Flammen wärmte. «Einmal versank ich bis zur Taille in einer Wehe. Gut, daß der Schnee noch ganz weich ist.»

«Warum sind Sie gekommen?» konnte ich nicht umhin zu fragen.

«Eine ziemlich ungastliche Frage; aber wenn Sie schon fragen, antworte ich, einfach um ein wenig mit Ihnen zu plaudern: Ich bin meiner stummen Bücher und leeren Zimmer überdrüssig. Außerdem plagt mich seit gestern die Neugier dessen, dem eine Geschichte nur halb erzählt wurde und der ungeduldig auf die Fortsetzung wartet.»

Er setzte sich. Mir fiel sein seltsames Gebaren von gestern ein, und ich befürchtete allmählich, er sei nicht ganz richtig im Kopf. Doch wenn er verrückt war, so handelte es sich um eine sehr kühle, gesammelte Verrücktheit. Nie hatte sein schönes

Gesicht mehr ausgesehen wie gemeißelter Marmor als eben jetzt, da er das vom Schnee nasse Haar aus der Stirn schob und das helle Feuer ungehindert auf die blasse Stirn und die ebenso bleichen Wangen schien – wo ich zu meinem Kummer die tiefen Spuren von Sorge oder Leid nun so deutlich eingegraben sah. Ich wartete, denn ich hoffte, er werde etwas sagen, das ich zumindest verstehen konnte; aber er hatte jetzt die Hand ans Kinn und den Finger auf die Lippen gelegt, er dachte nach. Mir fiel auf, daß seine Hand ebenso mager war wie sein Gesicht. Eine vielleicht unangebrachte Woge des Mitleids überflutete mein Herz. Ich fühlte mich bemüßigt zu sagen: «Ich wünschte, Diana oder Mary kämen und würden bei Ihnen leben. Es ist gar nicht gut, wenn Sie so ganz allein sind, Sie sind unvorsichtig und nehmen keine Rücksicht auf Ihre Gesundheit.»

«Das stimmt nicht», sagte er. «Wenn nötig, kümmere ich mich sehr wohl um mich. Jetzt geht es mir gut. Was soll mir denn fehlen?»

Dies äußerte er mit nachlässiger, geistesabwesender Gleichgültigkeit, die mir zeigte, daß meine Besorgnis zumindest seiner Meinung nach gänzlich überflüssig war. Das brachte mich zum Schweigen.

Noch immer fuhr er sich langsam mit dem Finger über die Oberlippe, und noch immer ruhte sein Blick verträumt auf dem brennenden Kamin. Ich meinte, unbedingt etwas sagen zu müssen, und so fragte ich als nächstes, ob er von der Tür hinter sich einen kalten Zug verspüre.

«Nein, nein», antwortete er kurz angebunden und etwas gereizt.

«Gut», dachte ich, «wenn Sie nicht reden wollen,

dann schweigen Sie eben. Ich werde Sie in Ruhe lassen und zu meinem Buch zurückkehren.»

Ich schneuzte die Kerze und nahm mir erneut «Marmion» vor. Es dauerte nicht lange, und er rührte sich. Sofort folgte mein Blick seinen Bewegungen, aber er holte nur eine in Saffianleder gebundene Brieftasche hervor, zog einen Brief heraus, las ihn schweigend, faltete ihn zusammen, steckte ihn zurück und versank wieder in tiefes Nachdenken. Fruchtloses Bemühen, mit solch einer rätselhaften Statue neben mir zu lesen! Außerdem war ich ungeduldig und nicht bereit, stumm zu bleiben. Sollte er mir ruhig eine Abfuhr erteilen, ich würde trotzdem reden.

«Haben Sie in letzter Zeit von Diana und Mary gehört?»

«Nichts mehr seit dem Brief vor einer Woche, den ich Ihnen gezeigt habe.»

«Und bezüglich Ihrer eigenen Pläne hat sich nichts geändert? Sie werden nicht vielleicht früher als erwartet aus England abberufen?»

«Nein, leider nicht. So viel Glück habe ich nicht.»

Verwirrt wechselte ich zu einem anderen Gebiet – ich beschloß, über die Schule und meine Schülerinnen zu sprechen.

«Mary Garretts Mutter geht es besser, Mary war heute früh wieder in der Schule, und nächste Woche bekomme ich vier neue Mädchen aus der Gießereigasse – sie wären schon heute gekommen, wenn es nicht geschneit hätte.»

«Ja?»

«Für zwei von ihnen zahlt Mr. Oliver.»

«So?»

«An Weihnachten will er die ganze Schule zum Essen einladen.»

«Ich weiß.»

«War das Ihr Vorschlag?»

«Nein.»

«Von wem stammt er dann?»

«Vermutlich von seiner Tochter.»

«Das sieht ihr ähnlich, sie ist sehr gutmütig.»

«Ja.»

Wieder trat eine gähnende Pause ein. Die Uhr schlug achtmal. Das weckte ihn; er stellte die Beine gerade nebeneinander, setzte sich aufrecht hin und sprach mich an.

«Lassen Sie Ihr Buch einen Augenblick liegen, und rücken Sie ein wenig näher ans Feuer», sagte er.

Ich wunderte mich und fand des Verwunderns kein Ende, also fügte ich mich.

«Vor einer halben Stunde», begann er, «sprach ich von meiner Ungeduld, die Fortsetzung einer Geschichte zu hören. Ich habe nachgedacht und glaube, die Angelegenheit wird am besten erledigt, wenn ich die Rolle des Erzählers übernehme und Sie zur Zuhörerin mache. Bevor ich anfange, scheint es mir angebracht, Sie darauf hinzuweisen, daß die Geschichte in Ihren Ohren etwas abgedroschen klingen mag, aber altbekannte Fakten gewinnen oft an Frische, wenn sie über neue Lippen kommen. Im übrigen – ob alt oder neu: sie ist kurz.

Vor zwanzig Jahren verliebte sich ein armer Hilfsgeistlicher – sein Name tut im Augenblick nichts zur Sache – in die Tochter eines reichen Mannes; auch sie verliebte sich in ihn und heiratete ihn gegen den Rat aller Angehörigen, welche folglich gleich nach der Hochzeit nichts mehr mit ihr zu tun haben wollten. Nach knapp zwei Jahren war das unbesonnene Paar tot und ruhte Seite an Seite unter einer Grabplatte. (Ich habe ihr Grab gesehen, einen großen Stein im Pflaster eines riesigen Kirchhofs rings um die düstere, rußgeschwärzte alte Kathedrale einer rasch wachsenden Fabrikstadt in ***shire.) Sie hinterließen eine Tochter, die schon bei ihrer Geburt von der christlichen Nächstenliebe auf den Schoß genommen wurde – der so kalt war wie die Schneewehe, in der ich heute abend fast steckengeblieben wäre. Die Nächstenliebe brachte das verlassene Wesen in das Haus seiner reichen Verwandten mütterlicherseits, dort wurde es aufgezogen von einer angeheirateten Tante namens (ich komme nun zu den Namen) Mrs. Reed von Gateshead – Sie erschrecken – haben Sie irgendwas gehört? Es wird wohl nur eine Ratte sein, die drüben im Schulhaus über die Dachsparren klettert; es war eine Scheune, bevor ich es hergerichtet und umgebaut habe, und Scheunen werden immer von Ratten heimgesucht. – Doch weiter. Mrs. Reed behielt die Waise zehn Jahre bei sich. Ob sie dort glücklich war oder nicht, weiß ich nicht, ich habe es nie erfahren. Nach dieser Zeitspanne schickte man sie in ein Haus, das Sie auch kennen – es ist kein anderes als die Schule von Lowood, wo Sie selbst so lange gelebt haben. Das Mädchen scheint dort rühmliche Fortschritte gemacht zu haben, aus der Schülerin wurde eine Lehrerin – wie bei Ihnen! In der Tat fällt mir auf, daß es Parallelen zwischen Ihrer Geschichte und der jenes Mädchens gibt. Sie verließ das Internat, um Gouvernante zu werden, auch hier gleichen sich die Schicksale. Sie übernahm die Erziehung des Mündels eines gewissen Mr. Rochester.»

«Mr. Rivers!» unterbrach ich.

«Ich kann Ihre Gefühle erraten», sagte er, «aber unterdrücken Sie sie noch ein Weilchen, ich bin fast fertig. Hören Sie mich bis zum Ende an. Von Mr. Rochesters Charakter weiß ich nur so viel, daß er diesem jungen Mädchen vorgeblich anständig die Ehe antrug und daß sie erst am Altar entdeckte, daß er eine Frau hatte, die noch am Leben war, wenn auch geisteskrank. Wie er sich in der Folge verhielt und was er vorschlug, kann ich nur mutmaßen, doch als sich etwas ereignete, was die Suche nach der Gouvernante nötig machte, stellte man fest, daß sie verschwunden war. Niemand wußte, wann, wohin oder wie. Sie hatte Thornfield Hall bei Nacht verlassen, und alle Nachforschungen nach dem von ihr eingeschlagenen Weg blieben erfolglos. Weit und breit durchsuchte man das Land, fand jedoch nicht die Spur eines Hinweises auf sie. Mittlerweile ist es dringend erforderlich, daß man sie aufspürt; in allen Zeitungen wurden Anzeigen aufgegeben, auch ich habe von einem gewissen Mr. Briggs, einem Anwalt, einen Brief erhalten, der mir die Tatsachen enthüllte, die ich Ihnen soeben mitgeteilt habe. Ist das nicht eine merkwürdige Geschichte?»

«Sagen Sie mir nur eins», bat ich, «und wenn Sie so viel wissen, können Sie mir das *bestimmt* sagen – was ist mit Mr. Rochester? Wie geht es ihm, wo ist er? Was macht er? Geht es ihm gut?»

«Von Mr. Rochester habe ich keine Ahnung. Der Brief erwähnt ihn nur in bezug auf das erwähnte betrügerische und gesetzwidrige Unterfangen. Sie sollten lieber nach dem Namen der

Gouvernante fragen und nach dem Ereignis, das ihr Erscheinen erfordert.»

«Es ist also niemand nach Thornfield Hall gekommen? Niemand hat Mr. Rochester gesehen?»

«Vermutlich nicht.»

«Aber man hat an ihn geschrieben?»

«Natürlich.»

«Und was hat er geantwortet? Wer hat seine Briefe?»

«Mr. Briggs deutete an, daß die Antwort auf seine Anfrage nicht von Mr. Rochester kam, sondern von einer Dame; sie ist mit ‹Alice Fairfax› unterschrieben.»

Mir wurde kalt vor Entsetzen. Nun waren also meine schlimmsten Befürchtungen wahr geworden. Höchstwahrscheinlich hatte er England verlassen und war leichtsinnig vor Verzweiflung eilends an einen seiner früheren Zufluchtsorte auf dem Kontinent gereist. Und welche Medizin hatte er dort für sein schweres Leiden gesucht, welches Ziel für seine heftige Leidenschaft? Ich wagte die Frage nicht zu beantworten. Oh, mein armer Herr, einst fast mein Mann, den ich so oft «mein lieber Edward» genannt hatte!

«Er muß ein schlechter Mensch gewesen sein», befand Mr. Rivers.

«Sie kennen ihn nicht, also urteilen Sie nicht über ihn», erwiderte ich ziemlich heftig.

«Schon gut», antwortete er ruhig. «Mein Kopf ist ja auch wirklich mit anderem beschäftigt, ich muß meine Geschichte zu Ende erzählen. Da Sie nicht nach dem Namen der Gouvernante fragen wollen, muß ich ihn von mir aus nennen. Warten Sie ... ich habe ihn hier ... es ist immer einleuchtender, wenn man wichtige Dinge säuberlich schwarz auf weiß geschrieben sieht.»

Und wieder wurde die Brieftasche gemächlich hervorgezogen, geöffnet und durchsucht; aus einem der Fächer wurde ein zerknitterter, hastig abgerissener Fetzen Papier hervorgeholt, und an der Beschaffenheit und den ultramarinblauen, karminroten und zinnoberroten Flecken erkannte ich den stibitzten Rand meiner Malabdeckung. Er stand auf, hielt ihn mir dicht vor die Augen, und ich las in Tusche und in meiner eigenen Handschrift: JANE EYRE, zweifellos das Werk momentaner Geistesabwesenheit.

«Briggs schrieb mir von einer Jane Eyre», sagte er, «die Anzeigen fragten nach einer Jane Eyre, und ich kannte eine Jane Elliott. Ich gestehe, daß mir schon ein Verdacht gekommen war, aber erst gestern nachmittag wandelte er sich zur Gewißheit. Sie erkennen dies als Ihren Namen an und geben den Decknamen auf?»

«Ja, ja, aber wo ist Mr. Briggs? Vielleicht weiß er mehr von Mr. Rochester.»

«Briggs ist in London. Ich bezweifle, daß er etwas von Mr. Rochester weiß; um Mr. Rochester geht es ihm ja nicht. Unterdessen vergessen Sie über Nebensächlichkeiten wesentliche Punkte – Sie fragen gar nicht, warum Mr. Briggs nach Ihnen suchte und was er von Ihnen wollte.»

«Also, was wollte er?»

«Er wollte Ihnen nur mitteilen, daß Ihr Onkel, Mr. Eyre auf Madeira, gestorben ist, daß er Ihnen sein ganzes Vermögen hinterlassen hat und daß Sie jetzt reich sind – weiter nichts.»

«Ich? Reich?»

«Ja, Sie, reich – eine richtige Erbin.»

Schweigen trat ein.

«Sie müssen sich natürlich ausweisen», fing St. John gleich darauf wieder an, «ein Schritt, der keine Schwierigkeiten bereiten wird. Dann können Sie das Erbe sofort antreten. Ihr Vermögen ist in englischen Staatspapieren angelegt, Briggs hat das Testament und die nötigen Dokumente.»

Damit lag nun eine ganz neue Karte auf dem Tisch! Es ist angenehm, lieber Leser, in Sekundenschnelle von Armut zu Reichtum befördert zu werden, sehr angenehm, aber man begreift es nicht und kann sich folglich auch nicht sofort darüber freuen. Es gibt andere, viel aufregendere und hinreißendere Glücksfälle im Leben: *dieses* Glück ist gediegen, eine Sache der realen Welt, es hat nichts Phantastisches an sich. Alles mit ihm Verbundene ist solide und nüchtern, auch wie es sich nach außen darstellt. Man springt und hüpft nicht herum und schreit hurra, wenn man erfährt, daß man ein Vermögen erhält, man fängt an, über Verpflichtungen nachzudenken und Geschäfte zu erwägen, auf der Grundlage ruhiger Zufriedenheit erwachsen ernste Sorgen, und wir beherrschen uns und brüten mit gerunzelter Stirn über unserem Segen.

Außerdem werden die Worte «Vermächtnis», «Erbe» von den Worten «Tod» und «Begräbnis» begleitet. Mein Onkel war tot – mein einziger Verwandter. Seit ich von seinem Dasein wußte, hatte ich die Hoffnung gehegt, ihn eines Tages zu besuchen; nun konnte ich es nicht mehr. Und dann fiel dieses Geld nur mir zu, nicht mir und einer erfreuten Familie, sondern mir allein. Doch es war zweifellos eine große Wohltat, und die Unabhängigkeit würde herrlich sein – ja, das spürte ich, und dieser Gedanke ließ mein Herz höher schlagen.

«Endlich runzeln sie nicht mehr die Stirn», sagte Mr. Rivers. «Ich dachte schon, Medusa hätte Sie angeblickt und Sie wären versteinert – vielleicht fragen Sie jetzt auch noch, wieviel Sie wert sind?»

«Wieviel bin ich wert?»

«Ach, eine Kleinigkeit. Kaum von Belang – zwanzigtausend Pfund hieß es, glaube ich, aber was ist das schon?»

«Zwanzigtausend Pfund!»

Wieder war ich überwältigt – ich hatte mit vier- oder fünftausend gerechnet. Diese Nachricht benahm mir wirklich für einen Augenblick den Atem. Mr. St. John, den ich noch nie hatte lachen hören, lachte jetzt.

«Wenn Sie einen Mord begangen hätten», erklärte er, «und ich hätte Ihnen gesagt, Ihre Untat sei ans Licht gekommen, könnten Sie kaum entgeisterter dreinschauen.»

«Das ist ein Riesenbetrag – meinen Sie nicht, es handelt sich um einen Irrtum?»

«Auf keinen Fall.»

«Vielleicht haben Sie die Ziffern falsch gelesen und es heißt zweitausend?»

«Es steht in Buchstaben geschrieben, nicht in Ziffern – zwanzigtausend.»

Wieder fühlte ich mich wie ein Wesen mit durchschnittlicher Verdauungsfähigkeit, das ganz allein an einem Tisch mit einem Festmahl für hundert Personen sitzt. Mr. Rivers stand auf und schlüpfte in seinen Mantel.

«Wenn die Nacht nicht gar so stürmisch wäre», sagte er, «würde ich Hannah herschicken, damit sie

Ihnen Gesellschaft leistet. Sie sehen zu verzweifelt und unglücklich aus, um allein zu sein. Aber die arme Hannah käme nicht so leicht wie ich mit Riesenschritten durch die Schneewehen, ihre Beine sind nicht ganz so lang. Also muß ich Sie jetzt mit Ihren Sorgen allein lassen. Gute Nacht.»

Er hob schon den Riegel, da fiel mir etwas ein.

«Warten Sie einen Augenblick!» rief ich.

«Ja, bitte?»

«Mich macht stutzig, wieso Mr. Briggs meinetwegen an Sie geschrieben hat, woher er Sie kannte oder warum er auf den Gedanken kam, daß Sie, der Sie an einem so abgelegenen Ort leben, ihm vielleicht bei der Suche nach mir helfen könnten.»

«Oh, ich bin Geistlicher», sagte er, «und bei ausgefallenen Fragen wendet man sich oft an die Geistlichkeit.» Wieder klapperte der Riegel.

«Nein, das genügt mir nicht!» rief ich. Und tatsächlich lag in der hastigen, unzureichenden Antwort etwas, das mich nicht beschwichtigte, sondern meine Neugier nur noch mehr anstachelte.

«Das ist eine höchst seltsame Geschichte», fuhr ich fort, «darüber will ich mehr wissen.»

«Ein andermal.»

«Nein, heute abend – heute abend!» Und als er sich von der Tür abwandte, stellte ich mich zwischen sie und ihn. Er sah ziemlich verlegen aus.

«Sie gehen auf keinen Fall, bevor Sie mir alles erzählt haben!» sagte ich.

«Jetzt lieber nicht.»

«Doch. Sie müssen!»

«Mir wäre es lieber, Sie erführen es von Diana oder Mary.»

Natürlich trieben diese Einwände meine Neugier auf die Spitze. Sie mußte gestillt werden, und zwar auf der Stelle; und das sagte ich ihm auch.

«Aber ich habe Sie darauf hingewiesen», sagte er, «daß ich ein hartnäckiger Mann bin, schwer zu überreden.»

«Und ich bin eine hartnäckige Frau, die sich nicht leicht abspeisen läßt.»

«Außerdem bin ich eiskalt», fuhr er fort, «und lasse mich von Feuereifer nicht anstecken.»

«Ich dagegen bin hitzig, und Feuer bringt Eis zum Schmelzen. Durch das lodernde Feuer dort ist der Schnee auf Ihrem Mantel getaut und auf meinen Boden geflossen, und der sieht jetzt aus wie ein Trampelpfad. Mr. Rivers, wenn ich Ihnen den Frevel und Fehltritt, einen sandbestreuten Küchenboden zu beschmutzen, jemals vergeben soll, dann sagen Sie mir, was ich wissen will.»

«Also gut», erwiderte er, «ich füge mich, zwar nicht Ihrem Eifer, aber Ihrer Hartnäckigkeit – so wie ein Stein durch stetes Tropfen ausgehöhlt wird. Außerdem erfahren Sie es eines Tages ohnehin, warum nicht gleich jetzt. Sie heißen Jane Eyre?»

«Natürlich, das ist ja schon geklärt.»

«Sie wissen vermutlich nicht, daß ich denselben Namen trage? Daß ich auf den Namen St. John Eyre Rivers getauft bin?»

«Nein, tatsächlich? Ich erinnere mich jetzt, daß ich in Büchern, die Sie mir manchmal geliehen haben, zwischen Ihren Initialen den Buchstaben E sah. Aber ich habe nie gefragt, für welchen Namen er stand. Und was heißt das? Doch nicht etwa …»

Ich hielt inne. Ich traute mich nicht, den Gedanken, der mich überfiel, zu Ende zu denken, geschweige denn, ihn auszusprechen, den Gedanken, der plötzlich von selbst Gestalt annahm und eine Sekunde später als starke, wuchtige Wahrscheinlichkeit vor mir stand. Die Umstände verknüpften sich miteinander, paßten zusammen und sprangen in die richtige Reihenfolge; die Kette, die bisher als formloser Gliederhaufen am Boden gelegen war, wurde plötzlich geradegespannt, jeder Ring war vollkommen und die Verbindung hergestellt. Noch ehe St. John ein weiteres Wort gesagt hatte, wußte ich instinktiv, wie die Dinge lagen, aber ich kann nicht erwarten, daß der Leser das gleiche Ahnungsvermögen hat, deshalb muß ich St. Johns Erklärung wiederholen.

«Meine Mutter war eine geborene Eyre. Sie hatte zwei Brüder, einer war Geistlicher, er heiratete Miss Jane Reed aus Gateshead, und der andere, der Kaufmann John Eyre, verstarb vor kurzem in Funchal auf Madeira. Mr. Briggs, der Anwalt von Mr. Eyre, benachrichtigte uns letzten August brieflich vom Tod unseres Onkels und davon, daß dieser sein Vermögen der verwaisten Tochter seines Bruders, des Geistlichen, hinterlassen und uns übergangen habe wegen eines alten, nie verziehenen Streits zwischen ihm und meinem Vater. Vor ein paar Wochen schrieb Briggs noch einmal; er teilte uns mit, daß die Erbin verschwunden sei, und fragte, ob wir etwas von ihr wüßten. Ein Name, zufällig auf einen Fetzen Papier gekritzelt, versetzte mich in die Lage, sie aufzuspüren. Den Rest kennen Sie.» Wieder wollte er gehen, aber ich lehnte mich mit dem Rücken gegen die Tür.

«Lassen Sie mich reden», sagte ich, «lassen Sie mir einen Augenblick Zeit zum Atemholen und Nachdenken.» Ich machte eine Pause. Er stand vor mir, den Hut in der Hand, und sah recht gefaßt aus. Ich begann wieder: «Ihre Mutter war die Schwester meines Vaters?»

«Ja.»

«Also meine Tante?»

Er nickte.

«Mein Onkel John war auch Ihr Onkel John? Sie, Diana und Mary sind die Kinder seiner Schwester, so wie ich das Kind seines Bruders bin?»

«Unstreitig.»

«Dann sind Sie und Ihre Schwestern also mein Vetter und meine Basen? Zur Hälfte fließt unser aller Blut aus derselben Quelle?»

«Wir sind Geschwisterkinder, ja.»

Ich betrachtete ihn. Wie es aussah, hatte ich einen Bruder gefunden, einen, auf den ich stolz sein und den ich lieben konnte, und zwei Schwestern, für die ich schon echte Zuneigung und Bewunderung empfunden, als ich sie gerade erst kennengelernt hatte und sie noch Fremde für mich waren. Die beiden jungen Frauen, die ich, auf dem nassen Boden kniend und durch das niedrige Gitterfenster der Küche von Moor House spähend, mit einer bitteren Mischung aus Sympathie und Verzweiflung beobachtet hatte, waren meine nächsten weiblichen Verwandten, und der junge, stattliche Gentleman, der mich halbtot auf seiner Schwelle gefunden hatte, war ebenfalls ein Blutsverwandter. Welch wunderbare Entdeckung für ein einsames Geschöpf wie mich! Das war wirklicher Reichtum, Reichtum fürs Herz, eine ganze Mine reiner, wahrer Liebe. Das war ein Segen, hell, lebendig und anregend, nicht wie das schwere Geschenk aus Gold, das zwar üppig und auf seine Weise durchaus willkommen war, aber doch ernüchternd durch sein Gewicht. In jäher Freude klatschte ich in die Hände, mein Herz hüpfte, ich zitterte am ganzen Leib.

«Oh, ich bin froh, so froh!» rief ich.

St. John lächelte. «Sagte ich nicht, daß Sie über Nebensächlichkeiten das Wesentliche vernachlässigen?» fragte er. «Als ich Ihnen sagte, Sie hätten ein Vermögen geerbt, blieben Sie ernst, und jetzt jubeln Sie wegen einer unwichtigen Sache.»

«Wie meinen Sie das? Für Sie ist es vielleicht unwichtig, Sie haben Schwestern und brauchen keine Cousine, aber ich hatte niemanden. Nun werden mir drei erwachsene Verwandte – oder zwei, wenn Sie lieber nicht mitgezählt werden – in meine Welt hineingeboren. Ich sag' es noch einmal: ich bin so froh!»

Ich durchquerte mit raschen Schritten den Raum, mußte jedoch wieder stehenbleiben, weil mich die Gedanken fast erstickten, die schneller in mir hochstiegen, als ich sie wahrnehmen, verstehen und ordnen konnte, Gedanken, was alles sein mochte, konnte, würde und sollte, und zwar bald. Ich schaute auf die nackte Wand, und sie kam mir vor wie ein Himmel, dicht besetzt mit aufgehenden Sternen, und ein jeder leuchtete mir zu einem Vorhaben, einer Lust. Denen, die mir das Leben gerettet hatten, die ich bisher ohnmächtig geliebt hatte, konnte ich jetzt Gutes tun. Sie standen unter einem Joch – ich konnte sie befreien; sie waren getrennt – ich konnte sie zusammenführen; Unabhängigkeit und Fülle, die mir zugefallen, konnten auch ihnen zuteil werden. Waren wir nicht zu viert? Zwanzigtausend Pfund, gleichmäßig aufgeteilt, das gab fünftausend für jeden – mehr als genug. Damit wäre der Gerechtigkeit Genüge getan und allseits für Glück gesorgt. Nun lastete der Reichtum nicht mehr auf mir, nun handelte es sich nicht mehr nur um ein Vermächtnis aus Münzen, sondern um ein Erbe aus Leben, Hoffnung und Freude.

Wie ich aussah, während diese Gedanken meinen Kopf im Sturm eroberten, weiß ich nicht, aber ich bemerkte, daß Mr. Rivers einen Stuhl hinter mich gestellt hatte und nun behutsam versuchte, mich zum Sitzen zu überreden. Auch riet er mir, mich zu fassen. Ich wies diese Anspielung auf Hilflosigkeit und Verwirrung verächtlich von mir, schüttelte seine Hand ab und begann wieder auf und ab zu wandern.

«Schreiben Sie morgen an Diana und Mary», sagte ich, «und bitten Sie sie, sofort heimzukehren. Diana sagte einmal, mit tausend Pfund würde sich jede reich fühlen; sie werden also mit fünftausend gut auskommen.»

«Sagen Sie mir, wo ich ein Glas Wasser für Sie holen kann», erwiderte St. John, «Sie sollten sich wirklich bemühen, Ihre Gefühle ein wenig in den Griff zu kriegen.»

«Unsinn! Und wie wird sich die Erbschaft auf Sie auswirken? Wird sie Sie in England festhalten und dazu bewegen, Miss Oliver zu heiraten und sich wie ein gewöhnlicher Sterblicher niederzulassen?»

«Sie phantasieren; Sie sind nicht mehr ganz klar im Kopf. Die Nachrichten kamen zu schnell, das ging über Ihre Kräfte.»

«Mr. Rivers! Sie stellen meine Geduld auf eine harte Probe. Ich bin durchaus bei Sinnen, Sie sind es, der nicht versteht, oder vielmehr, der tut, als würde er nicht verstehen.»

«Wenn Sie sich vielleicht ein bißchen deutlicher erklären könnten, würde ich Sie besser verstehen.»

«Erklären! Was gibt es da zu erklären? Sie werden doch einsehen, daß besagte Summe, nämlich zwanzigtausend Pfund, gerecht geteilt zwischen dem Neffen und den drei Nichten unseres Onkels, für jeden fünftausend ergibt? Und ich verlange nur, daß Sie an Ihre Schwestern schreiben und ihnen von dem Vermögen berichten, das ihnen zugefallen ist.»

«Ihnen, Jane Eyre, meinen Sie.»

«Ich habe Ihnen meine Sicht der Dinge dargelegt; eine andere kommt für mich nicht in Betracht. Ich bin nicht grausam selbstsüchtig, blindlings ungerecht oder bösartig undankbar. Ich liebe Moor House, und ich will in Moor House leben; ich liebe Diana und Mary und will mich ein Leben lang an sie binden. Es freut mich und tut mir gut, fünftausend Pfund zu besitzen, zwanzigtausend hingegen würden mich quälen und bedrücken; außerdem stehen sie mir vielleicht nach dem Gesetz, niemals aber nach der Gerechtigkeit zu. Ich gebe also an Sie ab, was für mich vollkommen überflüssig ist. Ich dulde keinen Widerspruch und keine Erörterung: Wir wollen uns einig werden und die Sache auf der Stelle regeln.»

«Das heißt im ersten Impuls handeln. Über diese Sache müssen Sie einige Tage nachdenken, ehe Ihr Wort rechtskräftig werden kann.»

«Oh, wenn Sie nur daran zweifeln, daß es mir ernst ist, bin ich unbesorgt. Sie sehen doch ein, daß es eine gerechte Lösung wäre?»

«Ich erkenne eine *gewisse* Gerechtigkeit. Aber es verstößt gegen die herkömmlichen Regeln. Außerdem haben Sie einen Rechtsanspruch auf das ganze Vermögen: Mein Onkel hat es aus eigener Kraft erworben; er durfte es hinterlassen, wem er wollte, und nun hat er es Ihnen hinterlassen. Im Grunde genommen gestattet Ihnen auch die Gerechtigkeit, es zu behalten. Sie dürfen es reinen Gewissens voll und ganz als Ihr Eigentum betrachten.»

«Für mich ist dies ebenso eine Sache des Gefühls wie des Gewissens, und meinen Gefühlen muß ich nachgeben; ich hatte so selten Gelegenheit dazu. Auch wenn Sie ein Jahr lang argumentieren, Einwände erheben und mich ärgern, könnte ich nicht auf das große Glück verzichten, auf das ich schon einen Blick werfen durfte: eine große Schuld teilweise abzutragen und Freunde fürs Leben zu gewinnen.»

«So denken Sie jetzt», widersprach St. John, «weil Sie nicht wissen, was es heißt, Reichtum zu besitzen und folglich auch zu genießen. Sie haben keine Ahnung, welche Bedeutung Ihnen zwanzigtausend Pfund verleihen würden, welchen Rang Sie mit ihrer Hilfe in der Gesellschaft einnähmen und welche Aussichten sich Ihnen eröffneten. Sie können nicht …»

«Und Sie», unterbrach ich ihn, «können sich überhaupt nicht vorstellen, wie sehr es mich nach geschwisterlicher Liebe verlangt. Ich habe nie ein Zuhause, nie Brüder und Schwestern gehabt, jetzt will ich sie haben. Es widerstrebt Ihnen doch nicht, mich aufzunehmen und anzuerkennen?»

«Jane, ich will Ihr Bruder sein, und meine

Schwestern werden Ihre Schwestern sein – auch ohne daß Sie das Ihnen zustehende Recht aufgeben.»

«Bruder? Ja, auf eine Entfernung von tausend Meilen! Schwestern? Ja, als Sklavinnen unter Fremden. Und ich – reich, vollgestopft mit Gold, das ich nicht erarbeitet und nicht verdient habe! Sie dagegen ohne einen Penny. Welch prächtige Gleichheit und Brüderlichkeit! Welch enge Verbindung! Welch innige Hingabe!»

«Aber Jane, Ihre Sehnsucht nach Familienbanden und häuslichem Glück kann auch auf anderem Wege gestillt werden. Sie können heiraten.»

«Schon wieder Unsinn! Heiraten! Ich will nicht heiraten und werde nie heiraten.»

«Das ist ein großes Wort. Solch tollkühne Behauptungen zeigen nur, wie aufgeregt Sie sind.»

«Das ist gar kein großes Wort. Ich weiß, was ich fühle und wie sehr ich vor dem bloßen Gedanken an eine Heirat erschauere. Niemand nähme mich aus Liebe, und als bloße Geldanlage soll man mich nicht betrachten. Und ich will keinen Unbekannten – wesensfremd, andersartig, völlig verschieden von mir –, ich will meine Verwandten, mit denen mich ein echtes Zusammengehörigkeitsgefühl verbindet. Sagen Sie noch einmal, daß Sie mein Bruder sein wollen! Bei diesen Worten war ich zufrieden und glücklich. Sagen Sie es noch einmal, wenn Sie es aufrichtig können.»

«Das kann ich sehr wohl. Ich habe meine Schwestern immer geliebt, und ich weiß, worauf sich meine Zuneigung gründet: Achtung vor ihrer Tugend und Bewunderung für ihre Begabungen. Auch Sie haben Grundsätze und Verstand, Ihre

Neigungen und Gewohnheiten ähneln denen von Diana und Mary, Ihre Anwesenheit ist mir stets angenehm, und in Gesprächen mit Ihnen habe ich schon manches Mal heilsamen Trost gefunden. Ich spüre, daß ich ganz leicht und natürlich in meinem Herzen Platz für Sie schaffen kann, für meine dritte und jüngste Schwester.»

«Danke; das stellt mich für heute abend zufrieden. Jetzt gehen Sie lieber, denn wenn Sie noch länger bleiben, erzürnen Sie mich vielleicht aufs neue mit irgendwelchen mißtrauischen Bedenken.»

«Und die Schule, Miss Eyre? Die muß jetzt sicher geschlossen werden?»

«Nein, ich behalte meine Stelle als Lehrerin, bis Sie eine Nachfolgerin gefunden haben.»

Er lächelte beifällig, wir reichten uns die Hände, und er verabschiedete sich.

Ich brauche nicht im einzelnen aufzuführen, welche Kämpfe ich noch ausfocht und welche Gründe ich anführte, um hinsichtlich des Erbes alles so zu regeln, wie ich es mir wünschte. Es war harte Arbeit; aber da ich fest entschlossen war, da mein Vetter und meine Cousinen allmählich erkannten, daß ich tatsächlich und unbeirrbar beabsichtigte, den Besitz gerecht zu teilen, und da sie wohl spürten, daß dieses Vorhaben nur recht und billig war, und zudem instinktiv wußten, daß sie an meiner Stelle genauso gehandelt hätten, gaben sie mit der Zeit immerhin so weit nach, daß wir die Sache einem Schiedsgericht vorlegen konnten. Als Richter wählten wir Mr. Oliver und einen tüchtigen Rechtsanwalt; beide schlossen sich meiner Meinung an. Und so setzte ich meinen Kopf durch.

Die Übertragungsurkunden wurden ausgestellt, und St. John, Diana, Mary und ich kamen in den Besitz eines ausreichenden Einkommens.

KAPITEL 34

Es wurde fast Weihnachten, bis alles geregelt war. Die Ferienzeit nahte. Ich schloß die Schule von Morton und trug Sorge, daß die Trennung von meiner Seite nicht knickrig verlief. Ein auskömmliches Vermögen öffnet auf wunderbare Weise Herz und Hand, und etwas zu geben, wenn wir viel erhalten haben, heißt nur, den ungewohnt aufwallenden Gefühlen ein Ventil zu verschaffen. Schon lange hatte ich voller Freude bemerkt, daß viele meiner Dorfschülerinnen mich gern hatten, und als wir uns trennten, wurde dieses Wissen bestätigt. Sie zeigten ihre Zuneigung deutlich und lebhaft. Ich empfand tiefe Dankbarkeit, daß ich tatsächlich einen Platz in ihren schlichten Herzen besaß. Ich versprach ihnen, daß auch in Zukunft keine Woche verstreichen werde, in der ich sie nicht in der Schule besuchen und ihnen eine Unterrichtsstunde geben würde.

Mr. Rivers erschien, als ich gerade mit dem Schlüssel in der Hand dastand – ich hatte die Klassen, jetzt an die sechzig Mädchen, im Gänsemarsch aus der Tür spazieren lassen und das Haus zugesperrt – und mit meinen besten Schülerinnen besonders herzliche Abschiedsworte wechselte; es gab gewiß keine anständigeren, ehrbareren, bescheideneren und gebildeteren jungen Frauen in der bäuerlichen Bevölkerung Englands. Und das will einiges heißen, denn schließlich haben die britischen Bauern die beste Schulbildung, die besten Manieren und die höchste Selbstachtung aller Bauern in Europa. Seit jenen Tagen habe ich französische *paysannes* und deutsche *Bäuerinnen* erlebt, und noch die besten von ihnen erschienen mir unwissend, derb und dumm, verglichen mit meinen Mädchen aus Morton.

«Fühlen Sie sich belohnt für Ihre Anstrengungen der letzten Zeit?» fragte Mr. Rivers, als sie fort waren. «Macht Sie das Bewußtsein, zu Ihren Lebzeiten etwas wahrhaft Gutes bewirkt zu haben, nicht froh?»

«Doch, natürlich.»

«Dabei haben Sie nur ein paar Monate gearbeitet! Wäre das nicht ein sinnvolles Leben, sich der Aufgabe zu widmen, das Menschengeschlecht zu verbessern?»

«Ja», antwortete ich, «aber ich könnte nicht immer so weiterleben. Ich will nicht nur die Fähigkeiten anderer Menschen entwickeln helfen, sondern mich auch an meinen eigenen freuen, und zwar jetzt. Holen Sie mich weder geistig noch körperlich in die Schule zurück. Ich bin jetzt draußen und ganz und gar auf Ferien eingestellt.»

Er machte ein ernstes Gesicht. «Was ist denn? Was sind Sie denn auf einmal so ungeduldig? Was haben Sie vor?»

«Viel – soviel wie möglich. Als erstes muß ich Sie bitten, Hannah freizugeben und sich jemand anderen als Haushälterin zu suchen.»

«Brauchen Sie sie?»

«Ja, sie soll mich nach Moor House begleiten. Diana und Mary kommen in einer Woche heim, und ich will bis zu ihrer Ankunft alles in Ordnung bringen.»

«Ach so. Ich dachte schon, Sie wollten ausreißen und auf Reisen gehen; so ist es besser, Hannah kann Sie begleiten.»

«Dann sagen Sie ihr, sie soll sich für morgen bereit halten. Und hier ist der Schulschlüssel. Morgen früh bekommen Sie auch den Schlüssel zu meinem Häuschen.»

Er nahm ihn entgegen. «Sie geben ihn recht freudig her», sagte er. «Ich verstehe Ihre Erleichterung nicht ganz, denn ich weiß nicht, welche Beschäftigung Sie sich statt dessen vorgenommen haben. Welches Ziel, welche Vorsätze, welche Absichten haben Sie nun für Ihr Leben?»

«Mein erstes Ziel ist ein Hausputz in Moor House – verstehen Sie überhaupt die volle Wucht des Wortes *Hausputz?* – von der Kammer bis zum Keller. Dann werde ich es mit Bienenwachs, Öl und unzähligen Lappen einreiben und bohnern, bis es wieder glänzt; anschließend rücke ich alle Stühle, Tische, Betten und Teppiche mit mathematischer Genauigkeit an den richtigen Platz; dann plündere ich Ihren Kohle- und Torfvorrat und heize in allen Zimmern kräftig ein; und an den beiden Tagen vor der Ankunft Ihrer Schwestern werden Hannah und ich Eier rühren, Korinthen verlesen, Gewürze mahlen, Weihnachtskuchen backen, Zutaten für Hackfleischpasteten zerkleinern und andere kulinarische Riten zelebrieren, die man einem Uneingeweihten wie Ihnen mit Worten nur unzureichend vermitteln kann. Kurzum, ich habe vor, für Diana und Mary bis nächsten Donnerstag alles makellos in Ordnung zu bringen, und ich beabsichtige, ihnen bei ihrer Ankunft ein Musterbeispiel an herzlichem Empfang zu bieten.»

St. John lächelte kaum merklich. Er war noch nicht zufriedengestellt.

«Das ist alles ganz schön für den Anfang», meinte er, «aber im Ernst: Ich hoffe doch, daß Sie, wenn das erste Hochgefühl vorüber ist, den Blick ein wenig höher richten als nur auf innerfamiliäre Zuneigung und Haushaltsfreuden.»

«Das Beste, was die Welt bietet!» unterbrach ich ihn.

«Nein, Jane, nein, diese Welt ist kein Ort des Genusses – versuchen Sie nicht, sie zu einem solchen zu machen – und kein Rastplatz – werden Sie also nicht faul.»

«Im Gegenteil, ich gedenke sehr fleißig zu sein.»

«Jane, für die nächste Zeit entschuldige ich Sie; ich gewähre Ihnen eine Frist von zwei Monaten, in der Sie Ihre neue Lage genießen und das spät gefundene Familienglück auskosten können; aber *dann* werden Sie hoffentlich über Moor House und Morton, über die geschwisterliche Runde, die selbstsüchtige Ruhe und die lüsternen Annehmlichkeiten des zivilisierten Überflusses hinausschauen. Ich hoffe, Ihre Lebensgeister werden Sie dann wieder mit aller Macht aus dem Gleichgewicht bringen.»

Ich sah ihn erstaunt an. «St. John», sagte ich, «das klingt ja geradezu sündhaft! Ich bin bereit, zufrieden wie eine Königin zu leben, und Sie versuchen, mich aufzuscheuchen und mir Rastlosigkeit einzureden! Wozu?»

«Damit Sie die Talente nutzen, die Gott Ihnen anvertraut hat und über die er eines Tages genaue

Rechenschaft von Ihnen verlangen wird. Jane, ich warne Sie: Ich werde Sie aufmerksam und argwöhnisch beobachten und versuchen, den unverhältnismäßigen Feuereifer zu zügeln, mit dem Sie sich auf banale häusliche Freuden werfen. Klammern Sie sich nicht so hartnäckig an materielle Bindungen, heben Sie sich Ihre Beharrlichkeit und Ihr Feuer für einen angemessenen Grund auf, vergeuden Sie sie nicht an alltägliche, kurzlebige Themen. Verstehen Sie, Jane?»

«Ja, wie wenn Sie griechisch sprächen. Ich finde, ich habe einen angemessenen Grund, glücklich zu sein, und ich *werde* glücklich sein. Auf Wiedersehen!»

In der Tat war ich glücklich in Moor House. Ich arbeitete hart und Hannah nicht minder. Entzückt sah sie, wie heiter ich blieb, wenn das ganze Haus in emsiger Geschäftigkeit auf den Kopf gestellt wurde, und wie gut ich kehren, abstauben, putzen und kochen konnte. Und wirklich war es ein Vergnügen, nach ein, zwei Tagen irr verworrnen Wirrwarrs das selbstgeschaffene Chaos allmählich in Ordnung zu verwandeln. Ich hatte schon vorher einen Ausflug nach S*** gemacht und neue Möbel gekauft. Meine Cousinen ließen mir freie Hand, Veränderungen vorzunehmen, die ich für gut befand, und zu diesem Zweck stand eine bestimmte Summe zur Verfügung. Das Wohnzimmer und die Schlafzimmer ließ ich fast ganz im alten Zustand, denn ich wußte, Diana und Mary würden sich mehr darüber freuen, die alten, vertrauten Tische, Stühle und Betten wiederzusehen, als über die eleganteste Umgestaltung. Dennoch waren Veränderungen nötig, damit ihre Heimkehr die von mir gewünschte Würze bekam.

Dies erreichte ich durch schöne neue, dunkle Teppiche und Vorhänge, sorgfältig ausgewählte alte Schmuckgegenstände aus Porzellan und Bronze sowie neue Behänge, Spiegel und Necessaires für die Toilettentische. So wirkten sie neu, aber nicht aufdringlich. Ein bisher nicht benütztes Wohnzimmer und ein Schlafzimmer richtete ich mit altem Mahagoni und karmesinroten Polstermöbeln völlig neu ein; in den Flur legte ich Segeltuchläufer und auf die Treppe Teppiche. Als alles fertig war, erschien mir das Innere von Moor House als Inbegriff heiterer, bescheidener Behaglichkeit, so wie es von außen zu dieser Jahreszeit beispielhaft winterlich öde, verlassen und trostlos wirkte.

Endlich kam der ereignisreiche Donnerstag. Die Geschwister wurden zu Einbruch der Dunkelheit erwartet, und noch ehe es zu dämmern begann, wurde im Obergeschoß und unten eingeheizt, die Küche war blitzblank, Hannah und ich hatten uns umgezogen, und alles war bereit.

St. John kam als erster. Ich hatte ihn dringend gebeten, dem Haus ganz fernzubleiben, bis alles in Ordnung sei. Freilich hatte schon der bloße Gedanke an die garstige und gleichzeitig triviale Unordnung in seinen Mauern genügt, ihn wie einen Fremdling zu verscheuchen. Er traf mich in der Küche an, wo ich den Backvorgang der Teekuchen überwachte. Er trat an den Herd und fragte, ob ich nicht endlich genug hätte von der Hausmädchenarbeit. Ich antwortete, indem ich ihn zu einer gemeinsamen Generalinspektion der Ergebnisse meiner Bemühungen einlud. Nur unter Schwierigkeiten konnte ich ihn zu einem Rundgang durchs Haus überreden. Wenn ich die Türen öffnete, schaute er nur kurz hinein, und nachdem er treppauf und treppab gegangen war, meinte er, ich müsse eine Menge Strapazen und Scherereien auf mich genommen haben, daß ich so beträchtliche Veränderungen in so kurzer Zeit hätte bewerkstelligen können, äußerte aber mit keiner Silbe Freude über den veränderten Anblick seines Zuhauses.

Dieses Schweigen versetzte mir einen Dämpfer. Vielleicht hatten die Veränderungen für ihn wertvolle Erinnerungen zerstört? Ich fragte ihn, ob dies der Fall sei – zweifellos in einem etwas niedergeschlagenen Ton.

Keineswegs, ihm sei im Gegenteil aufgefallen, daß ich gewissenhaft alle Erinnerungen respektiert hätte, er fürchte vielmehr, daß ich auf dieses Thema mehr Gedanken verwendet hätte, als es wert sei. Wieviel Zeit ich zum Beispiel der Einrichtung eben dieses Zimmers gewidmet hätte? Übrigens … ob ich wisse, wo ein bestimmtes Buch sei?

Ich zeigte ihm den Band im Regal; er nahm ihn herunter, zog sich wie gewohnt in die Fensternische zurück und begann zu lesen.

Das gefiel mir nicht, Leser. St. John war ein guter Mensch, aber ich merkte allmählich, daß er sich mit Recht als hart und kalt bezeichnet hatte. Die menschlichen, angenehmen Seiten des Lebens besaßen für ihn keine Anziehungskraft, seine friedlichen Freuden keinen Reiz. Er lebte buchstäblich strebend bemüht – nach dem Guten und Erhabenen, gewiß, aber er würde nie ruhen oder es gutheißen, wenn andere in seiner Umgebung ruhten. Als ich auf seine hohe Stirn blickte, starr und bleich wie weißer Stein, auf die feinen, durch die Lektüre gebannten Züge, erkannte ich schlagartig, daß aus ihm kein guter Ehemann würde, daß es ein schwieriges Unterfangen wäre, seine Frau zu sein. Wie durch eine Eingebung erfaßte ich das Wesen seiner Liebe zu Miss Oliver. Ich gab ihm recht, sie war rein körperlicher Art. Ich verstand, daß er sich für den fieberhaften Einfluß, den diese Liebe auf ihn ausübte, verachten würde, daß er sie zu ersticken und zerstören wünschte und nicht daran glaubte, daß sie auf die Dauer zu seinem oder ihrem Glück führen würde. Er war aus dem Stoff, aus dem die Natur ihre Helden schnitzt, die christlichen wie die heidnischen, die Gesetzgeber, Staatsmänner, Eroberer; ein unerschütterliches Bollwerk, ein Fundament für wichtige Anliegen, aber hier am Kamin eine kalte, schwerfällige Säule, düster und fehl am Platz.

«Dieses Wohnzimmer ist nicht sein Lebensraum», dachte ich, «die Bergrücken des Himalaja, der Kaffernbusch, selbst die verseuchte, sumpfige Küste von Guinea würden besser zu ihm passen. Verständlich, daß er die Ruhe des häuslichen Lebens scheut, sie ist nicht sein Element, da erlahmen seine Fähigkeiten, können sich nicht entwickeln, geschweige denn von der besten Seite zeigen. Er wird an Orten des Kampfs und der Gefahr, wo man Mut beweisen, Kraft einsetzen und Seelenstärke zeigen muß, als überlegener Führer sprechen und handeln. Hier am Kamin wäre ihm schon ein fröhliches Kind überlegen. Er hat recht, wenn er die Laufbahn eines Missionars wählt, das sehe ich jetzt.»

«Sie kommen! Sie kommen!» rief Hannah und stieß die Wohnzimmertür auf. In diesem Augenblick bellte auch schon der alte Carlo fröhlich. Ich lief nach draußen. Es war bereits dunkel, aber man hörte Räder rumpeln. Hannah zündete rasch eine Laterne an. Der Wagen hielt am Törchen, und der Kutscher öffnete den Schlag. Erst stieg die eine wohlbekannte Gestalt heraus, dann die andere. Im Nu steckte mein Gesicht unter ihren Hauben, und ich spürte erst Marys weiche Wange, dann Dianas wallende Locken. Sie lachten, küßten mich und Hannah, streichelten Carlo, der vor Freude fast verrückt wurde, und fragten besorgt, ob alles in Ordnung sei, und als wir das bestätigen konnten, eilten sie ins Haus.

Sie waren steif von der langen, holprigen Fahrt von Whitcross und durchfroren von der eisigen Nachtluft, aber vor dem fröhlichen Kaminfeuer blühten ihre lieben Gesichter auf. Während der Kutscher mit Hannah die Kisten hereinschleppte, fragten sie nach St. John. Doch da kam er schon aus dem Wohnzimmer. Beide warfen ihm gleichzeitig die Arme um den Hals. Er gab jeder gelassen einen Kuß, hieß sie leise und mit wenig Worten willkommen, blieb ein Weilchen, damit sie sich mit ihm unterhalten konnten, deutete an, sie würden sich gewiß bald im Wohnzimmer zu ihm gesellen, und zog sich dann dorthin zurück wie in einen Schlupfwinkel.

Ich hatte Kerzen für sie angezündet, damit sie hinaufgehen konnten, doch Diana mußte erst noch Anweisungen geben, wie der Kutscher zu bewirten sei, danach folgten mir beide. Sie waren entzückt über die Renovierung und Gestaltung ihrer Zimmer, über die neuen Behänge, die ausgewechselten Teppiche und die prächtig bemalten Porzellanvasen, und sparten nicht mit Lob. Voll Freude spürte ich, daß meine Einrichtung ihren Wünschen genau entsprach und ich damit ihre glückliche Heimkehr noch um einen Reiz bereichert hatte.

Der Abend war wunderbar. Meine gutgelaunten Cousinen erzählten und erklärten derart wortreich, daß ihre Redseligkeit St. Johns Schweigsamkeit überdeckte. Er freute sich aufrichtig, seine Schwestern wiederzusehen, aber ihre glühende Begeisterung und sprudelnde Freude konnte er nicht teilen. Er freute sich zwar über das Ereignis des Tages – also Dianas und Marys Heimkehr –, aber dessen Begleitumstände, die fröhliche Unruhe und schwatzhafte Ausgelassenheit des Empfangs, störten ihn; ich merkte, daß er sich den morgigen ruhigeren Tag herbeiwünschte. Auf dem Höhepunkt der Freuden dieses Abends, etwa eine Stunde nach dem Tee, hörte man ein Klopfen an der Tür. Hannah trat ein und meldete: «Draußen steht ein armer Bub, ein bißchen unpassend um die Zeit, er möchte Mr. Rivers zu seiner Mutter holen, die im Sterben liegt.»

«Wo wohnt sie, Hannah?»

«Ganz oben in Whitcross Brow, fast vier Meilen weit, der ganze Weg nur Moor und Sumpf.»

«Sag ihm, ich komme.»

«Gehen Sie lieber nicht, Sir. Das ist eine furchtbar schlimme Strecke im Finstern. Durch den Sumpf führt nicht mal ein Weg. Und außerdem ist die Nacht grauslig, der Wind bläst so fest, fester geht's gar nicht. Richten Sie ihr lieber aus, daß Sie morgen früh kommen.»

Aber er stand schon im Flur und zog sich den Mantel an, und ohne Einwand, ohne Murren ging er fort. Es war neun Uhr. Erst gegen Mitternacht kam er wieder heim, ziemlich durchfroren und müde; aber er wirkte glücklicher als bei seinem Aufbruch. Er hatte eine Pflicht erfüllt, sich angestrengt, hatte gespürt, daß er handeln und entsagen konnte, und war mit sich wieder im reinen.

Leider wurde seine Langmut die ganze folgende Woche auf die Probe gestellt. Es war die Weihnachtswoche, wir beschäftigten uns nicht ruhig, sondern unterhielten uns mit allerlei häuslicher Kurzweil. Die Moorluft, die Freiheit, zu Hause sein zu dürfen, und der heraufdämmernde Wohlstand wirkten auf Dianas und Marys Gemüter wie ein Lebenselixier; sie waren fröhlich von morgens bis mittags und von mittags bis abends. Sie konnten ununterbrochen reden, und ihre geistreichen, inhaltsreichen und originellen Gespräche besaßen so viel Reiz für mich, daß ich nichts lieber tat, als zuzuhören und mitzureden. St. John tadelte unsere Lebhaftigkeit nicht, wich ihr aber aus. Er war selten zu Hause, sein Sprengel war groß, die Pfarrkinder lebten weit verstreut, und er fand täglich etwas zu tun, indem er die Kranken und Armen in den verschiedenen Bezirken besuchte.

Eines Morgens beim Frühstück schaute Diana ein wenig nachdenklich vor sich hin und fragte ihn dann, ob seine Pläne unverändert seien.

«Unverändert und unveränderlich», kam die Antwort. Und dann teilte er uns mit, daß seine Abreise aus England nun endgültig auf das folgende Jahr festgelegt sei.

«Und Rosamond Oliver?» meinte Mary. Die Worte schienen ihren Lippen unwillkürlich entschlüpft zu sein, denn kaum hatte sie sie ausgesprochen, machte sie eine Geste, als wollte sie sie zurückholen. St. John hielt gerade ein Buch in der

Hand – er hatte die ungesellige Angewohnheit, beim Essen zu lesen –, nun schlug er es zu und blickte hoch.

«Rosamond Oliver wird Mr. Granby heiraten», erklärte er, «einen der einflußreichsten und schätzenswertesten Herren in S***, den Enkel und Erben von Sir Frederic Granby. Dies habe ich gestern von ihrem Vater erfahren.»

Die Schwestern schauten einander an, dann mich, und wir drei schauten ihn an. Er war heiter und klar wie Glas.

«Die Heirat muß rasch beschlossen worden sein», meinte Diana, «sie können sich noch nicht lange kennen.»

«Erst zwei Monate. Sie sind sich im Oktober auf dem Grafschaftsball in S*** begegnet. Aber wenn einer Verbindung nichts im Weg steht, wie im vorliegenden Fall, und sie in jeder Hinsicht wünschenswert erscheint, braucht man sie nicht hinauszuschieben. Sie werden heiraten, sobald der Besitz S*** Place, den Sir Frederic ihnen überläßt, für ihren Empfang bereit ist.»

Als ich St. John nach diesem Gespräch zum ersten Mal allein antraf, war ich versucht zu fragen, ob ihn dieses Ereignis bedrücke. Aber er schien Mitleid so wenig zu brauchen, daß ich nicht wagte, es ihm anzubieten, und mich obendrein noch schämte, wenn ich bedachte, was ich mir schon einmal herausgenommen hatte. Außerdem war ich nicht mehr daran gewöhnt, mich mit ihm zu unterhalten. Er war wieder in Zurückhaltung erstarrt, und meine Offenheit gefror daneben zu Eis. Er hatte sein Versprechen, mich wie eine Schwester zu behandeln, nicht gehalten. Ständig machte er kleine, abschreckende Unterschiede zwischen uns, die keineswegs zu wachsender Herzlichkeit beitrugen – mit einem Wort: Jetzt, wo ich seine anerkannte Verwandte war und unter demselben Dach wohnte, hatte ich das Gefühl, der Abstand zwischen uns sei weit größer als zu der Zeit, da er mich nur als Dorfschullehrerin gekannt hatte. Wenn ich daran dachte, wie weit er mich einst ins Vertrauen gezogen hatte, verstand ich seine derzeitige Frostigkeit nicht recht.

Angesichts dieser Tatsache war ich nicht wenig überrascht, als er plötzlich den Kopf vom Pult hob und sagte: «Sie sehen, Jane, die Schlacht ist geschlagen und der Sieg gewonnen.»

So angesprochen, fuhr ich hoch und konnte nicht sofort antworten. Erst nach kurzem Zögern meinte ich: «Aber zählen Sie nicht vielleicht zu jenen Eroberern, die ihre Siege zu teuer erkauft haben? Würde ein zweiter dieser Art Sie nicht zugrunde richten?»

«Ich glaube nicht, und selbst wenn, so hat es nicht viel zu sagen. Ich werde kein zweites Mal zu einem solchen Kampf aufgerufen werden. Der Konflikt hat zu einer endgültigen Entscheidung geführt, jetzt ist mein Weg klar, und ich danke Gott dafür.» Mit diesen Worten kehrte er zu seinen Schriften und seinem Schweigen zurück.

Als unser gemeinsames Glück (das heißt Dianas, Marys und meins) ruhigere Formen annahm und wir zu unseren früheren Gewohnheiten und den regelmäßigen Studien zurückkehrten, blieb St. John öfter zu Hause; dann saß er manchmal stundenlang bei uns im Zimmer. Während Mary zeichnete, Diana (zu meiner ehrfürchtigen Verwunderung) fleißig enzyklopädische Artikel las und ich mich mit Deutsch herumplagte, grübelte er über einer eigenen Geheimwissenschaft, nämlich einer fernöstlichen Sprache, die er beherrschen zu müssen glaubte, wenn er seine Pläne verwirklichen wollte.

Wenn er so beschäftigt in seinem Winkel saß, wirkte er ganz ruhig und versunken; doch seine blauen Augen hatten die Angewohnheit, das exotische Lehrbuch zu verlassen, umherzuwandern und manchmal an uns, seinen Mitschülerinnen, hängenzubleiben und uns merkwürdig genau zu beobachten. Wenn man seinen Blick auffing, wandte er ihn sofort ab, doch er kehrte immer wieder forschend an unseren Tisch zurück. Ich fragte mich, was das zu bedeuten hatte. Ebenso verwunderte mich St. Johns pünktliche, anhaltende Genugtuung über etwas ganz Nebensächliches, nämlich meinen allwöchentlichen Besuch in der Schule von Morton. Und noch rätselhafter erschien mir, daß er bei widrigem Wetter, wenn es schneite, regnete oder stürmte und seine Schwestern mich drängten, nicht zu gehen, ihre Angst stets abtat und mich ermutigte, meine Aufgabe ohne Rücksicht auf die Elemente zu erfüllen.

«Jane ist nicht der Schwächling, zu dem ihr sie gern machen würdet», sagte er dann. «Sie kann einen Bergsturm, einen Regenguß oder ein paar Schneeflocken genausogut aushalten wie unsereiner. Sie ist gesund und anpassungsfähig, besser als so manche robustere Natur dazu geschaffen, klimatische Veränderungen zu ertragen.»

Und wenn ich heimkam, manchmal recht müde und nicht wenig vom Wetter zerzaust, wagte ich nie, mich zu beschweren, denn zu murren hieß ihn zu verärgern. Es gefiel ihm, wenn man in allen Lebenslagen Seelenstärke bewies, und das Gegenteil verdroß ihn zutiefst.

Eines Nachmittags jedoch durfte ich zu Hause bleiben, denn ich war wirklich erkältet. Seine Schwestern waren an meiner Stelle nach Morton gegangen. Ich saß da und las Schiller, und er entzifferte seine unverständlichen orientalischen Schriftrollen. Als ich vom Übersetzen zu einer Übungsaufgabe wechselte, schaute ich zufällig zu ihm hinüber und fand mich im Banne des stets wachsamen blauen Auges. Wie lange es mich schon so durchdringend und eingehend erforschte, weiß ich nicht; es war so stechend und doch so kalt, daß ich im ersten Augenblick abergläubisch wurde – als säße ich mit etwas Unheimlichem im Zimmer.

«Jane, was machst du?»

«Ich lerne Deutsch.»

«Ich will, daß du Deutsch aufgibst und Hindustani lernst.»

«Das meinst du doch nicht ernst?»

«So ernst, daß ich es unbedingt will, und ich werde dir erklären, warum.»

Daraufhin erläuterte er, Hindustani sei die Sprache, mit der er sich gerade befasse; je mehr er lerne, desto mehr laufe er Gefahr, die Anfangsregeln zu vergessen, und es wäre ihm eine große Hilfe, wenn er mit einer Schülerin die Grundlagen wieder und wieder durchgehen könne, denn damit würde er sie fest in seinem Kopf verankern. Er habe bei seiner Wahl einige Zeit zwischen mir und seinen Schwestern geschwankt, habe sich dann aber für mich entschieden, weil er erkannt habe, daß ich am längsten über einer Aufgabe sitzen könne. Ob ich ihm diesen Gefallen tun würde? Ich müsse mich wahrscheinlich nicht lange aufopfern; bis zu seiner Abreise seien es bloß noch drei Monate.

St. John war kein Mensch, dem man leicht etwas abschlagen konnte. Man merkte, daß sich jeder Eindruck, sei er schmerzlich oder freudig, tief und dauerhaft in ihn eingrub. Ich willigte ein. Als Diana und Mary zurückkamen, mußte erstere feststellen, daß ihre Schülerin zu ihrem Bruder versetzt worden war. Sie lachte und war sich mit Mary einig, daß St. John sie beide nie zu einem solchen Schritt hätte überreden können. Er antwortete gelassen: «Das wußte ich.»

Ich lernte ihn als äußerst geduldigen und nachsichtigen, aber doch anspruchsvollen Lehrer kennen. Er erwartete viel von mir, und wenn ich seine Erwartungen erfüllte, sprach er mir auf seine Weise auch Anerkennung aus. Mit der Zeit gewann er eine gewisse Macht über mich, die mir jede Willensfreiheit raubte. Sein Lob und seine Aufmerksamkeit schüchterten mich mehr ein als seine Gleichgültigkeit. Wenn er anwesend war, konnte ich nicht mehr unbefangen reden oder lachen, denn meine innere Stimme erinnerte mich quälend hartnäckig daran, daß er Lebhaftigkeit (zumindest bei mir) abstoßend fand. Ich war mir so sehr bewußt, daß er nur ernste Stimmungen und Beschäftigungen annehmbar fand, daß jede Bemühung, in seiner Gegenwart etwas anderes zu empfinden oder zu tun, erfolglos blieb. Ich wurde zu Eis verhext. Wenn er sagte: «Geh», so ging ich, «Komm her», so kam ich, und «Tu das», dann tat ich's.[96] Aber ich liebte meine Knechtschaft nicht. Ich wünschte mir oft, er hätte mich weiterhin nicht beachtet.

Eines Abends, als es Zeit war, zu Bett zu gehen, standen seine Schwestern und ich bei ihm und wünschten ihm gute Nacht. Er küßte die beiden wie gewohnt und gab mir, ebenfalls wie gewohnt, die Hand. Da rief Diana, die gerade übermütiger Laune war (*sie* ließ sich nicht so quälend von seinem Willen dirigieren, sie war auf ihre Art ebenso willensstark): «St. John, du hast Jane immer als deine dritte Schwester bezeichnet, aber du behandelst sie nicht so. Du solltest ihr auch einen Kuß geben.»

Sie schob mich auf ihn zu. Ich fand das sehr dreist und war peinlich berührt, und noch während ich dies dachte und fühlte, neigte St. John seinen Kopf, brachte sein griechisches Profil auf eine Höhe mit dem meinen, durchbohrte mich mit fragenden Blicken – und küßte mich. Nun gibt es keine Marmorküsse oder Eisküsse, sonst würde ich den Gruß meines geistlichen Vetters dieser Sorte zuordnen. Aber es gibt vielleicht Versuchsküsse, und der seine war solch ein Versuchskuß. Nachdem er ihn abgeliefert hatte, schaute er mich prüfend an, um das Ergebnis zu beurteilen: es war nicht überwältigend. Ich bin bestimmt nicht errötet, wurde höchstens ein wenig blaß, denn mir war, als drücke dieser Kuß ein Siegel auf meine Fesseln. Von nun an unterließ er diese Zeremonie nie mehr, und die Ernsthaftigkeit und Ruhe, mit der ich sie über mich ergehen ließ, schien ihr in seinen Augen einen gewissen Reiz zu verleihen.

Was mich betraf, so wünschte ich täglich dringender, ihn zufriedenzustellen. Aber ich spürte auch täglich mehr, daß ich hierzu meine Natur fast verleugnen, meine Fähigkeiten unterdrücken, meine ursprünglichen Neigungen abwürgen und mich zu Aufgaben zwingen mußte, zu denen ich mich von Natur aus nicht berufen fühlte. Er wollte mich auf ein Niveau heben, das ich nie erreichen würde. Fortwährend quälte ich mich damit, die von ihm aufgestellten Maßstäbe zu erfüllen. Doch das war genauso unmöglich, wie meine unregelmäßigen Züge nach seinem geraden und klassischen Vorbild umzuformen oder meinen schillernden grünen Augen die meerblaue Farbe und den ernsten Glanz der seinen zu geben.

Doch mich plagte nicht nur seine Überlegenheit. In letzter Zeit fiel es mir ziemlich leicht, traurig dreinzuschauen. Ein nagendes Übel saß mir im Herzen und sog alles Glück schon an der Quelle weg: das Übel bangen Wartens.

Du glaubst vielleicht, Leser, daß ich über all diesen Veränderungen von Ort und Besitz Mr. Rochester vergessen hatte. Keine Sekunde lang. Sein Bild war stets in mir, denn es war nicht nur ein Nebel, den die Sonne zerstreuen, oder ein in den Sand gezeichnetes Porträt, das Stürme fortspülen konnten. Es war ein Name, in eine Tafel geritzt und vom Schicksal dazu bestimmt, so lange zu überdauern wie der Marmor, in den es eingraviert war. Das heftige Verlangen, zu wissen, was aus ihm geworden war, folgte mir überall hin. In Morton hatte ich jeden Abend im Gedanken daran mein Häuschen betreten, und in Moor House ging ich nun jeden Abend in mein Schlafzimmer, um darüber zu brüten.

Im Verlauf des wegen des Testaments notwendig gewordenen Briefwechsels mit Mr. Briggs hatte ich nachgefragt, ob er etwas über Mr. Rochesters derzeitigen Aufenthalt und über seinen Gesundheitszustand wisse, aber wie St. John schon vermutet hatte, war er, was ihn betraf, gänzlich ahnungslos. Daraufhin schrieb ich an Mrs. Fairfax und bat sie um Auskunft. Ich rechnete fest damit, auf diesem Weg mein Ziel zu erreichen und bestimmt bald Bescheid zu bekommen. Ich wunderte mich, als vierzehn Tage ohne Antwort vergingen, doch als zwei Monate lang Tag für Tag die Post kam und nichts für mich brachte, fiel ich nagender Angst zum Opfer.

Ich schrieb noch einmal. Womöglich war ja mein erster Brief verlorengegangen. Auf dieses neuerliche Bemühen folgte neue Hoffnung, wie die frühere leuchtete sie einige Wochen, wurde dann wie diese schwächer und flackerte. Keine Zeile, kein Wort erreichte mich. Nach einem halben Jahr vergeblicher Erwartung erlosch meine Hoffnung; und nun war ich wirklich verzweifelt.

Rings um mich leuchtete ein prachtvoller Frühling, doch ich konnte mich nicht an ihm freuen. Der Sommer nahte; Diana versuchte mich aufzuheitern, sie meinte, ich sähe krank aus und sie wolle mit mir ans Meer fahren. St. John war dagegen; er fand, ich bräuchte keine Zerstreuung, sondern eine Beschäftigung, mein jetziges Leben sei zu nutzlos, mir fehle ein Ziel, und vermutlich um diesem Mangel abzuhelfen, verlängerte er meine Hindustani-Stunden und forderte noch mehr Fleiß. Und ich Närrin kam nie auf den Gedanken, mich ihm zu widersetzen – ich konnte es nicht.

Eines Tages kam ich noch niedergeschlagener als sonst in den Unterricht. Dieser Tiefstand war durch eine besonders spürbare Enttäuschung ausgelöst worden. Hannah hatte mir morgens gemeldet, es sei ein Brief für mich da, und als ich hinunterging, um ihn entgegenzunehmen, fast sicher, daß ich endlich die lang ersehnte Nachricht erhielt, fand ich nur einen belanglosen Geschäftsbrief von Mr. Briggs vor. Diese herbe Enttäuschung hatte mich einige Tränen gekostet, und als ich nun dasaß und auf die schwerverständlichen Buchstaben und Bilder eines indischen Schriftstücks starrte, füllten sich meine Augen aufs neue.

St. John rief mich zu sich, ich sollte lesen. Doch als ich es versuchte, versagte mir die Stimme; die Worte verloren sich in Schluchzern. Wir beide waren allein im Wohnzimmer. Diana musizierte im Salon, und Mary arbeitete im Garten – es war ein wunderschöner Maientag, klar, sonnig und leicht windig. Mein Gefährte zeigte keinerlei Verwunderung über meine Gefühlsregung und fragte mich auch nicht nach ihrem Grund, er sagte nur: «Wir warten ein paar Minuten, Jane, bis du dich wieder gefaßt hast.» Und während ich meinen Anfall eilends zu unterdrücken versuchte, saß er auf sein Pult gelehnt ruhig und geduldig da, wie ein Arzt, der mit wissenschaftlichem Blick eine erwartete und selbstverständliche Krise im Krankheitsverlauf eines Patienten beobachtet. Als ich meine Schluchzer erstickt, mir die Augen gewischt und irgendwas gemurmelt hatte, es gehe mir heute morgen nicht gut, nahm ich meine Arbeit wieder auf und führte sie erfolgreich zu Ende. St. John legte unsere Bücher beiseite, verschloß das Pult und sagte: «Jetzt machst du einen Spaziergang, Jane, und zwar mit mir.»

«Ich werde Diana und Mary rufen.»

«Nein. Ich will nur eine Begleiterin heute morgen, und das bist du. Zieh deine Sachen an und geh durch die Küchentür hinaus; nimm die Straße, die zum oberen Ende von Marsh Glen führt. Ich komme gleich nach.»

Ich kenne keinen Mittelweg. Ich habe bei meinem Umgang mit selbstherrlichen, harten Charakteren, die mir so ganz entgegengesetzt sind, nie im Leben einen Mittelweg zwischen völliger Unterwerfung und entschlossener Auflehnung gekannt. Ich habe immer treu ergeben gehorcht bis zu dem Augenblick, wo ich, manchmal mit der Kraft eines Vulkans, explodierte. Und da die gegenwärtigen Umstände keine Meuterei rechtfertigten und meine Stimmung mich nicht dazu trieb, so folgte ich gehorsam St. Johns Anweisungen und beschritt zehn Minuten später den wilden Pfad in die Schlucht, Seite an Seite mit ihm.

Der Wind wehte von Westen; er kam über die Berge und duftete süß nach Heide und Schilf. Der Himmel war makellos blau, der aus der Schlucht herunterstürzende Bach, von den letzten Frühlingsregen angeschwollen, sprudelte üppig und klar dahin und fing von der Sonne goldene Funken ein und vom Firmament einen saphirblauen Schimmer. Als wir im Weitergehen den Pfad verließen, schritten wir über weichen Rasen, moosfein und smaragdgrün, zart betupft mit winzigen weißen Blumen und übersät mit sternenähnlichen gelben Blüten. Inzwischen schlossen uns die Berge ganz ein, denn am oberen Ende wand sich die Schlucht bis in deren Herz.

«Laß uns hier Rast machen», sagte St. John, als wir die versprengten Vorboten eines Felsenbataillons erreichten, das eine Art Paß bewachte, hinter dem der Bach als Wasserfall heruntergestürzt kam – dort, wo noch etwas weiter oben das Gebirge Rasen und Blumen ablegte und sich nur noch in Heide kleidete und mit spitzen Felsbrocken schmückte, wo sich die Wildnis zu schroffen Klüften steigerte und lockende Frische gegen abweisende Finsternis eintauschte, wo die Berge die verzweifelte Sehnsucht nach Einsamkeit bewahrten und eine letzte Zuflucht in die Stille.

Ich setzte mich, St. John blieb neben mir stehen. Er sah zum Paß hinauf und in die Schlucht hinunter; sein Auge schweifte mit dem Bach in die Ferne und kehrte über den wolkenlosen Himmel zurück, der ihm seine Farbe gab. Er nahm den Hut ab, ließ den Wind sein Haar zerzausen und seine Stirn küssen. Er schien sich mit dem guten Geist dieses Zufluchtsortes auszutauschen, sagte mit den Augen irgend etwas Lebewohl.

«Ich werde es wieder sehen», sagte er laut, «in Träumen, wenn ich am Ganges schlafe, und in einer noch ferneren Stunde, wenn mich am Ufer eines noch dunkleren Stroms ein anderer Schlummer überkommt.»

Seltsamer Ausdruck einer seltsamen Liebe! Die Leidenschaft eines ernsten Patrioten für sein Vaterland! Er setzte sich; eine halbe Stunde lang sprachen wir gar nicht, er nicht mit mir und ich nicht mit ihm. Dann fing er wieder an: «Jane, in sechs Wochen fahre ich. Ich habe auf einem Ostindienfahrer, der am 20. Juni ablegt, eine Koje gebucht.»

«Gott wird dich schützen, denn du hast dich seinem Werk verpflichtet», antwortete ich.

«Ja», sagte er, «dort finde ich Stolz und Freude.

Ich bin der Diener eines unfehlbaren Herrn. Ich ziehe nicht los unter menschlicher Führung, bin nicht den unzulänglichen Gesetzen und der sündigen Gewalt des schwachen Menschengewürms unterworfen. Mein König, mein Gesetzgeber, mein Anführer ist der Allvollkommene. Ich finde es merkwürdig, daß nicht auch alle anderen darauf brennen, sich unter diesem Banner einzureihen und dieses Wagnis einzugehen.»

«Nicht alle haben deine Kraft, und es wäre töricht von den Schwachen, mit den Starken marschieren zu wollen.»

«Ich spreche nicht mit Schwachen, ich denke nicht einmal an sie. Ich wende mich nur an solche, die dieser Arbeit würdig sind und fähig, sie zu leisten.»

«Das sind nur wenige, und sie sind schwer zu finden.»

«Da hast du recht. Aber wenn man sie gefunden hat, tut man recht daran, sie wachzurütteln, sie zu drängen und zu dieser Anstrengung zu ermuntern, ihnen zu zeigen, welche Begabungen sie haben und wofür sie ihnen gegeben wurden, ihnen die Botschaft des Himmels einzuflüstern und unmittelbar von Gott einen Platz in den Reihen seiner Auserwählten anzubieten.»

«Aber sagt es ihnen nicht als erstes das eigene Herz, wenn sie für diese Aufgabe wirklich geschaffen sind?»

Ich hatte das Gefühl, als spanne sich rings um mich und über mir ein furchtbarer Zauber; zitternd erwartete ich die schicksalhaften Worte, die den Bann aussprechen würden und damit gültig werden ließen.

«Und was sagt *dein* Herz?» fragte St. John.

«Mein Herz ist stumm, mein Herz ist stumm», antwortete ich erschrocken und entsetzt.

«Dann muß ich an seiner Stelle sprechen», fuhr die tiefe, unnachsichtige Stimme fort. «Jane, komm mit mir nach Indien, als meine Gehilfin und Mitarbeiterin.»

Die Schlucht und der Himmel drehten sich, die Berge taten sich auf! Mir war, als hätte ich einen Ruf vom Himmel vernommen, als habe ein Geisterbote wie jener Mann aus Mazedonien[97] gerufen: «Komm hernieder und hilf uns!» Aber ich war kein Apostel, ich konnte den Boten nicht sehen, konnte seinem Ruf nicht folgen.

«Ach, St. John», rief ich, «hab Erbarmen!»

Doch ich flehte einen an, der in Erfüllung dessen, was er für seine Pflicht hielt, weder Gnade noch Gewissensbisse kannte. Er fuhr fort: «Gott und die Natur haben dich als Missionarsfrau geplant. Sie haben dir keine körperlichen, sondern geistige Talente gegeben. Du bist für Arbeit geschaffen, nicht für die Liebe. Und so mußt, so sollst du die Frau eines Missionars werden. Du sollst mein werden. Ich erhebe Anspruch auf dich, nicht zu meinem Vergnügen, sondern zum Dienst an meinem Herrn.»

«Dafür bin ich nicht geeignet; ich bin nicht berufen», sagte ich.

Mit diesen ersten Einwänden hatte er gerechnet; sie brachten ihn nicht aus der Fassung. Und wirklich merkte ich, als er sich an den Felsen zurücklehnte, die Arme über der Brust kreuzte und Haltung bewahrte, daß er auf eine lange, anstrengende Gegenwehr gefaßt war und sich mit einem Geduldsvorrat gewappnet hatte, der ihm bis zum

Ende reichen würde – fest entschlossen, dieses Ende in einen Sieg für sich zu verwandeln.

«Demut, Jane», sagte er, «ist die Grundlage der christlichen Tugenden. Du sagst ganz richtig, daß du für diese Arbeit nicht geeignet bist. Wer ist das schon? Oder welcher wirklich Berufene hielte sich jemals des Rufs für würdig? Ich zum Beispiel bin nur Staub und Asche. Wie der heilige Paulus halte ich mich für den vornehmsten der Sünder[98]. Aber ich lasse nicht zu, daß dieses Bewußtsein meiner eigenen Minderwertigkeit mich einschüchtert. Ich kenne meinen Herrscher, er ist ebenso gerecht wie mächtig, und wenn er ein schwaches Werkzeug gewählt hat, um ein großes Werk zu verrichten, wird er die dem Ziel unangemessenen Mittel aus dem grenzenlosen Schatz der Vorsehung ergänzen. Denk wie ich, Jane, vertraue wie ich. Es ist doch der Eckstein, auf den du dich stützen sollst; zweifle nicht daran, daß er das Gewicht deiner menschlichen Schwäche aushält.»

«Ich verstehe nichts vom missionarischen Leben, ich habe die Arbeit eines Missionars nicht gelernt.»

«Hierbei kann ich dir – bei aller Demut – die nötige Hilfe anbieten. Ich kann dir deine Aufgaben stundenweise zuteilen, immer neben dir stehen und dir Schritt für Schritt helfen. Dies nur am Anfang, denn bald (ich kenne ja deine Fähigkeiten) wirst du so stark und geschickt sein wie ich und meine Hilfe nicht mehr brauchen.»

«Aber wo sind meine Fähigkeiten zu einem solchen Unterfangen? Ich spüre sie nicht. Nichts in mir spricht oder regt sich bei deinen Worten. Ich spüre nicht, daß sich ein Licht entzündet, Leben erwacht, eine Stimme mir rät oder Beifall spendet.

Oh, ich wollte, ich könnte dich sehen lassen, daß mein Herz eben jetzt einem lichtlosen Kerker gleicht, in dessen Tiefen nur *eine* schaudernde Angst angekettet liegt, die Angst, von dir zu etwas überredet zu werden, das ich nicht leisten kann!»

«Darauf kann ich dir antworten, hör zu. Ich habe dich beobachtet, seit wir uns begegnet sind. Seit zehn Monaten bist du Gegenstand meiner Untersuchungen. Ich habe dich während dieser Zeit allen möglichen Prüfungen unterzogen, und was habe ich entdeckt und herausbekommen? Du hast in der Dorfschule gut, pünktlich und ehrlich eine Arbeit verrichtet, die deinen Gewohnheiten und Neigungen nicht entsprach, ich sah, daß du tüchtig und feinfühlig zu Werke gingst und überzeugen konntest, während du die Zügel führtest. Als du von deinem plötzlichen Reichtum erfuhrst, erkannte ich hinter deiner Gelassenheit einen Geist, der frei war vom Laster des Demas[99] – die Habsucht hatte keine unstatthafte Macht über dich. In der entschiedenen Bereitschaft, mit der du deinen Reichtum in vier Teile aufgeteilt, nur einen behalten und die anderen drei abgetreten hast, um einer abstrakten Gerechtigkeit Genüge zu tun, erkannte ich eine Seele, die sich an der Flamme und Erregung aufopfernder Hingabe entzücken kann. In der Fügsamkeit, mit der du auf meinen Wunsch hin das Erlernen einer Sprache aufgegeben hast, an der dir lag, und dich einer anderen zuwandtest, weil mir daran lag, in dem unermüdlichen Fleiß, mit dem du seither dabeigeblieben bist, in der nie erlahmenden Energie und dem unerschütterlichen Gleichmut, mit denen du ihren Schwierigkeiten begegnest, erkenne ich sämtliche Eigenschaften, die ich suche. Du bist gelehrig, Jane, fleißig, uneigennützig, treu, beständig und mutig, sehr sanft und sehr heldenmütig; hör auf, dir zu mißtrauen, denn ich vertraue dir rückhaltlos. Als Leiterin indischer Schulen und als Helferin für die indischen Frauen wärst du mir eine unschätzbare Hilfe.»

Mein ehernes Leichenhemd zog sich um mich zusammen, der Augenblick, da er mich überreden würde, kam langsamen, sicheren Schrittes näher. Mochte ich noch so fest die Augen schließen, seine eben gesprochenen Worte räumten den scheinbar versperrten Weg weitgehend frei. Meine Arbeit, die so unbestimmt schien, so hoffnungslos und verschwommen, verdichtete sich, während er sprach, und nahm unter seiner gestaltenden Hand eine feste Form an. Er wartete auf Antwort. Ich verlangte eine Viertelstunde Bedenkzeit, bevor ich mich an eine Erwiderung wagte.

«Sehr gern», versetzte er, erhob sich, schritt ein Stückchen den Paß hinauf, warf sich auf ein Büschel Heidekraut und blieb still liegen.

«Ich *kann* leisten, was er von mir verlangt. Das muß ich einsehen und anerkennen», überlegte ich, «das heißt, wenn ich am Leben bleibe. Doch mir ist, als währte mein Dasein unter einer indischen Sonne nicht lange. Und was dann? Ihn kümmert's nicht. Sollte meine Zeit kommen und ich sterben müssen, würde er mich in aller Heiterkeit und heiligen Pflicht dem Gott zurückerstatten, der mich ihm gegeben. Das sehe ich klar vor mir. Wenn ich England verlasse, verlasse ich ein geliebtes, aber leeres Land; Mr. Rochester ist nicht mehr da, und wenn er da wäre, was bedeutet das schon, was kann es jemals für mich bedeuten? Meine Aufgabe lautet, jetzt ohne ihn zu leben; nichts wäre so verrückt, so schwach, als sich von Tag zu Tag weiterzuschleppen, als wartete ich auf eine unmögliche Veränderung der Umstände, die mich wieder mit ihm zusammenbringen könnte. Natürlich muß ich, wie St. John einmal gesagt hat, nach einem anderen Lebensinhalt suchen, der mir den verlorenen ersetzt. Und ist nicht die Tätigkeit, die er mir jetzt anbietet, wahrhaftig die herrlichste, die ein Mensch annehmen oder Gott vergeben kann? Kann nicht gerade sie mit ihren edlen Sorgen und hehren Zielen am besten die Lücke füllen, die zerrissene Liebe und zerstörte Hoffnungen hinterlassen haben? Ich muß wohl sagen, ja ... Und doch schaudere ich. Ach! Wenn ich mit St. John ziehe, ist es fast, als gäbe ich mich auf, denn wenn ich nach Indien gehe, gehe ich in einen frühen Tod. Und was wird den Zeitraum füllen zwischen dem Abschied aus England in Richtung Indien und dem Abschied aus Indien in Richtung Grab? Ich weiß es wohl. Auch das liegt klar vor meinem inneren Auge. Wenn ich mich bis an den Rand meiner Kräfte bemühe, St. John zufriedenzustellen, werde ich ihn auch zufriedenstellen, bis in den innersten Kern, bis an die fernsten Grenzen seiner Erwartungen. Wenn ich wirklich mit ihm gehe, wenn ich das Opfer, das er von mir verlangt, wirklich erbringe, dann ganz und gar, dann lege ich alles auf den Altar: Herz, lebenswichtige Organe, das ganze Opfertier. Er wird mich nie lieben, aber er soll mich schätzen. Ich will ihm Kräfte zeigen, wie er sie noch nie erlebt, Fähigkeiten, die er nicht vermutet hat. Ja, ich kann ebenso hart arbeiten wie er und ebenso vorbehaltlos.

Es ist also möglich, seiner Forderung nachzugeben. Bis auf einen Punkt, einen schrecklichen Punkt: daß er mich nämlich bittet, seine Frau zu werden und für mich nicht mehr Gattenliebe empfindet als dieser finstere Felsriese, über den sich der Bach schäumend in die Schlucht hinunterstürzt. Er lobt mich, wie ein Soldat eine gute Waffe lobt, das ist alles. Wenn ich nicht mit ihm verheiratet bin, kümmert mich das nicht; aber kann ich zulassen, daß er sein Vorhaben verwirklicht, seine Pläne kalt in die Praxis umsetzt und den Trauungsritus vollzieht? Könnte ich von ihm den Ehering entgegennehmen und alle Formen der Liebe erdulden (die er zweifellos gewissenhaft ausüben würde) im Wissen, daß der Geist dabei völlig abwesend wäre? Kann ich das Bewußtsein ertragen, daß jede Liebkosung ein aus Prinzip erbrachtes Opfer ist? Nein, solch ein Martyrium wäre ungeheuerlich. Das hielte ich nicht aus. Als seine Schwester könnte ich ihn begleiten, aber nicht als seine Frau. Und das werde ich ihm sagen.»

Ich schaute den Hügel hinauf, dort lag er, reglos ausgestreckt wie eine Säule, das Gesicht mir zugewandt, die Augen glänzend, wachsam und durchdringend. Er sprang auf die Füße und kam zu mir.

«Ich bin bereit, nach Indien zu gehen, wenn ich als freier Mensch gehen darf.»

«Das mußt du näher erklären», sagte er, «das verstehe ich nicht.»

«Du warst bisher mein Adoptivbruder, ich war deine Adoptivschwester. So wollen wir es belassen; es ist besser, wir heiraten nicht.»

Er schüttelte den Kopf. «In diesem Fall reicht das Adoptivgeschwisterverhältnis nicht. Wärst du meine leibliche Schwester, wäre es anders, dann würde ich dich mitnehmen und mir keine Frau suchen. Aber wie die Dinge liegen, muß unsere Verbindung entweder durch eine Heirat abgesegnet und besiegelt werden, oder es darf sie nicht geben; allem anderen stellen sich praktische Hindernisse entgegen. Siehst du das nicht ein, Jane? Denk einen Augenblick nach, dein scharfer Verstand wird dich leiten.»

Und ich dachte nach, doch mein Verstand – so war er nun einmal beschaffen – wies mich nach wie vor nur auf die Tatsache hin, daß wir einander nicht liebten, wie Mann und Frau einander lieben sollen, und schloß daraus, daß wir nicht heiraten dürften. Und das sagte ich auch. «St. John», erwiderte ich, «ich sehe in dir einen Bruder, du in mir eine Schwester, laß uns dabei bleiben.»

«Das können wir nicht, das können wir nicht», antwortete er knapp, scharf und entschieden, «das geht nicht. Du hast gesagt, du gehst mit mir nach Indien, denk daran – das hast du gesagt.»

«Unter einer Bedingung.»

«Ja, ja. Gegen den wichtigsten Punkt, unsere gemeinsame Abreise aus England und deine Unterstützung meiner künftigen Arbeit, hast du nichts einzuwenden. Im Grunde hast du deine Hand schon an den Pflug gelegt.[100] Du bist zu konsequent, um sie zurückzuziehen. Du mußt nur das eine Ziel im Auge behalten – wie das Werk, das du begonnen, am besten vollbracht werden kann. Vereinfache deine komplizierten Neigungen, Gefühle, Gedanken, Wünsche und Bestrebungen, laß all dein Sinnen in ein Ziel münden: erfolgreich und energisch den Auftrag deines erhabenen Herrn zu erfüllen. Um dies leisten zu können, brauchst du einen Gehilfen – keinen Bruder, das ist ein zu lokkeres Band, sondern einen Ehemann. Auch ich will keine Schwester, denn die kann mir jeden Tag genommen werden. Ich brauche eine Frau, die einzige Gehilfin, die ich im Leben reibungslos lenken und unangefochten bis zum Tod behalten kann.»

Mich schauderte bei seinen Worten. Ich spürte seine Macht über mich schon bis ins Mark – seinen Griff nach meinen Gliedern.

«Such dir eine andere, St. John, such dir eine, die zu dir paßt.»

«Eine, die zu meinem Ziel, zu meiner Berufung paßt, meinst du. Und ich sage dir noch einmal, es ist nicht der unwichtige Privatmensch, der Mann mit seinen selbstsüchtigen Sinnen, für den ich eine Frau suche, es ist der Missionar.»

«Und dem Missionar werde ich all meine Kraft geben – mehr braucht er nicht –, aber nicht mich selbst. Das hieße nur, zum Kern auch Hülse und Schale zu liefern. Dafür hat er keine Verwendung; die behalte ich.»

«Das kannst du nicht, das darfst du nicht. Glaubst du, Gott ist mit einer halben Opfergabe zufrieden? Wird er ein verstümmeltes Opfer annehmen? Ich vertrete Gottes Sache. Für seine Fahne werbe ich dich. Ich kann um seinetwillen keine halbe Ergebenheit billigen, sie muß ungeteilt sein.»

«Oh, ich werde mein Herz Gott schenken», erwiderte ich. «*Du* brauchst es nicht.»

Ich will nicht beschwören, Leser, daß im Ton, in dem ich diesen Satz äußerte, und im Gefühl, das ihn begleitete, nicht etwas unterdrückter Spott mitschwang. Bisher hatte ich St. John insgeheim gefürchtet, weil ich ihn nicht verstand. Er versetzte mich in Furcht und Schrecken, weil er mich im

Ungewissen über sich ließ. Wieweit er ein Heiliger, wieweit ein Sterblicher war, wußte ich bisher nicht, doch in diesem Gespräch trat einiges zutage. Vor meinen Augen vollzog sich eine Entschlüsselung seines Wesens. Ich sah seine Schwächen, ich verstand sie. Ich begriff, daß ich hier auf der Heideböschung, vor mir dieses schöne Geschöpf, zu Füßen eines Menschen saß, der ein Sünder war wie ich. Der Schleier fiel von seiner Härte und Herrschsucht. Sowie ich diese Eigenschaften an ihm wahrnahm, erkannte ich seine Unvollkommenheit und faßte Mut. Ich war mit einem Ebenbürtigen zusammen, einem, mit dem ich streiten und dem ich mich, wenn ich es für richtig hielt, auch widersetzen konnte.

Er schwieg nach meinem letzten Satz, und nach einer kleinen Weile wagte ich einen Blick hinauf in sein Gesicht. Sein Auge war auf mich gerichtet und drückte gleichzeitig gestrenge Verwunderung und eine schneidende Frage aus. «Spottet sie», schien es sich zu erkundigen, «spottet sie über *mich?* Was soll das heißen?»

«Wir wollen nicht vergessen, daß es hier um ernste Dinge geht», sagte er dann, «Dinge, über die wir, ohne zu sündigen, weder leichtfertig denken noch reden dürfen. Ich vertraue darauf, Jane, daß du es ernst meinst, wenn du sagst, du willst dein Herz Gott schenken. Mehr verlange ich nicht. Reiß dein Herz nur einmal vom Menschen los und binde es an deinen Schöpfer, dann wird der Siegeszug seines geistigen Königreichs auf Erden dein oberstes Glück und Streben sein; du wirst auf der Stelle bereit sein, alles zu tun, was diesem Ziel förderlich ist. Du wirst erkennen, welchen Auftrieb deine und meine Bemühungen durch unsere körperliche und geistige Vereinigung in der Ehe erhalten – die einzige Vereinigung, die dem Geschick und den Plänen menschlicher Wesen Dauerhaftigkeit und Gleichmaß verleiht; du wirst all die lächerlichen Launen, alltäglichen Schwierigkeiten und zimperlichen Gefühle, alle Bedenken über das Ausmaß, die Art, Stärke oder Zärtlichkeit rein persönlicher Neigungen überwinden und diese Vereinigung eilends eingehen wollen.»

«So?» fragte ich kurz und musterte seine Züge, schön in ihrer Regelmäßigkeit, aber seltsam furchtbar in ihrer starren Strenge. Ich schaute auf die herrische, so gar nicht offene Stirn, auf die strahlenden, tiefen und forschenden, doch niemals weichen Augen, betrachtete die große, imposante Gestalt und stellte mir in Gedanken vor, ich sei *seine Frau*. Oh, das würde nie gutgehen! Als seine Gehilfin, seine Gefährtin, ja, dann wäre alles recht. In dieser Eigenschaft würde ich mit ihm Ozeane überqueren, in solcher Funktion unter der östlichen Sonne und in asiatischen Wüsten schuften, würde seinen Mut, seine Hingabe und seine Kraft bewundern und ihm darin nacheifern, mich wortlos seiner Herrschaft unterwerfen, unerschüttert seinen nicht zu tilgenden Ehrgeiz belächeln, den Christen vom Menschen trennen und den einen hochschätzen und dem anderen großzügig vergeben. Gewiß müßte ich oft leiden, wenn ich mich nur in dieser Eigenschaft an ihn bände, mein Körper stünde unter einem ziemlich schweren Joch, aber Herz und Geist wären frei.

Mir bliebe mein unversehrtes Selbst, an das ich mich wenden, mein natürliches, ungeknechtetes

Gefühl, mit dem ich mich in einsamen Augenblikken austauschen könnte. In meinem Kopf gäbe es Winkel, die nur mir gehörten, zu denen er nie gelangte, und Gefühle, die dort frisch und wohlbehalten gediehen, die seine Härte nicht zerstören und sein gemessener Soldatenschritt nicht niedertrampeln könnte. Als seine Frau jedoch wäre ich immer bei ihm, würde unablässig gezügelt und kontrolliert und wäre gezwungen, das Feuer meiner natürlichen Veranlagung ständig klein zu halten, dürfte es nur inwendig brennen lassen und nie einen Schrei ausstoßen, auch wenn die gefangene Flamme einen Lebensnerv um den anderen verzehrte – *das* wäre unerträglich.

«St. John!» rief ich aus, als ich in meinen Überlegungen so weit gekommen war.

«Ja?» antwortete er eisig.

«Ich wiederhole es: Ich bin bereit, freiwillig als Missionsgehilfin mit dir zu gehen, jedoch nicht als deine Frau. Ich kann dich nicht heiraten und ein Teil von dir werden.»

«Aber du mußt ein Teil von mir werden», antwortete er hartnäckig, «sonst ist die ganze Sache anfechtbar. Wie soll ich, ein Mann von noch nicht einmal dreißig Jahren, eine Neunzehnjährige mit nach Indien nehmen, wenn sie nicht mit mir verheiratet ist? Wie können wir ständig zusammensein, manchmal ganz allein, manchmal unter wilden Stämmen – unvermählt?»

«Sehr gut», antwortete ich kurz angebunden, «wenn wir so leben, als wäre ich entweder wirklich deine Schwester oder ein Mann und Geistlicher wie du.»

«Es ist bekannt, daß du nicht meine Schwester

bist; ich kann dich nicht als solche präsentieren. Wenn wir das versuchen, lenken wir schmähliche Verdächtigungen auf uns. Und im übrigen besitzt du zwar das leistungsfähige Gehirn eines Mannes, aber das Herz einer Frau und … es würde nicht gut gehen.»

«O doch», versetzte ich ein wenig geringschätzig, «hervorragend. Ich habe wohl das Herz einer Frau, aber nicht was dich betrifft. Für dich besitze ich nur die Zuverlässigkeit eines Freundes – die Offenheit, Treue, Brüderlichkeit eines Kriegskameraden und, wenn du willst, die Achtung und den Gehorsam, die ein Novize seinem Oberpriester entgegenbringt, mehr nicht – keine Angst.»

«Das will ich ja», sagte er bei sich, «genau das will ich ja. Nur auf dem Weg dorthin gibt es Hindernisse, und die müssen niedergerissen werden. Jane, du würdest eine Heirat mit mir nicht bereuen, sei dessen gewiß. Wir *müssen* verheiratet sein! Ich wiederhole, es gibt keine andere Lösung, und zweifellos erwüchse nach der Eheschließung genug Liebe, um unsere Vereinigung auch in deinen Augen rechtmäßig zu machen.»

«Ich verachte deine Vorstellung von Liebe», konnte ich nicht umhin zu erwidern; ich erhob mich und stellte mich, mit dem Rücken gegen den Felsen gelehnt, vor ihn hin. «Ich verachte das unechte Gefühl, das du mir anbietest, St. John, und ich verachte dich, weil du es mir anbietest.»

Er sah mich starr an und preßte dabei seine wohlgeformten Lippen zusammen. Es war nicht leicht zu sagen, ob er erzürnt war oder überrascht oder dergleichen; er hatte seine Miene vollkommen unter Kontrolle.

«Ich habe eigentlich nicht erwartet, von dir so etwas zu hören», sagte er, «ich glaube, ich habe nichts getan oder gesagt, was Verachtung verdient.»

Ich war berührt von seinem sanften Ton und eingeschüchtert von seiner hochmütigen, ruhigen Miene.

«Verzeih mir meine Worte, St. John, aber es ist deine Schuld, daß ich mich zu solch unbedachter Rede habe hinreißen lassen. Du hast ein Thema angesprochen, bei dem unsere beiden Wesensarten uneins sind, ein Thema, das wir gar nicht erörtern sollten. Das bloße Wort ‹Liebe› ist für uns ein Zankapfel – was fingen wir erst an, wenn sie in Wirklichkeit gefordert würde? Was würden wir fühlen? Lieber Vetter, gib deinen Plan von einer Heirat auf, vergiß ihn.»

«Nein», sagte er, «es ist ein langgehegter Plan und der einzige, der mein großes Ziel sicherstellen kann. Aber ich will dich jetzt nicht weiter drängen. Morgen fahre ich nach Cambridge. Ich habe dort viele Freunde, von denen ich mich verabschieden will. Ich werde zwei Wochen fort sein – nütze diese Zeit, um mein Angebot zu überdenken, und vergiß nicht: Wenn du es ablehnst, weist du nicht mich zurück, sondern Gott. Ich bin das Werkzeug, durch das er dir eine edle Laufbahn ermöglicht; nur als meine Frau kannst du sie betreten. Weigere dich, meine Frau zu werden, und du beschränkst dich für immer auf den Weg selbstsüchtigen Behagens und seichter Bedeutungslosigkeit. Erzittere, denn in diesem Fall wirst du zu denen zählen, die den Glauben verleugnet haben und ärger sind denn die Heiden.»

Er war fertig. Er drehte mir den Rücken zu, und noch einmal …

«… blickte er zum Fluß, blickte er zum Berg»[101].

Aber diesmal blieben die Gefühle in seinem Herzen verschlossen. Ich war nicht würdig, sie zu hören. Während ich neben ihm heimwärts schritt, las ich aus seinem eisernen Schweigen deutlich, was er in bezug auf mich empfand: die Enttäuschung einer harten, herrischen Natur, die auf Widerstand gestoßen war, wo sie Unterwerfung erwartet hatte, die Mißbilligung eines kalten, unbeweglichen Geistes, der bei einem anderen Gefühle und Ansichten entdeckt hat, die er nicht nachzuempfinden vermag. Kurzum, als Mann hätte er mich gern zum Gehorsam gezwungen, nur als echter Christ ertrug er so geduldig meinen Eigensinn und ließ mir so viel Zeit zum Nachdenken und Bereuen.

Nachdem er an diesem Abend seine Schwestern geküßt hatte, hielt er es für geraten, mir nicht einmal die Hand zu reichen, und verließ schweigend das Zimmer. Diese deutliche Vernachlässigung verletzte mich, denn ich empfand zwar keine Liebe für ihn, aber doch freundschaftliche Gefühle – sie verletzte mich so sehr, daß mir Tränen in die Augen traten.

«Ihr habt euch auf eurem Spaziergang durchs Moor offenbar gestritten, du und St. John», stellte Diana fest. «Geh ihm nach, er steht noch im Flur und erwartet dich, er wird es wieder einrenken.»

Ich habe in solchen Lagen keinen großen Stolz. Ich bin stets lieber glücklich als würdevoll, und so lief ich ihm nach. Er stand am Fuß der Treppe.

«Gute Nacht, St. John», sagte ich.

«Gute Nacht, Jane», erwiderte er ruhig.

«Reichen wir uns die Hände», fügte ich hinzu.

Wie kalt und schlaff berührte er meine Finger! Er war äußerst ungehalten über das, was heute geschehen war. Herzlichkeit würde ihn nicht erwärmen, Tränen würden ihn nicht rühren. Es gab keine glückliche Versöhnung mit ihm, kein frohes Lächeln oder großzügiges Wort – aber der Christ in ihm blieb immer noch geduldig und sanft, und als ich ihn fragte, ob er mir vergebe, erwiderte er, er pflege sich nicht lange an Kränkungen zu erinnern, er habe nichts zu vergeben, denn er sei nicht beleidigt worden.

Und mit dieser Antwort ließ er mich stehen. Mir wäre es lieber gewesen, er hätte mich niedergeschlagen.

KAPITEL 35

Er fuhr nicht wie angekündigt am nächsten Tag nach Cambridge. Er zögerte seine Abreise um eine ganze Woche hinaus und ließ mich in dieser Zeit spüren, welch harte Strafen ein guter, aber strenger, ein gewissenhafter, aber unversöhnlicher Mensch einem anderen auferlegen kann, der ihn beleidigt hat. Ohne offene Feindseligkeit, ohne ein vorwurfsvolles Wort verstand er mir sofort und überzeugend zu vermitteln, daß ich nicht mehr in seiner Gunst stand.

Nicht daß St. John unchristlich nachtragende Gedanken gehegt, nicht daß er mir ein Haar gekrümmt hätte, auch wenn dies in seiner Macht gestanden hätte. Seiner Veranlagung und seinen Grundsätzen nach war er erhaben über die schäbige

Genugtuung der Rache. Er hatte mir vergeben, daß ich gesagt hatte, ich verachtete ihn und seine Liebe, aber vergessen hatte er diese Worte nicht, und solange wir beide lebten, würde er sie niemals vergessen. Ich sah an seinem Blick, daß sie für alle Zeit zwischen mir und ihm in der Luft hingen; wenn ich sprach, drangen sie mit meiner Stimme an sein Ohr, und ihr Echo färbte jede Antwort, die er mir gab.

Er brach die Gespräche mit mir nicht ab. Er rief mich sogar wie gewohnt jeden Morgen zu sich ans Pult; und ich fürchte, der Sünder in ihm hatte seine Freude daran (die er dem lauteren Christen nicht eingestand und die dieser auch nicht teilte), vorzuführen, wie geschickt er – scheinbar genau wie sonst handelnd und sprechend –, aus jedem Tun, jedem Satz die Anteilnahme und Anerkennung heraushalten konnte, die früher seinen Worten und seinem Benehmen einen gewissen strengen Reiz verliehen hatte. Für mich hatte er tatsächlich alles Fleischliche verloren, war Marmor geworden, seine Augen waren kalte hellblaue Edelsteine und seine Zunge ein Sprechinstrument, mehr nicht.

All dies war eine Folter für mich, eine raffinierte, in die Länge gezogene Folter. Es nährte ein kleines Feuer der Empörung und einen furchtsamen, unruhigen Kummer, der mich quälte und zutiefst bedrückte. Ich spürte, daß dieser gute Mensch, der rein war wie eine tiefe, sonnenlose Quelle, mich als seine Frau in Kürze umbringen könnte, ohne einen einzigen Tropfen Blut aus meinen Adern zu vergießen und ohne sein kristallklares Gewissen mit dem kleinsten Verbrechensmakel zu belasten. Besonders deutlich spürte ich das, wenn ich versuchte, ihn freundlich zu stimmen. Er antwortete auf meine

Reue keineswegs ebenfalls mit Reue. *Er* litt nicht an der Entfremdung, sehnte sich nicht nach Versöhnung, und obwohl meine rasch fließenden Tränen mehr als einmal auf die Seite tröpfelten, über die wir beide uns beugten, hatte dies nicht mehr Wirkung auf ihn, als wäre sein Herz tatsächlich aus Stein oder Metall gewesen. Zu seinen Schwestern war er unterdessen noch etwas freundlicher als gewöhnlich. Als fürchte er, bloße Gleichgültigkeit werde mir nicht ausreichend vermitteln, wie abgewiesen und geächtet ich war, verstärkte er sie durch diesen Kontrast, und dies gewiß nicht aus Bosheit, sondern aus Prinzip.

Als ich ihn am Abend vor seiner Abreise zufällig bei Sonnenuntergang im Garten spazierengehen sah, mußte ich daran denken, daß dieser Mann, so fremd er mir jetzt war, mir einmal das Leben gerettet hatte und daß wir nahe Verwandte waren, und so unternahm ich einen letzten Versuch, seine Freundschaft wiederzugewinnen. Ich ging hinaus zu ihm; er lehnte sich auf das Törchen, und ich kam sofort zur Sache.

«St. John, ich bin unglücklich, weil du mir noch immer zürnst. Laß uns Freunde sein.»

«Wir sind doch hoffentlich Freunde», antwortete er unbewegt und betrachtete weiterhin, wie schon vor meiner Ankunft, wie der Mond aufging.

«Nein, St. John, nicht mehr so wie früher. Das weißt du.»

«Nein? Das stimmt nicht. Ich meinerseits wünsche dir nichts Böses, sondern alles Gute.»

«Das glaube ich dir, St. John, denn du bist bestimmt unfähig, jemandem Schlechtes zu wünschen. Aber als deine Verwandte darf ich doch auf etwas mehr Zuneigung hoffen, nicht nur auf die allgemeine Menschenliebe, die du Fremden entgegenbringst.»

«Natürlich», sagte er. «Das ist ein gerechtfertigter Wunsch, und ich bin weit entfernt, in dir eine Fremde zu sehen.»

Diese kühlen, gelassenen Worte waren reichlich verletzend und abweisend. Hätte ich auf die Eingebungen von Stolz und Zorn gehört, so hätte ich ihn sofort dort stehenlassen müssen; aber etwas in mir regte sich heftiger als diese Gefühle. Ich achtete die Fähigkeiten und Grundsätze meines Vetters sehr hoch. Seine Freundschaft war mir teuer; sie zu verlieren erschütterte mich tief. Ich wollte den Versuch, sie zurückzuerobern, nicht so bald aufgeben.

«Müssen wir so scheiden, St. John? Willst du mich, wenn du nach Indien fährst, so zurücklassen, ohne ein freundlicheres Wort?»

Er ließ ab vom Mond und sah mich an.

«Werde ich dich denn verlassen, wenn ich nach Indien fahre, Jane? Gehst du denn nicht mit nach Indien?»

«Du hast gesagt, ich könne nicht, wenn ich dich nicht heirate.»

«Und du willst mich nicht heiraten? Du bleibst bei deinem Entschluß?»

Leser, hast du jemals wie ich erlebt, welchen Schrecken solche kalten Menschen in ihre eisigen Fragen legen können? Wieviel vom drohenden Sturz einer Lawine in ihrer Wut enthalten ist? Wieviel vom Bersten des Eismeers in ihrer Mißbilligung?

«Nein, St. John, ich werde dich nicht heiraten. Ich bleibe bei meiner Entscheidung.»

Die Lawine zitterte und rutschte ein wenig nach unten, donnerte aber noch nicht herab.

«Noch einmal – warum diese Weigerung?» fragte er.

«Früher habe ich dir geantwortet, weil du mich nicht liebst; heute antworte ich, weil du mich beinahe haßt. Wenn ich dich heiraten würde, brächtest du mich um. Du bringst mich ja jetzt schon um.»

Seine Lippen und Wangen wurden weiß, schneeweiß.

«*Ich sollte dich umbringen, brächte dich jetzt schon um?* – Solche Worte darf man nicht aussprechen, sie sind zerstörerisch, unweiblich und falsch. Sie verraten einen unseligen Geisteszustand und verdienen eine schwere Rüge; sie wären unverzeihlich, wenn es nicht des Menschen Pflicht wäre, seinem Mitmenschen zu vergeben, und sei es siebenzigmal siebenmal.[102]»

Nun hatte ich endgültig verspielt. In meinem aufrichtigen Wunsch, die Spuren meiner früheren Beleidigung aus seinem Gedächtnis zu tilgen, hatte ich statt dessen auf dieser dauerhaften Oberfläche einen zweiten, noch viel tieferen Eindruck hinterlassen. Ich hatte ihn eingebrannt.

«Jetzt haßt du mich wirklich», sagte ich. «Vergebens würde ich versuchen, dich zu versöhnen. Ich erkenne klar, daß ich mir in dir einen ewigen Feind geschaffen habe.»

Diese Worte verursachten neuen Schaden – den schlimmsten, weil sie an die Wahrheit rührten. Die blutleeren Lippen erzitterten in einem flüchtigen Krampf. Ich wußte, welch kalten Zorn ich geweckt hatte. Ich war tief betrübt.

«Du legst meine Worte ganz falsch aus», sagte ich

und griff nach seiner Hand. «Ich habe nicht die Absicht, dir Kummer oder Schmerz zuzufügen, wirklich nicht.»

Er lächelte gallenbitter und entzog mir entschlossen seine Hand. «Und nun widerrufst du wohl dein Versprechen und gehst nicht nach Indien», sagte er nach einer längeren Pause.

«Doch, als deine Gehilfin», versetzte ich.

Es folgte ein langes Schweigen. Was für ein Kampf zwischen Natur und Sittsamkeit sich während dieser Zeit in ihm abspielte, weiß ich nicht; in seinen Augen funkelte und schimmerte es mehrmals, und über sein Gesicht zogen seltsame Schatten. Endlich sprach er.

«Ich habe dir schon einmal aufgezeigt, wie unsinnig der Vorschlag ist, daß eine alleinstehende Frau in deinem Alter gemeinsam mit einem ledigen Mann meines Alters ins Ausland reisen soll. Ich habe es, wie ich meinte, deutlich genug erklärt, um zu verhindern, daß du noch einmal auf diesen Plan zurückkommst. Daß du es dennoch getan hast, bedaure ich – um deinetwillen.»

Ich unterbrach ihn. Diese Art handfester Tadel gab mir auf einmal Mut. «Bleib bei Vernunft, St. John, du bewegst dich am Rande des Unsinns. Du gibst vor, über meinen Vorschlag empört zu sein. Doch du bist nicht wirklich empört, denn bei deinem überlegenen Verstand kannst du weder so dumm sein noch so dünkelhaft, meine Absicht zu mißdeuten. Ich sage noch einmal, ich werde deine Pfarrgehilfin, wenn du willst, aber niemals deine Frau.»

Wieder wurde er leichenblaß, doch wie zuvor bezwang er seine Wut vollkommen. Er antwortete nachdrücklich, aber ruhig: «Eine Pfarrgehilfin, die nicht meine Frau ist, würde sich nicht für mich schicken. Mit mir kannst du also anscheinend nicht gehen, aber wenn dein Angebot ernst gemeint ist, werde ich in der Stadt mit einem verheirateten Missionar sprechen, dessen Frau eine Mitarbeiterin sucht. Dein eigenes Vermögen macht dich unabhängig von der Hilfe der Missionsgesellschaft, und damit bleibt dir vielleicht die Schande erspart, dein Versprechen nicht einzulösen und die Schar im Stich zu lassen, der du dich versprochen hast.»

Nun hatte ich, wie der Leser weiß, weder ein förmliches Versprechen gegeben, noch war ich eine Verpflichtung eingegangen, und diese Sprache war in Anbetracht der Umstände entschieden zu vorwurfsvoll und herrisch. Ich erwiderte: «Es gibt keine Schande in diesem Fall, keinen Bruch eines Versprechens, keine Abtrünnigkeit. Ich bin nicht im geringsten verpflichtet, nach Indien zu gehen, schon gar nicht mit Fremden. Mit dir hätte ich viel gewagt, weil ich dich bewundere, dir vertraue und dich wie eine Schwester liebe. Aber wann und mit wem ich auch ginge, ich bliebe in diesem Klima sicher nicht lange am Leben.»

«Aha! Du hast Angst um dich», sagte er und kräuselte die Lippen.

«Ja. Gott hat mir mein Leben nicht gegeben, damit ich es wegwerfe, und wenn ich tue, was du von mir verlangst, wäre dies, so glaube ich allmählich, fast gleichbedeutend mit Selbstmord. Außerdem will ich mich, bevor ich England endgültig verlasse, vergewissern, ob ich nicht hier von größerem Nutzen sein kann.»

«Was meinst du damit?»

«Es wäre zwecklos, dir das erklären zu wollen. Aber es gibt einen Punkt, über den ich seit langem schmerzlich im Ungewissen bin, und ich kann nirgendwohin gehen, bevor diese Ungewißheit behoben ist.»

«Ich weiß, wohin es dein Herz zieht und woran es hängt. Deine Neigung ist gesetzwidrig und sündhaft. Vor langer Zeit schon hättest du sie unterdrücken müssen, jetzt müßtest du bei der bloßen Erwähnung erröten. Du denkst an Mr. Rochester?»

Das stimmte. Ich gestand es durch mein Schweigen.

«Hast du vor, Mr. Rochester zu suchen?»

«Ich muß herausfinden, was aus ihm geworden ist.»

«Dann bleibt mir nur», sagte er, «dich in mein Gebet einzuschließen und Gott inbrünstig anzuflehen, auf daß du nicht völlig verworfen werdest. Ich hatte geglaubt, ich hätte in dir eine Auserwählte erkannt. Aber Gott sieht nicht, wie der Mensch sieht.[103] *Sein* Wille geschehe.»

Er öffnete das Tor, schritt hindurch und ging davon, die Schlucht hinunter. Bald war er außer Sicht.

Als ich wieder ins Wohnzimmer trat, fand ich Diana mit äußerst nachdenklichem Blick am Fenster stehen. Sie war um einiges größer als ich; sie legte mir die Hand auf die Schulter, beugte sich herab und sah mir prüfend ins Gesicht.

«Jane», sagte sie, «du bist zur Zeit ständig erregt und blaß. Bestimmt ist etwas geschehen. Erzähl mir, was St. John und dich beschäftigt. Ich habe dich in der letzten halben Stunde vom Fenster aus beobachtet. Du mußt mir meine Spionage verzeihen, aber schon seit langem bilde ich mir wer weiß was ein. St. John ist ein seltsames Wesen …»

Sie machte eine Pause. Ich schwieg. Daraufhin fing sie wieder an: «Mein Bruder hegt, was dich betrifft, ganz eindeutig besondere Ziele; seit langem zeichnet er dich durch eine Aufmerksamkeit und Anteilnahme aus, die er noch nie jemandem bewiesen hat – wozu? Ich wünschte, er würde dich lieben – ist es so, Jane?»

Ich legte ihre kühle Hand auf meine heiße Stirn. «Nein, Die, nicht die Spur.»

«Warum folgt er dir dann mit den Augen, holt dich so oft zu sich, wenn er allein ist, und bleibt ständig an deiner Seite? Mary und ich schlossen daraus, daß er dich heiraten will.»

«Ja, er hat mich gebeten, seine Frau zu werden.»

Diana klatschte in die Hände. «Genau das haben wir gehofft und gedacht! Und du heiratest ihn doch, Jane, nicht wahr? Und dann bleibt er in England.»

«Weit gefehlt, Diana. Der einzige Grund für seinen Antrag ist die Suche nach einer geeigneten Mitarbeiterin für die Plackerei in Indien.»

«Was? Er will, daß du nach Indien gehst?»

«Ja.»

«Wahnsinn!» rief sie. «Du würdest dort bestimmt keine drei Monate überleben. Du darfst auf keinen Fall gehen, Jane – du hast doch nicht eingewilligt?»

«Ich habe abgelehnt, ihn zu heiraten …»

«Und hast ihn folglich beleidigt?» riet sie.

«Zutiefst. Er wird es mir niemals verzeihen, fürchte ich. Doch ich bot ihm an, ihn als seine Schwester zu begleiten.»

«Das war furchtbar töricht, Jane. Denk daran, auf

welch schwierige Aufgabe du dich einläßt: endlose Mühsal, und das in einem Land, wo diese Mühsal sogar die Starken umbringt, und du bist schwach. St. John – du kennst ihn ja – würde dich zu Unmöglichem drängen, er ließe nicht zu, daß man in den heißen Stunden ruht, und ich habe leider festgestellt, daß du dich zwingst, alles zu erfüllen, was er fordert. Mich wundert, daß du den Mut gefunden hast, seine Hand zurückzuweisen. Du liebst ihn also nicht, Jane?»

«Nicht wie einen Ehemann.»

«Aber er ist ein gutaussehender Mann.»

«Und ich bin so häßlich, Diana. Wir würden nie zusammenpassen.»

«Häßlich? Du? Überhaupt nicht. Du bist viel zu hübsch und zu gut, um in Kalkutta bei lebendigem Leib geröstet zu werden.» Und wieder beschwor sie mich eindringlich, jeden Gedanken, mit ihrem Bruder in die Ferne zu ziehen, aufzugeben.

«Ich muß es wohl», erwiderte ich, «denn als ich mich ihm eben als Diakon anbot, zeigte er sich entsetzt über meine fehlende Sittsamkeit. Er fand meinen Vorschlag, ihn unverheiratet zu begleiten, offenbar ungehörig. Als hätte ich nicht von Anfang an einen Bruder in ihm gesucht und ihn stets als solchen betrachtet!»

«Was veranlaßt dich zu der Feststellung, daß er dich nicht liebt, Jane?»

«Du hättest ihn zu diesem Thema hören sollen! Immer wieder hat er erklärt, er suche nicht für sich, sondern für sein Amt eine Gefährtin. Er hat mir gesagt, ich sei für die Arbeit geschaffen, nicht für die Liebe – womit er zweifellos recht hat. Aber wenn ich nicht für die Liebe geschaffen bin, folgt daraus meiner Ansicht nach, daß ich auch nicht für die Ehe geschaffen bin. Wäre es nicht merkwürdig, Die, ein Leben lang an einen Mann gekettet zu sein, der einen nur als nützliches Werkzeug betrachtet?»

«Unerträglich, unnatürlich, ausgeschlossen!»

«Und obwohl ich bisher nur schwesterliche Liebe für ihn empfinde», fuhr ich fort, «kann ich mir vorstellen, daß ich, wenn ich gezwungenermaßen seine Frau werde, unvermeidlich eine befremdende, quälende Art Liebe zu ihm entwickle, weil er doch so begnadet ist und in seinem Blick, seinem Verhalten und seinen Worten oft eine heldenhafte Größe liegt. In diesem Fall würde mein Los unaussprechlich qualvoll. Er ließe nicht zu, daß ich ihn liebte, und wenn ich ihm mein Gefühl zeigte, ließe er mich spüren, daß das überflüssig sei, unerwünscht von seiner Seite und unschicklich für mich. Ich weiß es genau.»

«Und doch ist St. John ein edler Mensch», meinte Diana.

«Er ist ein edler und großer Mensch, aber er vergißt über der Verfolgung seiner großen Ziele mitleidlos die Gefühle und Rechte der kleinen Leute. Deshalb ist es besser, wenn ihm die Unbedeutenden aus dem Weg gehen, sonst trampelt er sie beim Vorrücken nieder. Da kommt er! Ich laß dich allein, Diana.» Und da ich sah, wie er den Garten betrat, eilte ich nach oben.

Doch beim Abendessen war ich wieder gezwungen, ihm gegenüberzutreten. Während der Mahlzeit schien er so gefaßt wie immer. Ich hatte angenommen, er werde kaum mit mir sprechen, und war überzeugt, daß er seine Heiratspläne aufgegeben hatte. Aber in der Folge zeigte sich, daß ich mich in beiden Punkten geirrt hatte. Er sprach mich auf die gewohnte Weise an – oder was in letzter Zeit seine gewohnte Weise geworden war: gewissenhaft höflich. Zweifellos hatte er die Hilfe des Heiligen Geistes herabgefleht, um die Wut, die ich in ihm geweckt hatte, zu unterdrücken, und nun glaubte er, er habe mir ein weiteres Mal vergeben.

Zur Abendlesung vor dem Gebet wählte er Kapitel einundzwanzig aus der Offenbarung. Es war immer schön, ihm zuzuhören, wenn die Bibelworte von seinen Lippen kamen; nie klang seine Stimme so weich und gleichzeitig voll, nie benahm er sich so eindrucksvoll, vornehm und schlicht, wie wenn er das Wort Gottes verkündete. Und heute abend nahm diese Stimme einen noch feierlicheren Ton an, sein Benehmen wurde noch ergreifender und bedeutsamer, als er im Kreis der Haushaltsmitglieder saß – der Maienmond schien durch das unverhängte Fenster herein und machte das Kerzenlicht auf dem Tisch fast überflüssig –, als er so über die große alte Bibel gebeugt dasaß und aus ihren Seiten die Erscheinung eines neuen Himmels und einer neuen Erde ablas, als er berichtete, daß Gott kommen und bei den Menschen wohnen und alle Tränen von ihren Augen abwischen werde und versprach, es werde kein Tod mehr sein noch Leid, Geschrei oder Schmerzen, denn das Erste sei vergangen.

Die folgenden Worte ließen mich seltsam erschauern, besonders da ich durch eine leichte, unbeschreibliche Veränderung im Ton merkte, daß er mich beim Sprechen ansah.

«‹Wer überwindet, der wird alles erwerben, und ich werde sein Gott sein, und er wird mein Sohn sein. Die Verzagten und Ungläubigen aber …», so las er langsam und deutlich, «‹deren Teil wird sein in dem Pfuhl, der mit Feuer und Schwefel brennet, welches ist der andere Tod.›»[104]

Nun wußte ich, welches Schicksal St. John für mich befürchtete.

Ein ruhiger, unterdrückter Triumph, vermischt mit sehnsüchtigem Ernst, kennzeichnete seinen Vortrag der letzten herrlichen Verse dieses Kapitels. Der Vorleser glaubte, sein Name stünde schon geschrieben im lebendigen Buch des Lammes[105], und er sehnte sich nach der Stunde, die ihn in die Stadt einlassen würde, in die die Könige auf Erden ihren Ruhm und ihre Ehre tragen und die keiner Sonne noch des Mondes bedarf, denn die Herrlichkeit Gottes erleuchtet sie, und ihre Leuchte ist das Lamm.

In das Gebet nach der Lesung legte er all seine Kraft, all seinen gestrengen Eifer. Todernst rang er mit Gott, zum Sieg fest entschlossen. Er flehte um Kraft für die Kleinmütigen, Weisung für die von der Herde Abgekommenen und um die Umkehr jener, welche die Versuchungen der Welt und des Fleisches vom schmalen Pfad der Tugend fortgelockt hatten, und sei es eine Umkehr in letzter Minute. Er erbat, erflehte, forderte die Gnade, der Brand möge aus dem Feuer gerissen werden[106]. Ernsthaftigkeit wirkt immer sehr feierlich. Als ich anfangs diesem Gebet lauschte, staunte ich über seinen Ernst; als er noch wuchs, war ich gerührt und schließlich ergriffen. Er war so aufrichtig von der Größe und Güte seiner Absichten überzeugt, daß jeder, der seine inständigen Bitten hörte, nicht umhin konnte, dasselbe zu empfinden.

Nach dem Gebet verabschiedeten wir uns von ihm; er wollte anderntags ganz früh aufbrechen. Diana und Mary küßten ihn und gingen aus dem Zimmer, vermutlich gehorchten sie einem geflüsterten Wink. Ich bot ihm meine Hand und wünschte ihm gute Reise.

«Danke, Jane. Wie ich schon sagte, komme ich in vierzehn Tagen aus Cambridge zurück; diese Zeit bleibt dir also zum Nachdenken. Würde ich auf menschlichen Stolz hören, käme kein Wort von Heirat mehr über meine Lippen, aber ich höre auf meine Pflicht und habe mein wichtigstes Ziel fest vor Augen: alles zur höheren Ehre Gottes. Mein Herr war langmütig, so will auch ich sein. Ich kann dich nicht dem Untergang preisgeben wie eine Schale des Zorns. Bereue, entschließe dich, solange noch Zeit ist. Denk daran, wir sind aufgefordert zu wirken, solange es Tag ist, und werden warnend darauf hingewiesen, daß ‹die Nacht kommt, da niemand wirken kann›[107]. Denk an das Schicksal von Dives[108], der alle Tage herrlich und in Freuden lebte. Gott gibt dir Kraft, das bessere Teil[109] zu wählen, das dir nicht genommen werden kann!»

Bei diesen Worten legte er mir die Hand auf den Kopf. Er hatte ernst und sanft gesprochen, sein Blick war freilich nicht der eines Liebenden, der seine Geliebte betrachtet, sondern der eines Hirten, der sein verirrtes Schaf heimruft, oder eher noch der eines Schutzengels, der über die ihm anvertraute Seele wacht. Alle begnadeten Menschen, seien sie gefühlvoll oder nicht, seien sie Eiferer, Ehrgeizlinge oder Despoten, haben – vorausgesetzt, sie meinen es ernst – erhabene Momente, in denen sie überwältigen und Macht ausüben. Ich empfand

Verehrung für St. John – eine so tiefe Verehrung, daß dieses eindringliche Gefühl mich unversehens genau an den Punkt beförderte, den ich so lange vermieden hatte. Ich war versucht, den Kampf mit ihm aufzugeben, mich vom Sturzbach seines Willens in die Schlucht seines Lebens hinunterspülen zu lassen und mein eigenes dort zu verlieren. Ich fühlte mich jetzt von ihm fast so sehr bedrängt wie einst von einem anderen, wenn auch auf andere Weise. Beide Male war ich verrückt. Hätte ich damals nachgegeben, so wäre dies ein Vergehen gegen meine Grundsätze gewesen; diesmal nachzugeben wäre ein Frevel gegen mein Urteilsvermögen gewesen. So denke ich heute, wenn ich durch das ruhige Medium der Zeit auf diese Krise zurückblicke. Damals war ich mir meiner Narrheit nicht bewußt.

Ich stand reglos unter der Berührung meines Oberpriesters. Meine Weigerungen waren vergessen, meine Ängste überwunden, mein Ringen erlahmt. Das Unmögliche – nämlich eine Heirat mit St. John – entwickelte sich rasch zum Möglichen. Alles veränderte sich ganz und gar und mit einem Schlag. Die Religion rief, die Engel winkten, Gott befahl, das Leben wickelte sich auf wie eine Schriftrolle[110], die Tore des Todes taten sich auf, und dahinter zeigte sich die Ewigkeit. Es war, als könne man der Sicherheit und Seligkeit dort alles Hiesige im Handumdrehen opfern. Der dunkle Raum war voller Erscheinungen.

«Kannst du dich jetzt schon entscheiden?» fragte der Missionar. Er fragte sanft und zog mich ebenso sanft an sich. Oh, diese Sanftheit! Wieviel mächtiger ist sie doch als Gewalt! St. Johns Zorn hatte ich widerstehen können – vor seiner Freundlichkeit wurde ich geschmeidig wie ein Schilfrohr. Und doch wußte ich die ganze Zeit, wenn ich jetzt nachgab, würde ich eines Tages nicht weniger für meine frühere Aufsässigkeit büßen müssen. Sein Wesen hatte sich durch eine Stunde feierlichen Gebets nicht geändert. Er war nur verzückt.

«Ich könnte mich entscheiden, wenn ich nur sicher wäre», antwortete ich. «Wenn ich fest überzeugt wäre, daß es Gottes Wille ist, daß ich dich heirate, könnte ich dir hier und jetzt die Ehe versprechen, komme danach, was wolle!»

«Meine Gebete sind erhört!» stieß St. John hervor. Er verstärkte den Druck seiner Hand auf meinen Kopf, als erhebe er Anspruch auf mich; er legte seinen Arm um mich, *fast* als liebte er mich (ich sage *fast,* denn ich kannte den Unterschied, ich hatte gefühlt, was es heißt, geliebt zu werden, aber genau wie er hatte ich die Liebe abgeschrieben und dachte nur mehr an die Pflicht). Ich kämpfte mit der Trübung meines noch immer wolkenverhangenen inneren Blicks. Aufrichtig, tief und glühend sehnte ich mich danach, das Rechte zu tun, und nur das. «Zeig mir, zeig mir den Weg», flehte ich den Himmel an. Ich war so erregt wie noch nie, und ob das, was nun folgte, eine Auswirkung dieser Erregung war, mag der Leser beurteilen.

Das ganze Haus war still; außer St. John und mir waren wohl alle zu Bett gegangen. Die einzige Kerze verlosch soeben, Mondlicht füllte den Raum. Mein Herz schlug schnell und heftig, ich hörte sein Pochen. Dann stand es mit einem Mal still, durchschauert von einem unaussprechlichen Gefühl, das sich sofort auf Kopf, Arme und Beine ausdehnte. Es war kein Gefühl wie ein elektrischer Schlag, doch genauso durchdringend, seltsam und alarmierend; es wirkte auf meine Sinne, als wären deren bisherige Anstrengungen nicht mehr als eine Betäubung gewesen, aus der sie jetzt herausgeholt und gewaltsam geweckt wurden. Sie erhoben sich angespannt, Augen und Ohren warteten, und meine Muskeln zitterten.

«Was hast du gehört? Was siehst du?» fragte St. John. Ich sah nichts, hörte jedoch von irgendwoher eine Stimme rufen: «Jane! Jane! Jane!» Weiter nichts.

«O Gott, was ist das?» keuchte ich.

Ich hätte auch sagen können: «Wo ist das?» Denn es schien nicht im Zimmer zu sein, auch nicht im Haus oder im Garten, es kam weder aus der Luft noch aus der Erde und auch nicht von oben. Ich hatte es gehört, doch wo oder woher, wird für immer ungeklärt bleiben. Und es war die Stimme eines menschlichen Wesens, eine bekannte, geliebte Stimme, die mir nur zu gut in Erinnerung war, die Stimme von Edward Fairfax Rochester, und sie klang schmerzerfüllt und voller Leid, wild, unheimlich, dringend.

«Ich komme!» rief ich. «Warte auf mich! Oh, ich komme!» Ich flog zur Tür und sah hinaus in den Flur, er war dunkel. Ich rannte in den Garten, er war leer.

«Wo bist du?» rief ich.

Die Höhen jenseits von Marsh Glen schickten mir eine schwache Antwort zurück: «Wo bist du?» Ich horchte. Der Wind seufzte leise in den Föhren, alles war Mooreinsamkeit und mitternächtliche Stille.

«Fort, Aberglaube!» erklärte ich, als dieses Gespenst schwarz neben der schwarzen Eibe am Tor erschien. «Das ist nicht deine Täuschung, deine Hexerei, es ist das Werk der Natur. Sie war erregt und hat nicht etwa ein Wunder bewirkt, sondern nur ihr Bestes getan.»

Ich riß mich von St. John los, der mir gefolgt war und mich zurückhalten wollte. Nun übernahm *ich* die Führung. Nun kamen *meine* Kräfte ins Spiel und an die Macht. Ich befahl ihm, sich aller Fragen oder Bemerkungen zu enthalten, und bat ihn, mich zu verlassen; ich müsse und wolle allein sein. Er gehorchte sofort. Wenn man nur energisch genug befiehlt, bleibt der Gehorsam nicht aus. Ich ging in mein Zimmer hinauf, sperrte mich ein, fiel auf die Knie und betete auf meine Weise – anders als St. John, aber nicht minder wirksam. Mir war, als käme ich einem mächtigen Geist ganz nahe, und meine Seele stürzte sich dankbar vor seine Füße. Ich erhob mich von meinem Dankgebet, faßte einen Entschluß, legte mich furchtlos und klar denkend zu Bett und wartete nur noch ungeduldig auf das Tageslicht.

KAPITEL 36

Und das Tageslicht kam. Mit der Dämmerung stand ich auf. Ein oder zwei Stunden war ich damit beschäftigt, Schlafzimmer, Schubladen und Schrank so aufzuräumen, wie ich sie für eine kurze Zeit der Abwesenheit hinterlassen wollte. Unterdessen hörte ich, wie St. John sein Zimmer verließ. Er blieb vor meiner Tür stehen. Ich befürchtete, er werde klopfen, doch nein, nur ein Blatt Papier wurde unter der Tür hindurchgeschoben. Ich hob es auf. Folgende Worte standen darauf:

«Du hast mich gestern abend zu plötzlich verlassen. Wärst Du nur ein wenig länger geblieben, hättest Du das Kreuz des Christen auf Dich genommen und Dir die Engelskrone verdient. Ich erwarte Deine klare Entscheidung, wenn ich heute in zwei Wochen zurückkomme. In dieser Zeit wache und bete, auf daß Du nicht in Versuchung fallest. Ich hoffe, der Geist ist willig, doch ich sehe, das Fleisch ist schwach[III]. Ich bete stündlich für Dich. – Der Deine, St. John.»

«Mein Geist», erwiderte ich bei mir, «ist willig, das Rechte zu tun, und ich hoffe, mein Fleisch ist stark genug, den Willen des Himmels zu erfüllen, sobald ich diesen Willen klar erkannt habe. Auf jeden Fall bin ich stark genug, zu suchen, nachzufragen und mich aus dieser Wolke des Zweifels in den hellen Tag der Gewißheit hinauszutasten.»

Wir schrieben den 1. Juni; dennoch war der Morgen verhangen und kalt. Rasch schlug der Regen gegen mein Fenster. Ich hörte, wie sich die Haustür öffnete und St. John hinaustrat. Ich schaute durchs Fenster und sah ihn den Garten durchqueren. Er nahm den Weg über das neblige Moor Richtung Whitcross – dort würde er in die Kutsche steigen.

«In ein paar Stunden folge ich dir auf diesem Weg, Vetter», dachte ich. «Auch ich muß in Whitcross eine Kutsche besteigen. Auch ich habe jemanden in England, den ich besuchen und nach dem ich mich erkundigen muß, ehe ich endgültig scheide.»

Es fehlten noch zwei Stunden bis zum Frühstück. Diese Zeit füllte ich, indem ich leise in meinem Zimmer auf und ab schritt und über die Heimsuchung nachsann, die meinen Plänen ihre jetzige Richtung gegeben hatte. Ich rief mir jene inwendige Empfindung in Erinnerung, und tatsächlich entsann ich mich all der unaussprechlich seltsamen Einzelheiten. Ich erinnerte mich an die Stimme, die ich gehört hatte, fragte mich aufs neue, woher sie kam, doch ebenso vergebens wie zuvor. Sie schien *in mir* zu sein, nicht in der Außenwelt. War es bloß ein nervöser Eindruck, eine Täuschung? Das konnte ich mir nicht vorstellen, konnte ich nicht glauben; es glich eher einer Eingebung. Diese wundersame Gefühlserschütterung war gekommen wie das Erdbeben, das die Grundfesten des Gefängnisses von Paulus und Silas ins Wanken brachte[112]. Sie hatte die Zelle meiner Seele geöffnet und ihr die Ketten gesprengt, hatte sie aus dem Schlaf geweckt, aus dem sie zitternd aufsprang und entgeistert lauschte. Dann war dreimal ein Ruf an mein erschrecktes Ohr gedrungen, in mein bebendes Herz und durch meinen Geist, der sich nicht fürchtete und nicht erzitterte, sondern jubelte, als freue er sich über den Erfolg dieser Anstrengung, die er sich ausnahmsweise erlaubt hatte, dem schwerfälligen Körper zum Trotz.

«In wenigen Tagen», schloß ich meine Überlegungen, «werde ich mehr wissen über den, dessen Stimme mich gestern abend zu rufen schien. Briefe haben sich als nutzlos erwiesen, also ersetze ich sie durch persönliche Erkundigungen.»

Beim Frühstück erklärte ich Diana und Mary, daß ich mich auf eine Reise begeben und mindestens vier Tage fort bleiben würde.

«Allein, Jane?» fragten sie.

Ja, ich wolle einen Freund, um den ich mir in letzter Zeit Sorgen gemacht hätte, besuchen oder Nachricht von ihm erlangen.

Sie hätten nun sagen können, was sie zweifellos dachten, daß sie nämlich der Meinung gewesen seien, ich hätte keine Freunde außer ihnen, denn das hatte ich schließlich oft behauptet. Aber in ihrer echten, natürlichen Feinfühligkeit enthielten sie sich jeglicher Bemerkungen. Diana fragte mich nur, ob ich mich auch bestimmt stark genug für eine Reise fühle. Ich sei sehr blaß, fand sie. Ich erwiderte, mich quäle nichts als Besorgnis, welche ich jedoch bald auszuräumen hoffe.

Ich konnte mich in Ruhe vorbereiten, denn ich wurde weder durch Fragen noch durch Vermutungen gestört. Nachdem ich einmal erklärt hatte, daß ich ihnen meine Pläne jetzt nicht offenlegen könne, fügten sie sich freundlich und klug in das Schweigen, das ich ihnen auferlegte, und gestanden mir das Recht freien Handelns zu, das ich ihnen unter ähnlichen Umständen ebenso eingeräumt hätte.

Ich verließ Moor House um drei Uhr nachmittags, und kurz nach vier stand ich am Wegweiser von Whitcross und wartete auf die Ankunft der Kutsche, die mich ins ferne Thornfield bringen sollte. In der Stille dieser einsamen Straßen und verlassenen Berge hörte ich sie schon von weitem. Es war dasselbe Gefährt, das mich vor einem Jahr an einem Sommerabend an eben dieser Stelle abgesetzt hatte – wie verzweifelt, hoffnungslos und ziellos! Es hielt, als ich winkte. Ich stieg ein – diesmal nicht gezwungen, mich von meinem ganzen Vermögen zu trennen, um die Fahrt bezahlen zu können. Wieder auf dem Weg nach Thornfield, fühlte ich mich wie eine Brieftaube auf dem Heimflug.

Die Reise dauerte sechsunddreißig Stunden. Ich war von Whitcross an einem Dienstagnachmittag aufgebrochen, und am frühen Morgen des darauffolgenden Donnerstags hielt die Kutsche, um die Pferde zu tränken, vor einem Gasthaus am Straßenrand, inmitten einer Landschaft, deren grüne Hekken, weite Felder und sanfte, idyllische Hügel (welch weiche Formen und frisches Grün im Vergleich zu den finsteren Mooren Mortons in den nördlichen Midlands!) meinem Auge bekannt vorkamen wie die Züge eines ehemals vertrauten Gesichts. Ja, ich erkannte die typischen Eigenschaften dieser Landschaft, bestimmt waren wir meinem Ziel ganz nahe.

«Wie weit ist es von hier bis Thornfield Hall?» fragte ich den Wirt.

«Über die Felder bloß zwei Meilen, Ma'am.»

«Dann ist meine Fahrt zu Ende», dachte ich. Ich stieg aus, überließ meinen Koffer der Obhut des Wirts, der ihn aufbewahren sollte, bis ich ihn abholen würde, bezahlte die Fahrt, gab dem Kutscher ein Trinkgeld und machte mich auf den Weg. Das heller werdende Tageslicht schimmerte auf dem Wirtshausschild, und ich las in vergoldeten Buchstaben «The Rochester Arms». Mein Herz tat einen Sprung: Ich war schon auf den Ländereien meines Herrn! Dann sank es wieder, denn mich überfiel der Gedanke: «Nach allem, was du weißt, kann er sich gut jenseits des Kanals aufhalten, und selbst wenn er in Thornfield Hall wäre, auf das du jetzt zueilst, wer ist sonst noch dort? Seine wahnsinnige

Frau; du hast nichts mit ihm zu schaffen und traust dich weder mit ihm zu sprechen noch dich ihm zu nähern. Du hast deine Mühe verschwendet, geh lieber nicht weiter», warnte er eindringlich. «Frag die Leute im Gasthaus, die können dir sagen, was du wissen willst, und deine Zweifel auf einen Schlag zerstreuen. Geh zu diesem Mann und frag ihn, ob Mr. Rochester zu Hause ist.»

Das war ein vernünftiger Vorschlag, aber ich konnte mich nicht überwinden, ihn zu befolgen. Zu sehr fürchtete ich eine niederschmetternde, entmutigende Antwort. Den Zweifel verlängern heißt auch die Hoffnung verlängern. So konnte ich doch noch einmal das Herrenhaus im Lichtschimmer ihres Sterns sehen. Vor mir war der Zauntritt, lagen genau die Felder, durch die ich an jenem Morgen, da ich, verfolgt und gegeißelt von einer rachsüchtigen Wut, blind, taub und verwirrt aus Thornfield geflohen war. Ehe ich recht erkannte, welchen Weg ich eingeschlagen hatte, befand ich mich schon inmitten der Felder. Wie schnell ging, ja lief ich! Wie freute ich mich auf den ersten Anblick der wohlbekannten Wälder! Mit welchen Gefühlen hieß ich einzelne bekannte Bäume willkommen und dazwischen die vertrauten Ausblicke auf Wiesen und Hügel!

Endlich tauchten die Wälder auf, die Krähenkolonie hockte schwarz beieinander, lautes Krächzen durchbrach die Morgenstille. Seltsame Freude beseelte mich, und ich eilte weiter. Noch ein Feld überqueren, noch einem gewundenen Weg folgen, und schon ragten die Hofmauern auf und die hinteren Wirtschaftsgebäude. Das Haus selbst lag noch hinter dem Krähenbaum verborgen.

«Ich will es zuerst von vorne sehen», beschloß ich, «wo die hohen Zinnen gleich so vornehm ins Auge fallen und ich das Fenster meines Herrn ausmachen kann. Vielleicht schaut er gerade hinaus – er steht ja früh auf; vielleicht geht er auch im Obstgarten spazieren oder auf dem Pflaster vor dem Haus. Wenn ich ihn nur sehen könnte, nur einen Augenblick! Ich wäre gewiß nicht so verrückt und würde auf ihn zulaufen? Ich weiß es nicht ... ich bin mir nicht sicher. Und wenn ich es täte – was dann? Gott schütze ihn! Was dann? Wem täte es weh, wenn ich noch einmal das Leben kosten würde, das sein Blick mir schenkt? Aber ich phantasiere: Vielleicht beobachtet er in diesem Augenblick den Sonnenaufgang über den Pyrenäen oder über dem gezeitenlosen Mittelmeer.»

Ich hatte mich an der niedrigeren Mauer des Obstgartens fortbewegt – war um die Ecke gebogen. Dort gab es ein Tor, das sich zwischen zwei steinernen, mit Steinkugeln gekrönten Säulen zur Wiese hin öffnete. Hinter einer Säule hervor konnte ich in aller Ruhe um die Ecke spähen und würde die ganze Vorderfront des Herrenhauses sehen. Vorsichtig schob ich den Kopf nach vorn und wünschte sehnsüchtig, gewisse Schlafzimmervorhänge seien schon hochgezogen. Zinnen, Fenster, Vorderfront – von dieser geschützten Stelle aus konnte ich alles überblicken.

Vielleicht beobachteten mich dabei die hoch oben segelnden Krähen. Was sie wohl dachten? Sie müssen bemerkt haben, daß ich anfangs sehr behutsam und zaghaft, allmählich aber recht forsch und bedenkenlos wurde. Ein Spähen, dann ein langes Starren, raus aus der Nische, hinaus auf die Wiese, ein jähes Innehalten vor dem großen Haus und ein langer, dreister Blick. «Erst so geziert schüchtern», mögen sie sich gefragt haben, «und jetzt so plump unbekümmert?»

Ich will es dir mit einem Beispiel veranschaulichen, Leser.

Ein Liebender findet seine Geliebte schlafend auf einer moosbewachsenen Böschung; er möchte einen Blick auf ihr schönes Gesicht werfen, ohne sie zu wecken. So stiehlt er sich leise über das Gras, sorgsam darauf bedacht, kein Geräusch zu verursachen. Er bleibt stehen, weil er sich einbildet, sie habe sich bewegt. Er zieht sich zurück; nicht um alles in der Welt will er gesehen werden. Alles bleibt still. Wieder nähert er sich ihr. Er beugt sich über sie. Auf ihrem Gesicht liegt ein leichter Schleier, den hebt er hoch, beugt sich tiefer, seine Augen ahnen schon die im Schlaf warme, blühende, liebliche Schönheit. Wie hastig ist sein erster Blick! Aber wie erstarrt er, wie fährt er zusammen, wie plötzlich und heftig umarmt er die Gestalt, die er noch vor einem Augenblick nicht mit dem Finger zu berühren wagte! Wie laut ruft er einen Namen, läßt seine Last fallen und blickt wild auf sie herab! Er packt sie und schreit und starrt, denn er muß nicht mehr fürchten, sie durch einen Laut oder eine Bewegung zu wecken. Er hat gedacht, seine Liebste schlafe süß – und nun findet er sie starr und tot.

Ich hielt in scheuer Freude nach einem stattlichen Haus Ausschau und erblickte – eine geschwärzte Ruine.

Unnötig, sich hinter einen Torpfosten zu kauern und zu den Fenstergittern hochzuspähen aus Angst, dahinter könne sich Leben regen! Unnötig, zu lauschen, ob Türen aufgingen, sich einzubilden, auf dem Pflaster oder auf dem Kiesweg seien Schritte zu hören! Rasen und Park waren zertrampelt und verwüstet, das große Tor gähnte leer. Die Fassade sah aus, wie ich sie einst im Traum gesehen hatte, ein hoch aufragendes, zerbrechliches Gerippe, durchlöchert mit scheibenlosen Fenstern, kein Dach, keine Zinnen, keine Kamine, alles war in sich zusammengestürzt.

Und ringsum herrschte Totenstille, die Einsamkeit einer verlassenen Wildnis. Kein Wunder, daß Briefe an die Menschen hier niemals beantwortet wurden; genausogut konnte man seine Botschaften an die Gruft im Seitenschiff einer Kirche schicken. Die finstere Schwärze der Steine erzählte, welchem Verhängnis der Herrensitz zum Opfer gefallen war: einer Feuersbrunst. Aber wie war er in Brand geraten? Welche Geschichte gehörte zu dieser Katastrophe? Welcher Verlust war außer Mörtel, Marmor und Gebälk noch entstanden? War neben dem Besitz auch Leben zerstört worden? Und wenn, wessen Leben? Eine furchtbare Frage, und hier gab es niemanden, der sie mir beantwortete, kein stummes Zeichen, keinen stillschweigenden Hinweis.

Als ich zwischen den zertrümmerten Mauern durch das verwüstete Innere wanderte, erkannte ich deutlich, daß sich das Unglück nicht erst vor kurzem ereignet hatte. Durch diesen leeren Torbogen war schon der Schnee des Winters geweht worden, durch diese Fensterhöhlungen winterlicher Regen hereingeschlagen, denn inmitten der durchnäßten Abfallhaufen hegte schon der Frühling seine Pflanzen: Zwischen den Steinen und herabgefallenen Balken wuchsen hie und da Gras und Unkräuter.

Aber ach, wo war der unglückliche Besitzer dieses Trümmerhaufens? In welchem Land? Unter welchem Stern? Unwillkürlich wanderte mein Auge zum grauen Kirchturm in der Nähe des Tors, und ich fragte mich: «Hat er schon bei Damer de Rochester Unterschlupf gefunden und teilt sich mit ihm sein enges Marmorhaus?»

Ich brauchte eine Antwort auf diese Fragen. Die konnte ich nur im Gasthaus bekommen, und so kehrte ich bald dorthin zurück. Der Wirt brachte mir selbst das Frühstück ins Gastzimmer. Ich bat ihn, die Tür zu schließen und sich zu mir zu setzen, ich müsse ihn einiges fragen. Doch als er meiner Bitte nachkam, wußte ich nicht recht, wo beginnen, so sehr fürchtete ich mich vor den möglichen Antworten. Andererseits hatte mich der Anblick der Verwüstung, die ich soeben hinter mir gelassen hatte, einigermaßen auf eine traurige Geschichte vorbereitet. Der Wirt war ein ehrbar aussehender Mann mittleren Alters.

«Sie kennen Thornfield Hall natürlich?» gelang es mir schließlich zu sagen.

«Ja, Ma'am, ich habe dort einmal gewohnt.»

«So?» – «Nicht zu meiner Zeit», dachte ich, «für mich bist du ein Fremder.»

«Ich war Butler beim verstorbenen Mr. Rochester», fügte er hinzu.

Beim verstorbenen! Nun erhielt ich offenbar den Schlag mit voller Wucht, dem ich auszuweichen versucht hatte.

«Beim verstorbenen!» ächzte ich. «Ist er tot?»

«Ich meine den Vater des jetzigen Mr. Edward», erklärte er. Ich atmete auf. Mein Blut floß gleichmäßiger. In der vollen Gewißheit, daß Mr. Edward –

mein Mr. Rochester, Gott schütze ihn, wo immer er war! – zumindest am Leben, also «der jetzige Herr» war (beseligende Worte!), glaubte ich, alles, was noch kommen und enthüllt werden mochte, vergleichsweise gelassen aufnehmen zu können. «Da er nicht im Grab liegt», dachte ich, «ertrage ich auch die Nachricht, er sei am anderen Ende der Welt.»

«Lebt Mr. Rochester jetzt in Thornfield Hall?» fragte ich, wohl wissend, wie die Antwort lauten würde, aber noch immer im Bestreben, die direkte Frage nach seinem tatsächlichen Verbleib lieber vor mir herzuschieben.

«Nein, Ma'am, o nein! Dort wohnt niemand mehr. Sie sind offenbar fremd hier, sonst hätten Sie gehört, was letzten Herbst passiert ist. Thornfield Hall ist eine Ruine, genau zur Erntezeit ist es abgebrannt – ein schreckliches Unglück! So viel wertvoller Besitz zerstört, von der Einrichtung hat man fast nichts retten können. Das Feuer brach mitten in der Nacht aus, und bis die Spritzen aus Millcote eintrafen, war das Gebäude schon ein Flammenmeer. Es war ein furchtbares Schauspiel. Ich habe es mit eigenen Augen gesehen.»

«Mitten in der Nacht», murmelte ich. Ja, das war auf Thornfield von jeher die Stunde des Verhängnisses gewesen. «Hat man erfahren, wie es entstand?» fragte ich.

«Man vermutet es, Ma'am, man vermutet es. Ich würde allerdings sagen, es steht zweifelsfrei fest. Sie wissen vielleicht nicht», fuhr er fort, rückte seinen Stuhl ein wenig näher an den Tisch und sprach leise, «daß dort im Haus eine Dame eingesperrt war, eine … eine Wahnsinnige?»

«Ich habe davon gehört.»

«Sie wurde hinter Schloß und Riegel gehalten, Ma'am; jahrelang wußten die Leute nichts Näheres über sie. Niemand bekam sie zu Gesicht, man wußte nur gerüchteweise, daß eine solche Person im Haus existierte, doch wer oder was sie war, wußte keiner genau. Es hieß, Mr. Edward habe sie aus dem Ausland mitgebracht, und manche hielten sie für seine ehemalige Geliebte. Aber im letzten Jahr passierte was Merkwürdiges, was höchst Merkwürdiges!»

Ich befürchtete, mir nun meine eigene Geschichte anhören zu müssen, und bemühte mich, ihn an das Hauptthema zu erinnern.

«Und diese Dame?»

«Diese Dame, Ma'am», antwortete er, «entpuppte sich als Mr. Rochesters Ehefrau! Es kam auf eine höchst seltsame Weise zutage. Es gab nämlich eine junge Frau im Haus, eine Erzieherin, in die sich Mr. Rochester verlieb...»

«Aber das Feuer?» legte ich ihm nahe.

«Dazu komm' ich schon noch, Ma'am – ... in die sich Mr. Edward verliebte. Die Dienstboten meinten, sie hätten noch nie einen gesehen, der dermaßen verliebt war, er war ständig hinter ihr her. Sie haben ihn beobachtet – so sind sie eben, die Dienstboten, Ma'am –, und sie war ihm wichtiger als alles andere. Außer ihm fand sie aber niemand besonders hübsch. Sie soll ein kleines, schmächtiges Ding gewesen sein, fast wie ein Kind. Ich selbst hab' sie nie gesehen, aber Leah, das Hausmädchen, hat mir von ihr erzählt. Leah mochte sie recht gern. Mr. Rochester war um die vierzig, und diese Gouvernante war noch nicht mal zwanzig, und Sie wissen ja, wenn Männer in seinem Alter sich in eine so junge Frau verlieben, sind sie oft wie verhext. Na ja, er wollte sie heiraten.»

«Diesen Teil der Geschichte erzählen Sie mir ein andermal», sagte ich, «jetzt möchte ich aus persönlichen Gründen alles über das Feuer erfahren. Hat man den Verdacht, daß diese wahnsinnige Mrs. Rochester ihre Hand dabei im Spiel hatte?»

«Sie haben den Nagel auf den Kopf getroffen, Ma'am. Ganz bestimmt hat sie und niemand sonst das Haus in Brand gesetzt. Sie hatte eine Aufseherin namens Mrs. Poole, an sich eine fähige Frau und recht zuverlässig, bis auf einen einzigen Fehler (einen Fehler, der sich bei solchen Pflegerinnen und Wärterinnen häufig findet): *Sie hatte immer eine Schnapsflasche bei sich* und trank hie und da einen Tropfen zuviel. Das ist verzeihlich, denn sie hatte ein schweres Leben, doch es war gefährlich, denn wenn Mrs. Poole nach ihrem Gin mit Wasser fest schlief, zog ihr diese Verrückte, die so verschlagen war wie eine Hexe, die Schlüssel aus der Tasche, sperrte die Zimmertür auf, streifte durchs Haus und richtete alles tolle Unheil an, das ihr gerade in den Sinn kam. Einmal soll sie beinahe ihren Mann in seinem Bett verbrannt haben. Darüber weiß ich allerdings nichts. In dieser Nacht jedenfalls setzte sie erst die Vorhänge im Zimmer neben ihrem eigenen in Brand, dann ging sie ein Stockwerk tiefer in das Zimmer der Gouvernante (wahrscheinlich hatte sie irgendwie erfahren, wie sich die Dinge entwickelt hatten, und wollte ihr eins auswischen) und zündete das Bett dort an, aber zum Glück schlief niemand mehr darin. Die Gouvernante war zwei Monate zuvor davongelaufen, und obwohl Mr. Rochester sie suchte, als sei sie sein kostbarster Besitz auf Erden, erfuhr er nie etwas von ihr, und er wurde vor Enttäuschung ganz und gar unausstehlich. Sanftmütig war er ja noch nie gewesen, aber nachdem er sie verloren hatte, wurde er gefährlich. Außerdem wollte er allein sein. Mrs. Fairfax, die Haushälterin, schickte er fort zu ihren Verwandten, setzte ihr jedoch eine großzügige Rente aus. Und sie hat es verdient, sie war eine sehr gute Frau. Miss Adèle, sein Mündel, wurde in eine Schule geschickt. Er brach jegliche Beziehungen zum Landadel ab und sperrte sich wie ein Eremit in Thornfield Hall ein.»

«Was? Hat er England nicht verlassen?»

«England verlassen? Meine Güte, er trat ja nicht mal über die Schwelle seines Hauses, außer nachts, wenn er wie ein Gespenst durch den Park und den Obstgarten wanderte, als hätte er den Verstand verloren – was meiner Meinung nach auch der Fall war, denn es hat keinen geistreicheren, kühneren, scharfsinnigeren Herrn als ihn gegeben, bevor diese Mücke von einer Gouvernante ihm über den Weg lief. Er gab sich nicht mit Wein, Karten oder Pferderennen ab wie andere Männer, und er sah nicht besonders gut aus, aber wenn je ein Mann Mut und einen eigenen Willen besessen hat, so er. Ich kannte ihn von Kind auf, wissen Sie, und ich für mein Teil hab' mir oft gewünscht, diese Miss Eyre wäre im Meer versunken, bevor sie nach Thornfield Hall kam!»

«Mr. Rochester war also zu Hause, als das Feuer ausbrach?»

«Ja, allerdings. Und er lief hinauf auf den Dachboden, als oben und unten schon alles brannte, holte die Dienstboten aus ihren Betten und half ihnen hinunter und lief wieder zurück, um seine verrückte Frau aus ihrer Kammer zu holen. Aber dann riefen sie ihm zu, sie sei auf dem Dach. Dort stand sie über den Zinnen, winkte mit den Armen und schrie, daß man sie eine Meile weit hören konnte. Ich hab' es selbst gesehen und gehört. Sie war eine große, massige Frau und hatte langes schwarzes Haar; wir konnten sehen, wie es vor den Flammen flog, als sie so dastand. Ich und mehrere andere wurden Zeugen, wie Mr. Rochester durch die Luke aufs Dach stieg; wir hörten ihn rufen: ‹Bertha!› und sahen, wie er sich ihr näherte; aber da, Ma'am, schrie sie schon gellend auf und sprang, und in der nächsten Sekunde lag sie zerschmettert auf dem Pflaster.»

«Tot?»

«Tot? Ja, so tot wie die Steine, auf die ihr Gehirn und ihr Blut spritzten.»

«Gütiger Gott!»

«Das kann man wohl sagen, Ma'am. Es war schrecklich.» Er schauderte.

«Und dann?» drängte ich.

«Na ja, Ma'am, dann brannte das Haus restlos ab. Jetzt stehen nur noch ein paar Mauerbrocken.»

«Hat sonst noch jemand sein Leben verloren?»

«Nein, aber vielleicht wäre es besser gewesen.»

«Was meinen Sie damit?»

«Der arme Mr. Edward», stieß er hervor. «Ich hätte nie gedacht, daß ich so was mal erleben müßte! Manche meinen, es sei eine gerechte Strafe für ihn, weil er seine erste Ehe geheimgehalten hat und eine andere Frau nehmen wollte, während die erste noch lebte, doch mir tut er trotzdem leid.»

«Aber Sie sagten doch, er ist am Leben?» rief ich.

«Ja, ja, er lebt, aber viele meinen, er wäre besser tot.»

«Warum, wieso?» Wieder gefror mir das Blut in den Adern. «Wo ist er?» fragte ich. «Ist er in England?»

«Ja, ja, er ist in England; er kann gar nicht raus aus England, jetzt zählt er wohl zum festen Inventar.»

Was für ein Schrecken war das nun wieder! Und der Mann schien entschlossen, ihn in die Länge zu ziehen!

«Er ist stockblind», sagte er schließlich, «ja, stockblind ist Mr. Edward.»

Ich hatte Schlimmeres befürchtet. Ich hatte befürchtet, er sei verrückt geworden. Mit letzter Kraft fragte ich, wodurch dieses Unglück verursacht worden sei.

«Eigentlich durch seinen eigenen Mut, und manch einer würd' sagen, durch seine Hilfsbereitschaft, Ma'am. Er wollte nicht aus dem Haus, eh' nicht alle anderen draußen waren. Als er schließlich die große Treppe herunterkam, nachdem sich Mrs. Rochester von den Zinnen gestürzt hatte, gab es einen großen Krach, und alles brach zusammen. Er wurde unter den Trümmern hervorgezogen, lebend, aber schwer verletzt. Ein Balken war so herabgefallen, daß er ihn teilweise schützte, doch ein Auge war ausgeschlagen und eine Hand so zerschmettert, daß Mr. Carter, der Arzt, sie auf der Stelle amputieren mußte. Das andere Auge entzündete sich, und er verlor auch dort die Sehkraft. Jetzt ist er wirklich hilflos, blind und verkrüppelt.»

«Wo ist er? Wo lebt er jetzt?»

«Auf Ferndean, einem Gutshaus, das ihm gehört,

ungefähr dreißig Meilen von hier. Ein äußerst trostloser Ort.»

«Wer ist bei ihm?»

«Der alte John und seine Frau, sonst will er niemanden haben. Er ist ganz gebrochen, heißt es.»

«Haben Sie irgendein Fuhrwerk?»

«Wir haben eine Kalesche, Ma'am, eine sehr hübsche Kalesche.»

«Lassen Sie sofort anspannen, und wenn Ihr Eilbote mich heute noch vor dem Dunkelwerden nach Ferndean kutschieren kann, zahle ich ihm und Ihnen doppelt soviel, wie Sie sonst verlangen.»

KAPITEL 37

Das Gutshaus von Ferndean war ein Gebäude von beträchtlichem Alter, mäßiger Größe und geringem architektonischem Anspruch und lag tief im Wald verborgen. Ich hatte schon früher davon gehört. Mr. Rochester sprach oft davon und ritt manchmal hin. Sein Vater hatte den Hof wegen des Wildeinstands gekauft. Er hätte das Haus damals gern vermietet, fand aber wegen der ungünstigen und ungesunden Lage keinen Pächter. So blieb Ferndean unbewohnt und unmöbliert, mit Ausnahme einiger Räume, die hergerichtet wurden, um den Gutsherrn zu beherbergen, wenn er in der Saison zum Jagen kam.

Dieses Haus erreichte ich kurz vor Einbruch der Dunkelheit an einem Abend, der sich durch trüben Himmel, kalten Wind und anhaltenden, leichten, aber durchdringenden Regen auszeichnete. Die letzte Meile legte ich zu Fuß zurück, nachdem ich die Kalesche und den Kutscher entlassen und doppelt so hoch entlohnt hatte wie versprochen. Selbst wenn man dem Gutshaus schon ganz nah war, sah man nichts davon, so dicht und finster wuchs der düstere Nutzwald ringsum. Ein Eisentor zwischen Granitsäulen zeigte mir, wo es hineinging, und kaum war ich hindurchgegangen, befand ich mich im Zwielicht engstehender Bäume. Ein grasbewachsener Weg zog sich unter Astgewölben zwischen altersgrauen, knorrigen Stämmen dahin. Dieser Schneise folgte ich und rechnete damit, das Wohnhaus bald zu erreichen, aber sie zog sich in die Länge, wand sich weit und immer weiter, und ich fand keinen Hinweis auf eine Wohnstätte oder einen Park.

Ich hatte wohl eine falsche Richtung eingeschlagen und mich verirrt. Über mir verdichteten sich die natürliche Dunkelheit und die des Walddämmers. Ich blickte mich nach einem anderen Weg um. Aber es gab keinen, nur miteinander verflochtene Stämme, Säulenstümpfe und dichtes Sommerlaub – nirgendwo eine Öffnung.

So ging ich weiter. Endlich öffnete sich der Weg, die Bäume lichteten sich ein wenig, und bald darauf erblickte ich eine Einfriedung und dann das Haus – bei diesem Licht kaum von den Bäumen zu unterscheiden, so feuchtgrün waren die modernden Mauern. Ich trat durch ein Tor, das nur eingeklinkt war, und stand auf einer eingezäunten Fläche, von der sich der Wald im Halbkreis zurückzog. Es gab weder Blumen noch Gartenbeete, nur eine Rasenfläche, umrundet von einem breiten Kiesweg und eingefaßt vom schweren Rahmen des Waldes. Das Haus wies vorne zwei spitze Giebel auf, die

Fenster waren vergittert und schmal, auch die Haustür war schmal, und es führte nur eine Stufe hinauf. Das Ganze wirkte in der Tat «äußerst trostlos», wie der Wirt der «Rochester Arms» gesagt hatte. Es war still wie in einer Kirche am Werktag, der pladdernde Regen auf dem Waldlaub war das einzige Geräusch in der Umgebung.

«Kann es hier Leben geben?» fragte ich mich.

Ja, irgendeine Art Leben gab es, denn nun hörte ich, daß sich etwas bewegte; die schmale Haustür öffnete sich, jemand hatte vor, das Gebäude zu verlassen.

Die Tür ging langsam auf, eine Gestalt trat ins Zwielicht heraus und blieb auf der Stufe stehen, ein Mann ohne Hut. Er streckte die Hand aus, wie um zu fühlen, ob es regne. Trotz der Dunkelheit hatte ich ihn erkannt – es war kein anderer als mein Herr, Edward Fairfax Rochester.

Ich hielt den Schritt und fast auch den Atem an, blieb stehen, um ihn zu beobachten und genau zu betrachten, selbst ungesehen und für ihn – leider! – unsichtbar. Es war eine plötzliche Begegnung, eine, bei der das Glück durch den Kummer in Schach gehalten wurde. Es fiel mir nicht schwer, meine Stimme am Rufen und meine Beine am Vorwärtslaufen zu hindern.

Seine Gestalt war so kräftig und fest wie früher, seine Haltung noch immer aufrecht und sein Haar noch rabenschwarz, auch seine Züge waren nicht verändert oder eingefallen. Im Lauf eines Jahres hatte das Leid weder seine athletische Kraft bezwingen noch seine Spannkraft zerstören können. Aber in seiner Miene nahm ich eine Veränderung wahr. Er wirkte verzweifelt und grüblerisch und erinnerte mich an ein verletztes und angekettetes Wildtier, dem in seinem dumpfen Leid näher zu treten gefährlich war. Der Adler im Käfig, dem die Grausamkeit die goldgeränderten Augen ausgestochen hatte, mochte so aussehen wie dieser blinde Samson.

Glaubst du nun, Leser, ich fürchtete ihn in seinem blinden Grimm? Wenn ja, so kennst du mich schlecht. Eine leise Hoffnung mischte sich in mein Weh, daß ich bald wagen würde, einen Kuß auf diese Felsenstirn und auf die so fest versiegelten Lider darunter zu drücken. Doch jetzt noch nicht. Noch wollte ich ihn nicht ansprechen.

Er stieg die eine Stufe hinunter und tappte langsam auf das Rasenstück zu. Wo war nun sein ausgreifender Schritt? Dann blieb er stehen, als wisse er nicht, wohin er sich wenden sollte. Er hob den Kopf, öffnete die Lider und starrte ausdruckslos und angestrengt in den Himmel und auf das Amphitheater der Bäume. Man merkte, daß das alles für ihn leere Dunkelheit war. Er streckte die rechte Hand aus (den linken Arm, den verstümmelten, hielt er am Busen versteckt), als wollte er durch Tasten einen Eindruck von seiner Umgebung gewinnen, aber noch traf er ins Leere, denn wo er stand, waren die Bäume einige Schritte von ihm entfernt. Er gab den Versuch auf, kreuzte die Arme und stand still und stumm im Regen, der nun ausgiebig auf sein unbedecktes Haupt fiel. In diesem Augenblick tauchte John auf.

«Wollen Sie meinen Arm nehmen, Sir?» fragte er. «Jetzt kommt gleich ein heftiger Guß, sollten Sie da nicht lieber reingehen?»

«Laß mich in Ruhe», bekam er zur Antwort.

John zog sich zurück, ohne mich bemerkt zu haben. Nun versuchte Mr. Rochester umherzugehen, aber vergebens, alles war zu ungewiß. Er ertastete sich den Weg zurück ins Haus, trat ein und schloß die Tür.

Nun näherte auch ich mich und klopfte. Johns Frau öffnete mir. «Mary», sagte ich, «wie geht es dir?»

Sie fuhr zusammen, als habe sie ein Gespenst erblickt, und ich beruhigte sie. Ihre hastigen Fragen «Sind Sie's wirklich, Miss? Wie kommen Sie bloß so spät an einen so gottverlassenen Ort?» beantwortete ich, indem ich ihre Hand ergriff und ihr in die Küche folgte, wo John mittlerweile vor einem munteren Feuer saß. Ich erklärte ihnen mit wenigen Worten, daß ich erfahren hätte, was geschehen sei, seit ich Thornfield verließ, und daß ich gekommen sei, um Mr. Rochester zu besuchen. Ich bat John, zum Zollhaus zu gehen, wo ich die Kutsche zurückgeschickt, und meinen Koffer zu holen, den ich dort eingestellt hatte. Während ich Hut und Schal ablegte, fragte ich Mary, ob ich für die Nacht hier im Haus unterkommen könne, und als sich herausstellte, daß entsprechende Vorkehrungen zwar schwierig, aber nicht unmöglich waren, erklärte ich ihr, ich würde gerne hierbleiben. In diesem Augenblick erklang die Glocke aus dem Wohnzimmer.

«Wenn du hineingehst», bat ich, «sag deinem Herrn, daß ihn jemand sprechen will, doch verrate ihm nicht, wer.»

«Er wird Sie nicht empfangen wollen», antwortete sie, «er schickt alle wieder weg.»

Als sie zurückkam, fragte ich, was er gesagt habe.

«Ich soll ihm ausrichten, wie Sie heißen und was Sie wollen», erwiderte sie. Dann füllte sie ein Glas mit Wasser und stellte es zusammen mit Kerzen auf ein Tablett.

«Hat er deshalb geklingelt?» fragte ich.

«Ja, er läßt sich immer Kerzen bringen, wenn es dunkel wird, obwohl er blind ist.»

«Gib mir das Tablett, ich trage es hinein.»

Ich nahm es ihr aus der Hand, und sie wies mir den Weg zur Wohnzimmertür. Das Tablett zitterte in meinen Händen, und ich verschüttete etwas Wasser. Mein Herz schlug laut und schnell gegen die Rippen. Mary öffnete mir die Tür und schloß sie hinter mir.

Es sah finster aus in diesem Wohnzimmer. Im Kamin brannte schwach ein schlecht geschürtes Häuflein Holz, und darüber gebeugt, den Kopf gegen den hohen, altmodischen Sims gelehnt, wurde der blinde Bewohner dieses Zimmers sichtbar. Auf der einen Seite lag Pilot, sein alter Hund, ein wenig aus dem Weg und zusammengerollt, als fürchte er, man könne versehentlich auf ihn treten. Pilot spitzte die Ohren, als ich hereinkam, dann sprang er mit einem Jaulen und Winseln auf, schoß auf mich zu und schlug mir fast das Tablett aus der Hand. Ich stellte es auf den Tisch, tätschelte ihn und sagte leise: «Leg dich!» Mr. Rochester wandte sich mechanisch um, weil er *sehen* wollte, was es da für einen Tumult gab, aber da er nichts *sah,* drehte er sich wieder um und seufzte.

«Gib mir das Wasser, Mary», sagte er.

Ich trat mit dem nur noch halbvollen Glas näher. Pilot folgte mir, immer noch aufgeregt.

«Was ist los?» fragte er.

«Platz, Pilot!» befahl ich noch einmal. Mr. Rochester wollte das Wasser soeben an die Lippen führen, hielt nun aber kurz inne und schien zu lauschen; dann trank er und setzte das Glas ab. «Das bist doch du, Mary, nicht wahr?»

«Mary ist in der Küche», antwortete ich.

Er streckte mit einer raschen Bewegung die Hand aus, doch da er nicht sah, wo ich stand, bekam er mich nicht zu fassen. «Wer ist da? Wer ist da?» fragte er und versuchte offensichtlich, mit seinen blinden Augen zu *sehen* – ein nutzloser, quälender Versuch! «Antworten Sie – reden Sie noch einmal!» befahl er gebieterisch und laut.

«Wollen Sie noch ein wenig mehr Wasser, Sir? Ich habe die Hälfte verschüttet», sagte ich.

«*Wer* ist das? *Was* ist das? Wer spricht da?»

«Pilot kennt mich, und John und Mary wissen, daß ich hier bin. Ich bin heute abend erst angekommen», antwortete ich.

«Großer Gott – was für ein Trugbild sucht mich da heim? Welch süßer Wahn hat mich ergriffen?»

«Kein Trugbild, kein Wahn. Ihr Verstand, Sir, ist viel zu scharf für Trugbilder und ihre Gesundheit zu stabil für Wahnsinn.»

«Aber wo ist die Sprecherin? Ist es nur eine Stimme? Oh, ich kann nichts sehen, aber ich muß spüren, sonst bleibt mir das Herz stehen, und der Kopf zerspringt mir! Wer oder was du auch immer bist, laß dich befühlen, sonst kostet es mein Leben!»

Er tastete um sich. Ich ergriff seine irrende Hand und setzte sie zwischen meinen beiden Händen gefangen.

«Ihre Finger!» rief er, «ihre kleinen, schlanken Finger! Dann muß noch mehr von ihr da sein.»

Die kräftige Hand brach aus ihrer Haft aus, griff nach meinem Arm, meiner Schulter, dem Hals, der Taille; er umarmte mich und zog mich an sich.

«Ist das Jane? *Was* ist das? Es ist ihre Gestalt, ihre Größe ...»

«Und ihre Stimme», ergänzte ich. «Sie ist ganz hier, auch ihr Herz. Gott segne Sie, Sir! Ich bin so froh, daß ich wieder bei Ihnen bin.»

«Jane Eyre» sagte er nur, «Jane Eyre!»

«Mein lieber Herr», erwiderte ich, «ja, ich bin Jane Eyre. Ich habe Sie aufgespürt, ich bin zu Ihnen zurückgekommen.»

«Wirklich? Leibhaftig? Meine Jane, am Leben?»

«Sie spüren mich doch, Sir, Sie halten mich, und ziemlich fest. Ich bin doch nicht kalt wie ein Leichnam oder leer wie Luft?»

«Mein lebendiger Liebling! Das sind tatsächlich ihre Glieder, ihre Züge – aber nach all meinem Leid kann ich unmöglich so mit Glück beschenkt werden. Es ist ein Traum, so wie jene nächtlichen Träume, wenn ich sie noch einmal an mein Herz drückte – so wie jetzt – und sie küßte – so wie jetzt – und fühlte, daß sie mich liebte, und glaubte, daß sie mich nie mehr verlassen würde.»

«Was ich von heute an nie mehr tun werde, Sir.»

«Nie mehr, sagt die Erscheinung? Doch immer wachte ich auf und stellte fest, daß es leeres Blendwerk gewesen; ich war allein und verlassen, mein Leben dunkel, einsam und hoffnungslos, meine Seele am Verdursten und durfte nicht trinken, mein Herz am Verhungern und würde nie genährt werden. Du freundlicher, zarter Traum, der du dich jetzt in meinen Arm schmiegst, auch du wirst wieder wegfliegen wie deine Schwestern vor dir, aber küß mich, bevor du gehst, umarme mich, Jane.»

«Ja, Sir, ja!»

Ich drückte meine Lippen auf seine einst strahlenden und jetzt glanzlosen Augen, ich schob ihm das Haar aus der Stirn und küßte auch sie. Da schien er sich plötzlich aufzuraffen, mit einem Mal überzeugt, daß alles Wirklichkeit war.

«Du bist es, nicht wahr, Jane? Du bist zu mir zurückgekommen?»

«Ja.»

«Du liegst nicht tot in einem Straßengraben oder Bach? Verschmachtest nicht als Landstreicherin unter Fremden?»

«Nein, Sir, ich bin jetzt eine unabhängige Frau.»

«Unabhängig! Was meinst du damit, Jane?»

«Mein Onkel auf Madeira ist gestorben und hat mir fünftausend Pfund hinterlassen.»

«Ach, das ist die greifbare Welt, das ist Wirklichkeit!» rief er. «So etwas würde ich nie träumen. Außerdem ist da ihre eigenartige Stimme, so lebhaft und reizvoll und doch so weich. Sie heitert mein verdorrtes Herz auf und erfüllt es mit Leben. – So was, Janet! Du bist eine unabhängige Frau, Janet? Eine reiche Frau?»

«Ganz schön reich, Sir. Wenn Sie nicht wollen, daß ich bei Ihnen wohne, kann ich mir in der Nähe ein eigenes Haus bauen; dann können Sie kommen und in meinem Salon sitzen, wenn Ihnen abends nach Gesellschaft zumute ist.»

«Aber wenn du jetzt vermögend bist, Jane, hast du gewiß Freunde, die sich um dich kümmern und nicht dulden werden, daß du dich mit einem blinden Krüppel wie mir abgibst.»

«Ich sagte schon, Sir, ich bin ebenso unabhängig wie vermögend. Ich bin meine eigene Herrin.»

«Und du willst bei mir bleiben?»

«Natürlich – wenn Sie nichts dagegen haben. Ich will Ihre Nachbarin sein, Ihre Pflegerin, Ihre Haushälterin. Sie sind einsam, also will ich Ihre Gefährtin sein, Ihnen vorlesen, mit Ihnen spazierengehen, bei Ihnen sitzen, Sie bedienen, will Augen und Hände für Sie sein. Schauen Sie nicht mehr so schwermütig drein, lieber Herr; solange ich lebe, werden Sie nie mehr allein sein.»

Er antwortete nicht. Er wirkte ernst, geistesabwesend. Er seufzte, öffnete die Lippen, als wollte er sprechen, und schloß sie dann wieder. Ich war ein wenig verlegen. Vielleicht war ich mit meinen Angeboten von Freundschaft und Hilfe zu aufdringlich gewesen; vielleicht hatte ich die gesellschaftlichen Regeln zu rasch übersprungen, und er fand wie St. John meine Unbesonnenheit unanständig. Tatsächlich hatte ich meinen Vorschlag aus dem Gedanken heraus gemacht, er wolle und werde mich bitten, seine Frau zu werden, ermutigt von der zwar unausgesprochenen, aber deshalb nicht minder sicheren Erwartung, er werde mich sofort als die Seine beanspruchen. Doch als ihm keine diesbezügliche Andeutung entschlüpfte und seine Miene sich noch mehr umwölkte, dachte ich plötzlich, daß ich mich vielleicht getäuscht und in meiner Ahnungslosigkeit womöglich zur Närrin gemacht hatte, und ich begann mich vorsichtig aus seinen Armen zu lösen. Aber er umschlang mich nur um so fester.

«Nein, nein, Jane, du darfst nicht gehen. Nein,

ich habe dich gefühlt und gehört, habe die Wohltat deiner Nähe gespürt, deine süßen Tröstungen; ich kann auf diese Freuden nicht mehr verzichten. In mir selbst ist wenig übriggeblieben, ich brauche dich. Mag die Welt lachen, mich verrückt und selbstsüchtig nennen, das hat nichts zu bedeuten. Meine tiefste Seele verlangt nach dir, und sie muß zufriedengestellt werden, sonst nimmt sie tödliche Rache an meinem Körper.»

«Ich bleibe bei Ihnen, Sir, ich habe es ja versprochen.»

«Ja, nur verstehe ich etwas anderes darunter als du. Du kannst dich vielleicht entschließen, mir zur Hand zu gehen und neben meinem Stuhl zu stehen, mich zu bedienen wie eine freundliche kleine Krankenschwester (denn du hast ein liebevolles Herz und einen großzügigen Geist, die dich bei Menschen, die dir leid tun, zu Opfern anspornen), und das sollte mir zweifellos genügen. Vermutlich dürfte ich dann für dich nur väterliche Gefühle hegen. Denkst du so? Komm, sag's mir.»

«Ich denke, was Sie wollen, Sir. Ich bin's zufrieden, nur Ihre Pflegerin zu sein, wenn Sie das für besser halten.»

«Du kannst nicht für immer meine Pflegerin bleiben, Janet. Du bist jung, du mußt eines Tages heiraten.»

«Ich mach' mir nichts aus der Ehe.»

«Das solltest du aber, Janet. Wenn ich noch wäre wie früher, würde ich dir schon beibringen, dir was draus zu machen, doch so – als blinder Klotz ...»

Er verfiel wieder in Trübsal. Ich hingegen wurde fröhlicher und faßte frischen Mut. Seine Worte zeigten mir deutlich, wo die Schwierigkeit lag, und da es für mich keine Schwierigkeit war, verging meine frühere Verlegenheit. Ich lenkte das Gespräch in munterere Bahnen.

«Es wird Zeit, daß jemand wieder ein menschliches Wesen aus Ihnen macht», meinte ich und teilte seine dichten, lange nicht geschnittenen Locken, «Sie haben sich offenbar in einen Löwen oder dergleichen verwandelt. Sie haben eindeutig eine leichte Ähnlichkeit mit Nebukadnezar auf dem Feld[113], Ihr Haar erinnert mich an Adlerfedern, und ob Ihre Nägel gewachsen sind wie Vogelklauen, konnte ich noch nicht sehen.»

«An diesem Arm habe ich weder Hand noch Nägel», sagte er, zog den verstümmelten Arm heraus und zeigte ihn mir. «Nur noch ein Stumpf, ein gräßlicher Anblick! Findest du nicht, Jane?»

«Es ist ein trauriger Anblick, genau wie Ihre Augen und die Brandnarbe auf Ihrer Stirn. Aber das Schlimmste ist, daß man Gefahr läuft, Sie deshalb allzusehr zu lieben und zuviel Aufhebens von Ihnen zu machen.»

«Ich dachte, es stößt dich ab, Jane, wenn du meinen Arm und mein vernarbtes Gesicht siehst.»

«Wirklich? Sagen Sie nicht so was, sonst äußere ich mich geringschätzig über Ihre Menschenkenntnis. Nun lassen Sie mich mal einen Augenblick los, damit ich ein besseres Feuer machen und die Brennstelle ausfegen lassen kann. Merken Sie es, wenn ein kräftiges Feuer brennt?»

«Ja, mit dem rechten Auge sehe ich ein Glühen, einen rötlichen Schleier.»

«Und sehen Sie die Kerzen?»

«Ganz undeutlich, als helle Wolken.»

«Können Sie mich sehen?»

«Nein, meine Fee, doch ich bin schon dankbar, wenn ich dich höre und fühle.»

«Wann essen Sie zu Abend?»

«Nie.»

«Aber Sie müssen abends etwas zu sich nehmen. Ich bin hungrig und Sie gewiß auch, Sie haben es nur vergessen.»

Ich rief Mary, und bald war das Zimmer fröhlicher und aufgeräumter. Außerdem bereitete ich ihm eine appetitliche Mahlzeit zu. Ich war freudig erregt und plauderte mit ihm während des Essens und noch lange danach vergnügt und unbefangen. Da gab es keine quälende Zurückhaltung, kein Unterdrücken von Freude und Lebhaftigkeit; bei ihm fühlte ich mich vollkommen wohl, weil ich wußte, ich gefiel ihm. Alles, was ich sagte oder tat, schien ihn zu trösten oder zu beleben. Ein köstliches Gefühl! Es ließ mein Wesen aufleben und aufleuchten; in seiner Gegenwart lebte ich wirklich und wahrhaftig, so wie er in der meinen. Trotz seiner Blindheit spielte hie und da ein Lächeln über sein Gesicht, und Freude erwachte auf seiner Stirn, seine Gesichtszüge wurden weicher und wärmer.

Nach dem Essen stellte er mir viele Fragen: Wo ich gewesen sei, was ich getrieben und wie ich ihn gefunden hätte; aber ich beantwortete sie nur zum Teil; diesen Abend war es zu spät für Einzelheiten. Außerdem wollte ich nicht an überspannte Saiten rühren, wollte den Brunnen der Gefühle in seinem Herzen nicht erneut aufwühlen. Jetzt hatte ich nur ein Ziel: ihn aufzumuntern. Und munterer wurde er, wie schon beschrieben, wenn auch nur dann und wann. Wenn im Gespräch eine kurze Stille eintrat, wurde er unruhig, griff nach mir und sagte:

«Jane. Du bist doch ein menschliches Wesen, Jane? Bist du dir dessen sicher?»

«Ich bin fest davon überzeugt, Mr. Rochester.»

«Aber wie konntest du an diesem dunklen, trostlosen Abend so plötzlich an meinem einsamen Kamin auftauchen? Ich streckte die Hand aus, um von einem Dienstboten ein Glas Wasser entgegenzunehmen, und erhielt es von dir; ich stellte eine Frage und erwartete eine Antwort von Mary, und an mein Ohr drang deine Stimme.»

«Weil ich anstelle von Mary mit dem Tablett hereinkam.»

«Und es liegt auch etwas Zauberisches in der Stunde, die ich jetzt mit dir verbringe. Wer weiß schon, durch welch dunkles, trauriges Leben ohne Hoffnung ich mich in den vergangenen Monaten geschleppt habe! Ich habe nichts getan, nichts erwartet, Tag und Nacht waren eins geworden, ich fühlte gerade noch die Kälte, wenn ich das Feuer ausgehen ließ, oder den Hunger, wenn ich zu essen vergaß, sonst nur endlosen Gram, und manchmal hatte ich richtige Wahnzustände vor Sehnsucht nach meiner Jane. Ja, ich sehnte mich mehr nach ihr als nach meinem verlorenen Augenlicht. Wie ist das möglich, daß Jane nun bei mir ist und sagt, sie liebt mich? Wird sie nicht ebenso plötzlich verschwinden, wie sie kam? Morgen, fürchte ich, werde ich sie nicht mehr finden.»

Eine alltägliche, handfeste Bemerkung, die auf seine besorgten Gedanken gar nicht einging, war gewiß das Beste und Beruhigendste bei seinem Geisteszustand. Ich strich mit dem Finger über seine Augenbrauen, merkte, daß sie versengt waren, und sagte, da müsse ich etwas auftragen, damit sie wieder so kräftig und schwarz wüchsen wie früher.

«Was hat es für einen Sinn, mir Gutes zu tun, du wohlwollender Geist, wenn du mich irgendwann unvermeidlich wieder verläßt, wenn du wie ein Schatten vergehst, wie und wohin, weiß ich nicht, und unauffindbar bleibst?»

«Haben Sie einen Taschenkamm bei sich, Sir?»

«Wozu, Jane?»

«Nur um diese struppige schwarze Mähne durchzukämmen. Aus der Nähe wirken Sie ziemlich beängstigend. Sie sagen immer, ich sei eine Fee, Sie hingegen sehen wie Rumpelstilzchen aus.»

«Bin ich häßlich, Jane?»

«Ja, sehr, Sir. Das waren Sie ja immer.»

«Mmmh! Deine Frechheit ist dir nicht abhanden gekommen, wo immer du dich aufgehalten hast.»

«Dabei war ich bei guten Menschen, viel besseren, als Sie es sind, hundertmal besseren! Bei Menschen, die von Gedanken und Ansichten beseelt sind, die Sie nie im Leben hegten – viel kultivierter und edler.»

«Bei wem zum Teufel bist du gewesen?»

«Wenn Sie sich so rumdrehen, reiße ich Ihnen noch die Haare vom Kopf; dann zweifeln Sie wenigstens nicht mehr an meiner stofflichen Existenz.»

«Bei wem warst du, Jane?»

«Das erfahren Sie heute abend nicht mehr, Sir, Sie müssen bis morgen warten. Wenn ich meine Geschichte nur halb erzähle[114], verschafft Ihnen das bekanntlich eine gewisse Sicherheit, daß ich am Frühstückstisch erscheine, um sie zu beenden. Übrigens darf ich dann nicht nur mit einem Glas Wasser an Ihrem Kamin erscheinen. Ich muß zumindest ein Ei mitbringen, ganz zu schweigen von gebratenem Schinken.»

«Du spöttischer Wechselbalg – von Feen geboren und von Menschen aufgezogen! Du läßt mich fühlen, was ich zwölf Monate nicht gefühlt habe. Wenn du anstelle von David vor Saul[115] erschienen wärst, wäre der böse Geist auch ohne Harfe ausgefahren.»

«So, Sir, nun sehen Sie wieder anständig aus. Jetzt lass' ich Sie allein. Ich war drei Tage unterwegs und bin ziemlich müde. Gute Nacht!»

«Ein Wort noch, Jane: Gab es in dem Haus, wo du wohntest, nur Frauen?»

Ich lachte und machte mich aus dem Staub, und ich lachte immer noch, als ich die Treppen hinauflief. «Eine gute Idee», dachte ich fröhlich. «Damit habe ich die Möglichkeit, ihn in der nächsten Zeit aus seiner Melancholie rauszuärgern.»

Sehr früh am nächsten Morgen hörte ich, wie er wach wurde, aufstand und von Zimmer zu Zimmer wanderte. Sobald Mary herunterkam, hörte ich die Frage: «Ist Miss Eyre hier?» Und dann: «In welchem Zimmer hast du sie untergebracht? War es trocken? Ist sie schon auf? Geh und frag, ob sie was braucht und wann sie herunterkommt.»

Ich ging hinunter, sobald Aussicht auf Frühstück bestand. Da ich ganz leise ins Zimmer trat, konnte ich einen Blick auf ihn werfen, ehe er meine Anwesenheit bemerkte. Es war wirklich traurig, mit anzusehen, wie dieser lebhafte Geist von körperlicher Behinderung unterjocht wurde. Er saß in seinem Stuhl, bewegungslos, aber nicht ruhig, er wartete sichtlich auf etwas; Spuren der mittlerweile zur

Gewohnheit gewordenen Traurigkeit zeichneten seine energischen Züge. Seine Miene erinnerte an eine gelöschte Lampe, die darauf wartet, wieder angezündet zu werden. Doch leider konnte er das Licht eines lebhaften Ausdrucks nicht selbst entfachen; er war darauf angewiesen, daß jemand anders diese Aufgabe übernahm. Ich hatte fröhlich und sorglos sein wollen, aber die Ohnmacht dieses starken Mannes rührte mich zutiefst. Dennoch sprach ich ihn so munter an, wie ich konnte.

«Der Morgen ist hell und sonnig, Sir», sagte ich. «Der Regen ist vorbei und dahin[116], und nun liegt ein zarter Glanz über allem. Sie sollten bald spazierengehen.»

Ich hatte die Glut entfacht, sein Gesicht strahlte.

«Oh, du bist wirklich hier, meine Lerche! Komm zu mir. Du bist nicht fort, nicht verschwunden? Ich habe einen Vogel wie dich vor einer Stunde hoch über dem Wald singen gehört; aber sein Lied barg keine Musik für mich, so wie die aufgehende Sonne keine Strahlen mehr hat. Für mein Ohr ist alle Melodie der Welt auf Janes Zunge versammelt (ich bin froh, daß sie nicht von Natur aus schweigsam ist), und aller Sonnenschein, den ich noch wahrnehmen kann, liegt in ihrer Gegenwart.»

Mir stand das Wasser in den Augen, als ich dieses Eingeständnis seiner Abhängigkeit hörte – als wäre der königliche Adler, an eine Stange gekettet, gezwungen, einen Sperling zu seinem Hoflieferanten zu machen. Aber ich wollte nicht jammern, ich wischte die salzigen Tropfen fort und beschäftigte mich mit dem Frühstück.

Wir verbrachten fast den ganzen Vormittag an der frischen Luft. Ich führte ihn aus dem nassen, wilden Wald hinaus auf fröhliche Felder. Ich beschrieb ihm, wie leuchtend grün sie waren, wie frisch Blumen und Hecken aussahen, wie blau der Himmel funkelte. An einem versteckten, lieblichen Platz suchte ich eine Sitzgelegenheit für ihn, einen trockenen Baumstumpf, und wehrte mich nicht dagegen, daß er mich auf sein Knie zog, als er einmal saß. Warum auch, wenn diese Nähe uns beide glücklicher machte? Pilot lag neben uns, alles war ruhig. Er umschlang mich mit den Armen, und plötzlich brach es aus ihm hervor: «Du grausame, grausame Ausreißerin! Oh, Jane, wie war mir zumute, als ich entdeckte, daß du aus Thornfield geflohen warst, und ich dich nirgendwo fand. Als ich dein Zimmer durchsuchte und feststellte, daß du weder Geld noch sonst dergleichen mitgenommen hattest! Die Perlenkette, die ich dir geschenkt hatte, lag unberührt in ihrem Körbchen, die Koffer standen verschnürt und verschlossen da, wie sie für die Hochzeitsreise gepackt worden waren. ‹Was wird meine Liebste tun›, fragte ich mich, ‹so hilflos und ohne einen Penny?› Und was tat sie? Laß es mich jetzt hören.»

Auf diese Aufforderung hin begann ich die Erlebnisse des letzten Jahres zu schildern. Was die drei Tage des Herumirrens und Hungerns betraf, spielte ich beträchtlich herunter, denn ihm alles zu erzählen hätte bedeutet, ihm unnötig weh zu tun. Das wenige, was ich sagte, traf sein treues Herz schmerzhafter, als mir lieb war.

Ich hätte ihn nicht verlassen dürfen, meinte er, so ohne alle Mittel, mich durchzuschlagen. Ich hätte ihm von meinem Plan erzählen müssen, ihm vertrauen sollen. Nie hätte er mich gezwungen, seine Geliebte zu werden. Er möge in seiner Verzweiflung gewalttätig gewirkt haben, aber er liebe mich doch in Wahrheit viel zu sehr und zu zärtlich, um sich zu meinem Tyrannen aufzuschwingen. Eher hätte er mir die Hälfte seines Vermögens überlassen, ohne auch nur einen Kuß als Entgelt zu verlangen, als daß ich ohne jeden Freund in die weite Welt zog. Gewiß hätte ich mehr durchgemacht als das ihm Eingestandene.

«Nun ja, was immer ich erdulden mußte, es dauerte nicht lange», antwortete ich und erzählte weiter, wie ich in Moor House aufgenommen wurde, den Posten der Lehrerin erhielt und so fort. Das Erbe des Vermögens und die Entdeckung meiner Verwandten kamen in gebührender Reihenfolge zur Sprache. Natürlich fiel im Lauf der Erzählung öfter der Name St. John Rivers. Als ich fertig war, griff er diesen Namen sofort auf.

«Dieser St. John ist also dein Vetter?»

«Ja.»

«Du hast oft von ihm gesprochen; hattest du ihn gern?»

«Er war ein sehr guter Mensch, Sir; ich konnte nicht anders als ihn gern haben.»

«Ein guter Mensch? Heißt das, ein ehrwürdiger, untadeliger Mann von fünfzig Jahren? Oder was heißt das?»

«St. John war erst neunundzwanzig, Sir.»

«*Jeune encore,* wie die Franzosen sagen. Ist er klein, phlegmatisch und häßlich? Ein Mensch, dessen Güte eher in der Abwesenheit von Lastern besteht als in tatkräftiger Tugend?»

«Er ist unermüdlich in seiner Rührigkeit. Er lebt, um großartige und erhabene Taten zu vollbringen.»

«Und sein Verstand? Der ist wahrscheinlich eher schwach. Er meint es gut, aber man zuckt mit den Achseln, wenn man ihn reden hört?»

«Er spricht wenig, Sir. Doch was er sagt, hat stets Hand und Fuß. Sein Verstand ist brillant, nicht leicht zu beeindrucken, sondern kraftvoll.»

«Er ist also ein tüchtiger Mann?»

«Wirklich tüchtig.»

«Ein hochgebildeter Mann?»

«St. John ist ein vollendeter, äußerst scharfsinniger Gelehrter.»

«Aber sagtest du nicht, seine Manieren seien nicht nach deinem Geschmack, pedantisch und pfäffisch?»

«Ich habe seine Manieren nicht erwähnt, doch mein Geschmack müßte schon sehr schlecht sein, wenn sie ihm nicht zusagten: sie sind gepflegt und ruhig, die eines Gentlemans.»

«Sein Aussehen ... ich habe vergessen, wie du sein Aussehen beschrieben hast – ein ungehobelter Pfarrer, der von seiner weißen Halsbinde fast erdrosselt wird und auf dickbesohlten Schnürstiefeln daherstelzt – oder?»

«St. John kleidet sich geschmackvoll. Er ist ein gutaussehender Mann, groß, blond, blauäugig, mit klassischem Profil.»

(Beiseite:) «Hol ihn der Teufel!» *(Zu mir:)* «Mochtest du ihn, Jane?»

«Ja, Mr. Rochester, ich mochte ihn; aber das haben Sie mich schon einmal gefragt.»

Natürlich erkannte ich die treibende Kraft hinter meinem Gesprächspartner: die Eifersucht hatte ihn gepackt. Sie biß ihn, aber der Biß war heilsam, er bewahrte ihn für eine kurze Frist vor dem nagenden Zahn der Schwermut. Deshalb wollte ich die Schlange nicht sofort bändigen.

«Vielleicht möchten Sie nicht mehr auf meinem Knie sitzen, Miss Eyre?» war seine nächste, etwas überraschende Bemerkung.

«Warum nicht, Mr. Rochester?»

«Sie haben soeben ein eindringliches, geradezu überwältigend kontrastreiches Bild gezeichnet. Ihre Worte beschrieben sehr hübsch einen in Ihrer Phantasie gegenwärtigen anmutigen Apoll: groß, blond, blauäugig, mit klassischem Profil. Und Ihre Augen weilten unterdessen auf einem Vulkanus, einem richtigen Schmied, braun, breitschultrig und obendrein blind und lahm.»

«Daran habe ich noch nie gedacht, aber Sie gleichen tatsächlich eher dem Vulkanus, Sir.»

«Nun, dann können Sie mich ja verlassen, Ma'am, aber ehe Sie gehen», und er hielt mich fester denn je, «beantworten Sie mir bitte noch ein paar Fragen.» Er schwieg.

«Was für Fragen, Mr. Rochester?»

Es folgte ein Kreuzverhör.

«St. John hat dich zur Lehrerin von Morton gemacht, ehe er wußte, daß du seine Cousine bist?»

«Ja.»

«Hast du ihn oft gesehen? Hat er manchmal die Schule besucht?»

«Täglich.»

«War er mit deinem Unterricht einverstanden, Jane? Ich weiß, daß er gut war, denn du bist ein begabtes Geschöpf.»

«Er war einverstanden, ja.»

«Hat er an dir manches entdeckt, was er nicht

erwartet hatte? Einige deiner Fähigkeiten sind nämlich nicht gerade alltäglich.»

«Das weiß ich nicht.»

«Du hattest ein kleines Haus neben der Schule, sagst du. Hat er dich dort einmal besucht?»

«Hie und da.»

«Abends?»

«Ein- oder zweimal.»

Eine Pause.

«Wie lange hast du bei ihm und seinen Schwestern gewohnt, nachdem sich herausstellte, daß ihr verwandt seid?»

«Fünf Monate.»

«Hat Rivers viel Zeit mit den Damen seiner Familie verbracht?»

«Ja, das hintere Wohnzimmer war unser gemeinsames Studierzimmer. Er saß am Fenster und wir am Tisch.»

«Hat er viel studiert?»

«Ziemlich viel.»

«Was?»

«Hindustani.»

«Und was hast du unterdessen gemacht?»

«Anfangs lernte ich Deutsch.»

«Hat er dich unterrichtet?»

«Er konnte kein Deutsch.»

«Hat er dich gar nicht unterrichtet?»

«Ein wenig Hindustani.»

«Rivers hat dich in Hindustani unterrichtet?»

«Ja, Sir.»

«Und seine Schwestern ebenfalls?»

«Nein.»

«Nur dich?»

«Nur mich.»

«Hast du darum gebeten?»
«Nein.»
«Er wollte dich unterrichten?»
«Ja.»
Eine zweite Pause.
«Warum wollte er das? Was sollte Hindustani dir nützen?»
«Er beabsichtigte, mich mit nach Indien zu nehmen.»
«Ha! Jetzt kommen wir der Sache schon näher. Er wollte, daß du ihn heiratest?»
«Er bat mich, ihn zu heiraten.»
«Das ist ein Märchen, eine unverschämte Erfindung, um mich zu quälen.»
«Verzeihung, Sir, es ist die reine Wahrheit. Er hat mich mehr als einmal gefragt und war in seinem Drängen nicht weniger hartnäckig, als Sie es je sein könnten.»
«Ich wiederhole, Miss Eyre, Sie können mich verlassen. Wie oft muß ich das noch sagen? Warum bleiben Sie so störrisch auf meinem Knie hocken, wenn ich Ihnen fristlos gekündigt habe?»
«Weil ich mich hier wohl fühle.»
«Nein, Jane, du fühlst dich nicht wohl, denn dein Herz ist nicht bei mir, es ist bei diesem Cousin, diesem St. John. Ach, bis jetzt dachte ich, meine kleine Jane gehöre ganz allein mir! Ich vertraute darauf, daß sie mich liebte, selbst als sie mich verließ; das war ein Stäubchen Süße in so viel Bitternis. Wie lange wir auch getrennt waren, welch heiße Tränen ich auch über unsere Trennung vergoß, nie fürchtete ich, sie könnte, während ich hier um sie trauerte, einen anderen lieben. Aber es hat keinen Sinn, sich zu grämen. Verlaß mich, Jane, geh und heirate Rivers.»

«Dann schütteln Sie mich ab, Sir, stoßen Sie mich fort, denn aus eigenem Antrieb verlasse ich Sie nicht.»

«Jane, ich habe den Klang deiner Stimme immer geliebt, sie weckt immer noch neue Hoffnungen, sie klingt so ehrlich. Wenn ich sie höre, trägt sie mich ein Jahr zurück. Ich vergesse, daß du ein neues Band geknüpft hast. Aber ich bin kein Narr … geh …»

«Wohin soll ich gehen, Sir?»

«Geh deinen eigenen Weg mit dem Mann, den du dir ausgesucht hast.»

«Wer ist das?»

«Das weißt du doch – dieser St. John Rivers.»

«Er ist nicht mein Mann und wird es nie sein. Er liebt mich nicht, und ich liebe ihn ebenfalls nicht. Soweit er zur Liebe überhaupt *fähig* ist – und das ist er nicht so wie Sie –, liebt er eine schöne junge Dame namens Rosamond. Mich wollte er nur heiraten, weil er annahm, aus mir würde eine gute Missionarsfrau, und das wäre bei ihr nicht der Fall gewesen. Er ist gut und großartig, aber streng und in meinen Augen kalt wie ein Eisberg. Er ist nicht wie Sie, Sir. Ich bin an seiner Seite, in seiner Nähe oder mit ihm nicht glücklich. Er kennt keine Nachsicht mit mir, keine Zärtlichkeit. Er findet nichts reizvoll an mir, nicht einmal meine Jugend, nur ein paar nützliche geistig-seelische Eigenschaften. Muß ich Sie also verlassen, Sir, und mit ihm ziehen?»

Ich schauderte unwillkürlich und klammerte mich instinktiv fester an meinen blinden, aber geliebten Herrn. Er lächelte.

«Was, Jane! Ist das wahr? Steht es wirklich so zwischen dir und Rivers?»

«Genau so, Sir. Oh, Sie brauchen nicht eifersüchtig zu sein! Ich wollte Sie nur ein wenig nekken, damit Sie nicht mehr so traurig sind. Ich dachte, Wut wäre besser als Kummer. Aber wenn Sie meine Liebe wollen ... Könnten Sie nur sehen, wie sehr ich Sie liebe, dann wären Sie stolz und zufrieden. Mein Herz ist einzig bei Ihnen, Sir, es gehört Ihnen und bliebe auch bei Ihnen, wenn das Schicksal alles andere von mir für immer aus Ihrer Nähe verbannen würde.»

Er küßte mich, und wieder verdunkelten schmerzliche Gedanken sein Gesicht. «Meine verbrannten Augen, meine Verstümmelung», murmelte er bedrückt.

Ich liebkoste ihn, um ihn zu beruhigen. Ich wußte, woran er dachte, und hätte gern für ihn gesprochen, wagte es jedoch nicht. Als er das Gesicht eine Minute abwandte, sah ich unter dem versiegelten Lid eine Träne hervorgleiten und über seine männliche Wange rinnen. Mein Herz schlug höher.

«Ich bin nicht besser als der alte, vom Blitz getroffene Kastanienbaum im Obstgarten von Thornfield», meinte er dann. «Welches Recht hat diese Ruine, ein knospendes Geißblatt zu bitten, seine Hinfälligkeit mit Frische zu verdecken?»

«Sie sind keine Ruine, Sir, kein vom Blitz getroffener Baum, Sie sind grün und kräftig. Zwischen Ihren Wurzeln werden Pflanzen wachsen, ob Sie sie darum bitten oder nicht, denn sie genießen Ihren großzügigen Schatten, wachsen an Ihnen hoch und umschlingen Sie, denn Ihre Kraft bietet ihnen eine sichere Stütze.»

Wieder lächelte er, ich tröstete ihn.

«Du sprichst von Freunden, Jane?» fragte er.

«Ja, von Freunden», antwortete ich etwas zögernd, denn ich meinte sehr wohl mehr als Freunde, wußte jedoch nicht, welches andere Wort ich benützen sollte. Er half mir.

«Ach, Jane, ich brauche aber eine Frau.»

«Wirklich, Sir?»

«Ja, ist das etwas Neues für dich?»

«Natürlich. Bisher sagten Sie nichts davon.»

«Ist das eine unwillkommene Neuigkeit?»

«Das hängt von den Umständen ab, Sir, von Ihrer Wahl.»

«Die du für mich treffen sollst, Jane. Ich will mich an deine Entscheidung halten.»

«Dann, Sir, wählen Sie *die, die Sie am innigsten liebt*.»

«Ich will aber auch die wählen, *die ich am innigsten liebe*. Jane, willst du mich heiraten?»

«Ja, Sir.»

«Einen armen, blinden Mann, den du an der Hand umherführen mußt?»

«Ja, Sir.»

«Einen Krüppel, zwanzig Jahre älter als du, den du bedienen mußt?»

«Ja, Sir.»

«Ehrlich, Jane?»

«Ganz ehrlich, Sir.»

«O meine Liebste, Gott segne und belohne dich!»

«Mr. Rochester, wenn ich jemals im Leben eine gute Tat vollbracht, einen guten Gedanken gedacht, aufrichtig und reinen Herzens gebetet oder einen gerechten Wunsch gehegt habe, so bin ich nun belohnt. Ihre Frau zu sein heißt für mich, auf Erden so glücklich wie nur möglich zu werden.»

«Weil du gern Opfer bringst.»

«Opfer! Was opfere ich denn? Ich tausche Hunger gegen Nahrung, Hoffnung gegen Zufriedenheit. Das Recht, zu umarmen, was ich schätze, meine Lippen auf das zu drücken, was ich liebe, mich auf das zu verlassen, dem ich vertraue – heißt das Opfer bringen? Wenn ja, dann bringe ich tatsächlich gern Opfer.»

«Und meine Gebrechlichkeit zu ertragen, Jane, über meine Schwächen hinwegzusehen?»

«Es sind für mich keine Schwächen, Sir. Jetzt, wo ich Ihnen wirklich nützlich sein kann, liebe ich Sie mehr als damals, als Sie in Ihrem Stolz und Ihrer Unabhängigkeit nur die Rolle des Schenkenden und Beschützenden spielen wollten.»

«Bisher war es mir zuwider, wenn ich mir helfen oder mich führen lassen mußte; von nun an, das spüre ich, werde ich es nicht mehr zurückweisen. Ich mochte meine Hand nicht in die eines Mietlings legen, aber es ist ein schönes Gefühl, wenn Janes kleine Finger sie umschließen. Mir war völlige Einsamkeit lieber als die ständige Bereitschaft der Dienstboten, doch Janes behutsame Betreuung wird mir eine immerwährende Freude sein. Ich fühle mich Jane verbunden. Fühlt sie sich auch mir verbunden?»

«Bis in die innerste Faser meines Wesens, Sir.»

«In diesem Fall gibt es nichts mehr auf Erden, worauf wir warten müßten. Wir können auf der Stelle heiraten.»

Er wirkte ungeduldig und sprach voller Verlangen; sein altes Ungestüm erwachte.

«Laß uns unverzüglich ein Fleisch werden, Jane. Wir brauchen nur noch die Eheerlaubnis einzuholen, dann heiraten wir …»

«Ich merke gerade, daß die Sonne den Meridian schon weit überschritten hat, Mr. Rochester; Pilot ist schon zum Essen heimgegangen. Darf ich mal auf Ihre Uhr sehen?»

«Steck sie dir in den Gürtel, Janet, und behalte sie von jetzt an. Ich habe keine Verwendung dafür.»

«Es ist fast vier Uhr nachmittags, Sir. Sind Sie nicht hungrig?»

«Heute in drei Tagen soll unsere Hochzeit sein, Jane. Kümmere dich diesmal nicht um feine Kleider und Juwelen, all das ist keinen Pfifferling wert.»

«Die Sonne hat alle Regentropfen weggetrocknet, Sir. Die Brise hat sich gelegt, es ist ziemlich heiß.»

«Weißt du, Jane, daß sich in diesem Augenblick um meinen braunen Hals unter der Krawatte deine kleine Perlenkette schlingt? Ich trage sie seit dem Tag, da ich meinen einzigen Schatz verlor, zur Erinnerung.»

«Wir gehen durch den Wald heim. Das ist der schattigste Weg.»

Er hing seinen eigenen Gedanken nach, ohne auf mich zu achten.

«Jane, du hältst mich gewiß für einen gottlosen Hund, aber eben jetzt schwillt mir das Herz vor Dankbarkeit gegenüber dem gütigen Gott dieser Erde. Er sieht nicht, wie der Mensch sieht, sondern viel klarer; er urteilt nicht, wie der Mensch urteilt, sondern viel weiser. Ich habe unrecht getan. Ich hätte meine unschuldige Blume besudelt, hätte ihre Reinheit mit Schuld befleckt, und da hat der Allmächtige sie mir entrissen. In meinem Starrsinn und meiner Empörung verfluchte ich schier diese göttliche Fügung; anstatt mich dem Urteil zu beugen, habe ich mich dagegen aufgelehnt. Die göttliche Gerechtigkeit nahm ihren Lauf, großes Unheil kam über mich, und ich wurde gezwungen, das Tal der Todesschatten zu durchwandern. *Seine* Züchtigungen sind gewaltig, und mich traf eine, die mich für immer gedemütigt hat. Du weißt, ich war stolz auf meine Kraft, aber was bedeutet sie nun noch, wenn ich sie fremder Führung anvertrauen muß wie ein schwaches Kind? In letzter Zeit jedoch, Jane, erst in letzter Zeit, begann ich, in meinem Schicksal das Wirken Gottes zu sehen und anzuerkennen. Ich empfand Gewissensbisse und Reue und den Wunsch, mich mit meinem Schöpfer zu versöhnen. Manchmal betete ich; es waren ganz kurze Gebete, aber durchaus aufrichtige.

Vor ein paar Tagen – nein, ich kann sie zählen, es war vor vier Tagen, am Montagabend – überkam mich eine seltsame Stimmung, in der Gram, Leid und Trübsal an die Stelle des rasenden Zornes traten. Ich glaubte seit langem, du müssest tot sein, da ich dich nirgendwo finden konnte. Ehe ich mich an jenem Abend zu meiner trostlosen Ruhe begab – es war spät, vielleicht zwischen elf und zwölf Uhr –, flehte ich Gott an, er möge mich, so es ihm gefalle, bald aus diesem Leben abberufen und in die künftige Welt einlassen, wo noch Hoffnung bestehe, mit Jane vereinigt zu werden.

Ich saß in meinem Zimmer am offenen Fenster. Die balsamische Nachtluft beruhigte mich, obwohl ich keine Sterne sehen konnte und den Mond nur als undeutlichen, hellen Nebel wahrnahm. Ich sehnte mich nach dir, Janet! Oh, mit Leib und Seele sehnte ich mich nach dir! Voll Schmerz und Demut fragte ich Gott, ob ich nicht genug Einsamkeit, Pein und Folter erduldet hätte, ob ich nicht einmal noch Glück und Frieden kosten dürfte. Ich erkannte an, daß ich verdiente, was ich litt; doch ich machte geltend, daß ich mehr kaum noch ertrüge, und von meinen Lippen kam unwillkürlich das Alpha und Omega meiner Herzenswünsche, brachen die Worte hervor: ‹Jane! Jane! Jane!›»

«Haben Sie diese Worte laut gesprochen?»

«Ja, Jane. Falls mich jemand hörte, mußte er mich für verrückt halten, so rasend inbrünstig rief ich sie.»

«Das war letzten Montagabend, ungefähr gegen Mitternacht?»

«Ja, aber die Zeit ist unwichtig. Seltsam ist, was darauf folgte. Du wirst mich für abergläubisch halten – ich neige ein wenig zum Aberglauben, habe es immer getan, aber dies ist wahr. Auf jeden Fall hörte ich wahrhaftig, was ich dir nun berichte.

Als ich ‹Jane! Jane! Jane!› rief, antwortete eine Stimme – ich weiß nicht, woher sie kam, doch ich wußte, wessen Stimme es war: ‹Ich komme. Warte auf mich!› Und einen Augenblick später wehte der Wind die Worte heran: ‹Wo bist du?›

Ich will versuchen, dir das Gefühl, das Bild zu beschreiben, das diese Worte in meinem Kopf hervorriefen, doch es fällt mir schwer, mich auszudrücken. Ferndean liegt, wie du siehst, tief in dichtem Wald begraben, wo Geräusche dumpf verhallen und ohne Echo ersterben. Dieses ‹Wo bist du?› schien jedoch in den Bergen ausgesprochen zu werden, denn ich hörte ein Echo dieser Worte, wie von Berghängen zurückgeschickt. Der Wind schien in diesem Augenblick kühler und frischer um meine Stirn zu streichen, und mir war, als begegnete ich Jane in einer wilden, einsamen Landschaft. Ich glaube, wir haben uns im Geiste getroffen. Du hast zu dieser Stunde bestimmt in bewußtlosem Schlummer gelegen, Jane, aber vielleicht löste sich deine Seele aus ihrem Gefängnis, um die meine zu trösten, denn es war deine Stimme, so wahr ich lebe, deine Stimme.»

Am Montag abend, lieber Leser, kurz vor Mitternacht, hatte auch ich jenes geheimnisvolle Rufen vernommen und mit eben diesen Worten geantwortet. Ich lauschte Mr. Rochesters Darstellung, offenbarte mich indessen nicht. Die Übereinstimmung erschien mir zu ungeheuerlich und unerklärlich, um davon zu berichten oder darüber zu sprechen. Meine Schilderung hätte das Gemüt meines Zuhörers unausweichlich tief beeindruckt, und dieses Gemüt neigte ob seiner Leiden noch zu sehr zur Düsternis und bedurfte nicht auch noch der dunkleren Schattierung des Übernatürlichen. So behielt ich alle diese Dinge für mich und bewegte sie in meinem Herzen.[117]

«Nun wirst du dich nicht mehr wundern», fuhr mein Herr fort, «daß ich gestern abend, als du so unerwartet vor mir erschienst, Schwierigkeiten hatte, dich nicht für eine Stimme und Erscheinung zu halten, für etwas, das wieder in Schweigen und Nichts zerfließen würde wie zuvor das mitternächtliche Geflüster und das Bergecho. Nun danke ich Gott! Ich weiß, daß es nicht so ist. Ja, ich danke Gott.»

Er schob mich von seinem Schoß, erhob sich, nahm ehrfürchtig den Hut vom Kopf und stand, die blicklosen Augen zur Erde gerichtet, in stummer Andacht da. Nur die letzten Worte seines Gebets waren zu hören.

«Ich danke meinem Schöpfer, daß er in seinem Urteil die Gnade nicht vergaß. Demütig bitte ich meinen Erlöser, er möge mir die Kraft schenken, hinfort ein reineres Leben zu führen als bisher.»

Dann streckte er die Hand aus, um sich geleiten zu lassen. Ich nahm diese geliebte Hand, hielt sie kurz an die Lippen und ließ sie dann auf meine Schulter gleiten, denn da ich so viel kleiner war als er, konnte ich ihm sowohl als Stütze wie als Führerin dienen. Wir betraten den Wald und wanderten nach Hause.

KAPITEL 38

Ich habe ihn geheiratet, lieber Leser. Es war eine stille Hochzeit, nur er und ich, der Pfarrer und der Kirchenbeamte waren anwesend. Als wir aus der Kirche zurückkamen, ging ich in die Küche des Gutshauses, wo Mary kochte und John die Messer reinigte, und sagte: «Mary, Mr. Rochester und ich haben heute vormittag geheiratet.»

Die Haushälterin und ihr Mann gehörten zu jener unaufdringlichen, phlegmatischen Sorte von Leuten, denen man jederzeit eine unerhörte Neuigkeit mitteilen kann, ohne Gefahr zu laufen, daß einem die Ohren von einem schrillen Schrei zerrissen und anschließend durch einen Sturzbach wortreicher Verwunderung betäubt werden. Mary blickte auf und starrte mich an, der Schöpflöffel, mit dem sie zwei auf dem Feuer brutzelnde Hühner begoß, blieb ein paar Sekunden in der Luft hängen, und genauso lange konnten sich Johns Messer vom Poliertwerden ausruhen; dann beugte sich

Mary wieder über den Rost und sagte nur: «So? Da schau her!»

Kurz darauf fügte sie hinzu: «Ich hab' Sie mit dem Herrn weggehen sehen, Miss, aber ich hab' nicht gewußt, daß Sie in die Kirche zum Heiraten gehen.» Und sie begoß weiter ihre Brathühner. Als ich mich zu John umdrehte, grinste er von einem Ohr zum andern.

«Ich hab's Mary schon gesagt, auf was es hinausläuft», erklärte er, «ich hab' gewußt, was Mr. Edward» – John war ein alter Diener und hatte seinen Herrn schon gekannt, als er noch der jüngere Sohn war, deshalb nannte er ihn oft beim Vornamen –, «ich hab' gewußt, was Mr. Edward vorhat und daß er nicht lange wartet. Und recht hat er, find' ich. Ich wünsche Ihnen Glück, Miss.» Und er machte einen Kratzfuß.

«Danke, John. Mr. Rochester bat mich, dir und Mary dies hier zu geben.» Ich steckte ihm einen Fünfpfundschein zu. Dann verließ ich die Küche, ohne weitere Äußerungen abzuwarten. Als ich einige Zeit später an der Tür dieses Heiligtums vorüberkam, schnappte ich folgende Worte auf: «Sie taugt am End' besser für ihn wie so eine feine Dame», und dann: «Besonders hübsch ist sie grad nicht, aber richtig grauslig auch nicht, und außerdem recht gutmütig. Und er findet sie richtig schön, das merkt ein jeder.»

Ich schrieb umgehend nach Moor House und nach Cambridge, um zu berichten, was ich getan, und genau zu erklären, warum ich so gehandelt hatte. Diana und Mary hießen meinen Schritt ohne Einschränkung gut. Diana kündigte an, sie werde mich gleich nach den Flitterwochen besuchen.

«So lange soll sie lieber nicht warten, Jane», meinte Mr. Rochester, als ich ihm den Brief vorlas, «sie kommt sonst zu spät, denn unser Honigmond wird unser Leben lang scheinen, sein Licht wird erst über deinem oder meinem Grab verblassen.»

Wie St. John die Nachricht aufnahm, weiß ich nicht; er hat den Brief, in dem ich sie ihm mitteilte, nie beantwortet. Er schrieb mir erst sechs Monate später, ohne jedoch Mr. Rochesters Namen zu erwähnen oder auf meine Heirat einzugehen. Es war ein ruhiger Brief, sehr ernst, aber freundlich. Seither schreibt er regelmäßig, wenn auch nicht häufig. Er hofft, daß ich glücklich bin, und vertraut darauf, daß ich nicht zu jenen gehöre, die ohne Gott auf Erden leben und sich nur um irdische Dinge kümmern.

Sicher hast du auch Adèle nicht ganz vergessen, lieber Leser. Ich jedenfalls hatte sie nicht vergessen; ich erbat schon bald Mr. Rochesters Erlaubnis, sie in der Schule, wo er sie untergebracht hatte, zu besuchen. Ihre ungestüme Freude über unser Wiedersehen rührte mich tief. Sie sah blaß und dünn aus und sagte, sie sei nicht glücklich. Ich fand die Regeln des Internats zu streng, die Unterrichtsweise zu erbarmungslos für ein Kind in ihrem Alter, und so nahm ich sie mit nach Hause. Ich hatte vor, sie wieder selbst zu unterrichten, aber bald stellte sich heraus, daß sich dies nicht durchführen ließ, denn meine Zeit und Aufmerksamkeit wurde nun von jemand anderem in Anspruch genommen – mein Mann brauchte sie. So suchte ich eine weniger strenge Schule, die so nahe lag, daß ich Adèle oft besuchen und manchmal nach Hause mitnehmen konnte. Ich sorgte dafür, daß ihr nichts fehlte, was zu ihrem Behagen beitragen konnte; sie gewöhnte sich in ihrem neuen Zuhause bald ein, wurde dort sehr glücklich und machte gute Fortschritte in der Schule. Während sie heranwuchs, korrigierte eine gediegene englische Erziehung weitgehend ihre französischen Unarten, und als sie die Schule verließ, fand ich in ihr eine angenehme, artige Gefährtin, fügsam, gutmütig und anständig. Durch ihre dankbare Aufmerksamkeit mir und den Meinen gegenüber hat sie die kleinen Gefälligkeiten, die ich ihr hatte erweisen können, bei weitem zurückgezahlt.

Meine Geschichte neigt sich dem Ende zu. Noch ein Wort zu meinem Leben als Ehefrau und ein kurzer Blick auf die Schicksale derer, die in dieser Erzählung häufig genannt worden sind, und ich bin fertig.

Ich bin nun seit zehn Jahren verheiratet. Ich weiß, was es heißt, ganz für das und mit dem zu leben, was ich auf Erden am innigsten liebe. Ich halte mich für überaus glücklich, viel glücklicher, als Worte es auszudrücken vermögen, denn so wie ich für meinen Mann das Leben bedeute, so bedeutet er es für mich. Keine Frau war ihrem Mann jemals näher als ich, jemals vollkommener Bein von seinem Bein und Fleisch von seinem Fleisch[118]. Ich werde der Gesellschaft meines Edward nie überdrüssig und er nicht der meinen, sowenig wie des pochenden Herzens, das jedem von uns im Busen schlägt, und wir sind ständig zusammen. Zusammenzusein heißt für uns, frei zu sein, als wäre man allein, und gleichzeitig so glücklich wie in einer Gemeinschaft. Ich glaube, wir reden den ganzen Tag miteinander; unser Gespräch ist nur eine lebhaftere, eine hörbare Form des Denkens. Ich schenke ihm mein ganzes Vertrauen, und ich genieße seins; wir passen im Wesen genau zusammen, und das Ergebnis ist vollkommene Harmonie.

In den ersten beiden Jahren unserer Ehe blieb Mr. Rochester blind, vielleicht hat uns dieser Umstand einander so nahe gebracht, so eng verknüpft, denn ich war damals sein Gesicht, wie ich noch immer seine rechte Hand bin. Ich war buchstäblich sein Augapfel[119], und oft nannte er mich so. Er erlebte die Natur, und er erlebte die Bücher – durch mich. Nie wurde ich es müde, für ihn zu schauen und die Eindrücke von Feldern, Bäumen, Städten, Flüssen, Wolken und Sonnenstrahlen – der Landschaft ringsum und des Wetters um uns – in Worte zu fassen und durch Töne seinem Ohr mitzuteilen, was das Licht seinen Augen nicht mehr vermitteln konnte. Nie wurde ich es müde, ihm vorzulesen, ihn zu führen, wohin er wollte, für ihn zu tun, was er wünschte. Und es lag eine zwar traurige, aber auch ganz tiefe, ganz köstliche Freude in dieser Hilfe, weil er sie ohne peinliche Scham oder deprimierende Demut beanspruchte. Er liebte mich so aufrichtig, daß er sich nicht gegen meine Hilfsbereitschaft wehrte, und er spürte, ich liebte ihn so tief, daß ich nur meine innigsten Wünsche erfüllte, wenn ich ihm half.

Eines Vormittags gegen Ende dieser zwei Jahre schrieb ich nach seinem Diktat einen Brief; da kam er, beugte sich über mich und sagte: «Jane, trägt du ein glänzendes Schmuckstück um den Hals?»

Ich trug eine goldene Uhrkette und antwortete: «Ja.»

«Und trägst du ein hellblaues Kleid?»

Ja, ich trug so ein Kleid. Da erzählte er mir, er bilde sich schon seit einiger Zeit ein, daß die Dunkelheit, die das eine Auge umwölkte, nachgelassen habe, und nun sei er sich dessen sicher.

Wir fuhren nach London. Er holte den Rat eines berühmten Augenarztes ein und gewann mit der Zeit auf diesem einen Auge seine Sehfähigkeit zurück. Er sieht zwar nicht sehr deutlich und kann auch nicht lange lesen oder schreiben, aber er findet sich zurecht, ohne an der Hand geführt zu werden, der Himmel ist kein Loch, die Erde kein leerer Raum mehr für ihn. Als ihm sein Erstgeborener in die Arme gelegt wurde, konnte er sehen, daß der Knabe seine Augen geerbt hatte, wie sie einst gewesen waren, groß, strahlend und schwarz. Auch da erkannte er dankbar und aus vollem Herzen an, daß Gott sein Urteil durch Gnade gemildert hatte.

Mein Edward und ich sind also glücklich, und dies um so mehr, als die Menschen, die wir am meisten lieben, ebenso glücklich sind. Diana und Mary Rivers sind beide verheiratet, Jahr für Jahr besuchen wir uns abwechselnd. Dianas Gemahl ist Hauptmann bei der Marine, ein schneidiger Offizier und guter Mensch. Marys Mann ist Pfarrer, ein Studienkollege ihres Bruders und seinen Fähigkeiten wie auch seinen Grundsätzen nach der Verbindung mit ihr würdig. Hauptmann Fitzjames und Mr. Wharton lieben ihre Frauen und werden von ihnen geliebt.

Was St. John Rivers anbelangt, so hat er England verlassen; er ging tatsächlich nach Indien. Er beschritt den Weg, den er für sich bestimmt hat, und verfolgt ihn noch heute. Nie hat ein Wegbereiter so entschlossen und unermüdlich Berge versetzt und

Gefahren bekämpft. Standhaft, treu und aufopfernd, voller Kraft, Eifer und Wahrheitsliebe arbeitet er zum Wohl seiner Mitmenschen; er räumt ihren beschwerlichen Weg frei, bessert ihn aus und haut wie ein Riese die Vorurteile von Glauben und Kasten nieder, die ihn versperren. Er mag streng sein, anspruchsvoll, immer noch ehrgeizig, aber es ist die Strenge des Herrn Mutherz, der seine Pilgerschar vor dem Ansturm des Apollyon bewahrt[120]; es ist der Anspruch des Apostels, der nur Christus zitiert, wenn er sagt: «Wer es mir gleichtun will, der verleugne sich selbst und nehme sein Kreuz auf sich und folge mir nach.»[121] Und es ist der Ehrgeiz des erhabenen, hochfliegenden Geistes, der einen Platz in der ersten Reihe der auf Erden Erlösten anstrebt, die ohne Fehl[122] vor Gottes Thron stehen, die den letzten, gewaltigen Sieg des Lammes teilen, die berufen und auserwählt sind und treu.

St. John ist unverheiratet und wird auch nicht mehr heiraten. Er hat seine mühselige Arbeit bis heute allein bewältigt. Und nun neigt sich die Plackerei dem Ende zu. Seine ruhmreiche Sonne eilt ihrem Untergang zu. Sein letzter Brief trieb mir irdische Tränen in die Augen, doch gleichzeitig erfüllte himmlische Freude mein Herz. Er spürte schon seinen baldigen Lohn, seine unvergängliche Krone[123]. Nicht mehr lange, und die Hand eines Fremden wird mir mitteilen, daß der fromme und getreue Knecht[124] endlich zur Freude seines Herrn eingegangen ist. Und warum sollte ich darüber weinen? Keine Todesangst wird St. Johns letzte Stunde verdunkeln, sein Geist wird ungetrübt, sein Herz unverzagt sein, seine Hoffnung gewiß, sein Glaube fest. Dies verbürgen seine eigenen Worte:

«Mein Herr», schreibt er, «hat mich vorgewarnt. Von Tag zu Tag verkündet er mir deutlicher: ‹Bald komme ich›[125], und von Stunde zu Stunde antworte ich hoffnungsfroher: ‹Amen, ja, Herr Jesus, komm!›»

ANMERKUNGEN

1 Bewicks «History of British Birds», aus dem Charlotte Brontë hier zitiert, wurde erstmals 1797 und dann 1804 in Newcastle veröffentlicht.

2 Samuel Richardsons (1689–1761) Briefroman «Pamela» erschien 1740 und war überaus populär. Er fand viele Nachahmer, wurde dramatisiert und auch parodiert.

3 Bei «Henry, Graf von Moreland», 1781 erstmals veröffentlicht, handelt es sich um John Wesleys gekürzte Fassung von Henry Brookes 1765–1770 veröffentlichtem Bildungsroman «The Fool of Quality», als dessen Vorlage Jean-Jacques Rousseaus «Emile» gilt.

4 Goldsmiths «History of Rome», von der sich ein Exemplar in der Bibliothek der Brontës befand, erschien erstmals 1769.

5 Möglicherweise eine Anspielung auf die Geheime Offenbarung 20,11.

6 Lukas 23,34: «Vater, vergib ihnen, denn sie wissen nicht, was sie tun!»

7 Dieses Lied von Edwin Ransford (1805–1876) entstand 1837.

8 Vermutlich hat Charlotte Brontë diese Ballade selbst gedichtet.

9 Vgl. Walter Scott (1771–1832), «The Heart of Midlothian» (8. Kap.).

10 Die «steinige Straße» ist ein Hinweis auf Lord Byrons (1788–1824) Epos «Childe Harold's Pilgrimage» (III, 22, 2); mit «L***» dürfte Leeds gemeint sein.

11 Als Vorbild für die Figur Helen Burns diente Charlotte Brontës Schwester Maria, die mit elf Jahren an Tuberkulose starb.

12 Es handelt sich um «The History of Rasselas, Prince of Abessinia» von Samuel Johnson (1709–1784), einen Roman über die «richtige Wahl der Lebensweise».
13 Anspielung auf den Landpfleger Felix, der den Prozeß des Apostels Paulus verschleppte (Apostelgeschichte 24, 25).
14 Charles I regierte 1625–1649; er überwarf sich seiner absolutistischen Neigungen wegen mit dem Parlament, 1642 kam es zum Bürgerkrieg; schließlich wurde er auf Geheiß seines Konkurrenten Oliver Cromwell 1649 hingerichtet und die Monarchie vorübergehend abgeschafft.
15 Matthäus 5,44.
16 Die Kapitel 5, 6 und 7 enthalten die Bergpredigt.
17 Ein Jüngling namens Eutychus schlief ein, weil Paulus so lange redete, «fiel hinunter vom 3. Stockwerk und ward tot aufgehoben» (Apostelgeschichte 20,9).
18 Matthäus 4,4 bzw. 5,6.
19 Brahma und Jagganath zählen zu den höchsten indischen Gottheiten.
20 Johannes 5,2–9.
21 Anspielung auf den Scherz, den sich ein reicher Prinz aus dem Geschlecht der Barmakiden mit einem Bettler erlaubte (vgl. «Geschichten aus Tausendundeiner Nacht»).
22 Gemeint ist der niederländische Landschaftsmaler Aelbert Cuyp (1620–1691).
23 Sprüche 15,17.
24 Lat.: «Ich werde auferstehen.»
25 James Wolfe (1726–1759) fiel in einer Schlacht um Quebec; seinen Tod hat der amerikanische Maler Benjamin West (1738–1820) in einem damals sehr populären Gemälde dargestellt.
26 William Shakespeare (1564?–1616), «Macbeth» (3. Akt, 2. Szene, Vers 23): «After life's fitful fever he sleeps well.»
27 Aus: «Sacred Songs» des irischen Dichters Thomas Moore (1779–1852).

28 «Und das bedeutet», sagte sie, «daß darin ein Geschenk für mich ist und vielleicht auch für Sie, Mademoiselle. Monsieur hat von Ihnen gesprochen: Er hat mich nach dem Namen meiner Gouvernante gefragt und ob es sich nicht um eine kleine Person handle, ziemlich dünn und ein wenig blaß. Ich habe gesagt, ja; denn es stimmt, nicht wahr, Mademoiselle?»

29 Hier irrt Charlotte Brontë: Heidelberg liegt nicht am Rhein, sondern am Neckar.

30 Vgl. William Shakespeare, «Othello» (1. Akt, 3. Szene, Vers 80).

31 Matthäus 8,9.

32 Mit diesen Worten beschreibt der englische Schriftsteller John Milton (1608–1674) in seinem Epos «Paradise Lost» (2. Buch, Verse 666–673) den Tod.

33 Gebirgszug im kleinasiatischen Küstenstrich Karien.

34 Zitat aus John Milton, «Paradise Lost» (2. Buch, Vers 6), über Satan.

35 Gemeint ist ein vornehmes Stadtpalais.

36 Hiob 41,18–22.

37 Das ganze Zitat aus Byrons Poem «Parisina» lautet: «It is the hour when lovers' vows / Seem sweet in every whisper'd word.» (1. Strophe, Verse 3–4).

38 Psalm 46,2.

39 Das entsprechende Zitat aus John Miltons «Paradise Lost» (7. Buch, Vers 645), wo es um die Vertreibung Adams und Evas aus dem Paradies geht, lautet: «Some natural tears are shed.»

40 Zierlich und attraktiv trotz unregelmäßiger Gesichtszüge.

41 Ein Band, in dem Damen und Herren damals literarische und künstlerische Beiträge von so vielen Bekannten und anerkannten Größen wie nur möglich sammelten.

42 Der italienische Sänger David Rizzio, Sekretär und vermutlich Geliebter der schottischen Königin Maria Stuart, wurde von deren zweitem Ehemann Darnley

ermordet. Bothwell ließ später Darnley umbringen, und Maria heiratete ihn 1567.

43 Seeräuber – oder Korsaren – waren zu der Zeit nicht zuletzt aufgrund von Byrons Verserzählung «The Corsair» über einen Seeräuberhelden, erschienen 1814, überaus populär.

44 Genesis 24,18.

45 Bridewell war ein bekanntes Londoner Gefängnis. Der Witz dieser Scharade bestand darin, daß zunächst die beiden Bestandteile dieses Begriffs einzeln geraten werden sollten, nämlich *bride* (Braut) und *well* (Brunnen), weshalb Colonel Dent um «ein Bild des Ganzen» bat. *Bride* war bereits bekannt, so daß die Lösung beim Anblick des Gefangenen im Kerker leichtfiel.

46 Psalm 2,1.

47 1. Könige 19,11–13.

48 William Shakespeare, «Henry IV, Part 1 (2. Akt, 4. Szene, Vers 539): «Play out the play».

49 William Shakespeare, «King Lear» (3. Akt, 4. Szene, Vers 112).

50 «Much Ado About Nothing», Komödie von William Shakespeare.

51 Zitat aus Byrons Poem «Parisina» (14. Strophe, Vers 46, auch Verse 11–16).

52 Das Kaleidoskop wurde 1817 erfunden.

53 Vgl. Anmerkung 41.

54 Britische Fürstin, die ihr Volk zum Kampf gegen die römischen Legionen aufrief; sie wurde besiegt und brachte sich 62 n. Chr. um.

55 Zitat aus «The Turkish Lady» des schottischen Romantikers Thomas Campbell (1777–1844).

56 Anspielung auf Genesis 2,21–23; in diesem Teil des Romans finden sich viele weitere Hinweise auf den Garten Eden sowie auf Adam und Eva.

57 Eine der Feen in William Shakespeares «Midsummer Night's Dream».

58 Herkules war so vernarrt in die lydische Königin Omphale, daß er Frauenkleider anzog und zu ihren Füßen Wolle spann; Samson verriet aus dem gleichen Grund Delila das Geheimnis seiner Stärke.

59 William Shakespeare, «King John» (4. Akt, 2. Szene, Vers 12).

60 Esther 5,3.

61 Zitat aus John Milton, «Lines at a Vacation Exercise» (1,42).

62 Vom Salamander ging der Mythos, daß er im Feuer überleben könne; bei den Rosenkreuzern ist er das Elementarwesen, das dem Feuer innewohnt.

63 Anspielung auf William Shakespeare, «Hamlet» (3. Akt, 4. Szene, Vers 145).

64 Das folgende Lied ist eine Adaption; im ursprünglichen Text schildert eine Frau, wie sie den Geliebten an eine Rivalin verliert.

65 Zitat aus Walter Scott, «The Lay of the Last Minstrel» (I, 18, 38).

66 Jesaja 66,24.

67 Matthäus 7,1–2.

68 Vgl. Exodus 12,29.

69 Psalm 22,12.

70 Psalm 69,1–3.

71 Matthäus 5,29–30.

72 2. Samuel 12,3 ff.

73 Josua 7,18–26.

74 Baum in Südostasien, dessen Gift als so stark galt, daß es alles Lebendige im weiten Umkreis töte. Der Topos war in der romantischen Literatur geläufig.

75 Vgl. Richter 16,9.

76 Messalina, der Ehefrau des römischen Kaisers Claudius, wurde ein ausschweifendes Leben nachgesagt.

77 Lukas, 12,20.

78 Nicht ganz korrektes Zitat aus Friedrich Schillers Trauerspiel «Die Räuber» (5. Akt, 1. Szene).

79 Zacharias 4,10.

80 Philipper 4,7.

81 Josuah 9,21.

82 Vgl. Walter Scott, «The Lay of the Last Minstrel (III, 24, 3–4).

83 Genesis 19,26.

84 Es handelt sich um einen guten und schönen Geist oder Genius in der späteren persischen Mythologie. Die Peri treten in vielen Werken der englischen Romantik auf, so auch bei Byron und Thomas Moore.

85 Gemeint ist die nordenglische Stahlindustriestadt Sheffield.

86 Die «Maschinenstürmer» zerstrümmerten Spinnmaschinen und maschinelle Webstühle, deren Einführung eine Massenarbeitslosigkeit hervorgerufen hatte. Charlotte Brontë spielt vermutlich auf die englischen Ludditen-Aufstände von 1812 an.

87 Zitat aus Thomas Moore, «Lalla Rookh. An Oriental Romance», ein Versepos, in dem der irische Dichter eines der damals beliebten morgenländischen Themen romantisch abhandelt.

88 Eine «Tändelei der Natur», gemeint ist eine Anomalie, etwas Ungewöhnliches, eine Spielerei der Natur.

89 Walter Scotts Verserzählung «Marmion» erschien 1808.

90 Zitiert nach der siebenteiligen Balladendichtung «The Rime of the Ancient Mariner» (Teil 2, Verse 105–106) des romantischen Dichters Samuel T. Coleridge (1772–1834).

91 Vgl. William Shakespeare, «Antony and Cleopatra» (1. Akt, 5. Szene, Vers 27).

92 1. Korinther 15,53.

93 Dies ist die wörtliche Bedeutung des Namens Rosamond (lat. «rosa mundi»).

94 Die wörtliche Übersetzung des lateinischen Ausdrucks ist: Wem nützt es? und im erweiterten Sinne: Wozu ist es gut?

95 Charlotte Brontë zitiert hier – ungenau – aus Walter Scotts Verserzählung «Marmion».
96 Vgl. Matthäus 8,9.
97 Apostelgeschichte 16,9.
98 1. Timotheus 1,15.
99 2. Timotheus 4,10.
100 Vgl. dazu Lukas 9,62.
101 Zitat aus Walter Scott, «The Lay of the Last Minstrel» (V, 26, 1).
102 Matthäus 18,22.
103 1. Samuel 16,7; auch Edward Rochester verweist, gegen Ende des 37. Kapitels, auf diese Bibelstelle.
104 Geheime Offenbarung 21,7–8; Charlotte Brontë zitiert diesen Satz, während sie alles übrige lediglich paraphrasiert.
105 Geheime Offenbarung 21,27.
106 Vgl. Amos 4,11.
107 Johannes 9,4.
108 Dives bedeutet «Reicher» und gilt als Name jenes reichen Mannes in der Geschichte des armen Lazarus, der nach seinem Tod in die Hölle fuhr (vgl. Lukas 16,19–31).
109 Lukas 10,42.
110 Vgl. dazu Jesaja 34,4.
111 Matthäus 26,41.
112 Apostelgeschichte 16,25–26.
113 Daniel 4,29–30. Wie Nebukadnezar wird auch Edward Rochester zuerst erniedrigt und dann, als er sich in sein Schicksal fügt, wieder erhöht.
114 Wie Scheherazade in «Geschichten aus Tausendundeiner Nacht».
115 1. Samuel 16,22–23.
116 Hoheslied 2,11.
117 Lukas 2,19.
118 Genesis 2,23.
119 Deuteronomium 32,10.
120 John Bunyan (1628–1688), «The Pilgrim's Progress»: Im

Tal des Todesschattens schützt Mutherz im 2. Teil des Werks Christin mit ihrer Pilgerschar vor gefährlichen Feinden; gegen Apollyon, den «Engel des bodenlosen Abgrunds», muß der Pilger Christ kämpfen und überwindet ihn.

121 Markus 8,34.

122 Geheime Offenbarung 14,3–5.

123 1. Korinther 9,25.

124 Matthäus 25,21.

125 Geheime Offenbarung 22,20.

Brigitta Neumeister-Taroni

NACHWORT

«Ich habe ihn geheiratet, lieber Leser» – so wendet sich der Anfang vom Ende, der einleitende Satz des Schlußkapitels von *Jane Eyre* an den Leser und, obgleich im Deutschen nicht extra genannt, an die Leserin. Ein schlichtes Bekenntnis, das an dieser herausgehobenen Stelle so nahe am Schluß eine besondere ästhetische Wirkung erzielt. Denn wir Leser und Leserinnen haben bis dahin den ganzen Lebensweg der Titelheldin begleitet. Wir haben mit ihr als Erzählerin harte Prüfungen ebenso wie verlockende Versuchungen durchlebt – als Zeugen, Mitankläger und Vertraute, denen sie die Geheimnisse ihres Herzens preisgab. Nach allen Schicksalsschlägen finden wir die Heldin endlich mit dem geliebten Mann vereint. Als rechtmäßige Mrs. Rochester scheint sie mit der Eheschließung nun den Zenit eines geglückten Frauenlebens erreicht zu haben. Diesem Schlußpunkt vor allem, dem eine eher gewissenhafte als emotional berührende Verknüpfung der noch offenen Erzählstränge folgt, ist es geschuldet, daß der Roman in einer knappen Zusammenfassung wie die Wunscherfüllung eines Märchens klingt: Eine unscheinbare, aber willensstarke Gouvernante verliebt sich in ihren aristokratischen Arbeitgeber. Nach schweren Schicksalsprüfungen willigt sie in eine auf Ebenbürtigkeit begründete Liebesheirat ein. Anklänge an das Märchen vom Aschenputtel scheinen unabweisbar –

und doch verfehlt das glückliche Ende allein, jene erzählerische Wucht zu begründen, die Charlotte Brontës Roman zu einem Klassiker der Weltliteratur gemacht haben.

Tatsächlich berücksichtigt eine solche Synopse ausschließlich jenen Romanteil, der auf dem Landsitz Thornfield spielt. Der Roman als Ganzes gewinnt jedoch seine Komplexität aus dem fein austarierten Zusammenwirken der verschiedenen Lebensetappen und ihrer Orte: Orte der Unterdrückung (Gateshead), des Hungers (Lowood), des Wahnsinns (Thornfield), der emotionalen Kälte (Marsh End) und des stillen Lebensglücks (Ferndean). Sähen wir den Roman als reine Liebesgeschichte, blieben die lebhaften Auseinandersetzungen und Reaktionen, die bis zum Skandal reichten, völlig unverständlich. Mehr noch, wir bewegten uns in eben jenen kulturellen Mustern der Wahrnehmung, gegen die der Roman mit Verve aufbegehrt: Daß sich das weibliche Los eben nicht in Puddingkochen und Strümpfestricken, in Klavierspielen oder Taschenbesticken erschöpft, sondern daß Frauen wie Männer kreativ und tatkräftig an der Entwicklung der Gesellschaft teilhaben sollten. Wegen dieses aufbegehrenden Gestus verwarf Matthew Arnold, der bedeutende viktorianische Kulturkritiker, den Roman *Jane Eyre* als bloßen Aufschrei von «Hunger, Rebellion und Zorn». Zugleich erlebte der Roman eine fulminante Aufnahme – unmittelbar nach seinem Erscheinen 1847 brach in England und Amerika ein regelrechtes *Jane-Eyre*-Fieber aus, postwendend wurde der Roman in weitere Sprachen übersetzt. Seiner frühen Popularität folgte jedoch erst sehr viel später, im 20. Jahrhundert, die Einsicht in die künstlerische Vielschichtigkeit des Romans. Noch eine so scharfsichtige Schriftstellerin wie Virginia Woolf schätzt die Erzählkunst in *Jane Eyre* eher gering und nennt als seine Stärke eine ungezähmt leidenschaftliche Natur – eine Einschätzung, die gleichzeitig vom «Brontë-Mythos» gefördert wird und ihn wiederum untermauert und weiterführt.

Schon früh hat das ungewöhnliche Leben der Brontë-Schwestern die kulturelle Imagination beflügelt – Charlotte war die älteste von dreien, die 1846 gemeinsam unter den Pseudonymen Currer, Ellis und Acton Bell an die literarische Öffentlichkeit traten. Ihre Schüchternheit stellt im Verbund mit dem wildromantischen Lebensort in den abgeschiedenen Hochmooren von Yorkshire und ihrem tragisch frühen Tod seit jeher unerschöpflichen Stoff für Biographien, Verfilmungen und Mythen dar. Bereits die Herkunft der Familie weckt Neugier: Vater Patrick studierte trotz geringer Mittel im angesehenen Cambridge und versah seinen irischen Namen Brunty mit der extravaganten Schreibung Brontë. Mit seiner Frau Mary und sechs kleinen Kindern, fünf Töchtern und einem Sohn, zog er 1820 in die abgeschiedene Pfarrei von Haworth im Nordwesten von Yorkshire. Seine Frau, deren zarte Konstitution die Kinder geerbt hatten, starb schon bald. Sechs- und achtjährig wurden Charlotte und Emily mit den älteren Töchtern Maria und Elizabeth in das Internat für mittellose Pfarrerstöchter, Cowan Bridge, geschickt. Mangelhafte Ernährung und hartes Klima förderten Tuberkulose, an der die älteren Mädchen in schneller Folge starben – deutliche Vorlage für die Verhältnisse von Lowood in *Jane Eyre*. Die jüngeren Töchter kehrten zurück in ein Zuhause, in dem drei Tote zu beklagen waren. Obgleich eine unverheiratete Tante nach den Kindern sah, blieben Charlotte und Emily, der Sohn Branwell und die Jüngste, Anne, häufig sich selbst überlassen. Geselligkeit und Austausch fanden die Kinder vor allem untereinander, was sie Fremden gegenüber scheu werden ließ. Geistige Anregung für ihre lebhafte Phantasie erhielten sie aus der gutbestückten Bibliothek des Vaters, der, selbst ein großer Fabulierer, ihre kindliche Erfindungsgabe und Wißbegier anspornte. Die Kinder durchstreiften Moor und Heide, eine rauhe Natur, zu der sie alle eine tiefe emotionale Bindung entwickelten.

Von früher Kindheit an schrieben die vier Brontë-Kinder unermüdlich an ihren Phantasiewelten. Charlotte entwarf mit dem Bruder Branwell das Traumland «Angria», Emily und Anne begannen ihre eigene Saga von «Gondal» – beides imaginäre Welten, deren weitläufig verzweigte literarische Ausgestaltung vom prägenden Einfluß intensiver Lektüre zeugt. Doch schließlich mußten die Kinder zur Schule, denn sie sollten sich später den Lebensunterhalt verdienen können, die Mädchen als Gouvernanten, Branwell als Hauslehrer. Charlotte kam noch am besten mit dem Abschied von zu Hause zurecht. Doch obwohl sie während ihres Internatsbesuchs der Roe Head School 1831–32, wo sie später selbst unterrichtete, ihre Freundinnen Ellen Nussey und Mary Taylor fand, mit denen sie ihr Leben lang korrespondierte, litt auch sie unter starkem Heimweh. Im Pensionat Heger in Brüssel, wo sie ihre Ausbildung

1842–44 vervollkommnete, stieß zu Heimweh und Fremdheit noch die unglückliche Liebe zu ihrem charismatischen Lehrer, dem verheirateten Monsieur Heger. Diese belastende, schwierige Erfahrung sollte, außer in *Shirley* (1849), in all ihren Romanen Spuren hinterlassen: in dem posthum veröffentlichten Erstling *The Professor* (1858) ebenso wie in *Villette* (1853) und in *Jane Eyre*.

Nachdem ihr Versuch gescheitert war, in Haworth selber eine Internatsschule zu gründen, blieben die jungen Frauen im Haus ihres langsam erblindenden Vaters, wohin auch der gebrochene Bruder alkohol- und opiumabhängig zurückkehrte. Gegen das Sträuben ihrer Schwestern schickte Charlotte einen Band gesammelter Gedichte unter Pseudonym an verschiedene Verleger, bis sich schließlich ein Verlag bereit fand, ihn auf Kosten der Schwestern zu publizieren. Nur zwei Exemplare wurden insgesamt verkauft, doch die Unternehmung spornte die Frauen an. Zwar wurde *The Professor* noch abgelehnt, aber Charlotte fühlte sich nun ermutigt, den begonnenen Roman *Jane Eyre* schnell zu vollenden. Er wurde 1847 veröffentlicht und verkaufte sich derart gut, daß er im nächsten Jahr bereits in der dritten Auflage auf dem Markt erschien. Durch den Erfolg waren die Geldsorgen nun in die Vergangenheit verbannt. Doch eine wahre Todesserie machte jegliches Glücksgefühl zunichte: 1848 stirbt der glücklose Bruder; sein Tod läßt einen untröstlichen Vater zurück; nur zwei Monate später rafft die Schwindsucht Emily dahin, die Krankheit, die sich auch bei Anne nicht heilen läßt; im Jahr darauf beerdigt Charlotte ihre jüngste Schwester. Doch auch Charlotte, die Älteste, sollte nicht mehr lange genug leben, um das einsetzende literarische Ansehen genießen zu können. Der wachsende Ruhm brachte die scheue Autorin ins Licht der Londoner Öffentlichkeit. Sie traf mit berühmten Schriftstellern wie dem von ihr verehrten William Makepeace Thackeray zusammen. Eine Freundschaft entspann sich mit der Schriftstellerin Elizabeth Gaskell, die später ihre Biographie schreiben sollte. 1854 heiratet Charlotte den Hilfspfarrer ihres Vaters gegen dessen Willen, doch nach nur neun Monaten stirbt am 31. März 1855 auch die letzte der Brontë-Schwestern, im Alter von 39 Jahren.

Erst nach Emilys und Annes Tod lüftete Charlotte das Pseudonym. Mit Currer (Charlotte), Ellis (Emily) und Acton (Anne) Bell hatten die drei nicht wie andere Autorinnen männliche Namen gewählt (z. B. George Eliot für Mary Ann Evans), sondern sich bewußt für geschlechtsneutrale entschieden. Daß sie unter fremden Namen publizieren wollten, belegt die kulturelle Macht des viktorianischen Frauenideals der sich als «Engel im Hause» aufopfernden Ehefrau und Mutter. Mit diesem Diktat wurde Charlotte direkt konfrontiert, als sie sich 1836 mit der Absicht, Schriftstellerin zu werden, ratsuchend an den Poeta Laureatus Robert Southley wandte. Er beschied ihr barsch, die Schriftstellerei sei kein Geschäft für ein Frauenleben, das zu Recht neben den weiblichen Pflichten weder die Fähigkeit zum Schreiben ausbilde noch die Muße dazu lasse. Zehn Jahre später wählten die Brontës Pseudonyme, um ihren Werken eine unvoreingenommene Rezeption zu ermöglichen, und in der Folge entbrannte eine Debatte, ob so kraftvolle und ausdrucksstarke Werke wie *Jane Eyre* oder Emilys *Wuthering Heights* (dt. *Sturmhöhe*) von einem Mann oder einer Frau verfaßt worden waren.

In der ersten Auflage ergänzte Charlotte den Romantitel *Jane Eyre* mit dem Zusatz «Eine Autobiographie, herausgegeben von Currer Bell», um so die als unschicklich angesehene weibliche Autorschaft zu verschleiern. Doch die dominante Ich-Erzählerin, die ihre eigene Geschichte als erlebendes Ich präsentiert und kommentiert, stellte bereits einen Tabubruch dar – denn nicht bescheiden und unterwürfig, sondern voller Widerspruchsgeist und Selbstrespekt, sogar mit Stolz kämpft sie für ihren individuellen Anspruch auf Glück in einer patriarchalen Klassengesellschaft. Als Waise sind ihre Startbedingungen im Leben denkbar schlecht: Schon die ersten Sätze des Romans führen uns in eine düstere, kalte Welt, in der die kleine Jane Eyre, gedemütigt, körperlich schwächlich und der ständigen Widerrede bezichtigt, vom wärmenden Kreis der Familie Reed ausgeschlossen wird. Ihre Flucht in die Lektüre, die sie bezeichnenderweise in die eisigen Regionen des Nordmeers führt, gewährt ihr keine Sicherheit vor dem brutalen Zugriff ihres tyrannischen Cousins, der die arme Verwandte mit Billigung seiner herzlosen Mutter quält. Schutzlos der Ungerechtigkeit ausgeliefert, scheint ihre Lage geradezu aussichtslos. Doch Jane ist eine Rebellin, die sich von Kindheit an auflehnt – sowohl gegen Unterdrückung durch gesellschaftlich Höhergestellte als auch gegen männlichen Herrschaftsanspruch, sei es von seiten ihres Cousins John Reed, des selbstgerecht bigotten Mr. Brocklehurst, des charismatischen Mr. Rochester oder des ehrgeizig kalten St. John Rivers. Diese rebellische Haltung einer jungen Frau gegenüber sozial Höhergestellten beunruhigte die viktorianische Leserschaft, da sie an die politischen Kämpfe dieser aufständischen Jahre anknüpfte. Noch mehr schockierte die Darstellung von Sexualität und den Beziehungen zwischen Mann und Frau. Rochesters Affären galten als ebenso unerhört wie Janes intensives Begehren, das eben nicht nur durch die männliche Geisteskraft, sondern gerade auch durch Rochesters körperlich-sinnliche Ausstrahlung geweckt wird. Einer Heirat aus Christenpflicht hingegen verweigert sie sich. Doch am verstörendsten war – und bleibt noch immer – die Existenz Bertha Masons, der im Dachgeschoß des Herrenhauses weggesperrten Wahnsinnigen.

Vor die geheimnisvollen Geschehnisse auf Thornfield sind Janes Kindheit und Jugend geschaltet. Früh zeigt sich, wie das Nicht-Rationale in den realistischen Text einbrechen kann. Als Jane in das ominöse Rote Zimmer eingesperrt wird, glaubt sie den Geist ihres toten Onkels zu sehen. Ihr folgender Nervenzusammenbruch macht die vergebliche Suche der elternlosen Waise nach familiärer Zugehörigkeit deutlich. Zwar stärken sie in Gateshead die Unterstützung des Apothekers sowie Bessies Mitgefühl. Später in Lowood gibt ihr Miss Temple fürsorglichen Schutz, und sie gewinnt die Zuneigung der selbstlosen Helen Burns. Doch beide verliert sie, die eine durch den Tod, die andere durch deren Heirat. Obgleich sie, noch bevor sie sich nach Thornfield aufmacht, von der Existenz eines lebenden Onkels erfährt, bleibt diese Nachricht eigentümlich bedeutungslos. Für sie beginnt ein neuer Lebensabschnitt, wie die Ich-Erzählerin bemerkt: «Ein neues Kapitel in einem Roman ist so etwas wie eine neue Szene in einem Drama.» (S. 146) Der Vorhang hebt sich, um den Blick auf das psychische Drama der Entwicklung von Janes weiblicher Subjektivität unter dem Zeichen der Geschlechterdifferenz freizugeben. Thornfield (der sprechende Name kündigt einen dornigen Weg an) liegt vor ihr in der Dunkelheit. Ein freundlicher Empfang im abgeschieden gelegenen Landsitz, der von einer liebreizenden Landschaft umgeben ist, läßt sie sich «endlich im sicheren Hafen» (S. 154) wähnen. Doch ihr neugefundenes «Feenreich» erhält neben Pracht und Fülle eine unheimliche Seite: Im Dachgeschoß drängt sich ihr der Vergleich zu Blaubarts Schloß auf, und sogleich ertönt «ein seltsames Lachen, abgehackt, steif, freudlos» (S. 169), ein Klageschrei, gespenstisch und angsteinflößend. Noch kann sie ihre Furcht als abergläubisch abtun. Aber die Eintönigkeit ihrer Gouvernantenexistenz setzt ihr zu, und sie beginnt ruhelos zu werden. Ihre eingangs zitierte Klage über das eingeschränkte Tätigkeitsfeld von Frauen wird – wie ein Kommentar zu ihren Gedanken – wieder von dem gespenstischen Gelächter beantwortet.

So rahmt der Text die Episoden mit Rochester, dessen Ankunft gleichsam wie eine Parodie des Retters hoch zu Roß inszeniert wird: Das Pferd wirft ihn vor Jane ab, sie hilft ihm auf die Füße und bietet ihre schmale Schulter an – eine erste subversive Umkehrung der Geschlechterverhältnisse. Aufregung kommt nun in Janes Gefühlswelt. Ihre Versuche, dieses unbekannte Wesen Mann zu ergründen, legen ihre psychische Verfaßtheit offen. Wir sehen Rochester durch ihre Augen, «mit den buschigen kohlschwarzen Augenbrauen und der breiten Stirn, die durch das zur Seite gekämmte schwarze Haar noch breiter wirkte» (S. 190). Fasziniert entschlüsselt sie seine Physiognomie: «Ich erkannte seine markante Nase, eher charaktervoll als schön, die vollen Nüstern, die meines Wissens auf eine cholerische Veranlagung hinwiesen, und den grimmigen Zug um Mund, Kinn und Kiefer – ja, die wirkten fraglos alle drei recht grimmig. Seine Gestalt, nun ohne Mantel, paßte zu seinem Gesichtsschnitt, ein nach athletischen Begriffen gut gebauter Körper mit einer breiten Brust und schmalen Hüften, allerdings weder groß noch gefällig» – wie ein Held von Lord Byron, dessen Unberechenbarkeit Neugier und Phantasie stimulieren. Rochesters gesellschaftliche Überlegenheit läßt Jane unbeeindruckt. Vielmehr verführt sie das intime Vertrauen, mit dem ihr der zwanzig Jahre ältere, weltläufige Mann sein eher anrüchiges Leben erzählt – ein Mann mit Wissen von der Welt, auch mit sexueller Erfahrung (denn trotz Janes gegenteiliger Diagnose könnte ihre Schülerin Adèle, Tochter seiner früheren Geliebten, auch sein Kind sein). Jane sieht sich von ihm als Subjekt anerkannt, so sehr, «daß ich mich gar nicht mehr nach einer Familie sehnte» (S. 234). In den Text bricht, gerade als Jane sich ihrer Gefühle bewußt wird, erneut ein nun teuflisches Lachen ein, diesmal im Korridor. Rochester liegt im brennenden Bett, und nur Janes beherzte Löschaktion – durchaus komisch als Taufe beschrieben – rettet ihn. Ein leidenschaftlicher Händedruck Rochesters bleibt

Jane ebenso rätselhaft wie die Ereignisse der Nacht, die in fiebrigen Träumen nachwirken.

In den folgenden Kapiteln retardiert eine sich anbahnende Liebeshandlung, denn der ansässige Landadel kommt zum Feiern nach Thornfield. Als Erzieherin steht Jane ambivalent zwischen Dienstboten und Familie und bleibt so vom geselligen Treiben weitgehend ausgeschlossen. Mit Blanche Ingram, einer dunklen, hochgewachsenen Schönheit, tritt eine statusüberlegene Rivalin auf den Plan. Schonungslos geht Jane mit ihren Gefühlen ins Gericht: Welche Chancen sollte eine «Erzieherin ohne Anhang, arm und unansehnlich» (S. 257), «eine bedürftige, unbedeutende Plebejerin» (S. 258), im Kampf um Rochesters Gefühle gegen die schöne Adlige haben. Gleichzeitig gesteht sie: «Ich hatte ihn nicht lieben wollen; der Leser weiß, wie hart ich gearbeitet hatte, um aus meiner Seele die Keime der Liebe zu reißen … Er zwang mich, ihn zu lieben.» Wiederum als Beobachterin hinter dem Vorhang versteckt, befindet sie: «Er gehört eindeutig zu mir … All meine guten, echten, starken Gefühle kreisen leidenschaftlich um ihn …, doch werde ich ihn lieben, solange ich atme und denke.» (S. 280 f.) Alles deutet ihr auf eine Verlobung zwischen Mr. Rochester und Miss Ingram hin, die Jane jedoch als oberflächlich, gekünstelt, ohne Zärtlichkeit, Mitleid oder Aufrichtigkeit einstuft. Während sich die erlebende Jane in ihrem Auftreten Zurückhaltung auferlegt, entblößt die Erzählerin vor uns Lesern ihre Verzweiflung in allen Schattierungen. Doch kurzfristig deutet sich ein Wendepunkt an: Als wahrsagende Zigeunerin verkleidet, konfrontiert Rochester Jane mit ihren geheimen Gefühlen, eine Klärung scheint greifbar nahe. Aber die Ankunft von Mr. Mason führt erneut zu unheimlichen Geschehnissen. Mason wird in der Nacht mit Messerstichen verletzt – und wieder ist es Jane, die einem dankbaren Rochester ohne Erklärung bei der Vertuschung beisteht.

Sodann schiebt ein Ortswechsel die Spannung einer sich anbahnenden Liebesgeschichte auf: Jane wird zum Sterbebett ihrer Tante nach Gateshead gerufen. In diesem Einschub werden gleichzeitig die Kindheitsepisoden aufgearbeitet, denn die Verwandten, die sie damals gedemütigt und ihr übel mitgespielt hatten, sind mit einem verpfuschten Leben bestraft. Ohne Einsicht und Reue stirbt die Tante – einzig ihr Geständnis der Lüge, dem einzigen Onkel Janes deren Tod mitgeteilt zu haben, kündigt zukünftige Entwicklungen an. Diese setzen rasant ein: Zurück auf Thornfield erwartet Jane ein überraschender Heiratsantrag Rochesters, auf den sie seltsam ambivalent reagiert: Sie akzeptiert ihn zögernd und freudig zugleich. Vor allem durch seine Geschenke, mit denen er sie überhäuft, fühlt sie sich gefesselt und als Objekt seiner Dominanz. Um die Überlegenheit (die sie mit der eines Sultans gegenüber seiner Sklavin vergleicht) einzuebnen, schreibt sie beiläufig an ihren Onkel.

Noch vor der Hochzeit, die sie, wie sie bangevoll erklärt, in «eine gewisse Jane Rochester» (S. 446) verwandeln wird, stiftet eine unheimliche Begebenheit nochmals Furcht und Verwirrung – als Warnung vor der Katastrophe gedeutet. Jane wird in ihrem vorausdeutenden Alptraum aufgeschreckt von einer großen, kräftigen Frau mit langen schwarzen Haaren, die den Brautschleier zerreißt und auf ihm herumtrampelt. Als sie ihr Gesicht mit rollenden blutunterlaufenen Augen über Jane beugt, fällt diese in Ohnmacht. Rochester wiegelt ab, macht überreizte Nerven geltend. Seltsam gehetzt wird die Trauung am nächsten Morgen im kleinsten Kreis begonnen und dann in letzter Minute verhindert – Rochester ist schon verheiratet, der Bruder seiner ersten Frau, Bertha Mason, bezeugt, daß sie noch lebt. Janes Onkel, von ihrem Brief informiert, hatte Mr. Mason die Heiratsabsichten seiner Nichte mitgeteilt und ihn zum Einschreiten veranlaßt.

Rochester leugnet seine bigamistische Absicht nicht. Um sie zu erklären, führt er Jane, Mr. Mason und den Pfarrer zum Dachgeschoß, wo Grace Poole, von Jane lange der unheimlichen Taten bezichtigt, die wahnsinnige Bertha Mason in einer fensterlosen Kammer bewacht. Im Zweifel, «ob tierisches oder menschliches Wesen» (S. 477), schildert die Erzählerin, wie Bertha sich auf Rochester stürzt, ihn würgt und beißt, bis sie schließlich überwältigt und gefesselt wird. Rochester versucht, seinen Heiratswunsch zu rechtfertigen, indem er die beiden Frauen miteinander vergleicht: Einer reinen, hellen und vernunftsgeleiteten Jane stellt er Bertha als tierisch, heimtückisch und verrückt gegenüber. Er sieht sich als Opfer einer Verschwörung, denn in jungen Jahren sei er, noch unerfahren und arglos, vom geldgierigen Vater und dem älteren Bruder nach Jamaika abgeschoben und mit der Tochter der Mason-Familie, in der bereits die Mutter an Wahnsinn litt, verheiratet worden. Janes Überzeugungen verbieten ihr, als Rochesters Geliebte bei ihm zu bleiben. Verzweifelt flieht sie von Thornfield.

Das Rätsel um die unheimlichen Vorkommnisse, das die Spannung der Thornfield-Kapitel auszeichnete, ist nun rational gelöst, doch der Lebensbericht zielt auf die weitere Entwicklung der Protagonistin ab. Wie Shakespeares König Lear in der Heide findet sie sich völlig mittellos den Naturgewalten ausgesetzt – sie durchleidet Hunger, Kälte und bittere Not, bis sie bei den Geschwistern Rivers Aufnahme findet. Die gebildeten Schwestern Diana und Mary erkennen in Jane eine Gleichgestellte, der Bruder St. John ist von ihrer Tatkraft und dem Eifer, mit dem sie eine Dorfschule aufbaut, beeindruckt. Die Erbschaft ihres verstorbenen Onkels enthüllt, daß ihre Wohltäter enge Verwandte sind, woraufhin sie das Erbe mit ihnen teilt. Schließlich erwählt St. John Jane zur Ehefrau, die ihn bei seiner Missionstätigkeit nach Indien begleiten soll. Doch trotz der Achtung vor ihm und trotz ihres christlichen Glaubens verweigert sich Jane diesem tyrannischen Mann, der perfide mit psychischem Druck ihre Seele zu versklaven sucht. Wieder bricht das Übersinnliche in den realistischen Text ein: Jane hört Rochester nach ihr rufen und eilt nach Thornfield, wo die Brandruine des Herrenhauses von Unheil kündet. Doch Rochester lebt, wenn auch blind und verkrüppelt – Folgen des vergeblichen Versuchs, Bertha zu retten, die den Brand gelegt hatte. Den hilflosen Rochester kann eine nun eigenständige Jane Eyre zum Mann nehmen. Ihr stilles Glück in Ferndean scheint vollkommen, als Rochester sein Augenlicht so weit zurückgewinnt, daß er seinen erstgeborenen Sohn sehen kann. «Mein Edward und ich sind also glücklich.» (S. 748) Auch Diana und Mary haben geheiratet. Die letzten Sätze gelten St. John, der tatkräftig, ehrgeizig und sendungsbewußt sein Leben der christlichen Missionierung Indiens opfert. Mit der Ankündigung seines nahen Todes endet der Roman.

So hat das Happy-End seinen Preis, wenn auch durchaus nicht den gleichen für alle Beteiligten: Janes durchlittene Nöte, Rochesters körperliche Verstümmelung, aber unumkehrbar und unwiderruflich Bertha Masons Tod. Berthas Existenz scheint im Text zunächst ausschließlich unheimlich, bedrohlich, ein einziges Hindernis für die sich entwickelnde Liebesgeschichte der Heldin. Doch in Berthas Wahnsinn verdichten sich die Konflikte eines nur scheinbar klaren Texts. Sandra Gilbert und Susan Gubar gaben 1979 ihrer Studie zu weiblichem Schreiben im 19. Jahrhundert den Titel: *The Madwoman in the Attic,* um das Motiv des Wahnsinns als unterschwelligen Protest von Schriftstellerinnen gegen patriarchale Unterdrückung auszuweisen. *Jane Eyre* avancierte für die frühe feministische Bewegung zum beispielhaften Text, in dem sie zunächst eine kämpferische Suche nach Gleichberechtigung, Unabhängigkeit und individueller Selbstbestimmung als gelungen sah. Denn Jane entwickelt jene Selbstachtung, die die Voraussetzung ihrer Weigerung ist, zum Objekt anderer zu werden. Sie widersteht verführerischem Masochismus ebenso wie anerzogenem Hang zur Selbstverneinung und wird folglich von St. John schlichtweg als «unweiblich» bezeichnet (S. 683).

Jane Eyres Geschichte als Erfolg weiblicher Selbstfindung zu begreifen kann freilich nur auf den ersten Blick gelingen: Gar zu verführerisch überzeugend kommt Rochesters schwarzweißmalende Gegenüberstellung einer rational kontrollierten Jane mit einer tierhaften Bertha daher. Doch was wir von Bertha wissen, erfahren wir aus Rochesters Mund, dessen Aussage zugleich – das dürfen wir nicht vergessen – eine höchst interessengeleitete Selbstrechtfertigung darstellt. Bertha hingegen erhält im Text keine Stimme, sie kann nur unheimlich lachen, murmeln, gurgeln, tierisch schreien und Flüche ausstoßen. Die Geschichte wird von Jane Eyre erzählt, die sich bei genauem Hinsehen aber als mit Bertha verbunden erweist: Konstruiert als Janes Gegenteil, fungiert Bertha als ihre unheimliche Doppelgängerin. Sie agiert die dunklen, weil unbewußten Anteile von Janes Psyche aus, ja in gewissem Sinne handelt sie wie sie! Bereits als Kind gerät die leidenschaftliche Jane selbst an den Rand des Wahnsinns. Ihr Cousin belegt sie mit Tiernamen wie Ratte und wilde Katze. Während Bertha angekettet und physisch eingesperrt ist, leidet Jane am psychischen Eingesperrtsein. Auch in ihrem Verhalten ähneln sie sich: Beide gehen sie ruhelos auf und ab, rennen gegen ihre jeweiligen Mauern an. Beide sind empfänglich für Rochesters sinnliche Ausstrahlung, beide bäumen sich gegen seine Dominanz auf. Jane weigert sich, mit Geschenken eingefangen zu werden und zu seinem «Harem» (S. 437) zu gehören. In ihrer Liebe zu Rochester ist Jane ebenfalls wahnsinnsgefährdet; denn er bedeutet ihr «die ganze Welt, ja mehr als die Welt, fast himmlische Hoffnung». Ihrem «Götzenbild» letztlich zu entsagen gelingt ihr einzig durch ihre moralischen Prinzipien (S. 446). Wenn Berthas Auftritte im Roman gleichsam als Echo von Janes eigenen widersprüchlichen Gefühlen erfolgen und deren unbewußten Ängsten Ausdruck verleihen, so liefern ihre Wahnsinnstaten auf der Handlungsebene erst jene Anlässe, bei denen sich Jane und Rochester wirklich nahekommen und Liebesgeständnisse erfolgen. Festzuhalten bleibt schließlich, daß Bertha Jane letztlich nichts antut, obgleich sie mehrmals Gelegenheit dazu hätte. Vielmehr können Berthas Aktionen sogar als Warnungen für ihre ahnungslose Nachfolgerin gelesen werden: Ihre tätlichen Angriffe richten sich ausschließlich gegen Rochester und ihren Bruder, jene Männer, die verantwortlich für ihr Schicksal sind. Zuletzt springt sie in den Tod und gibt damit Rochester für Jane erst frei. Aber keine Lektüre, die *Jane Eyre* als geglückten Bildungsroman interpretiert, darf verkennen, auf wessen Kosten deren Emanzipation erfolgt. Jede Geschichte von Jane Eyres Glück, die sich nicht mit dem tragischen Schicksal von Bertha Antoinette Mason auseinandersetzt, muß sich dem Vorwurf stellen, daß sie deren Ausbeutung und Unterdrückung weiterschreibt. Die postkoloniale Theoretikerin Gayatri Chakravorty Spivak zeigt uns, wie tief der Roman *Jane Eyre* in ideologische Denkmuster des Imperialismus verstrickt ist und sie reproduziert: Europa (insbesondere England) und seine Menschen gelten als rein, zivilisiert und überlegen, die Kolonien (und der Orient beginnt schon jenseits der Irischen See) werden zum Ort des Anderen, abgespalten als korrupt, tierhaft und brutal. Ein solcher Rassismus versagt jener Bertha Antoinette Mason aus Spanish Town, Jamaica, Tochter des Kaufmanns Jonas Mason und seiner kreolischen Frau Antoinetta, von ihrem Ehemann nach England verschleppt, weggesperrt und verleugnet, jegliche Menschlichkeit, jedes Anrecht auf eine eigene Geschichte. Er verweigert ihr insbesondere jenen Individualismus, den Jane für sich als Frau mit unserer Anerkennung erkämpft. Diese kulturelle Logik kolonialer Unterdrückung in *Jane Eyre* durchkreuzt 1966 die weiße westindische Schriftstellerin Jean Rhys mit ihrem poetischen Roman *Wide Sargasso Sea* (dt. *Sargassomeer*). In suggestiven Bildern entfaltet sie (Bertha) Antoinette Masons jamaikanische Kindheit und ihre Brautzeit mit Rochester, die sie historisch in die Zeit der Sklavenbefreiung einbettet. Mehrfach perspektivisch gebrochen, heben die unterschiedlichen Stimmen von Rochester und Antoinette, die sie vor ihrer Umbenennung durch ihren Mann war, die verstörende kulturelle Differenz hervor. Mit diesem eindrucksvollen Neuschreiben der ausgeblendeten Vorgeschichte schärft Rhys unseren Blick für das, was sich im Text von *Jane Eyre* so leicht verdrängen läßt.

Doch in diesen Abgründen liegt sein Reichtum, die Vielschichtigkeit eines bedeutenden literarischen Werks, dessen Sinnangebot von keiner einzigen Lektüre voll ausgeschöpft werden kann. Schon die ganz grundlegenden, die ökonomischen Verhältnisse sind im Text komplex: Immer wieder zeigt sich der materielle Reichtum eng mit Englands Kolonialgeschichte verknüpft. Rochester, ein adliger jüngerer Sohn ohne Erbansprüche, heiratet in Übersee die junge Bertha Mason allein wegen des materiellen Anreizes der Mitgift. Jane selbst fällt als Waisenkind der Willkür ihrer Verwandten und der christlichen Wohlfahrt anheim, da ihre Mutter wegen der Heirat mit einem armen Pfarrer enterbt wurde. Sie kommt zu Wohlstand, weil ein Bruder ihrer Mutter auszog und im kolonialen Geschäft ein Vermögen machte. Ihre Verwandten wiederum, die Rivers, sind erneut Kinder eines benachteiligten Vaters. Beinahe wären sie zu Janes Gunsten ohne Erbe geblieben. Obgleich St. John statt mit ökonomischen mit religiösen Absichten nach Indien geht, ebnet auch er den weltlichen Interessen erst den Weg. So verdoppeln und wiederholen sich auf frappante Weise familiäre Kausalstrukturen innerhalb des Romans über Generationen hinweg.

Im Zentrum des Textes steht Janes psychische Auseinandersetzung mit dominierenden Männerfiguren. Was sie anficht, ist deren beunruhigende Macht über sie. Mit Ausnahme der Bruderfigur von St. John handelt es sich vorwiegend um Vaterfiguren. Hinsichtlich des Alters und der Lebenserfahrung könnte der begehrte Rochester durchaus Janes Vater sein. Eine Verbindung mit ihm wird folglich erst möglich, als er (wie Ödipus) blind und verkrüppelt – und damit symbolisch entmannt ist. Allein für diese Entwicklung (und für die Erbschaft) ist der abwesende Onkel nötig, denn eine tatsächliche väterliche Präsenz wird einerseits als attraktiv ersehnt, andererseits aber als Bedrohung der eigenen Autonomie empfunden. Und nicht nur im Zentrum, selbst an den Rändern des Romans eröffnen Brüche und Leerstellen überraschende neue Fragen. Zum Verbleib von Adèle berichtet Jane, nun Mrs. Rochester, ohne Befangenheit, daß sie zum eigenen Besten ins Internat weggeschickt wurde. Bei ihr sieht Jane keine Veranlassung, die Mutterrolle zu vertreten. Das erinnert gespenstisch an Helen Burns, die gleichfalls nach Lowood abgeschoben worden war, um der neuen Frau und Familie ihres Vaters Platz zu machen. Eine frappierende Wiederholung. Doch warum sollte Adèle das Glück der neuen Kleinfamilie stören? Eine junge Gouvernante wie Jane könnte ins Haus geholt werden. Wie um schnell den heimischen Schauplatz, der so leicht unheimlich werden kann, zu wechseln, führt der Romanschluß in ferne Gefilde, weit weg von England, nach Indien. Dort trägt St. John Rivers unbeirrt «die Bürde des weißen Mannes», die für ihn einen Heldentod als Missionar bereithält. Mit seinem Gebet endet der Roman: «Amen, ja, Herr Jesus, komm!» So führt das Ende zu einem neuen Anfang – zu unseren Fragen danach, was der Text sagt und was er verschweigt. Das Ende von *Jane Eyre* lockt uns in weite Ferne und ist zugleich doch so nah.

Elfi Bettinger

INHALT

Umschlagbild:
Edgar Degas «Bildnis einer jungen Frau» (1867)

Diese Buchausgabe wurde mit der Berthold Bembo gesetzt,
im Bogenoffset gedruckt und in Fadenheftung gebunden.
Alle verwendeten Materialien entsprechen alterungsbeständiger
Qualität, die Papiere sind chlor- und säurefrei.

Bibliographische Information der Deutschen Bibliothek:
Die Deutsche Bibliothek verzeichnet diese Publikation
in der Deutschen Nationalbibliographie;
detaillierte bibliographische Daten sind im Internet über
<http://dnb.ddb.de> abrufbar.
Zürich: Manesse Verlag, 2004
ISBN 3-7175-9010-3